A ÚLTIMA LEGIÃO

Kátia

Valerio Massimo Manfredi

A ÚLTIMA LEGIÃO

Tradução de Mario Fondelli

Rocco L&PM POCKET

Coleção **L&PM** Pocket, vol. 739

Título original: *L'ultima Legione*
Publicado pela Editora Rocco em formato 16 x 23cm em 2003

Este livro foi publicado mediante acordo de parceria entre a Editora Rocco e a L&PM Editores exclusivo para a Coleção L&PM Pocket
Primeira edição na Coleção **L&PM** POCKET: novembro de 2008

Tradução: Mario Fondelli
Capa: Marco Cena
Preparação: Maria Angela Villela
Revisão: Patrícia Yurgel e Larissa Roso

CIP-Brasil. Catalogação-na-Fonte
Sindicato Nacional dos Editores de Livros, RJ

M241a

Manfredi, Valerio, 1943-
A última legião / Valerio Massimo Manfredi; tradução de Mario Fondelli. – Porto Alegre, RS : L&PM ; Rio de Janeiro : Rocco, 2008.
416p. - (L&PM Pocket ; v.739)

Título original: *L'ultima Legione*
ISBN 978-85-254-1844-9

1. Roma (Itália) - História - Império, 30 a.C.-476 d.C. - Ficção. 2. Romance italiano. I. Fondelli, Mario. II. Título. III. Série.

08-4406. CDD: 853
CDU: 821.131.1-3

Editora Rocco Ltda
Av. Pres. Wilson, 231 / 8º andar – 20030-021
Rio de Janeiro – RJ – Brasil / Fone: 21.3525.2000 – Fax: 21.3525.2001
email: rocco@rocco.com.br
www.rocco.com.br

L&PM Editores
Rua Comendador Coruja, 314, loja 9 – Floresta – 90220-180
Porto Alegre – RS – Brasil / Fone: 51.3225.5777 – Fax: 51.3221.5380
Pedidos & Depto. comercial: vendas@lpm.com.br
Fale conosco: info@lpm.com.br
www.lpm.com.br

Impresso no Brasil
Primavera de 2008

AGRADECIMENTOS

Na hora de entregar *A última legião* ao prelo gostaria de manifestar a minha gratidão a Carlo Carlei e a Peter Rader, com os quais desenvolvi esta idéia narrativa, tendo em vista uma subseqüente adaptação cinematográfica: a sua preciosa contribuição enriqueceu consideravelmente esta história.

Para Dino

Fecisti patriam diversis gentibus unam.*
Rutílio Namaciano, *De reditu suo, 63*

* De tantos povos diferentes fizeste uma só pátria. (N. do T.)

VALLUM HADRIANI (MURALHA DE ADRIANO)
CARVETIA
CASTRA VETERA
CASTRA LEGIONUM
LUTETIA PARISIORUM (PARIS)
ARGENTORATUM
SALTUS MESIATUM (DESFILADEIRO DOS MESIATOS)
HIBERNIA
BRITANNIA
REGNUM SIAGRII
FRANCIA
BURGUNDIA
VISIGOTHAE
The Ilands of Britaine
The Sea of Britaine
THE

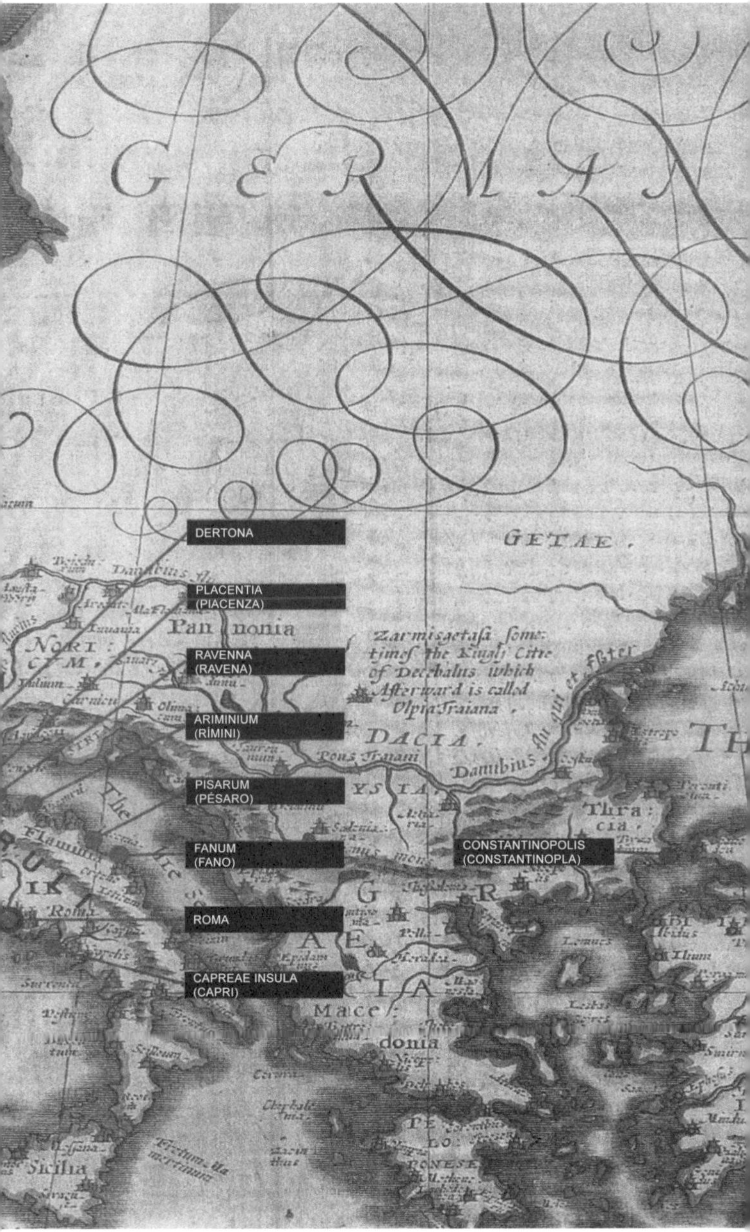
G E R M A N
GETAE.
DERTONA
PLACENTIA
(PIACENZA)
Pan nonia
RAVENNA
(RAVENA)
Zarmisgetasa some:
tymes the Kingly Citie
of Decebalus which
Afterward is called
Vlpia Traiana.
ARIMINIUM
(RÍMINI)
DACIA.
Pons Traiani
Danubius flu
PISARUM
(PÉSARO)
Thra:
cia
FANUM
(FANO)
CONSTANTINOPOLIS
(CONSTANTINOPLA)
ROMA
CAPREAE INSULA
(CAPRI)
Mace:
donia
Sicilia

PREFÁCIO

Estas são as memórias de Myrdin Emreis, druida da floresta sagrada de Gleva, que os romanos costumavam chamar de Meridius Ambrosinus, escritas para que as gerações futuras não esqueçam os acontecimentos dos quais fui a última testemunha.

Já superei há muito tempo o limiar da extrema velhice e não consigo entender porque a minha vida insiste em prolongar-se além dos limites que normalmente a natureza estabelece para os seres humanos. Talvez o anjo da morte se tenha esquecido de mim ou, quem sabe, prefira deixar-me este último prazo temporal para que eu me arrependa dos meus pecados que são graves e não são poucos. A começar pela presunção. Pois muito presumi da inteligência que me foi dada por Deus, e, por mera vaidade, deixei que se espalhassem por aí as lendas acerca da minha pretensa clarividência e até de poderes que só podem ser apanágio do Supremo Criador ou da intercessão dos santos. Sim, reconheço que já me dediquei a artes proibidas, aquelas que os antigos sacerdotes pagãos destas terras escreviam na casca das árvores, sem entretanto achar que isto pudesse provocar algum mal. Com efeito, não pode haver mal algum em se escutar as vozes da Antiga Mãe, a natureza soberana, as vozes do vento entre as ramagens, do gorgolejar das nascentes na primavera e do farfalhar das folhas no outono, quando os morros e as planícies se tingem de cores vivas nos serenos crepúsculos que prenunciam o inverno.

Está nevando. Grandes flocos brancos esvoaçam no ar até encobrirem com seu cândido tapete as colinas que cercam este vale silencioso, esta torre solitária. Será que o país da Eterna Paz também é assim? Será então esta a imagem que veremos para sempre com os olhos da alma? Se assim for, bem doce será a morte, bem suave a passagem para a última morada.

Como os anos passam! Quanto tempo já escoou desde os dias tumultuados de sangue e de ódio, dos combates, da convulsão de um mundo agonizante que eu julgava eterno e imortal, e que vi desmoronar! E agora, quando já estou prestes a dar o derradeiro passo, sinto-me na obrigação de transmitir a história daquele mundo agonizante contando como a última flor daquela árvore ressecada acabou sendo levada pelo fado a esta terra longínqua para nela arraigar-se e deixar brotar uma nova era.

Não sei se o anjo da morte me outorgará bastante tempo para isto, e tampouco sei se o meu velho coração agüentará a lembrança de sentimentos tão fortes que quase acabaram com ele quando era bem mais jovem. Mas não me deixarei desanimar pela enormidade da tarefa. Sinto a onda das recordações subir em mim como a maré entre os recifes de Carvetia, volto a reviver cenas antigas que me pareciam perdidas para sempre, como num grande afresco desbotado pelo tempo.

Pensei que bastaria segurar a pluma e começar a traçar sinais neste pergaminho mal curtido para recriar os fatos, para fazê-los escorrer diante dos meus olhos como um rio pujante na planície após o degelo da primavera, mas estava errado. As lembranças atropelam-se com força avassaladora, quase não dá para agüentar o nó que me aperta a garganta, e a mão acaba caindo impotente na página branca. Preciso começar evocando pouco a pouco aquelas imagens, devolvendo o vigor às cores, à vida e às vozes amortecidas pelos anos e a distância. Tenho de recriar até aquilo que pessoalmente não testemunhei, do mesmo modo que um dramaturgo apresenta em suas tragédias cenas a que nunca assistiu.

Está nevando nas colinas de Carvetia. Tudo é branco e silencioso, e a última luz do dia esvai-se lentamente.

PRIMEIRA PARTE

I

Dertona, acampamento da Legião Nova Invicta, Ano do Senhor 476, ab Urbe condita 1229

A luz começou a penetrar na nuvem que encobria o vale e, de repente, os ciprestes surgiram como escuras sentinelas nas encostas das colinas. Uma sombra encurvada sob um feixe de ramos apareceu no limiar da clareira cheia de restolhos para logo sumir como que num sonho. Na mesma hora, qual presságio de um dia cinzento e sombrio, o canto de um galo ressoou de um casebre ao longe para morrer logo em seguida, engolido pela neblina. Somente as vozes dos homens ecoavam abafadas nas brumas.

– Está frio.

– Esta maldita umidade penetra até os ossos.

– É a neblina. Nunca tinha visto na vida uma cerração como esta.

– Pois é, e ainda nem serviram o desjejum.

– Talvez não tenha sobrado mais nada para comer.

– E nem mais um gole de vinho para nos acalentar.

– Já faz mais de três meses que não recebemos o soldo.

– Eu não agüento mais, tudo isto está ficando insuportável. Imperadores que mudam quase todos os anos, os bárbaros ocupando quase todos os postos de comando e agora o maior absurdo de todos: um frangote no trono dos Césares, Rômulo Augusto! Um rapazinho de treze anos que nem consegue segurar direito o cetro, encarregado de decidir o destino do mundo, pelo menos do mundo ocidental! Não, não, te digo, quanto a mim, podes crer que na primeira oportunidade vou embora e esqueço de vez o assunto. Deixo o exército e fico enfurnado em alguma ilha com umas cabras, cultivando um pedacinho de terra. Não sei quanto a vocês, mas eu já tomei a minha decisão.

Um sopro de vento, uma brisa ligeira, abriu caminho no pesado nevoeiro deixando à mostra um grupo de soldados reunidos em volta de um braseiro. Estavam esperando a turma que vinha rendê-los. Rúfio Vatreno, espanhol de Sagunto, um veterano que já sobrevivera a muitas batalhas e que estava no comando da pequena guarnição, virou-se para um companheiro que até então permanecera calado:

– O que achas, Aurélio? Tu também pensas como eu?

Aurélio remexeu no braseiro com a ponta da espada, reavivando a chama que se animou alegre, soltando um turbilhão de faíscas na bruma leitosa.

– Eu sempre fui um soldado, passei a vida inteira a serviço da legião. O que mais poderia fazer?

Houve um longo silêncio: os homens ficaram encarando uns aos outros, tomados por um sentimento de desamparo e de muda angústia.

– Não ligues para ele – disse Antonino, um calejado suboficial –, ele nunca vai deixar o exército, não conhece outra coisa. Acho que nem se lembra do que fazia antes de se alistar, nem mesmo sabe por onde andava. Não é isto, Aurélio?

O homem não respondeu, mas a reverberação das brasas mais uma vez mortiças revelou por um instante uma sombra de melancolia no seu olhar.

– Aurélio está pensando no que nos espera – comentou Vatreno. – A situação está novamente fora de controle. Pelo que sei, as tropas germânicas de Odoacro voltaram a rebelar-se e atacaram Pavia, onde Orestes, o pai do imperador, se entrincheirara. Parece que Orestes decidiu agora recuar para Piacenza, contando conosco para botar um pouco de bom senso na cabeça dos bárbaros e escorar o instável trono do seu pimpolho, o jovem Rômulo Augusto. Mas não sei se isto vai dar certo. Francamente, acho que não. Eles são três vezes mais numerosos do que nós e...

– Vós ouvistes isto? – interrompeu um dos soldados, que naquele momento estava mais perto da paliçada.

– Foi no acampamento – respondeu Vatreno, virando o olhar para o arraial da tropa onde as barracas pareciam adormecidas na neblina. – O plantão noturno acabou: devem ser os guardas do turno do dia.

– Nada disto! – disse Aurélio. – Vem do lado de fora. É um galope.

– Cavalaria – prosseguiu Canídio, um legionário de Arelate.

– Bárbaros – concluiu Antonino. – Não estou gostando.

Saindo do nevoeiro, os cavaleiros apareceram naquela mesma hora ao longo da estreita trilha branca que levava ao acampamento chegando das colinas, imponentes em seus grandes cavalos sarmáticos cobertos de placas metálicas. Usavam elmos cônicos tarjados de ferro e ornados com vistosas cimeiras; longas espadas pendiam das suas cinturas e as fartas cabeleiras louras ou ruivacentas flutuavam na brancura embaçada da neblina. Vestiam capas negras de lã e calças feitas com o mesmo tecido escuro e grosseiro. A névoa e a distância os faziam parecer demônios recém-saídos do inferno.

Aurélio debruçou-se por cima da paliçada para ver melhor o grupo que se aproximava cada vez mais.

– São auxiliares hérulos e círios do exército imperial! – disse –, gente de Odoacro. A coisa não me cheira nada bem. O que estão fazendo aqui, a esta hora, sem que ninguém nos tenha avisado? Acho melhor falar imediatamente com o general.

Desceu a escada correndo e atravessou o acampamento dirigindo-se sem demora ao pretório. O comandante Manílio Claudiano, um veterano com quase sessenta anos, que quando jovem lutara contra Átila ao lado de Aécio, já se levantara e, quando Aurélio entrou, estava prendendo ao cinturão a bainha da espada.

– General, um pelotão de auxiliares hérulos e círios está se aproximando. Ninguém nos avisou da sua chegada e isto deixa-me bastante preocupado.

– A mim também – respondeu o oficial. – Manda os guardas ficarem de prontidão e abrirem o portão: vamos ver o que eles querem.

Aurélio voltou rapidamente ao passadiço e mandou Vatreno deixar de prontidão um grupo de arqueiros, aí desceu até o posto de guarda, guarneceu-o da melhor forma possível com o que tinha à mão, mandou abrir o portão pretório e saiu junto com o comandante. Enquanto isto, o próprio Vatreno mandava acordar a tropa em silêncio, de boca em boca, e sem recorrer aos clarins. O comandante saiu completamente armado e vestindo o elmo, deixando bem claro que se considerava em estado de guerra. À esquerda e à direita perfilava-se a sua guarda pessoal, na qual sobressaía, com toda a altura da cabeça e dos ombros, a imponente figura de Cornélio Batiato, um gigante etíope negro como carvão que nunca se afastava do seu lado. Segurava um escudo oval que o armeiro aprontara sob medida para proteger o seu corpo desmedido. No seu ombro esquerdo estava pendurada a espada romana; no direito, um grande machado barbaresco de dois gumes.

O pelotão dos cavaleiros bárbaros já estava a umas poucas dezenas de metros e o homem que o chefiava levantou o braço em sinal de parada. Ostentava uma longa cabeleira ruiva que lhe emoldurava o rosto com suas compridas tranças; uma capa bordada com pele de raposa protegia-lhe os ombros e o seu elmo era decorado com uma coroa de pequenas caveiras de prata. Devia ser algum personagem de certa importância. Dirigiu-se ao comandante Claudiano sem desmontar do cavalo, num latim tosco e gutural:

– O nobre Odoacro, chefe do exército imperial, ordena que tu me entregues a legião. A partir de agora esse teu destacamento fica sob o meu comando. – Jogou aos pés do romano um pergaminho preso por uma tira de couro e acrescentou: –Aqui está a tua dispensa do serviço e o local que lhe foi destinado para a aposentadoria.

Aurélio já ia apanhar o rolo quando o comandante o deteve com um gesto peremptório. Claudiano pertencia a uma antiga família aristocrática cuja linhagem orgulhava-se de remontar a um herói da época republicana, e o gesto do bárbaro representava para ele uma afronta extremamente séria. Respondeu sem pestanejar:

– Não sei quem és e não faço a menor questão de sabê-lo. Só recebo ordens do nobre Flávio Orestes, comandante supremo do exército imperial.

O bárbaro virou-se para o seu séquito e ordenou:

– Prendam-no!

Os homens obedeceram, esporearam os cavalos e avançaram desembainhando as espadas: estava claro que a ordem era para que matassem a todos. Os milicianos do general romano reagiram e, ao mesmo tempo, o pelotão de arqueiros apareceu no passadiço da paliçada: os arcos já estavam armados e, a um sinal de Vatreno, soltaram suas setas com mortífera precisão. Quase todos os cavaleiros da primeira fileira tombaram, mas isto não bastou para deter os demais que pularam ao chão para se tornarem alvos menos vulneráveis e avançaram em massa contra os guardas de Claudiano. Batiato, por sua vez, entregou-se de corpo e alma à luta, fazendo carga como um touro e meneando para todos os lados a espada com irrefreável vigor. Muitos daqueles bárbaros nunca tinham visto um negro antes e recuavam apavorados diante daquela visão inesperada. O gigante etíope estilhaçava espadas, arrebentava escudos, estraçalhava braços e cabeças remoinhando o grande machado e berrando:

– Sou o Ogro Negro! Odeio estes porcos rosados e sardentos!

No ímpeto do ataque, no entanto, adiantara-se demais e deixara Claudiano desprotegido do lado esquerdo. Aurélio, que mesmo na fúria do combate percebera os movimentos de um guerreiro inimigo, livrou-se logo de um adversário para dar cobertura ao comandante, mas o seu escudo não chegou a tempo para protegê-lo e a lança do bárbaro fincou-se no ombro de Claudiano. Aurélio gritou:

– O comandante está ferido, o comandante está ferido!

Mas enquanto isto os portões do acampamento abriram-se e a infantaria pesada de primeira linha avançou compacta de armas em punho. Os bárbaros foram rechaçados e os poucos sobreviventes montaram apressadamente em seus cavalos e fugiram em debandada. Logo a seguir, do outro lado das colinas, apresentaram-se diante do seu comandante, um círio chamado Mledo que olhou para eles com desprezo e desdém. Estavam em condições lastimáveis: com as armas amassadas, as roupas rasgadas, enlameadas e sangrentas. Aquele que os chefiava murmurou cabisbaixo:

– Recusaram. Não concordaram conosco.

Mledo esbravejou, depois chamou o ordenança e mandou dar o toque de reunir: não demorou para que o som dos cornos rasgasse a cortina de nevoeiro que ainda encobria a paisagem como uma mortalha.

O comandante Claudiano foi cuidadosamente deitado no banco da enfermaria e o cirurgião preparou-se para arrancar a lança fincada em seu ombro. A haste já havia sido cortada para conter os estragos provocados pela oscilação, mas o ferro penetrara bem embaixo da clavícula e temia-se que houvesse alguma lesão pulmonar. A um canto, um assistente abrasava um ferro aprontando-se para cauterizar a ferida.

Enquanto isto, ao longo dos passadiços da paliçada, era todo um ressoar de chamadas e toque de alarme. Aurélio saiu da enfermaria e subiu correndo pelas escadas até ficar ao lado de Vatreno, que mantinha os olhos fixos no horizonte. Toda a encosta visível das colinas diante deles fervilhava de guerreiros.

– Por todos os deuses – murmurou Aurélio –, há milhares deles.

– Volta para o comandante e conta-lhe o que está acontecendo. Não creio que tenhamos escolha, mas dize-lhe, de qualquer forma, que aguardamos as suas ordens.

Aurélio entrou na enfermaria na mesma hora em que o cirurgião arrancava a ponta da lança do ombro do general ferido, e viu os traços nobres do antigo fidalgo se contraírem num espasmo de dor. Aproximou-se.

– Comandante, os bárbaros estão a ponto de lançar o seu ataque: há milhares deles e parecem intencionados a cercar o nosso acampamento. Quais são as tuas ordens?

O sangue jorrava farto da ferida manchando as mãos e o rosto do cirurgião e dos assistentes que se esforçavam para tamponar a ferida, enquanto outro se aproximava segurando o ferro em brasa. O cirurgião enfiou-o na carne viva e o comandante Claudiano gemeu apertando os dentes para não gritar. O cheiro acre da carne queimada tomou conta do pequeno vão, e uma espessa fumaça soltou-se do ferro incandescente que continuava a rechinar na ferida.

Aurélio falou mais uma vez:

– Comandante...

Claudiano esticou a mão ainda livre:

– Ouve... Odoacro quer acabar conosco porque representamos um estorvo que ele precisa tirar do seu caminho a qualquer custo. A nossa legião não passa de um despojo do passado mas ainda consegue amedrontar: é formada somente por romanos, ítalos e originários das províncias, e ele sabe muito bem que nunca aceitaremos as suas ordens. Sendo assim, quer nos matar a todos. Apressa-te, então, procura Orestes e conte-lhe que estamos cercados, que precisamos desesperadamente de ajuda...

– Manda outro, eu te peço – respondeu Aurélio. – Gostaria de ficar: todos os meus amigos estão aqui.

– Não, obedece. Só tu podes conseguir. Sai logo, apressa-te enquanto ainda temos o controle da ponte sobre o rio Olúbria: será certamente o primeiro alvo deles a fim de cortar qualquer recuo nosso para Piacenza. Anda logo, antes de o cerco se fechar à nossa volta, e não pára por motivo algum. Orestes está na sua mansão fora da cidade com o imperador seu filho. Nós faremos tudo para resistir.

– Voltarei – respondeu Aurélio. – Procura agüentar o mais possível.

Virou-se. Atrás dele Batiato mantinha silenciosamente os olhos fixos no comandante ferido e mortalmente pálido, deitado no banco vermelho de sangue. Aurélio não teve coragem de dizer coisa alguma. Saiu às pressas e alcançou Vatreno no passadiço:

– Mandou-me buscar ajuda: voltarei o mais rápido que puder. Procurai resistir, tentai agüentar, talvez ainda consigamos sair desta.

Vatreno fez que sim com a cabeça sem dizer uma palavra. Percebia-se claramente que no seu olhar não havia a menor esperança e que apenas se preparava para morrer como um bom soldado.

Aurélio não conseguiu dizer mais nada. Enfiou dois dedos na boca e lançou um longo assobio. Um relincho foi a resposta e logo apareceu troteando um baio arreado que se aproximou da paliçada. Aurélio saltou em cima dele guiando-o para o portão posterior. Vatreno mandou tirar as travas, e os batentes só se abriram para deixar sair o cavaleiro que já vinha a galope, para se fecharem imediatamente atrás dele. Vatreno acompanhou-o com o olhar enquanto ele se tornava cada vez menor na distância, rumo à cabeça-de-ponte sobre o Olúbria. O escalão que vigiava a passagem logo percebeu o que estava acontecendo, ainda mais porque um numeroso grupo de cavaleiros bárbaros separara-se do grosso do exército e avançava a toda velocidade para o local.

– Será que vai conseguir? – perguntou Canídio observando de cima da paliçada.

– Voltar? Sim, pode ser – respondeu Vatreno. – Aurélio é o que há de melhor entre nós. – Mas o tom e a expressão do seu rosto não demonstravam o mesmo otimismo.

Voltou mais uma vez os olhos para observar Aurélio, que percorria o mais rápido possível o espaço que ainda o separava da ponte, e vislumbrou mais um grupo de cavaleiros bárbaros que apareceu à esquerda, coordenando os seus movimentos com os demais, que convergiam da direita para cortar o caminho do fugitivo. Mas Aurélio parecia levado pelo vento e o seu cavalo devorava a planície entre o acampamento e o rio. Estava curvo, quase deitado em cima do animal, para não ficar exposto demais aos dardos que muito em breve iriam começar a lhe cair em cima.

– Rápido, rápido – rosnava Vatreno entre os dentes. – Assim mesmo, homem, anda, anda!... – Mas ao mesmo tempo percebeu que os atacantes eram tão numerosos que logo desbaratariam a cabeça-de-ponte. Era preciso dar ao companheiro alguma vantagem. Berrou: – Catapultas! – e os armeiros, que já estavam preparados, apontaram suas máquinas contra a cavalaria barbaresca que convergia da esquerda e da direita para a ponte.

– Atirar! – gritou mais uma vez Vatreno, e dezesseis catapultas soltaram seus dardos contra a cabeça dos dois esquadrões, espalhando a morte no meio deles.

Os primeiros entre os perseguidores tombaram ao chão, e os que vinham logo atrás acabaram envolvendo-se na ruinosa queda. Muitos foram esmagados pelos cavalos e mais outros, nos flancos, foram alvejados pelas armas dos milicianos que guarneciam a ponte. Primeiro abateu-se sobre eles um enxame de flechas atiradas na horizontal, à altura dos homens, e aí uma densa saraivada de dardos arremessados em parábola. Muitos tombaram trespassados, com os cavalos que tropeçavam e rolavam levando consigo e esmigalhando os cavaleiros sob o seu peso, mas então seus companheiros espalharam-se para oferecer um alvo menos fácil e seguiram adiante com sua corrida furibunda, gritando possessos devido à humilhação sofrida.

A voz de Aurélio já estava ao alcance dos companheiros postados na ponte. Reconheceu Vibo Quadrato, um antigo companheiro de barraca, e gritou:

– Dai-me cobertura! Estou indo buscar ajuda, voltarei!

– Já entendi! – urrou Quadrato, e levantou o braço para que Aurélio pudesse passar. O cavaleiro faiscou como um raio entre os companheiros e a ponte balançou sob os cascos do poderoso corcel em desenfreada corrida. As fileiras cerraram-se, o pelotão fechou-se imediatamente atrás dele, escudo contra escudo com um seco clangor metálico. Os homens da primeira linha ajoelhados, os da segunda de pé, deixando para fora somente a ponta das lanças cujas hastes estavam fincadas no chão. Os cavaleiros bárbaros lançaram-se contra o pequeno grupo de valentes, e sua fúria estourou sobre aquele último baluarte de disciplina romana com a violência de um vagalhão de tempestade: forçados a se acotovelarem devido à exigüidade da ponte, os atacantes acabaram esbarrando uns nos outros e rolando desastradamente para o chão, outros seguiram adiante pelo meio e chocaram-se violentamente com a pequena guarnição, que estremeceu sob o impacto do ataque, mas resistiu. Muitos cavalos foram feridos pelas lanças, outros fincaram nervosamente as patas no chão jogando para a frente seus cavaleiros, que acabaram espetados nas pontas de ferro. Então a luta transformou-se num combate feroz, homem contra homem, espada contra espada. Os defensores sabiam que cada momento ganho em prol do cavaleiro que se afastava podia representar a salvação para toda a guarnição, e também sabiam das terríveis torturas que os aguardavam caso caíssem vivos nas mãos do inimigo. Lutavam, portanto, com todas as suas forças e incitavam uns aos outros com palavras de ordem e gritos de guerra.

Enquanto isto, Aurélio já alcançara o extremo limite da planície e lançou um último olhar para trás antes de sumir nas sombras de uma densa floresta de carvalhos. A última coisa que pôde ver foi os companheiros irremediavelmente atropelados pelo insustentável ímpeto dos inimigos.

– Conseguiu! – exultou Antonino, no passadiço do acampamento. – Entrou no bosque, já não o pegam mais. Ainda temos alguma esperança!

Chegou então Batiato da enfermaria.

– Quais são as condições do comandante? – perguntou Vatreno.

– O cirurgião cauterizou a ferida, mas diz que a lança furou-lhe o pulmão. Está cuspindo sangue e a febre não pára de subir. – Apertou os punhos ciclópicos e contraiu o queixo: – O primeiro que chegar por perto, juro que vou cortá-lo, vou massacrá-lo, vou esmigalhá-lo, comer o seu fígado...

Os companheiros olharam para ele com uma espécie de muda admiração; sabiam muito bem que não se tratava apenas de meras palavras.

Vatreno mudou de assunto.

– Que dia é hoje?

– As Nonas de novembro – respondeu Canídio. – Faz alguma diferença?

– Há exatamente três meses, nesta mesma hora, Orestes aprontava-se para apresentar o filho ao Senado, e agora já tem de defendê-lo do ataque de Odoacro. Com um pouco de sorte Aurélio poderá chegar na calada da noite. Os reforços poderão partir ao alvorecer e chegar aqui dentro de dois dias. Isto é... desde que Odoacro já não tenha mandado ocupar todas as passagens e as pontes, desde que Orestes ainda possa contar com tropas fiéis e dispostas a partir sem demora...

As suas palavras foram cortadas pelos toques de alarme que vinham das torres de vigia e pelos gritos dos homens:

– Estão atacando!

Vatreno reagiu com a rapidez de uma chicotada. Chamou o porta-bandeira:

– Hasteia a insígnia! Todos os homens aos postos de combate! Máquinas em posição de disparo! Arqueiros na paliçada. Legionários da Nova Invicta, este acampamento é um pedaço de Roma, terra sagrada dos antepassados. Devemos defendê-lo a qualquer custo! Mostrai a esses animais que a honra de Roma ainda não morreu!

Segurou a lança e tomou o seu lugar no passadiço. Na mesma hora o urro da maré barbaresca explodiu nas colinas e milhares e mais milhares de cavaleiros fizeram estremecer o chão com sua carga enfurecida. Arrastavam carros e armações cheios de hastes pontudas que iriam jogar contra as defesas do acampamento romano. Os defensores apinharam-se nos passadiços que corriam ao longo da paliçada, já mantendo esticadas as cordas dos arcos ou segurando espasmodicamente as lanças. Pálidos, tensos e frementes na espera, com a testa molhada de neblina e de suor frio.

II

Orestes estava recebendo pessoalmente os convidados na entrada da sua vila na colina: dignitários da cidade, senadores, oficiais superiores do exército com suas famílias e o séquito. Lanternas iluminavam os aposentos, o jantar já ia ser servido: tudo estava pronto para festejar o décimo terceiro aniversário do filho Rômulo e a ocorrência do terceiro mês desde a sua subida ao trono. Levando em conta a dramática situação que se criara com a revolta de Odoacro, e dos seus auxiliares hérulos e círios, ele ficara bastante indeciso quanto à oportunidade daquele banquete, mas afinal decidira levar adiante o programado para não fortalecer os temores e espalhar o pânico. A divisão mais preparada das suas forças, a Nova Invicta, treinada nos moldes das antigas legiões, estava aproximando-se a marchas forçadas, e seu irmão Paulo devia estar chegando de Ravena no comando de mais tropas de elite: a rebelião não demoraria para ser contida.

Flávia Serena, sua mulher, mostrava-se no entanto de péssimo humor e bastante preocupada. Até então Orestes conseguira esconder-lhe o desastre da tomada de Pavia por parte dos bárbaros, mas começava a desconfiar que ela soubesse muito mais do que dava a entender.

A mulher mantinha-se afastada, tristonha e perdida em seus pensamentos, num canto do *tablinum**, e aquela postura parecia denunciar cada vez mais algum tipo de repreensão em relação a Orestes: Flávia nunca ocultara a sua oposição à subida ao trono de Rômulo e aquela reunião só conseguia incomodá-la. Orestes aproximou-se procurando esconder a angústia interior e o profundo desgosto.

– Por que ficas assim tão distante? És a dona da casa e a mãe do imperador, deverias ser o centro das atenções e a alma da festa.

Flávia Serena olhou para o marido como se ele acabasse de dizer alguma coisa desprovida de qualquer sentido, e rebateu duramente:

– Só para realizares as tuas próprias ambições acabaste expondo um menino inocente a um perigo mortal.

– Não é mais um garoto: é um rapaz, quase um homem, e foi criado da melhor forma possível para tornar-se um grande soberano. Já falamos a respeito disso muitas vezes e eu esperava que, pelo menos hoje, fosses poupar-me do teu

* Pequeno escritório nas casas romanas. (N. do T.)

azedume. Olha só: nunca vi nosso filho tão feliz. Até o seu mestre Ambrosinus está satisfeito: é um homem sábio no qual tu mesma sempre confiaste.

– Estás delirando, meu caro Orestes: a construção que pacientemente criaste já está caindo aos pedaços. As tropas barbarescas de Odoacro, que deveriam servir de base para o teu poder, rebelaram-se e estão espalhando morte e destruição por todos os lados.

– Forçarei Odoacro a negociar e convencê-lo-ei a aceitar um novo acordo. Não é a primeira vez que isso acontece. Nem mesmo eles têm interesse em provocar o colapso do Império que os recompensa com terras e dinheiro.

Flávia Serena suspirou e baixou os olhos por uns momentos; então fitou o marido e desabafou:

– É verdade o que Odoacro anda dizendo? Que lhe prometeste um terço da Itália como prêmio e depois voltaste atrás e faltaste com a palavra?

– Mentira! Foi ele, isto sim, foi ele que desvirtuou aquilo que havia sido combinado...

– É a mesma coisa; isto não muda o quadro geral: se ele prevalecer, como achas que poderás proteger o nosso filho?

Orestes segurou as mãos dela entre as suas. O barulho da recepção parecia quase desaparecer, como se tudo estivesse a perder-se na distância, amortecido pela tensão que se acumulava entre os dois como um pesadelo noturno. Um cão latiu ao longe e Orestes percebeu um tremor repentino nas mãos da mulher.

– Nada temos a recear, e, para que saibas de uma vez por todas que podes confiar em mim, contarei uma coisa que até agora mantive em segredo: nestes últimos tempos organizei às escondidas uma unidade especial de combate, uma divisão leal e decidida formada somente por ítalos e cidadãos das províncias, treinada nos moldes das gloriosas legiões de antigamente. Botei no comando Manílio Claudiano, um oficial da velha guarda aristocrática, um homem que preferiria morrer antes de faltar com a sua palavra. Esses soldados já deram prova de incrível valor em vários setores das nossas fronteiras e, por minha ordem, já devem estar chegando a marchas forçadas. Talvez estejam aqui dentro de um ou dois dias. E meu irmão Paulo também está vindo para cá, de Ravena, com mais um contingente. Agora, eu te peço, vem comigo, juntemo-nos aos nossos hóspedes.

Pelo menos no momento, Flávia Serena pareceu ficar convencida de que aquelas palavras eram a verdade pois, afinal de contas, bem no fundo do coração, era justamente naquilo que ela queria acreditar. Mas logo quando procurava reencontrar um sorriso para voltar à recepção, o ladrar furioso do cão ressoou mais insistente e não demorou para que a ele se juntasse um verdadeiro coro de latidos. Os presentes entreolharam-se desnorteados e num momento de silêncio ouviu-se um grito de alarme que vinha do pátio; logo a seguir o gemido longo dos cornos deu o toque de reunir da guarda. Um oficial chegou então correndo na sala e aproximou-se de Orestes.

– Estamos sendo atacados, senhor! Há centenas deles, e são chefiados por Wulfila, o lugar-tenente de Odoacro!

Orestes tirou a espada de uma panóplia pendurada na parede e gritou:

– Rápido, pegai as armas, estamos sob ataque! *Ambrosine*, fica com o garoto e com a mãe, escondei-vos no lenheiro. Não saiais de lá por motivo algum até eu ir buscar-vos. Mexei-vos, mexei-vos!

Já se podiam ouvir estrondosas pancadas no portão, pesados golpes de aríete que faziam estremecer as paredes externas da vila. Os defensores acudiram ao passadiço para tentar repelir o assalto, mas dúzias de escadas já haviam sido encostadas nos muros e centenas de guerreiros invadiam enxameando toda a casa, lançando gritos selvagens. O portão cedeu de repente sob as investidas do aríete e um gigantesco cavaleiro desmontou com um pulo acrobático do seu cavalo. Orestes reconheceu-o e lançou-se contra ele de espada em punho gritando:

– Wulfila, maldito traidor!

Enquanto isto Ambrosinus alcançara o esconderijo arrastando consigo o rapaz transtornado e apavorado, mas no afã da pressa não se dera conta de que Flávia Serena não estava com eles. De uma fresta da porta, Rômulo pôde assistir ao atroz cumprimento da tragédia: viu os hóspedes tombarem um após o outro nas poças do seu próprio sangue, viu o pai que enfrentava aquele gigante hirsuto com a força do desespero, viu-o cair de joelhos, ferido, voltar a levantar e brandir mais uma vez a espada, lutar extenuantemente enquanto ainda lhe sobrava algum lampejo de energia, para depois finalmente tombar trespassado de lado a lado pelo mortífero ferro do bárbaro. As batidas convulsas das suas pálpebras congelavam cada movimento da dramática chacina, fragmentando-a em mil estilhaços pontudos que se fincavam na sua memória. Ouviu a mãe gritar: “Malditos, malditos!”, e viu Ambrosinus sair correndo para protegê-la enquanto ela, horrorizada e tomada pelo terror, continuava a gritar arrancando os cabelos e arranhando o rosto, prostrada ao lado do marido moribundo. Decidiu então sair do esconderijo, preferindo morrer ao lado dos pais do que ficar sozinho naquele mundo feroz. Viu o gigantesco guerreiro molhar a mão no sangue de Orestes para com ele fazer um simbólico risco rubro na testa e correu para o local no qual a espada do pai caíra para erguê-la corajosamente contra o inimigo. Ambrosinus, no entanto, foi ao seu encontro, passando ligeiro e quase imperceptível entre a saraivada de dardos, entre o amontoado de contendores que se engalfinhavam em violento corpo-a-corpo, e protegeu-o da espada de um bárbaro que naquela mesma hora lançara-se contra o rapazola. A lâmina certamente iria trespassar os dois se o próprio Wulfila não tivesse detido a estocada.

– Idiota! – rosnou virando-se para o guerreiro –, não estás vendo quem é?

O outro baixou a espada confuso.

– Prende os três – ordenou Wulfila. – Vamos levá-los conosco a Ravena.

A batalha havia terminado, os defensores haviam sido sobrepujados e aniquilados até o último homem. Quanto aos hóspedes, alguns conseguiram escapar fugindo pelas janelas e desaparecendo na escuridão dos campos em volta, outros esconderam-se nos aposentos dos serviçais, embaixo das camas ou nos depósitos onde se guardavam os mantimentos. A maioria havia sido ceifada sem misericórdia no ímpeto do primeiro assalto. Até os músicos encarregados de alegrar a festa com suas melodias estavam mortos e jaziam de olhos arregalados, ainda segurando nas mãos os seus instrumentos. As mulheres estavam sendo repetidamente estupradas e submetidas a todo tipo de infâmia; os homens eram forçados a assistir aos horrores perpetrados contra as suas esposas ou filhas antes de serem eles mesmos jogados ao chão e degolados como cordeiros.

As estátuas dos jardins internos eram derrubadas dos pedestais, as cercas vivas e os arbustos haviam sido arrancados, as fontes estavam cheias de sangue, assim como havia sangue por todo lado, nos pavimentos de ladrilhos e nos afrescos das paredes. Agora os bárbaros estavam dando os últimos arremates à obra saqueando qualquer objeto de valor que encontrassem na luxuosa mansão: candelabros, alfaias, vasilhames. Mas outros, que por algum motivo não haviam conseguido botar as mãos em algo valioso, vingavam-se mutilando e de algum modo violentando os corpos dos inimigos vencidos, ou urinando e defecando nos magníficos mosaicos dos pavimentos. Junto com a desvairada gritaria daquela turba ébria de matança ouvia-se por toda parte o crepitar do fogo que começava a consumir a infeliz moradia.

Os três prisioneiros foram levados embora e jogados num carro puxado por uma parelha de mulas. Wulfila gritou:

– Mexei-vos! Estou vos dizendo que já está na hora de partirmos, ainda temos muito caminho pela frente!

Os homens deixaram a contragosto os escombros da outrora suntuosa mansão e formaram uma fileira que troteava devagar atrás do pequeno comboio. No carro, Rômulo chorava em silêncio, abraçando a mãe na escuridão. Em menos de uma hora ele decaíra da pomposa dignidade imperial para a mais miserável das condições. Seu pai havia sido massacrado bem diante dos seus olhos, ele havia sido aprisionado por aqueles monstros e nada podia fazer a não ser ficar completamente entregue às vontades deles. Sentado atrás, Ambrosinus mantinha-se calado e como que atordoado pela dor: vez por outra virava-se e olhava a grande vila campestre tomada pelas chamas, as espirais de fumaça e centelhas que subiam ao céu espalhando no horizonte um clarão sinistro. Só conseguira salvar a velha bolsa de viagem com que chegara à Itália tantos anos antes e um único livro entre os milhares que compunham a sua biblioteca: a *Eneida* ricamente ilustrada que os senadores haviam oferecido a Rômulo. De vez em quando passava a mão sobre a capa de couro do volume e quase parecia-lhe que o destino não havia sido afinal tão cruel, se decidira deixar-lhe a companhia, talvez profética, dos versos de Virgílio.

Aurélio viu-se várias vezes diante de caminhos fechados em sua cavalgada noturna. Odoacro colocara guarnições nas pontes e nas passagens, e turmas de soldados bárbaros do exército imperial patrulhavam as estradas consulares, de forma que o cavaleiro teve amiúde que se desviar do caminho para enfrentar vaus, agora perigosos devido às chuvas do outono, e íngremes trilhas pelas montanhas. Quando começou novamente a descer para o vale, percebeu que o cavalo não iria agüentar, que o generoso animal iria morrer se fosse mais uma vez forçado a galopar. Coberto de baba e suor, a sua respiração estava entrecortada e os olhos mostravam-se vítreos devido ao terrível cansaço. Foi então socorrido pelo destino, que lhe fez vislumbrar ao longe umas luzes e a silhueta de um edifício de aparência familiar: uma estação para troca de cavalos na Via Postúmia, milagrosamente intacta e, ao que tudo indicava, plenamente eficiente. Ao chegar perto ouviu o ranger de uma placa metálica pendurada numa barra de ferro presa à parede externa. Apesar de um tanto enferrujada, ainda percebia-se o desenho de uma sandália sob a qual se lia, em letras maiúsculas: "*MANSIO AD SANDALUM HERCULIS.*" Diante do edifício, um marco levava a escrita *m.p.XXII:* vinte e duas milhas até a próxima estação, admitindo que ainda existisse.

Aurélio pulou do cavalo e entrou ofegando: lá dentro só havia um sonolento funcionário do serviço postal que dormitava numa cadeira, enquanto uns viajantes dormiam profundamente no chão, enrolados em suas próprias mantas. Aurélio sacudiu-o.

– Serviço imperial – disse –, máxima urgência e prioridade absoluta: é uma questão de vida ou morte para muita gente. O meu cavalo está aqui fora, não agüenta mais de cansaço, preciso de um animal descansado, imediatamente.

O funcionário acordou, abriu os olhos e logo percebeu, ao focalizar o homem que estava diante dele, que aquelas palavras deviam ser verdadeiras. O rosto de Aurélio mostrava-se transtornado pela fadiga, os traços denunciavam o esforço e a extrema tensão.

– Vem comigo – disse e, adiantando-se, tirou de uma prateleira um pedaço de pão e uma garrafa de vinho para que o exausto cavaleiro pudesse engolir alguma coisa e tomar um trago enquanto percorriam o corredor e desciam as escadas rumo aos estábulos: podia-se ver que não tencionava esperar nem mais um minuto para recobrar-se. Quase todas as coxias estavam vazias, mas, na penumbra, ainda se podiam vislumbrar indistintamente uns três ou quatro cavalos. O encarregado da estação levantou a lanterna para iluminá-los.

– Leva este – disse apontando para um murzelo firme nas pernas e de pelagem lustrosa e macia –, é um magnífico animal. Chama-se Juba. Pertencia a um oficial que nunca voltou para pegá-lo.

Aurélio deu uma última mordida no pão, engoliu mais um trago de vinho, então montou no animal e o esporeou pela rampa acima gritando:

– Ah! Ah! Juba!

Saiu em campo aberto com um grande pulo, como uma alma danada que estivesse fugindo do inferno, e seguiu adiante num galope desenfreado. Atravessou a estrada consular e pegou uma trilha esbranquiçada que mal se percebia entre os campos na luz incerta do luar. O encarregado da estação também saiu ao ar livre, com um livro e uma pena numa das mãos e uma lanterna na outra, gritando:

– O recibo!

Mas Aurélio já ia longe e o tropel de Juba perdia-se na escuridão.

O homem repetiu em voz baixa, como que falando consigo mesmo:

– É preciso assinar o recibo.

Voltou à realidade ao ouvir um quieto relincho e perceber o baio de Aurélio, fumegante de suor, bem atrás dele. Segurou-o pelas bridas e levou-o ao estábulo.

– Vamos lá, amigo, senão vais ficar doente. No sereno, todo suado desse jeito... e também deves estar com fome, acho que ninguém pensou em te dar de comer, não é? Deves estar tão faminto quanto o teu dono.

Uma pálida luminosidade mal começava a se espalhar no horizonte quando Aurélio chegou a vislumbrar ao longe a vila de Flávio Orestes. Percebeu de imediato que chegara tarde demais: uma espessa coluna de fumaça negra erguia-se do edifício em ruínas e por todo lado viam-se os sinais de uma selvagem devastação. Prendeu o cavalo a uma árvore e aproximou-se com cuidado até chegar perto da entrada principal, abrigando-se atrás do muro que cercava a propriedade. Viu os pesados batentes que ainda fumegavam, com seus ferrolhos arrombados e jogados ao chão, enquanto dúzias de corpos jaziam irreconhecíveis e manchados de sangue coagulado no primeiro pátio interno. Eram os soldados da guarda imperial, mas também não eram poucos os guerreiros bárbaros tombados no feroz corpo-a-corpo. A luta devia ter sido terrivelmente violenta e cada um jazia ali onde a morte o ceifara, ainda mantendo no rosto o horror que o derradeiro espasmo da agonia gravara nele.

Tudo era silêncio, a não ser pelo crepitar das chamas e o eventual estrondo de alguma viga que ruía levando consigo a parte do telhado que até então sustentava. O madeirame e as telhas desmoronavam consumidos pelo fogo e se espatifavam no chão levantando uma nuvem de faíscas e de poeira. Aurélio avançou em meio àquela ruína, olhando em volta incrédulo e atordoado. À medida que a tragédia se mostrava a seus olhos em toda a sua pavorosa realidade, a aflição tomava conta de sua alma e apertava sua garganta com o nó de uma insuportável opressão. O fedor da morte e dos excrementos empestava os aposentos internos que ainda não haviam sido devorados pelo fogo; os cadáveres das mulheres despidas e violentadas, os das meninas ainda impúberes, jaziam de pernas obscenamente escancaradas ao lado dos corpos degolados dos maridos e dos pais. Tudo estava manchado de sangue: os pavimentos de mármore marchetado, os finos afrescos que adornavam as paredes, os pátios, os banheiros, o triclínio, as mesas com suas sobras de comida, as cortinas, os tapetes e as toalhas de mesa empapados.

Aurélio caiu de joelhos não conseguindo segurar um grito de furor e de impotente desespero. Ficou um bom tempo naquela posição, com a testa quase encostada nas coxas, até estremecer de repente ao perceber o som de um gemido. Seria possível? Possível que alguém ainda estivesse vivo naquela atroz chacina? Levantou-se num pulo, enxugou rapidamente as lágrimas que lhe escorriam pelo rosto e dirigiu-se para aquela lamúria. Vinha do pátio, de um homem deitado de bruços numa grande poça de sangue. Agachou-se ao seu lado e virou-o devagar para poder olhar o seu rosto. Apesar de estar prestes a morrer o homem reconheceu as insígnias e o uniforme. Murmurou:

– Legionário...

Aurélio aproximou-se ainda mais.

– Qual é o teu nome? – perguntou.

O homem quase não conseguia falar, cada respiração devia ser para ele um atroz sofrimento. Respondeu:

– Flávio... eu sou Flávio Orestes.

Aurélio estremeceu.

– Comandante – disse. – Pelos deuses... Comandante, sou da Nova Invicta. – E o nome quase pareceu-lhe um escárnio do destino.

Orestes tremia, batendo o queixo devido ao gelo da morte que tomava conta do seu corpo. Aurélio despiu a capa, cobriu-o, e aquele gesto piedoso pareceu reanimar o moribundo devolvendo-lhe um resquício de energia.

– A minha mulher, o meu filho... – disse. – Capturaram o imperador. Eu te peço, avisa a legião, é preciso... libertá-los.

– A legião foi atacada por forças avassaladoras – respondeu Aurélio. – Eu vim justamente pedir reforços.

No rosto de Orestes apareceu uma expressão de dolorosa angústia mas, mesmo assim, enquanto o fitava com olhos cheios de lágrimas, ainda teve a força de pôr na voz trêmula um último vestígio de esperança.

– Salva-os – disse –, eu imploro.

Aurélio não conseguiu encarar a intensidade amargurada daquele olhar e respondeu cabisbaixo:

– Não sobrou mais ninguém, comandante... eu fiquei sozinho.

Orestes pareceu ignorar por completo aquelas palavras. Com as últimas forças que lhe restavam procurou levantar-se, agarrou nervosamente as tiras da couraça do soldado:

– Eu te peço, legionário – disse em agonia –, salva o meu filho, salva o imperador. Se ele morrer, Roma morre. E se Roma morre, tudo está perdido.

Sua mão escorregou para o chão, inerte, e os seus olhos perderam qualquer expressão na atônita fixidez da morte.

Aurélio fechou-lhe as pálpebras com os dedos, então pegou de volta a capa e saiu enquanto o sol, já bem acima do horizonte, iluminava atrás dele a cena do massacre em todo o seu horror. Alcançou Juba, que mordiscava tranqüilo a grama em volta da árvore, desamarrou-o, montou-o e guiou-o para o norte, atrás do inimigo.

III

A coluna chefiada por Wulfila continuou avançando por três dias numa viagem incômoda através dos passos apenínicos cobertos de neve e dali pela planície nevoenta. Os prisioneiros já estavam no limite da exaustão, duramente castigados pela fadiga e pela insônia. Nenhum deles pudera aproveitar uma única noite de repouso: somente algumas horas de torpor interrompidas pelos pesadelos da chacina. Flávia Serena procurava mostrar firmeza, fosse graças à rígida educação que recebera na casa dos pais, fosse para infundir, com o seu comportamento, alguma esperança no filho Rômulo. Vez por outra o rapaz apoiava a cabeça no colo da mãe e fechava os olhos, mas logo que adormecia a perturbadora visão do massacre voltava-lhe à mente transtornada e a mãe sentia o seu corpo estremecer dolorosamente: quase dava para ela ver o horror das imagens que o menino revivia sob as pálpebras. Então, de repente, o rapaz acordava com um grito, com a fronte molhada de suor frio, com uma expressão apavorada nos olhos arregalados.

Ambrosinus apoiava então uma mão no seu ombro e tentava transmitir-lhe algum calor.

– Ânimo, meu jovem – dizia –, não esmorece: o destino reservou-te a mais dura e cruel das provas, mas eu sei que podes vencer.

Certa vez, enquanto Rômulo já estava entregue ao sono, aproximou-se e sussurrou alguma coisa em seu ouvido, e durante algum tempo a respiração do rapaz tornou-se mais pacata e regular, a expressão do rosto mais relaxada.

– O que lhe disseste? – perguntou Flávia Serena.

– Falei com a voz do seu pai – respondeu enigmático Ambrosinus. – Era o que ele queria ouvir e do que mais precisava.

Flávia não fez comentários e voltou a fitar a estrada que agora margeava as amplas lagoas litorâneas com suas águas orladas de lívidas espumas, oprimidas sob o céu cinzento. Chegaram aos arredores de Ravena na tarde do quinto dia, quando o sol já se punha. A coluna percorria uma das tantas ribanceiras que atravessavam a lagoa para chegarem ao grupo de ilhotas sobre as quais surgira originalmente a cidade e que agora formavam uma única e longa duna costeira. Naquela hora a neblina levantava-se dos baixios e deslizava por cima das águas até alcançar a terra firme, para então espalhar-se entre as árvores esqueléticas e as isoladas choupanas dos camponeses e dos pescadores. Ouvia-se de vez em quando o chamado de algum animal noturno ou o solitário latido de um cão de um longínquo casebre. O frio e a umidade penetravam até os ossos, e o cansaço se juntava àquilo tudo para transformá-lo num mal-estar quase insuportável.

As torres de Ravena apareceram de repente diante deles erguendo-se como gigantes na névoa. Wulfila gritou alguma coisa na sua língua gutural: o portão abriu-se e os cavaleiros entraram a passo na cidade deserta e nebulosa. Parecia não haver moradores, estando todas as portas e as janelas das casas fechadas. Ouvia-se somente o vascolejar das águas nos canais quando um barco passava, como um fantasma, empurrado por invisíveis remadores. Pararam na entrada do palácio imperial de tijolos vermelhos, ornado na fachada com remates de pedra de Ístria. Wulfila ordenou que a mãe fosse separada do filho e que levassem o rapaz para os seus aposentos.

– Deixai que eu vá com ele – insistiu prontamente Ambrosinus. – Está apavorado, esgotado: precisa de alguém que lhe faça companhia. Sou o seu mestre e sei como ajudá-lo: eu vos peço, poderoso senhor.

Lisonjeado por aquelas palavras a que não estava acostumado, Wulfila concordou com um grunhido desarticulado e Ambrosinus pôde seguir em frente com o discípulo enquanto o levavam embora. Rômulo virou-se gritando: "Mãe! Mãe!" Flávia Serena lançou-lhe um olhar comovido e emocionado mas cheio de dignidade, uma muda exortação para que ele não se entregasse ao desespero, e então afastou-se por um longo corredor entre dois guardas, mantendo um passo firme, ombros retos, braços cruzados no peito a encobrirem o que as roupas rasgadas já não podiam pudicamente esconder.

Odoacro havia sido avisado e estava agora à sua espera sentado no trono de marfim dos últimos Césares; bastou um sinal para Wulfila e os guardas entenderem que queria ficar a sós com a mulher. Havia uma cadeira aos pés do trono e Odoacro convidou-a a sentar, mas Flávia Serena permaneceu em pé, bem rija e de olhos fixos no vazio. Mesmo de roupa rasgada, cabelos desgrenhados e molhados de suor, com as manchas de sangue que ainda lhe tingiam as vestes, mesmo com a fronte enegrecida de fuligem e o rosto marcado pelos arranhões, ainda assim conseguia irradiar o fascínio de uma feminilidade orgulhosa e indomável, conseguia manifestar uma beleza ofendida e maculada mas, apesar de tudo, intacta em seus traços ao mesmo tempo altivos e delicados, na candura do pescoço, na perfeição dos ombros e do seio que as mãos cruzadas no peito não podiam esconder por completo. Embora não olhasse para ele, percebia o olhar do bárbaro que a examinava e sentia-se corar de indignação e de raiva impotente. Somente a palidez do cansaço, da fome e da insônia conseguia esconder como uma mortalha as suas emoções.

– Sei que tu me desprezas – disse Odoacro. – Bárbaros, é assim que nos chamam, como se de fato fôsseis melhores, quando na verdade não passais de uma raça acabada por séculos de vício, de poder e corrupção. Mandei matar o teu marido porque merecia, porque me traiu faltando com a sua palavra. Eu precisava dar o exemplo para que todos entendessem de uma vez por todas que não se pode impunemente enganar Odoacro, e o exemplo devia ser terrível, a ponto de encher qualquer um de pavor. E não contes com o teu cunhado Paulo: as minhas tropas cercaram-no e acabaram com ele. Mas agora chega de sangue! Não tenciono brutalizar esta terra. Quero que ela renasça, que floresça de novo com suas obras, com o trabalho nos campos e no comércio. Este país merece alguma coisa melhor do que Flávio Orestes e o seu imperador menino. Merece um soberano de verdade que o guie e proteja como um marido guia e protege a esposa. Este soberano sou eu e quero que tu sejas a minha rainha.

Flávia, que até então permanecera imóvel e calada, finalmente reagiu e a sua voz foi afiada como uma navalha.

– Tu nem sabes do que estás falando. As minhas origens remontam àqueles que durante séculos lutaram contra vós e vos rechaçaram para matas onde vivestes como os bichos com que tanto se pareceis. Tenho asco do teu fedor, da tua ignorância, da tua animalidade, tenho horror da tua língua e do som da tua voz, que mais se parece com o latido de cachorros do que com a expressão humana, fico enojada com a tua pele que não suporta a luz do sol, com teus cabelos de estopa e teus bigodes perenemente sujos de sobras de comida. Será este, então, o vínculo conjugal que desejas? Esta a troca de sentimentos? Podes matar-me agora mesmo, se quiseres, eu não me importo. Mas nunca me casarei contigo.

Odoacro cerrou as mandíbulas: as cortantes palavras de Flávia haviam-no ferido e humilhado. Sabia não haver força nem poder capazes de vencer aquele desprezo, mas sentia cada vez mais forte em si o sentimento que o possuíra desde jovem, quando se alistara no exército imperial: a admiração por aquelas cidades extremamente antigas, pelos foros e as basílicas, as colunas e os monumentos, as estradas, os portos e os aquedutos, as insígnias e os arcos, as solenes inscrições de bronze, os banhos e as termas, as casas, as vilas tão belas que mais pareciam moradas de deuses antes que de homens. Para um ser humano, o Império era certamente o único mundo em que valia a pena viver. Fitou-a e achou-a mais desejável do que nunca, como quando a vira pela primeira vez, com pouco mais de vinte anos, no casamento com Flávio Orestes. Parecera-lhe muito distante, na época, maravilhosa e inalcançável como a estrela que, ainda menino, ele admirara no céu noturno, deitado no carro nômade dos pais, na planície sem fim. Lá estava ela, agora, à sua mercê, e poderia possuí-la a qualquer momento, até mesmo naquela mesma hora. Mas não era bem aquilo que ele desejava, ainda não. Disse:

– Mas terás de fazer exatamente o que eu mandar se quiseres salvar o teu filho, se não quiseres vê-lo morrer bem diante dos teus olhos. E agora sai da minha frente.

Os guardas entraram e levaram-na embora para a ala ocidental do palácio. Ambrosinus espiou pelo buraco da fechadura quando ouviu os cochichos dos soldados que a escoltavam e chamou Rômulo.

– Vê – disse –, é a tua mãe. – E ao mesmo tempo levou o indicador aos lábios mandando-o ficar em silêncio enquanto se afastava para que o jovem por sua vez pudesse olhar.

O pequeno cortejo logo saiu do reduzido alcance visual que lhes era permitido, mas Ambrosinus encostou o ouvido na porta e contou os passos até reparar no estalo de uma fechadura e no barulho de uma porta que se fechava.

– Vinte e quatro. O quarto da tua mãe fica a vinte e quatro passos de distância, e deve ser do outro lado do corredor.

Estamos quase certamente nos aposentos do gineceu imperial. Já estive aqui uma vez há uns dois anos, e tua mãe também conhece o palácio bastante bem. Isto poderia ser alguma vantagem para nós.

Rômulo acenou que sim com a cabeça, acostumado que era a seguir as elucubrações do mestre, mesmo quando não entendia claramente a finalidade e o sentido delas, mas não demonstrou qualquer interesse particular diante daquela afirmação. A porta do quarto estava trancada por fora e era vigiada por um guerreiro armado de espada e machado: que possibilidade podia então haver de estabelecer algum contato com a mãe? Deixou-se cair na cama, esgotado por tantas emoções e vicissitudes: a natureza falando mais alto e em poucos momentos estava entregue a um sono profundo. Ambrosinus cobriu-o com uma manta, afagou-o de leve na cabeça e só então deitou ele próprio na outra cama, em busca de algum repouso. Achou melhor não apagar a lanterna, pois sabia que as trevas iriam suscitar imagens contra as quais dificilmente haveria como defender-se e porque preferia manter algum vago vislumbre de vigilância naquela noite povoada de sombras sangrentas.

Não saberia dizer quanto tempo se passara quando ouviu um barulho ao qual se seguiu uma espécie de baque surdo. Rômulo ainda estava profundamente adormecido e nada percebera: o seu sono era tão pesado que o garoto continuava exatamente na mesma posição de quando adormecera. Ambrosinus levantou-se e ouviu mais um ruído, desta vez um estalo seco e metálico bem junto da porta.

– Acorda – disse ao rapaz, sacudindo-o energicamente. – Parece que alguém está chegando.

Num primeiro momento Rômulo abriu os olhos sem saber ao certo onde estava, mas bastou-lhe dar uma olhada em volta e reconhecer as paredes da sua prisão para voltar a ter plena consciência da sua dolorosa condição. Enquanto isto a porta se abrira chiando e aparecera uma figura encoberta por uma manta e um capuz que lhe ocultava o rosto. O olhar de Ambrosinus fixou-se imediatamente na ponta da espada que o homem segurava e, instintivamente, plantou-se diante do desconhecido para proteger o discípulo. Mas o homem descobriu então o rosto:

– Rápido – disse –, sou um soldado romano da Nova Invicta e vim salvar o imperador. Vamos logo, não há tempo a perder.

– Mas como é que eu vou... – começou Ambrosinus.

– Não importa. Prometi salvar a ele, não a ti.

– Não posso confiar, nem sei quem és e...

– O meu nome é Aurélio e acabo de matar o guarda – disse apontando para o corpo caído atrás dele. Em seguida segurou o cadáver pelos pés e arrastou-o para dentro.

– Não vou sair daqui sem a minha mãe – disse prontamente Rômulo.

– Então mexei-vos, por todos os deuses – rebateu Aurélio. – Onde ela está?

– Lá adiante – respondeu Ambrosinus e, para demonstrar que também era indispensável à expedição, logo acrescentou: – Também sei como podemos sair daqui. Há uma passagem do lado do *matroneu** da basílica imperial.

Encaminharam-se para o quarto onde devia estar trancada Flávia Serena e Aurélio enfiou a ponta da espada entre a porta e o umbral, destravando o ferrolho. Naquele instante, no entanto, chegou o guarda para a mudança de turno e começou logo a gritar correndo para eles de arma em punho. Aurélio enfrentou o bárbaro com uma finta, fazendo com que perdesse o equilíbrio, para então trespassá-lo sem misericórdia. O homem caiu ao chão sem mais uma palavra e o legionário entrou no quarto de Flávia dizendo:

– Rápido, minha senhora, vim libertar-te mas não há nem mais um minuto a perder.

Ao ver o rapaz e Ambrosinus, Flávia quase sentiu-se desmaiar: o destino brindava-a com uma ajuda inesperada.

– Por aqui – disse Ambrosinus –, podemos passar pelo corredor do *matroneu*: não creio que os bárbaros o conheçam. – E encaminhou-se apressado, mas os gritos do guarda haviam chamado a atenção de mais alguns homens no fim do corredor. Aurélio viu uma grade de ferro e mal teve tempo de fechá-la atrás de si, então seguiu em frente correndo com os seus companheiros de fuga. A essa altura já se ouviam gritos por toda parte em torno deles, viam-se tochas correndo no escuro do pátio e por trás das janelas, ouvia-se o barulho

* Local reservado às matronas nas antigas basílicas cristãs. (N. do T.)

das armas e os chamados insistentes dos soldados. Então, de repente, quando Ambrosinus já estava a ponto de abrir a portinhola escondida que dava para o corredor do *matroneu*, um guerreiro gigantesco apareceu de uma escada lateral com mais dois guardas: Wulfila. O preceptor ficou separado dos companheiros. Tomado de aflição, escondeu-se atrás do arco que ocultava a portinhola do *matroneu* e só pôde assistir impotente ao ataque. Os três investiram contra Aurélio, que se aprontou para defender Flávia e Rômulo. Ambrosinus fechou os olhos, apertou na mão esquerda o amuleto que trazia pendurado no pescoço, um ramalhete de visgo em prata, e focalizou todo o poder do seu espírito no braço de Aurélio que dardejou fulmíneo decepando de um só golpe a cabeça de um adversário. A cabeça rolou entre as pernas e por um momento o corpo estremeceu nos últimos batimentos do coração, jorrando um largo jato de sangue do pescoço cortado antes de desmoronar para trás. Aurélio deteve com o punhal na mão esquerda o fendente de Wulfila e jogou-se para o lado fincando o pé entre as pernas do terceiro homem que já investia contra ele; então, com mais um pulo ferino, virou sobre si mesmo e a lâmina da sua faca penetrou fundo entre as escápulas do agressor já desequilibrado, deixando-o moribundo no chão. Aurélio teve então de enfrentar o inimigo mais perigoso: as espadas cruzaram-se com clangor estridente numa saraivada de golpes mortíferos, espalhando em volta um enxame de fagulhas. Ambos os aços eram da melhor têmpera e a força terrível do bárbaro esmorecia diante da agilidade e da destreza do romano.

Os berros dos guardas aproximavam-se cada vez mais e Aurélio percebeu que devia livrar-se do adversário de qualquer maneira, pois do contrário iria cair nas mãos deles para ter em seguida uma morte horrenda. As espadas detiveram-se uma contra a outra, bloqueadas no peito dos dois guerreiros, cada um tentando degolar o outro enquanto segurava com a mão livre o pulso do adversário. E naquele momento, tão de perto, cada um pôde olhar fixamente nos olhos do outro, com a atônita expressão de Wulfila a demonstrar um repentino pasmo.

– Quem és tu, romano? – gritou. – Nós já nos conhecemos!

Para o bárbaro bastaria imobilizar Aurélio por mais alguns instantes: os companheiros logo chegariam acabando de vez com o combate e respondendo à pergunta que continuava a pairar no ar, mas Aurélio livrou-se acertando o outro no rosto com uma formidável cabeçada. Recuou para dar a estocada final mas escorregou na grande poça formada pelo sangue dos inimigos vencidos e caiu ao chão. Wulfila foi logo para cima dele mas Rômulo, que até então havia ficado convulsamente agarrado à mãe, inteiramente tomado pelo terror, ao reconhecer o assassino do pai pareceu acordar de repente, desvencilhou-se e apanhou a espada de um dos guardas mortos para lançar-se contra Wulfila. O bárbaro percebeu a ameaça e arremessou o punhal, mas Flávia já se adiantara para proteger o filho e recebeu o golpe bem no meio do peito. Rômulo começou a gritar tomado pelo desespero e Aurélio aproveitou a momentânea distração do adversário para dar o fendente: Wulfila jogou a cabeça para trás a fim de evitar a morte, mas foi mesmo assim atingido pela lâmina que lhe desfigurou o rosto com um amplo corte do olho esquerdo até a face direita. Gritou de raiva e de dor, continuando a remoinhar a espada enquanto Aurélio arrancava o rapaz do cadáver da mãe e o arrastava pela escada de onde haviam chegado os atacantes.

Ambrosinus recobrou-se para acompanhá-los, mas viu mais um numeroso grupo de guardas chegando e voltou a ocultar-se na sombra do arco, desaparecendo atrás da porta do *matroneu*. Viu-se dentro do grande camarote marmóreo que dava para a nave central da basílica dominada por um grande mosaico absidal com a imagem de um *Pantocrator** quase invisível nos incertos reflexos do ouro. Desceu rapidamente até a balaustrada, atravessou o presbitério e as sacristias e seguiu por um estreito corredor que corria ao longo de um vão no muro externo da igreja: imaginava por onde Aurélio iria tentar sair em sua fuga, e receava o que poderia acontecer com o rapaz exposto a um perigo mortal.

Aurélio, com efeito, só dispunha de uma única saída: a que passava pelas termas do palácio. Chegou a uma ampla sala de teto abobadado que duas lamparinas de azeite mal conseguiam iluminar. Ao rés-do-chão abria-se uma grande piscina cheia de água que o descuido dos novos donos deixara turva e coberta por um tapete de algas. Aurélio tentou abrir

* Do grego: Onipotente. (N. do T.)

a porta que dava para a rua mas ela estava fechada por fora. Virou-se então para o rapaz:

– Sabes nadar?

Rômulo assentiu com a cabeça enquanto seus olhos fitavam com nojo aquela espécie de esgoto malcheiroso.

– Então segue-me, precisamos passar pela tubulação que alimenta as termas vindo do canal externo. O meu cavalo está ali por perto. A água logo ficará fria e escura, mas tu vais conseguir, eu vou ajudar. Vamos lá, respira fundo e entra sem medo.

Pulou na piscina e ajudou Rômulo a descer, em seguida os dois mergulharam e Aurélio começou a subir pela tubulação que separava a grande banheira do canal de alimentação. Estava fechada e ele pensou estar num beco sem saída. Teria de tentar sozinho, mais alguns momentos e o rapazinho morreria afogado: pelos seus movimentos frenéticos naquela água escura já podia perceber que estava entrando em pânico. Conseguiu segurar com as mãos a borda inferior da pequena comporta e começou a levantá-la com toda a força que ainda lhe sobrava até ela se mexer vagarosamente e ceder. Agarrou então o garoto às cegas e impeliu-o até que ele passasse por baixo do anteparo; em seguida ele próprio superou a estreita passagem antes de deixar cair de volta a comporta. Com os pulmões que pareciam estar a ponto de estourar, só levou mais alguns instantes para subir à tona ao lado do rapaz. O garoto batia o queixo de frio, parecia estar prestes a desmaiar: não poderia deixá-lo sozinho na água enquanto ia buscar o cavalo. Empurrou-o para a margem, encharcado e tiritante, e depois de ele mesmo erguer-se fora do canal, arrastou-o rapidamente ao longo do contraforte abrigando-o atrás do canto meridional do palácio.

– Estamos com sorte – disse. – A neblina está subindo. Ânimo, meu jovem, ainda podemos nos salvar, mas agora não te mexas daí.

O rapaz não respondeu logo; parecia ter perdido qualquer contato com a realidade. Então, com voz que mal dava para ouvir, disse:

– Precisamos salvar Ambrosinus.

– É um homem feito – rebateu Aurélio. – Na certa saberá virar-se sozinho. Já será uma façanha e tanto se nós conseguirmos sair daqui. Os bárbaros já começaram a procurar aqui fora.

Ouvia-se com efeito o barulho dos perseguidores que saíam a cavalo das estrebarias da ala norte do palácio para patrulhar as estradas. Aurélio percorreu meio agachado uma ruela até encontrar o seu Juba, preso a uma argola dentro de um velho armazém de pescado em ruínas.

Segurou-o pelas rédeas e apressou-se a voltar procurando fazer o menor barulho possível, mas quando estava quase chegando ouviu o grito na língua dos hérulos:

– Lá está ele! Está escondido num canto... Pára! Pára! – E logo depois viu Rômulo sair do abrigo e fugir desajeitadamente ao longo da ala oriental do palácio. Havia sido encontrado!

Pulou no cavalo e lançou-se para adiante irrompendo na grande esplanada externa em frente ao palácio imperial iluminado por inúmeras tochas acesas e viu Rômulo correr em disparada, perseguido por um grupo de guerreiros hérulos. Incitou mais ainda o animal e passou no meio dos perseguidores ceifando com a espada dois deles, um à esquerda e outro à direita. Antes de os demais se darem conta do que estava acontecendo, superou-os e alcançou Rômulo. Agarrou-o passando o braço sob a sua axila e levantou-o do chão enquanto instigava aos berros o cavalo:

– Anda, Juba! Eia! Eia!

Mas logo quando estava para colocar o jovem diante de si na garupa do animal um dos perseguidores desfechou uma seta que penetrou no seu ombro.

Aurélio cerrou os dentes e tentou resistir, mas a contração dos músculos provocou um espasmo insuportável e foi forçado a soltar a presa. Rômulo caiu no chão mas Aurélio não se deu por vencido: fincou as pernas nos flancos da cavalgadura forçando-a a virar abruptamente para trás e incitou-a de volta para pegar o rapaz com o braço são. Naquela mesma hora, no entanto, Ambrosinus saiu de uma porta secundária, irrompeu na esplanada e jogou-se em cima de Rômulo achatando o contra o solo para protegê-lo com o seu próprio corpo. Aurélio compreendeu que nada mais podia fazer e, com mais uma repentina virada, enfiou-se numa estreita rua lateral, superou com um pulo acrobático um pequeno canal que lhe barrava o caminho e seguiu em frente a toda, rumo a um local das muralhas onde uma antiga brecha nunca devidamente consertada permitiu-lhe galgar a cerca fortificada da cidade e descer do outro lado sem maiores dificuldades.

Um grupo de guerreiros bárbaros a cavalo, de armas em punho e tochas acesas, saiu entretanto de uma das portas para impedir a sua fuga. Aurélio conseguiu chegar primeiro à ribanceira que atravessava a lagoa e procurou deixar a maior distância possível entre ele e os perseguidores mais próximos: o resto ficaria por conta da neblina. A latejante dor no ombro, contudo, já não deixava que guiasse com perfeição o cavalo que ia progressivamente perdendo velocidade. Vislumbrou na escuridão um convidativo matagal formado de árvores e arbustos, puxou as rédeas, deixou-se escorregar ao chão e procurou esconder-se entrando na água do lado direito da ribanceira; esperava que os cavaleiros seguissem em frente sem se darem conta da sua presença, mas eles perceberam o golpe e por sua vez pararam. Havia pelo menos uma meia dúzia deles: não iriam demorar a encontrá-lo, e então não haveria mais saída.

Desembainhou a espada e preparou-se para morrer como um bom soldado, mas na mesma hora ouviu-se um assobio no ar e um dos bárbaros tombou ao chão trespassado por uma seta. Mais outro teve o pescoço perfurado e caiu para trás vomitando sangue. Os demais perceberam que, de tochas acesas na mão, eram os únicos alvos visíveis no escuro, e já estavam a ponto de jogá-las fora quando uma terceira seta acertou um cavaleiro na barriga, arrancando dele um grito de dor. Os que ainda sobravam acharam por bem sair o quanto antes do alcance daquele inimigo invisível protegido pelos pântanos e pelo nevoeiro.

Aurélio tentou arrastar-se de volta para o topo da ribanceira à cata do seu cavalo, mas escorregou para trás vencido pela exaustão. A dor tornou-se insuportável, a vista ficou embaçada e teve a impressão de ser engolido pela neblina numa queda sem fim. Num relance de consciência pareceu-lhe ver uma figura encapuzada dobrada por cima dele enquanto um barco se movia lentamente no gorgolejar da água. Então, mais nada.

IV

Ambrosinus levantou-se e em seguida ajudou o rapaz a fazer o mesmo; encharcado da cabeça aos pés, com a roupa suja de algas e de lama, os cabelos colados na testa, tiritava de frio e tinha os lábios lívidos. O mestre tirou a capa e envolveu-lhe os ombros com ela dizendo:

– Vem, vamos voltar.

Passou de cabeça erguida entre os guardas de Wulfila, que os ameaçavam de armas em punho, amparando o rapaz. Sussurrava-lhe algumas palavras para animá-lo enquanto avançavam pelos corredores e subiam as escadas rumo ao seu quarto de detenção. Rômulo nada dizia, seguia em frente com passo incerto, tropeçando amiúde nos farrapos da roupa rasgada ou na capa, demasiado longa para a sua altura. O seu corpo ainda estava entorpecido pelo frio, e a sua alma atormentada pela imagem da mãe esfaqueada pelo mesmo assassino do pai. No fundo da alma sentia ódio pelo homem que o iludira com a esperança de libertá-lo e que, na verdade, só havia sido a causa de maiores e ainda piores desgraças, que o expusera a um futuro ainda mais incerto e aflitivo. Levantou de repente os olhos para o mestre com expressão angustiada e perguntou:

– Minha mãe... Está morta... não é?

Ambrosinus hesitou em responder.

– Está morta? – insistiu o rapaz.

– Eu... receio que sim – respondeu o mestre, segurando-o pelos ombros com um braço e puxando-o a si. Mas Rômulo desvencilhou-se gritando:

– Deixa-me, deixa-me em paz! Quero a minha mãe! Quero vê-la. Onde está ela agora? Eu preciso vê-la!

E investia contra os guerreiros bárbaros golpeando-lhes furiosamente os escudos com os punhos. Eles levavam na brincadeira, rindo do garoto e empurrando-o de uns para os outros. Ambrosinus tentou segurá-lo e acalmá-lo mas o discípulo parecia estar inteiramente descontrolado. Não havia nenhum lampejo de luz a iluminar a sua vida, nem qualquer saída que o livrasse dos horrores que o cercavam. Tão grave era o seu desespero que se podia até recear que tentasse o suicídio.

– Deixai que veja a mãe – implorou Ambrosinus –, talvez precise disto para desabafar, e então ficará tranqüilo. Por favor, se souberdes onde guardaram o seu corpo, deixai que ele a veja. É apenas um garoto amedrontado, tende piedade.

Os bárbaros pararam de rir e Ambrosinus olhou em volta, fitando-os um por um: tamanha era a força que se irradiava dos seus olhos azuis, tão perturbador era o poder das suas pupilas dilatadas, que alguns baixaram a cabeça como que dominados por uma energia misteriosa. Então aquele que parecia estar no comando respondeu:

– Por enquanto é impossível. Precisai voltar para os vossos aposentos, estas são as ordens. Mas transmitirei o vosso pedido ao meu comandante e aí lhes direi alguma coisa.

Rômulo pareceu finalmente encontrar alguma paz, vencido pelo cansaço, e os dois foram levados de volta para o quarto. Ambrosinus nada disse, pois qualquer palavra sua poderia piorar a situação. Rômulo ficou sentado no chão num canto do quarto, a cabeça apoiada para trás contra a parede, os olhos vazios. Vez por outra soltava um longo suspiro de aflição, e então o preceptor levantava-se e chegava perto para espreitar a sua expressão, para entender qual parte do seu espírito ainda estava alerta e qual, ao contrário, estava entregue ao delírio. Desse modo, no torpor de um sono incerto e agitado, passaram o que ainda sobrava da noite. Quando alguma claridade leitosa começou a espalhar-se no aposento através de duas frestas na parte de cima da parede, ouviu-se um ruído na entrada e a porta se abriu para deixar entrar duas criadas. Traziam uma bacia com água, roupas limpas, uma vasilha de ungüento e uma bandeja com comida. Aproximaram-se de Rômulo, colocaram tudo sobre uma mesa e aí, depois de uma profunda mesura, beijaram-lhe a mão com a maior reverência. Rômulo deixou que o lavassem e vestissem, mas, apesar da insistência de Ambrosinus, recusou a comida. Uma das criadas, uma jovem de talvez uns dezoito anos, muito delicada e graciosa, serviu uma taça de leite morno com mel e disse:

– Por favor, meu senhor, toma pelo menos isto: vai revigorar-te.

– Eu vos peço – também insistiu a outra, um pouco mais velha, demonstrando sincera e intensa dedicação no olhar. Rômulo pegou então a taça e deu um longos tragos. Em seguida, voltou a colocá-la na mesa e disse:

– Fico agradecido.

Ambrosinus pensou que em condições normais Rômulo nunca iria agradecer a uma criada: talvez aquela situação de solidão e extrema dor fizessem-no apreciar o calor humano, por mais humilde que fosse a sua origem. Quando as jovens já estavam saindo acompanhou-as e perguntou se haviam reparado em algo fora do comum ou em algum vaivém suspeito depois que eles voltaram ao palácio. As jovens entreolharam-se com ar interrogativo e acenaram que não.

– Precisamos da vossa ajuda – disse Ambrosinus. – Qualquer informação pode ser preciosa, quem sabe até crucial. A vida do imperador pode depender disto.

– Faremos tudo aquilo que estiver ao nosso alcance – respondeu uma das jovens –, mas não conhecemos a língua deles, e não conseguimos entender o que dizem.

– Poderíeis levar algumas mensagens?

– Eles nos revistam – respondeu a moça com um leve rubor –, mas podemos passar adiante as vossas palavras, se houver alguém a quem possamos relatá-las. Desde que não fiquem nos espionando, é claro. Aqui no palácio há muita hostilidade e desconfiança em relação a qualquer um de origem latina.

– Entendo. Só gostaria de saber se esta noite foi capturado um soldado romano, um homem de uns quarenta e cinco anos, forte, cabelos escuros, levemente grisalhos nas têmporas, olhos negros. Está ferido no ombro esquerdo.

As jovens se consultaram com um olhar e responderam que não, que não viram nem ouviram falar de alguém que correspondesse à descrição.

– Se souberdes de alguma coisa, mesmo que ele tenha sido morto, avisai-nos o quanto antes. Mais uma pergunta: quem vos mandou aqui?

– O mestre de corte, o administrador do palácio – respondeu a mais velha. – O nobre Antêmio.

Ambrosinus anuiu: um velho funcionário que sempre havia sido fiel ao imperador, não importa qual deles, sem preocupar-se com qualquer outra coisa. Obviamente, também parecia-lhe justo prestar os seus serviços a Rômulo, pelo menos até que houvesse um sucessor.

As jovens saíram e seus passos ligeiros confundiram-se com os mais pesados dos guardas que as escoltavam. Rômulo aninhou-se num canto do quarto e fechou-se num obstinado silêncio, recusando-se a aceitar qualquer convite do mestre para conversar. Não conseguia encontrar ânimo para sair do abismo em que se precipitara e, a julgar pela expressão fixa e atônita do olhar, continuava a descer cada vez mais fundo. De vez em quando os seus olhos imóveis brilhavam por alguma íntima comoção e as lágrimas começavam a escorrer-lhe lentamente pelas faces.

Passou-se mais algum tempo. Já devia ser quase meio-dia quando a porta se abriu de novo e o homem com o qual Ambrosinus falara na noite anterior apareceu no limiar e disse a Rômulo:

– Agora podes vê-la, se assim o desejares.

O rapaz recobrou-se imediatamente do torpor e seguiu atrás dele, sem nem mesmo esperar pelo preceptor, que se juntou ao pequeno cortejo em silêncio. Mantivera-se até então calado, pois sabia que nenhuma palavra poderia lançar um raio de luz naquele abismo de treva e porque, afinal, acreditava que os jovens gozassem de alguma proteção especial da natureza, a única capaz de curar feridas tão dolorosas.

Dirigiram-se para a ala meridional do palácio até os aposentos, agora abandonados, dos guardas palatinos. Aí começaram a descer as escadas e Ambrosinus percebeu que estavam indo para a basílica imperial, por onde ele passara havia pouco tempo a caminho do *matroneu*. Atravessaram a nave e desceram para uma cripta parcialmente inundada pela água salobra da lagoa. O altar central e o pequeno presbitério surgiam como uma ilhota ligada ao pavimento externo através de uma passarela de tijolos. Quem a percorria passava, portanto, sobre o espelho cristalino da água, sob o qual reluzia um antigo mosaico que representava a dança das estações. O corpo de Flávia Serena havia sido colocado sobre a tampa marmórea do altar. Branca como cera, coberta com um cândido pano de lã que descaía dos dois lados, estava de cabelos arrumados e rosto limpo, só ligeiramente maquiado. Alguma criada do palácio devia ter achado oportuno cuidar do cadáver e compusera-a da melhor forma possível.

Rômulo chegou-se a ela devagar, contemplou-a demoradamente como se aqueles frios despojos pudessem por milagre reanimar-se sob o calor do seu olhar, aí seus olhos encheram-se de lágrimas e se entregou a um pranto desenfreado, apoiando a testa na dura frieza do mármore. Ambrosinus, que se aproximara sem ousar tocar nele, deixou-o extravasar os seus sentimentos. Viu-o finalmente enxugar o rosto e murmurar baixinho alguma coisa que não conseguiu entender. Em seguida, surpreendendo o preceptor com a gélida firmeza do olhar, Rômulo levantou a cabeça e dirigiu-se aos presentes, os soldados bárbaros a serviço de Wulfila, dizendo:

– Vão ter de pagar por isto. Todos vós, maldita raça de cães raivosos amaldiçoados por Deus.

Nenhum deles entendeu as palavras do rapaz, expressadas num latim arcaico e palaciano como a maldição que proferira, e o preceptor sentiu-se aliviado, mas lá em cima, sob os arcos do pequeno corredor que ligava a abside ao *matroneu*, Odoacro observara a cena ao lado dos seus guardas e de um dos serviçais.

– O que foi que ele disse? – perguntou.

– Amaldiçoou todos vós – respondeu laconicamente o criado.

Odoacro fez uma careta de escárnio, mas Wulfila, na penumbra atrás dele, parecia o próprio testemunho daquele anátema. A larga ferida com que a espada de Aurélio lhe desfigurara o semblante e os pontos de sutura que o cirurgião da corte lhe aplicara tornavam ainda mais repulsivo o rosto intumescido, os lábios inchados, contraídos num ricto grotesco.

Odoacro virou-se para os guardas que o ladeavam:

– Levai o rapaz de volta a seu quarto e trazei aqui o velho: deve ter muita coisa a contar sobre a incursão desta noite.

Deu mais uma olhada para o corpo de Flávia Serena e, naquela escuridão, ninguém pôde ver a expressão de profunda lástima que por um instante passou por seus olhos. Então deu as costas e partiu acompanhado por Wulfila, a caminho dos aposentos imperiais. Um dos guardas desceu da cripta e murmurou alguma coisa no ouvido do comandante; logo em seguida Rômulo foi separado do mestre, que foi levado embora pelo recém-chegado. O rapaz gritou-lhe então:

– *Magister!*

E quando Ambrosinus olhou para trás, completou:

– Não me abandones!

– Não teme. Muito em breve estaremos juntos de novo. Ânimo, ninguém deve ver-te chorar novamente, ninguém, por motivo algum. Tu viste ambos os teus pais sendo mortos, não pode haver na vida dor maior do que esta. Agora só te resta um caminho: sair do abismo em que te encontras, e eu tudo farei para ajudar-te. – E retomou a marcha cercado pelos guardas.

Odoacro esperava por ele no apartamento imperial, naquele que havia sido o gabinete do imperador Júlio Nepos e do próprio Flávio Orestes.

– Quem era o homem que tentou libertar os prisioneiros na noite passada? – foi logo perguntando. Ambrosinus percorreu com os olhos as longas estantes cheias de rolos de papel e de livros e lembrou que ele mesmo consultara muitos daqueles papéis nos poucos meses em que havia sido membro da família imperial naquela luxuosa morada. Isto deixou extremamente irritado o seu interlocutor, que berrou:

– Olha para mim quando estou falando! E responde às minhas perguntas!

– Não sei quem era – foi a tranqüila resposta. – Nunca o vira antes.

– Não tenta brincar comigo; ninguém se atreveria a arriscar uma façanha dessas sem ter primeiro combinado algum plano. Tu sabias que ele iria agir, e talvez até saibas onde ele se esconde agora mesmo. É melhor que me contes logo; tenho meios de forçar-te a falar, se for necessário.

– Não duvido disto – respondeu Ambrosinus –, mas sejam lá quais forem os vossos métodos, não podereis forçar-me a dizer o que não sei. É só interrogar os homens da escolta. Desde o momento em que deixamos a vila ninguém manteve contato conosco a não ser os vossos bárbaros. Não havia um único romano no grupo que se encarregou do massacre e, como vós bem sabeis, nenhum dos homens de Orestes conseguiu sair de lá com vida. E além do mais eu mesmo impedi que aquele homem levasse a bom termo a última tentativa de fugir com o garoto.

– Porque não querias expô-lo a outros perigos.

– Isso mesmo. E porque jamais iria concordar com aquela linha de ação! Uma tentativa desesperada, uma batalha perdida antes mesmo de começar... cujo preço, aliás, foi caro demais. É claro que não devia ser esta a intenção dele, mas infelizmente o resultado é o mesmo; a minha ama, a imperatriz-mãe, ainda estaria viva se não fosse por aquele gesto descabido. Eu nunca aprovaria uma loucura dessas, e por uma razão muito simples...

– Que seria?

– Detesto os fracassos. Claro, trata-se sem dúvida de um homem muito corajoso, e aquele vosso cão de guarda vai lembrar-se disto por um bom tempo: recortou-lhe o rosto de uma orelha à outra. Compreendo que queira vingar-vos, mas não há nada que eu possa fazer para ajudar, e mesmo que me corteis em pedaços, não conseguireis tirar de mim mais do que eu já disse.

Falou com tamanha calma e segurança que Odoacro ficou impressionado. Um homem como aquele poderia ser-lhe útil, um homem com a cabeça nos ombros e de profunda sabedoria que o aconselhasse nos meandros da política e nas intrigas palacianas em que muito em breve ficaria enredado. Mas o tom com que proferira as palavras "a minha ama, a imperatriz-mãe" não deixava dúvidas quanto às suas convicções e ao destinatário da sua fidelidade.

– O que tencionais fazer como rapaz? – perguntou então Ambrosinus.

– Isto não é da tua conta – respondeu Odoacro.

– Poupai-o. Não representa perigo algum para vós. Não sei por que aquele homem tentou libertá-lo, mas não vejo razão para que isto seja para vós motivo de preocupação. Agiu sozinho; se fosse um complô, a escolha do tempo e do local teria sido bem diferente, não achais? Mais homens envolvidos, pontos de apoio preparados ao longo do caminho, uma fuga convenientemente planejada, e, longe disto, eu mesmo tive de indicar-lhe por onde poderíamos fugir.

Odoacro ficou pasmo com a confissão espontânea e ao mesmo tempo com a inabalável lógica daquelas palavras.

– Mas como conseguiu, então, chegar aos vossos aposentos?

– Não sei, mas posso imaginar.

– Fala.

– Ele conhece a vossa língua.

– Como é que tu sabes?

– Porque o ouvi falar com os vossos soldados – respondeu Ambrosinus.

– E por onde saíram? – insistiu Odoacro.

Nenhum dos seus homens, com efeito, conseguira explicar como Rômulo e Aurélio haviam sido encontrados fora do palácio quando todos os possíveis caminhos de fuga estavam sendo vigiados.

– Não sei dizer, uma vez que ficamos separados depois da intervenção dos vossos guardas. Mas o garoto estava todo molhado e exalava um cheiro insuportável. Um esgoto, eu acho. Mas para que insistir? Não é possível que estejais com receio de um rapazinho de treze anos. E além do mais aquele homem agiu sozinho, continuo afirmando que estava só, e recebeu um sério ferimento. Nesta altura pode até já estar morto. Poupai o garoto, eu imploro. É pouco mais do que uma criança, que mal pode fazer?

Odoacro fitou-o nos olhos e sentiu-se repentinamente inquieto, como que tomado por uma inexplicável sensação de insegurança. Baixou os olhos na tentativa de parecer pensativo e aí disse:

– Agora sai. A minha decisão não vai demorar. Não esperes que o episódio desta noite se repita.

– E como poderia? – respondeu Ambrosinus. – Um idoso como eu e um rapazinho, ainda mais continuamente mantidos sob vigilância por dúzias de guerreiros... Mas se eu puder dar-vos um conselho...

Odoacro não queria rebaixar-se a pedir, mas bem dentro do coração queria ouvir o que aquele homem capaz de perturbar os seus pensamentos com um mero olhar tinha a dizer. Ambrosinus entendeu e continuou a falar:

– Se acabardes com o rapaz estareis cometendo uma arbitrariedade muito grave, e o vosso poder jamais será reconhecido pelo imperador do Oriente, que tem muitos simpatizantes também aqui na Itália, e muitos espiões, assim como muitos soldados. Um romano pode tirar o poder de outro romano, mas não um... – hesitou antes de pronunciar a palavra – mas não um bárbaro. Até mesmo o grande Ricimero, vosso antecessor, sempre preferiu ocultar-se, para governar, atrás de pálidas figuras imperiais. Poupai então o garoto e ficareis conhecido como um senhor magnânimo e generoso; atraireis as simpatias do clero cristão, que é muito poderoso, e o imperador do Oriente fará de conta que nada aconteceu. Pouco se importa com quem manda no Ocidente, uma vez que, afinal de contas, nada pode fazer para modificar as coisas; para ele, no entanto, é fundamental salvar as aparências, respeitar o aspecto formal.

Lembrai-vos do que estou dizendo. Salvai as aparências e podereis exercer o poder neste país até o fim da vida.

– As aparências? – repetiu Odoacro.

– Prestai atenção. Há vinte e cinco anos Átila impôs um tributo ao imperador Valentiniano III, o qual não teve outra saída a não ser pagar. Mas sabeis como? Nomeou Átila general do império e pagou o tributo na forma de salário. Em outras palavras, o imperador dos romanos era tributário de um chefe bárbaro, mas as aparências eram mantidas e, com elas, a honra. Matar Rômulo seria uma crueldade inútil e, politicamente, um erro colossal. Vós sois um homem poderoso, agora. Está na hora de aprender a administrar este poder. – Acenou uma imperceptível mesura com a cabeça e virou-se para ir embora sem sequer lhe passar pela cabeça que Odoacro fosse detê-lo.

Ambrosinus saiu e quase imediatamente uma porta lateral do gabinete se abriu e apareceu Wulfila.

– Precisas matá-lo logo – disse fazendo sibilar a voz entre os dentes –, ou episódios como o de ontem continuarão a repetir-se sem parar.

Odoacro fitou-o, e aquele mesmo homem que no passado cumprira por sua ordem todo tipo de torpeza pareceu-lhe de repente desconhecido e distante, quase completamente alheio, um bárbaro com o qual já não tinha mais nada a ver.

– Tu só conheces o sangue e o massacre – replicou. – Mas eu quero governar, estás entendendo? Quero que os meus súditos continuem cuidando dos seus negócios e afazeres, não de intrigas e maquinações. Tomarei, portanto, a decisão que me parecer mais acertada.

– Deixaste-te amolecer pelas lamúrias daquela criançola e pela conversa fiada do velho charlatão. Se não quiseres, eu mesmo vou cuidar do assunto.

Odoacro levantou a mão como que para golpeá-lo, mas deteve-se diante do rosto desfigurado de Wulfila.

– Não te atrevas a desafiar-me – disse duramente. – A ti só cabe obedecer. Quando eu tiver chegado a uma conclusão mandarei chamar-te.

Wulfila saiu batendo a porta. Odoacro ficou sozinho no gabinete, indo de um lado para outro, remoendo pensativamente as palavras de Ambrosinus. Então, de súbito, chamou um serviçal e ordenou que convocassem Antêmio, o mestre da corte. O velho chegou com passo apressado e Odoacro mandou-o sentar.

– Tomei a minha decisão no que concerne ao destino do jovem chamado Rômulo Augusto – começou.

Antêmio levantou os olhos aquosos e aparentemente inexpressivos. Tinha em cima dos joelhos um caderno e segurava uma pena na mão direita para tomar nota de tudo que lhe fosse dito. Odoacro voltou a falar:

– Tenho pena daquele pobre rapaz, que não é culpado das infâmias do pai, e decidi poupar-lhe a vida.

Antêmio não conseguiu disfarçar um suspiro de alívio, mas Odoacro logo continuou:

– O episódio desta noite, no entanto, demonstra claramente que a sua vida está em perigo e que alguém poderia usá-lo para espalhar guerra e desordem neste país, que, ao contrário, só precisa de paz e tranqüilidade. Enviá-lo-ei, portanto, para um local seguro, aos cuidados de pessoas de confiança, e outorgar-lhe-ei uma pensão vitalícia condizente com a sua posição. As insígnias imperiais serão enviadas a Constantinopla, ao imperador Basilisco, em troca da minha nomeação para o cargo de *magister militum* do Ocidente. Um só imperador já é mais do que suficiente para o mundo.

– Uma sábia decisão – comentou Antêmio. – A coisa mais importante, com efeito, é...

– ... salvar as aparências – concluiu Odoacro. Antêmio fitou-o surpreso; aquele rude guerreiro aprendia depressa as regras da política.

– O seu preceptor poderá ir com ele? – perguntou o velho.

– Nada tenho em contrário. Dessa forma o rapaz poderá dedicar-se aos estudos, e isto só poderá ser bom para ele.

– Quando terão de partir? – perguntou Antêmio.

– Quanto mais cedo, melhor. Não quero outras refregas!

– Será que posso saber o destino?

– Não. Somente o chefe da escolta será informado a respeito.

– Como o senhor desejar. Mas terei de tomar providências para uma viagem longa ou curta?

Odoacro teve um momento de hesitação, mas então respondeu:

– Uma viagem bastante longa.

Antêmio anuiu e retirou-se com uma reverente mesura, dirigindo-se para o seu apartamento. Odoacro convocou em seguida um grupo de oficiais de sua particular confiança e que formavam o reduzido grupo dos seus conselheiros, entre os quais Wulfila, que ainda mostrava os sinais da irritação após a última conversa particular com o seu senhor. Odoacro mandou servir o almoço e, quando todos haviam tomado o seu lugar e pego a sua porção de carne, perguntou aonde cada um acharia melhor enviar o rapaz. Uns propuseram a Ístria, outros a Sardenha. De repente um dos presentes disse:

– A meu ver são lugares muito longínquos e demasiado difíceis de se controlar. Há uma ilha no mar Tirreno, íngreme e inóspita, carente de tudo mas bastante perto e bastante longe da costa. Sobre um rochedo a pique, completamente inacessível, ergue-se uma velha vila parcialmente em ruínas, mas ainda habitável. – Levantou-se e foi até a parede onde estava pintado um mapa do Império e apontou para uma ilhota no Golfo de Nápoles: – Capri.

Odoacro não respondeu de imediato. Obviamente estava meditando sobre as várias propostas. Então disse:

– Acho que este é de fato o destino melhor, bastante isolado mas não demasiado difícil de se alcançar se for necessário. O rapaz será escoltado por uns cem guerreiros, entre os melhores. Não quero surpresas nem imprevistos; tomai, portanto, as providências necessárias, eu mesmo comunicarei o momento mais oportuno para a partida.

A decisão fora tomada e o assunto da conversa mudou. Estavam todos de ótimo humor. A consciência de se encontrarem na sala do poder supremo e a expectativa de uma vida fácil, baseada em vastas propriedades, criadagem, mulheres, rebanhos, casas de campo e palácios, tornavam-nos eufóricos e propensos ao exagero na bebida. Quando Odoacro despediu-os estavam quase todos bêbedos e precisaram da ajuda dos criados para chegarem aos seus aposentos, a fim de aproveitarem o repouso pós-meridiano, costume típico daquela terra ao qual eles também iam facilmente se acostumando.

Wulfila, que por sua vez ainda se mantinha bastante sóbrio graças à sua capacidade de agüentar o vinho, foi convidado a ficar.

– Ouve – disse Odoacro –, decidi confiar-te a custódia do rapaz porque tu és o único que pode levar a cabo convenientemente a tarefa. Já me disseste o que pensas a respeito, e agora vou dizer-te o que eu penso: se alguma coisa, qualquer coisa, acontecer com ele vou considerar-te pessoalmente responsável e a tua cabeça valerá menos do que as sobras que demos de comer aos cães. Estou sendo claro?

– Extremamente claro – respondeu Wulfila –, e ainda acho que ireis arrepender-vos da decisão de poupar o garoto, mas quem está no comando sois vós. – Proferiu estas últimas palavras com um tom de voz que quase parecia dizer: – "...por enquanto". Odoacro entendeu mas preferiu não fazer comentários.

Quando o dia da partida chegou, duas criadas entraram no quarto de Rômulo pouco antes do alvorecer para acordá-lo e prepará-lo para a viagem.

– Para onde estão nos levando? – perguntou o rapaz.

As criadas entreolharam-se com ar conivente e aí, virando-se para Ambrosinus que já estava de pé, disseram:

– Ainda não sabemos, mas Antêmio tem certeza de que irão para o sul; a julgar pela quantidade de mantimentos, acha que será uma viagem de uma semana ou talvez até mais. Poderia ser Gaeta, ou quem sabe Nápoles ou então Brindisi, embora ele considere este último destino mais improvável.

– E depois? – perguntou Ambrosinus.

– Não haverá um depois – respondeu a criada. – O local escolhido, seja ele qual for, será o ponto final.

Ambrosinus virou o rosto para esconder as próprias emoções. As jovens beijaram as mãos de Rômulo murmurando:

– Adeus, César, que Deus vos abençoe.

Dali a pouco, escoltados pelos homens de Wulfila, Rômulo e Ambrosinus foram levados para um dos lados externos da basílica. Uma porta estava aberta e, no fundo da nave, podia-se ver um ataúde cercado de velas acesas: eram os preparativos para as solenes cerimônias fúnebres de Flávia Serena. Sob o olhar atento de um dos homens de Odoacro, Antêmio aproximou-se, cumprimentou Rômulo com a maior deferência e disse:

– Infelizmente não vos foi concedido assistir às exéquias da vossa mãe, que eu mesmo providenciei com o maior cuidado, mas talvez seja melhor assim. Boa viagem, meu senhor, que Deus vos acompanhe.

– Obrigado – disse Ambrosinus, e por sua vez cumprimentou Antêmio com um sinal da cabeça. Subiu na carruagem e manteve a porta aberta para deixar entrar Rômulo, mas o rapaz deu alguns passos até o limiar da basílica. Lançou um demorado olhar para o corpo de Flávia Serena e murmurou:

– Adeus, mãe.

V

A imagem começou lentamente a tomar forma e no começo não passava de uma vaga cintilação, um reflexo esverdeado que pouco a pouco assumiu contornos mais nítidos e evidentes no pálido sol da manhã: uma grande bacia cheia de água, a alegórica máscara de um sátiro risonho que deixava jorrar um filete gorgolejante dentro da piscina. Mais acima, uma abóbada gotejante coberta de musgo e de avenca deixava filtrar a luz através de largas frestas, criando estranhos efeitos luminosos nas paredes e na superfície da água. Em volta da fonte viam-se pedestais com os despojos mutilados de antigas estátuas: um templo dedicado às ninfas abandonado.

Aurélio tentou apoiar-se no cotovelo para sentar mas o gesto repentino quase arrancou-lhe um grito de dor. O seu gemido fez pular umas rãs dentro da água parada.

– Fica calmo – ressoou uma voz atrás dele –, havia um belo buraco naquele ombro, e ainda poderia abrir-se de novo.

Aurélio virou-se e de chofre lembrou a cena da sua fuga da lagoa, a imagem do rapaz apavorado, o rosto daquela mulher estupenda que empalidecia na morte, e o aperto no seu coração foi mais agudo e doloroso do que a ferida no corpo. Diante dele estava um homem de uns sessenta anos, de pele encarquilhada e queimada pelo sol e a maresia, vestindo uma túnica de lá grosseira que lhe chegava até os joelhos e com um gorro, também de lã, a cobrir-lhe a calva.

– Quem és tu?

– Sou quem cuidou do teu ferimento. O meu nome é Giustino e já houve um tempo em que era um médico muito respeitado. Fiz o que pude usando linha de rede e limpei tudo com vinagre, mas as tuas condições não eram nada boas: esgotado e encharcado de sangue. Deve ter sangrado bastante enquanto vínhamos até aqui de barco.

– Fico agradecido... – começou a dizer Aurélio, mas naquele instante ouviu o ruído de passos chegando do fundo do edifício. Virou-se e avistou uma jovem de cabelos curtos vestida com roupas de homem, de calças e com um casaco de pele de veado. Trazia um arco a tiracolo e uma aljava pendurada na cintura.

– É a ela que tu precisas agradecer – disse o homem indicando-a. – Foi ela que salvou a tua pele. – Então apanhou o alforje e a pequena bacia de estanho que usara para limpar a ferida e foi embora acenando com um leve gesto de saudação.

Aurélio examinou o ombro inflamado, cujo inchaço avermelhado espalhava-se até o peito e o cotovelo. Também tinha uma terrível dor de cabeça, com as têmporas que não paravam de martelar. Deixou-se cair de novo no estrado no qual jazia, enquanto a jovem se aproximava e sentava no chão ao seu lado.

– Qual é o teu nome? – perguntou Aurélio. – Há quanto tempo estou aqui?

– Há uns dois dias.

– Fiquei dormindo dois dias e duas noites sem parar?

– Digamos que ficaste dois dias e duas noites desmaiado, sem sentidos. Giustino contou-me que estavas com febre muito alta, que deliravas. Dizias uma porção de coisas estranhas...

– Tu salvaste a minha vida. Estou agradecido.

– Eram cinco contra um. Achei bastante justo tentar equilibrar as coisas.

– Uma mira incrível, ainda mais de noite, com a neblina...

– O arco é a arma ideal neste ambiente instável e fugidio.

– E o meu cavalo?

– Acho que eles o pegaram. Ou, quem sabe, comeram... Os tempos não andam nada fáceis.

Aurélio procurou os olhos dela, mas a jovem esquivou-se.

– Tens água? Estou queimando de sede.

Ela encheu de água uma taça de terracota.

– É aqui que tu moras?

– É um dos meus esconderijos. Bonito lugar, não achas? Amplo, arejado, bem protegido. Mas tenho muitos outros...

– Queria saber se moras na lagoa.

– Desde que eu era menina.

– Ainda não me disseste o teu nome.

– Lívia. Lívia Prisca. E quem és tu?

– Aureliano Ambrósio Ventídio, mas os amigos chamam-me Aurélio e tu podes chamar-me assim.

– Tens família?

– Não tenho ninguém. Acho que jamais tive alguém.

– Impossível! Tu tens nome, e esse anel no teu dedo é um anel de família, não é?

– Não sei. Poderia ser presente de alguém, ou eu poderia tê-lo roubado, quem sabe? A minha única família sempre foi o exército, os meus companheiros de luta. O que aconteceu antes disto, eu ignoro.

A jovem pareceu não dar importância àquelas palavras. Talvez a febre e a dor do ferimento tivessem transtornado a mente do homem. Ou então, o mais provável, ele simplesmente preferisse não lembrar. Perguntou:

– E onde estão os tens companheiros, agora?

Aurélio suspirou.

– Não sei. Mas é bem possível que estejam todos mortos. Eram guerreiros formidáveis, os melhores: legionários da Nova Invicta.

– Nova Invicta? Achei que era mentira, que não existisse de verdade. As legiões são coisas do passado, da época em que os homens se enfrentavam em campo aberto, ombro a ombro em formação cerrada: infantaria contra infantaria, cavaleiros contra cavaleiros... De qualquer maneira tu te salvaste. Que coisa estranha... Na cidade andam contando que um delinqüente, um desertor, tentou raptar ninguém menos que o imperador. Prometeram um bom dinheiro a quem ajudasse a capturá-lo.

– E tu bem que gostarias de ganhá-lo, não é?

– Se quisesse, já teria feito isto há muito tempo, não achas? Tu terias acordado numa prisão ou nos braços de um carrasco, ou terias morrido antes mesmo de chegar lá. Nós nem chegaríamos a nos conhecer.

Proferiu estas palavras com um tom de leve ironia, quase zombeteiro. Estava agora mexendo numa rede de pesca e parecia evitar com cuidado os olhos do hóspede: não dava para saber se era pela sua compreensível natureza selvagem ou por timidez. Aurélio ficou algum tempo calado, prestando atenção nos chamados das aves palustres que se aprontavam a migrar, ou no monótono gotejar da água na grande banheira esverdeada. Voltaram à sua memória os companheiros que não conseguira ajudar nem salvar, atropelados por uma maré de inimigos; imaginava seus corpos martirizados, ainda sem sepultura, presa dos cães e dos animais selvagens. Vatreno, Batiato, Antonino, o comandante Claudiano. Sentiu um aperto no coração e seus olhos encheram-se de lágrimas.

– Não pensa nisso – disse a jovem, como se estivesse olhando diretamente para o seu rosto. – Os sobreviventes de uma chacina sempre se sentem culpados. Às vezes pelo resto da vida. Culpados por ainda estarem vivos.

Aurélio não respondeu logo, e quando retomou a palavra procurou mudar de assunto.

– Como consegues viver num lugar desses? Uma jovem sozinha num pântano?

– Somos forçados a viver como bárbaros para que possamos continuar a viver como romanos – respondeu Lívia, baixinho, como se estivesse falando consigo mesma.

– Conheces os escritos de Salviano!

– E tu também, ao que parece.

– Pois é... farrapos de conhecimento que surgem do meu passado. Palavras... às vezes imagens...

Lívia ficou de pé e chegou-se a ele. Aurélio levantou os olhos para observá-la: um raio de luz que atravessara a névoa matinal filtrava de uma fresta do muro e se espalhava em volta da cabeça e da figura esbelta da jovem como uma aura diáfana, como um reflexo cristalino. Era sem dúvida fascinante, na verdade muito bonita. De repente o seu olhar caiu sobre o peito dela, sobre um pequeno medalhão que trazia pendurado no pescoço: uma águia de prata de asas abertas. Ela percebeu e logo mudou de expressão. Fitou-o com olhar interrogativo, quase inquiridor. De uma hora para outra Aurélio viu numa explosão de cores a imagem ampliada e distorcida de uma cidade em chamas. Sobre aquele mar de fogo parecia-lhe ver a corrente com o medalhão que descia devagar como uma folha pairando no ar. Lívia trouxe-o de volta à realidade:

– Lembra-te alguma coisa?

Aurélio desviou o olhar:

– O que foi que disseste?

– Isto aqui – respondeu a jovem, e segurou nas mãos a medalha curvando-se para a frente e levantando-a à altura dos olhos dele: um pequeno disco de bronze, não muito maior do que uma moeda de um soldo, no qual sobressaía a águia de prata.

– Não, não me lembra nada – respondeu secamente Aurélio.

– Tens certeza?

– E por que deveria?

– Porque tive a impressão de que já o conhecias.

Aurélio deitou novamente no estrado e virou-se de lado.

– Estou cansado – disse –, esgotado.

Lívia não fez comentários: deu meia-volta e desapareceu sob o arco de um vão lateral. Ouviram-se então uns balidos e logo a seguir a jovem reapareceu com um balde de leite e lhe serviu um copo.

– Toma – disse –, acabei de ordenhar a ovelha, e já faz algum tempo que tu não comes nada.

Aurélio bebeu e o leve calor do leite invadiu-lhe o corpo e a mente com uma irresistível sensação de cansaço: ajeitou-se em seu estrado e adormeceu. Lívia sentou ao seu lado e ficou algum tempo a observá-lo. Procurava alguma coisa nos seus traços mas ela mesma não sabia dizer o quê, e a coisa deixava-a numa situação bastante incômoda, naquela aflição que se experimenta quando nos entregamos a uma repentina esperança e ao mesmo tempo damo-nos conta de que tal esperança é insensata, que se trata de alguma coisa impossível. Sacudiu a cabeça, como para afugentar um pensamento importuno, foi até o barco, empurrou-o para água e afastou-se na lagoa até alcançar um canavial para então deitar-se no fundo e esperar. Estava deitada de costas sobre a rede de pesca e observava o céu que escurecia lentamente. Bandos de marrecos e de gansos selvagens desfilavam lá em cima e às vezes até se podia ouvir seus chamados distantes; suas longas formações lanciformes tinham como pano de fundo grandes nuvens rechonchudas, agora avermelhadas pelos últimos raios do pôr-do-sol. Nos campos, nos córregos e nos canais ouvia-se o monótono coaxar das rãs, enquanto sobre as extensões das águas desdobrava-se o lento e majestoso vôo de uma garça-real cinzenta.

O outono, que já tingia de cinza a natureza, e os pássaros que se preparavam para migrar sempre deixavam-na um tanto melancólica, apesar de já ter presenciado tantas vezes o evento.

Nessas horas, ela também queria poder voar para longe, para um outro mundo do outro lado do mar, queria esquecer aquele pântano sombrio, a silhueta familiar, mas mesmo assim perturbadora, das muralhas de Ravena, perdidas durante tantos meses do ano na neblina, na umidade, o incômodo da chuva e do vento frio do leste que penetrava nos ossos. Mas cada vez que a primavera voltava, com as andorinhas que reencontravam seus ninhos entre as ruínas das velhas mansões abandonadas, quando o sol fazia rebrilhar sob a superfície da água milhares de peixinhos prateados, então sentia renascer em si a esperança, voltava a acreditar num novo começo para o mundo, um mundo que de alguma forma também podia renascer.

Sempre levara uma vida de homem, acostumara-se a sobreviver nos ambientes mais inóspitos, difíceis e até mesmo hostis, a defender-se e a atacar sem ligar muito para as regras, a enrijecer o corpo e a alma, mas nunca se esquecera das suas raízes, dos poucos anos que passara serenamente no seio da família, em sua cidade natal. Lembrava-se do comércio, dos animados mercados, dos navios no porto, dos dias de feira, das cerimônias de tantas religiões diferentes. Lembrava-se dos magistrados que administravam a justiça sentados em seus lugares no foro, envolvidos em suas togas brancas e solenes como estátuas; dos sacerdotes cristãos que celebravam suas missas nas igrejas resplandecentes de mosaicos; lembrava-se dos espetáculos nos teatros e das aulas dos mestres nas escolas. Lembrava-se do que fora a civilização. Até que um dia apareceu uma horda de bárbaros do Oriente, pequenos e ferozes, de olhos puxados e cabelos presos em tranças parecidas com as dos seus híspidos cavalos. Ainda podia ouvir o longo gemido dos cornos ecoando nas muralhas, lançando o alarma, podia rever os soldados a correr nos passadiços, tomando posição e preparando-se para uma dura e demoradíssima resistência. O comandante da guarnição estava longe, em missão. O comando foi assumido por um oficial muito jovem. Pouco mais do que um rapaz. Muito mais do que um herói.

O barulho de um remo afastou-a destes pensamentos, ficou sentada e prestou atenção. Um barco tinha se aproximado e encostava na margem; dois homens desciam sem fazer barulho: um bastante idoso, de roupas finas e porte altivo e digno; o outro de uns cinqüenta anos, de altura média, esguio e de traços nobres, que Lívia já tinha visto em várias ocasiões, uma espécie de guarda-costas do velho. Decidiu então sair do canavial, aproximou-se e pulou na margem.

– Antêmio – cumprimentou-o –, pensei que já não ias chegar mais.

– Não foi fácil sair da cidade. Eles ficam vigiando, e prefiro não despertar suspeitas. Tive de esperar até poder arrumar uma desculpa conveniente. Tenho novidades importantes, mas ao que parece tu também tens algo para contar.

Lívia segurou-o pelo braço e levou-o dali para um casebre abandonado mergulhado na água parada quase até a altura das primeiras janelas. Preferia que ninguém escutasse.

– O homem que salvei umas noites atrás é o mesmo que tentou raptar o imperador no palácio imperial.

– Tens certeza?

– Absoluta. Estava sendo perseguido por uma turma de bárbaros de Odoacro. Além disto, quando falei que na cidade procuravam um desertor que tentara raptar o imperador, nada fez para negar que havia sido ele.

– Quem é? – quis saber Antêmio.

– Afirma ser um legionário da Nova Invicta. Talvez um oficial, não sei.

– A divisão que Orestes mandara adestrar secretamente para fazer dela o baluarte do novo Império. Foi aniquilada.

Lívia lembrou o olhar angustiado de Aurélio ao pensar no sacrifício dos seus companheiros.

– É verdade que não houve um único sobrevivente? – perguntou.

– Não sei. Talvez uns poucos tenham sido poupados, caso os bárbaros estivessem precisando de escravos. O exército que Odoacro enviou para exterminá-los, comandado por Mledo, deve estar de volta amanhã. Saberemos então se alguém conseguiu se salvar. A incursão daquele soldado foi um verdadeiro desastre: é certo que matou uma dúzia de hérulos, coisa que só pode ser do meu agrado, mas, ainda que involuntariamente, provocou a morte da mãe do imperador, Flávia Serena, e espalhou a maior agitação no palácio. Os bárbaros desconfiam de tudo e de todos. Cheguei a pensar que até pudessem de fato matar o imperador, mas felizmente Odoacro acabou optando por poupá-lo.

– Muita generosidade de sua parte, mas eu continuo bastante preocupada. Pelo que sei, Odoacro nada faz de graça, e aquele garoto ainda pode ser fonte de muitos problemas para ele.

– Estás errada – disse Antêmio. – Odoacro entendeu como a política funciona. Se matar o imperador, ficará exposto ao ódio e ao desprezo da população romana, à indignação do clero cristão, que irá compará-lo a Herodes, e, para o Oriente, ficará bem claro que ele pretende vestir a púrpura. Se, ao contrário, poupa o rapaz, então fica conhecido como homem magnânimo e clemente, sem, portanto, despertar excessiva desconfiança em Constantinopla.

– Achas realmente que em Constantinopla alguém se importa com Rômulo Augusto? Zenon apoiava o velho imperador do Ocidente, Júlio Nepote, e até hospedou-o na Dalmácia depois que foi deposto e exilado por Flávio Orestes. Pelo que me contaram, por aquelas bandas o rapaz era até motivo de troça. Chamavam-no de *Momylos*, em lugar de Rômulo, imitando a pronúncia de uma criança.

– Mas Zenon também foi deposto, e quem reina agora é Basilisco, que neste mesmo instante encontra-se em Spalato*, a um só dia de navegação daqui. Enviei uma pequena delegação. Disfarçados de pescadores, os meus emissários irão estar com ele no máximo dentro de dois dias, e logo saberemos a resposta.

– O que foi que pediste?

– Que conceda abrigo ao imperador.

– Acreditas que concordará?

– Sim, pois fiz uma oferta que pode interessar-lhe.

O sol se punha sobre a ampla lagoa silenciosa, e uma longa fila de soldados a cavalo salientou-se no grande disco avermelhado que se refletia nos campos planos e embaçados.

– A vanguarda de Mledo – disse Antêmio. – Amanhã saberei com certeza se algum companheiro do seu guerreiro salvou-se.

– Por que estás fazendo isto? – perguntou Lívia.

– Isto o quê?

– Esta tentativa de salvar a vida do rapaz. Não me parece que tenhas alguma coisa a ganhar.

– Eu, particularmente, não. Mas sempre fui fiel à família de Flávia Serena. A fidelidade é uma virtude típica dos

* A atual Split. (N. do T.)

velhos: ficamos cansados demais para mudarmos de comportamento e de ideais... – Suspirou. – Servi o pai dela durante muitos anos e tudo teria feito para ajudá-la se houvesse algum jeito de fazê-lo, se aquele soldado não tivesse aparecido.

– Talvez ele também tivesse os seus motivos.

– Assim espero, e bem que gostaria de conhecê-los, se tu conseguires fazer com que fale.

– E o que vais fazer, se Basilisco demonstrar algum interesse em ajudar o rapaz?

– Libertá-lo-ei.

Lívia, que naquele momento estava um passo à frente, virou-se incrédula:

– Como? Libertá-lo?

– Já te disse. É exatamente o que vou fazer.

Lívia sacudiu a cabeça e olhou para ele com uma careta de escárnio.

– Não achas que estás velho demais para este tipo de aventuras? E onde vais encontrar homens dispostos a uma façanha dessas? Tu mesmo disseste que Odoacro quer poupar o rapaz. Já é bastante, não achas? Acredito que seria melhor deixares as coisas como estão.

– Sei que vais ajudar – continuou Antêmio, como se não tivesse ouvido aquelas palavras.

– Eu? Nem penses nisto! Já arrisquei a minha pele ao salvar aquele coitado. Não estou disposta a desafiar a sorte num jogo sem esperança.

Antêmio segurou-a pelo braço.

– Tu também tens um sonho, Lívia Prisca, e eu posso ajudar-te a realizá-lo. Dar-te-ei uma quantia enorme: terás bastante dinheiro para pagares qualquer um que julgue necessário ao cumprimento da tarefa, e ainda sobrará bastante para que tu possas levar adiante os teus planos. Concordo, ainda é muito cedo para que possamos discernir as coisas com clareza: antes de mais nada precisamos da resposta de Basilisco. Mas agora vem, vamos voltar. A minha ausência poderia despertar inoportunas suspeitas.

Aproximaram-se do barco de Antêmio. O acompanhante esperava por eles sentado na margem.

– Stefano é o meu secretário e guarda-costas, quase a minha sombra, ousaria dizer. Está a par de tudo. Pode ser que no futuro ele próprio venha a se tornar o encarregado dos nossos contatos.

– Como quiseres – respondeu Lívia. – Mas acho a tua confiança exagerada: Basilisco não vai se importar com a vida de Rômulo.

Antêmio limitou-se a dizer:

– Veremos.

Subiu no barco e Stefano pegou os remos. Lívia ficou imóvel na margem enquanto eles desapareciam nas sombras do anoitecer.

VI

A coluna percorreu um dique que atravessava a lagoa de norte a sul, ao longo da restinga de uma antiga fileira de dunas litorâneas até alcançar a terra firme. A partir dali prosseguiram por um caminho de terra batida que, depois de algumas milhas, ia juntar-se à estrada calçada chamada Via Roméia porque havia muitos anos constituía o itinerário preferido pelos romeiros da Europa inteira que iam a Roma para rezar nos túmulos dos apóstolos Pedro e Paulo. Wulfila ia liderando a comitiva, montado em seu corcel de batalha, armado com espada e machado, o corpo protegido por uma cota de malha de ferro reforçada com placas inteiriças nos ombros e no peito. Avançava em silêncio, aparentemente perdido em seus pensamentos, mas na verdade nada daquilo que se movia nos campos e ao longo do caminho passava despercebido a seus olhos rapaces. À esquerda e à direita dois guardas protegiam-lhe os flancos e perscrutavam cada recanto do vasto território que se descortinava diante deles.

Dois pelotões, cada um com uma dúzia de guerreiros, avançavam pelos campos a uma distância de mais ou menos meia milha, protegendo a coluna principal de qualquer eventual incursão. Logo atrás de Wulfila cavalgavam uns trinta cavaleiros, precedendo o carro dos prisioneiros, cercado de mais uns dez guardas. No fim, um tanto distante dos demais, a retaguarda formada por umas duas dúzias de homens fechava a coluna.

Dentro da carruagem, Ambrosinus estava sentado diante de Rômulo e, vez por outra, apontava-lhe alguns detalhes da paisagem: vilarejos, sítios, antigos monumentos arruinados. Tentava inutilmente animar a conversa: o rapaz só respondia com meias palavras ou ficava fechado em si mesmo. O preceptor tirava então do alforje o volume da *Eneida* e se entregava à leitura, interrompendo-se de vez em quando para olhar a paisagem. Ou então pegava um caderno, abria o tinteiro de viagem, molhava a pena e começava a escrever sem parar, em silêncio, às vezes por horas a fio. Quando o carro passava por algum centro habitado, um dos guardas mandava baixar as cortinas: ninguém devia saber quem estava lá dentro.

A viagem havia sido programada com muito cuidado e, quando a comitiva parou na primeira noite depois de percorrer vinte e cinco milhas de estrada, a velha estação de correio, meio arruinada, parecia ter sido parcialmente reativada: havia uma lanterna acesa no interior e alguém estava preparando o jantar para os hóspedes. Os guardas acamparam todos em volta e prepararam a sua própria comida: uma polenta temperada com banha e pedaços de carne salgada. Ambrosinus sentou diante de Rômulo enquanto o taberneiro trazia um guisado de carne de porco com lentilhas, pão dormido e um jarro de água do poço.

– Não é um banquete – comentou –, mas precisas comer alguma coisa. Eu te peço, a viagem é longa e estás muito fraco. Precisas absolutamente recobrar as forças.

– Para quê? – perguntou o jovem, olhando sem a menor vontade para a comida que fumegava no prato.

– Porque a vida é uma dádiva de Deus e não podemos jogá-la fora.

– É uma dádiva que não pedi – respondeu Rômulo. – E aquilo que me aguarda é uma prisão sem fim, não é isto?

– Na verdade, ninguém pode imaginar planos sem fim neste nosso mundo. Há contínuas mudanças e turbulências, contínuas transformações e reviravoltas. Quem hoje senta no trono amanhã poderá estar estirado na poeira, quem chora poderá ver surgir uma nova esperança... E o que nós devemos fazer é justamente esperar; não podemos nos entregar ao desespero, César, precisamos suportar. E agora come, por favor, faz por mim que te quero bem.

O rapaz só tomou um gole de água, e então disse com voz átona:

– Não me chames de César. Não sou mais coisa alguma, e talvez nunca tenha sido.

– Estás errado; tu és o último de uma nobre linhagem de senhores do mundo. O próprio Senado de Roma aclamou-o, eu estava lá, não te lembras?

– Há quanto tempo? – interrompeu o rapaz. – Uma semana? Um ano? Já não me lembro mais. É como se nunca tivesse acontecido.

Ambrosinus preferiu não insistir no assunto.

– Há uma coisa que nunca te contei... uma coisa importante.

– O quê? – Rômulo perguntou com enfado.

– A lembrança que tenho do nosso primeiro encontro. Tu devias estar com cinco anos no máximo, e a tua vida corria perigo, numa barraca perdida nos bosques dos Apeninos, no frio e na escuridão de uma noite invernal, se eu estou bem lembrado.

O jovem levantou o rosto mostrando-se, a despeito de si mesmo, interessado na história. O preceptor tinha o dom de uma conversa cativante. Bastavam-lhe umas poucas palavras para recriar uma atmosfera, para dar vida e volume às sombras e aos fantasmas do passado. Rômulo pegou um pedaço de pão e molhou-o nas lentilhas do guisado, sob o olhar satisfeito de Ambrosinus, que, por sua vez, também começou a comer.

– E então? O que aconteceu? – perguntou Rômulo.

– Tu estavas intoxicado. Comeras cogumelos venenosos. Alguém, por engano ou quem sabe de propósito, misturara-os com os bons na tua comida... Come também um pouco de carne.

– E não achas que este jantar também poderia estar envenenado?

– Não creio. Se quisessem matar-te já tê-lo-iam feito antes mesmo de começarmos a viagem, e é por isso que não precisas ter medo. Pois bem, eu ia passando por lá, por acaso; estava cansado, faminto, tiritando de frio e esgotado pela longa viagem, quando vi a luz naquela barraca no meio da floresta e senti alguma coisa dentro de mim. Uma emoção estranha, como que uma imprevista revelação. Entrei sem que ninguém tentasse deter-me, quase como se eu fosse um fantasma invisível. Talvez o próprio Deus tenha ajudado, ocultou-me sob um véu de névoa aos olhos dos guardas e lá estava eu dentro da tenda. Tu jazias na tua pequena cama... miudinho e pálido, com os lábios lívidos. Os teus pais estavam desesperados. Consegui salvar-te ministrando um emético, e a partir de então passei a ser parte da tua família até o presente momento.

Os olhos de Rômulo encheram-se de lágrimas ao ouvir mencionar os pais, mas esforçou-se para não chorar. Disse:

– Talvez tivesse sido melhor me deixares morrer.

Ambrosinus procurou convencê-lo a comer algum pedaço de carne e Rômulo acabou aceitando.

– Como foi que ias passando justamente por lá? – perguntou.

– Como foi? É uma longa história e, se quiseres, poderei contá-la enquanto estivermos viajando. Mas agora acaba de comer para que depois possamos descansar. Amanhã levantaremos ao alvorecer e teremos de viajar o dia inteiro.

– *Ambrosine*...

– Dize, meu filho.

– Por que querem manter-me prisioneiro a vida inteira? Porque meu pai quis que eu fosse nomeado imperador? É por causa disto?

– Creio que sim.

– Ouve – disse então Rômulo iluminando inesperadamente o rosto. – Talvez possamos encontrar uma solução: eu estou pronto a desistir de tudo, de qualquer posse ou predicado, de qualquer cargo e honraria. Só quero ser um rapaz como qualquer outro. Poderíamos então ir embora, tu e eu, para não sei onde. Poderíamos trabalhar, bancar os cantadores nas praças, tu és muito bom nisto, *Ambrosine*, daríamos um jeito para ganhar a vida, sem incomodar ninguém. Poderíamos conhecer uma porção de lugares novos, e viajar para além-mar até o país dos pigmeus, até as montanhas da Lua. Já pensaste? Já pensaste? Vai logo contar a eles, por favor. Dize-lhes que... que desisto de tudo, até mesmo... – baixou a cabeça para esconder a expressão de vergonha no rosto –... de vingar a morte do meu pai. Dize-lhes que só quero esquecer. Que nunca mais ouvirão falar do meu nome. Desde que nos deixem em paz. Vai, vai dizer para eles.

Ambrosinus fitou-o com ternura.

– Não é assim tão simples, César.

– Tu és um grande hipócrita. Chama-me de César e depois simplesmente ignoras as minhas ordens.

– Eu bem que obedeceria se fosse possível, mas não é. Esses homens não têm o poder de conceder coisa alguma. Somente Odoacro poderia, mas Odoacro está em Ravena e já deu ordens que ninguém ousaria questionar. E nunca mais te atrevas a chamar-me de hipócrita. Sou o teu mestre e tu precisas respeitar-me. E agora, por favor, acaba logo o teu jantar e vai para a cama sem mais uma palavra.

Rômulo obedeceu e Ambrosinus viu-o mascar a contragosto mais um pedaço de pão antes de desaparecer no quarto ao lado para deitar. Tirou do alforje o caderno e retomou os seus escritos na luminosidade, a esta altura já fraca, da lamparina. Lá fora ouvia-se a barulhenta gritaria dos bárbaros que começavam a recobrar-se do cansaço da viagem e a recuperar os brios graças à cerveja que tomavam com fartura. Ambrosinus aguçou os ouvidos. Ainda bem que o rapaz já se deitara e que, de qualquer forma, não entendia a língua deles: muitos haviam participado da chacina na vila de Orestes e se gabavam do saque, dos estupros, das violências e das humilhações de todo tipo que haviam infligido às suas vítimas. Outros pertenciam ao grupamento de Mledo, o mesmo que havia aniquilado a Nova Invicta, a legião de Aurélio. Estes últimos contavam histórias de atrocidades, de torturas, de mutilações praticadas contra os prisioneiros ainda vivos, uma série de terríveis horrores além de qualquer imaginação. Ambrosinus pensou com aflição que aqueles iriam ser os senhores do mundo, sabia-se lá por quanto tempo. Estava entregue a estes pensamentos sombrios, quando de repente apareceu Wulfila, que logo dominou o bivaque com sua imensa figura. Os grandes bigodes descaídos, as longas costeletas, a juba hirsuta e as trancinhas que lhe chegavam ao peito tornavam-no parecido com uma das divindades nórdicas adoradas pelos Suevos, os Chátis ou os Escânios, e Ambrosinus apagou imediatamente a lamparina com um sopro para os bárbaros não perceberem que alguém ainda estava acordado dentro da estação. Encostou-se então na parede e procurou ouvir enquanto continuava a espiar pela janela entreaberta.

Wulfila berrou alguma coisa, provavelmente uma praga, e todos emudeceram de imediato. Então prosseguiu:

– Avisei que não queria baderna, que não queria chamar a atenção. Quanto menos aparecermos, melhor para nós.

– Deixa disso, Wulfila! – exclamou um dos seus. – Tens medo de quê? Mesmo que alguém nos ouça, o que pode acontecer? – E virando-se para os companheiros: – Eu não tenho medo de ninguém, e vós?

– Cala-te – Wulfila ordenou secamente –, e vós também, parai com isso. Disponde as turmas de vigia em duas fileiras, a uma distância de cem passos uma da outra. Se alguém se afastar do seu lugar, por qualquer motivo, será imediatamente morto. E quanto aos demais, todos para a cama. Amanhã marcharemos até bem tarde, pela noite adentro, pois só acamparemos no sopé dos Apeninos.

Os homens obedeceram; uns foram para seus postos de guarda enquanto os outros se ajeitavam para dormir. Ambrosinus chegou à porta e sentou num banquinho, sob o imediato olhar desconfiado de uma sentinela. Sem mostrar qualquer constrangimento o velho mestre levantou os olhos para o céu para observar as constelações: Cassiopéia já estava baixa no horizonte e Órion brilhava bem no alto, quase no meio do firmamento. Procurou a estrela polar, a estrela da Ursa Menor, e lembrou a sua própria juventude quando o seu preceptor, um sábio velho e venerável, ensinava-lhe a orientar-se, a escolher o caminho nas trevas em campo aberto ou sobre as ondas do mar, a prever os eclipses da lua e a ler o alternar-se das estações terrestres no movimento eterno das estrelas. Pensou no menino e sentiu o coração encher-se de comoção. Conseguira fazer com que comesse alguma coisa e misturara na água um pó para que dormisse tranqüilo: seria isto suficiente para despertar novamente nele a vontade de viver? E mesmo que conseguisse, que tipo de futuro poderia, ainda assim, oferecer-lhe? Quantos dias, meses e anos iriam passar na prisão para a qual estavam sendo levados? Uma prisão sem fim? Quantas vezes iriam medir com lentas passadas o seu espaço reduzido? E até quando poderiam suportar a detestável presença dos seus algozes? Súbito ressoou em sua mente o eco de um tempo distante, os versos de uma poesia:

Veniet adulescens a mari infero cum spatha
pax et prosperitas cum illo,
aquila et draco iterum volabunt
*Britanniae in terra lata.**

* Com a espada o jovem chega do mar meridional / paz e prosperidade com ele / a águia e o dragão voarão / sobre os caminhos das amplas terras na ilha Bretã. (N. do T.)

Pensou em qual sinal teria vindo do passado para ressurgir naquele momento de tristeza infinita e completo abandono. Mas que tipo de sinal poderia ser? E quem estaria a mandá-lo?

Recitou mais uma vez os versos, lentamente e baixinho, quase cantarolando, e por algum tempo sentiu no peito o coração tão leve quanto o de um passarinho prestes a levantar vôo. Entrou de novo no casebre em ruínas que já havia sido uma estação do *cursus publicus*, antigamente cheio de movimento febril e agora frio e deserto. Acendeu a lamparina, reavivou as brasas na lareira e deitou-se ao lado de Rômulo. Levantou a lamparina para iluminar-lhe as faces. Dormia e a sua respiração era lenta e regular, a sua vida adolescente escorria suavemente sob a pele dourada. Era muito bonito, e nos traços altivos e delicados reconheceu o semblante da mãe, o nobre rosto ovalado de Flávia Serena. Lembrou o corpo dela deitado no mármore frio sob a abóbada da basílica imperial e do fundo do coração jurou que iria construir um grande futuro para aquele rapaz, a qualquer custo, até mesmo ao da sua própria vida. Oferecê-la-ia com prazer por amor à mulher que pela primeira vez lhe aparecera à cabeceira do filhinho doente, naquela longínqua e fria noite de outono, nos bosques dos Apeninos. Mas não se atreveu a roçar nele para afagá-lo. Apagou a lamparina e deitou-se no estrado com um longo suspiro. O seu coração aninhou-se numa estranha e inconsciente serenidade, parecida com a superfície de um lago numa noite sem vento.

Aurélio virou-se de lado, ainda meio perdido na sonolência, bem no fundo da alma não sabia dizer se o barulho que ouvira pertencia a um sonho ou se era real. Estava sonhando, é claro, quando antes mesmo de abrir os olhos murmurou sem voz: "Juba." O relincho tornou-se mais audível, acompanhado de um chapinhar de cascos na água. Então gritou: "Juba!" E o relincho que lhe respondeu era autêntico, expressava toda a alegria de quem reencontrou um amigo que julgava perdido.

– Juba, meu bonitão, vem cá – continuou a chamar, vendo o cavalo que se aproximava com a água até os joelhos, todo sujo de lama, cinzento e espectral na névoa da manhã.

Foi ao seu encontro e abraçou-o comovido.

– Como foi que conseguiste encontrar-me? Como foi? Deixa-me dar uma olhada em ti, parece que passaste por maus bocados... Veja só, todo sujo, cheio de crostas e de arranhões... Deves estar faminto, coitado, deves estar morrendo de fome... Espera, espera.

Foi ao cubículo que Lívia usava como despensa e voltou com um balde cheio de farro no qual o cavalo enfiou avidamente o focinho. Aurélio pegou um trapo, mergulhou-o na água limpa e começou a esfregar o pêlo do animal até brilhar.

– Não temos alfafa, meu bom amigo, terás de te contentar, mas é melhor do que nada, não é?

Ao terminar a tarefa afastou-se um pouco para admirar o resultado. Era um cavalo magnífico, pernas longas e esbeltas, jarretes finos, peito musculoso, cabeça altiva, ventas vibrantes, pescoço forte encimado por uma farta crina. Também limpou a sela e ajeitou os estribos e, quando achou que o animal comera e bebera o bastante e o viu apropriadamente arreado, chegou a pensar que aquele devia ser um sinal enviado pelos seus desconhecidos parentes do além. Pegou o cinturão com a espada e jogou-o a tiracolo no ombro, calçou as botas tachadas e segurou Juba pelas rédeas dirigindo-se para onde a água era mais baixa.

– Não estás esquecendo alguma coisa? – perguntou uma voz atrás dele, e o eco refletido pela abóbada repetiu: "Coisa."

Aurélio virou-se surpreso e meio sem jeito. Lívia estava de pé diante dele, segurando um arpão com que fisgara uma enorme enguia; vestia uma espécie de tanga de couro macio, bem curtido, com duas largas tiras cruzadas no peito; acabara de sair da água, que ainda escorria pelo seu corpo musculoso. Jogou ao chão, à sua frente, a rede que estava na sua outra mão, cheia de peixes que não paravam de pular, e segurou com firmeza a grande enguia que se enroscava como uma cobra no cabo do arpão.

– O meu cavalo voltou – disse Aurélio.

– Estou vendo – respondeu Lívia. – E também vejo que já estavas indo embora. Poderias ao menos esperar mais um pouco e, quem sabe, dizer obrigado.

– Deixei a minha armadura – disse apontando para a couraça, o escudo e o elmo abandonados num canto da grande sala.

– Podes conseguir um bom preço por ela...

Lívia cuspiu no chão.

– Trastes como estes eu encontro aos montões, em qualquer lugar.

– Mais cedo ou mais tarde eu voltaria para te agradecer. Tencionava deixar uma mensagem, mas nada tinha para escrever. Não suporto as despedidas, a separação... Não saberia o que dizer e...

– Não há nada a dizer. Tu vais embora, e assunto encerrado. Pega os teus trapos, some daqui e nunca mais dês os ares da tua graça. Nada mais fácil, só isto.

– Não é tão fácil assim. Nestes dias eu... – Levantou os olhos do chão deixando-os escorrer lentamente sobre o corpo dela, como se estivesse com medo de encará-la diretamente. – Nunca tive alguém que cuidasse de mim deste jeito, uma moça como tu, tão jovem e corajosa e... tu és diferente de qualquer outra que encontrei na minha vida... Receava que esperando mais alguns dias iria ficar cada vez mais... mais penoso. Temia que acabasse sendo difícil demais.

Lívia não respondeu.

O olhar de Aurélio subia agora ao rosto dela, mas por um momento deteve-se mais uma vez no medalhão que a jovem trazia ao pescoço, na pequena águia de prata. Lívia reparou no gesto e, quando finalmente o legionário fitou-a nos olhos, foi menos ríspida do que ele imaginara. Olhou para o homem com uma mistura de curiosidade e de áspero carinho, para então afirmar:

– Não precisavas contar todas essas bobagens. Se quiseres ir, então vai. Não me deves nada.

Aurélio ficou mudo, sem saber o que dizer.

– Aonde tencionavas ir? – prosseguiu Lívia.

– Não sei – respondeu Aurélio. – Partir para longe destes lugares, longe do fedor da barbárie que nos cerca e da nossa própria corrupção, desta decadência irreprimível, longe das minhas lembranças, longe de tudo. E tu? Vais ficar neste pântano para sempre?

Lívia aproximou-se.

– Não é o que parece – disse. – Neste pântano está nascendo uma esperança. E não é um pântano, é uma laguna, nela existe respiração e a vida do mar.

Juba bufou baixinho e raspou o chão com as patas como que a reprovar toda aquela espera. Lívia segurou o medalhão pendurado no pescoço e apertou-o entre os dedos. Aurélio sacudiu a cabeça.

– Não há esperança em lugar nenhum. Só destruição, saques, opressão.

– E então por que tentaste raptar o garoto?

– Não queria raptá-lo. Queria libertá-lo.

– Difícil acreditar.

– Pensa o que quiseres. O pai dele fez-me prometer quando já estava morrendo. Cheguei à vila em Piacenza depois do massacre. Vinha do acampamento da minha legião, já cercada por uma imensidão de inimigos, vinha pedir ajuda... Quando o encontrei ainda respirava. Implorou com o último sopro de vida que salvasse o seu filho. O que mais poderia eu fazer?

– Louco. Ainda bem que não conseguiste. O que irias fazer com ele em seguida?

– Não sei. Levá-lo-ia comigo para algum lugar. Ensinar-lhe-ia a trabalhar, a criar abelhas, a plantar oliveiras, a ordenhar cabras. Como um verdadeiro romano de antigamente.

– E não gostarias de tentar de novo? – ecoou uma voz atrás dele.

– Stefano! O que estás fazendo aqui? – perguntou Lívia. – Havíamos combinado que nunca nos encontraríamos de dia, e muito menos aqui.

– É verdade, mas aconteceu um fato inesperado. Eles se foram.

– Foram para onde?

– Ninguém sabe. Pegaram a Via Roméia para Fano. A meu ver seguirão pela Flamínia, para algum lugar no sul. Logo que for possível procuraremos saber mais.

– Do que estão falando? – perguntou Aurélio.

– De libertarmos um rapaz – respondeu Stefano. – E precisamos da tua ajuda.

Aurélio olhou para ele pasmo e sacudiu a cabeça incrédulo enquanto gaguejava:

– Um rapaz... Ele?

Stefano assentiu:

– Ele mesmo: Rômulo Augusto César, imperador dos romanos.

VII

Aurélio fitou o interlocutor com ar de pasma incredulidade; então virou-se para o cavalo e começou a ajeitar os arreios da sela como se estivesse se preparando para partir.

– Nem penses nisto – respondeu.

– Por quê? – perguntou Stefano. – Tu mesmo tentaste sozinho, com uma ação impossível e desesperada, e agora que estamos te oferecendo ajuda e apoio para a mesma e idêntica façanha, com muito mais possibilidades de sucesso, tu recusas?

– Antes era diferente. Fiz aquilo porque me parecia justo e acreditava ter alguma chance ao agir de surpresa, e para dizer a verdade quase consegui. Não conheço as vossas razões e não vos conheço. E afinal, depois da minha incursão, a vigilância deve ter sido muito reforçada. Ninguém vai conseguir chegar perto do rapaz, disto tenho certeza. Odoacro deve ter posto um exército inteiro à volta dele.

Stefano aproximou-se:

– Represento um grupo de senadores que mantêm contatos importantes e diretos com o Império do Oriente. Estamos convencidos de que este é o único modo de impedir que a Itália e o Ocidente mergulhem completamente na barbárie. Alguns emissários nossos foram encontrar-se com Basilisco em Spalato, na Dalmácia, e voltaram com uma mensagem importante. O imperador está disposto a oferecer hospitalidade e proteção a Rômulo, em Constantinopla, além de um apanágio digno da sua posição.

– E isto não desperta alguma desconfiança em vós? – perguntou Aurélio. – Basilisco, pelo que sei, não passa de um usurpador. Como é que podeis confiar na sua palavra? Quem garante que não vai tratar o rapaz até pior do que este bárbaro?

– Este bárbaro mandou chacinar os seus pais – respondeu secamente Stefano.

Aurélio encarou-o e viu-se diante de um olhar firme e aparentemente impassível. Tinha um sotaque oriental que lhe lembrava a cadência de alguns antigos companheiros de armas originários do Épiro.

– E além disto – prosseguiu o homem –, ele está fadado a um eterno cativeiro em algum lugar isolado e inacessível, condenado a viver num contínuo pesadelo até o fim dos seus dias, à espera do momento em que uma repentina mudança de humor dos carcereiros sancione o seu fim. Já pensaste nos insultos, nas infâmias e nas violências a que pode estar sujeito um garoto entregue àqueles animais?

Aurélio lembrou-se de repente do olhar de Rômulo no momento em que ele, ferido no ombro, fora forçado a abandoná-lo por não conseguir segurá-lo no cavalo: um olhar de desespero, de raiva impotente, de infinita amargura. Stefano talvez percebesse nesta mesma hora que estava-se abrindo uma brecha nas defesas do legionário e continuou:

– Temos bons amigos em Constantinopla, alguns deles muito poderosos até, e dispomos, portanto, de meios eficazes para protegê-lo.

– E Júlio Nepote? – insistiu Aurélio. – Sempre foi o candidato do Oriente para o trono do Ocidente. Por que devereis mudar de idéia e abandoná-lo?

Lívia tentou intervir, mas Stefano deteve-a com um olhar.

– Nepote já não interessa a ninguém, vão deixar que envelheça em paz em sua vila na Dalmácia, isolado do resto do mundo. Temos planos muito mais ambiciosos para o nosso rapaz, mas para levá-los a cabo precisamos que fique longe dos perigos, que receba uma educação e um treinamento apropriados, que seja criado na casa imperial, em condições tranqüilas e seguras, e que não desperte a desconfiança e a inveja de quem quer que seja, até chegar o momento de ele reclamar a sua herança.

Nesta altura Lívia decidiu intervir à sua maneira.

– Deixa para lá – disse a Stefano – não há nada a fazer contra o medo. Ele já tentou uma vez, quase foi morto por causa disto e agora não há quem o convença a tentar de novo. É normal.

– Isso mesmo – rebateu Aurélio sem pestanejar.

– Pois é – confirmou Lívia. – Podemos perfeitamente resolver sozinhos. Quem o salvou fui eu, afinal, e não o contrário. Qual foi a direção que o comboio tomou?

– Sul – respondeu Stefano. – Estão indo para Fano.

Então tencionam atravessar os Apeninos.

– É provável, mas não certo. Seja como for, muito em breve saberemos.

Aurélio recomeçou a cuidar dos arreios do cavalo como se aquela conversa já fosse assunto encerrado para ele. Lívia simulou não notar e retomou a conversa com Stefano:

– É verdade que Mledo voltou?

– É verdade.

– Sabes se há prisioneiros?

Aurélio virou-se de chofre: no seu olhar havia medo, esperança, aflição. Uma só frase bastara para quebrar o seu aparente equilíbrio.

– Uns cinqüenta no máximo, eu acho. Mas posso estar errado, já estava escuro e não dava para ver direito.

Aurélio aproximou-se:

– Reconheceste... alguém?

– E como poderia? – respondeu Stefano. – Só me foi possível reparar num gigante negro, um hércules etíope, um brutamontes de quase seis pés sobrecarregado de correntes...

– Batiato! – exclamou Aurélio, o rosto iluminado. – Só pode ser ele! – Chegou-se a Stefano e segurou-o pela roupa. – É um amigo meu e companheiro de lutas há muitos anos. Eu suplico, dize-me para onde o levaram: talvez haja outros amigos meus no mesmo grupo.

Stefano fitou-o com uma careta de desdenhosa compaixão:

– Queres mais uma bravata desesperada?

– Vais ou não ajudar? Só quero saber isto.

– Pergunta bastante estranha para alguém que acaba de nos recusar qualquer tipo de auxílio.

Aurélio acenou com a cabeça.

– Estou pronto a enfrentar qualquer coisa, mas dize-me logo para onde os levaram, se souberes.

– Para Classe. Mas isto não quer dizer nada. Há um porto em Classe, e dali podem tê-los levado para qualquer canto do mundo.

Aurélio sentiu o golpe. A alegria de descobrir vivo o companheiro de tantas peripécias fora logo destroçada pela consciência de nada poder fazer por ele. Lívia percebeu o desespero e o desânimo no seu olhar e teve pena:

– É provável que os levem a Miseno, onde há outra base da frota imperial, está praticamente abandonada, mas às vezes ainda precisam de remadores. E também é o mais importante mercado de escravos da península. Tu poderias chegar lá e tentar obter mais informações. Com algum tempo e bastante paciência poderias acabar sabendo de alguma coisa. E se o teu amigo é de fato tão grande, não vai certamente passar despercebido. Ouve – continuou a jovem, num tom mais calmo e conciliador –, eu vou seguir para o sul atrás do comboio que leva o imperador. Podes fazer parte da viagem, se quiseres. E quando chegar a hora de nos separarmos, tu irás pelo teu caminho e eu pelo meu.

– E tentarás libertar o garoto... sozinha?

– Isto não tem nada a ver contigo, pelo que pude entender.

– Quem sabe?

– Quer dizer que estás mudando de idéia?

– Talvez. Se eu encontrar os meus companheiros. Estão dispostos a ajudar a libertá-los?

Stefano cortou a conversa:

– Há uma vultosa recompensa – dez mil soldos de ouro – para quem conseguir levar o rapaz ao velho porto de Fano no Adriático, onde haverá um navio pronto para levá-lo ao Oriente a cada primeiro dia de lua nova, ao alvorecer, durante dois meses, a partir da lua de dezembro. Com todo este dinheiro poderás até comprá-los, os teus amigos, desde que descubras onde estão. O navio é fácil de reconhecer: levará na popa um estandarte com o monograma de Constantino.

– Mas se conseguir encontrá-los antes, bem que eles poderiam ajudar na tarefa – disse Aurélio –, são os melhores guerreiros que podes imaginar, e antes de mais nada são soldados romanos, leais ao imperador.

Stefano concordou com um sorriso de satisfação e virou-se para Lívia:

– O que devo dizer, então, a Antêmio?

– Dize que partiremos hoje mesmo, e que o manterei informado da melhor maneira possível.

– Farei isso – respondeu Stefano. – Boa sorte, então.

– Vamos precisar – respondeu Lívia. – Vou acompanhar-te, quero ter certeza de que ninguém te seguiu.

Alcançaram o barco de Stefano, um pequeno bote de fundo chato, apropriado à navegação na lagoa. Um serviçal encarregado dos remos esperava pelo amo. Com impressionante agilidade Lívia subiu num salgueiro que se esparramava com seus galhos por cima das águas e perscrutou tudo em volta: não havia vivalma nas redondezas e ela desceu assinalando que estava tudo bem. O homem subiu no bote mas Lívia ainda o deteve:

– O que foi que Antêmio ofereceu para induzir Basilisco a aceitar a sua proposta?

– Francamente não sei. Antêmio não me conta tudo, mas em Constantinopla todos sabem que aqui, no Ocidente, nada acontece sem que ele fique a par; só isto já basta para conferir-lhe um peso e um prestígio enormes.

Lívia concordou e foi então a vez de o homem perguntar:

– Aquele soldado... acreditas realmente que seja de confiança?

– Sozinho já vale tanto quanto um pequeno exército. Sei reconhecer um lutador, quando vejo um, reconheço o olhar de um leão, ainda que ferido. E, além do mais, aqueles olhos lembram-me alguma coisa...

– O quê?

Lívia franziu os lábios num sorriso amargo.

– Se soubesse já teria dado um nome e um rosto à única pessoa que deixou um marco na minha vida e na minha alma, sem contar meu pai e minha mãe, que há muito tempo já não tenho.

Stefano ia dizer alguma coisa mas Lívia já lhe dera as costas afastando-se com o seu passo ágil e silencioso, de predador. O serviçal mergulhou os remos na água, encurvou o corpo no esforço e o barco afastou-se lentamente da margem.

A coluna que escoltava o carro de Rômulo atravessou os campos por um caminho apertado e difícil, evitando Fano e o grande número de curiosos que certamente atrapalhariam a marcha ao se juntarem para assistir à passagem da comitiva. O compromisso com o silêncio e com a discrição era estritamente mantido, e Ambrosinus não deixou de reparar na manobra digressiva.

– Acho que estamos indo para a passagem nos Apeninos – disse a Rômulo. – Daqui a pouco retomaremos a Via Flamínia e atravessaremos a parte mais alta, passando por uma galeria cavada na montanha. Chamam-na de *forulus* e é uma extraordinária obra de engenharia, planejada na época do imperador Augusto e levada a cabo pelo imperador Vespasiano. Todas essas terras aqui em volta, íngremes e montanhosas, estão há muito tempo cheias de bandidos e seria perigoso tentar chegar à passagem sozinhos. As autoridades já procuraram muitas vezes acabar com esta praga, criando até formações especiais de vigilantes, mas nunca foram bem-sucedidas. O que gera os salteadores é a miséria; quase sempre são lavradores empobrecidos pelos impostos exagerados e pela carestia, aos quais não sobra outro caminho a não ser a bandidagem.

Rômulo parecia perdido na observação dos espessos bosques de carvalhos e freixos que ladeavam a trilha, ou dos raros pastores que vigiavam seus magros e minguados rebanhos. Mas estava prestando atenção e respondeu prontamente:

– Cobrar impostos que arruínam as pessoas não só é injusto como também é bastante idiota. Um homem arruinado não vai pagar coisa alguma, e quando se torna um bandido obriga o Estado a gastar mais ainda para tornar as estradas seguras.

– O seu comentário é muito apropriado – afirmou Ambrosinus com satisfação –, mas talvez seja simples demais para ser posto em prática. Os governantes costumam ser ávidos e os burocratas são muitas vezes estúpidos; juntando as duas coisas, os resultados acabam sendo um desastre.

– Mas deve haver uma explicação. Por que um governante deveria ser sempre ávido e um burocrata forçosamente estúpido? Já me disseste várias vezes que Augusto, Tibério, Adriano e Marco Aurélio foram príncipes sábios e honestos, que puniam os burocratas corruptos. Mas talvez nem isto seja verdade, talvez o homem sempre tenha sido estúpido, ávido e mau por sua própria natureza.

Naquela mesma hora Wulfila passou a cavalo para alcançar o topo de um morro que dominava a paisagem, ficou perscrutando em volta a fim de controlar os movimentos dos seus guerreiros. O ferimento feio que lhe deformava a face começava a cicatrizar, mas o rosto continuava túmido e inflamado, e por isto mesmo estava sempre de péssimo humor. Bastava um nadinha para desencadear a sua ira, e Ambrosinus tudo fazia para não provocá-lo, nem despertar nele qualquer tipo de suspeita. Estava, aliás, maquinando um plano para conquistar a sua confiança e talvez até a sua gratidão.

– É bastante compreensível que neste momento a sua visão do mundo seja tão negativa – respondeu a Rômulo. – Haveria até motivo de surpresa se assim não fosse. Na verdade o destino humano, e com ele o dos povos e dos impérios, depende muitas vezes de causas e acontecimentos alheios ao controle do homem. O Império defendeu-se durante séculos dos ataques dos bárbaros. Muitos imperadores foram levados à dignidade do cargo por seus soldados na frente de batalha, e nesta mesma frente morreram de armas em punho, sem nunca ter visto Roma ou ter debatido alguma questão no Senado. O ataque podia até ser múltiplo, em diferentes territórios do Império e levado adiante por vários povos ao mesmo tempo. Por isto foi construída, com um custo muito alto, uma muralha com mais de três mil milhas, que ia das terras altas dos celtas até os desertos da Síria. Alistaram-se então centenas de milhares de soldados, chegou-se a ter trinta e cinco legiões em serviço permanente, quase meio milhão de homens! Nenhuma despesa, nenhum sacrifício parecia grande demais aos Césares, desde que conseguissem salvar o Império e, com ele, a civilização. Mas, ao agirem assim, não perceberam que as despesas iam se tornando insuportáveis, que os impostos empobreciam os camponeses, os criadores, os artesãos, que destruíam as trocas e o comércio e até reduziam a natalidade. Por que botar filhos no mundo – perguntavam-se as pessoas – para depois deixá-los viver na miséria e nas privações? Então, a certa altura, já não era mais possível rechaçar as invasões, e acharam por bem deixar os bárbaros se estabelecerem dentro das nossas fronteiras e alistá-los no exército para combaterem contra outros bárbaros... Foi um erro fatal, mas talvez não houvesse outra escolha. A miséria e a tirania haviam sufocado nos cidadãos o amor à pátria e não houve outro jeito a não ser recorrer aos mercenários, que agora são os nossos patrões.

Ambrosinus calou-se ao perceber que não estava apenas dando uma aula de história ao seu pupilo, estava evocando eventos muito próximos e reais, eventos que tinham diretamente a ver com ele, e de forma bastante sofrida. Aquele garoto triste sentado na sua frente, afinal de contas, era o último imperador do Ocidente. Um ator apesar de si, e não um mero espectador daquela imensa tragédia.

– É sobre isto que tu ficas escrevendo vez por outra? É história? – perguntou Rômulo.

– Não tenho a vaidade de escrever a história; outros podem fazê-lo bem melhor do que eu, numa língua mais pura e elegante. Só quero deixar uma lembrança das minhas vicissitudes pessoais e dos eventos de que fui testemunha ocular.

– Não te faltará o tempo para isto; anos e mais anos de cativeiro. Por que decidiste vir comigo? Tu poderias ter ficado em Ravena, ou voltar à tua terra natal, as ilhas dos celtas. É verdade que lá para o norte as noites não têm fim?

– Já conheces a resposta para a primeira pergunta. Sabes que te quero muito bem, e estás a par da minha profunda devoção à tua família. Quanto à segunda, não é bem assim... – começou a responder Ambrosinus, mas Rômulo interrompeu:

– É justamente disso que eu precisaria, uma noite sem fim, um longo sono sem sonhos.

O rapaz tinha os olhos vazios ao dizer estas palavras e Ambrosinus não soube o que dizer.

Viajaram assim pelo resto do dia, o mestre procurando detectar qualquer mudança de humor no seu pupilo e ao mesmo tempo esforçando-se para não perder algum tipo de controle sobre o que acontecia em volta. Só pararam ao anoitecer. Os dias já se haviam tornado muito curtos e as horas de marcha eram limitadas. Os soldados bárbaros acenderam o fogo, alguns deles espalharam-se a cavalo pelas cercanias e depois de algum tempo voltaram com umas ovelhas degoladas penduradas nas selas e várias galinhas presas pelas pernas. Deviam ter saqueado algum sítio perdido por aquelas bandas. As frágeis presas foram rapidamente limpas e preparadas, e postas a cozinhar sobre as brasas. Wulfila sentou-se numa pedra, afastado, à espera da sua ração. Carrancudo e irritadiço, seus traços disformes salientavam-se de forma dramática no reflexo das chamas. Ambrosinus, que não o perdia de vista por um momento sequer, aproximou-se com lentas passadas e em plena luz para não levantar suspeitas e, quando chegou perto o bastante para ser ouvido pelo outro, disse:

– Sou médico e conhecedor de remédios, talvez possa fazer alguma coisa para curar essa ferida. Deve ser muito dolorosa.

Wulfila fez um gesto como quem afasta um inseto enfadonho, mas Ambrosinus não desistiu e continuou como se nada tivesse acontecido.

– Sei o que deves estar pensando, já foste ferido muitas outras vezes e, de um jeito ou de outro, o ferimento acabou sarando e a dor passando. Mas desta vez é diferente, o rosto é o lugar mais difícil de curar pois é nele que aparece a alma, muito mais do que em qualquer outra parte do corpo. A sensibilidade é muito maior, assim como a vulnerabilidade. Esta ferida está contaminada e, se a infecção se espalhar, todo o teu rosto ficará deformado, transformar-se-á numa máscara irreconhecível.

Voltou-se e dirigiu-se lentamente para o carro, mas a voz de Wulfila chamou-o de volta:

– Espera.

Ambrosinus pegou então a sua bolsa de viagem, pediu um pouco de vinho aos soldados, lavou várias vezes a ferida, espremeu o pus até só sair sangue limpo, retirou os pontos e fez um curativo aplicando uma decocção de malva e de farelo de trigo.

– Não penses nem por um só momento que eu fiquei te devendo alguma coisa – disse Wulfila quando Ambrosinus acabou.

– Não era esta a minha intenção.

– Qual foi o motivo, então?

– Tu és um animal feroz. A dor só pode tornar-te ainda mais cruel. Fiz no meu próprio interesse, Wulfila, e no do garoto.

Voltou ao carro para guardar o alforje. Um soldado chegou logo a seguir com um pedaço de carne assada enfiada num espeto, e o velho e o rapaz puderam comer. Fazia muito frio, não só devido à época do ano, mas também devido à hora noturna e à altitude, mas Ambrosinus preferiu pedir mais um cobertor em vez de colocar o seu estrado perto do fogo como faziam os outros, o calor, com efeito, tornava o cheiro deles insuportável.

Graças à insistência do mestre, Rômulo comeu e até tomou um pouco de vinho, e isto o reanimou, botando-lhe nas veias alguma energia e vontade de viver. Deitaram um ao lado do outro sob o céu estrelado.

– Entendeste por que fiz aquilo? – perguntou Ambrosinus.

– Limpar a cara daquele açougueiro? Sim, acho que sim: os cães raivosos precisam ser alisados no sentido certo.

– Mais ou menos isso.

Ficaram um bom tempo em silêncio, ouvindo o crepitar da fogueira na qual os soldados continuavam a jogar galhos secos, e observando as centelhas que subiam turbilhonando no ar.

– Vais rezar antes de dormir? – perguntou em certa altura Ambrosinus.

– Vou sim – respondeu Rômulo. – Rezarei pelo espírito de meus pais.

VIII

Lívia esporeou o cavalo ao longo de uma trilha muito estreita que subia pela encosta até o topo da montanha e então parou à espera de Aurélio, que deveria chegar por outro caminho através do bosque. Lá de cima dava para dominar facilmente a saída da galeria da Flamínia, que atravessava de um lado para outro a montanha, e os dois pularam no chão, postando-se atrás de uma moita de arbustos de faia. Não demorou muito para que um grupo de cavaleiros hérulos aparecesse na boca do túnel e, em seguida, chegou o comandante acompanhado por uns trinta soldados, depois o carro e finalmente a retaguarda.

Aurélio ficou gelado ao reconhecer Wulfila e virou instintivamente os olhos para o arco que Lívia usava a tiracolo.

– Nem penses nisso – disse a jovem, percebendo o que se passava na cabeça dele. – Mesmo que conseguisses matá-lo, os outros cairiam logo em cima de nós, e talvez até descarregassem a sua raiva no garoto.

Aurélio mordeu os lábios.

– Não faltará a oportunidade – Lívia insistiu. – Agora precisamos ter paciência.

Aurélio ficou observando por algum tempo a massa bamboleante do carro até vê-la desaparecer atrás de uma curva da estrada. Lívia apoiou uma mão em seu ombro.

– Devo concluir que é uma questão de vida ou morte, entre vós dois; aliás, só de morte, não?

– Matei alguns de seus homens mais fiéis, fiz de tudo para levar comigo o prisioneiro que lhe fora confiado, e quando ele tentou impedir, recortei a sua cara, transformei-o num monstro pelo resto dos seus dias: queres mais?

– Isto, no que diz respeito a ti. E quanto a ele?

Aurélio não respondeu. Mascava um fio de grama seca e olhava para baixo, para o vale.

– Não me diga que nunca se haviam encontrado antes.

– Pode ser, mas não me lembro. Topei com numerosos bárbaros durante todos estes anos de luta. E naquele instante viu-se de novo cara a cara com Wulfila no corredor do palácio imperial, espada contra espada, com a voz rouca do adversário que dizia: "Eu o conheço, romano, já nos vimos antes!"

Lívia plantou-se diante dele encarando-o fixamente com impiedosa insistência. Aurélio esquivou-se.

– Tu tens medo de olhar dentro de ti e tampouco gostas que alguém mais o faça. Por quê?

Aurélio virou-se quase com raiva.

– E tu estarias disposta a despir-te, a ficares nua aqui mesmo, na minha frente? – exclamou fixando nela dois olhos flamejantes. Lívia sustentou o olhar sem pestanejar.

– Faria isto – respondeu –, se te amasse.

– Mas não me amas, nem eu te amo, certo?

– Certo – respondeu ela com a mesma firmeza.

Aurélio segurou Juba pelo cabresto e esperou que Lívia também soltasse o seu baio, então disse:

– Temos uma meta comum e uma missão a ser cumprida que nos manterá por algum tempo juntos. Precisamos agir de pleno acordo e contar completamente um com o outro. Cada um de nós deve, portanto, fazer o possível para evitar que o outro fique constrangido. Estás entendendo o que quero dizer?

– Perfeitamente – respondeu Lívia.

Aurélio começou a descer pela encosta segurando Juba pelas rédeas.

– Se quisermos que a nossa tentativa tenha alguma possibilidade de sucesso – disse ele mudando de assunto –, terá de ser durante a viagem, depois de a comitiva chegar a seu destino a tarefa tornar-se-á impossível.

– Nós dois contra setenta? Não me parece uma boa idéia. E o teu ferimento ainda nem sarou por completo. Não, não podemos nos arriscar a falhar mais uma vez.

– O que tu propões, então? Tens algum plano? Ou vamos simplesmente esperar e ver o que acontece?

– Antes de mais nada precisamos saber qual é o destino deles, só aí poderemos estudar um plano para entrarmos e levarmos o rapaz. Não há e nunca houve outra escolha; não havia homens a serem alistados em Ravena, e mesmo que houvesse, os espiões de Odoacro são tão numerosos que o plano abortaria antes mesmo de começarmos. Talvez te pareça estranho, mas a nossa vantagem consiste justamente no fato de ninguém saber da nossa existência, ninguém sequer suspeita que dois viajantes possam tentar uma façanha como esta. Tu quase conseguiste ser bem-sucedido porque ninguém, em sã consciência, poderia levar a sério uma tentativa tão louca. Se alistarmos mais homens, isto só se dará muito longe de Ravena, onde ninguém nos conhece.

– E com que dinheiro tencionas alistá-los?

– O dinheiro estará disponível em vários lugares da Itália. Antêmio tem depósitos em muitos bancos e eu tenho uma letra de câmbio dele. Sabes do que se trata, não é?

– Não faço a menor idéia. Mas o que importa é que tu podes dispor do dinheiro quando precisarmos. Ainda não perdi as esperanças de reencontrar os meus companheiros.

– Nem eu. Sei como isto é importante para ti.

Falou com um tom de voz que deixava transparecer um envolvimento emocional muito mais forte do que a mera camaradagem que já se criara entre eles nos últimos dias.

Avançaram assim por várias etapas, percorrendo mais ou menos vinte milhas por dia e sempre mantendo-se um tanto afastados do comboio. A própria vigilância dos bárbaros em torno do carro se havia parcialmente afrouxado. A segurança oferecida pela numerosa escolta, a poderosa presença de Wulfila, a absoluta falta de qualquer ameaça, pelo menos até onde os olhos podiam alcançar, ajudavam a aliviar a tensão e, às vezes, até a disciplina.

Atravessaram os Apeninos e foram descendo pelo vale do Tibre.

– Se porventura nós encontrarmos os meus companheiros – Aurélio disse a certa altura – vais ajudar-me a resgatá-los?

– Acredito que sim. Depende do número deles, admitindo que cheguemos a encontrá-los. Mas aceita o meu conselho: não sonhes tão alto. Miseno é uma possibilidade, mas é uma possibilidade como tantas outras.

– É estranho, por um lado gostaria de achá-los, por outro fico receoso... Medo de saber que fim levaram os demais.

– Tu fizeste o possível – disse Lívia –, pára de te atormentar. O passado é o passado e nada podemos fazer para mudá-lo.

– Para ti é fácil dizer. Acontece que a legião era a minha vida, era tudo aquilo que eu tinha.

– Nunca tiveste uma família?

Aurélio sacudiu a cabeça.

– Uma mulher... uma amante?

Aurélio desviou o olhar.

– Encontros acidentais e esporádicos, sem maiores conseqüências. É difícil ligar-se a alguém, quando não há raízes.

Avançaram a passo por algum tempo, em silêncio; então Lívia retomou a palavra:

– Uma legião – foi dizendo. – Parece incrível, as legiões foram desmobilizadas duzentos anos atrás por Galieno: pesadas e lentas demais para enfrentar as invasões dos bárbaros cujas hordas imensas se moviam velozmente sobre seus cavalos. Botar em campo uma nova legião parece-me uma coisa um tanto sem sentido.

– Ao contrário! Foi uma operação extraordinária que fazia muito sentido; antes de mais nada, na maioria dos casos o terreno da Itália não facilita nem um pouco as manobras de grandes contingentes de cavalaria, e, além do mais, não podemos esquecer que o seu impacto seria formidável. Orestes queria que o povo visse de novo a águia de prata brilhando ao sol, queria que os romanos recuperassem o orgulho ao se identificarem com soldados marchando com os grandes escudos e as antigas armaduras, as unidades estremecendo o solo ao avançar com seu passo cadenciado. Queria a disciplina contra a barbárie, a ordem contra o caos. Cada um de nós sentia orgulho por fazer parte dela; o nosso comandante era um homem de antigas virtudes e incrível valor, austero e justo, zeloso da honra de seus homens e da sua própria.

Lívia fitou-o: os olhos do homem brilhavam e a sua voz vibrava de intensa comoção ao dizer aquelas palavras. Gostaria de poder entender melhor os seus sentimentos, queria saber mais, mas viu ao longe o comboio que parecia ter diminuído a marcha, e fez um sinal para o companheiro parar.

– Nada demais – disse em seguida. – Só um rebanho de ovelhas impedindo a passagem.

Retomaram a marcha a passo, avançando à margem de um bosque que ladeava a estrada, a uma distância de uns duzentos ou trezentos pés.

– Continua, por favor – disse ela.

– Os homens foram escolhidos a dedo de outras unidades; oficiais e soldados, auxiliares e técnicos, quase todos ítalos e mais alguns originários das províncias. Também foram admitidos uns poucos bárbaros, mas em número muito reduzido e só quando se podia confiar completamente neles, por já servirem ao Estado havia várias gerações. Foram reunidos numa localidade secreta e treinados por mais de um ano durante muitas horas por dia. Quando a legião entrou pela primeira vez em combate em campo aberto, o efeito foi mortífero, avançou entre as fileiras inimigas esmagando-as com o poder de uma máquina de guerra e infligindo pesadas baixas aos adversários. Tinham conseguido juntar o melhor da técnica antiga e da moderna.

– E tu? Onde foi que te encontraram?

Aurélio cavalgou mais um pouco com ar pensativo, mantendo os olhos fixos diante de si. Mantinham-se protegidos pelas sombras do bosque para não serem surpreendidos pelos batedores de Wulfila, que esquadrinhavam continuamente os flancos do vale a fim de se precaver contra qualquer possível ataque. Naqueles lugares tão inóspitos e selvagens, preocupavam-se muito mais com os bandidos do que com improváveis salvadores do rapaz.

– Já te disse – respondeu Aurélio de repente. – Sempre fiz parte da legião. Não lembro mais de coisa alguma. – E o tom da sua voz indicava claramente que para ele o assunto estava encerrado.

Mais um bom pedaço em silêncio, com Lívia vez por outra se afastando para seguir por uma trilha um pouco mais acima ou abaixo, uma vez que não suportava a obstinada mudez do companheiro. Quando voltavam a se cruzar, trocava com ele algumas palavras acerca do caminho a seguir e quanto às dificuldades do terreno, e então separavam-se de novo. Percebia-se claramente que Aurélio não conseguia livrar-se do pesadelo da chacina dos companheiros, da destruição da sua unidade, da impossibilidade de socorrê-la. Fantasmas estavam cavalgando a seu lado, sombras sangrentas de jovens massacrados na flor da idade, de homens cruelmente torturados até o último sopro de vida. Podia ouvir seus gritos aflitos, suas invocações das profundezas do inferno. Continuaram a passo por várias horas, até as primeiras sombras crepusculares, quando o comboio preparou-se para a parada noturna. Lívia reparou numa choupana no topo da colina, a mais ou menos uma milha do acampamento de Wulfila, e indicou-a para o companheiro.

– Talvez possamos passar a noite ali, quem sabe até encontrando um abrigo para os cavalos.

Aurélio assentiu com um sinal da cabeça e guiou Juba rumo ao morro, por dentro do bosque.

Foi o primeiro a entrar e certificou-se de que o local estava deserto. Parecia ser um refúgio de vaqueiros que levavam seus animais aos pastos altos durante o verão. Havia capim seco espalhado num canto e mais forragem guardada sob uma espécie de alpendre, nos fundos do tosco casebre. Não muito longe dali uma nascente alimentava um bebedouro cavado numa pedra de arenito e, ao transbordar, escorria entre seixos cobertos de musgo até encher uma bacia natural. Formava, portanto, um pequeno lago cristalino que refletia o céu e as árvores ao redor. O bosque brilhava no pôr-do-sol com as cores do outono, parreiras silvestres serpenteavam pelos troncos dos carvalhos com suas grandes folhas avermelhadas e pequenos cachos purpúreos.

Aurélio cuidou dos cavalos e prendeu-os ao abrigo do alpendre depois de espalhar no chão, diante deles, um monte de capim. Lívia foi até o pequeno lago, despiu-se e mergulhou ficando toda arrepiada ao contato com a água gelada. A vontade de lavar-se, no entanto, havia sido mais forte do que o receio do frio. Aurélio já ia descendo pela encosta mas, ao vislumbrar o corpo nu que chapinhava na água transparente, deteve-se alguns instantes para contemplá-lo, fascinado por aquela beleza escultural. Então, confuso e perturbado, desviou o olhar. Teria gostado de chegar perto e dizer-lhe quanto a desejava, mas não suportava a idéia de ela poder rejeitá-lo. Dirigiu-se ao bebedouro e, por sua vez, lavou-se, primeiro o tronco e os braços e em seguida a parte inferior do corpo. Quando Lívia voltou, estava envolvida em seu cobertor de viagem e segurava na mão direita um arpão com que espetara duas grandes trutas.

– Só havia estas duas – disse –, e provavelmente já estavam preparadas para morrer. Podes ir buscar as minhas roupas? Deixei-as penduradas num galho perto do lago. Enquanto isto eu vou acender o fogo.

– Nada disto! Eles vão ver e mandarão alguém averiguar.

– Não podem correr atrás de qualquer fumacinha que aparecer nos campos – respondeu ela. – E, além do mais, a nossa posição é privilegiada: se alguém chegar perto vou espetá-lo como as trutas e arrastá-lo para o bosque. Não dou mais do que umas poucas horas e garanto que nem vão sobrar os ossos. Os animais selvagens também passam fome nesta época.

Lívia cozinhou as trutas do melhor jeito possível e continuou a alimentar o fogo com galhos de pinheiro que queimavam com alegres chamas pipocantes, mas sem fumaça. Na hora do jantar, Aurélio escolheu para si o peixe menor mas Lívia serviu-lhe o mais gordo.

– Tu precisas comer – disse –, ainda estás fraco e quando chegar a hora de brigar, quero um leão a meu lado, não um cordeirinho. E agora vai dormir. Eu me encarrego do primeiro turno de vigia.

Sem mais uma palavra, Aurélio dirigiu-se para a margem da clareira onde sentou encostando-se num carvalho secular. Lívia viu-o assim, imóvel, de olhos fixos e arregalados, a enfrentar a noite que descia da montanha com suas sombras e seus fantasmas. Desejou estar a seu lado: era só ele pedir, e ela iria.

Wulfila mandou montar o acampamento perto de uma ponte que atravessava um afluente do Tibre. Os homens começaram a assar as ovelhas e os carneiros confiscados de um pastor que algumas horas antes tinha tido a infelicidade de cruzar o caminho deles. Ambrosinus aproximou-se com ar preocupado.

– O imperador não suporta a carne de carneiro – disse.

O bárbaro caiu na gargalhada.

– O imperador não suporta a carne de carneiro? Mas que pena, que coisa horrível! Infelizmente o chefe das cozinhas imperiais não quis sair de Ravena e a escolha dos pratos é um tanto limitada. Ou come carneiro ou vai para a cama de barriga vazia.

Ambrosinus chegou mais perto.

– Vi muitas castanhas no bosque, se me deixardes catar um punhado delas, prepararei um bolo muito bom e nutritivo.

Wulfila sacudiu a cabeça.

– Tu ficas por aqui mesmo.

– Achais então que eu poderia fugir? Sabeis muito bem que não abandonaria o rapaz por motivo algum no mundo. Deixai-me ir, voltarei daqui a pouco e terei bastante para vós também. Garanto que nunca comestes algo tão gostoso.

Wulfila deixou-o ir e, com uma lanterna acesa na mão, Ambrosinus entrou na floresta. O chão em volta dos grandes troncos nodosos estava coberto de ouriços, muitos dos quais estavam entreabertos e deixavam à mostra os frutos de uma bela cor marrom-avermelhada, como couro curtido. Juntou uma boa quantidade, achando que aquele lugar devia ser completamente desabitado, se frutos tão preciosos acabavam sendo comida de ursos e javalis. Voltou para o acampamento de lanterna apagada e aproximou-se furtivamente do local onde Wulfila parecia estar tendo uma reunião com os seus oficiais.

– Quando terei de partir? – perguntava naquele momento um deles.

– Amanhã mesmo, logo que chegarmos à planície. Leva mais uma meia dúzia de homens e espera por nós em Nápoles. Deverás entrar em contato com um homem chamado André de Nola; estará esperando por vós no bairro dos guardas palatinos e tomará as providências necessárias para a viagem a Capri. Deixa bem claro que terá de levar em conta a escolta, o rapaz com o preceptor, e a criadagem para nós e para eles. Avisa-o que quero tudo pronto no local do destino final: alojamentos para os homens, comida, vinho, roupas, cobertores. Tudo. Talvez também precisemos de escravos, mas cuida para que não os procure em Miseno, ali se encontram aqueles que Mledo capturou em Dertona: quero-os longe de mim. Estás me entendendo? Se alguma coisa sair errada, ele vai ter que se ver pessoalmente comigo. E explica-lhe que não costumo ser paciente com os incapazes.

Ambrosinus afastou-se sem fazer barulho achando que já tinha ouvido o bastante, para voltar a aparecer do lado oposto do acampamento, onde os homens da escolta estavam virando no fogo os espetos com os quartos de carneiro. Ficou num canto e assou as suas castanhas, aí esmagou-as num pilão, juntou um pouco de mosto tirado dos mantimentos da comitiva e preparou uma panqueca que passou novamente no fogo para ficar crocante. Apresentou o prato a seu amo com legítimo orgulho. Rômulo olhou incrédulo.

– O meu doce preferido. Como conseguiste?

– Wulfila está começando a outorgar-me um mínimo de liberdade. Está farto de saber que não pode tratar-me muito mal, se quiser que cuide do seu rosto. Entrei no bosque e catei umas castanhas, só isto.

– Muito obrigado – disse Rômulo. – Faz-me lembrar dos dias de festa lá em casa, quando os cozinheiros o preparavam nas chapas de ardósia, no jardim. Ainda posso sentir o aroma do mosto que fervilhava nas panelas. Não há cheiro mais doce e mais intenso do que o do mosto a cozinhar.

– Come – disse Ambrosinus –, não o deixa esfriar.

Rômulo mordeu a massa crocante e o preceptor continuou:

– Tenho novidades. Já sei para onde estão nos levando. Ouvi Wulfila falar no conselho com os seus oficiais, quando voltava do bosque. Vão nos levar para Capri.

– Capri? Mas é uma ilha.

– Isso mesmo, mas não muito longe da costa. E há quem a ache agradável, principalmente no verão, quando o clima é muito bom. O imperador Tibério mandou construir ali vilas maravilhosas e nos últimos anos do seu reinado morou na mais bonita delas: a vila Jovis. Depois da sua morte...

– Mesmo assim será uma prisão – interrompeu Rômulo –, onde terei de passar o resto dos meus dias sem outra companhia a não ser a dos meus mais detestáveis inimigos. Não poderei viajar, não poderei conhecer outras pessoas nem ter uma família...

– Contentemo-nos com aquilo que a vida nos apresenta a cada dia, meu filho. O futuro está na mente e nas mãos de Deus. Não desistas, não te entregues, não te conformes com coisa alguma. Nunca esqueças o exemplo dos grandes do passado, lembra-te dos preceitos e dos ensinamentos dos sábios: de Sócrates, Catão, Sêneca. O conhecimento de nada adianta se não nos oferece os meios para enfrentarmos a vida. Ouve: há alguns dias tive uma premonição, como que por milagre voltou à minha mente uma antiga profecia da minha terra e desde então os meus sentimentos mudaram. Sinto que não estamos sozinhos, que muito em breve haverá novos sinais. Acredite, é o que sinto.

Rômulo sorriu, mais de pena do que de alívio.

– Tu estás sonhando – disse –, mas sabes preparar ótimas panquecas doces, e este é um dom impagável.

Recomeçou a comer e Ambrosinus ficou tão satisfeito que até esqueceu de não ter comido nada até aquele momento, mas preferiu levar o que sobrava a Wulfila para manter a promessa e ganhar, no limite do possível, mais um pouco da sua benevolência.

No dia seguinte acordaram ao alvorecer e assistiram à saída da pequena vanguarda que iria para o sul. O comboio retomou então o seu caminho e só parou para uma rápida refeição, em torno do meio-dia. O clima se tornava cada vez mais ameno enquanto eles desciam para as terras meridionais. No céu pairavam grandes nuvens cândidas: avançavam empurradas pelo vento do poente e às vezes se condensavam em grandes cúmulos negros que fustigavam o solo com repentinas e violentas tempestades. Em seguida o sol voltava a brilhar, iluminando os campos encharcados e reluzentes. Os carvalhos e os freixos haviam deixado lugar aos pinheiros e às murtas, às macieiras e às videiras.

– Já deixamos Roma para trás – disse Ambrosinus. – Não falta muito para o nosso destino.

– Roma... – sussurrou Rômulo, e pensou em quando havia entrado no Senado vestindo a veste imperial, acompanhado pelos pais. Parecia que fora cem anos antes, em vez de uns poucos meses, e agora se preparava para viver a sua adolescência e a sua juventude, a melhor época na vida de um homem, com o coração carregado de luto e de obscuros presságios.

IX

Wulfila reparou na vendedora de água quando ainda estava longe dela. Parada à direita, na margem da estrada, tinha um odre a tiracolo e segurava uma tigela de madeira. A sua aparência lembrava a de muitos outros maltrapilhos e mendigos que se encontram ao longo do caminho. Há algum tempo, porém, o sol tornara-se mais quente, a hora meridiana e a ausência de fontes ao lado da estrada haviam deixado tanto os homens quanto os cavalos sedentos.

– Tu aí, aproxima-te! – disse-lhe na sua língua quando já estava perto. – Estou com sede!

Pelo jeito e a maneira imperiosa, a jovem compreendeu que o homem queria beber e ofereceu-lhe a tigela cheia de água. Apesar de desairosamente envolvida em sua capa esfarrapada, a sua beleza conseguia, ainda assim, aparecer suscitanto os comentários lascivos dos guerreiros bárbaros.

– Deixa-te ver melhor! – gritou um dos homens, tentando arrancar-lhe a capa dos ombros, mas ela esquivou-se com um rápido e leve movimento do tronco. Procurou mesmo assim sorrir e esticou a mão para conseguir uma esmola em troca da água fresca com que enchia a tigela.

– Desde quando é preciso pagar pela água? – berrou outro soldado. – Se tiver de pagar uma mulher, então quero ter muito mais. – E a segurou puxando-a para si. Percebeu a cintura fina e a curva enxuta dos quadris, os músculos retesados por baixo da pele, e fitou-a com uma expressão surpresa dizendo:

– Mas que carne mais rija! Dá para ver que afinal tu não comes tão pouco e tão mal.

E foi então que se ouviu uma voz que dizia:

– Estou com sede.

A jovem deu-se conta de que vinha do carro, uns poucos passos para trás, e aproximou-se afastando a cortina que encobria a janela. Viu-se diante de um garoto de uns doze ou treze anos, de cabelos castanho-claros, olhos grandes e escuros, vestindo uma túnica branca de mangas compridas finamente bordada com fios de prata. Sentado à sua frente, um homem de uns sessenta anos, de barba grisalha, calvo no topo da cabeça, usando uma simples batina de lã cinzenta, com uma pequena jóia pendurada no pescoço.

Wulfila apressou-se a fechar logo a cortina afastando grosseiramente a jovem e gritando:

– Sai daqui!

O homem sentado dentro da carruagem, no entanto, afastou novamente o pano e disse num tom firme:

– O rapaz está com sede.

Naquele momento seus olhos encontraram-se com os da moça e ele percebeu de imediato que a vendedora de água não era o que aparentava ser; parecia estar querendo sugerir alguma coisa, ou tentar prepará-lo para algo, e ele apertou o braço de Rômulo para comunicar-lhe a iminência de algum evento inesperado. A jovem aproximou-se e, logo que conseguiu ficar fora do alcance dos olhos de Wulfila, ofereceu ao rapaz a tigela de madeira cheia de água e ao homem um copo de metal. Enquanto bebiam, sussurrou em grego:

– *Khaire, Kaisar* – "Ave, César."

O garoto conseguiu controlar a surpresa enquanto o acompanhante respondia na mesma língua:

– *Tis eis?* – "Quem és?"

– Uma amiga – respondeu a jovem. – O meu nome é Lívia. Para onde estão a levá-los?

Na mesma hora, porém, Wulfila interveio mais uma vez puxando-a para trás e acabando com a conversa.

Dentro do carro, Rômulo virou-se para o preceptor, não sabendo como interpretar o estranho encontro:

– Quem poderia ser, *Ambrosine?* Como podia saber que era eu?

Naquele momento, no entanto, a atenção do homem concentrava-se no copo que estava em sua mão. Virou-o de baixo para cima e viu uma marca gravada no fundo com os dizeres

LEG NOVA INV

– *Legio Nova Invicta* – leu baixinho. – Sabes o que significa, César? Que aquele soldado está tentando de novo, e que desta vez não está sozinho. Não sei se devo sentir-me feliz ou preocupado, mas o coração me diz que se trata de um sinal favorável, de um evento auspicioso. Não fomos abandonados à nossa sorte e sinto que a premonição que tive alguns dias atrás era verdadeira...

Enquanto isto Wulfila empurrava Lívia para a margem da estrada, mas ela dirigiu-lhe um olhar de súplica:

– A minha tigela, senhor. Eu preciso dela.

– Está bem – concedeu Wulfila – mas mexe-te.

Acompanhou-a até o carro e depois de ela recuperar a vasilha arrastou-a de novo para a margem da estrada sem deixá-la sozinha um só momento. Lívia só teve tempo de trocar mais um olhar de relance com os dois prisioneiros, mas sem proferir uma única palavra. Ficou olhando longamente para o carro, até ele desaparecer atrás de um desnível do terreno, e não saiu dali até o barulho dos cavalos e das rodas emudecer por completo. Então levantou os olhos para a montanha e vislumbrou a figura imóvel de um cavaleiro que a observava do topo de uma colina: Aurélio. Encaminhou-se para ele e avançou entre as moitas seguindo uma trilha tortuosa que, depois de algum tempo, levou-a até o sopé do morro. Aurélio foi ao seu encontro puxando um segundo cavalo pelas rédeas. Lívia montou com um pulo.

– Então? – ele perguntou. – Como foi?

– Não consegui. Estava a ponto de contar quando Wulfila puxou-me para trás. Se eu tentasse perguntar mais alguma coisa iriam ficar desconfiados e na certa não me deixariam ir embora. Pelo menos, agora eles sabem que estamos por perto, eu acho. O homem com o imperador tem um olhar afiado, penetrante, é certamente uma pessoa de grande inteligência.

– É um maldito trapalhão – respondeu Aurélio –, mas é o preceptor do menino e, seja qual for o plano que tentaremos pôr em prática, não podemos nos esquecer dele. E quanto ao rapaz, dize-me, conseguiste vê-lo?

– O imperador? Sim, claro.

– Como ele está? – Aurélio quis saber, sem esconder a ansiedade na sua pergunta.

– Bem, acho que está bem, mas tem nos olhos uma infinita melancolia. Deve estar sentindo muito a perda dos pais.

Aurélio meditou em silêncio por alguns instantes e então disse:

– Vamos ver se agora nós conseguimos fazer contato com ele. A escolta já não parece tão atenta como antes, talvez achem que a esta altura ninguém mais deve estar pensando nos prisioneiros.

– Os outros, pode ser, mas não Wulfila. Continua mais desconfiado e precavido do que nunca. Não pára de olhar em volta com aqueles seus olhos aguçados, de lobo. Mantém sempre a situação sob controle, nada lhe passa despercebido, eu garanto.

– Viste a cara dele?

– Como estou te vendo agora. Deixaste-lhe uma boa lembrança tua, quanto a isto não há dúvida, e se ele costuma mirar-se no espelho, então eu não gostaria de ser tu se porventura algum dia caíres nas mãos dele.

– O problema não existe – rebateu Aurélio. – Eu nunca vou cair nas mãos dele... vivo.

Avançaram pelo resto da tarde, até o pôr-do-sol, quando viram a coluna de Wulfila acampar nas redondezas de Minturno. A antiga Via Ápia já era impraticável. Os pântanos, que, pelo menos em parte, haviam sido saneados pelos canais de drenagem que o imperador Cláudio mandara cavar, tinham agora reconquistado, por falta de manutenção, grandes extensões de terra, e longos trechos da estrada estavam submersos. O espelho de águas mortas incendiou-se na hora em que o disco do sol mergulhou nele devagar, para em seguida tornar-se cada vez mais cinzento, ao refletir o céu que se obscurecia. Grandes cúmulos negros amontoavam-se sobre o mar movendo-se lentamente no céu, trovões rumorejavam ao longe: uma tempestade ia se formando vinda do Ocidente.

Naquela hora do dia, engrossada pelas exalações palustres e pela umidade, a atmosfera tornava-se sufocante. Aurélio e Lívia estavam encharcados de suor mas continuavam a avançar para não perder contato com a caravana imperial que, tentando adiantar-se antes do cair da noite, seguia em frente com bastante rapidez. A certa altura, Aurélio parou para tomar um gole do odre e Lívia também pediu que enchesse a tigela, pois a sua própria reserva de água acabara com os homens de Wulfila. Levou-a então aos lábios tragando avidamente longos goles. De repente, enquanto a tigela pouco a pouco se esvaziava, Lívia notou alguma coisa e seu rosto se iluminou.

– Capri – disse. – Estão indo para Capri.

– Como é? – perguntou Aurélio, atônito.

– Estão indo para Capri. Olha aqui, eu sabia que aquele homem era esperto. – Virou a vasilha para Aurélio mostrando a escrita arranhada no fundo com a ponta de uma pena: CAPREAE.

– Capri – repetiu Aurélio. – É uma ilha no golfo de Nápoles, íngreme e pedregosa, inóspita e selvagem, só há umas cabras por lá, daí o nome.

– Tu conheces?

– Não, mas uns amigos meus originários daquelas bandas me falaram a respeito.

– Não creio que seja tão ruim assim – rebateu Lívia. Afinal de contas o imperador Tibério escolheu morar lá, então deve ser bem aprazível. O clima deve ser moderado e agradável, e posso imaginar o perfume do mar mesclado ao dos pinheiros e das giestas.

– Pode ser – respondeu Aurélio –, mas continua sendo uma prisão. Vem, vamos procurar um abrigo mais acima, para passar a noite, pois do contrário os mosquitos vão nos devorar.

Encontraram proteção numa pequena choupana de caniços e de palha que os camponeses haviam erguido para vigiar a colheita, mas que agora ninguém mais usava. Lívia tostou no fogo um pouco de farinha de farro misturando-a com água e queijo ralado no fundo de uma vasilha de metal, e isso foi o jantar deles. Comeram quase em silêncio, sentados perto de uma pequena fogueira de gravetos, enquanto lá de baixo chegava até eles, abafado pela distância, o contínuo coaxar das rãs.

– O primeiro turno é meu – disse Lívia botando o arco a tiracolo.

– Queres mesmo?

– Quero. Não estou com sono e prefiro dormir bem mais tarde. Procura descansar.

Aurélio assentiu, prendeu Juba ao tronco de uma sorveira, entrou na choupana e deitou-se na sua manta. Ficou algum tempo observando o cavalo que comia os bonitos frutos vermelhos e já maduros, então virou de lado e procurou adormecer, mas a imagem da sua companheira de aventuras enchia-o cada vez mais de excitação e desassossego. Sentia vontade de entregar-se àquele pensamento que com crescente intensidade lhe acalentava o coração, mas receava a separação, inevitável, depois de concluírem a missão.

Lívia observava no escuro as luzes do acampamento inimigo, lá na planície. Passou-se algum tempo, ela mesma não saberia dizer quanto, e então, de repente, notou algo se mexendo, as sombras dos cavaleiros bárbaros sobressaindo de tochas acesas sobre o fundo escuro do pântano. Uma mera patrulha de vigilância, provavelmente, mas aquela ronda fez-lhe lembrar uma outra cena perdida no fundo da sua memória: uma turma de cavaleiros bárbaros que corria a galope para a margem da lagoa, tendo um mar de chamas como pano de fundo, avançando contra um homem sozinho e imóvel que esperava por eles. Estremeceu como se tivesse sido atingida por um vento gelado e virou a cabeça para a choupana.

Aurélio já devia estar dormindo, esgotado pelo longo dia de marcha e pela fraqueza devida à escassez de comida. Como que tomada por repentina inspiração, Lívia pegou um tição da fogueira, aproximou-se cautelosamente, agachou-se a seu lado e esticou o braço por cima do seu peito. Aurélio virou-se de chofre, de espada em punho, encostando a ponta da arma no pescoço dela.

– Pára, sou eu – Lívia exclamou recuando.

– Ficaste louca? Não pensaste que eu poderia matar-te?

– Achei que estavas dormindo, eu só queria...

– O quê?

– Agasalhar-te: tu te descobriste.

– Sabes muito bem que não é nada disso. Dize logo a verdade ou irei embora nesta mesma hora.

Lívia ficou de pé para em seguida sentar-se ao lado do fogo.

– Eu... acho que sei quem tu és.

Aurélio aproximou-se e por alguns instantes pareceu observar o movimento das chamas azuladas; então fitou Lívia nos olhos. Havia uma sombra fria no seu olhar, como se a sua alma estivesse à mercê de uma irresistível maré de lembranças, como se uma antiga ferida estivesse de novo a sangrar. Deu as costas de repente.

– Não quero ouvir – disse com voz monocórdia.

– A noite ainda é uma criança – respondeu Lívia. – Há tempo de sobra para uma longa história. Acabas de dizer que querias a verdade, já esqueceste?

Aurélio virou-se lentamente, baixando a cabeça em silêncio, e Lívia prosseguiu:

– Certa noite, muitos anos atrás, a cidade em que eu nasci e me criei, onde tinha minha casa e meus pais, foi de repente tomada de assalto depois de uma longa resistência. Os bárbaros entregaram-se ao saque e ao massacre. Os homens foram todos executados, as mulheres estupradas e levadas como escravas, as casas saqueadas e queimadas. Meu pai morreu ao tentar defender-nos, foi esquartejado diante de nossos olhos, bem no limiar da nossa casa. Minha mãe fugiu segurando-me pela mão. Corríamos no escuro, ao longo de uma velha trilha atrás do aqueduto, entregues ao desespero e ao mais completo pavor. Aqui e acolá o clarão dos incêndios iluminava o caminho; berros, gemidos e gritos de loucura ecoavam em cada canto, de cada muro, choviam do céu como granizo de fogo. A cidade estava cheia de corpos sem vida, o sangue escorria por todo lado. Eu estava exausta e minha mãe arrastava-me pelo braço. Chegamos assim até a margem da lagoa onde um barco sobrecarregado de fugitivos estava a ponto de partir. Era o último, os outros botes já estavam longe, iam desaparecendo no escuro, além dos últimos reflexos do incêndio. – Parou um instante para perscrutar o seu interlocutor até o fundo da alma com olhos que brilhavam de lágrimas na reverberação da pequena fogueira, e só encontrou nele muda angústia e aflição.

– Continua – disse Aurélio.

Lívia cobriu o rosto com as mãos quase na tentativa de proteger os olhos daquelas cenas que queimavam o seu coração, daquelas memórias por tanto tempo exiladas nas profundezas da sua mente. Em seguida respirou fundo e continuou:

– O barco já ia se afastando e minha mãe começou a gritar correndo atrás dele, com a água até os joelhos, pedindo pelo amor de Deus que esperassem por nós...

Uma expressão de dor desfigurou por um momento o rosto de Aurélio, e Lívia aproximou-se mais ainda, tanto que ele quase podia sentir o cheiro de maresia que exalava do seu jovem corpo de sereia. Uma onda de calor inflamou-lhe o rosto, pareceu-lhe estar mergulhado num vendaval de chamas, mais uma vez entregue a um incontido terror que como pedra oprimia o seu coração. Lívia prosseguiu implacável:

– Havia um homem sentado na popa, um jovem oficial romano com a armadura toda manchada de sangue. Quando nos viu pulou na água, ajudou minha mãe a subir e segurou-me nos braços enquanto ela sentava no único lugar disponível, então empurrou-me para cima, para as mãos dela estendidas. Ao ver a água escura à minha volta fiquei com medo e me agarrei ao seu pescoço, foi então que arranquei dele isto.

Mostrou o pequeno medalhão com a águia, e depois continuou:

– A minha mãe tomou-me em seus braços apertando-me com força, enquanto o barco se afastava lentamente da margem. A última imagem que ficou gravada na minha mente foi a figura dele, imóvel na orla, a sua silhueta escura contra aquele inferno de chamas que devorava a cidade, e um grupo de cavaleiros bárbaros que iam chegando a galope, como demônios, agitando tochas flamejantes. Aquele jovem oficial eras tu, tenho certeza disto.

Voltou a apertar entre os dedos a pequena águia de prata.

– Levo-a pendurada no pescoço desde aquele dia e nunca perdi a esperança de reencontrar o herói que nos salvou, sacrificando-se no nosso lugar.

Calou-se e ficou parada diante do companheiro, à espera de uma resposta, de um sinal que confirmasse a consciência do passado que as imagens daquela longínqua noite haviam despertado nela, mas Aurélio nada dizia; apertava as pálpebras para rechaçar as lágrimas, para dominar o pavor, a angústia do vazio, o terrível aperto do frio e da escuridão.

– É por isto que o teu olhar se pousa instintivamente neste medalhão, porque sabes que é teu, que te pertencia, porque é o sinal distintivo da tua unidade: a oitava *vexillatio pannonica*, os heróicos defensores de Aquiléia!

Aurélio teve um doloroso estremecimento ao ouvir aquelas palavras, mas não perdeu o controle. Abriu os olhos e fitou a jovem com ternura, apoiou as mãos nos seus ombros e disse:

– Aquele rapaz morreu, Lívia, estás me entendendo? Ele está morto.

Lívia sacudia a cabeça enquanto as lágrimas escorriam pelo seu rosto, mas ele continuou:

– Morreu. Assim como todos os demais. Não houve sobreviventes naquela guarnição. Todo mundo sabe disto. O que dizes é apenas um sonho de menina. Pensa bem nisto: quais poderiam ser as probabilidades de o rapaz salvar-se, se a situação foi realmente como tu a descreveste? E quais as chances de tu o encontrares de novo depois de tantos anos?

Ao dizer isto, parecia-lhe poder ver mais uma vez o rosto de Wulfila contraído de raiva enquanto berrava: "Eu o conheço, romano! Já nos vimos antes!" Mas limitou-se a dizer:

– Essas coisas só acontecem nas fábulas! Conforma-te, menina, não penses mais no assunto.

– É mesmo? Dize-me então: onde tu estavas na noite em que Aquiléia caiu?

– Francamente não sei, acredita. Aquele tempo já está longe, muito além dos limites da memória.

– Mas talvez eu possa dar-te uma demonstração. Ouve: quando me deitei ao teu lado eu queria ver se...

– O quê?

– Se há uma cicatriz no teu peito, bem na base do pescoço. Eu creio... parece-me ter visto um ferimento que ainda sangrava no peito daquele soldado.

– Muitos soldados têm cicatrizes no peito. Pelo menos os corajosos, é claro.

– E por que o teu olhar se fixa continuamente neste medalhão?

– Não é para o medalhão que eu olho. É para... o teu seio.

– Fora daqui! – gritou Lívia, trêmula de raiva e de decepção. – Deixa-me em paz! Deixa-me em paz!

– Lívia, eu...

– Deixa-me em paz – repetiu baixinho.

Aurélio afastou-se e ela ficou de joelhos perto do fogo que já esmorecia. Cobriu o rosto e chorou em silêncio.

Ficou um bom tempo desse jeito, até sentir o frio que penetrava em seus ossos. Levantou então a cabeça devagar e viu Aurélio imóvel, encostado num carvalho: uma sombra entre os fantasmas da noite.

X

Aurélio aproximou-se do riacho, tirou o corpete e o casaco e começou a lavar-se, demorando em particular com os dedos sobre a cicatriz que lhe franzia a pele logo abaixo da junta das clavículas. Num primeiro momento a água gelada fê-lo estremecer, mas então lhe deu uma sensação de força e renovada energia depois da noite agitada e quase toda insone. De repente sentiu uma fisgada que o forçou a fechar os olhos e cerrar o queixo numa careta de dor. A fisgada nada tinha a ver com a cicatriz, no entanto, vinha de um calo ósseo que sobressaía da sua cabeça, da parte occipital, talvez a marca de uma queda ou de uma pancada sofrida sabe-se lá quando e onde. Com o passar do tempo aquela dor aguda, longa e palpitante manifestava-se cada vez com maior freqüência e intensidade.

– Estão se movimentando! – gritou Lívia. – Precisamos partir!

Aurélio enxugou o corpo sem virar-se, em seguida vestiu o casaco e o corpete, prendeu a espada na bandoleira e correu pela breve subida até alcançar Juba, que pastava tranqüilo na grama molhada de orvalho. Pulou na sela e saiu a galope, acompanhado por Lívia. Quando voltaram a avançar a passo, Aurélio disse:

– O tempo vai piorar, as minhas fisgadas não mentem.

Lívia sorriu.

– O meu avô também dizia a mesma coisa. Parece que o estou vendo agora mesmo: magro, ossudo e quase sem dentes, mas era um veterano que lutara com Eugênio na batalha do Frígido, onde só não morreu por milagre. Tinha fisgadas como as suas quando o tempo virava, embora não soubesse exatamente de onde elas vinham, de tantas cicatrizes e ossos quebrados que tinha no corpo. Mas nunca errava, dentro de seis ou sete horas chovia ou coisa pior.

Lá embaixo, a longa coluna de guerreiros hérulos e círios que escoltava o carro do imperador e do seu mentor avançava entre os últimos resquícios do pantanal. Com a sua chegada, grupos de búfalos emergiam do pântano, enlameados e reluzentes, só para se afastarem alguns metros. Outros, deitados na estrada para se secarem no sol da manhã, levantavam-se como preguiçosos gigantes para deixar passar os cavalos e se afastavam troteando pelos pastos pincelados de cardos roxos e douradas corolas de dentes-de-leão. A planície mais fértil da Itália começava a descortinar-se diante deles, com campos amarelados de restolhos ou trigueiros na terra recém-revolvida pelo arado. Um pequeno santuário em ruínas assinalava o local onde começava o território de alguma antiga tribo osca e, no cruzamento de três estradas, um pequeno tabernáculo mostrava a imagem cristã que havia muito tempo substituíra a de Hecate Trívia: Maria com o menino Jesus no colo.

Continuaram avançando até o entardecer, quando o comboio parou não muito longe das margens de um riacho e os homens começaram a montar as barracas dos chefes e a arrumar seus próprios estrados para a noite. Os lavradores que voltavam naquela hora dos campos com seus utensílios nos ombros e as crianças que brincavam na luz dos últimos raios de sol detinham-se curiosos a olhar, e então retomavam o caminho para os vilarejos de onde começavam a levantar-se leves fiapos de fumaça. Quando ficou escuro, Lívia apontou para umas luzes na planície, não muito longe dali.

– Aquela é Minturno – disse – que já foi muito conhecida pelo vinho...

Aurélio concordou com um gesto da cabeça e quase automaticamente recitou uns dois hexâmetros:

Vina bibes iterum Tauro diffusa palustris
inter Minturnas...

Lívia olhou surpresa, era a primeira vez que ouvia um soldado citar Horácio com a métrica e a pronúncia clássicas, mas isto também devia pertencer a um passado que para ela continuava misterioso.

– Precisamos fazer contato – disse Aurélio. – Amanhã irão seguir para o sul, rumo a Nápoles, ou para sudeste, em direção de Cápua. Em ambos os casos, de qualquer maneira, não poderemos mais ir atrás deles protegidos pelas colinas. Teremos de descer para a planície, em campo aberto, passar por vilarejos e sítios cada vez mais numerosos, onde a nossa presença será facilmente notada. Os forasteiros não passam despercebidos.

– O que é aquilo? – interrompeu Lívia apontando para uma luz que tremeluzia perto de um grupo de salgueiros à beira do riacho. Aurélio observou atentamente e, logo em seguida, aquela luz intermitente fez-lhe lembrar antigos conhecimentos: parecia tratar-se do sistema em código que era usado pelo correio pessoal do imperador!

Ficou prestando ainda mais atenção e os sinais foram logo assumindo um significado. Desconcertante. Diziam: *"Huc descende, miles gloriose"*, "desce até aqui, soldado fanfarrão". Meneou a cabeça quase não acreditando nos seus olhos, em seguida virou-se para Lívia e disse:

– Cobre-me e mantém os cavalos prontos se porventura tivermos de sair correndo. Vou até lá.

– Espera... – disse Lívia, mas não deu tempo de ela terminar a frase. Aurélio já desaparecera na densa vegetação. Ouviu durante alguns momentos o frufru das folhas enquanto ele passava, depois mais nada.

Aurélio procurava não perder de vista a luz que transmitira os estranhos sinais e não demorou muito a perceber que se tratava de uma lanterna nas mãos de um homem idoso. O lume, mantido bem alto para iluminar o caminho, fazia reluzir a sua calva: o preceptor! Estava acompanhado por um guerreiro bárbaro que o seguia de perto. Mais alguns passos e já podia ouvir suas vozes.

– Não fiques fuçando nas minhas costas, seu bobo! Certas coisas precisam de alguma privacidade, estás pensando que vou fugir, seu animal? Já está escuro, e além do mais nunca iria abandonar o imperador.

O bárbaro resmungou alguma coisa e parou apoiando-se no tronco de um salgueiro. O preceptor adiantou-se mais um pouco, pendurou a lanterna num galho e aí apoiou a capa em cima de uma moita ajeitando-a de forma a parecer a posição de uma pessoa agachada. Deu então mais alguns passos e logo desapareceu como que engolido pelas moitas. Aurélio, que já estava muito perto, ficou desnorteado e sem saber o que fazer. Não podia chamá-lo pois o bárbaro iria ouvir, nem mexer-se com excessiva desenvoltura. Dirigiu-se para onde o outro havia desaparecido e seguiu adiante para a beira do rio onde a vegetação era mais cerrada e escura. De repente uma voz ecoou baixinho a menos de um passo de distância.

– Bastante freqüentado, este lugar.

Aurélio reagiu de instinto e o preceptor viu-se diante de uma espada encostada em sua garganta.

– Tudo bem disse. – Vamos com calma.

– Mas como...

– Calado! Só temos tempo para uma defecada.

– Mas, por Hércules...

– Sou Ambrosinus, o mestre do imperador.

– Já desconfiava.

– Não me interrompas e ouve com atenção. A vigilância aumentou porque estamos perto do nosso destino. Agora não desgrudam de mim, nem mesmo quando quero fazer minhas necessidades. Já deves saber, imagino, que estão nos levando para Capri. Quantos sois?

– Só dois. Eu e uma mulher... mas...

– Já sei, a vendedora de água... Muito bem, nem tenteis, seria um suicídio. Se forem pegos, serão esfolados vivos. Precisais de mais alguém para ajudar.

– Temos dinheiro, podemos alistar mais homens.

– Cuidado, os mercenários estão sempre dispostos a mudar de patrão, precisam encontrar pessoas de confiança. Outra noite ouvi dois oficiais de Wulfila comentarem que há uns prisioneiros romanos enviados a Miseno para trabalhar nos navios. Talvez valha a pena dar uma olhada.

– Claro, sem dúvida – respondeu Aurélio. – Achas que podes descobrir mais alguma coisa?

– Estou fazendo o possível. De qualquer forma tenta não me perder de vista, procurarei deixar outras pistas. Vejo que sabes ler o código luminoso... Também o sabes usar?

– Claro. Mas como soubeste que eu estava por perto?

– Simples. Foi só olhar o copo: era obviamente um sinal e respondi escrevendo no fundo da tigela. Então pensei que, se tu não fosses bobo, virias atrás de nós pelo lado das colinas, e que repararias na lanterna, assim como certa vez eu reparei na fogueira que vós acendestes. E agora, adeus, preciso ir, mesmo para alguém que sofre de prisão de ventre já se passou muito tempo.

Ambrosinus acenou com a cabeça e afastou-se. Recuperou a capa e a lanterna e juntou-se ao vigia que esperava por ele para acompanhá-lo de volta ao acampamento.

Apoiado numa árvore Rômulo contemplava o mar, com ar ausente.

– Tenta reagir, meu rapaz – aconselhou Ambrosinus. – Tu não podes continuar desse jeito, ainda estás no começo da tua existência e precisas voltar a viver.

Rômulo nem virou a cabeça.

– Viver? Para quê? – E fechou-se novamente na sua mudez.

Ambrosinus suspirou.

– Mesmo assim ainda temos uma esperança...

– Uma esperança no fundo de um copo, não é? Antigamente estava no fundo de um vaso, se eu bem me lembro. O vaso de Pandora.

– Esse sarcasmo não vem ao caso. O homem que já tentou salvar-te está aqui, mais decidido do que nunca a libertar-te.

Rômulo acenou com a cabeça sem entusiasmo e o outro continuou:

– Aquele homem o considera o seu imperador e deve ter algum motivo muito sério e importante para insistir numa façanha tão desesperada e perigosa. Acho que merece muito mais do que esse teu gesto de quase enfado.

Rômulo não respondeu, mas pelo seu olhar Ambrosinus achou que estas últimas palavras haviam acertado no alvo.

– Só quero que não enfrente o perigo inutilmente. Só isto. Qual é o nome dele?

– Aurélio, se não me falha a memória.

– É um nome bastante comum.

– Pois é. Mas quem não é nada comum é ele. Porta-se como se estivesse no comando de um exército imperial quando na verdade está sozinho. A vida e a liberdade do imperador são para ele a coisa mais preciosa do mundo. A sua fé é tão inabalável que está disposto a enfrentar um risco mortal embora a ferida que sofreu em sua primeira tentativa ainda não tenha sarado por completo. Pensa nisto, quando te faltar a coragem para retomar em tuas mãos a tua existência, quando te portares como se a tua vida não valesse a pena de ser vivida. Pensa nisto, pequeno César.

Virou-se e voltou para a tenda a fim de preparar algo para o jantar do seu pupilo, mas antes de entrar dirigiu mais um olhar para as colinas cobertas de bosques e de trevas e murmurou entre os dentes:

– Agüenta firme, *miles gloriose*, por todos os deuses e todos os diabos, agüenta firme.

– Chamou-me de *miles gloriose*, estás me entendendo? – disse Aurélio arfando ao chegar no topo da colina. – Como se eu fosse apenas o personagem de uma comédia. Quase me deu vontade de cortar-lhe a garganta.

– Ao velho, imagino. Era ele?

– Ele mesmo.

– Talvez ele goste de Plauto, só isto. E tu também, ao que parece. Essa cultura é bastante rara num soldado, principalmente nesta época. Já perguntaste a ti mesmo a razão disto?

– Tenho coisas mais importantes a fazer – Aurélio respondeu, rispidamente.

– Podes pôr-me a par dos fatos ou é pedir demais?

– Confirmou que estão indo para Capri. E também contou mais uma coisa: soube de certos prisioneiros romanos enviados a Miseno para servirem a bordo das galés da frota. Se eu pudesse encontrá-los...

– Isto é fácil. Com algum dinheiro podemos saber de muitas coisas. O que tencionas fazer agora?

– Pensei bastante enquanto estava voltando. Já estamos certos quanto ao destino deles, e não nos convém sair em campo aberto na planície. Precisamos antecipar preparando-nos do melhor jeito possível.

– Tu só pensas em encontrar os teus companheiros.

– É no interesse de todos. Preciso de homens em que possa confiar cegamente, e não havia um só homem na minha unidade que não merecesse a minha total confiança. Logo que pudermos contar com um grupo de assalto cuidaremos dos detalhes da incursão.

– E se eles mudarem de destino enquanto nós nos adiantamos?

– Não creio que o façam, e de qualquer maneira precisamos correr o risco. Quanto mais ficarmos por perto, mais aumenta a possibilidade de encontros indesejáveis, ainda mais na planície, em campo aberto. Proponho irmos embora amanhã mesmo. Podemos partir depois de vermos a direção que vão tomar e ficar um bom pedaço à frente deles. Somos muito mais rápidos.

– Como quiseres. Acho que estás certo. Só que... nem sei como dizer, é como se ele me parecesse estar mais seguro conosco por perto.

– Mais protegido. É verdade. Eu também tenho esta sensação e preferiria não ter de partir, mas acho que afinal está em boas mãos. Aquele velho louco certamente lhe quer muito bem, e é mais astucioso do que todos aqueles bárbaros juntos. E agora vamos descansar. Cavalgamos o dia todo e só comemos um pedaço de pão dormido e uma crosta de queijo.

– Daqui por diante vai melhorar. Mas estou avisando, por estas bandas o que eles mais comem é peixe.

– Prefiro um belo bife de boi.

– Tu és um comedor de carne, e isto indica que nasceste na planície, ou em alguma fazenda do interior.

Aurélio não respondeu. Detestava aquele contínuo futricar de Lívia no seu passado. Tirou a sela e o freio do cavalo e só deixou o cabresto, para ele pastar à vontade, e em seguida esticou a manta no chão.

– Eu, ao contrário, gostaria de comer peixe o tempo todo – disse Lívia.

– Ia esquecendo que tu és um bicho aquático – Aurélio respondeu, deitando. Lívia estendeu-se ao seu lado e por algum tempo ficaram em silêncio, olhando as estrelas que brilhavam na imensidão da abóbada celeste.

– Costumas sonhar à noite? – Lívia perguntou de repente.

– A melhor noite é aquela desprovida de sonhos.

– Tu respondes sempre com as palavras de outrem. Esse aí é Platão.

– Seja quem for, concordo com ele.

– Não acredito que não sonhes nunca.

– Não são sonhos. São pesadelos.

– E o que vês?

– Horror... sangue... gritos... fogo, principalmente fogo, por todos os lados, um inferno de chamas ou então uma sensação de frio, como se o coração se tornasse um pedaço de gelo. E tu? Já me contaste que tens um sonho... Uma cidade no meio do mar.

– Isso mesmo.

– Existe realmente essa tua pequena Atlântida?

– Não passa de um vilarejo com algumas choupanas, vivemos de pesca e do comércio do sal, e por enquanto isto basta. Somos livres e ninguém se arrisca a entrar nas nossas águas, pântanos e bancos de areia que as marés tornam traiçoeiros. O perfil do litoral que muda todos os dias, posso dizer até de uma hora para outra...

– Continua. Gosto da maneira que tu contas.

– Foi fundada pelos meus companheiros de desgraça, os fugitivos de Aquiléia, e mais tarde outros mais se juntaram, de Grado, Altino, Concórdia. Chegamos naquela noite. Estávamos exaustos, aflitos, desesperados. Os pescadores conheciam um grupo de ilhotas no meio da laguna, separadas por um canal mais largo, como um segmento de rio perdido no mar. Na ilha maior havia as ruínas de uma antiga vila abandonada e foi ali que procuramos abrigo. Os homens juntaram grama seca e ramagem para formar primitivos estrados. As mulheres mais jovens deitaram-se para dar de mamar às crianças, alguém conseguiu acender o fogo entre aquelas ruínas cobertas de trepadeiras. No dia seguinte os carpinteiros começaram a cortar árvores e a construir choupanas, os pescadores saíram para pescar. A nossa nova pátria acabava de nascer. Éramos todos vênetos, a não ser por um siciliano e dois umbros da administração imperial: demo-lhe o nome de Venetia.

– Bonito nome, suave – disse Aurélio. – Parece um nome de mulher. E quantos são?

– Quase quinhentas pessoas. A primeira geração nascida na cidade já está crescendo, os primeiros venecianos. O tempo passa e já se começa a notar o som de um sotaque diferente dos que ficaram em terra firme. Não é fantástico?

– Ninguém mais vos incomodou?

– Várias vezes, mas soubemos nos defender. O nosso reino é a laguna, de Altino até Ravena, os nossos homens conhecem qualquer enseada, qualquer ilhota, qualquer baixio. É um mundo indefinido e ambíguo: nem terra nem água, e tampouco céu, quando as nuvens baixas se confundem com a espuma cinzenta das ondas, mas sim as três coisas juntas, muitas vezes invisível na neblina do inverno e na bruma do verão, sem relevos na superfície da água. Cada uma dessas ilhas está coberta por densos bosques. As nossas crianças dormem ninadas pelo canto do rouxinol e pelo chamado das gaivotas.

– Tens filhos? – Aurélio perguntou de repente.

– Não, mas os filhos de cada um são os filhos de todos. Partilhamos o que temos e ajudamo-nos reciprocamente. Elegemos os nossos chefes com o voto de todos, tiramos do baú a antiga constituição republicana dos antepassados, a de Brutus, Catão e Cláudio.

– Falas como se fosse uma verdadeira pátria.

– E é mesmo – respondeu Lívia. – E, assim como a Roma das origens, atrai fugitivos e exilados, perseguidos e deserdados. Construímos barcos de fundo chato que podem chegar a qualquer lugar, como o que recolheu você na noite da fuga de Ravena, mas já estamos construindo navios capazes de enfrentar o mar aberto. Quase todos os dias surgem novas moradas e chegará uma hora em que Venetia será o orgulho desta terra e uma grande cidade marinheira. Eis o meu sonho. Talvez seja por isto que nunca tive um marido nem um filho. E quando perdi a minha mãe, ceifada pela doença, fiquei sozinha.

– Não consigo acreditar que uma jovem tão... tão bonita, nunca tenha tido...

– Um homem? Acontece. Talvez porque nunca tenha encontrado aquele que eu tenho na cabeça. Talvez porque todos achem que têm o dever ou o poder de amparar uma jovem que ficou sozinha. Tive de demonstrar a mim e aos outros que posso perfeitamente cuidar de mim mesma, e os homens não acham isto muito atrativo. Faz com que eles fujam. Por outro lado, na minha cidade todos devem estar prontos a lutar, e eu aprendi a usar o arco e a espada muito antes do que cozinhar e costurar. Lá em Venetia as mulheres também lutam se for necessário. Aprenderam a distinguir o ruído da onda empurrada pelo vento daquele da onda movida pelos remos, assim como aprenderam, quando estão de vigia, a urinar em pé, como os homens...

Aurélio sorriu na sombra ao ouvir palavras tão rudes, mas Lívia continuou:

– Mesmo assim precisamos de homens como tu para construir o nosso futuro. Não gostarias de juntar-te a nós, depois de levarmos a cabo a nossa missão?

Aurélio manteve-se calado, não sabendo o que dizer diante de tão inesperada pergunta. Então, depois de alguns momentos de silêncio, respondeu:

– Tu nem imaginas como eu gostaria de dizer-te o que sinto neste momento, mas sou como um homem que caminha no escuro, numa terra desconhecida, e que só pode dar um passo de cada vez. Por enquanto vamos pensar só em libertar aquele rapaz, o que não é fácil.

Tocou de leve nos lábios dela com um beijo.

– E agora procura descansar – disse. – Cuidarei do primeiro turno de vigia.

XI

Dois dias depois, ao entardecer, chegaram aos arredores de Pozzuoli. Os dias já se haviam tornado muito mais curtos e o sol se punha bem cedo, num halo de vapor avermelhado. A região mais bonita da Itália ainda se mostrava bastante parecida com o que se poderia chamar de país feliz: não se viam nela os sinais das pavorosas devastações do Norte nem a desolada miséria das regiões centrais. A extraordinária fertilidade do solo, que permitia duas safras por ano, fazia com que houvesse comida suficiente para todos e se pudesse vender por um bom preço o excedente nos lugares onde ela faltava. Ainda havia verduras nas hortas e até mesmo flores nos jardins, e a presença barbaresca era menos ostensiva do que no Norte. O pessoal era gentil e prestimoso, as crianças rumorosas e um tanto exigentes, e por toda parte ainda se percebia o marcado sotaque grego dos napolitanos. Lívia reparou que a indicavam dizendo *"chilla femina"* em lugar de *"illa foemina"*. Compraram comida em Pozzuoli, no mercado que funcionava dentro do anfiteatro nos dias pares da semana. A arena, que antigamente ficava vermelha com o sangue dos gladiadores, era agora ocupada por inúmeros ambulantes que vendiam grão-de-bico e nabo, abóbora e alho-poró, cebola e feijão, repolho e todo tipo de alface, além de variados frutos da estação, entre os quais sobressaíam figos, maçãs vermelhas, verdes e amarelas, e romãs de uma cor rubra flamejante. Algumas delas, sabidamente abertas ao meio, mostravam seus frescos grãos parecidos com rubis. Uma verdadeira festa para os olhos.

– Estou me sentindo renascer – disse Aurélio. – Tudo é tão diferente por aqui.

– Não conhecias? – perguntou Lívia. – Eu já. Estive aqui uns dois anos atrás, com os homens de Antêmio que escoltavam a Roma o bispo de Nicéia.

– Não – respondeu Aurélio. – Nunca fui mais para o sul do que Palestrina. A nossa unidade sempre ficou postada no norte: no Nórico, ou na Rézia ou na Panônia. O clima aqui é tão ameno, a terra tão perfumada, o pessoal tão afável. Parece realmente um outro mundo.

– Dá para entender por que os que vêm para cá nunca mais querem ir embora, não é?

– Pois é – respondeu Aurélio. – E para ser franco, se pudesse escolher, gostaria muito mais de ficar por aqui do que no teu pântano.

– Laguna – corrigiu Lívia.

– Laguna ou pântano dá na mesma. De onde achas que eles vão partir? – perguntou de repente, mudando de assunto.

– Do porto de Nápoles. Sem dúvida. É o caminho mais curto para Capri. E por lá existem grandes armazéns onde comprar tudo o que for necessário para uma longa permanência.

– Vamos andando, então. Não temos tempo a perder, e para dizer a verdade esta terra é tentadora demais. Até mesmo Hanibal e o seu exército deixaram-se amolecer pelo ócio e pelos prazeres da vida, por estas bandas.

– Isso mesmo, os ócios de Cápua... – assentiu Lívia. – Tu conheces Tito Lívio e Cornélio Nepote. Assim como eu, recebeste a educação típica de uma boa família de nível médio, ou quem sabe até da alta sociedade. E afinal, se o nome que usas é realmente o seu..

– É sim, é o meu nome real! – cortou com firmeza Aurélio.

Chegaram ao porto de Nápoles nas últimas horas da manhã do dia seguinte e misturaram-se com a multidão que se aglomerava no mercado e nas docas, para eventualmente conseguir alguma informação. Comeram pão e peixe assado no carrinho de um ambulante, admiraram a beleza do golfo e a imponente massa do Vesúvio, de cuja cratera saía um penacho de fumaça que o vento empurrava para o Oriente. Lá pelo fim da tarde viram chegar o cortejo imperial: as armaduras, os escudos e os elmos dos guerreiros bárbaros pareciam apetrechos monstruosos no ambiente pacífico, multicolorido e festivo do porto. As crianças corriam quase entre as patas dos cavalos, outras se chegavam aos soldados para tentar vender seus doces, sementes tostadas e uva-passa. Quando Rômulo desceu do carro, apinharam-se à sua volta, fascinadas pela sua aparência, pelas roupas bordadas, pelos traços fidalgos do seu rosto e por aquela sua expressão melancólica. Nem Aurélio nem Lívia conseguiram suportar aquela cena. De rosto encoberto, ele, graças a um chapelão de abas largas e ela, a um xale, caminharam ao longo do cais e, abrigando-se à sombra dos arcos que o flanqueavam até o final, conseguiram ver bem de perto o menino imperador cercado pelos seus jovens súditos.

– Gostarias de brincar com a gente? – perguntava um.

– Vem, vem logo! Temos uma bola! – dizia outro.

Um deles ofereceu um fruto.

– Queres uma maçã? É muito boa, experimenta.

Rômulo sorria um tanto sem graça, sem saber o que responder, mas Wulfila desmontou do cavalo e escorraçou todos com a sua voz desagradável e o seu aspecto amedrontador. Um grupo de carregadores acabava de amontoar a bagagem e as provisões destinadas ao último cativeiro do imperador do Ocidente, a vila de Capri. Neste momento duas grandes barcaças encostaram e começaram a encher-se de homens e mercadorias. O último a subir foi o rapaz, acompanhado por seu mestre.

Ambrosinus levantou a bainha da túnica ao subir a bordo, deixando à mostra seus joelhos ossudos, e olhou em volta como se procurasse alguém ou alguma coisa. Por um instante fugidio seus olhos encontraram os de Aurélio sob as abas do chapéu, na sombra dos arcos, e uma fugaz expressão em seu rosto, acompanhada de um leve sinal da cabeça, deixou entender que o tinha reconhecido.

Os barcos soltaram as amarras, ouviram-se os chamados dos marinheiros para as manobras e, enquanto uns puxavam as âncoras e os cabos, outros içavam a vela ao vento. Lívia e Aurélio saíram da sombra e andaram até a ponta do cais acompanhando demoradamente com o olhar a figura de Rômulo de pé na popa, cada vez menor com o aumento da distância. O vento desgrenhava-lhe os cabelos e enchia-lhe as vestes, talvez enxugando as lágrimas que lhe escorriam nas faces naquele entardecer melancólico e leitoso.

– Pobre menino – disse Lívia.

Aurélio ainda mantinha os olhos fixos no barco já distante e, a certa altura, achou que o rapaz levantava o braço em sinal de despedida.

– Talvez nos tenha visto – disse.

– Talvez – ecoou Lívia. – Vamos voltar, agora. Acho melhor não dar na vista.

Aurélio parou diante da hospedaria "Parthênope", como se lia no letreiro onde sobressaía uma imagem um tanto indecifrável que, no entender do artista, deveria representar uma sereia.

– Só tinham um quarto disponível – disse enquanto subiam as escadas –, terás que dividi-lo comigo.

– Já dormimos em condições bem piores, e eu nunca me queixei – respondeu Lívia. Fitou-o com expressão ambígua e aí acrescentou: – E além do mais, entre nós só há um pacto de armas, e não corremos, portanto, perigo algum dormindo no mesmo quarto. Não achas?

– Isso mesmo – respondeu Aurélio, mas o tom da voz e a expressão do seu rosto diziam outra coisa.

Lívia pegou uma lamparina e entrou. O aposento era bastante pequeno e despojado, mas ainda assim decoroso. Os únicos móveis eram dois catres e um baú. Num canto havia um pote cheio de água e uma bacia. Num nicho na parede, o urinol com sua tampa de metal. Em cima do baú via-se uma bandeja com um pedaço de pão, uma pequena forma de queijo e duas maçãs. Lavaram as mãos e comeram em silêncio.

Quando já estavam prestes a deitar ouviram alguém bater na porta.

– Quem é? – perguntou Aurélio, achatando-se contra a parede ao lado do umbral e segurando a espada.

Ninguém respondeu. Aurélio fez um sinal para Lívia abrir e manteve-se atento, de espada em punho. Lívia segurou o seu punhal na mão esquerda, levantou lentamente o ferrolho com a direita e então escancarou a porta com toda a rapidez. O corredor estava deserto, mal dava para distinguir alguma coisa na parca luz de uma lamparina pendurada na parede.

– Veja – disse Aurélio apontando para o chão. – Alguém deixou uma mensagem.

Perto da soleira havia de fato um pequeno pergaminho dobrado. Lívia pegou-o e o abriu. Havia umas poucas linhas traçadas em cursivo e um minúsculo *sphraghís*, um selo de feitio oriental com três letras gregas entrelaçadas.

– A assinatura de Antêmio – disse Lívia radiante. – Eu sabia que não nos abandonaria.

– O que diz? – perguntou Aurélio.

– Stefano deixou o dinheiro de que precisamos com um banqueiro de Pozzuoli. Poderemos alistar homens e até enviar notícias a Antêmio pelos correios das letras de câmbio. É o nosso meio de comunicação particular, e sempre funcionou muito bem.

– Preciso procurar meus companheiros, mesmo que não tenha lá muita esperança. Se apenas um deles estiver vivo, quero encontrá-lo.

– Não te afobes. Faremos o possível, mas as probabilidades são bastante limitadas.

– Ambrosinus contou-me que os prisioneiros romanos iam ser levados a Miseno.

– E é justamente para lá que iremos, mas é bom tirar da cabeça que será uma coisa fácil e certa. Mesmo que alguns dos teus amigos estejam ali, são escravos, estás entendendo? Escravos. Provavelmente acorrentados. Sem dúvida vigiados de perto. Libertá-los poderia criar para nós riscos muito sérios e comprometer a missão mais importante.

– Não há missão mais importante. Estou sendo claro?

– Tu deste a tua palavra.

– Tu também.

Lívia baixou a cabeça e mordeu os lábios: não havia escapatória. Neste assunto Aurélio era certamente irredutível.

Partiram no dia seguinte, pouco antes do alvorecer. Um vento de tramontana varrera a névoa para longe: uma meia-lua brilhava baixa, quase à flor da água, no céu sem nuvens. Dava para distinguir claramente Capri no horizonte: uma ilha íngreme e rochosa, coberta no topo por uma camada de densa vegetação. Mais para o sul, o penacho de fumaça que saía da cratera do Vesúvio tornava-se cada vez mais volumoso e escuro, riscando o céu com uma longa estria negra como o véu de uma carpideira.

O sol ia nascendo quando encontraram o banqueiro de Antêmio, um tal de Eustázio, numa igrejinha fora das muralhas, uma ermida dedicada ao mártir Sebastião, e a imagem do santo amarrado a uma estaca com o corpo trespassado pelas flechas abalou Aurélio com o impacto de uma chicotada. A sua memória mutilada estremeceu buscando freneticamente um contato impossível, desencadeando a angústia nas profundezas da sua alma, mas teve ânimo suficiente para tentar esconder as suas emoções.

– Precisamos de informações – disse Lívia, fingindo não reparar na violenta comoção do companheiro.

– Contem comigo – respondeu Eustázio –, farei tudo o que estiver ao meu alcance para ajudar.

– Disseram-nos que alguns soldados romanos aprisionados foram levados para Miseno, para servir a bordo dos navios.

– O porto militar está praticamente abandonado – explicou Eustázio –, e nesta época do ano os poucos navios ainda em condições de navegar estão em seco para reparos. Os remadores são destinados a outros serviços.

– De que tipo? – perguntou Aurélio.

– Nas minas de enxofre, por exemplo, ou nas salinas. Alguns são até usados como gladiadores em lutas clandestinas. Nem imaginai a quantidade de dinheiro envolvido. Eu sei bem disto.

– E se forem bons soldados? – insistiu Aurélio.

– Se forem bons soldados é mais fácil que estejam ali mesmo.

– Onde?

– Na *piscina mirabilis*.

– O que é isso?

– A antiga cisterna que provia de água potável os navios da frota imperial. Imagine uma gigantesca basílica subterrânea com cinco naves, uma obra impressionante. Agora o aqueduto foi desviado e aquele imenso hipogeu tornou-se o esconderijo ideal para essas vergonhosas orgias de sangue. E posso dizer que não são poucos os cristãos que as freqüentam apostando quantias enormes nos campeões mais cotados. Ides precisar de um passe – acrescentou. E entregou-lhes uma pequena peça de osso com um tridente gravado, o selo do almirantado.

Lívia pegou o dinheiro e a plaqueta, assinou o recibo e escreveu algumas linhas em código para Antêmio, despediu-se e preparou-se para seguir em frente.

– Mais uma coisa – disse o banqueiro. – Se conseguirdes um lugar, procurai ficar no *Gallus Aesculapi*, é uma hospedaria perto dos antigos estaleiros. O pessoal das apostas costuma reunir-se ali... Se alguém perguntar se gostaríeis de um banho na piscina, é só responder que não poderíeis pedir coisa melhor. É a palavra de ordem dos que estão a par da jogada. O que mais?... Sim, claro, existe a pena de morte para quem organiza os jogos com os gladiadores, e para quem assiste também, sabeis disto, não é?

– Sabemos – respondeu Aurélio. – É uma antiga lei de Constantino que quase ninguém respeita.

– É verdade, mas é bom tomardes cuidado mesmo assim. Os poderosos fazem respeitar as leis, quando lhes convém, e neste caso é bom manter-vos bem longe do carrasco. Boa sorte! – concluiu Eustázio.

Viajaram o dia inteiro sem parar. Passaram perto do lago Lucrino, em seguida pelo lago Averno e chegaram a Miseno depois do pôr-do-sol. Não tiveram dificuldade em encontrar o *Gallus Aesculapi*, que ficava ao lado das docas do *Portus Iulius*. A grande enseada hexagonal estava parcialmente aterrada e a boca do porto só permitia a entrada ou a saída de um barco de cada vez. Havia cinco navios de guerra ao todo, sendo que dois nem estavam em condições de navegar devido à prolongada falta de manutenção. Estavam sob o comando de um *magister classis* cujo esfarrapado estandarte pendia inerte de uma verga. O que já fora a base da esquadra imperial, o porto capaz de abrigar duzentos navios de combate, era agora pouco mais do que um charco de águas mortas salpicado de putrescentes despojos.

Lívia e Aurélio entraram na taberna quando já estava escuro e pediram uma sopa de galinha e verduras. O ar ressoava com os gritos das gaivotas e os chamados das mulheres à cata das suas crianças que brincavam espalhadas pelas ruelas. O lugar era bastante concorrido: um taverneiro careca e de rosto vermelho servia vinho branco aos clientes sentados às mesas, uns jogando dados, outros astrágalos ou truco. O local era obviamente um antro de apostas e de jogatina. Mas onde estavam os abutres que viviam do sangue dos gladiadores? Lívia olhou em volta e reparou num grupo de mesas, perto da única janela, ocupadas por sujeitos mal-encarados, com expressão assassina, rostos marcados por cicatrizes e braços tatuados como os dos bárbaros. Deu uma cotovelada de leve em Aurélio.

– Já vi – ele respondeu. Chamou o taverneiro e disse: – Sou novo por aqui, mas gostei do lugar e apreciaria a amizade destas boas pessoas. Quero que leve um jarro do que tiver de melhor para aqueles homens ali.

O taverneiro assentiu e levou o jarro, que foi recebido com uma ovação.

– Olá, forasteiro! Vem tomar um gole com a gente, e traze contigo essa franguinha. É preciso partilhar tudo entre amigos, não achas?

– Dá-me algum dinheiro – Aurélio disse baixinho a Lívia. Então aproximou-se da mesa com um sorriso maroto e disse: – É melhor eu vir sozinho. Ela não é uma franguinha, é uma jovem loba e morde!

– Ora, deixa disto – disse outro, levantando-se, um sujeito com cara patibular e uma boca cheia de dentes podres –, vem tu também aproveitar a festa, belezoca!

Chegou perto de Lívia, que permanecia sentada, e segurou-a pelo ombro, por trás, com os dedos que se esticavam até o seio. Como um raio ela agarrou com a mão esquerda os seus testículos e espremeu-os com toda a força dos seus dedos de aço, com a direita tirou o punhal da cintura e encostou-o na garganta do homem ficando de pé com um pulo. O infeliz gritava mas não podia mexer-se nem libertar-se, com aquela faca quase fincada no pescoço. Lívia apertou mais ainda até o sujeito ruir ao chão, desmaiado de dor. A jovem prendeu novamente o punhal na cintura e voltou a dedicar-se à sopa como se nada tivesse acontecido.

– Eu bem que tentei avisar: ela morde – disse Aurélio impassível. – Posso sentar?

Os outros abriram espaço, pasmos. Serviu-se de um copo de vinho e deixou ostensivamente algumas moedas de prata na mesa.

– Ouvi dizer que aqui se pode ganhar um bom dinheiro com as apostas, se alguém conseguir a informação certa.

– Queres jogar pesado, ao que parece – disse aquele que aparentava ser o chefe.

– Se valer a pena.

– Se for por isto, tu vieste ao lugar certo, mas para entrar é preciso ter um padrinho, estás me entendendo?

Aurélio puxou a plaqueta com o tridente e mostrou-a por um momento, guardando-a logo a seguir.

– Algo assim?

– Vejo que tens bons contatos. Gostas de dormir cedo?

– Eu? Para mim a noite é uma eterna criança.

– Gostarias de um banho de piscina lá pela meia-noite?

– Não poderia pedir coisa melhor.

– Quanto tencionas apostar?

– Depende. Há alguém que mereça uma boa aposta?

O homem levantou-se e puxou-o para um canto como se estivesse para revelar algum grande segredo.

– Ouve, há um gigante etíope alto como uma torre, um verdadeiro hércules que até hoje massacrou todos os adversários.

Aurélio ficou com o coração na garganta. Queria gritar: "Batiato!", mas abafou o grito e a imensa alegria que lhe enchia a alma.

– Todos apostam nele quantias muito grandes. Mas vejo que tu não tens problemas de dinheiro e proponho uma sociedade. Apostamos tudo aquilo que tu tens na derrota do negro. Eu garanto que vai perder, e aí vamos dividir o lucro, mas preciso de pelo menos cinco soldos de ouro, pois do contrário não vai valer a pena.

Aurélio puxou a sacola do bolso e ficou avaliando o seu peso na palma da mão.

– Poderia dispor até de mais, mas não sou idiota. Por que deveria perder, desta vez, esta espécie de urso?

– Por dois motivos: primeiro porque esta noite terá de lutar contra três adversários e não contra um só. E depois porque haverá uma surpresa, como tu vais ver quando chegares. Ainda não nos conhecemos, meu amigo, e não posso arriscar-me a contar mais. Aliás, já falei até demais. Então, vais apostar?

– Eu já lhe disse: não sou idiota. Vou dar o dinheiro no local, logo antes de a luta começar.

– Está bem – disse o homem. – À meia-noite, quando ouvir as badaladas do sino do almirantado.

– Estarei lá e, mais uma coisa: estás vendo a mocinha? – E apontou para Lívia. – Não passa de um cordeirinho, comparada comigo. Portanto nada de brincadeiras, estamos entendidos? Ou então eu vou arrancar de verdade os teus colhões, e aí vou dá-los de comer a ti. Agora vai buscar aquele porco que está acordando, antes de ela mudar de idéia e estourar a cabeça dele como uma abóbora.

O homem rosnou em sinal de consentimento e foi cuidar do infeliz companheiro. Aurélio e Lívia desapareceram nas ruelas do porto.

– Batiato está lá – exclamou Aurélio cheio de alegria. – Tu estás entendendo? Batiato está lá.

– Calma, entendi. Quem é Batiato?

– Um companheiro da minha unidade. Era o guarda-costas do meu comandante, um gigante etíope com quase seis pés de altura, forte como um touro. Ele sozinho vale por dez homens, eu garanto. Se conseguirmos libertá-lo, e tenho quase certeza de que vamos conseguir. E se está lá, talvez haja outros. Oh, deuses, gostaria tanto de poder acreditar...

– Não fiques esperando demais. Antes de mais nada, como achas que vais libertá-lo?

Aurélio passou a mão na espada.

– Com esta aqui, não vejo outro jeito.

– E imagino que uma ajudazinha viria a calhar.

– Eu apreciaria bastante.

– Tu tens uma estranha maneira de pedir as coisas.

– Não estou pedindo nada. Só estou tentando ajudar para que possamos levar a bom termo a tua missão.

– Que seja. Então vamos andando. Precisamos estar preparados para o que der e vier. O que foi que aquele outro porco lhe contou?

– Que todos vão apostar na vitória do negro, levando em conta os seus combates anteriores, e pediu-me para apostar uma boa quantia na sua derrota, pois ele mesmo vai cuidar do assunto.

– Talvez tencionem envenená-lo.

– Duvido. É valioso demais.

– Dopá-lo, então?

– Pode ser.

– Seja como for, não estou gostando disto. Precisamos ficar alerta.

Voltaram à taberna e prepararam-se cuidadosamente para a tarefa.

– Antes de mais nada precisaremos de cavalos – disse Aurélio –, três ou quatro, se possível, nunca se sabe. Eu me encarregarei disto, ainda há uma estação de muda na entrada da cidade e as minhas divisas militares devem ajudar, mas vou precisar de mais dinheiro.

Lívia recorreu mais uma vez à bolsa e Aurélio saiu. Voltou quando já era tarde.

– Tudo pronto – disse entrando. – O chefe do posto é uma boa pessoa, um funcionário como os de antigamente, que entende logo sem fazer muitas perguntas. Vai deixar os cavalos num lagar de azeite perto da costa, a umas três milhas daqui. Disse-lhe que uns amigos estão para chegar e que teremos de partir amanhã antes do amanhecer.

– E as armas? – Lívia perguntou.

– É provável que eles revistem os homens, portanto é melhor que tu as leve, mas deves arrumar-te para teres a aparência de uma mulher, entendes?

– Entendi muito bem – respondeu Lívia, nem um pouco lisonjeada. – E, portanto, deixa-me em paz por algum tempo e bate à porta quando voltares.

Aurélio voltou depois de algum tempo que considerou conveniente e ficou pasmo diante da metamorfose da companheira.

Fitou-a nos olhos, fascinado pelo esplendor daquele olhar realçado apenas por um fino traço de bistre, e ia dizer que ela era maravilhosa quando uma badalada vibrou no ar vindo do mar.

– O sino do almirantado – disse Lívia. – Vamos.

XII

O pessoal ia chegando aos poucos na mais completa escuridão: pequenos grupos silenciosos formados principalmente por homens mas onde não faltavam mulheres e até crianças. Ao chegarem à entrada eram revistados e, se alguma arma fosse encontrada, teriam de deixá-la em custódia com os encarregados da segurança. A única luz era a de uma pequena lanterna usada para controlar as plaquetas de entrada como a que o banqueiro Eustázio entregara a Aurélio em Pozzuoli.

Aurélio e Lívia entraram na fila à espera da vez deles. Lívia arrumara o cabelo e cobrira o rosto com um véu que lhe conferia uma graça feminina toda especial. De repente ouviu-se um murmúrio entre os presentes, acompanhado pelo barulho de pesadas passadas e o tilintar de correntes, e todos abriram espaço para a passagem dos concorrentes que iriam se enfrentar àquela noite. Entre eles sobressaía um gigante que a todos dominava dos ombros para cima: Batiato! Embora Lívia tentasse detê-lo, Aurélio aproximou-se e ao ficar perto da lanterna descobriu a cabeça e disse:

– Olha aqui, seu fardo de carvão, apostei um montão de dinheiro em ti, vê lá se não me decepcionas.

Batiato virou-se ao reconhecer a voz e viu-se diante do antigo companheiro de lutas. Seus olhos brilharam de espanto na luz incerta e faltou muito pouco para a emoção entregar ambos, mas Aurélio fez um rápido gesto e encobriu novamente o rosto. Um dos seguranças deu um violento puxão na corrente e Batiato continuou descendo pela arquibancada que levava às entranhas da imensa cisterna. Logo depois Aurélio também reconheceu Vatreno e não pôde conter as lágrimas. Um pedaço da sua vida passada voltava subitamente à tona naquele lugar escuro e sombrio, companheiros que já considerava mortos reapareciam diante dele provocando ao mesmo tempo uma grande alegria e um profundo receio. Receio de tudo afundar mais uma vez no nada, receio de falhar na tarefa, de a sua tentativa abortar assim como abortara a de libertar Rômulo em Ravena. Lívia percebeu o que devia estar passando pela sua cabeça e apertou-o com força no braço sussurrando-lhe no ouvido:

– Vamos conseguir, tenho certeza de que vamos conseguir. Ânimo, então, vamos entrando.

O segurança já ia botar as mãos em Lívia mas Aurélio impediu:

– Deixa-a em paz, ela é a minha namorada e não aquela puta da tua mãe.

O homem resmungou alguma coisa, irritado, e aí rosnou:

– Mas tu vais te deixar revistar, e vais mostrar o passe direitinho, pois do contrário vais ver que este não é o lugar certo para as tuas piadas. – E passou a mão num pesado porrete que levava à cintura.

Aurélio mostrou a plaqueta e levantou os braços enquanto o outro o revistava.

– Podes ir – disse depois de achar que estava tudo certo. E virou-se para controlar mais alguns espectadores que chegavam naquele momento à entrada.

Lívia e Aurélio desciam agora pela escadaria que levava ao fundo da cisterna, ficando cada vez mais espantados diante da grandiosidade do que viam. Iluminada por dúzias de tochas lá estava a *piscina mirabilis*, um reservatório capaz de conter água suficiente para uma cidade inteira. Uma construção imensa dividida em cinco naves sustentadas por arcos que se perdiam lá nas alturas. As paredes e o chão eram perfeitamente lisos, sendo que este tinha uma inclinação dupla que convergia para uma fossa de escoamento central, uma canaleta provida de uma portinhola de metal que antigamente era usada para deixar sair o lodo que com o passar do tempo se depositava no fundo. No alto da parede oriental, perto do teto, via-se o que restava da canalização que fornecia água à cisterna: com o desmantelamento da base naval o duto de alimentação havia sido fechado com uma pesada comporta. Uma grande mancha ferrugenta e um lento gotejar indicavam contudo que ainda havia água a correr pelo aqueduto, mas que agora ela estava sendo desviada para algum canal secundário. Na parede oposta, a oeste, abria-se a boca de saída que alimentava os tanques para a frota com a água da superfície, a mais límpida e pura. Toda aquela titânica estrutura, que antigamente tirava a sede dos marinheiros e dos soldados da mais poderosa esquadra do mundo, não passava de um abismo vazio, reservatório de uma violência cega e sanguinária, bordel dos mais sórdidos instintos.

Perto de uma das colunas Aurélio notou uns baldes de água com escovões de matadouro que deviam servir para lavar o sangue. Ao fundo, encostada na parede sul, uma espécie de barraca de madeira coberta por um telheiro que devia funcionar como vestiário dos gladiadores.

Lívia entregou ao companheiro espada e punhal e guardou consigo o resto das armas.

– Onde achas melhor que eu fique? – perguntou.

Aurélio examinou a situação.

– A melhor coisa a fazer é voltares para perto da entrada. Lá de cima podes dominar o cenário e assegurar-me um caminho de fuga. Só te peço para não me perderes de vista; logo que eu entre em ação, acerta em qualquer um que se meta no meu caminho. Estou contando contigo.

– Serei o teu anjo da guarda.

– O que é isto?

– Uma espécie de gênio alado dos cristãos. Parece que cada um de nós tem o seu próprio, que o protege.

– Qualquer coisa que proteja a minha retaguarda para mim está bem. Mas já estou vendo o homem das apostas. Volta para cima.

Lívia subiu rapidamente a longa escadaria e aninhou-se perto da entrada, na sombra da porta entreaberta. Tirou o arco de baixo da capa e apoiou no chão a aljava cheia de dardos afiados. Aurélio aproximou-se do homem das apostas, que o cumprimentou:

– Eis aí o nosso misterioso amigo cheio de dinheiro. Então? Estás preparado para apostar na derrota do preto?

– Acabo de vê-lo: dá medo, um verdadeiro hércules. Não consigo imaginar o que poderia derrubá-lo.

– É um segredo, não posso contar.

– Tu contas para mim, e eu tiro o dinheiro do bolso. – E fez tilintar a sacola cheia de moedas. O homem olhou com volúpia. – Se digo que o negócio é seguro é porque sei do que estou falando. Aqui está a minha parte. – E indicou um punhado de soldos de ouro.

Outros tomadores de apostas perto dele gritavam:

– Vamos lá, minha gente, vamos botar o dinheiro na mesa, que o espetáculo está para começar, quem vai apostar no hércules negro? E enquanto o burburinho e a excitação cresciam cada vez mais, alguns serventes começaram a montar uma série de anteparos metálicos para delimitar a área de combate. Ao mesmo tempo um grupo de homens armados tomou posição no fundo da sala. Aurélio notou-os e agitou-se para chamar a atenção de Lívia que, com um sinal da cabeça, tranqüilizou-o avisando que já reparara neles.

A primeira dupla de lutadores entrou no recinto e o combate começou entre os gritos cada vez mais excitados dos apinhados espectadores. O ambiente estava esquentando com aquelas lutas preliminares que serviam de entrada para o evento mais esperado da noite: o ordálio do hércules negro! A hora estava chegando, ao que estaria aludindo o reticente apostador com a sua frase sibilina? Aurélio pensou em forçá-lo a falar de qualquer maneira, quem sabe encostando-lhe a faca na garganta, naquela confusão toda ninguém iria reparar. Viu uma vultosa quantia de dinheiro acumular-se em cima da sua mesa de apostas e ficou em pânico, devia saber com certeza que o negro iria perder. Seus olhares entrecruzaram-se e o homem fez um sinal quase a dizer: "Como é, vais apostar ou não?"

Reparou que a atenção dos guardas estava tomada pelo combate que se tornava cada vez mais violento, mas de repente o duelo encaminhou-se para uma rápida conclusão. Golpeado num ombro, um dos combatentes vacilou e o adversário acertou-o com o golpe de misericórdia. O grito delirante da multidão ressoou em mil ecos que reverberavam quebrando-se entre os arcos, as colunas.

Naquele mesmo instante o ouvido de Aurélio, acostumado a distinguir cada som diferente no decorrer da batalha, percebeu algum barulho abafado à sua esquerda, do lado do vestiário. Esgueirou-se então ao longo do corredor até conseguir ver. Quatro homens haviam dominado Vatreno e estavam amordaçando-o enquanto a sua armadura e o seu elmo com a celada estavam sendo vestidos por outro gladiador da mesma altura e envergadura.

Então era isto! Haviam percebido que Batiato jamais dava golpes mortais ao homem que usava aquela farda e vice-versa, e queriam punir o engano. Batiato iria ser pego de surpresa pelo golpe traiçoeiro de um inimigo disfarçado de amigo e os apostadores ganhariam uma quantia enorme. Agradeceu do fundo do coração aos deuses que estavam a fazer-lhe este presente maravilhoso e agachou-se num canto em paciente espera. Dois dos guardas já iam trazendo Batiato. Vestindo apenas uma tanga, com a poderosa musculatura brilhosa de suor, segurava um pequeno escudo redondo e uma curva adaga sarracena. Ao seu aparecer uma ensurdecedora gritaria explodiu na multidão, enquanto os serventes levavam embora o gladiador vencido. Atrás dele vinha o falso Vatreno. A hora chegara. Como um raio Aurélio entrou no vestiário pegando de surpresa os dois seguranças. Decepou a cabeça do primeiro de um só golpe e afundou o punhal no peito do outro até a empunhadura. Ambos tombaram sem dar um pio.

– Vatreno, sou eu! – disse desamarrando o amigo e tirando-lhe a mordaça.

– Por Héracles, de onde saíste? Rápido, Batiato está em perigo.

– Eu sei, vamos.

Saíram correndo e Lívia, já bastante preocupada por não ver Aurélio havia algum tempo, logo percebeu o que estava acontecendo. Pegou uma seta e retesou o arco pronta a atirar.

Os dois legionários abriram caminho entre a multidão delirante procurando chegar ao recinto do combate. Batiato enfrentava os três adversários mas via-se claramente que desferia os seus golpes com violência muito diferente contra os dois que tinha ao lado e o que lhe estava em frente, que sem dúvida devia parecer-lhe exatamente igual ao amigo.

Chegaram na hora em que o falso Vatreno, depois de toda uma série de golpes espetaculares mas longe do alvo, típicos de uma escaramuça fingida, vibrou de repente um golpe inesperado e central com o intuito de acertar a base do pescoço. No mesmo instante o verdadeiro Vatreno berrou a plenos pulmões:

– Batiato, cuidado! – O gigante logo percebeu, esquivou-se conseguindo evitar a morte mas não um ferimento que lhe rasgou a pele do ombro esquerdo. Aurélio já pulara o anteparo e derrubara um dos dois adversários, Vatreno acabou com o outro enquanto Batiato, reconhecendo o amigo que agora estava ao seu lado, recobrou o equilíbrio e atirou-se contra o sósia ceifando-o com um único golpe demolidor. Aí os três avançaram de armas em punho abrindo caminho entre a multidão, que ainda não se dera conta do que estava acontecendo, e dirigindo-se para a escadaria.

– Por aqui! – gritava Aurélio. – Rápido, rápido! Por aqui!

Foi um deus-nos-acuda. Em pânico, o pessoal corria berrando para todos os lados. Os guardas saíram em perseguição mas Lívia estava atenta. Os dois primeiros foram trespassados com mortífera precisão, o primeiro no peito e o outro no meio da testa; mais outro foi derrubado quando ia chegando aos pés da rampa. Os demais conseguiram chegar à escadaria e lançaram-se ao encalço dos homens gritando e dando por sua vez o alarme. Lá em cima, o vigia apareceu no patamar mas Lívia, encolhida contra a parede, empurrou-o por trás e fê-lo precipitar-se no vazio. O berro do homem só se interrompeu no choque brutal com o chão, cem pés abaixo. A saída já estava próxima quando a porta fechou-se de repente pelo lado de fora, com o clangor de ferrolhos. Os guardas já estavam chegando no topo da escadaria e os quatro tiveram de virar-se para enfrentá-los. Batiato agarrou o primeiro que chegou ao alcance e jogou-o como um boneco em cima dos outros, que foram derrubados e rolaram escada abaixo. Então olhou para a porta e gritou:

– Para trás!

Os amigos saíram do caminho e ele jogou-se para a frente como um aríete. Arrancada dos gonzos, a porta caiu no chão e os quatro saíram para o ar livre. Um dos seguranças havia ficado esmagado sob os pesados batentes, o outro fugiu em disparada ao ver o demônio negro surgir daquela nuvem de escombros.

– Por aqui, rápido, sigam-me! – gritou Lívia.

Mas Aurélio dirigiu-se à comporta do duto de alimentação berrando: – Eles não queriam um banho na piscina? É isto mesmo que vão ter, por Hércules!

– Não há tempo – insistia Lívia. – Vamos embora! Vamos embora!

Mas Aurélio já pegara na roda do guindaste e Batiato não demorou a ajudá-lo. A engrenagem estava bloqueada pela ferrugem mas a força do gigante a destravou com um estalo seco. A comporta subiu e a água jorrou para dentro com o estrondo de uma catarata. Os gritos desesperados da multidão saíram da estreita passagem da porta superior como um coro de condenados das profundezas do inferno, mas os dois amigos já corriam atrás de Lívia e Vatreno que desciam a encosta rumo aos cavalos.

Um grito alcançou-os:

– Esperai! Queremos ir convosco!

– Quem são eles? – Aurélio perguntou virando-se para trás.

– Dois companheiros de desgraça – respondeu Batiato, arfando. – Mexei-vos! Não temos tempo a perder!

Aurélio e Lívia montaram em seus animais e levaram os outros ao lagar de azeite onde havia mais três cavalos escondidos num pequeno bosque de oliveiras.

– Não estávamos esperando uma companhia tão numerosa. Os dois mais leves, juntos – ordenou Aurélio. – Batiato, aquele é o teu! – E apontou para um parrudo corcel panônio de pêlo escuro.

– Está para mim! – gritou Batiato ao montá-lo.

Na mesma hora ouviu-se o som de trompetes que davam repetidos toques de alarme.

– Vamos embora! – incitou Lívia. – Não vão demorar nada para caírem em cima de nós.

Saíram a galope através do bosque de oliveiras até alcançarem uma caverna cavada no arenito, um abrigo para as ovelhas que pastavam de noite entre os restolhos. Dali, bem escondidos, viram os campos sendo percorridos por sombras a cavalo, com tochas acesas que rasgavam a escuridão em todas as direções como loucos meteoritos: berros, ordens raivosas, chamados ecoavam por toda parte. Mas os velhos companheiros de luta nada viam, nada ouviam. Loucos de alegria, ainda incrédulos, apertavam-se nesta altura num abraço poderoso e comovido, reconheciam-se no escuro sem mesmo se ver, pelo cheiro, pelo som das vozes cheias de emoção, pela rochosa solidez dos corpos, como velhos mastins que voltam de uma caçada noturna. Aureliano Ambrósio Ventídio, Rúfio Hélio Vatreno, Cornélio Batiato, soldados de Roma, romanos por romano juramento.

SEGUNDA PARTE

XIII

Logo a seguir partiram a galope em direção de Cuma, a antiga e gloriosa colônia grega que nesta altura já não passava de um modesto vilarejo de pescadores. Lívia parecia conhecer bastante bem a região e movia-se na semi-escuridão da noite com notável rapidez e segurança. A fuga de quatro escravos, a morte de uma meia-dúzia de guardas e aquele deus-nos-acuda na *piscina mirabilis* deviam ter provocado um verdadeiro ninho de marimbondos e era, portanto, oportuno encontrar o quanto antes algum abrigo seguro e fora de alcance. Batiato era tão grande que iria chamar a atenção em qualquer lugar para onde eles fossem e era mister dar um jeito de ele passar despercebido. Enquanto isto, melhor evitar hospedarias, tabernas e lugares públicos. Lívia acomodou-os na zona morta da cidade, num local que conhecia: a antiga gruta da Sibila cumana, um lugar sombrio que contavam ser o antro de presenças demoníacas. Mais um demônio negro e grandalhão só iria confirmar as crenças populares.

Pararam do lado de dentro das antigas muralhas arruinadas e Lívia guiou os companheiros até a caverna: uma espécie de galeria artificial cortada na pedra com teto de forma trapezoidal. Conseguiu acender um foguinho minguado e em seguida dedicou-se a suturar a ferida de Batiato, medicou-o o melhor que pôde e deu-lhe um pano com que se cobrir. Enquanto isto os demais procuravam ajeitar-se de qualquer maneira naquele incômodo abrigo. Aurélio recolheu uma grande quantidade de folhas secas que em parte jogou no fogo, conseguindo mais fumaça do que chamas, e em parte espalhou no chão a fim de criar um primitivo estrado. Lívia tirou da bolsa de viagem toda a comida que tinha, bastante escassa na verdade: uma forma de queijo, umas azeitonas e uns pedaços de pão dormido, que ofereceu de jantar para aquele grupo de homens cansados.

– É pouca coisa, mas é melhor do que nada. Amanhã vamos tentar arrumar algo mais consistente. Depois de comermos vamos logo descansar, daqui a pouco já vai alvorecer.

– Descansar?– exclamou Batiato. – Tu deves estar brincando, minha jovem, nem imaginas quantas coisas temos a contar. Fazes idéia de quem nós somos? De tudo aquilo que já passamos juntos? Pelos deuses do céu, nem posso acreditar. Um homem aparece dizendo: "Olha aqui, seu fardo de carvão, apostei um montão de dinheiro em ti, vê lá se não me decepcionas." Eu me viro e quem está na minha frente? Aureliano Ambrósio Ventídio, ele mesmo, como se fosse a coisa mais natural do mundo. Por Héracles, juro que quase tive uma coisa. Fiquei pensando: "o que está fazendo aqui este delinqüente, este filho de uma cadela, será que veio libertar o seu velho amigo?" – A sua voz era trêmula, enquanto falava, e seus olhos brilhavam como os de uma criança. – Queres saber de uma coisa, fiquei dizendo a mim mesmo, vai ver que se lembrou de mim e veio tirar-me deste buraco nojento. Aí fiquei imaginando, como foi que conseguiu encontrar-me no fundo desta latrina, como soube que eu estava aqui... Por todos os deuses, nem dava para acreditar. Dêem-me um soco, pois se estiver sonhando quero acordar!

Vatreno deu-lhe realmente um cascudo na cabeça.

– Acreditas, agora, que não estás sonhando? Está tudo bem, negro! Conseguimos, conseguimos. Acabamos derrotando eles todos. Já imaginaram a cena quando o magistrado chegou, quantos homens de respeito, quantas dignas matronas deve ter encontrado a chafurdar na água, pegos em flagrante num jogo de gladiadores clandestinos? Quem me dera ser uma mosca e estar lá para assistir ao espetáculo! E já pensaram em quantos vão ficar resfriados, amanhã, na cidade e nos arredores?

Aurélio caiu na gargalhada e todos riram também: uma risada gorgolejante e ruidosa, às vezes parecida com um soluço, uma gargalhada de desabafo, como o choro de uma criança que se sentiu por muito tempo presa nas garras do medo.

Lívia observava sem nada dizer. O companheirismo viril era uma manifestação que a fascinava, via concentradas nele todas as melhores virtudes do homem: a amizade, a solidariedade, o espírito de sacrifício, o entusiasmo. Nem mesmo o palavreado de baixo calão, ao qual certamente não estava acostumada, naquela situação chegava a incomodá-la.

De repente fez-se silêncio: o silêncio das lembranças e da saudade, o silêncio da memória comum de homens que haviam enfrentado os mesmos perigos e passado pelos mesmos sofrimentos e as mesmas aflições por anos a fio, com o único conforto da amizade, da estima e da confiança de uns pelos outros. O silêncio da comoção e da felicidade incrédula de estarem mais uma vez juntos contra qualquer expectativa, apesar dos duros golpes do mais adverso destino. Dava quase para ver os pensamentos que passavam pelos seus olhares, nos olhos úmidos, nas testas enrugadas; dava para ler a sua história nas mãos calejadas, nos braços cheios de cicatrizes, nos ombros marcados pelo peso das armas. Pensavam nos companheiros caídos, definitivamente perdidos, no comandante Claudiano ferido e em seguida trucidado pelo furor inimigo, para sempre privado da nobre honra de repousar no mausoléu dos antepassados.

Aurélio rompeu aquele silêncio carregado de comoção quando se deu conta da atenção que Lívia despertava nos companheiros. Eles nunca a tinham visto antes e certamente deviam estar perguntando a si mesmos quem poderia ser aquela jovem e por que estaria ali com eles.

– Esta jovem chama-se Lívia Prisca – disse –, e mora num vilarejo de umas poucas choupanas na laguna entre Ravena e Altino. Ela é o nosso chefe, embora vocês talvez possam não gostar muito da idéia.

– Estás brincando – rebateu Vatreno, como que despertando de um devaneio. – O chefe aqui és tu, embora em teoria eu tenha a patente mais alta.

– Não. Ela salvou a minha vida e deu-lhe uma finalidade, alguma coisa em nome da qual lutar. É uma mulher, mas é como se fosse um homem... de alguma forma até melhor. É... é... Em resumo ela nos paga para levarmos a cabo uma missão. Mas quem dirigirá a missão sou eu, está claro?

Batiato sacudiu a cabeça perplexo. Lívia tomou a palavra indicando os dois sujeitos que se haviam unido a eles durante a fuga.

– Quem são esses homens? Podemos confiar neles?

– Estamos agradecidos por deixardes que viéssemos convosco – disse um dos dois. – Salvastes a nossa vida. O meu nome é Demétrio, sou um grego de Heracléia e um prisioneiro de guerra. Fui capturado pelos godos em Sírmio, enquanto estava patrulhando o Danúbio com o meu barco, e depois fui vendido aos hérulos de Odoacro que me enviaram para cá, a fim de servir nos navios por ser marinheiro. Sou bom de espada, eu garanto, e ótimo no arremesso de facas. Este é o meu amigo e camarada Orósio. Participou de campanhas militares pelo mundo afora e a sua pele é mais dura do que o couro.

– São valentes – confirmou Vatreno –, e durante este tempo todo que passamos juntos sempre se portaram lealmente. Detestam os bárbaros tanto quanto vós e o seu único sonho é reconquistar a liberdade.

– Têm família? – perguntou Aurélio.

– Eu tinha – respondeu Demétrio –, uma mulher e dois filhos, de quatorze e dezesseis anos, mas já não tenho notícias deles há mais de cinco anos. Moravam no vilarejo perto dos nossos acampamentos de inverno. Enquanto eu estava ocupado numa patrulha de reconhecimento no rio, os alanos construíram uma ponte de barcos durante a noite, pegaram os nossos de surpresa e massacraram todos. Quando voltei só encontrei cinzas e pedaços de carvão mergulhados no lodo preto, sob uma violenta chuvarada. E cadáveres, cadáveres por toda parte. Nunca vou esquecer a cena, nem se eu viver cem anos. Virei-os um por um, com o coração cheio de aflição, esperando a toda hora reconhecer um rosto amado... – Não conseguiu dizer mais nada.

– Eu tinha mulher e uma filha – começou então a contar Orósio. – A minha mulher chamava-se Astéria e era tão bonita quanto o sol. Certo dia, ao voltar para casa de licença depois de uma longa campanha na Mísia, encontrei a minha cidade saqueada e destruída pelos rúgios. Tinham levado as duas. Fiz o possível para encontrar aquela tribo, o meu comandante enviou guias locais com uma oferta de resgate, mas aqueles selvagens pediam um preço exorbitante que eu não podia pagar de forma alguma. Desapareceram na imensidão das suas pradarias assim como tinham chegado... Desde então não penso em outra coisa a não ser em seguir as suas pegadas. À noite, antes de dormir, fico pensando onde poderão estar, sob qual céu... Tento imaginar qual será agora a aparência da minha menina... – Baixou a cabeça e não conseguiu continuar.

Eram histórias como tantas outras, naquele tempo, mas Aurélio ficou igualmente perturbado. Nunca se conformara, nunca chegara a compartilhar o sonho da cidade de Deus de

Agostinho de Hipona e tampouco a ver uma cidade no céu, entre as nuvens: a única cidade, para ele, era a Urbe das sete colinas, cercada pelas muralhas aurelianas, deitada ao longo do Tibre, a Urbe violentada mas mesmo assim imortal, mãe de todas as terras e de todas elas filha, receptáculo das mais sagradas memórias.

Perguntou:

– E aonde tencionais ir, agora?

– Não temos para onde ir – respondeu Orósio.

– Não temos mais nada. Nem ninguém – continuou Demétrio. – Se vós de fato tendes um destino, uma finalidade, por favor levai-nos também.

Aurélio olhou para Lívia com ar interrogativo e ela concordou.

– Parecem ser bons soldados – disse. – E precisamos de homens.

– Mas talvez não queirais ficar depois de vos contarmos quais são os nossos planos.

Ao ouvirem isto os homens entreolharam-se calados. Então, finalmente, Batiato comentou:

– Se não nos disserdes, nunca podereis saber.

– Para que tanto mistério? Vamos lá, contai logo! – Vatreno exclamou, impaciente.

– E também podem confiar em nós. Os nossos amigos podem confirmar. Durante as lutas sempre procuramos proteger uns aos outros – insistiram Demétrio e Orósio.

Aurélio trocou um rápido olhar com Lívia e ela anuiu mais uma vez. Então prosseguiu:

– Tencionamos libertar o imperador Rômulo Augusto da ilha de Capri, onde está preso.

– O que foi que disseste? – perguntou incrédulo Vatreno.

– Isso mesmo que escutaste.

– Por Hércules – praguejou Batiato. – Estais sonhando alto.

– Sonhando? É uma verdadeira loucura. Deve estar sendo vigiado por um sem-número de guardas – exclamou Vatreno.

– Bastardos sardentos – rosnou Batiato. – Detesto-os.

– Setenta ao todo. Nós contamos – precisou Lívia.

– E nós somos cinco – disse Vatreno, fitando um por um os companheiros nos olhos.

– Seis – precisou mais uma vez Lívia com determinação.

Vatreno deu de ombros.

– Não a subestimes – avisou Aurélio. – Quase arrancou os testículos de um sujeito maior do que tu, lá no porto, e se eu não chegasse ia degolá-lo como a um cabrito.

– Não digas! – disse Orósio fitando com novos olhos a moça.

– E aí? – perguntou Aurélio. – Vejais bem que estão livres. Podeis ir embora e todos seremos amigos como antes. Podereis pagar-me uma bebida quando nos reencontrarmos em algum bordel.

– E o que achas que vais fazer sozinho? – disse Batiato. Vatreno suspirou.

– Já entendi. Saímos de uma enrascada para entrar numa pior, mas pelo menos agora parece que vamos nos divertir. Será que por acaso também haverá algo a ganhar? Eu não tenho nem mais um tostão e...

– Mil soldos de ouro cada – respondeu Lívia –, quando a tarefa chegar a bom termo.

– Pelos deuses! exclamou Vatreno. – Por mil soldos vou trazer Cérbero do Inferno.

– O que estamos esperando, então? – perguntou Batiato. – Parece que estamos todos de acordo, não é?

Aurélio levantou a mão com um gesto peremptório e mais uma vez todos ficaram calados.

– É uma tarefa difícil – disse –, a mais difícil que qualquer um de nós jamais tentou: chegar à ilha, libertar o imperador e atravessar a Itália com ele até algum lugar da costa adriática onde um navio estará esperando para levá-lo em segurança. Ali receberemos o nosso prêmio de Lívia e das pessoas que a encarregaram da façanha.

– E depois? – quis saber Vatreno.

Estás pedindo demais – respondeu Aurélio. Já me parece suficiente ter conseguido tirar-vos daquele inferno. Talvez cada um de nós siga pelo seu caminho, ou talvez o imperador nos leve com ele, ou quem sabe... Mas esqueçam. Estou muito cansado e só quero dormir. Em plena luz do dia estaremos todos mais lúcidos. Como primeira providência, de qualquer maneira, teremos de arrumar um barco para nos aproximarmos da ilha e estudar a situação. Quanto ao resto, veremos mais tarde. Quem se encarrega do primeiro turno de vigia?

– O primeiro e único, se considerarmos a hora. Eu cuido disto – disse Batiato. – Estou sem sono e, além do mais, no escuro, sou praticamente invisível.

Estavam exaustos, esgotados, procurados em toda parte, ameaçados pelas piores torturas se fossem recapturados, mas eram mais uma vez donos do seu destino e por nada no mundo iriam permitir que isto mudasse. Antes disto, seria melhor a morte.

Os primeiros dias na vila de Capri pareceram quase agradáveis a Rômulo: as cores da ilha, o verde profundo dos bosques de pinheiros, das moitas de murta e lentisco, o amarelo intenso das giestas e o cinza-prateado dos aloendros sob o céu de turquesa, naquela luz mágica e ofuscante, davam a impressão de estar numa espécie de elísio encantado. À noite a lua fazia brilhar com trêmulos reflexos as ondas do mar, esbranquiçava as espumas entre os seixos da praia ou em volta dos grandes pináculos rochosos que se erguiam como ciclópicas torres sobre o espelho da água. O vento trazia o cheiro da maresia até os terraços da grande vila junto com os mil perfumes daquela terra enfeitiçada; era assim mesmo que Rômulo, em seus devaneios infantis, imaginara a ilha de Calipso onde Ulisses se esquecera por sete longos anos da sua íngreme e pedregosa Ítaca.

A brisa vespertina trazia o cheiro dos figos, o perfume de alecrim e hortelã, junto com os sons abafados pela distância: balidos, os chamados dos pastores, os gritos de pássaros que pairavam em grandes círculos no céu carmesim do crepúsculo. As velas voltavam ao porto como carneiros para o aprisco, a fumaça erguia-se em lentas volutas das casas apinhadas lá embaixo, perto da tranqüila enseada.

Ambrosinus logo começara a coletar plantas e minerais, sempre vigiado de perto pelos guardas, às vezes acompanhado de Rômulo, ao qual procurava ensinar as virtudes de bagas, ervas e raízes. À noite, por sua vez, passava longas horas a observar o céu e o movimento das constelações, mostrando ao discípulo a Ursa Maior e a Ursa Menor com a estrela do Norte.

– Aquele é o astro da minha terra – dizia –, a ilha Bretã, um país tão grande quanto a Itália inteira, verde de bosques e pastagens, cheio de imensos rebanhos, de manadas de bois avermelhados de grandes chifres pretos. Nos seus confins extremos, durante o verão, o sol nunca se põe, a sua luz continua iluminando o céu até a meia-noite, e no inverno a noite dura seis meses.

– Uma ilha tão grande quanto a Itália – repetia Rômulo. – Como é que pode?

– Isso mesmo – confirmava Ambrosinus, lembrando-lhe o périplo do almirante Agrícola que a circunavegara por completo na época do imperador Trajano.

– E mais além... o que há além dessas noites sem fim, *Ambrosine?*

– Mais além ainda existe a derradeira terra emersa, a Última Thule, cercada por uma muralha de gelo com mais de duzentos côvados de altura, fustigada sem parar por ventos impiedosos, defendida por serpentes marinhas e monstros de presas mais afiadas do que facas. Ninguém que lá foi jamais voltou, a não ser um capitão grego de Marselha chamado Pytheas. Ele descreveu um remoinho imenso que engole as águas do oceano por horas a fio, para depois vomitá-las com pavoroso estrondo, junto com esqueletos de marinheiros e despojos de navios, empurrando os restos até submergir milhas e mais milhas de costas e praias longínquas.

Nessas horas Rômulo fitava-o com olhos cheios de espanto, esquecendo-se de suas aflições.

Durante o dia perambulava pelos amplos pátios e as varandas a pique sobre o mar. Ao encontrar algum lugar agradável à sombra de uma árvore, Ambrosinus sentava e transmitia os seus ensinamentos ao pupilo que o ouvia atento. Com o passar dos dias, no entanto, o espaço destinado à existência deles tornava-se cada vez mais apertado, o céu cada vez mais longínquo e indiferente, tudo parecia insuportavelmente igual e imutável: o vôo das gaivotas, os guardas armados, que como máquinas couraçadas e insensíveis ficavam de vigia nos passadiços, os lagartos que se esparramavam nos últimos raios do sol e corriam para seus abrigos nos muros ao ouvirem algum barulho.

Às vezes o rapaz se entregava a uma repentina angústia, a uma dolorosa melancolia, e ficava de olhos fixos no mar durante horas, ou então era tomado por raiva e desespero e jogava pedras contra os muros da vila, dúzias delas, centenas, sob o olhar escarnecedor dos guerreiros bárbaros, até cair exausto, ofegante, molhado de suor. O mestre olhava então para ele com ternura, sem no entanto entregar-se à comoção. Aproximava-se para consolá-lo, para repreendê-lo, para incitá-lo a manter a dignidade dos antepassados, lembrava-lhe a austeridade de Catão, a sabedoria de Sêneca, o heroísmo de Mário, a incomparável grandeza de César.

Certo dia em que o viu mais esgotado e prostrado do que nunca, após aquela brincadeira insana e inútil, humilhado pelas risadas e as zombarias dos carcereiros, chegou-se a ele e, apoiando uma mão em seu ombro, disse:

– Nada disto, César, nada disto. Poupa as tuas energias para quando estiveres segurando a espada da justiça.

Rômulo sacudiu a cabeça.

– Não adianta ficar se iludindo. Esse dia jamais chegará. Estás vendo aqueles homens lá em cima, no passadiço? Eles também são prisioneiros neste lugar, vão envelhecer no tédio e na indiferença até alguém se lembrar de rendê-los, e aí outros chegarão, e mais outros, e eu serei sempre o mesmo, como as árvores e os muros, e ficarei velho sem nunca ter sido jovem.

A pluma de um pássaro desceu levemente do céu. Rômulo pegou-a no ar, apertou-a no punho e aí soltou-a abrindo novamente a mão. Fitou o preceptor.

– Ou será que estás pensando em dar-me duas asas de plumas e cera, como Dédalo fez com Ícaro, para que eu possa sair voando daqui?

Ambrosinus baixou a cabeça.

– Tomara que eu pudesse, meu rapaz, tomara... Mas talvez haja algo que possa fazer por ti, posso ensinar-te alguma coisa: não deixe que aprisionem a tua alma, além do teu corpo. – Levantou os olhos para o céu. – Estás vendo aquela gaivota? Pois bem, deixa a tua alma voar com ela, lá em cima, respira fundo... assim, isso mesmo... outra vez... outra vez. – Apoiou as mãos nas têmporas do garoto, fechando os olhos. – E agora voa, meu filho, fecha os olhos e voa... acima destas misérias, além dos muros desta morada em ruínas, por cima de bosques e recifes, voa para o disco do sol e mergulha na sua luz infinita. – Baixou a voz enquanto as lágrimas escorriam devagar dos seus olhos fechados. – Voa – repetiu num murmúrio –, ninguém pode aprisionar a alma de um homem...

Num primeiro momento a respiração de Rômulo tornou-se mais rápida, como a de um cãozinho amedrontado, aí acalmou-se e assumiu um ritmo lento e regular como o de um sono tranqüilo.

Quando, porém, tudo era inútil, quando nenhuma palavra parecia abrir uma brecha no desalento do rapaz, Ambrosinus ia sentar-se em algum canto do pátio e dedicava-se à redação das suas memórias. Rômulo também se mantinha afastado, traçando sinais na areia com uma vara, mas então começava a chegar perto, pouco a pouco, observava-o de soslaio, tentando imaginar o que podia estar escrevendo naquele volume com a sua escrita regular e miúda.

Certo dia plantou-se diante dele e perguntou de repente:

– O que estás escrevendo?

– As minhas memórias. E seria bom que também te dedicasses à escrita, pelo menos de alguma carta. Ajuda a esquecer as aflições, livra a alma do tédio e da angústia do dia-a-dia, abre-nos as portas de um mundo diferente. Pedi alguns livros para a tua biblioteca e os consegui. Chegarão hoje mesmo de Nápoles: não somente filosofia, geometria e manuais de agricultura, mas também umas belas histórias: as *Etíopes* de Heliodoro, os *Amores Pastoris* de Dafne e Cloé, as aventuras de Hércules e Teseu, as viagens de Ulisses. Vais gostar. Agora providenciarei para que tudo seja arrumado corretamente. Depois cuidarei do jantar. Procura ficar por perto, não quero ter de gritar na hora de chamar-te.

Ambrosinus deixou o seu livro no banco onde se sentara, tampou o tinteiro com cuidado e guardou a pena, em seguida encaminhou-se para o local da antiga biblioteca imperial que já fora receptáculo de milhares e mais milhares de volumes provenientes de todos os cantos do Império, em latim e grego, em hebraico e sírio, em egípcio e fenício. Os grandes nichos que abrigavam as estantes pareciam agora órbitas cegas e vazias que se abriam para o nada. Só havia ficado um busto de Homero, ele também cego, branco como um fantasma naquela grande sala escura.

Rômulo ficou andando algum tempo ao longo do perímetro do grande pátio e cada vez que passava perto do livro de Ambrosinus lançava um rápido olhar. A certa altura parou e observou-o com intensidade. Talvez não fosse conveniente ler o que havia nele, mas se o mestre o deixara ali, desprotegido e sem qualquer tipo de recomendação, quem sabe pudesse afinal dar uma olhada. Sentou-se e abriu-o: no frontispício estava desenhada uma cruz com as letras Alfa e Ômega na ponta dos braços e, logo abaixo, um ramalhete de visco como aquele que Ambrosinus trazia pendurado no pescoço.

A tarde estava morna e as últimas andorinhas juntavam-se em bando no meio do céu, chamando-se umas às outras, como se estivessem sem vontade de deixar os ninhos já vazios para iniciar sua viagem rumo a terras mais quentes. Rômulo sorriu e disse baixinho:

– Podeis ir, podeis ir, queridas andorinhas, vós que não estais presas e podeis voar. No ano vindouro irão me encontrar neste mesmo lugar, e prometo cuidar dos vossos ninhos.

Então virou a página e começou a ler.

XIV

Eu ainda não tinha nascido quando as últimas águias das legiões romanas deixaram a ilha Bretã para nunca mais voltar. O imperador precisava de todos os seus soldados, de modo que a minha terra foi abandonada ao seu destino. Durante algum tempo nada aconteceu. Os dignitários continuaram a governar as cidades segundo as normas dos países, com as leis e a magistratura do Império, e continuaram a manter contatos com a longínqua corte de Ravena, na esperança de algum dia as águias voltarem. Mas a certa altura os bárbaros no Norte, que moravam além da Grande Muralha de Adriano, invadiram a nossa terra espalhando morte, destruição e fome com contínuas incursões e repetidos saques. Pedimos mais uma vez ajuda ao imperador, esperando que não nos tivesse esquecido, mas não havia meios de ele ouvir a nossa voz: uma maré bárbara ameaçava as fronteiras orientais do Império, cavaleiros ferozes e incansáveis de pele parda e olhos amendoados haviam chegado das planícies sarmáticas como fantasmas saídos das profundezas da noite e avançavam destruindo tudo aquilo que encontravam. Não descansavam nem dormiam: em lugar disto limitavam-se a curvar a cabeça apoiando-a de leve no pescoço dos híspidos cavalos, e como comida bastava-lhes um pedaço de carne curtida pelo suor dos animais, sob a sela.

O comandante supremo do exército imperial, um herói chamado Aécio, rechaçou os bárbaros de olhos amendoados com a ajuda de outros bárbaros numa terrível batalha que durou da alvorada ao entardecer, mas não pôde mandar-nos de volta as legiões. Os nossos emissários suplicaram lembrando-lhe os vínculos de sangue, de leis e de religião que nos haviam mantido unidos durante séculos e, finalmente comovido, resolveu fazer alguma coisa por nós. Enviou um homem chamado Germano, que diziam ser provido de poderes taumatúrgicos, e confiou-lhe o estandarte das legiões da ilha Bretã: um dragão de prata com a cauda purpúrea que parecia animar-se de vida própria no sopro do vento. Era o máximo que ele podia fazer, mas a vista daquela insígnia já bastou para reanimar os corações e reavivar o antigo orgulho adormecido. Germano era um capitão valoroso e carismático. O seu olhar faiscante e febril, os seus gritos agudos como os de um gavião, as suas mãos ossudas apertadas em volta do cabo do estandarte, a sua fé inquebrantável no direito e na civilização conseguiram o milagre: guiou os homens na batalha gritando "Aleluia!". Os bárbaros foram rechaçados e muitos homens em armas foram mais uma vez colocados de vigia na Muralha do Norte, consertando os antigos estragos e guarnecendo os velhos fortins. O vitorioso embate ficou desde então conhecido como a batalha do Aleluia!

Com o passar do tempo, entretanto, as pessoas voltaram aos seus costumeiros afazeres, um número cada vez menor de cidadãos com treinamento precário foi destacado a vigiar as Terras Altas, das torres da Muralha. Os bárbaros voltaram, atacaram de surpresa e massacraram os defensores. Puxavam-nos lá de cima com suas lanças uncinadas, arpoavam-nos como peixes. Em seguida enxamearam para o Sul, tomaram de assalto as cidades indefesas, saqueando, destruindo, incendiando. De aparência assustadora, tinham o rosto pintado de preto e azul e não poupavam nem velhos nem crianças.

Uma nova delegação foi enviada pedindo ajuda a Aécio, o comandante supremo do exército imperial, e mais uma vez ele nada pôde fazer além de mandar Germano, que já conseguira inspirar ânimo e determinação nos habitantes da ilha anteriormente. Fazia algum tempo que Germano havia abandonado a prática das armas, tornara-se bispo de uma cidade da Gália e até adquirira fama de santo. Mesmo assim não quis eximir-se da tarefa que lhe haviam confiado, e embarcou pela segunda vez rumo à nossa terra. Juntou mais tropas, convenceu os habitantes das cidades a forjar espadas e lanças, a retomar o treinamento e a marchar contra o inimigo. Desta vez o resultado do embate foi bastante incerto, o próprio Germano ficou gravemente ferido.

Foi levado para a floresta de Gleva e deitado na grama aos pés de um carvalho secular mas, antes de morrer, forçou os chefes do exército a jurarem que nunca iriam render-se, que continuariam a defender-se e que, para presidiar a Muralha, formariam unidades permanentes e disciplinadas como as antigas legiões de Roma. A sua insígnia iria ser o dragão que já os levara à vitória no passado.

Fui testemunha ocular destes acontecimentos. Ainda era bastante jovem mas já havia sido instruído nas artes druídicas da medicina além da adivinhação e do estudo dos astros; tinha viajado por vários países e isto me enriquecera de muitos importantes conhecimentos, e fui, portanto, chamado para cuidar do herói moribundo. Nada pude fazer por ele a não ser aliviar de alguma forma a dor do ferimento, mas ainda me lembro das suas nobres palavras, da luz do seu olhar que nem mesmo a morte iminente parecia poder ofuscar. Quando Germano morreu, os seus despojos foram levados à Gália e sepultados em Lutetia dos Parísios onde até hoje se encontram. O seu túmulo é venerado como o de um santo e é meta de romarias tanto da Gália quanto da ilha Bretã.

As unidades especiais que ele queria foram de fato formadas sob o comando dos melhores homens, descendentes da mais antiga nobreza romana e celta das cidades britânicas, e destacados num forte da Muralha de Adriano nos arredores do Mons Badonicus ou Monte Badon, como o chamamos no nosso dialeto da Carvetia.

Passaram-se mais alguns anos e tudo indicava que o sacrifício de Germano realmente trouxera a paz para a nossa terra, mas isto era apenas uma ilusão. Uma sucessão de invernos muito rigorosos e verões bastante secos dizimou as manadas dos bárbaros do Norte, levando-os à fome e ao desespero. Atraídos pela miragem das ricas cidades da planície, atacaram em vários pontos da Muralha pondo à dura prova a resistência dos defensores, que só por um milagre conseguiram detê-los. Eu mesmo estava no forte do Monte

Badon na condição de médico e veterinário e fui chamado pelo comandante, um homem muito digno e de grande valor denominado Cornélio Paulino. Estava acompanhado pelo seu lugar-tenente, Constantino, chamado Kustenin na língua de Carvetia, um homem que no passado se tinha revestido da dignidade consular. Paulino falou com uma expressão de grave preocupação e desalento: "As nossas forças não conseguirão rechaçar os ataques inimigos por muito tempo a não ser que alguém chegue para nos ajudar. Põe-te imediatamente a caminho junto com os emissários que escolhi com este fim e vai a Ravena falar com o imperador. Pede-lhe encarecidamente que nos envie reforços, lembra-lhe a fidelidade das nossas cidades e da nossa gente ao antigo nome romano, dize-lhe que se não mandar um exército as nossas casas serão queimadas, as nossas mulheres violentadas, os nossos filhos levados como escravos. Acampai, se for necessário, perto da entrada do palácio imperial, noite e dia, recusando comida e bebida, até que ele vos receba. Tu és o mais sabido entre todos os que conheço, o único que já viajou além-mar pela Gália e a Ibéria. Falas várias línguas além do latim e conheces os segredos da medicina e da alquimia que poderão proporcionar-te apreço e consideração."

Fiquei ouvindo sem nunca interrompê-lo, consciente da extrema gravidade da situação e da grande confiança que ele tinha em mim, mas no fundo do coração não podia deixar de pensar que a tarefa era extremamente arriscada e com muito poucas possibilidades de sucesso. As estradas inseguras, a maior parte das províncias do Império já nas mãos de povos turbulentos, a dificuldade de conseguir comida para mim e para os companheiros ao longo do caminho pareciam-me obstáculos quase impossíveis de serem superados. Sem falar da última e talvez maior dificuldade: sermos recebidos pelo imperador e obtermos a ajuda desejada.

Respondi: "Nobre Paulino, estou pronto a fazer o que me pedes e até a arriscar a minha própria vida, se necessário, para a salvação da pátria, mas tu tens certeza de que esta solução é realmente a melhor? Não seria mais conveniente entrarmos num acordo com o nobre Wortigern? Ele é um guerreiro valoroso, de grande força e coragem, e dispõe de uma tropa numerosa e bem treinada que, se bem me lembro, no passado já lutou proveitosamente ao nosso lado contra os bárbaros do Norte. Além do mais, nasceu de pai celta e de mãe romana, tendo o mesmo sangue da maioria dos habitantes desta terra. O nosso vice-comandante Constantino conhece-o muito bem."

Paulino suspirou, como se já tivesse previsto esta objeção. "É exatamente o que procuramos fazer, mas Wortigern pediu um preço alto demais: o poder sobre toda a ilha, a dissolução das assembléias comunitárias, a abolição das antigas magistraturas, o fechamento das aulas senatórias onde elas ainda existem. Receio que o remédio seria pior do que a própria doença, pois as cidades que tiveram de submeter-se ao seu domínio estão agora sujeitas à mais violenta tirania e dura opressão. Se não houver mais nada a fazer tomarei essa decisão, mas só depois de todos os outros caminhos se mostrarem inviáveis. E além disto..."

Deixou a frase no ar, como se não ousasse ou não quisesse dizer mais nada, mas pareceu-me poder interpretar o seu tácito pensamento. "...E além disto", continuei, "tu és romano da cabeça até a ponta dos pés, filho e neto de romanos, talvez o último dessa linhagem, e posso entendê-lo, embora não acredite que seja possível deter o tempo e fazer com que as rodas da história voltem para trás."

"Estás enganado", respondeu Paulino. "Não era nisto que eu estava pensando, ainda que no fundo do peito nunca tenha deixado de esperar que um dia as águias pudessem voltar. Estava pensando em quando levamos a ti Germano ferido de morte, no bosque de Gleva, na tentativa de curar a sua ferida..."

"Lembro-me muito bem daquele dia", respondi. "Não pude fazer muita coisa, na verdade."

"Foi o bastante", disse Paulino. "Proporcionaste-lhe o tempo suficiente para que um sacerdote lhe ministrasse a extrema-unção e a absolvição cristã, e para que pronunciasse as suas últimas palavras."

"Que só tu ouviste. Ciciou-as no teu ouvido pouco antes de morrer."

"E que agora posso revelar", prosseguiu Paulino. Levou uma mão à testa como se quisesse concentrar naquele lugar a força da memória e o poder do seu espírito. Aí disse:

“Veniet adulescens a mari infero cum spatha
pax et prosperitas cum illo,
aquila et draco iterum volabunt
Britanniae in terra lata.”

“Parecem os versos de alguma cantiga popular”, comentei depois de pensar um pouco. “Um jovem guerreiro que vem do mar trazendo consigo paz e prosperidade: é um tema muito comum. Canções desse tipo sempre se difundem durante os períodos de fome, guerra e carestia.”

Era evidente, contudo, que para Paulino a explicação era outra: “Este é somente o significado aparente: essas palavras, as últimas proferidas por um herói na hora da morte, devem ter outro sentido, mais profundo e importante, fundamental para a salvação desta terra e de todos nós. A águia representa Roma e o dragão é a nossa insígnia, o estandarte da legião britânica. Sinto que tudo ficará claro depois de chegares à Itália e encontrares o imperador. Parte sem demora, portanto, e leva a bom termo a tua missão.”

As suas palavras eram tão intensas e inspiradas que acabei concordando com o que me pedia, embora aqueles estranhos versos não tivessem suscitado em mim qualquer tipo de visão particular. Diante do senado de Carvetia, reunido em sessão plenária e presidido por Kustenin, jurei voltar com um exército para libertar de uma vez por todas a nossa terra da ameaça barbaresca. Parti na manhã seguinte e, antes de descer ao porto, lancei um último olhar para o forte sobre a Muralha Adriana, para o dragão vermelho que flutuava ao vento em cima da torre mais alta, para a figura de pé no passadiço envolvida numa capa da mesma cor: Cornélio Paulino e as suas esperanças apagaram-se lentamente em mim na leve bruma da manhã de outono.

Zarpamos com vento favorável rumo à Gália, onde desembarcamos em fins de outubro, mas a partir daí a nossa viagem foi cansativa e demorada como eu tinha previsto. Um dos meus companheiros adoeceu e morreu depois de cair nas águas geladas de um rio, outro perdeu-se durante uma tempestade de neve nos Alpes. Os últimos dois foram mortos numa emboscada urdida por um grupo de bandidos na planície de Padusa. Fui o único sobrevivente e quando cheguei a Ravena tentei inutilmente ser recebido pelo imperador: um títere imbele nas mãos de outros bárbaros. De nada adiantaram as súplicas e tampouco o jejum, conforme pedira Paulino. Afinal, cansados de ver-me por perto, os serviçais escorraçaram-me do pátio do palácio a pauladas.

Desesperado, exausto pela longa espera e pela fome, fui-me embora daquela cidade e para longe daqueles homens arrogantes, andei sem rumo de vilarejo em vilarejo, pedindo hospitalidade aos camponeses e retribuindo um pedaço de pão e um copo de leite com o meu trabalho de médico e de veterinário, alternando conforme o caso as duas profissões. E não há dúvida de que em muitas ocasiões sentia-me mais disposto a ajudar inocentes animais de carga do que seres humanos obtusos e brutais.

Para onde se fora o nobre sangue latino? Os campos pululavam de bandidos, os lavradores morriam de fome nas fazendas sujeitas a impostos vergonhosos. Ao longo das antigas e gloriosas estradas consulares, aquelas que já haviam sido poderosas cidades cercadas de imponentes muralhas não passavam agora de fantasmas, com fortificações e edifícios em ruínas encobertos pelas trepadeiras. Diante da casa dos ricos, os mendigos esfomeados contendiam com os cães por causa dos restos de comida e lutavam ferozmente entre si na disputa pelos intestinos fedorentos dos animais abatidos. Nas colinas não se viam as oliveiras prateadas e os vinhedos com que eu sonhara, menino, ao ler nas escolas de Carvetia os poemas de Horácio e Virgílio, nem brancos bois de grandes chifres lunados puxavam arados e reviravam a terra, e o amplo gesto do semeador tampouco completava o trabalho. Só havia híspidos pastores embrutecidos a empurrar rebanhos de cabras e ovelhas pelas encostas de pastos ressecados, ou bandos de porcos nos bosques de carvalhos, amiúde disputando as bolotas com eles.

Era então a este mundo decadente que nós havíamos confiado as nossas esperanças? A ordem, se assim podemos chamá-la, era mantida por turmas de bárbaros que a esta altura já constituíam a maior parte do exército imperial, mais fiéis aos seus chefes do que aos poucos oficiais romanos. Eles vexavam o povo muito mais do que o defendiam. O Império já não passava de uma larva, uma mera aparência tão vazia quanto o próprio imperador, e aqueles que haviam sido senho-

res do mundo estavam agora sob o jugo de opressores rudes e arrogantes. Inúmeras vezes perscrutei aqueles rostos embrutecidos, aquelas testas sujas, molhadas de suor servil, buscando neles os nobres traços de César e Mário, o majestoso semblante de Sêneca e Catão! Mesmo assim, tal como um raio de sol a penetrar o negrume das nuvens no auge da tempestade, sem motivo aparente, às vezes lampejava repentina naqueles olhares a altiva coragem dos antepassados e isto levava-me a pensar que talvez nem tudo estivesse perdido.

Nas cidades e nas aldeias a religião de Cristo havia vencido em todas as frentes e o Deus crucificado olhava para os fiéis de cima dos seus altares esculpidos na pedra e no mármore, mas no interior, escondidos e quase protegidos pela mata cerrada, ainda se erguiam os templos das antigas divindades ancestrais. Mãos desconhecidas deixavam oferendas diante dos simulacros rachados e mutilados, e às vezes o som das flautas e dos tambores ecoava no coração da floresta ou no topo das montanhas, para chamar desconhecidos fiéis ao culto das Dríades dos bosques, das Ninfas dos rios e dos lagos. Nos lugares mais afastados, no fundo das cavernas, entre musgos cheirosos, podia de repente aparecer a ferina imagem de Pã de casco fendido, com o enorme falo ereto na virilha obscena, testemunho de orgias não suspensas nem esquecidas.

Os sacerdotes de Cristo anunciavam a sua volta iminente e o juízo final, e exortavam a abandonar a idéia da Cidade mundana para elevar os olhos e as esperanças somente à Cidade de Deus. De forma que a cada dia o amor pela pátria morria um pouco mais no coração do povo romano, desaparecia o culto dos antepassados e das mais sagradas memórias que ficavam por conta dos estudos meramente acadêmicos dos rétores.

Passei muitos anos preocupando-me somente com o dia-a-dia, pensando apenas em sobreviver, esquecido dos motivos que me haviam levado tão longe da minha terra, na certeza de que lá também, no sopé da Muralha Adriana, àquela altura tudo devia estar perdido, arruinado, com todos os companheiros e os amigos mortos, assim como devia ter morrido qualquer esperança de liberdade e de civilizada dignidade de viver. Com que dinheiro e com quais provisões, com efeito, poderia eu tentar voltar, se tudo aquilo que eu ganhava mal dava para matar a fome? Só me restava um desejo, ou talvez um sonho: visitar Roma! Apesar do saque brutal que havia sofrido mais de meio século antes por parte dos bárbaros de Alarico, a Urbe ainda se erguia como uma das mais lindas cidades do mundo, protegida muito mais pela égide do Sumo Pontífice do que pelas arruinadas muralhas de Aureliano, e lá ainda se reunia o Senado na antiga cúria, mais para perpetuar uma venerável tradição do que para tomar decisões que já estavam quase completamente fora do alcance da sua autoridade. De forma que, certo dia, peguei a estrada assumindo o aspecto de um sacerdote cristão, talvez o único que ainda inspirasse algum temor reverencial nos ladrões e assaltantes. E foi durante esta viagem pelos Apeninos que a minha sorte mudou de repente como se de uma hora para a outra o Destino se tivesse lembrado de mim, tivesse percebido que eu ainda estava vivo e poderia contribuir com algo de bom naquela paisagem desolada, naquela terra sem esperança.

Era uma tarde de outubro, a escuridão já vinha chegando e eu preparava um abrigo para a noite juntando um monte de folhas secas sob a saliência de uma pedra, quando me pareceu ouvir uma lamentação na floresta. Pensei no grito de algum animal noturno ou no chamado do mocho que tanto se parece com a voz humana, mas aí percebi que se tratava do gemido de uma mulher. Levantei-me e segui aquele som deslizando entre as sombras da floresta, leve e invisível como aprendera a fazer no sagrado bosque de Gleva quando era jovem. De repente, bem no meio de uma clareira, apareceu diante de mim um acampamento vigiado por soldados em parte romanos e em parte bárbaros, mas todos equipados e postados ao estilo romano. Uma fogueira ardia no meio do acampamento e uma das barracas estava iluminada. O gemido vinha de lá. Aproximei-me e ninguém me deteve porque naquele momento a minha antiga arte de druida me permitia adelgaçar o corpo quase a torná-lo mais uma das muitas sombras da noite, e quando falei já estava dentro da tenda e todos viraram-se surpresos para mim como se eu me tivesse materializado do nada. Estava diante de um homem de aspecto imponente, de rosto emoldurado por uma barba escura que lhe conferia o semblante de um antigo patrício. O queixo contraído, a expressão dos olhos escuros e profundos mostravam a angústia que lhe oprimia o coração.

Ao seu lado uma mulher de extraordinária beleza chorava sem parar à cabeceira de uma cama em que jazia uma criança de uns quatro ou cinco anos, aparentemente morta.

"Quem deu a ordem de chamar um sacerdote?", perguntou o homem fitando-me perplexo.

Obviamente, na minha aparência humilde, nos meus trajes sujos e amarrotados devia haver algo de miserável e talvez desprezível que mais lembrava um mendigo do que um ministro de Deus.

"Não sou um sacerdote... ainda não", respondi. "Sou entretanto perito na arte da medicina e talvez possa fazer alguma coisa para ajudar essa criança."

O homem trespassou-me com um olhar de fogo e lágrimas, e respondeu:

"Este menino está morto. E era o nosso único filho."

"Não creio", respondi. "Ainda posso perceber o seu sopro vital nesta barraca. Deixa que o examine." O homem consentiu com a resignação dos desesperados e a mulher dirigiu-me um olhar mais cheio de espanto do que de esperança.

"Deixai-me sozinho com ele e, se ainda existir alguma possibilidade, irei devolvê-lo a vós antes do alvorecer", afirmei surpreendendo a mim mesmo com a minha audácia.

Pois na verdade não conseguia entender o motivo pelo qual, de repente, naquele lugar solitário, eu sentia reviver no fundo da minha alma a antiga ciência do saber romano e a herança do poder druídico numa única concentração de formidável energia e de tranqüila consciência. Era como se eu tivesse passado todos aqueles anos esquecido de mim mesmo e da minha dignidade, redescobrindo de chofre que podia devolver a cor às faces exangues daquela criança, e a luz aos olhos que pareciam apagados sob as pálpebras fechadas. Podia ver claramente os sinais da intoxicação, mas não podia saber ao certo o tamanho do estrago já operado pelo veneno. O homem hesitou mas a mulher convenceu-o. Segurou-o pelo braço e arrastou-o para fora murmurando alguma coisa no seu ouvido. Devia pensar que eu não poderia prejudicar o menino mais do que o próprio mal que o afligira.

Abri a minha bolsa de viagem e examinei o conteúdo. Naqueles anos todos nunca tinha deixado acabar a minha reserva de medicamentos, tinha continuado a catar ervas e raízes durante as estações apropriadas e a tratá-las conforme as regras, de forma que botei uma tigela de água a esquentar num braseiro, preparei uma infusão poderosa capaz de provocar uma reação por parte do organismo quase inerte do menino e procurei aquecer o seu corpo gelado colocando ao seu redor pedras quentes envolvidas em panos limpos. Enchi com mais água quente, quase fervendo, um odre que em seguida apoiei no seu peito. Precisava despertar um mínimo de vida naquele corpo antes de aplicar o remédio. Quando vi aparecer umas gotinhas de suor na pele cianótica gotejei a infusão na sua boca e no nariz e quase de imediato notei uma reação, uma imperceptível contração das narinas.

Lá fora o mundo estava mergulhado no silêncio, não se ouvia nem mesmo o choro da mãe: seria possível que aquela mulher linda e altiva estivesse conformada com uma perda tão dura? Gotejei mais um pouco do remédio e percebi uma reação mais forte, logo acompanhada por uma contração visível da barriga. Pressionei então com força o seu estômago e a criança vomitou: um fluido esverdeado e de cheiro característico que tirou qualquer dúvida que eu ainda tivesse. Administrei mais emético e houve mais contrações e aí um espasmo mais forte seguido por um jato mais volumoso de vômito e mais convulsões. Finalmente o menino acalmou-se esgotado e eu o despi, lavei-o e agasalhei-o com um cobertor limpo. Ainda estava molhado de suor mas já podia respirar e o seu pulso, batimento após batimento, retomava um ritmo que apesar de cansado era para mim mais triunfal e glorioso do que o rufar de um tambor. Examinei o conteúdo do seu estômago e as minhas suspeitas foram plenamente confirmadas. Saí então da tenda e vi-me diante dos pais. Estavam sentados em dois banquinhos perto do fogo do bivaque e percebia-se em seus olhos uma incontida excitação. Haviam escutado aqueles surtos de vômito e sabiam tratar-se de sinais incontestáveis de vida, mas tinham concordado em deixar-me sozinho com a criança e não queriam faltar com a promessa.

"Vai viver", afirmei com estudada e comedida ênfase. E logo acrescentei: "Foi envenenado."

Os dois apressaram-se a entrar na barraca e ouvi os soluços de felicidade da mãe, que abraçava o seu filhinho.

Encaminhei-me para o fundo do acampamento, para o bivaque das sentinelas, pois não queria perturbar um momento de emoções tão fortes e íntimas, mas uma voz vigorosa deteve-me. Era o pai.

"Quem és tu?", perguntou. Virei-me e lá estava ele, bem na minha frente, de olhos fixos em mim. "Como conseguiste entrar na minha tenda vigiada por homens armados? E como devolveste a vida ao meu filho? Serias tu um... santo, ou um anjo do céu? Ou quem sabe um espírito do bosque? Responde, eu lhe peço."

"Sou apenas um homem, com algum conhecimento de medicina e de ciências naturais."

"Devemos-lhe a vida do nosso único filho e não há recompensa adequada nesta terra. Mas pede, e na medida do possível serás recompensado."

"Uma comida quente e uma forma de pão para a minha viagem de amanhã serão suficientes", respondi. "Para mim o maior prêmio foi ver aquela criança respirar de novo."

"Aonde estás indo?", perguntou.

"Para Roma. Ver a Urbe e suas maravilhas sempre foi o sonho da minha vida."

"Nós também estamos indo a Roma. Eu te peço, portanto, que fiques conosco, a sua viagem será então menos arriscada. Tanto eu quanto a minha mulher, aliás, gostaríamos que ficasses conosco para sempre, para cuidar do nosso filho e educá-lo. Ele vai precisar de um mestre, e quem melhor do que tu para assisti-lo, um homem de tamanha doutrina e tão milagrosas capacidades?"

Era o que esperava ouvir, mas respondi que precisava de algum tempo para pensar e que iria dar uma resposta quando chegássemos a Roma. Enquanto isto, iria fazer o possível para que o menino se recobrasse por completo, mas ele, o pai, teria de descobrir o assassino, o homem que o odiava a ponto de envenenar um inocente.

Pareceu-me imbuído de uma repentina consciência e respondeu:

"Cuidarei do assunto. O responsável não irá fugir de mim. Mas agora aceita a minha hospitalidade e comida, e procura descansar durante o que sobra da noite. Tu o mereces."

Disse chamar-se Orestes e ser um oficial do exército imperial, e enquanto ainda estávamos conversando juntou-se a nós a mulher, Flávia Serena, que tomada pela emoção quis até segurar a minha mão para beijá-la. Esquivei-me depressa, eu mesmo fazendo uma mesura e prestando-lhe homenagem. Era a pessoa mais linda e nobre que eu já tinha visto em toda a minha vida. Nem mesmo o terror de perder o filho havia obnubilado a harmonia dos seus traços fidalgos, nem embaçado a luz dos seus olhos cor de âmbar. Só acrescentara-lhes a intensidade do sofrimento e do sobressalto. De porte altivo, tinha no entanto um olhar tão suave quanto um crepúsculo de primavera, a pureza da testa era coroada por uma trança de cabelos morenos de reflexos violáceos, os dedos eram longos e afilados, a pele, diáfana. Um cinto de veludo ressaltava a curva soberba dos quadris sob o leve traje de lã, e o pescoço era enfeitado com uma corrente de prata da qual pendia uma única pérola negra. Nunca mais na minha vida iria ver uma criatura de tão encantadora beleza, e desde o primeiro momento em que a vi soube que lhe devotaria o resto dos meus dias, qualquer que fosse a sorte que o destino nos reservasse.

Cumprimentei-a com uma reverência e pedi licença para retirar-me: estava cansado, abatido, pois tinha gasto todas as minhas energias na luta vitoriosa contra a morte. Fui levado a uma barraca e deixei-me cair exausto num catre, mas passei as horas que faltavam para o alvorecer numa espécie de pesado entorpecimento cortado pelos gritos aflitos de um homem submetido a suplício. Devia ser aquele que Orestes supunha ser o responsável pela vigilância. Na manhã seguinte não perguntei nem quis averiguar mais, pois já sabia o bastante: o pai daquela criança era certamente um homem muito poderoso se tinha inimigos tão encarniçados que chegavam a ameaçar a vida do seu filho. Quando partimos, deixamos para trás o cadáver torturado de um homem amarrado ao tronco de uma árvore. Antes do anoitecer os animais só deixariam dele os ossos descarnados.

Tornei-me o preceptor daquele menino e membro da sua família, e durante vários anos gozei de uma situação invejável, morando em luxuosas mansões, encontrando pessoas importantes, dedicando-me aos meus estudos preferidos e às expe-

riências no campo das ciências naturais, e esquecendo quase por completo a missão que me havia levado à Itália tantos anos antes. Orestes estava quase sempre ausente, ocupado com arriscadas expedições militares, e quando voltava tinha ao seu lado os chefes bárbaros que comandavam as unidades do exército. Havia cada vez menos oficiais romanos. Os melhores representantes da aristocracia preferiam ingressar no clero cristão e tornarem-se pastores de almas antes que capitães militares. Assim acontecera com Ambrósio, que na época do imperador Teodósio abandonara uma brilhante carreira no exército para tornar-se bispo de Milão, e assim mesmo acontecera com o próprio Germano, o nosso chefe na ilha Bretã, que acabara jogando fora a espada em troca do báculo pastoral.

Mas Orestes era diferente: com o passar do tempo acabei sabendo que quando jovem havia servido sob o comando de Átila, o rei dos hunos, sobressaindo-se pela sabedoria e a inteligência, e não havia dúvida quanto ao fato de ele querer alcançar o poder.

Tinha o maior apreço por mim e às vezes até pedia o meu conselho, mas a minha tarefa principal continuava sendo a educação do seu filho Rômulo. Chegou quase a delegar-me as suas funções paternas, de tão atarefado que era na escalada para as mais altas esferas do poder. Até que certo dia conseguiu o título de patrício do povo romano e o comando do exército imperial. A esta altura tomou uma decisão que iria marcar profundamente a vida de todos nós e, de alguma forma, inaugurar uma nova era.

Reinava naquele ano o imperador Júlio Nepote, um homem fraco e incapaz mas bem relacionado com Zenon, o imperador do Oriente. Orestes decidiu depô-lo e apossar-se da púrpura imperial. Deixou-me a par desta sua decisão e quis saber o que eu pensava a respeito. Respondi que era uma loucura, como podia ele achar que o seu destino iria ser diferente daquele dos últimos imperadores que se haviam sucedido um depois do outro no trono dos Césares? E a quais terríveis perigos iria ele expor a sua família?

"Desta vez será diferente", respondeu, e nada mais quis acrescentar.

"E até que ponto podeis confiar na fidelidade destes bárbaros? A única coisa que eles querem é dinheiro e terras;

só acatarão as vossas ordens enquanto puderdes comprá-los, mas quando já não tiverdes condições para enriquecê-los irão procurar alguém mais rico, alguém mais disponível e sensível às exigências deles, alguém que lhes satisfaça a cobiça cada vez maior."

"Já ouviste falar na Legião Nova Invicta?", perguntou.

"Não. As legiões foram abolidas há muito tempo. Sabeis muito bem, meu senhor, que a técnica militar passou por uma evolução muito grande nos últimos cem anos."

E por outro lado, o meu pensamento voltava à legião que Germano formara antes de morrer, no sopé da Muralha Adriana, para guarnecer o forte do Monte Badon e que, provavelmente, agora já não existia.

"Estás enganado", respondeu Orestes. "A Nova Invicta é uma unidade especial, formada apenas por ítalos e originários das províncias, que eu organizei no maior segredo e que mantenho há anos de prontidão sob o comando de um homem integríssimo e de grandes virtudes civis e militares. Neste momento está se aproximando a marchas forçadas e muito em breve seus soldados acamparão perto da nossa casa, na Emília. Mas a maior novidade não é esta: eu não serei o imperador."

Olhei para ele, pasmo, enquanto um pensamento terrível começava a tomar forma na minha cabeça.

"Como assim?", perguntei. "E quem será, então?"

"O meu filho", respondeu, "o meu filho Rômulo, que também assumirá o título de Augusto. Levará o nome do primeiro rei e do primeiro imperador de Roma. E eu guardarei as suas costas, mantendo o comando supremo do exército imperial. Nada e ninguém poderá prejudicá-lo."

Não fiz comentários, pois qualquer coisa que eu dissesse teria sido inútil. Ele já tomara a sua decisão e nada iria demovê-lo dos seus propósitos. Parecia não se dar conta de que estava expondo o seu filho, o meu aluno, a minha criança, a um perigo mortal.

Naquela noite fui deitar muito tarde e fiquei um bom tempo na cama de olhos abertos, sem conseguir pegar no sono. Havia demasiados pensamentos a perturbar a minha paz, e entre eles a visão de homens que se aproximavam a marchas forçadas para servir de escudo a um imperador menino. Legionários da última legião fadados ao extremo sacrifício em nome do último imperador...

A história acabava ali e Rômulo levantou a cabeça ao fechar o livro. Ambrosinus estava diante dele.

– Uma leitura interessante, presumo. Já estou chamando há algum tempo e tu nem tiveste a bondade de responder. O jantar está pronto.

– Desculpe, *Ambrosine*, não ouvi. Tu tinhas deixado o livro aqui e pensei que...

– Não há nada neste livro que tu não possas ler. Mas vamos, agora.

Rômulo botou o livro embaixo do braço e dirigiu-se ao refeitório com o mestre.

– *Ambrosine*... – disse de repente.

– Sim?

– O que quer dizer aquela profecia?

– Aquela? Bem, afinal não é um texto tão complicado assim de se entender.

– De fato, mas...

– Quer dizer

"Um jovem chegará do mar meridional
com uma espada, trazendo paz e prosperidade.
A águia e o dragão voltarão a voar
sobre as terras da ilha Bretã."

– É uma profecia, César, e como todas as profecias é um tanto difícil de se interpretar, mas capaz de falar ao coração dos homens escolhidos por Deus para os Seus misteriosos propósitos.

– *Ambrosine*... – voltou a dizer Rômulo.

– Sim?

– Tu... amavas a minha mãe?

O idoso preceptor baixou a cabeça calva assentindo com gravidade.

– Amava, sim. De um amor humilde e devotado que não me atrevia a confessar nem a mim mesmo, mas em nome do qual teria oferecido a minha vida a qualquer hora.

Voltou a fitar o rapaz e os seus olhos lampejavam como brasas quando disse:

– Quem provocou a morte dela terá de pagar com uma morte ainda mais atroz. Eu juro.

XV

Ambrosinus havia desaparecido. Já fazia algum tempo que ele dera para explorar os cantos mais ocultos e desconhecidos da vila, principalmente os antigos aposentos abandonados onde a sua insaciável curiosidade encontrava alimento numa quantidade dos mais variados objetos que para ele resultavam sobremodo interessantes: afrescos, estátuas, documentos de arquivo, material de laboratório, utensílios de pedreiro e de carpinteiro. Passava o tempo a consertar apetrechos e mecanismos não usados havia décadas, como o moinho e a fundição, o forno e a latrina de água corrente.

Os bárbaros já o consideravam uma espécie de doidivanas lunático, e riam ou faziam troça dele toda vez que o viam. Todos, com exceção de um: Wulfila. Dava-se conta até demais da sua inteligência e não queria de forma alguma subestimá-lo. Deixava-o livre dentro da propriedade mas só permitia que saísse dos limites externos escoltado.

Rômulo achou que naquele dia o mestre, entregue a alguma atividade particularmente envolvente, havia esquecido de dar-lhe a costumeira aula de grego, e dirigiu-se para a parte inferior da vila, a que descia pela encosta. Lá embaixo havia poucos guardas, pois o paredão era muito alto e dava para um inacessível despenhadeiro. Era um dia em fins de novembro, um tanto frio mas tão claro que se podiam ver ao longe as ruínas do Athenaion de Surrentum e no fundo do golfo o cone do Vesúvio, de um vermelho ferruginoso contra o azul intenso do céu. O único ruído era o dos seus passos sobre o pavimento de tijolos e o murmúrio do vento entre a ramagem dos pinheiros e das azinheiras seculares. Um pintarroxo levantou vôo com um leve frufru de asas, um lagarto cor de esmeralda fugiu desaparecendo numa rachadura no muro: aquele pequeno universo saudava a sua passagem com frêmitos quase imperceptíveis.

Uma rumorosa balbúrdia havia ecoado até quase de manhã no alojamento dos soldados devido à chegada de uma safra de prostitutas, e ele não conseguira dormir. Mesmo assim, o rapaz não se sentia cansado por causa da insônia. Não podia haver cansaço se não havia atividade, se não havia planos, nem expectativas, nem futuro. Naquele momento ele nem sofria nem se alegrava de forma particular, pois não havia motivo para coisa alguma. A sua alma vibrava absurda e inutilmente em contato com o mundo à sua volta, como uma teia de aranha agitada pelo vento. Apesar de tudo, porém, aquele ar limpo, aquela respiração tranqüila da natureza eram agradáveis, e Rômulo cantarolava baixinho uma cantiga infantil que naquela hora ressoava na sua mente, sem ele saber de onde vinha.

Pensava que de alguma forma acabaria acostumando-se com a sua jaula, que as pessoas acabam aceitando qualquer coisa, e que, afinal de contas, o seu destino não era pior do que o de muitos outros. Pois não era só o que havia lá fora: guerra, carestia, fome e miséria? Tentava acostumar-se a não considerar a presença de Wulfila, a descartar a sua imagem, único elemento capaz de perturbar o entorpecimento apático da sua alma e desencadear na sua mente dolorosas convulsões, uma ira que não podia dar-se ao luxo de ter, um medo já sem motivo, uma sensação de opressora vergonha, ainda mais incômoda por ser inevitável.

De repente, sentiu no rosto algo parecido com um sopro de ar, intenso, concentrado, que sabia a musgo e a gotejar de águas ocultas. Olhou em volta mas não viu nada. Já se ia se mover quando percebeu a mesma sensação clara, intensa, acompanhada pelo quase inaudível assovio do vento. E aí se deu conta de que vinha de baixo, das frestas de um bueiro de terracota por onde escoava a água da chuva. Olhou em volta com atenção: ninguém à vista. Tirou então a pena da sacola escolar que usava a tiracolo. Ajoelhou-se e começou a raspar nas bordas do bueiro que continuava a exalar o suspiro. Quando terminou a limpeza, usou um pedaço de pau como alavanca e conseguiu levantar a peça e colocou-a de lado no pavimento. Olhou-se em volta mais uma vez e em seguida enfiou a cabeça na abertura e viu-se diante de uma visão assombrosa, ainda mais impressionante por lhe aparecer de cabeça para baixo: ali, nas entranhas do morro, abria-se uma galeria subterrânea, uma grande cripta cheia de afrescos, de estátuas e grutescos.

Uma das paredes laterais havia desmoronado, de forma que se havia formado uma espécie de escorregador que permitia a descida até o pavimento subjacente. Entrou, puxou o bueiro de volta por cima da cabeça e desceu para o piso inferior sem maiores dificuldades. Um novo espetáculo fantasmagórico descortinou-se diante dele: lá de cima, uma chuva de raios luminosos filtrava pelas frestas dos bueiros iluminando uma comprida passagem calçada, com uma longa coluna de estátuas dos dois lados. O rapaz avançava pasmo, boquiaberto diante daquela maravilha de homens vestindo couraças históricas, daqueles rostos esculpidos na luz mutável do leque de raios, e em cada um dos pedestais de mármore estavam gravados os feitos daqueles homens, os títulos honoríficos, os triunfos sobre os inimigos: eram as estátuas dos imperadores romanos!

A cada passo Rômulo sentia-se cada vez mais vencido por aquele enorme acúmulo de História, pela grandiosa herança que sentia pesar sobre os seus frágeis ombros. Caminhava lentamente, lendo as inscrições, repetindo baixinho aqueles títulos e aqueles nomes: "Flávio Constante Juliano, restaurador do Mundo, defensor do Império...; Lúcio Septímo Severo, Germânico, Pontífice Máximo...; Marco Aurélio Antonino, Pio Feliz, sempre Augusto, Pontífice Máximo, seis vezes Tribuno da Plebe...; Tito Flávio Vespasiano Augusto; Cláudio Tibério Druso César, Britânico; Tibério Nero César, Germânico, Pai da Pátria, Pontífice Máximo; Augusto César, filho do divino Júlio, Pontífice Máximo, pela sétima vez Cônsul..."

Uma leve camada de poeira se havia acumulado sobre aqueles imponentes simulacros, nas sobrancelhas, nas rugas profundas que riscavam as frontes, nas dobras das togas, nas armas e nas condecorações, mas nenhum deles mostrava rachaduras ou mutilações. Aquele lugar devia ser uma espécie de sacrário, criado secretamente sabe-se lá por quem, talvez por Juliano, que os cristãos haviam condenado à infâmia ao chamá-lo de apóstata e que inaugurava com a sua imagem carrancuda e melancólica aquela longa fileira de senhores do mundo.

Trêmulo de maravilha e emoção, Rômulo estava agora diante da parede setentrional da galeria subterrânea e tinha à sua frente uma laje de mármore verde decorada no meio com um laurel em alto-relevo em bronze-dourado. Dentro dele, em letras maiúsculas, lia-se a escrita:

E logo abaixo, em cursivo, uma expressão sibilina: *quindecim caesus*, que Rômulo repetiu baixinho: "Quinze vezes golpeado."

O que queria dizer? César havia sido golpeado com vinte e três facadas, como tantas vezes tinha lido nos livros de história, e não com quinze... e qual era o sentido de uma inscrição comemorativa, numa imponente epígrafe de mármore precioso, de bronze e ouro, na qual aparecia a triste lembrança dos idos de março, a evocação do assassinato daquele que foi o maior entre todos os romanos?

O que podia então significar aquele número? Então, na mesma hora, voltaram de repente à sua memória as muitas brincadeiras de acrósticos e de enigmas que o seu preceptor tantas vezes lhe propusera para exercitar a percepção e a perspicácia, e não somente para matar o tempo. O olhar de Rômulo examinou aquelas letras uma por uma, de frente para trás e de trás para frente: devia haver uma explicação, pois do contrário não faziam sentido.

Nenhum barulho se ouvia do lado de fora a não ser o monótono gorjear dos pássaros e naquele ambiente vazio e quase fora do tempo a mente do rapaz examinava qualquer possível combinação para encontrar uma solução: percebia que muito em breve alguém iria reparar na sua ausência e que isto provocaria um verdadeiro rebuliço na vila, com o próprio Ambrosinus correndo graves riscos. O estimulo da angústia excitou ao máximo a sua mente e de repente o seu pensamento parou, deteve-se como uma borboleta naquela escrita desmanchando-a numa sucessão de algarismos que davam um total: quinze. Isto é, a soma de V, V, V: as letras "V" em bronze-dourado que apareciam nas palavras CAIVS IVLIVS, enquanto a expressão seguinte usava o cursivo, onde obviamente o "u" não podia ser igual ao "v", como nas maiúsculas. Pois é, a solução só podia ser aquela! Pressionou com mão trêmula sucessivamente os três "V" que recuaram facilmente para dentro da laje, mas nada aconteceu. Suspirou conformado e virou-se para pegar o caminho de volta quando uma nova idéia passou-lhe pela cabeça: a escrita dizia *quindecim*, isto é, o total dos três cincos e não a sucessão. Deu um passo para trás e pressionou ao mesmo tempo os três "V" nas palavras CAIVS IVLIVS. As três letras recuaram e logo se ouviu um estalo metálico, o ruído de um contrapeso, o chiado de um guincho e, logo a seguir, um sopro de ar emanou das margens da laje: a grande pedra, rodando sobre si mesma, revelava uma abertura!

Rômulo segurou a borda e com muito custo conseguiu movê-la mais um pouco sobre as dobradiças. Em seguida colocou uma pedra no meio para que não se fechasse atrás dele, respirou fundo e entrou.

Logo que se acostumou com aquela luz incerta, uma visão ainda mais surpreendente apareceu diante dos seus olhos: bem à sua frente havia uma estátua magnífica, esculpida com o uso de vários mármores multicoloridos que imitavam os tons naturais, revestida de verdadeiras armas metálicas finamente trabalhadas.

Rômulo levantou os olhos devagar a explorar cada detalhe, dos calçados amarrados sobre panturrilhas musculosas à couraça histórica com figuras de górgones e harpias de caudas escamosas, até o rosto austero, o nariz aquilino, os olhos rapaces do *dictator perpetuus*: Júlio César! E havia naquelas superfícies uma estranha oscilação luminosa, como o reflexo de um invisível ondeamento, e ele percebeu que uma fantasmagórica luz azulada o iluminava vinda de um poço de mármore esculpido que à primeira vista parecera-lhe uma ara votiva. Rômulo debruçou-se por cima da borda e viu no fundo um vago brilho azulado, uma luz incerta e mutável. Deixou cair um seixo e pôde ouvir por longos instantes o resvalar e rolar da pedra antes de ela ser engolida pela água. A altura do poço era incrível, o salto enorme.

Voltou para perto da estátua e observou-a ainda mais atentamente. Viu o cinturão que segurava a bainha e pareceu-lhe de um realismo inédito em qualquer tipo de escultura, tanto em bronze quanto em mármore. Subiu num capitel e esticou a mão trêmula a acariciar e depois a segurar com força o cabo da espada, procurando ao mesmo tempo evitar o olhar severo do ditador, que parecia queimá-lo. Puxou. A espada acompanhou suavemente a sua mão e começou a sair da bainha que a guardava: uma lâmina como nunca vira, afiada como uma navalha, reluzente como vidro, escura como a noite. E trazia gravadas umas letras que num primeiro momento não conseguiu ler. Segurava-a agora com ambas as mãos, a um palmo do rosto, e foi acometido por um tremor reverencial: tinha diante de si a arma que havia subjugado os gauleses e os germanos, os egípcios e os sírios, os numídios e os iberos. A espada de Júlio César!

O coração parecia querer estourar no seu peito e mais uma vez lembrou-se de Ambrosinus, que devia estar na maior angústia por não encontrá-lo em parte alguma, e imaginou a fúria de Wulfila. Achou conveniente recolocar a espada no seu lugar, mas uma força maior do que a sua própria vontade não permitiu. Não queria nem podia separar-se dela.

Tirou o manto, envolveu a arma nela, e tomou o caminho de volta fechando a laje. Antes de o ditador carrancudo desaparecer, contudo, lançou-lhe um último olhar e murmurou:

– Vou ficar com ela um pouquinho... só um pouquinho, e depois eu a trago de volta...

Depois de espiar cuidadosamente pelas frestas do escoadouro saiu com alguma dificuldade da cripta, prestando a maior atenção para que ninguém pudesse vê-lo. Esgueirando-se primeiro pelas moitas e depois entre panos a secar nos varais, ansioso e ofegante alcançou afinal o seu quarto e escondeu o embrulho embaixo da cama. A vila inteira era um deus-nos-acuda: ouviam-se chamados e gritos, um tropel generalizado revelava o frenético vaivém dos guardas que não conseguiam encontrá-lo. Desceu para o térreo, passou pelos estábulos sujando-se de farelo e finalmente saiu ao ar livre. Um dos guardas viu-o na mesma hora e berrou:

– Encontrei! Aqui está ele!

E agarrou-o brutalmente pelo braço arrastando-o para o posto de guarda. Lá dentro ouviam-se uns gemidos que Rômulo logo reconheceu com um aperto no coração: Ambrosinus estava pagando um alto preço pelo momentâneo desaparecimento do seu discípulo.

– Deixem-no em paz! – gritou livrando-se do guarda e correndo para dentro. – Soltem-no imediatamente, bastardos! – Imobilizado num banquinho, de mãos atadas atrás das costas, Ambrosinus sangrava fartamente pela boca e pelo nariz e tinha todo o lado esquerdo do rosto inchado. Rômulo correu para ele e abraçou-o com força.

– Perdoa-me, perdoa-me, *Ambrosine* – dizia. – Eu não sabia... não queria...

– Não foi nada, meu filho, não foi nada – respondeu o velho. – O importante é que tu estás bem... Estava preocupado.

Wulfila segurou-o rudemente pelos ombros e puxou-o para trás fazendo-o rolar no chão.

– Onde foi que te meteste? – esbravejou.

– Estava nos estábulos e acabei dormindo na palha – Rômulo respondeu levantando-se num pulo e enfrentando-o corajosamente.

– Estás mentindo! – gritou o outro dando-lhe um bofetão que o jogou violentamente contra a parede. – Olhamos em todos os cantos!

Rômulo limpou o sangue que lhe escorria do nariz e aproximou-se mais ainda, com uma coragem que surpreendeu Ambrosinus.

– Então quer dizer que não olharam direito – respondeu. – Não estais vendo que ainda estou sujo de farelo?

Wulfila levantou mais uma vez o braço para golpear, mas Rômulo fitou-o sem medo dizendo:

– Se ousardes botar vossas mãos novamente no meu preceptor vou degolar-vos como a um porco. Eu juro.

O bárbaro deu uma estrondosa risada.

– E vais fazer isto com o quê? Sai da minha frente, agora, e agradece ao teu Deus por hoje eu estar de bom humor. Fora daqui, já disse, tu e a velha ratazana do teu mestre!

Rômulo desatou as tiras de couro que prendiam Ambrosinus e ajudou-o a levantar-se. O velho viu nos olhos do discípulo uma luz de orgulho e altivez que nunca tinha visto antes e ficou espantado como que diante de um milagre, de uma visão inesperada. Rômulo sustentou-o amorosamente, guiando-o para os seus aposentos, entre as gargalhadas e as chacotas dos bárbaros. Mas aquela explosão de euforia quase frenética mostrava que até poucos momentos antes haviam ficado à mercê do terror. Um garoto de treze anos havia conseguido despistar a vigilância e o controle de setenta dos melhores guerreiros do exército imperial por mais de uma hora, deixando todos apavorados.

– Onde foste te meter? – perguntou Ambrosinus logo que ficaram sozinhos no apartamento.

Rômulo pegou um pano úmido e começou a limpar-lhe o rosto.

– Num lugar secreto – respondeu.

– Como assim? Não há lugares secretos nesta vila.

– Há uma galeria subterrânea sob o pavimento do pátio inferior, e eu... eu acabei caindo lá dentro – mentiu.

– Tu não és muito bom para contar mentiras. Vamos, dize a verdade.

– Entrei de propósito, por vontade própria, através de um bueiro de escoamento da chuva. Percebi que havia uma correnteza de ar, limpei as bordas, destampei a entrada e deixei-me escorregar lá para baixo.

– E o que foi que encontraste? Espero que seja alguma coisa que valha a pena, depois de todas as pancadas que me deram por tua culpa.

– Antes de responder preciso fazer-lhe uma pergunta.

– Diz.

– O que se sabe acerca da espada de Júlio César?

– Pergunta bastante estranha, na verdade. Deixa-me pensar... Pois bem, quando César morreu houve um longo período de guerras civis: de um lado Marco Antônio e Otaviano, do outro Brutus e Cássio, os que haviam organizado a conspiração dos idos de março em que César foi assassinado. Como tu sabes muito bem houve uma batalha final em Filipos, na Grécia, na qual Brutus e Cássio foram derrotados e mortos. Ficaram, portanto, Otaviano e Marco Antônio, que durante alguns anos dividiram entre si o poder sobre o Império de Roma: Otaviano ficou com o Ocidente, Marco Antônio com o Oriente. Mas não demorou para que as relações entre os dois piorassem, pois Antônio havia repudiado a irmã de Otaviano para casar com Cleópatra, a fascinante rainha do Egito. Antônio e Cleópatra foram derrotados numa grande batalha naval, em Aécio, e fugiram para o Egito, onde em seguida se mataram, primeiro ele e depois ela. Otaviano ficou sendo o único senhor do mundo e aceitou do Senado o título de Augusto. Foi nesta altura que mandou construir o templo de Marte Vingador no Foro romano e guardou nele a espada de Júlio César. Com o passar dos séculos, quando os bárbaros começaram a ameaçar Roma de perto, a espada foi tirada do templo e escondida. Acho que foi Valeriano ou Galieno, ou talvez algum outro imperador. Ouvi dizer que Constantino a pegou para levá-la a Constantinopla, a sua nova capital. Também contam que, a partir de um determinado momento, a espada foi substituída por uma cópia, mas ninguém sabe que fim levou a original.

Rômulo fitou-o com um olhar ao mesmo tempo enigmático e triunfante.

– Vou mostrar-te uma coisa – disse.

Foi à porta e à janela para certificar-se de que ninguém andava por perto, então dobrou-se perto da cama e tirou o embrulho que ali escondera, sob os olhares atentos e curiosos do mestre.

– Olha! – disse.

E deixou à mostra a maravilhosa espada. Ambrosinus contemplou-a cheio de admiração, sem conseguir dizer coisa alguma. Rômulo mantinha-a apoiada sobre as duas mãos abertas e estendidas e dava para ver a empunhadura de ouro finamente moldada na forma de uma cabeça de águia, com olhos de topázio. O aço polido da lâmina reluzia na penumbra.

– É a espada de Júlio César – disse Rômulo. – Olha esta escrita: *Cai Iulii Caesaris ensis ca...* – começou a ler.

– Santo Deus – interrompeu Ambrosinus aproximando da lâmina os dedos trêmulos. – Santo Deus. A espada calíbica de Júlio César! Sempre pensei que tivesse sido perdida há séculos. Como a encontraste?

– Estava justamente na sua estátua, dentro da bainha, num lugar secreto. Algum dia, quando afrouxarem de novo a vigilância, vou levar-te até lá e mostrar-te tudo. Não vais acreditar nos teus olhos. Mas qual foi a palavra que disseste antes? O que vem a ser uma espada calíbica?

– Quer dizer simplesmente "forjada pelos calibas", um povo da Anatólia famoso pela capacidade de produzir um aço invencível. Contam que quando César venceu a guerra contra Farnace, o rei do Ponto...

– Quando disse: "*Veni, vidi, vici*"?

– Isso mesmo. Pois é, contam que um mestre de forja ao qual poupara a vida fabricou-a para ele usando um bloco de siderito, ferro caído do céu. O bólido, encontrado numa geleira do Ararat, foi submetido ao fogo, batido sem parar durante três dias e três noites e finalmente temperado no sangue de um leão.

– Será possível?

– Mais do que isto – respondeu Ambrosinus. – Certo. Vamos saber logo se essa espada que tu encontraste é realmente a mais forte do mundo. Vamos lá, segura-a com firmeza!

Rômulo obedeceu.

– E agora acerte naquele candelabro com toda a tua força.

Rômulo vibrou o golpe, a lâmina cortou o ar sibilando mas o movimento afoito acabou errando o alvo por um triz. O rapaz deu de ombros e preparou-se para tentar de novo, mas Ambrosinus deteve-o com um gesto da mão.

– Agora vou me sair melhor – disse Rômulo –, cuidado... – mas parou sem saber o que fazer ao reparar no olhar extasiado e comovido do mestre.

– O que foi, *Ambrosine*, por que estás me olhando desse jeito?

O golpe que errara o candelabro cortara em dois a teia de aranha esticada num canto do quarto, deixando para o bichinho que a tecera somente a parte superior, com um corte tão limpo e perfeito que nem dava para acreditar.

Ambrosinus chegou incrédulo perto daquela maravilha e murmurou:

– Olha, meu filho, olha... nenhuma espada no mundo poderia fazer algo assim.

Ficou como que encantado a observar a aranha que saía da sua armadilha recortada, pairava por um momento na poeira em suspensão dentro de um raio de sol que vinha de uma fresta na janela, e desaparecia na escuridão. Então virou-se para encontrar o olhar de Rômulo: nos olhos do rapaz brilhava agora a mesma luz de orgulhosa altivez de quando enfrentara o feroz Wulfila para defendê-lo. Uma luz que nunca vira antes... o mesmo reflexo metálico e cortante que reluzia no gume daquela lâmina, nos olhos brilhantes da águia. E os antigos versos desabrocharam em seus lábios como uma oração:

Veniet adulescens a mari infero cum spatha...

– O que foi que disseste, *Ambrosine*? – perguntou Rômulo embrulhando novamente a espada.

– Nada... não foi nada... – respondeu o preceptor. – Estou apenas muito feliz, meu rapaz.

– Por quê? Porque encontrei a espada?

– Porque chegou a hora de irmos embora deste lugar. E ninguém poderá nos impedir.

Rômulo nada disse: guardou a espada e saiu fechando a porta. Ambrosinus ajoelhou-se no chão apertando nas mãos o ramalhete de visco que trazia pendurado no pescoço e rezou, do fundo do coração, para que as palavras que acabara de dizer se tornassem realidade.

XVI

Rômulo estava sentado num banco e mexia num formigueiro com um pedaço de pau. A minúscula comunidade, já preparada para o inverno, estava em polvorosa e as formigas corriam para todos os lados na tentativa de pôr a salvo os ovos da rainha. Ambrosinus, que naquela altura passava por perto, aproximou-se:

– Como está se sentindo, hoje, o meu pequeno César?

– Nada bem. E não me chames assim. Não sou coisa alguma.

– E queres descarregar a tua frustração sobre essas pobres criaturas inocentes? Guardando as proporções, o estrago que tu provocaste é para elas uma tragédia tão grande quanto a queda de Tróia ou o incêndio de Roma na época de Nero.

Rômulo jogou fora a vareta com raiva.

– Quero meu pai, quero minha mãe. Não quero viver sozinho numa prisão. Por que será que a minha sorte tem de ser tão cruel?

Acreditas em Deus?

– Não sei.

– Deverias saber. Ninguém está mais perto de Deus do que o imperador, que é o seu representante na terra.

– Não me lembro de imperador algum que se tenha mantido no poder por mais de um ano depois de assumir o trono. Talvez Deus precisasse escolher representantes menos efêmeros nesta terra, não achas?

– Fará isto. E o seu poder marcará o escolhido de forma inequívoca. E agora pára de perder tempo com as formigas e volta para a biblioteca. Quero que hoje tu estudes e comentes os primeiros dois livros da *Eneida*.

Rômulo deu de ombros.

– Velhas histórias inúteis.

– Não é verdade. Virgílio conta as vicissitudes do herói Enéias e do seu filho Iulo: um rapaz como tu que se tornou o fundador da maior nação de todos os tempos. Eram fugitivos, desesperados, e mesmo assim conseguiram ressurgir, encontrar a coragem e a vontade de construir para si e para o seu povo um novo destino.

– Tudo é possível, no mito. Mas o passado é o passado e nunca mais vai voltar.

– É o que tu pensas? Dize-me então por que continuas a guardar aquela espada embaixo da cama? Não será ela também mais um resto de uma velha história inútil?

Olhou distraidamente para a meridiana no meio do pátio e de repente pareceu lembrar-se de alguma coisa. Deu as costas e sem dizer mais nada atravessou a esplanada desaparecendo nas sombras dos arcos. Alguns momentos depois Rômulo o viu subir pela escadaria que levava ao mirante do muro externo e que dava para o mar, onde ficou de pé, parado, enquanto o vento agitava os seus longos cabelos grisalhos.

O rapaz levantou-se e foi à biblioteca, mas antes de entrar lançou um último olhar para Ambrosinus que agora lhe pareceu atarefado com uma das suas costumeiras observações. Olhava diante de si e ao mesmo tempo escrevia com a pena no seu inseparável caderno. Talvez estivesse estudando o movimento das ondas, ou a migração dos pássaros, ou a fumaça acompanhada de roncos ameaçadores que havia alguns dias se tornava cada vez mais espessa em cima do Vesúvio.

Sacudiu a cabeça e já se aproximava da porta da biblioteca para entrar quando Ambrosinus fez um sinal com a cabeça pedindo que se juntasse a ele. Rômulo obedeceu e correu para o mestre que o acolheu sem nada dizer, apenas indicando um ponto no meio do mar. Diante deles, pequeno devido a distância, via-se um barco de pesca, uma casca de noz na imensidão azul.

– Quero mostrar-te uma brincadeira interessante – disse Ambrosinus.

Tirou das dobras da veste um espelho de bronze polido, orientou-o para o sol e projetou uma centelha luminosa sobre as ondas perto do barco, primeiro na proa e finalmente na vela, com incrível precisão. Logo a seguir começou a mexer o pulso com movimentos rápidos e estudados, fazendo alternadamente aparecer e desaparecer o pequeno ponto de luz sobre a embarcação.

– O que estás fazendo? – perguntou Rômulo sem entender. – Posso experimentar?

– Acho melhor não. Estou a falar com os homens daquele barco com sinais de luz. Um sistema que se chama *notae tironianae*. Foi inventado por um criado de Cícero cinco séculos atrás. No começo era somente um sistema para escrever depressa, então foi transformado num código de comunicação para o exército.

Ainda não acabara de falar quando um sinal parecido e igualmente intermitente respondeu do barco.

– O que estão dizendo?

– Dizem que vêm nos pegar nas Nonas de Dezembro. Isto é, exatamente daqui a três dias. Eu não te disse que não iriam nos abandonar, e que nunca se deve perder a esperança?

– Não brinques comigo... – Rômulo disse incrédulo. Ambrosinus abraçou-o.

– Estou falando a verdade – respondeu com voz trêmula. – É a pura verdade, finalmente!

Rômulo mal conseguia controlar a sua emoção. Não queria entregar-se a esta nova esperança, receando que mais uma vez nada acontecesse. Só perguntou:

– Há quanto tempo está acontecendo tudo isto?

– Há umas duas semanas. Tínhamos muita coisa a debater.

– Quem foi o primeiro a começar?

– Eles. Conseguiram mandar-me uma mensagem através de um criado que desce até o porto para fazer compras, e aí apresentei-me ao encontro com o meu espelho polido. Foi muito bom conversar com alguém de fora, depois de tanto tempo.

– E não me contaste nada...

Rômulo olhou boquiaberto o preceptor que sorria de um jeito maroto para o pequeno barco distante. Diante dos seus olhos, o diálogo luminoso prosseguiu, só se interrompendo quando o barulho de passos assinalou a chegada da ronda. Ambrosinus pegou-o pela mão e desceram juntos a escadaria dirigindo-se à biblioteca.

– Não queria dar-te falsas esperanças. Mas agora estou convencido de que a tentativa pode dar certo. São apenas um pequeno grupo de desesperados, mas dispõem de uma arma poderosa...

– Que arma?

– A fé, meu filho. A fé que move montanhas. Não a fé num Deus no qual não estão acostumados a confiar. Eles confiam no homem, até mesmo nesta época obscura de derrocada de todos os ideais e de todas as certezas. E agora vamos estudar, poderia ensinar-te as *notae tironianae*, o que achas?

Rômulo fitou-o cheio de admiração.

– Há alguma coisa que tu desconheças, *Ambrosine?*

O rosto do mestre ficou momentaneamente pensativo.

– Muitas coisas – disse –, e muito importantes: um filho, por exemplo; um lar, uma família... o amor de uma esposa... – Acariciou-lhe o rosto e nos seus olhos azuis passou a sombra de uma lástima.

O barco prosseguiu na sua rota dobrando a ponta setentrional da ilha.

– Tens certeza de que ele entendeu? – perguntou Batiato.

– Absoluta. Não é a primeira vez que nos comunicamos em código – respondeu Aurélio.

– Eis o rochedo norte – disse Vatreno. – Por Hércules, é tão liso quanto uma parede: e tu estás querendo que subamos até lá em cima, peguemos o rapaz contra a vontade de uns setenta guardas furibundos, desçamos de volta para o mar, subamos no barco e simplesmente partamos *insalutato hospite?*

– É mais ou menos isso – respondeu Aurélio.

Lívia soltou uma escota deixando a vela frouxa: o barco parou balançando suavemente nas ondas. O penhasco erguia-se agora quase a pique em cima deles, áspero e despojado, coroado pelo alto muro da vila.

– Este é para nós o único acesso possível – continuou Aurélio – justamente porque ninguém iria pensar que alguém pudesse subir por aqui. Já vimos que a patrulha só passa duas vezes: uma no primeiro turno de guarda e outra no terceiro, antes do amanhecer. Temos, portanto, quase duas horas para levar a cabo a nossa missão. – Virou uma ampulheta de água e apontou para os vários níveis marcados no vidro. – Meia hora para subir, meia hora para libertar o rapaz, meia hora para descer e sumir e meia hora para chegarmos à costa onde os cavalos nos esperam. Batiato ficará embaixo a cuidar do barco e a manobrar as cordas, os demais irão subir. Nesta altura Lívia já deverá estar no local, no passadiço superior da parede norte da vila.

– Como vais fazer isto? – perguntou Vatreno.

Aurélio trocou um rápido olhar de conivência com Lívia.

– Com um estratagema tão velho quanto o mundo: o do cavalo de Tróia.

Batiato examinou cuidadosamente o paredão com o olhar até chegar ao muro de pedra que cercava a vila e suspirou:

– Ainda bem que eu fico aqui embaixo. Não queria estar em vosso lugar.

– Não é tão terrível assim – disse Lívia. – Já foi feito antes, e por um homem, só que escalou o penhasco sem a ajuda de cordas.

– Não dá para acreditar – rebateu Batiato.

– Mas aconteceu mesmo. Na época de Tibério um pescador queria dar de presente ao imperador uma lagosta enorme que acabara de pescar, e uma vez que não o deixavam passar pela porta principal decidiu subir pela montanha diretamente do mar.

– Por Hércules! – exclamou Vatreno. – E como acabou a história?

Lívia esboçou um meio sorriso.

– Só vou contar depois de levarmos a cabo a tarefa. E agora acho melhor voltarmos antes que o vento mude.

Retesou a escota enquanto Demétrio manobrava a verga a fim de pôr a vela a favor do vento, e o barco virou com uma ampla curva que o deixou de proa apontada para a terra. Aurélio lançou um último olhar às muralhas da vila e viu claramente aparecer uma figura espectral: um guerreiro gigantesco envolvido numa capa preta que esvoaçava na brisa.

Wulfila.

Três dias depois, quando já entardecia, um pesado cargueiro entrou na pequena enseada e o capitão gritou chamando os estivadores para pegarem o cabo de atracação. O timoneiro lançou uma segunda corda da popa e o barco encostou ao cais. Os estivadores arrimaram uma prancha e os carregadores começaram a desembarcar os fardos menores: sacos de trigo e farinha, de feijão e grão-de-bico, jarras de vinho, de vinagre e de mosto. Em seguida, aproximaram um guindaste de balancim para cargas pesadas: seis enormes vasos de terracota com a capacidade de dois mil cótilos cada, três cheios de azeite e três cheios de água potável para a guarnição da vila.

Escondida entre os sacos na popa, Lívia certificou-se de que ninguém estava olhando para ela e aproximou-se de um dos vasos. Levantou a tampa do primeiro e viu que continha água, jogou lá dentro um rolo de corda e então ela mesma entrou puxando de volta a tampa por cima da cabeça. Uma boa quantidade de água transbordou da boca do vaso, mas a tripulação estava atarefada com o desembarque da mercadoria e ninguém reparou na coisa. Um depois do outro os enormes recipientes foram levantados com o guindaste e colocados em cima de um carro puxado por duas parelhas de bois. Quando a operação terminou, o carroceiro fez estalar o chicote e incitou os animais. O carro começou então a subir pela trilha íngreme e estreita que levava à vila, no alto. Chegou quando a parte baixa da ilha já estava na sombra, enquanto os últimos reflexos do sol já invisível tingiam de vermelho os cirros no céu e os telhados das partes mais altas da grande morada. O portão foi aberto e o carro entrou no pátio inferior com grande clangor dos aros metálicos das rodas no piso de seixos. Patos e galinhas saíram correndo para todos os lados, grasnando e cacarejando, os cães começaram a latir e foi logo um vaivém de criados que vinham descarregar.

O chefe da criadagem, um velho napolitano de pele encarquilhada, chamou os homens encarregados de manobrar o guincho já pronto no terraço superior, e eles começaram a baixar o plano de carga com um sistema de roldanas até que encostasse na mesma altura da plataforma do carro. Deitaram de lado o primeiro dos grandes vasos e fizeram-no rolar até imobilizá-lo no monta-cargas com cordas e cunhas. O chefe da criadagem levou as mãos aos lados da boca e gritou: "Levanta!" Os serviçais começaram a virar as rodas do guincho, e a plataforma, gemendo e chiando, primeiro balançou incerta no vazio e depois começou a subir devagar para o terraço superior.

Do outro lado da vila, no sopé do penhasco a pique sobre o mar, Batiato puxou o barco pela popa até encalhar esta bem perto do paredão, na pequena praia cercada de seixos e de pedras pontudas. O tempo estava virando: rajadas de vento frio encrespavam as ondas levantando baforadas de espuma, e uma frente de nuvens negras avançava do Ocidente, riscada pelos lampejos intermitentes dos raios. O rumorejar dos trovões confundia-se com os surdos resmungos do Vesúvio abafados pela distância.

– Só nos faltava uma tempestade – ranzinzou Vatreno, descarregando dois rolos de corda.

– Melhor assim – disse Aurélio. – Os guardas ficarão encolhidos em seus abrigos e nós teremos mais liberdade de ação. Mas vamos indo, pois não dispomos de muito tempo.

Batiato prendeu o cabo da popa a uma grande pedra e deu o sinal para Demétrio baixar a âncora da proa, então todos pularam do barco. Todos eles vestiam por cima da túnica um corpete de couro reforçado ou de malha metálica, calças justas, cinturão com espada e punhal e um elmo de ferro. Aurélio aproximou-se do sopé do penhasco e respirou fundo, como sempre fazia quando estava a ponto de enfrentar o inimigo. Olhando de baixo, a primeira parte do paredão tinha uma inclinação que permitia uma escalada relativamente acessível.

– Dois de nós precisam subir até a saliência onde aparece aquele veio de rocha mais clara – disse. – Eu levarei a corda já preparada com as estacas de madeira que servirá de escada. Tu, Vatreno, levarás a bolsa com o martelo e os pregos. Lívia deve lançar lá de cima a outra corda para que possamos superar o segundo desnível, o mais íngreme. Se ela não puder fazer isto, subiremos cada um por si: afinal, se aquele pescador conseguiu, nós também podemos. – Virou-se para Batiato: – Quando voltarmos tu terás de manter bem esticada a extremidade inferior da corda para que não balance ao vento: o rapaz poderia ficar com medo e perder o equilíbrio, principalmente se começar a chover e tudo ficar escorregadio. Vamos em frente, enquanto ainda há um pouco de luz.

Vatreno segurou-o pelo braço:

– Achas mesmo que o teu ombro vai agüentar? Talvez fosse melhor Demétrio subir... além do mais ele é bem mais leve.

– Não, eu mesmo irei. Não te preocupes com o meu ombro, ele não vai dar problemas.

– Tu és um grande cabeçudo, e se estivéssemos no acampamento eu te mostraria quem está no comando, mas aqui infelizmente quem manda és tu, então vamos.

Aurélio colocou o rolo de corda a tiracolo e começou a escalada. Não muito longe dele Vatreno também começou a subir com a pesada bolsa de couro: continha o martelo e os pregos que iria usar para fixar a escada de corda de Aurélio, depois de os dois alcançarem a plataforma que serviria como primeiro ponto de apoio.

No pátio inferior da vila já estavam içando o quinto grande vaso quando uma repentina rajada de vento fez balançar a plataforma de carga. Mais uma rajada provocou uma oscilação ainda mais ampla de forma que o enorme recipiente, já na metade do caminho entre o quintal e o terraço superior, rasgou a frágil amarração que o segurava, ruiu estourando com grande estardalhaço no impacto com o solo e espalhou para todo canto cacos de terracota e um grande jato oleoso. Alguns dos homens ficaram feridos, outros ficaram lambuzados da cabeça aos pés, transformados em grotescas figuras trôpegas e escorregadias. O chefe dos criados praguejou e começou a dar pontapés em todo o mundo gritando:

– Logo o do azeite, tínheis de quebrar, malditos trapalhões! Mas eu garanto que ides me pagar, vós vereis se haveis de pagar!

Lívia espiou por baixo da tampa e voltou a se esconder. Depois da celeuma inicial a plataforma foi baixada outra vez e a jovem percebeu que estavam fixando a tampa e deitando o recipiente. Prendeu a respiração até a água se estabilizar no interior, aí enfiou um canudinho na boca e voltou a respirar. Quanto mais a plataforma subia, mais aumentavam as oscilações e o chiado de toda a estrutura, e o assovio do vento cada vez mais forte ecoava dentro do vaso como um surdo mugido. Lívia sentia aumentar progressivamente a intensidade dos seus batimentos cardíacos naquela apertada prisão líquida, naquela espécie de útero de pedra que a jogava de um lado para o outro, onde qualquer orientação e equilíbrio eram confusos.

Já no limite extremo da resistência, estava a ponto de quebrar com a espada a parede do vaso sem se importar com o que poderia acontecer, quando percebeu que a plataforma de carga finalmente se estabilizara sobre um apoio sólido. Com um último sacrifício prendeu mais uma vez a respiração enquanto o bojudo recipiente rolava no chão empurrado pelos serviçais e o ar voltava a faltar por completo. Deu-se conta de que os homens estavam a colocá-lo em posição vertical, quase ao lado dos outros. Levantou então a cabeça acima do nível da água e respirou profundamente, soprando o líquido fora das narinas. Esperou até o barulho dos serventes que se afastavam desaparecer por completo, puxou o punhal e enfiou a lâmina na delgada fresta entre a boca do vaso e a tampa até encontrar a corda que a mantinha presa e começou a cortar. Estava exausta, com o corpo rijo, quase paralisado pelo frio.

Não muito longe dali, num quarto dos aposentos imperiais, Ambrosinus e Rômulo aprontavam-se para fugir vestindo trajes confortáveis, calçados de feltro capazes de permitir movimentos rápidos no mais absoluto silêncio. O velho juntou a maior quantidade possível das suas coisas na bolsa de viagem: alguma comida, os seus remédios, as ervas, os amuletos. E também pegou a *Eneida.*

– Mas é uma carga inútil – exclamou Rômulo.

– Achas mesmo? Muito ao contrário, é a coisa mais preciosa, meu filho – respondeu Ambrosinus. – Quando estamos fugindo e deixando tudo para trás, o único tesouro que podemos levar conosco é a lembrança. Lembrança das nossas origens, da nossa história ancestral. Somente a memória pode nos permitir renascer do nada. Não importa onde, não importa quando, se guardarmos a lembrança da nossa grandeza passada e dos motivos pelos quais a perdemos, então ressurgiremos.

– Mas tu vens da ilha Bretã, *Ambrosine*, tu és celta.

– É verdade, mas nesta hora tão terrível em que tudo desmorona e desaparece, em que a única civilização deste mundo recebe um golpe mortal, não podemos não nos considerar romanos, mesmo nós que nascemos na mais remota e periférica província do Império, mesmo nós que há muitos anos fomos abandonados ao nosso destino... E tu, César, tu não vais levar nada contigo?

Rômulo tirou a espada de baixo da cama. Já estava cuidadosamente embrulhada e atada com um barbante, e estava agora presa a um cinto que permitia pendurá-la atrás das costas.

– Eu levo esta – disse.

Aurélio estava a uns trinta pés da saliência que cortava transversalmente a parede de rocha quando um clarão imprevisto iluminou o penhasco, acompanhado pelo estrondo do trovão, e logo a seguir começou a chover violentamente. Tudo ficou mais difícil, os pontos de apoio mais escorregadios, a visão mais confusa devido à água que escorria pelos cabelos e entrava nos olhos, e a cada instante o rolo de corda que ele levava a tiracolo tornava-se mais pesado, encharcado por uma cada vez maior quantidade de chuva. Vatreno deu-se conta das dificuldades do amigo e tentou aproximar-se o mais possível. Encontrou um apoio e fincou um prego na rocha o mais alto que pôde. Aurélio percebeu, deslocou-se para perto dele e firmou o pé sobre o prego, erguendo-se para cima até alcançar uma pequena saliência que havia à sua direita. A partir dali, a inclinação do penhasco tornava-se menos íngreme e permitia avançar com mais segurança até a plataforma subjacente do paredão a pique. Tratava-se de uma espécie de patamar calcário coberto de uma camada de sujeira caída do rochedo acima durante os milênios. Aurélio jogou a corda no chão e virou-se para ajudar o companheiro a subir.

Ao galgar a saliência, Vatreno tirou o martelo da bolsa, fincou dois pregos na parede rochosa, prendeu neles a corda e desenrolou-a deixando-a cair até o barco lá embaixo. Batiato segurou-a dando uns violentos puxões para testá-la.

– Agüenta – comentou Vatreno, satisfeito.

Esticada daquele jeito, com umas trinta estacas que a atravessavam a uma distância de mais ou menos três pés umas das outras, parecia-se bastante com uma escada.

– O garoto vai conseguir na certa – disse Aurélio.

– E o velho? – perguntou Vatreno.

– Também vai. É mais esperto do que tu imaginas. – Levantou os olhos tentando protegê-los com a mão daquele dilúvio. – Nada de Lívia ainda, infelizmente. O que vamos fazer? Só vou esperar mais um pouco, depois subirei sozinho.

– É uma loucura. Nunca vais conseguir nestas condições.

– Estás enganado. Subirei com a ajuda dos pregos. Passa-me logo a bolsa pois não temos tempo a perder.

Vatreno fitou-o indeciso, mas nesse momento um punhado de pedrinhas caiu em cima deles. Aurélio levantou os olhos e viu uma figura indistinta que fazia amplos gestos com a mão.

– Lívia! – exclamou. – Finalmente.

A jovem lançou a sua corda, cuja ponta parou a alguma distância da cabeça de Aurélio, que teve de puxar-se para cima esfolando as mãos, os braços, os joelhos, deixando farrapos de pele nas partes mais cortantes da pedra, até agarrar a extremidade inferior. Então começou a subir com enorme dificuldade, com o vento cada vez mais vigoroso que balançava o cabo de um lado para o outro. As oscilações violentas jogavam-no com força contra o paredão arrancando dele gritos de dor que se confundiam com o estrondo do vendaval. Vez por outra era possível ver ao longe sinistros clarões avermelhados que saíam da cratera do Vesúvio. A corda, encharcada daquele jeito, tornava-se cada vez mais escorregadia e o peso do seu corpo puxava-o inexoravelmente para baixo, fazendolhe amiúde perder, num momento, o que havia conseguido a duras penas, depois de um longo esforço. Mas sempre voltava a subir, com obstinação, apertando os dentes, vencendo o cansaço e a dor que atormentavam cada músculo, cada articulação, e as fisgadas da sua antiga ferida que penetravam no seu crânio como punhaladas.

Lívia acompanhava com espasmódica atenção os seus movimentos, e quando finalmente Aurélio chegou perto dela debruçou-se o mais que pôde no peitoril e agarrou o seu braço puxando com toda a força. Com um último esforço Aurélio galgou o parapeito e apertou a companheira num abraço de alívio sob a chuva que os fustigava. Ela foi a primeira a afastar-se.

– Rápido, temos de ajudar Vatreno e os demais.

Demétrio e Orósio já tinham subido até o patamar com a escada de corda, e dali haviam alcançado o cabo lançado por Lívia. Um depois do outro amarraram-no em volta da cintura, e, então, ajudados pelos companheiros que os puxavam de cima, não demoraram a juntar-se a eles. Vatreno foi o último a chegar.

– Eu não disse que íamos conseguir? – exultou Lívia. – E agora vamos procurar o rapaz antes de a ronda passar.

XVII

A varanda superior estava deserta e o pavimento de grandes lajes de xisto brilhava como um espelho na luz ofuscante dos raios. Enfileirados contra a parede ainda se viam os vasos que haviam sido içados de tarde, e Lívia olhou-os de relance, lembrando a sua recente aventura dentro de um deles.

– Atrás daqueles vasos há um monta-cargas cuja plataforma desce para o pátio interno – disse. – Poderíamos pedir a Orósio e Demétrio que nos baixassem manobrando o guincho, e dali ir para a biblioteca. É lá que eles esperam por nós, não é?

– É verdade – respondeu Aurélio –, mas se formos vistos enquanto estamos pendurados no vazio seremos um alvo fácil. Acho melhor procurarmos um caminho interno. Não deve ser muito difícil chegar ao pátio, e na biblioteca haverá uma luz acesa para nos guiar. – Virou-se para Orósio: – Tu ficas aqui de vigia, para manter aberto um caminho de fuga. Conta lentamente até mil a partir do momento em que nos vir desaparecer: se até lá não tivermos voltado, desce, junta-te a Batiato e sai para o mar aberto. De alguma forma vamos encontrá-los de novo em terra firme dentro de dois dias no máximo. Se isto não acontecer, significa que a nossa missão não teve sucesso e que sereis livres para ir aonde queiram.

– Tenho certeza de que voltareis sãos e salvos – respondeu Orósio. – Boa sorte.

Aurélio desejou-lhe o mesmo com um sorriso incerto, em seguida fez um sinal aos companheiros e dirigiu-se à escada de pedra que levava aos andares inferiores. Ele na frente, de espada em punho, depois Lívia, Vatreno e por último Demétrio.

A escada encontrava-se na mais completa escuridão e só os relâmpagos iluminavam-na vez por outra através das estreitas frestas que davam para o pátio interno; então, a certa altura, começaram a distinguir um vago halo de luz que se refletia nos muros e nos degraus de arenito.

Aurélio fez um sinal para incitar os companheiros a prosseguirem com todo o cuidado e recomeçou a avançar para a claridade. A escadaria acabava num corredor iluminado por algumas lamparinas de azeite penduradas na parede, onde havia portas que davam para uns aposentos.

Aurélio acenou de novo para que os outros se aproximassem e ciciou:

– Diante de nós há um corredor, e aquelas portas devem ser quartos de dormir. Ao meu sinal percorrei-os o mais rápido possível e alcançai o segundo lanço que deve levar para baixo, para o térreo. Ânimo, por enquanto tudo parece bastante tranqüilo.

– Vamos lá, então – disse Vatreno. – Estamos atrás de ti. – Mas logo que Aurélio deu mais um passo, uma porta abriu-se à sua esquerda e um guerreiro bárbaro apareceu abraçado a uma mulher seminua. Aurélio atacou de espada em punho e antes que o sujeito tivesse tempo de entender alguma coisa trespassou-o de lado a lado. A jovem começou a gritar mas Lívia caiu logo em cima dela tampando-lhe a boca com as mãos.

– Cala-te! Não queremos fazer-te mal, mas se gritares de novo corto a tua garganta, entendeste?

A mulher meneou convulsamente a cabeça para dizer que sim. Vatreno e Demétrio ataram rapidamente os seus pulsos e tornozelos, amordaçaram-na e deixaram-na num canto escuro.

Embaixo, Wulfila, que estava acabando de jantar na antiga sala dos triclínios, levantou a cabeça aguçando o ouvido.

– Também escutaste? – perguntou ao seu lugar-tenente, um dos círios que haviam lutado sob o comando de Mledo.

– O quê?

– Um grito.

– Os homens estão se divertindo lá em cima com as novas prostitutas que chegaram ontem de Nápoles. Podes ficar tranqüilo.

– Não era um grito de prazer. Era de terror – insistiu Wulfila levantando-se e empunhando a espada.

– E daí? Sabes muito bem que alguns deles gostam de exagerar. Elas já sabem, estão acostumadas: faz parte da profissão. A única coisa que me preocupa e que estas vagabundas podem acabar deixando esgotados os nossos guerreiros. Parece que de uns tempos para cá eles só pensam em sexo...

Nem tinha terminado a frase e ouviu-se mais um grito, desta vez de raiva e de dor, logo abafado num estertor de morte.

– Diabos! – praguejou Wulfila chegando à janela que dava para o pátio. Só havia uma lanterna acesa na biblioteca mas pôde vislumbrar um confuso agitar-se de figuras, o reluzir de lâminas na penumbra e em seguida mais gritos e estertores de agonia.

– Estamos sendo atacados. Manda tocar o alarme, rápido, rápido!

O homem obedeceu: chamou um guarda e ele tocou o corno de guerra, várias vezes, até outro corno responder, e mais outro, até a vila inteira ressoar com aquele som terrível. Um raio iluminou de repente o grande pátio e, lá de cima, Wulfila reconheceu Aurélio na hora em que derrubava um homem que acudira para impedir a passagem. Havia mais alguém perto dele, uns dois ou três vultos, e mais atrás o velho com o garoto.

– Maldição! – gritou –, ele de novo!

Precipitou-se pelo corredor, espada em punho, berrando como um possesso:

– Quero-o vivo, trazei-o para mim vivo!

Aurélio percebeu que só podia dispor de uns poucos momentos e guiou seus homens para o lanço de escadas enquanto mais guerreiros chegavam correndo de todos os lados segurando tochas acesas. Alcançaram o corredor superior mas encontraram-no bloqueado por um numeroso grupo de soldados. Lívia atacou pela esquerda, Vatreno e Demétrio pela direita com golpes mortíferos tentando atraí-los para longe da escada para que Aurélio pudesse chegar ao passadiço superior. Ambrosinus estava achatado contra a parede e procurava proteger Rômulo com o seu próprio corpo. O preceptor estava entregue à mais profunda aflição, pois a aventura parecia estar chegando a um amargo fim, antes mesmo de começar. De repente Aurélio vibrou um golpe poderoso, mas o adversário esquivou-se e a espada do romano despedaçou-se contra uma coluna mestra da escada. Rômulo não teve a menor hesitação e, enquanto Aurélio recuava defendendo-se de qualquer modo com o punhal, desvencilhou-se de Ambrosinus e jogou-lhe a espada gritando:

– Experimenta esta!

Lampejando como um raio na noite, a arma fabulosa voou para Aurélio, que pulou para segurá-la no ar. Logo estava firme na sua mão, em seguida desceu inexorável.

Nada podia resistir-lhe: enxames de fagulhas surgiam do impacto com escudos e machados. Cortava elmos e arrebentava crânios como se fossem a mesma coisa e quando batia na coluna tirava dela uma nuvem de lascas incandescentes emitindo um clangor agudo, ensurdecedor. Vencidos pelo assombro e pela surpresa, os sobreviventes foram desbaratados e

Lívia apressou-se a levar Rômulo e Ambrosinus pela escada, que já estava desimpedida. Aurélio demorou-se para proteger a retirada dos companheiros e foi nesta posição, no meio de um monte de corpos dilacerados, segurando aquela arma fulgente e ensangüentada, que Wulfila o viu. Só houve um fulgurante contato de olhares entre os dois guerreiros e Aurélio esgueirou-se rapidamente juntando-se aos companheiros no passadiço superior. Antes de os perseguidores os alcançarem fecharam e bloquearam a porta atrás de si. Wulfila, chegando tarde demais, arremessou-se contra a pesada porta ferrada espumando impotente e gritando, raivoso:

– Rápido, para a rampa oriental! Eles não têm saída!

Precipitaram-se escadas abaixo encontrando o outro grupo chefiado pelo lugar-tenente.

– Vós, pela escada externa dos armazéns, rápido, vamos encurralá-los! – ordenou. Os homens obedeceram lançando-se impetuosamente na direção oposta e desaparecendo no fim do corredor.

Aurélio e os companheiros correram para o parapeito do passadiço superior onde Orósio esperava ansiosamente guarnecendo o único caminho de fuga.

– Primeiro o rapaz! – ordenou Aurélio. Orósio debruçou-se para fora berrando até se esgoelar para sobrepujar o estrondo do vento e das ondas. Batiato ouviu-o e preparou-se para receber os fugitivos. Enquanto isto Vatreno, Demétrio e os demais postaram-se em semicírculo em volta de Rômulo, que se aprontava a descer. O rapaz olhou para baixo e sentiu um aperto no coração: daquela distância o paredão reluzia como aço e lá embaixo era todo um borbulhar de espumas entre recifes cortantes; o barco, sacudido pela força do mar, parecia uma casca de noz. Respirou fundo enquanto Orósio procurava prendê-lo ao cabo de descida com uma amarração improvisada, quando Lívia, que subira numa saliência do parapeito, viu ao longe os homens de Wulfila que chegavam de ambas as direções e deu o alarme.

– Os vasos! – gritou logo a seguir pulando no chão. – Vamos jogar os vasos contra eles! O primeiro e o terceiro estão cheios de azeite! – Os companheiros acudiram e até Orósio afastou-se do cabo para ajudar. Deitaram um depois do outro, os dois grandes recipientes e fizeram-nos rolar em direções opostas. Abandonados a si mesmos, os dois vasos balançaram para a esquerda e para a direita roçando primeiro no parapeito e depois no muro interno até que, com um choque mais violento, se arrebentaram soltando uma lustrosa onda escorregadia que pegou em cheio os dois grupos que vinham em disparada. Ao derraparem, os primeiros deixaram cair as tochas que seguravam e incendiaram a maré líquida suscitando remoinhos de chamas nas duas extremidades do passadiço. Alguns dos guerreiros, transformados em tochas humanas, jogaram-se ao mar e desapareceram entre as vagas, outros estraçalharam-se nas pedras e seus corpos ricochetearam entre as saliências ruindo penhasco abaixo como bonecos desarticulados. Mas já havia muito mais reforços chegando, e Aurélio percebeu que só restava lutar até o fim. Cerrou os dentes e segurou com força a espada que o seu imperador lhe confiara. Iria jogá-la ao mar com a última faísca de energia que lhe sobrasse antes de morrer, antes que caísse nas mãos do inimigo. Mas enquanto os cinco cerravam fileiras, Rômulo virou-se para eles como que tomado por repentina inspiração.

– Segui-me! – gritou. – Eu conheço um caminho de fuga! – E correu rumo à portinhola abrindo o ferrolho.

Aurélio entendeu as suas intenções e debruçou-se do parapeito berrando e fazendo amplos gestos para que Batiato saísse de lá e ganhasse o mar aberto. Soltou o cabo para que o amigo não tivesse mais dúvidas de que não iriam mais descer por ali. Então correu à porta e lançou-se atrás dos companheiros que já desciam pela escada que pouco antes haviam galgado. A tempestade estava amainando mas ao longe ouviam-se os roncos cada vez mais ameaçadores do vulcão que revolvia nas entranhas a sua ira.

Alcançaram o pátio deslizando ao longo do muro setentrional que estava na sombra, em seguida Rômulo pegou a pequena trilha entre as árvores que ofereceu um abrigo adicional aos fugitivos e levou-os ao bueiro de escoamento que dava acesso à galeria subterrânea. Abriu-o e fez sinal para que os outros o seguissem.

– Ainda bem que Batiato não está conosco – disse Vatreno. – Nunca iria passar por aí.

Começaram a descer um depois do outro, mas um dos serviçais, acordado por toda aquela celeuma, viu-os e começou a gritar. Respondeu-lhe o latido furioso dos cães e um grupo de guardas acudiu com tochas e lanternas para esquadrinhar o terreno em volta.

– Onde se meteram os invasores? – perguntou o homem que os chefiava.

O serviçal não sabia o que dizer.

– Eu juro – gaguejou –, eles estavam aqui agora mesmo. Eu vi.

Debaixo do bueiro todos estavam imóveis e calados pois os perseguidores se encontravam exatamente acima deles e dava até para ver com clareza seus rostos iluminados pelas lanternas que seguravam.

– Então? – insistiu o chefe dos guardas. O criado deu de ombros enquanto os cães continuavam a correr de um lado para o outro ganindo. O bárbaro empurrou-o brutalmente para trás praguejando, e levou os seus homens alhures, onde outros grupos continuavam a busca. Rômulo levantou a grade de leve e espiou para certificar-se de que haviam de fato ido embora, então começou a deixar-se escorregar até chegar ao pavimento da cripta, acompanhado de todos os demais. O corredor subterrâneo estava mergulhado na mais completa escuridão; Ambrosinus tirou da sacola uma pederneira e, depois de algumas tentativas, conseguiu acender um pavio que guardava enrolado dentro de uma caixinha cheia de uma substância escura com a consistência de sebo. A minúscula chama fumegante e malcheirosa transformou-se logo num pequeno globo de luz claríssima que os guiou ao longo da impressionante série de monumentos imperiais até a grande laje de mármore verde. Aurélio e os outros admiravam pasmos tanto a milagrosa chama de Ambrosinus quanto aquela incrível sucessão de césares representados no esplendor dos seus trajes e das suas armaduras.

– Pelos deuses... – murmurou Vatreno –, nunca vi um lugar como este em toda a minha vida.

– Cristo... – continuou Orósio esbugalhando os olhos diante daquelas maravilhas.

– Ele próprio descobriu – disse Ambrosinus, com orgulho, indicando o discípulo que ia se aproximando da grande laje verde.

Rômulo virou-se para Aurélio dizendo:

– Ainda não viste nada. Foi daqui que tirei a espada que te dei. Vê!

Apoiou os dedos sobre os três "V" maiúsculos e empurrou. Ouviu-se o estalo dos contrapesos e o ruído do mecanismo que entrava em ação e, sob o olhar cada vez mais atônito dos companheiros, a grande lápide começou a rodar sobre si mesma até deixar entrever, de pé no pedestal, a estátua de Júlio César reluzente na armadura prateada, nos mármores multicoloridos que simulavam a púrpura da túnica e do paludamento, pálido e sério o rosto, esculpido por algum grande artista no mais precioso mármore de Lúni. O silencioso assombro do pequeno grupo, no entanto, foi interrompido pelo repentino grito de Demétrio:

– Descobriram-nos! Viram a luz!

No fundo da longa galeria críptica, com efeito, vislumbrava-se um reluzir de tochas e logo se ouviram ordens e chamados: Wulfila liderava pessoalmente os seus homens no plano inclinado do desmoronamento e aí pelo corredor das estátuas.

– Para dentro, rápido! – disse Rômulo. – Há uma saída nesta cela!

O grupo desapareceu no interior e a grande laje fechou-se atrás deles. O estrondo das armas que se chocavam contra o mármore e os gritos raivosos de Wulfila ecoaram logo a seguir no pequeno hipogeu, e apesar da espessura do grande monolito representar uma defesa inexpugnável, o ressoar dos golpes da sua ira selvagem enchia aquele espaço limitado de uma angústia opressora, condensava naquele ar parado uma ameaça impotente mas ainda assim terrivelmente presente. Por alguns momentos todos ficaram olhando uns para os outros aflitos, mas então Rômulo indicou o poço do qual vinha um misterioso reflexo azulado, como se aquela abertura estivesse em contato com o além.

– Este poço dá diretamente para o mar – explicou então Rômulo. – E é a nossa única saída. Vamos embora, não há mais nada que possamos fazer aqui. – E diante do olhar atônito dos companheiros, antes que alguém pudesse dizer alguma coisa, desapareceu na boca do poço. Aurélio não pensou duas vezes e foi logo atrás dele. Depois foi a vez de Lívia e, depois dela, Demétrio, Orósio, Vatreno. Ambrosinus foi o último, e primeiro a longa derrapagem numa espécie de plano inclinado e depois a queda vertical através de uma estreita abertura pareceram-lhe nunca mais acabar. O contato com a água deu-lhe uma sensação de pavor e de sufocação mas, então, logo a seguir, de paz e tranqüilidade. Sentia-se flutuar num líquido borbulhante, numa luminosidade glauca e palpitante. A tocha que segurava escorregou da sua mão e afundou lentamente até pousar no fundo, e o globo luminoso acendeu as águas de um azul intenso e brilhante, como que de safira. Lançou-se para cima com força e conseguiu vir à tona entre os companheiros que já tentavam alcançar a margem. Estavam dentro de uma gruta que se comunicava com o mar através de uma pequena abertura tão rente à superfície das ondas que era quase impossível de se ver. Aurélio e os demais olhavam incrédulos para aquela chama que ardia embaixo da água, mas Ambrosinus também olhava em volta com olhos cheios de maravilha. Vatreno aproximou-se indicando a luz que parecia surgir do próprio fundo do mar.

– Mas... que espécie de prodígio é esse? És um mágico?

– Fogo grego, uma fórmula de Hermógenes de Lampsaco – respondeu Ambrosinus com ostensiva displicência. – Continua queimando mesmo debaixo da água.

Mas o seu olhar estava preso na contemplação das imagens estupendas dos deuses olímpicos que, ao redor deles, emergiam parcial ou totalmente da superfície do mar naquela gruta: Netuno num carro puxado por cavalos com rabo de peixe, a sua esposa Anfitrite com um cortejo de ninfas marinhas, tritões que sopravam dentro de conchas estufando o peito escamoso. A luz irreal refletida sobre aquelas figuras, pelo movimento das ondas, parecia devolver-lhes a vida, animando os rostos e a fixidez dos seus olhos de mármore. Um antigo templo ninfeu, secreto e abandonado.

Rômulo também observava embevecido aqueles simulacros.

– Quem são? – perguntou.

– Imagens de deuses esquecidos – respondeu Ambrosinus.

– Mas... realmente existiram?

– Claro que não! – respondeu Orósio, escandalizado. – Nunca existiram, pois só há um único Deus.

Ambrosinus, no entanto, virou-se para o discípulo com um sorriso enigmático.

– Talvez – respondeu. – Pelo menos enquanto alguém acreditou neles.

Seguiu-se um longo silêncio: a magia do lugar parecia ter sobrepujado a todos. Aquela luz azulada que se espalhava pela grande abóboda de pedra, aquelas imagens, o rumorejar longínquo do trovão, o sopro poderoso do mar que acalmava lentamente as suas ondas depois da tempestade inspiravam em todos uma sensação de paz quase sobrenatural. Tremiam de frio, estavam mortos de cansaço pelos esforços sobre-humanos que haviam enfrentado, mas sentiam uma felicidade indizível preencher a sua alma.

Rômulo foi o primeiro a quebrar o silêncio.

– Estamos livres? – perguntou ansioso.

– Pelo menos por enquanto – respondeu Aurélio. – Ainda estamos na ilha. Mas se não fosse por ti estaríamos todos mortos. Portaste-te como um verdadeiro chefe.

– O que vamos fazer agora? – perguntou Vatreno.

– Batiato deu-se conta de que não podíamos descer e deve ter soltado as amarras. É provável que esteja cruzando o mar aqui por perto. Precisamos chegar a ele ou fazer com que chegue até nós.

– Eu vou ver – disse Lívia. – Tu ficas aqui com o menino.

E antes de Aurélio poder responder mergulhou na água, atravessou a gruta com poucas e vigorosas braçadas e saiu para o mar aberto. Nadou por algum tempo rente à costa, até encontrar um local onde era possível escalar o rochedo. Subiu o mais alto que pôde a fim de dominar uma ampla extensão de mar e esperou tremendo de frio. As nuvens começavam a rarear e a lua tingia de prata a superfície das ondas; no continente o Vesúvio lançava clarões vermelhos contra os nimbos que galopavam no céu empurrados pelas rajadas do vento ocidental.

De repente animou-se: um barco com uma pequena lanterna na proa estava aparecendo por trás de um promontório. Na popa uma figura inconfundível segurava a barra do leme. Gritou:

– Batiato, Batiato!

O barco deu uma virada e aproximou-se das pedras.

– Onde estás? – perguntou o timoneiro.

– Aqui, deste lado!

– Ainda bem! – exclamou Batiato quando já estava perto. – Já estava começando a perder as esperanças. Estais todos bem?

– Todos, graças a Deus. Os outros estão escondidos logo ali, numa gruta. Agora vou avisar que podem sair.

Batiato afrouxou a vela enquanto Lívia mergulhava de novo para avisar os companheiros.

Um de cada vez, os fugitivos foram nadando para o mar aberto a fim de alcançar o barco enquanto Batiato os apressava:

– Depressa, depressa. Vi um navio saindo do porto, subi logo antes que nos descubram.

Lívia foi a primeira a juntar-se a Rômulo e ambos subiram a bordo ajudados por Batiato. Depois foi a vez de Ambrosinus. E em seguida Vatreno, Orósio e Demétrio. Aurélio galgara uma das pedras do lado de fora da gruta para controlar melhor a situação e agora podia ver à sua direita uma reverberação avermelhada a espalhar-se por cima das vagas que foi logo acompanhada pelo aparecimento de um navio de guerra empurrado por remadores. Wulfila estava na proa e ia direto para o barco de Batiato. Aurélio não hesitou e gritou a plenos pulmões:

– Wulfila, estou esperando por ti! Vem buscar-me, seu bárbaro, se tiveres coragem! Vem buscar-me, maldito desfigurado!

Wulfila virou-se para a costa e, na claridade incerta da lanterna de proa e das tochas, viu o inimigo de pé em cima de uma pedra, agitando desafiadoramente aquela espada invencível. Berrou:

– Virai o barco! Virai o barco! Quero aquele homem, e quero aquela espada, custe o que custar!

Batiato compreendeu e retesou a vela afastando-se em direção do continente enquanto Rômulo gritava:

– Não! Não! Precisamos ajudá-lo! Não podemos abandoná-lo! Volta, volta, eu estou mandando!

Lívia chegou-se a ele:

– Queres tornar inútil o seu sacrifício? Fez isto por ti. Chamou a atenção deles para que pudéssemos nos afastar.

Virou-se para a ilha e a imagem de Aurélio de pé na margem, na luz avermelhada das tochas, dissolveu-se numa outra imagem distante no tempo, a de um soldado romano imóvel na praia, a ponto de ser atacado por um bando de bárbaros, tendo como pano de fundo uma cidade em chamas.

Pôde rever a si mesma menina, num barco cheio de fugitivos que se afastava, como agora, nas águas negras da lagoa.

E chorou.

XVIII

Wulfila mandou levantar a lanterna da proa e a tripulação obedeceu iluminando a margem rochosa em frente ao navio onde Aurélio esperava imóvel, de espada em punho.

Alguns dos seus homens aprontaram as flechas e já estavam retesando os arcos pensando que o seu chefe tinha mandado iluminar melhor um alvo que já era bastante fácil por si só, mas Wulfila deteve-os.

– Baixai esses arcos. Já disse que quero aquela espada: se ela cair na água nunca mais a encontraremos. Acosta! – gritou em seguida ao timoneiro. – Acosta, já disse. Vamos pegá-lo vivo.

Vatreno só conseguia ver confusamente a cena, de longe, mas logo percebeu o que estava acontecendo.

– Afrouxa a vela! – intimou a Batiato. Lívia estremeceu ao ouvir isto e enxugou as lágrimas imaginando algum tipo de esperança naquela ordem improvisa.

Batiato obedeceu sem entender, e o barco diminuiu a velocidade até imobilizar-se.

– Por que estamos parando? – perguntou.

– Porque Aurélio está a atraí-los para os recifes – respondeu Vatreno. – Não estás vendo?

– Navio a estibordo! – ressoou a voz de Demétrio da proa.

Uma outra embarcação, menor, estava chegando cheia de guerreiros que seguravam tochas acesas para iluminar a escuridão. Estava a umas duas léguas de distância mas se aproximava bastante depressa.

– O que vamos fazer? – perguntou Demétrio. – Se eles nos virem virão atrás de nós.

– Vamos esperar! – exclamou Rômulo. – Eu vos peço, vamos tentar esperar o máximo possível!

Naquela mesma hora o barulho do madeirame que se estilhaçava nas pedras ecoou na superfície do mar, mas foi logo abafado pelo estrondo muito mais poderoso do vulcão que começava a soltar no céu uma nuvem de fogo e fumaça.

No seu afã de pôr as mãos no inimigo Wulfila acabara jogando a proa do navio contra o recife, e as ondas levantaram a popa fazendo com que os homens rolassem no convés. Todos praguejavam procurando segurar-se em alguma coisa e o próprio Wulfila tentou recobrar o equilíbrio para depois pular em cima do adversário, mas então Aurélio mergulhou e desapareceu entre as ondas.

O ar estava ficando cada vez mais escuro: cinzas enegrecidas começaram a cair em cima do barco de Lívia e dos companheiros, logo acompanhadas por uma chuva de fagulhas ardentes.

– Precisamos ir embora – disse Ambrosinus –, ou tudo estará perdido: o vulcão está a ponto de chegar à fase mais intensa da erupção. Mesmo que os bárbaros não nos alcancem, esta chuva de fogo vai incendiar o barco e todos nós iremos a pique.

– Não! – gritou Rômulo. – Vamos esperar mais um pouco. – E perscrutava ansiosamente a superfície escura do mar enquanto o barco inimigo chegava cada vez mais perto ficando entre eles e o navio de Wulfila, nesta altura já completamente entregue à fúria das vagas. A chuva de fagulhas aumentou de intensidade e os primeiros focos de incêndio começaram a fumegar na tolda e nos rolos de cordas ao lado de Lívia. A embarcação inimiga ainda não chegara bastante perto para ver o navio de Wulfila encalhado nas pedras, mas muito em breve iria certamente ver o barco da jovem.

– Quantos tu calculas que eles são? – perguntou Orósio olhando preocupado na mesma hora em que a tripulação inimiga apinhava-se na proa gritando e agitando as armas.

– Muitos – respondeu sombriamente Vatreno. Virou-se para Lívia: – Se quiseres salvar o rapaz, precisamos ir embora, já! – Ainda que a contragosto Lívia concordou.

– Retesa a vela! – ordenou então Vatreno. – Rápido, vamos sair daqui!

Batiato manobrou a escota ajudado por Demétrio, que se encarregara da barra do leme e retomaram velocidade afastando-se lentamente. Mas naquela mesma hora uma espada emergiu das ondas num borbulhar de espuma, e em seguida um braço musculoso, brilhante na reverberação das tochas, e logo após uma cabeça e um peito poderosos: Aurélio!

– Aurélio! – gritou Rômulo demonstrando um emocionado alívio.

– É ele! – berraram os companheiros acudindo ao parapeito. Vatreno lançou-lhe um cabo e puxou-o para bordo. Estava esgotado e só o abraço dos companheiros evitou que desmoronasse inerte no convés. Lívia correu para ele quase desmaiado e apertou-o contra si, e Rômulo também não parava de fitá-lo, quase sem poder acreditar que ainda estivesse vivo, como se aquela atmosfera irreal fosse um sonho enganador destinado a dissolver-se com a volta da luz diurna.

A espessa caligem vomitada pelo vulcão espalhava-se agora sobre o mar deslizando nas ondas até alcançar as margens da ilha. O barco de Lívia adentrou-a e desapareceu por completo. Os perseguidores ouviram então os chamados dos companheiros que chapinhavam agarrados ao rochedo entre o madeirame destroçado do seu navio. Wulfila conseguira subir numa pedra maior e gritava a plenos pulmões para que viessem ajudá-lo. O navio acostou, mas manteve-se prudentemente a uma distância segura para não ter o mesmo destino do primeiro. Os náufragos enfrentaram as ondas e, um depois do outro, subiram a bordo. Depois de também subir, Wulfila ordenou imediatamente que fossem atrás dos fugitivos mas o timoneiro, um velho marujo de Capri conhecedor daquelas águas, convenceu-o a desistir:

– Se virarmos a proa para o mar aberto nenhum de nós vai sair vivo: não dá para ver nada e está chovendo fogo, vede vós mesmo!

Wulfila lançou um olhar para o continente e para o céu negro riscado por miríades de meteoros flamejantes, deu-se conta do terror que estava se apoderando dos seus homens, gente do Norte que nunca tinha visto algo parecido. Mordeu os lábios só de pensar que tinha deixado fugir um garoto de treze anos e um velho de uma fortaleza guarnecida por setenta guerreiros formidáveis, mas o que mais lhe doía era a perda daquela espada fantástica que desejara como nunca desejara outra coisa na vida, desde o primeiro momento em que a viu reluzir com sinistros reflexos na mão do seu inimigo.

– Vamos voltar ao porto – ordenou. E o navio deu uma estreita virada invertendo a rota. Os marujos, todos nascidos ali mesmo, remavam com força, cientes do perigo que os ameaçava, mas obedecendo com disciplina e tranqüilidade às ordens do timoneiro. Os bárbaros, por sua vez, estavam totalmente tomados pelo pânico e assistiam pálidos de medo à chuva infernal que descia do céu, sobressaltando-se apavorados ao ouvir qualquer novo estrondo que estremecia a terra. A caligem espalhava-se por toda parte, o ar estava imbuído de um acre cheiro de enxofre, e do lado da terra firme o horizonte palpitava de clarões rubros.

Enquanto isto o barco de Lívia avançava lentamente, mergulhado na escuridão. Demétrio arrastara-se até a ponta do gurupés onde estava pendurada a lanterna e perscrutava diante de si a fim de prevenir perigos ou obstáculos imprevistos, mas, naquelas condições pavorosas, o destino deles todos dependia na verdade apenas do acaso. Havia uma extrema tensão a bordo, ninguém falava para não distrair os companheiros atarefados com as manobras daquela navegação praticamente às cegas. Sentado de pernas abertas e penduradas no vazio, Demétrio debruçava-se na verga da proa e indicava da melhor forma possível a rota, confiando muito mais no instinto do que em qualquer outro sentido. Ambrosinus chegou perto de Vatreno.

– Para onde estamos indo? – perguntou.

– Não sei! Para o norte, presumo. É a nossa única chance.

– Talvez eu possa ajudar... se pelo menos...

Vatreno meneou a cabeça, cético.

– Nem penses nisso, já estamos bastante confusos sozinhos. Nunca vi nada parecido na vida.

– Mas dá-se um caso que já aconteceu antes. Quatrocentos anos atrás. O vulcão sepultou três cidades e seus habitantes. Não sobraram vestígios, mas Plínio descreve com precisão as fases eruptivas do vulcão. Foi por isto que eu sugeri esta noite... achei que na confusão geral a nossa fuga poderia ser mais fácil. Infelizmente errei nos meus cálculos: a fase mais violenta começou com algumas horas de atraso em relação às minhas previsões.

Vatreno olhou para o velho com incredulidade.

Aurélio, que já se recobrara, aproximou-se.

– De que forma querias ajudar-nos? – perguntou. Ambrosinus estava a ponto de responder quando a voz de Demétrio fez-se ouvir da proa:

– Olhai!

A nuvem começava a rarear e uma quase imperceptível cintilação das ondas anunciava o surgir das primeiras luzes do dia. Estavam dobrando o cabo Miseno, cuja extremidade, iluminada pelo sol nascente, erguia-se acima da cortina de cinzas e fumaça. Estáticos, todos fixaram o olhar naquela repentina visão enquanto a caligem desaparecia aos poucos. O barco e os seus tripulantes foram acariciados pelos primeiros raios até ficarem em plena luz do dia quando o sol finalmente despontou acima dos montes Latários.

A noite ficara para trás com o terror, a angústia, a ansiedade daquela fuga sofrida, daquela perseguição impiedosa e sem tréguas, com o receio de a esperança se dissolver a qualquer momento como um sonho escarnecedor, às primeiras luzes do dia. O sol brilhava acima deles como um deus bondoso, o rumorejar do vulcão perdia-se ao longe como os últimos trovões da uma borrasca, o azul do mar e do céu confundiam-se num único triunfo de luz, de ar, de intensos perfumes que o vento trazia da terra.

Rômulo aproximou-se do mestre.

– Já estamos livres, agora?

Ambrosinus queria explicar que os perigos ainda não estavam definitivamente afastados, que provavelmente teriam de enfrentar uma viagem cheia de peripécias e de obstáculos, mas não teve coragem de ofuscar a felicidade que pela primeira vez, depois de tanto tempo, via brilhar nos olhos do rapaz. Mal conseguindo controlar a emoção que tornava a sua voz trêmula, respondeu:

– Sim, meu filho, estamos livres.

Rômulo anuiu repetidamente, como se quisesse convencer a si mesmo da verdade daquelas palavras, então se aproximou de Aurélio e de Lívia que haviam ficado a observá-lo em silêncio e, com um fio de voz, disse:

– Obrigado.

O barco acostou num local deserto do litoral, perto das ruínas de uma antiga vila à beira-mar, a umas trinta milhas para o norte de Cuma, e Lívia entrou na água com um pulo, chegando à praia antes dos outros, quase a demonstrar que o comando da empreitada continuava firme em suas mãos.

– Afundai o barco! – gritou a Aurélio. – E depois me segui por ali, rápido! – E apontou para um casebre abandonado que mal dava para se ver atrás de um grupo de árvores, a pouco menos de uma milha de distância. Aurélio ajudou Rômulo a entrar na água enquanto Batiato e Demétrio começavam a usar os machados diante dos olhos angustiados de Ambrosinus.

– Por quê? – perguntou. – Por que estais afundando o barco? É o meio mais seguro para viajar, nesta época. Parai, eu vos peço, escutai o que eu estou dizendo.

Lívia deu-se conta do contratempo e voltou para junto deles.

– Eu já disse, segui-me logo! Não há um só minuto a perder. Podem cair em cima de nós a qualquer momento. Esse rapaz é a pessoa mais procurada de todo o Império, estais me entendendo?

– Sim, claro – respondeu Ambrosinus. – Mas o barco é o meio mais seguro para...

– Nem mais uma palavra! Segui-me e deixai o resto comigo, rápido! – intimou Lívia num tom seco e peremptório. Ambrosinus a seguiu, meio a contragosto, virando-se algumas vezes para ver o barco que começava a afundar. Orósio já tinha pulado, Demétrio foi o seguinte e logo depois Aurélio, Vatreno e Batiato também desembarcaram. Chegaram à praia um depois do outro, apressando-se para alcançar o pequeno grupo que Lívia já estava levando ao abrigo da mata litorânea típica da região.

– Ainda não consigo acreditar – Vatreno dizia ofegante. – Nós seis conseguimos enganar os setenta guardas entrincheirados naquela espécie de fortaleza.

– Como nos velhos tempos! – exultou Batiato. – Mas com uma agradável diferença – acrescentou piscando o olho para Lívia, que lhe sorriu em resposta.

– Já estou me vendo a contar todas aquelas lindas moedas de ouro – continuou dizendo Vatreno. – Mil soldos, tu falaste, não é isto?

– Isto mesmo – confirmou Aurélio. – Mas quero lembrar que ainda não os ganhamos. Temos de atravessar toda a Itália de um lado para o outro até o local combinado para o encontro.

– E que local é esse? – perguntou Vatreno.

– Um porto no Adriático onde um navio está esperando por nós. Então o rapaz vai estar em segurança e nós teremos um monte de dinheiro.

Lívia parou diante do casebre abandonado e explorou cuidadosamente as ruínas, mantendo o arco preparado para desfrechar. Ouviu um bufar baixinho e logo em seguida viu seis cavalos e uma mula presos pelas rédeas a uma corda esticada entre duas grades. Entre os animais logo dava para reconhecer Juba, que começou a patear ao sentir o cheiro do dono.

– Juba! – gritou Aurélio, e se apressou a soltá-lo. E abraçou-o como a um velho amigo.

– Estás contente? – disse Lívia. – Eustázio fez um bom trabalho: Stefano tem bons amigos por estas bandas. Está tudo correndo às mil maravilhas.

– Estou muito contente – respondeu Aurélio. – Não há no mundo um cavalo melhor do que Juba.

Ambrosinus aproximou-se e encostou-se em Lívia, que já estava desamarrando a sua montaria preparando-se para montar.

– Sou responsável pela incolumidade do imperador – disse encarando-a com firmeza – e julgo ter direito de saber aonde tencionam levá-lo.

– A responsável pela incolumidade do rapaz sou eu, uma vez que livrei ambos do cativeiro. Mas compreendo a sua preocupação. Não agi por minha conta, isto já entendeste, não é? Só estou tentando levar a bom termo as instruções que me foram dadas. Levaremos o garoto para o Adriático e dali ele partirá para ser levado para onde os bárbaros nunca poderão alcançá-lo e onde a dignidade imperial encontrará sua sede natural...

A expressão de Ambrosinus fez-se sombria.

– Constantinopla... não é? Querem levá-lo a Constantinopla... O ninho de cobras onde a luta pelo poder não poupa ninguém, nem irmãos, nem irmãs, nem pais e nem mesmo filhos...

Não se dera conta de que Rômulo se aproximara e que provavelmente não perdera uma única palavra daquela apaixonada conversa. Mas já era tarde demais e tanto fazia que o rapaz avaliasse corretamente a situação. Apoiou uma mão no seu ombro e apertou-o contra si como a querer defendê-lo de uma nova ameaça, não menos grave do que aquelas que haviam enfrentado até então.

– Lá não haverá ninguém para protegê-lo – continuou. – Ficará à mercê de qualquer capricho, de qualquer arbitrariedade. Deixa-o comigo, eu te peço.

Lívia não conseguiu enfrentar aquele olhar. Nem um pouco à vontade, respondeu:

– Não estamos falando de um rapazinho qualquer e tu sabes muito bem disto. Não podes achar que podes levá-lo aonde quiseres, e sem nós não irias muito longe. E de qualquer maneira poderás ir com ele, se quiseres. Pensa em montar a tua montaria, em vez disto, e vamos logo embora daqui: estas bandas são perigosas, estamos perto demais da costa. – Esporeou o cavalo pela trilha que entrava no mato.

– É uma questão de dinheiro, não é? Uma mera questão de dinheiro! – Ambrosinus gritou atrás dela.

Aurélio limitou-se a entregar-lhe as rédeas da mula.

– Não digas bobagens, mestre. Já pensou no que iriam fazer com ela se a capturassem enquanto tentava libertá-los? Ninguém arrisca a vida somente por dinheiro. E todos nós a arriscamos não uma, mas várias vezes. E agora mexe-te, estás me entendendo?

– Posso montar no teu cavalo contigo? – perguntou Rômulo, mas Aurélio recusou.

– É melhor que montes com o teu mestre – disse. – Nós precisamos de liberdade de movimento no caso de um ataque. – E incitou o cavalo.

Um tanto decepcionado Rômulo montou atrás de Ambrosinus, que por sua vez esporeou a montaria e seguiu adiante pela trilha com ar soturno. Logo atrás, mantendo uma boa velocidade e cavalgando emparelhados, vinham Vatreno, Orósio, Demétrio e Batiato. Ao chegarem em cima do morro, viraram-se para dar uma olhada na costa: o mar reluzia sob os raios do sol já bem acima da crista dos montes e via-se muito bem o barco que afundava cercado por um leve borbulhar de espuma. Do outro lado os cumes dos Apeninos erguiam suas cúspides esbranquiçadas de neve acima da mancha verde dos bosques. A subida tornou-se mais íngreme e os cavaleiros diminuíram a marcha avançando a passo. Vatreno incitou o cavalo e juntou-se a Lívia e Aurélio para fortalecer o grupo de vanguarda que estava mais exposto ao perigo.

– Ainda há uma coisa que me deixa curioso – disse a certa altura para Lívia.

– O que é?

– O que aconteceu com o pescador que subiu pelo paredão norte para levar a lagosta a Tibério César?

– O imperador não gostou nem um pouco; contrariado com o fato de um intruso conseguir entrar na sua vila por um caminho considerado inacessível, mandou os guardas esfregarem várias vezes a lagosta na cara do pobre coitado antes de pô-lo na rua.

Vatreno coçou a cabeça.

– Afinal de contas até que conseguimos nos sair muito melhor.

– Por enquanto – disse Aurélio.

– Pois é, por enquanto – admitiu Vatreno.

Mais ou menos cem pés atrás vinham Ambrosinus e o rapaz, na garupa da mula.

– Acha realmente que vão levar-me a Constantinopla? – perguntou Rômulo.

– Receio que sim – respondeu Ambrosinus. – Ou melhor, tenho certeza disto. Lívia não me desmentiu quando mencionei a cidade, de certa forma, aliás, até confirmou.

– É tão terrível assim?

Ambrosinus não soube o que responder.

– Dize-me francamente – insistiu Rômulo. – Tenho o direito de saber o que me espera.

– A verdade é que nem eu mesmo sei: só posso imaginar, fazer suposições. O que sabemos com certeza: alguém encarregou Lívia de tirá-lo de Capri. Quem organizou tudo foi ela. No começo a presença de Aurélio chegou a confundir-me, uma vez que ele já tentara antes, em Ravena. Pareceu-me bastante razoável que tentasse de novo. O fato de ele ter uma jovem ao seu lado não chegava a ser para mim uma grande surpresa. Podia ser a sua companheira. Muitos soldados têm uma, e no fim do serviço militar se casam com ela. Mas tive de mudar de idéia: é claro que ela está no comando e é, portanto, quem dispõe do dinheiro para pagá-los.

– Então o que tu disseste é verdade... fizeram tudo por dinheiro.

– Mesmo assim não podemos deixar de ser-lhes gratos. Aurélio está certo: ninguém arrisca a vida apenas por dinheiro, embora ele ajude. É normal que um homem tente melhorar a sua condição, principalmente nesta época, e eles são uns desajustados, guerreiros que já não têm exército nem pátria.

– Por que disseste aquelas coisas, antes? O que pode acontecer comigo se eu for a Constantinopla?

– Provavelmente nada. Tu viverias cercado de luxo, talvez até demais. Mas continuarias sendo o imperador do Ocidente, e por aquelas bandas isto não deixaria de ser um tanto perigoso. Alguém poderia simplesmente usar-te contra outro alguém, como uma simples peça num jogo de tabuleiro, tu sabes. E infelizmente algumas peças costumam ser sacrificadas quando já se imagina uma estratégia que no futuro se mostre mais vantajosa. E neste caso o único que sairia perdendo seria obviamente tu. Constantinopla é uma capital corrupta.

– Quer dizer que eles tampouco são melhores do que os bárbaros, afinal.

– Nada se obtém de graça neste mundo, meu filho: quando um povo alcança um alto nível de civilização também desenvolve, ao mesmo tempo, um inevitável rastro de corrupção. Os bárbaros não são corruptos justamente porque são bárbaros, mas eles também vão descobrir muito em breve as roupas caras, o dinheiro, as comidas requintadas, os perfumes, as mulheres bonitas, as mansões luxuosas. Tudo isto custa, e para obtê-lo é preciso ter um monte de dinheiro, um monte que só a corrupção pode proporcionar. Seja como for, não há civilização que não guarde em si uma certa dose de barbárie e não há barbárie que não tenha em si alguma semente de civilização. Entendes o que quero dizer?

– Acho que sim, *Ambrosine*. Mas, então, que mundo é este em que estamos vivendo?

– O melhor possível, ou o pior, dependendo de como olhares para ele. De qualquer maneira, a meu ver, a civilização é de longe muito melhor do que a bárbarie.

– E o que vem a ser, nas tuas próprias palavras, a civilização?

– Civilização significa leis, ordenamentos políticos, a certeza do direito. Significa profissões e funções, estradas e meios de comunicação, rituais e solenidades. Ciência, mas arte também, sobretudo arte; literatura, poesia como a de Vírgilio que tantas vezes lemos juntos: atividades do espírito que nos tornam parecidos com Deus. Um bárbaro, por sua vez, é mais parecido com um animal. Não sei se estou sendo claro. Fazer parte de uma civilização faz com que você sinta um orgulho todo particular, o orgulho de participar de uma grande façanha coletiva, a maior que o homem pode levar a cabo.

– Mas a nossa, isto é, a nossa civilização, está morrendo, não é verdade?

– Sim, está morrendo – respondeu Ambrosinus. E ficou um bom tempo calado.

XIX

– Linda, não é?

Aurélio sobressaltou-se com a inesperada pergunta. Rômulo surpreendera-o saindo da escuridão enquanto ele examinava a espada diante do fogo, quase hipnotizado pelos reflexos azulados da lâmina, tão mutáveis quanto os olhos na plumagem de um pavão.

– Desculpa – respondeu entregando-a. – Esqueci de devolvê-la. É tua.

– Acho melhor ficares com ela, por enquanto. Não há dúvida de que saberás usá-la melhor do que eu.

Aurélio continuou a contemplá-la.

– É uma arma incrível. Depois de todos os golpes que deu e recebeu não tem nem sinal de arranhões ou amassados. Parece a arma de um deus.

– De alguma forma é verdade. Esta arma pertenceu a Júlio César. Viu a inscrição?

Aurélio acenou afirmativamente com a cabeça e passou os dedos por cima da seqüência de letras gravadas no meio da lâmina, dentro de uma estria quase imperceptível.

– Vi, e não podia acreditar nos meus próprios olhos. E há uma força misteriosa que emana dela, que penetra na pele, nos dedos, no braço, até o coração.

– Ambrosinus diz que foi forjada pelos calibas na Anatólia, de um bloco de ferro sideral e temperada no sangue de um leão.

– E a empunhadura... nenhuma espada de combate costuma ter uma tão fina e preciosa. Só as armas de desfile. E ainda assim o pescoço da águia se adapta à minha mão melhor do que qualquer outro punho de espada que já segurei, quase parece ser a continuação do braço...

– É simplesmente um formidável instrumento de morte – disse Rômulo –, feito para um grande conquistador. Tu és um soldado, é normal que fiques fascinado. – Deu uma olhada no tutor, atarefado a ajeitar suas coisas perto do fogo. – Estás vendo Ambrosinus? Ele é um homem de ciência e cultura e está tentando salvar os seus instrumentos molhados depois daquele mergulho na gruta: os seus remédios... as suas ervas... E o meu exemplar da *Eneida:* o presente que me deu no dia da minha aclamação.

– E aquele caderno?

– É o seu diário pessoal. Contém a sua história... e a nossa também.

– Quer dizer que falava até... em mim?

– Podes ter certeza disto. Mas por que dizes "falava"?

– Ficou um bom tempo na água. Imagino que deve ter sobrado pouca coisa.

– Salvou-se tudo, ao contrário. Tinta indelével. Mais uma das suas fórmulas. E também conhece a da tinta invisível.

– Estás brincando.

– Não, nada disso. Enquanto ele escreve não dá para ver nada, como se estivesse molhando a pena na água da mais pura nascente e aí, de repente, quando ele...

Aurélio interrompeu-o.

– Gostas muito dele, não é?

– Não tenho mais ninguém no mundo – respondeu Rômulo.

E falou com um tom de voz todo particular, quase como se estivesse a pedir que o outro o desmentisse. Mas Aurélio ficou calado, e Rômulo ficou a observá-lo enquanto embainhava de novo a espada com movimento harmonioso e contínuo, como num ritual religioso. Continuaram a olhar as chamas do bivaque por mais algum tempo, então Rômulo quebrou novamente o silêncio.

– Por que não me deixaste montar contigo?

– Eu já te disse: se tiver de proteger-te, preciso ter liberdade de movimentos.

– Não é bem assim. O que tu queres mesmo é ser livre, não é?

E antes que o legionário tivesse tempo de responder, deu as costas para juntar-se a Ambrosinus, que estava a preparar-lhe um estrado esticando um cobertor sobre um monte de folhas secas. Demétrio estava de guarda no limiar do acampamento, Orósio fora um pouco mais longe, postara-se no topo de uma colina para prevenir qualquer movimento de eventuais perseguidores vindos do oeste. Os demais, Batiato, Lívia, Aurélio e Vatreno, também se preparavam para dormir.

– Engraçado – disse Vatreno –, deveria estar morto de cansaço e, ao contrário, não tenho a menor vontade de dormir.

– Fizemos coisas demais nas últimas vinte e quatro horas – comentou Aurélio –, e o nosso corpo ainda não se acostumou com a idéia de que pode descansar.

– Uma explicação muito boa – respondeu Batiato. – Com efeito, eu que não fiz quase nada estou caindo de sono.

– Não sei... gostaria mesmo é de cantar – disse Vatreno –, como às vezes costumávamos fazer à noite no acampamento, perto do fogo. Vós vos lembrais? Pelos deuses... lembrais que bela voz tinha Antonino?

– Claro que sim – disse Aurélio. – E o que dizer então de Canídio, e de Paolino?

– O comandante Claudiano também tinha uma belíssima voz – disse Batiato. – Estais lembrados? Às vezes chegava daquele seu jeito, depois da ronda de inspeção, sentava perto do fogo e, se estivéssemos cantando alguma coisa, começava também a cantarolar, bem baixinho. Então mandava trazer um pouco de vinho e tomava um trago conosco. Dizia: "Tomai um gole, rapazes, é bom para esquentar." Coitado do comandante, ainda me lembro do seu último olhar ao tombar trespassado entre um monte de inimigos... – Os olhos úmidos do gigante negro brilhavam no escuro enquanto relembrava aquela cena cruel.

Aurélio levantou a cabeça ao ouvir aquelas palavras e os dois entreolharam-se por algum tempo em silêncio; por um momento houve uma expressão inquiridora e quase a sombra de uma suspeita nos olhos de Aurélio, e Batiato percebeu.

– Sei no que estás pensando – disse. – Deves estar perguntando a ti mesmo como nos salvamos em Dertona, como ainda estamos vivos, não é?

– Tu estás errado, eu não...

– Não mintas: conhecemo-nos bem demais. Mas afinal nós te perguntamos alguma coisa? Quisemos saber por que não voltaste? Por que não estavas lá para morrer com os nossos companheiros?

– Voltei para libertar-vos, não é suficiente?

– Parai com isto – intimou Vatreno. E falou sem gritar, num tom calmo e firme. – Eu mesmo contarei o que houve, assim vamos acabar com esta história de uma vez por todas e não precisamos mais pensar no assunto, está bem? Preferiria não ter de fazer isto, mas creio que seja necessário. Então, depois que tu te foste começamos a lutar, cercados de todos os lados, e agüentamos durante horas. E horas. E horas. Primeiro na paliçada, aí na vala, e finalmente em campo aberto, formando um quadrado, todos a pé, como na época de Hanibal. E enquanto o nosso número ficava cada vez menor e nós cada vez mais fracos, eles continuavam a lançar tropas descansadas, como uma maré, uma leva atrás da outra... Atiravam sobre nós inúmeros dardos, nuvens de dardos. Então, quando viram que estávamos exaustos, sangrando, incapazes de reagir (nesta altura já estava anoitecendo) vieram avançando a passo, montados em seus cavalos couraçados, de machado na mão, para acabar conosco, para concluir a matança. Um depois do outro vimos tombar os nossos companheiros, às dúzias, às centenas, já sem poderem nem mesmo agüentar o peso das armas; alguns jogavam-se de propósito em cima das espadas para pôr um basta ao seu sofrimento, outros eram despedaçados ainda vivos... deixados no chão sem pernas ou sem braços, pobres troncos informes a gritar, a esvair-se em sangue na lama...

– Não quero saber! – exclamou Aurélio, mas Vatreno nem prestou atenção.

– Foi então que o chefe deles interveio, o tal de Mledo, um dos lugar-tenentes de Odoacro. Sobravam uns cem de nós, acredito, desfigurados pelo cansaço, sujos de sangue e de lama, desesperados. Tu devias ver, Aurélio... devias... ver!

A esta altura a sua voz estava trêmula: Rúfio Hélio Vatreno, o soldado durão, o veterano de cem batalhas, cobria o rosto com as mãos e chorava, soluçava como uma criança enquanto Batiato apoiava uma mão no seu ombro, dando-lhe umas palmadinhas como que para acalmá-lo. Este último decidiu continuar:

– Mledo berrou alguma coisa na sua língua e a chacina parou. Um arauto ordenou que soltássemos as armas para que nos poupassem a vida. E nós soltamos, isto mesmo, o que mais podíamos fazer? Acorrentaram-nos e levaram-nos entre cusparadas e pontapés para o acampamento deles, onde muitos queriam nos matar com as mais atrozes torturas, uma vez que tínhamos matado pelo menos quatro mil dos seus companheiros e ferido muitos mais. Mledo, no entanto, devia ter recebido ordens para poupar um certo número de homens para torná-los escravos. Fomos levados a Classe e mandados a vários destinos. Alguns foram mandados para a Ístria, acho que para as pedreiras, outros para o Nórico a cortar árvores. Nós para o Miseno, onde tu nos encontraste. Pois é, Aurélio, foi o que aconteceu e nada mais tenho a dizer. E agora, se ninguém mais precisar de mim, vou dormir.

Aurélio acenou gravemente com a cabeça.

– Vai – disse. – Vai dormir, homem preto. E dormi todos, se puderdes, e tu também Vatreno, meu velho amigo. Eu... eu nunca duvidei. A única coisa que esperava era encontrar-vos vivos, nada mais do que isto, eu juro... Teria feito qualquer coisa desde que pudesse encontrar-vos vivos. A vida é a única coisa que nos resta.

Afastou-se e foi sentar encostado no tronco de um carvalho, perto de Juba. Lívia não estava longe e devia ter ouvido a conversa, mas nada disse, nem ele. Aurélio até que teria gostado de chorar, isto mesmo, mas não era possível, pois lá no fundo o seu coração era de pedra, e os pensamentos perturbavam-lhe o cérebro como cobras retorcidas no ninho.

Não longe dali Rômulo estava deitado em seu estrado, sem conseguir pegar no sono. Dera-se conta de que alguma coisa terrível havia provocado uma dura confrontação entre os companheiros de viagem, mas não entendia o que era. Receava ser de alguma forma o responsável por aquela disputa. E continuava a virar-se de um lado para o outro sem encontrar sossego.

– Não estás dormindo? – perguntou Ambrosinus.

– Não consigo.

– Sinto muito, a culpa é minha. Nunca deveria ter dito aquilo a respeito de Constantinopla. Fui bastante imprudente, desculpa.

– Não te aflijas. Era de se esperar. Por que iriam eles organizar uma expedição tão difícil e arriscada se não houvesse por trás alguma razão política? Ou então por dinheiro, como tu mesmo disseste. Ouvi, quando estavas gritando com Lívia.

– Não deves dar excessiva importância àquelas palavras, eu estava possesso e não sabia ao certo o que dizia.

– Nada disto. Na verdade são apenas uns mercenários, tanto Lívia quanto Aurélio e os demais que a eles se juntaram: só isto.

– Não sejas injusto. Aurélio tentou te libertar em Ravena, sem recompensa alguma, só porque teu pai lhe pedira isto na hora da morte. Não esqueças: Aurélio é o homem que ouviu as últimas palavras do teu pai. Há, portanto, alguma coisa do teu pai nele, algo muito importante.

– Não acredito.

– Como quiseres, a escolha é tua, mas é a pura verdade.

Rômulo tentou acalmar-se e relaxar o corpo tenso. O chamado de um mocho ressoou ao longe como um canto desolador que lhe deu um arrepio por baixo do cobertor.

– *Ambrosine...*

– Sim?

– Tu não queres que me levem a Constantinopla, não é?

– Não. Não quero mesmo.

– Há alguma coisa que possamos fazer a respeito?

– Muito pouco. Nada, aliás.

– Ficarás comigo, de qualquer maneira?

– E tu ainda tens dúvidas?

– Não, não tenho. Mas se dependesse de ti, o que farias?

– Levá-lo-ia comigo.

– Para onde?

– Para a ilha Bretã, a minha pátria. É muito bonita, tu nem imaginas. É uma terra toda verde com lindas cidades e campos férteis, majestosas florestas de imensos carvalhos, de faias, bordos que nesta época do ano levantam ao céu seus braços nus, como gigantes que tentam alcançar as estrelas. E pradarias, a perder de vista, pastos para rebanhos e manadas. Espalhados na vastidão erguem-se grandiosos, imponentes monumentos de pedra de forma circular cujo significado só é conhecido pelos sacerdotes da antiga religião: os druidas.

– Sei quem são eles. Li no *De Bello Gallico* de Júlio César... É por isto que trazes no pescoço o ramalhete de visco. *Ambrosine*, tu também és druida?

– Fui instruído naquelas antigas artes, é verdade.

– E também acreditas no nosso Deus?

– Só pode haver um Deus, César. Diferentes são apenas os caminhos que os homens percorrem para encontrá-lo.

– Mesmo assim, em tuas memórias, li a descrição de uma terra turbulenta. Lá também existem bárbaros ferozes...

– É verdade. A grande Muralha Adriana já não consegue contê-los.

– Quer dizer, então, que não há paz neste mundo? Não existe um lugar onde se possa viver em paz?

– A paz precisa ser conquistada, meu filho, pois ela é o mais precioso dos bens. Mas agora dorme. Deus dar-nos-á algum tipo de inspiração quando chegar a hora. Tenho certeza disto.

Rômulo ficou calado e aninhou-se embaixo do cobertor, ouvindo o monótono piar do mocho ecoando nos montes, até sentir-se tomado por um invencível cansaço e então fechou os olhos.

As estrelas passavam lentas no céu e o vento frio do norte dava à atmosfera a transparência do cristal. As chamas do bivaque reavivaram-se espalhando uma luz intensa e brilhante; depois se apagaram rapidamente e na solidão da montanha escura sobrou apenas a leve reverberação das brasas. No meio da noite Aurélio rendeu Demétrio, e Vatreno fez o mesmo com Orósio. Haviam-se acostumado com este ritmo nos longos anos de vida militar e algo despertava dentro deles na hora certa, como se a sua mente pudesse acompanhar e medir os movimentos dos astros enquanto descansavam. Seguiram viagem ao alvorecer, depois de um sumário desjejum. Eustázio providenciara para que encontrassem mantimentos nos alforjes dos cavalos: pão, azeitonas, queijo e uns dois ou três odres de vinho. Ambrosinus juntou as coisas que havia deixado a secar perto do fogo e guardou-as. Rômulo enrolava e amarrava o cobertor com os movimentos espertos de um soldado.

Lívia ia passando naquele momento, segurando os arreios do cavalo.

– És muito bom nisso – disse. – Onde aprendeste?

– Também tive um mestre de armas durante os últimos dois anos: um oficial da guarda do meu pai. Morreu como todos os demais na noite em que a nossa vila foi atacada. Cortaram-lhe a cabeça.

– Gostarias de montar comigo, hoje? – perguntou Lívia ajeitando o freio e o cabresto no seu cavalo.

– Não precisa – disse Rômulo. – Não quero atrapalhar a vida de ninguém.

– Mas eu gostaria – insistiu Lívia.

Rômulo hesitou uns momentos antes de responder:

– Está bem, desde que não falemos em Constantinopla e naquelas coisas todas.

– Está certo – consentiu Lívia. – Nada de Constantinopla.

– Mas antes tenho de falar com Ambrosinus. Não gostaria que ficasse ofendido.

– Estou esperando por ti.

Rômulo não demorou a voltar.

– Ambrosinus diz que está bem, mas pede para não correres demais.

Lívia acenou concordando com um sorriso.

– Monta, então. – E fê-lo sentar diante de si.

A coluna partiu em direção da passagem que aparecia ao longe como uma sela entre dois cumes nevados.

– Vai estar muito frio lá em cima – disse Rômulo. – E é justamente ali que teremos de passar a noite.

– É verdade, mas aí começaremos a descer para o Adriático, o meu mar. Também encontraremos os últimos rebanhos de pastores que descem para os pastos baixos no inverno. É possível que haja cordeirinhos recém-nascidos. Gostarias de ver?

– Também sei alguma coisa de agricultura e criação: li Columela, Varrão, Catão e Plínio, já pratiquei a apicultura e conheço a arte da poda e do enxerto, as épocas certas para o acasalamento, a vinificação do mosto...

– Como um verdadeiro romano do passado.

– E parece que aprendi isto tudo para nada. Creio que jamais terei a oportunidade de exercer estas artes. O meu futuro já não depende de mim.

Lívia não respondeu a estas palavras que soavam como uma vaga repreensão. Quem falou novamente foi Rômulo.

– És a companheira de Aurélio?

– Não sou não.

– Mas gostarias de ser?

– Não creio que tu tenhas alguma coisa a ver com isto. De qualquer forma, para tua informação, quem o salvou naquela noite em que ele tentou te libertar em Ravena fui eu. Tinha um ferimento muito feio no ombro.

– Eu sei. Estava com ele quando foi ferido. Seja como for, isto não faz de ti a sua companheira.

– Com efeito. Só estamos juntos por causa desta missão.

– E depois?

– Cada um seguirá o seu caminho, acho.

– Hum.

– Decepcionado?

– Deveria? Afinal, nada tenho a ver com isto.

– Pois é.

Avançaram mais umas duas milhas em silêncio. Rômulo parecia olhar em volta, observar a paisagem quase deserta mas ao mesmo tempo encantadora. Estavam agora à margem de um lago que refletia um céu igualmente claro e límpido. Alguns javalis que fuçavam no limiar do bosque saíram correndo em busca de abrigo. Um grande veado macho levantou a soberba cabeça salientando-se por um momento imóvel e majestoso nos raios do sol nascente, em seguida desapareceu num só pulo.

– É verdade que fizeste tudo por dinheiro? – voltou a perguntar Rômulo.

– Teremos uma recompensa, como acontece com qualquer soldado que lute pelo seu país, mas não quer dizer que foi por isto.

– E por quê, então?

– Porque somos romanos e tu és o nosso imperador.

Rômulo nada disse. O vento ficou mais forte, um vento frio que vinha do nordeste e que passara pelos cumes nevados dos Apeninos. Lívia percebeu que o rapaz estremecia, e então o cobriu com a sua capa e apertou-o contra si cercando-o com os braços. No começo Rômulo tentou resistir, mas depois se entregou ao calor do corpo dela. Fechou os olhos e teve a impressão de poder voltar a ser feliz.

XX

A viagem continuou por mais três dias através de lugares em sua maioria desabitados, por bosques e ao longo de trilhas íngremes e ocultas, onde era mais fácil evitar encontros indesejáveis. Quando paravam para acampar, Aurélio dava uma ampla volta de exploração com um dos seus ou com Lívia para certificar-se de que não havia qualquer ameaça à espreita. Mas não encontraram motivo para ficar alarmados; provavelmente os inimigos nunca haviam conseguido entender para onde eles se dirigiram. E afinal não parecia provável que pudessem encontrar os seus rastros. A escuridão da noite e a caligem da erupção haviam encoberto a sua rota, depois o barco havia sido afundado e os cavalos haviam sido pegos num lugar afastado, no interior, para que não se encontrassem as suas pegadas no local do desembarque.

Tudo parecia estar correndo da melhor forma possível e o avanço estava programado para que a chegada ao litoral coincidisse com o encontro marcado com o navio bizantino. O ambiente estava menos tenso, a atmosfera mais tranqüila. As brincadeiras estavam de volta e, às vezes, até a alegria, e Rômulo continuava a montar junto com Lívia. Aurélio sorria-lhe, cavalgava amiúde ao lado dele e aproximava-se, perto do bivaque, quando paravam à noite. Mas parecia não querer tornar-se íntimo demais, e Rômulo achou que devia ser devido à separação já iminente.

– Nada te impede de falar comigo – disse-lhe certa noite em que Aurélio se mantinha afastado, jantando sozinho. – Isto não iria comprometer-te de forma alguma.

– Além de uma honra, César, falar contigo é um prazer – respondeu Aurélio sorrindo e sem aceitar a provocação. – E se fosse por mim faria isto o tempo todo. Infelizmente teremos de nos separar muito em breve e uma amizade mais estreita só serviria para tornar mais penoso o adeus.

– Não falei em tornar mais profunda a nossa amizade – rebateu Rômulo mal conseguindo disfarçar o desapontamento. – Só disse que poderíamos trocar algumas palavras, nada mais do que isto.

– Sendo assim... – concordou Aurélio –, acerca do que queres conversar?

– Acerca de ti, por exemplo. O que irás fazer depois de entregar-me aos meus novos guardas?

– Guardas não me parece a palavra certa.

– Talvez não, mas o resultado é o mesmo.

– Preferirias ter ficado em Capri?

– Por enquanto não, mas na verdade não sei o que me espera. Se entendi direito, a minha escolha, admitindo que tivesse escolha, seria entre dois tipos diferentes de cativeiro, mas uma vez que ainda desconheço aquele que me espera, como poderia demonstrar alguma preferência? Só um homem livre pode escolher, enquanto eu sou apenas transferido de uma sujeição à outra, e ninguém garante que a segunda não me faça lastimar a perda da primeira.

Aurélio admirou a habilidade oratória daquela argumentação e, por sua vez, nada soube dizer para rebatê-la. Limitou-se a dizer:

– Espero que não. De todo o coração, espero que não.

– Acredito nisto. Mas então, o que irás fazer?

– Não sei. Já falei algumas vezes a respeito disto com os companheiros, durante a viagem, em parte para matar o tempo e em parte por medo do futuro, mas nenhum de nós tem idéias claras. Certo dia, o mesmo em que a legião foi atacada, Vatreno dizia que já não agüentava mais aquela vida, que queria ir para uma ilha, cultivar a terra e cuidar de umas cabras. Pelos deuses, parece que se passou um século e só foi há algumas semanas! Quando falou, achei que era só uma brincadeira; mas agora, nesta situação tão incerta e obscura, parece uma opção concreta, quase desejável...

– Pastorear cabras numa ilha. E por que não, afinal? Até eu acharia desejável, se pudesse decidir sobre o meu futuro. Mas não posso.

– Ninguém tem culpa.

– Tem sim. Qualquer um que não impede uma injustiça torna-se cúmplice.

– Sêneca.

– Não muda de assunto, soldado.

– Não podemos lutar, nós seis ou sete, contra o mundo inteiro, e eu mesmo não tenciono arriscar mais uma vez a vida dos meus companheiros. Fizeram tudo aquilo que se podia esperar deles: agora merecem a recompensa que lhes foi prometida e a liberdade de escolher o que fazer da sua vida. Talvez iremos à Sicília, onde Vatreno tem um pedaço de terra, ou talvez nos separemos, com cada um seguindo o seu próprio caminho. Ou ainda, quem sabe, talvez nós também viajemos algum dia para o Oriente para visitar-te no teu luxuoso palácio. Já pensaste?

Espero que neste caso tenhas pelo menos a bondade de convidar-nos para jantar.

– Oh, sim, claro, seria fantástico! Ficaria feliz, orgulhoso e... – conteve-se. Sabia que não havia lugar para os sentimentos. – Talvez seja melhor eu ir dormir – disse levantando-se. – Obrigado pela companhia.

– Obrigado a ti, César – respondeu Aurélio acenando com a cabeça, e ficou a acompanhá-lo com o olhar.

No dia seguinte continuaram avançando por um terreno quase sempre acidentado, e tiveram de andar a pé por uns bons pedaços para não correr o risco de aleijar os cavalos. Foram margeando um regato, um caminho bastante incômodo para chegar ao mar, que no entanto permitia evitar os vilarejos onde a passagem deles iria despertar a curiosidade. De vez em quando o estreito desfiladeiro abria-se num vale mais amplo e podiam então ver pastores cuidando dos seus rebanhos ou lavradores que juntavam galhos secos preparando-se para o inverno. Todos tinham uma aparência híspida e abrutalhada, barbas longas e cabelos desgrenhados, usavam calçados de pele de cabra e vestiam roupas remendadas e puídas que mal conseguiam defendê-los do frio vento setentrional. Paravam para ver a comitiva passar, não importa o que estivessem fazendo, e assistiam mudos ao lento desfile do pequeno grupo. Homens armados e a cavalo sempre haviam sido e continuavam sendo, para eles, pessoas importantes, capazes de defender-se ou agredir, e por isto mesmo temíveis. Certa vez Rômulo reparou em alguns rapazes da sua mesma idade e numas meninas um pouco mais jovens: passavam curvos, quase dobrados sobre si mesmos sob o peso de grandes fardos de lenha, ofegantes, as pernas seminuas lívidas de frio, o muco a descer-lhes do nariz e os lábios rachados pelo gelo e pela falta de comida. Um deles venceu o natural acanhamento: botou no chão a carga desmedida para o seu corpo frágil e aproximou-se estendendo a mão.

Rômulo, que cavalgava com Lívia, perguntou:

– Podemos dar-lhe alguma coisa?

– Não – respondeu a jovem. – Se fizermos isto vamos encontrar um enxame deles esperando por nós mais adiante, no vale, e não haverá jeito de nos livrarmos da garotada. Acabaríamos chamando a atenção e é justamente isto o que nós não queremos.

Rômulo olhou para o garoto, para a sua mão estendida e vazia, para a expressão de decepção e tristeza nos seus olhos enquanto se afastava. Virou-se para acompanhá-lo mais um pouco com o olhar, quase tentando fazer-lhe entender que queria ajudá-lo mas não podia, que não dependia dele. Então, ao perceber que estavam mais uma vez a ponto de entrar na floresta, levantou o braço em sinal de despedida. O garoto macilento respondeu à saudação com um sorriso tristonho, também agitando a mão, para em seguida botar novamente nas costas o seu fardo e desaparecer cambaleando entre os arbustos.

– É triste mas necessário – disse Lívia adivinhando os pensamentos de Rômulo. – Muitas vezes na vida temos de fazer escolhas de que não gostamos mas que nos deixam sem alternativas. É duro e impiedoso, este mundo em que vivemos, regido pelo arbítrio e o acaso.

Rômulo não respondeu, mas a vista de toda aquela miséria fazia-lhe entender que aqueles coitados teriam achado uma bênção divina e talvez até um luxo o tipo de vida que ele levara em Capri até uns poucos dias antes, e que não havia no mundo condição bastante triste para não ser comparada com outras infinitamente piores.

Com o passar do tempo e o progredir da viagem, o regato deixara de ser apenas um fiapo de água e escorria agora entre pedras lisas e pequenas quedas gorgolejantes de remoinhos, confluindo afinal em outro rio que Ambrosinus identificou como sendo o Metauro. A temperatura tornava-se mais amena, sinal de que estavam se aproximando do mar e, portanto, da meta e da conclusão de uma aventura da qual ninguém poderia ter previsto o epílogo. A floresta começava a ficar cada vez menos densa abrindo espaço para pastos e campinas enquanto eles iam se aproximando da costa. Vez por outra encontravam aldeias das quais era cada vez mais difícil manter-se afastados, assim como cruzavam alguns trechos da Via Flamínia. No fim do último dia de viagem divisaram até uma velha *mansio* abandonada, ainda com sua insígnia, um tanto enferrujada, o marco para indicar a milhagem e a fonte que abastecia os bebedouros. Eram lindas conchas cavadas no arenito do Apenino, que antigamente eram usadas pelos cavalos da estação postal e que agora eram visitadas pelos rebanhos de passagem, como se podia deduzir das marcas de pequenos cascos fendidos e da abundância de bolotas de estrume espalhadas em volta.

Lívia foi a primeira a aproximar-se, a pé, depois de entregar a Rômulo as rédeas do cavalo, para certificar-se de que não havia perigo. Fingiu tomar água e, quando viu que ninguém andava por perto, assobiou para que os demais se juntassem a ela. Depois de prender o cavalo, Rômulo foi um dos primeiros a entrar, olhando ao redor: nos muros ainda se podiam ler as marcas dos inúmeros clientes que durante séculos haviam freqüentado o lugar, muitas delas obscenas; de um lado, em cima, havia um afresco com um mapa onde se podiam reconhecer a Itália com a Sicília, a Sardenha e a costa da África embaixo, a da Ilíria, no alto, com os mares, as montanhas, os rios, os lagos, cada qual com suas cores, e via-se um risco vermelho, o *cursus publicus*, a rede viária que havia sido glória e motivo de orgulho do Império, com todas as suas estações de muda e as distâncias assinaladas em milhas. No alto, meio apagada pela infiltração da água, uma escrita dizia: TABVLA IMPERII ROMANI. O olhar de Rômulo caiu sobre uma ilustração identificada como CIVITAS RAVENNA, uma miniatura que representava a cidade com suas torres e suas muralhas, e o rapaz teve um arrepio de medo. Desviou os olhos e encontrou os de Aurélio, e cada um leu no olhar do outro os pensamentos angustiantes que aquela imagem trazia à memória: a fuga aflitiva, o fracasso, o cativeiro, a morte de Flávia Serena. Ambrosinus começou a procurar à sua volta em busca de algo que pudesse revelar-se útil e, quando encontrou no fundo de um móvel desengonçado uns rolos de pergaminho parcialmente usados, começou logo a copiar um dos itinerários que apareciam no mapa mural.

Os demais também foram entrando um depois do outro e ajeitaram os cobertores. Demétrio reparou que perto dali havia uma ampla clareira de restolhos com muita palha amontoada e foi pegar uns feixes para que pudessem dormir no macio. As camadas superficiais eram um tanto bolorentas mas, apesar da umidade do outono, logo abaixo a palha ainda estava seca, de uma linda cor amarelada que só de se ver dava uma agradável sensação de calor. Mais além havia uma longa maranha de arbustos aceráceos e de amoreiras silvestres, em alguns lugares descontínua, à qual se seguia toda uma série de moitas rasteiras que se espalhavam até o limiar da areia da praia. À esquerda via-se a foz do Metauro, o rio que haviam margeado durante os últimos dias de marcha no interior. Atrás deles, para o Norte e o Ocidente, tudo era ainda uma grande floresta, e Vatreno adentrou-a a cavalo para certificar-se de que não havia perigos ocultos. Do lado setentrional, não muito longe da margem dos campos lavrados, viam-se muitos troncos de carvalho e de pinheiro empilhados e presos com cordas de casca trançada fixadas a estacas fincadas no chão. Devia haver algum tipo de comércio por aquelas bandas entre os lenhadores e os povoados da costa.

Ao longe se podia ver o mar, encapelado pelo vento de Bóreas mas não revolto, e as condições do tempo proporcionavam esperar que o navio fosse chegar sem maiores problemas. Ambrosinus queria de algum modo demonstrar a sua gratidão aos homens que os tinham libertado arriscando a vida e que os haviam levado até ali e, quando chegou a hora, preparou com todo o cuidado o jantar para todos, incrementando-o com ervas e raízes que encontrara por perto. Conseguiu até arrumar a sobremesa: umas maçãs silvestres que pendiam de uma árvore já meio ressecada naquilo que devia ter sido o pomar da estação de muda. Acendera o fogo na velha lareira e, embora se pudessem ver as estrelas através de várias brechas no teto, o crepitar das chamas e a luz da fogueira espalhavam em volta uma sensação de alegre intimidade, que, pelo menos em parte, amenizava a tristeza da já próxima separação.

Ninguém mencionou que Rômulo teria de partir no dia seguinte, que talvez os deixasse para sempre, que o pequeno imperador iria seguir a trilha de um destino obscuro do outro lado do mundo, numa metrópole imensa e desconhecida, entre as maquinações e os perigos de uma corte corrupta e sanguinária. Mas era evidente que todos pensavam naquilo, percebia-se pelos olhares furtivos que vez por outra lançavam para o rapaz, pelas meias palavras ou pelas frases deixadas pela metade que, sem querer, acabavam dizendo, pelos ríspidos afagos que lhe dedicavam ao passar ao seu lado, quase por acaso.

Aurélio decidiu cuidar do primeiro turno de vigia e foi sentar perto dos bebedouros, observando o mar que se tornara cor de chumbo. Lívia aproximou-se por trás.

– Pobre rapaz – disse. – Passou estes dias todos tentando apegar-se a cada um de nós, principalmente a mim e a ti, mas nós não deixamos.

– Teria sido pior – respondeu Aurélio sem se virar.

Um bando de grous passou na noite e seus chamados choveram do céu como lamentações de exílio.

– Vão chegar ao Bósforo antes dele – disse Lívia.

– Pois é.

– O navio deve lançar âncora antes do amanhecer. Vão ficar com o rapaz e nos pagar o resgate. É muito dinheiro: vós podereis recomeçar a vossa vida, comprar terras, criados... Bem que merecestes.

Aurélio não respondeu.

– No que estás pensando? – perguntou Lívia.

– Não temos certeza de que o navio estará aqui na hora marcada. Pode ser que demore mais alguns dias.

– É uma suposição ou uma esperança?

Aurélio pareceu ficar algum tempo a ouvir em silêncio os chamados sincopados dos grous que se perdiam ao longe. Suspirou.

– É a primeira vez na vida que experimento alguma coisa parecida com uma família. E amanhã estará tudo acabado. Rômulo seguirá para o seu novo destino e tu...

– E eu também – disse Lívia com repentina determinação. – Estamos vivendo tempos difíceis, assistimos impotentes à agonia do nosso mundo. Cada um de nós precisa de uma finalidade, de uma meta bastante clara que lhe permita sobreviver à tamanha ruína.

– É por isto que queres voltar à tua laguna? Não gostarias de...

– De quê?

– De vir conosco... comigo.

– E para onde? Eu já disse: naquela laguna está surgindo uma nova esperança. Venetia é a minha pátria, embora isto possa parecer-te estranho: umas poucas choupanas construídas por um grupo de desesperados, foragidos das suas próprias cidades saqueadas.

Aurélio teve um imperceptível estremecimento ao ouvir isto e Lívia continuou:

– Acredito que muito em breve tornar-se-á uma verdadeira cidade. É para isto que quero a minha parte do dinheiro que eles pagarão amanhã: para reforçar as defesas, armar os nossos primeiros navios, construir novas casas para os novos imigrantes. Tu deverias juntar-te a nós, isto sim, e também os teus companheiros. Precisamos de homens como vós. Em Venetia revive o espírito das nossas cidades queimadas e arrasadas: Altino, Concórdia... Aquiléia! Lembra-te da tua cidade, Aurélio, não te esqueças de Aquiléia!

– Por que continuas a atormentar-me com esse nome? – reagiu Aurélio. – Por que não me deixas em paz?

Lívia ajoelhou-se diante dele fitando-o com olhos febris.

– Porque talvez eu possa devolver-te o passado que foi apagado da tua mente ou que tu mesmo quiseste apagar. Compreendi isto desde a primeira vez que nos vimos. Entendi pela maneira com que olhavas para isto aqui, embora tu continues negando.

Segurou o medalhão que trazia no pescoço, levantou-o bem diante dele, como uma relíquia sagrada que pudesse curá-lo de um mal misterioso. E seus olhos brilhavam na sombra, de lágrimas, de paixão. Aurélio sentiu-se possuir por uma onda de calor, por uma emoção poderosa, pelo desejo abrasador que até então tentara inutilmente abafar. Sentiu os lábios dela que se aproximavam, a respiração que se confundia com a sua própria num beijo ardente e repentino, talvez longamente esperado mas mesmo assim imprevisto e não planejado. Abraçou-a e beijou-a como nunca beijara outra mulher na sua vida, com toda a energia que lhe brotava do coração e com infinita, esgotante doçura, e ela apertou-o com os braços em volta do pescoço, sem deixar que as ávidas bocas se separassem, aderiu com todas as partes do seu corpo fremente ao corpo dele, com o seio rijo, o ventre tenso, com as longas pernas nervosas. Ele deitou-a no chão em cima da capa e a teve assim, sobre os restolhos ressecados, com o cheiro da terra que se confundia com o perfume dos seus cabelos. E ficou muito tempo dentro dela, para prolongar ao máximo aquela intimidade que lhe preenchia o coração e que desejava não ter fim. Deitou-se ao seu lado envolvendo-a na capa, mantendo-a apertada junto a si, deliciando-se com o calor do seu corpo, com o cheiro da sua pele.

Então Lívia despediu-se com um beijo.

– Foi muito bom – disse –, e seria melhor ainda se isto tivesse algum tipo de futuro, mas acredito que o navio não vai demorar a chegar. Com o nascer do dia tudo parecerá diferente, mais difícil e deprimente, como sempre foi até agora. Tu seguirás em frente com os teus companheiros, tentarás fugir das tuas próprias memórias perdidas e eu voltarei à minha laguna. Ficaremos com a lembrança desses dias, deste amor que roubamos da última noite; a lembrança desta formidável aventura, deste rapaz infeliz e gentil que amamos sem nem mesmo ter a coragem de contar para ele. Talvez algum dia tu decidas juntar-te a mim e eu te receberei com entusiasmo, se não for tarde demais, ou talvez nunca mais volte a ver-te porque os acasos da vida levaram-te para longe, muito longe. Adeus, Aurélio, que os teus deuses te protejam.

Afastou-se e desapareceu na velha estação em ruínas. Aurélio ficou sozinho sob o céu escuro, a ouvir a voz do vento e os chamados dos grous que rasgavam as trevas.

XXI

O piar da coruja ecoou várias vezes de um pequeno bosque de salgueiros ao lado do rio, então uma luz começou a mover-se para a frente e para trás lá embaixo, perto da ponte que atravessava o riacho. Lívia, agora dentro da *mansio*, parecia estar dormindo apoiada no muro perto de uma brecha. Aquele som despertou-a, levantou-se com um movimento felino e deslizou para fora através da abertura. Aurélio, que havia sido rendido no turno de vigia, estava agora dormindo envolvido no seu cobertor, encostado na parede do lado oposto da sala. Agora quem vigiava lá fora era Demétrio, sentado no chão apoiado no escudo, e provavelmente estava de olho na linha do mar esperando avistar o navio que todos aguardavam. Lívia deu a volta pelo lado meridional da construção, alcançou o recinto posterior e soltou o seu cavalo, mantendo-lhe uma mão no focinho para que o animal não denunciasse a sua presença. Juba, que estava preso ali por perto, nem pareceu reparar nela, ou talvez não tivesse interrompido o descanso noturno por já achar familiar o cheiro da jovem.

Lívia prosseguiu a pé pela vala posterior, para oeste, então dobrou à direita até chegar ao pequeno desfiladeiro do riacho por onde podia continuar a cavalo, sem ser vista entre os salgueiros, até a ponte ou até o mar.

Enquanto isto os seus movimentos dentro da *mansio* haviam sido observados por Ambrosinus, que não pregara o olho a noite inteira e já tomara a sua decisão. Chegou perto de Rômulo e sacudiu-o delicadamente até acordá-lo.

– Silêncio! – sussurrou-lhe no ouvido para prevenir qualquer reação ruidosa.

– O que está havendo? – perguntou Rômulo ainda mais baixinho.

– Está havendo que vamos embora. Agora mesmo. Lívia saiu, talvez o navio esteja chegando.

Rômulo deu-lhe um abraço apertado e o velho preceptor sentiu naquele gesto toda a gratidão do rapaz por aquela inesperada escapatória, sentiu o seu desejo de liberdade, a vontade de deixar para trás um mundo que só lhe proporcionara sofrimento e amargura. Ciciou-lhe mais uma vez no ouvido:

– Cuidado, procura evitar o farfalhar da palha ao levantar, precisamos nos movimentar como sombras.

E dirigiu-se à portinhola que dava para a horta, atrás da casa. Rômulo olhou em volta, esperou que o pesado roncar de Batiato chegasse ao auge e em seguida também se mexeu, seguindo na ponta dos pés as pegadas do mestre. Já estavam fora. À esquerda deles os cavalos patearam nervosamente raspando o chão. Juba sacudiu várias vezes para cima e para baixo a soberba cabeça, soprando baforadas de vapor pelas ventas. Ambrosinus estremeceu com a reação do animal e deteve Rômulo acenando-lhe para que se achatasse contra a parede.

– Vamos dar um tempo para ele se acalmar – disse –, então entraremos no bosque para encontrar um abrigo seguro até a poeira se assentar, e só então começaremos a nossa viagem, só nós dois.

– Mas se eu fugir Aurélio e seus amigos não vão receber a recompensa: terão lutado tanto e arriscado a vida em troca de nada.

Ambrosinus mandou que se calasse com um gesto.

– Tu achas que é uma boa hora para ter este tipo de escrúpulos? Tenho certeza de que acabarão dando um jeito.

Em lugar de se acalmarem, no entanto, os cavalos estavam ficando cada vez mais nervosos até que finalmente Juba levantou-se sobre as patas traseiras e golpeou o muro com as da frente, lançando ao mesmo tempo um sonoro relincho.

– Vamos embora, rápido! – disse Ambrosinus segurando o rapaz pelo braço. – Aquele animal vai acordar todo o mundo. – E já ia dar os primeiros passos quando uma mão de ferro afundou os dedos no seu ombro, imobilizando-o.

– Pára!

– Aurélio – disse Ambrosinus ao reconhecê-lo na escuridão. – Deixa-nos partir, eu te peço. Devolve a liberdade a este garoto, se lhe queres um pouquinho de bem. Já sofreu demais... Deixa que seja livre. – Mas Aurélio, sem soltar a presa, mantinha os olhos fixos alhures.

– Tu não sabes o que dizes – respondeu. – Olha, olha lá embaixo, perto daquelas árvores.

Ambrosinus aguçou os olhos na direção indicada pela mão esticada de Aurélio: viu um agitar-se confuso de sombras ameaçadoras e sentiu-se gelar no fundo do peito.

– Oh, Senhor misericordioso... – murmurou.

Enquanto isto Lívia chegara perto da ponte e já podia distinguir na primeira claridade do alvorecer um vulto de pé, com uma lanterna na mão, atrás de uma moita de tamargueira. Um cavalo estava preso a um arbusto não muito longe dali, sob a folhagem de um salgueiro. Esporeou a sua montaria e aproximou-se até identificar a figura.

– Stefano.

– Lívia – respondeu o outro, também a reconhecendo.

– Escolhemos um itinerário difícil, pelos bosques, mas conseguimos chegar a tempo. Quanto ao resto, sem problemas. O rapaz e o seu mestre estão bem, os homens tiveram um desempenho magnífico. Mas onde está o navio? O sol já vai nascer, ele deveria ter chegado ontem à noite. Embarcar em plena luz do dia parece-me arriscado, como aliás o teu próprio sinal: alguém poderia ter ouvido...

Stefano interrompeu-a com um gesto.

– O navio não vem mais.

– Como é?

– Tu me ouves. Infelizmente o navio não vem mais.

– Foram atacados? Naufragaram?

– Nada disto. As coisas simplesmente mudaram.

– Olha, não estou gostando nem um pouco desta história: eu arrisquei a minha vida, e os meus homens também, e...

– Acalma-te, por favor, não foi culpa nossa. Zenon reconquistou o trono que Basilisco usurpara, e agora precisa de paz para firmar-se no poder. Não pode dar-se ao luxo de ter Odoacro como inimigo e, além do mais, o seu candidato para o trono do Ocidente sempre foi Júlio Nepote, como tu bem sabes.

Lívia percebeu de repente o perigo mortal que aquela situação absurda representava para todos.

– Antêmio está por trás destas maquinações? – perguntou cada vez mais preocupada.

– Ele não teve escolha.

– Maldição! Mas desta forma condena à morte o rapaz!

– Não. E é por isto que estou aqui. Tenho um barco mais para o norte, perto da foz do rio. Podemos ir para minha vila em Rimini; lá todos estarão seguros. Mas precisam apressar-se, este lugar é desprotegido demais.

Lívia voltou a montar.

– Vou avisá-los – disse esporeando.

– Não, espera! – gritou Stefano. – Olha para lá.

Lívia olhou para a colina e viu um grupo de cavaleiros bárbaros que iam se aproximando do pequeno edifício vindos do sul, enquanto outros saíam naquele mesmo instante das moitas em volta. Stefano tentou mais uma vez detê-la.

– Espera! Acabarás sendo morta!

Mas tropeçou, a lanterna caiu-lhe das mãos e quebrou ao bater no chão. Lívia observou a mancha de óleo que ardia, depois achou o campo de restolhos e os feixes amontoados e não teve dúvidas. Pegou o arco, ateou fogo a uma das setas e atirou em parábola para um monte de palha. Mais outras setas se seguiram até que aqueles cúmulos começaram lentamente a pegar fogo soltando densas espirais de fumaça.

– Estás louca – disse Stefano. – Nunca vais conseguir.

– É o que vamos ver – rebateu Lívia.

– Eu não posso demorar mais. Preciso voltar – disse Stefano, visivelmente amedrontado com o novo e indesejável curso dos acontecimentos. – Vou esperar por ti em Rimini: procura livrar-te dessa, eu te peço!

Como resposta Lívia só acenou de leve com a cabeça e aí incitou o cavalo pela margem do rio rumo à colina.

De tão atarefados que estavam em completar o cerco da velha *mansio*, no começo, os bárbaros nada perceberam.

Haviam desmontado e agora seguiam adiante a pé, de espadas em punho à espera do sinal do seu comandante: Wulfila.

O local estava mergulhado no silêncio irreal que reina na natureza quando vêm a faltar os ruídos dos animais noturnos e os diurnos ainda não se atrevem a saudar o sol, o silêncio que marca o limite entre a escuridão da noite e a primeira luminosidade do dia. De repente ouviu-se apenas o triste lamento da placa metálica da *mansio* que rangia movida pelo sopro da primeira brisa matinal. Wulfila deu o sinal baixando de chofre a mão esquerda que mantinha levantada e todos precipitaram-se dentro do aposento, começando a trespassar na semi-escuridão os corpos deitados no chão daquele abrigo em ruínas. Mas não demorou para que um coral de pragas acompanhasse a descoberta do engano. Só havia palha debaixo dos cobertores: os hóspedes já haviam ido embora.

– Procurai-os! – ordenou Wulfila. – Não podem estar longe. Procurai as pegadas, eles têm cavalos!

Os homens saíram correndo e espalharam-se em volta, mas ficaram pasmos diante do campo cheio de fogueiras, com as chamas que se levantavam com força alimentadas pelo vento. Parecia algum tipo de bruxaria uma vez que Lívia, escondida no estreito desfiladeiro do riacho, continuava invisível.

– O que está acontecendo? – praguejou Wulfila, que não conseguia entender aquela repentina mudança de cenário. – Maldição! Devem ter sido eles! Procurai, procurai! Devem estar aqui por perto!

Os homens obedeceram espalhando-se pela campina, esquadrinhando com cuidado o terreno até um deles encontrar finalmente os rastros de homens e cavalos que se dirigiam para o bosque.

– Por aqui! – gritou. – Eles foram para a floresta!

Todos correram para as montarias e já estavam a ponto de lançar-se para o bosque quando Lívia, percebendo as suas intenções, esporeou o cavalo e saiu em campo aberto para chamar a atenção deles. Mais uma das suas setas incendiárias acertou o alvo ateando fogo a um palheiro, outra sibilou no ar e abateu um inimigo, enquanto ela gritava ao mesmo tempo:

– Por aqui, seus bastardos! Tentai me pegar, se puderdes! E começou a provocá-los movendo-se desafiadoramente na densa cortina de fumaça, e aparecendo de novo em plena luz para voltar a atingi-los com suas flechas certeiras.

A um sinal de Wulfila três guerreiros separaram-se do grupo e correram atrás dela enquanto as chamas, alimentadas pelo vento, iam transformando todo o campo numa única e gigantesca fogueira. Lívia trespassou um dos perseguidores, evitou o segundo e lançou-se de espada em punho contra o terceiro que vinha em cima dela gritando como um possesso. Conseguiu desequilibrá-lo com uma esquiva e aí bateu violentamente nele com o flanco do cavalo fazendo-o rolar entre as chamas. Os berros de dor do soldado transformado numa tocha humana logo se confundiram com o fragor das chamas que tudo envolviam. Lívia lançou-se a galope através daquele campo infernal até chegar ao limiar do bosque. Apareceu de repente diante dos companheiros, de espada em punho e cabelos ao vento, como uma antiga deusa da guerra.

– Vamos sair daqui! – gritou. – Fomos traídos! Segui-me, rápido! Logo estarão caindo em cima de nós!

– Mas antes vamos deixar-lhes uma lembrancinha! – respondeu Aurélio, e fez um sinal para os companheiros escondidos atrás das pilhas de troncos que Vatreno tinha visto no dia anterior. Os homens cortaram então com os machados as cordas que seguravam as toras e Batiato empurrou-as para baixo fazendo-as rolar pela encosta. Não demorou para os pesados troncos adquirirem velocidade e despencarem rolando e ricocheteando sobre as asperezas do terreno, espalhando terror e morte entre as fileiras de cavaleiros de Wulfila que vinham subindo em direção do bosque. Algumas das toras acertaram em cheio os palheiros em chamas, que se transformaram em turbilhões de faíscas e explodiram em globos de fogo que o vento levava como abrasadoras nuvens mortíferas.

No bosque todos montaram e Aurélio esticou o braço para que Rômulo subisse na garupa de Juba com ele, então esporearam os animais no encalço de Lívia que parecia saber para onde levá-los. Pegaram, à toda velocidade, uma trilha no meio das moitas e depois de algum tempo chegaram mais uma vez a um ramo secundário da antiga Via Popília, que já não passava de uma senda quase irreconhecível entre os arbustos rasteiros e as amoreiras. Lívia pulou ao chão e indicou uma estreita passagem não muito acima deles.

– Desmontai dos animais e segui-me segurando-os pelas rédeas. O último a passar, é bom que procure apagar os rastros.

Orósio encarregou-se da tarefa, juntou uma galhada e, recuando, apagou as marcas de homens e cavalos. Enquanto isto Lívia dera a volta numa espessa moita que interrompia a senda até parar ao lado da encosta de um pequeno morro, coberta por uma densa maranha de hera e de outras plantas trepadeiras. Testou a parede em vários lugares com a ponta do arco até que a arma afundou completamente na cortina vegetal.

– Por aqui – disse. – Encontrei.

Afastou as trepadeiras e revelou uma passagem cavada no arenito que penetrava morro adentro. Os companheiros seguiram-na em fila indiana, até Orósio recompor atrás deles a vegetação natural disfarçando por completo a abertura. Ao virar-se para o interior reparou que todos olhavam em volta admirados. A luz do dia filtrava através da folhagem amenizando a escuridão e deixando intuir os contornos da cavidade protetora que os acolhia.

– É um *mitréu** abandonado há séculos, antigamente freqüentado por marujos orientais que atracavam em Fano – explicou Lívia. – Só o usei como refúgio uma outra vez. Tive sorte de lembrar a sua localização. Deus deve estar do nosso lado se nos mostra deste jeito o caminho para a salvação.

– Se o teu Deus está do nosso lado, tem um modo muito estranho de demonstrá-lo – comentou Vatreno. – E quanto ao futuro, para dizer a verdade gostaria que se esquecesse de nós e fosse cuidar de outras pessoas.

– Juntai todos os animais na parte mais escura e procurai mantê-los quietos. Os nossos perseguidores vão chegar a qualquer momento e se nos encontrarem de novo vai ser realmente o fim para nós.

Mal tinha acabado de falar e se ouviu o barulho de cascos ao longo do caminho. Lívia ficou perto da entrada e espiou para fora: Wulfila chefiava os seus homens e seguiu em frente à toda velocidade. A jovem suspirou aliviada e virou-se para anunciar aos companheiros que o perigo já passara mas logo teve de mudar de opinião. O ruído do tropel parara de repente e ouvia-se agora o lento patear dos cavalos que voltavam a passo para trás. Lívia fez um gesto pedindo silêncio total e deu mais uma furtiva olhada para fora, enquanto Aurélio também se aproximava após entregar a Batiato as rédeas de Juba.

---

* Templo dedicado ao deus persa Mitra. (N. do T.)

Wulfila estava agora a não mais de vinte passos da entrada da galeria e sobressaía com o tronco e os ombros acima das moitas que ocultavam o antigo traçado da estrada. Horrível de se ver, com o rosto enegrecido pela fuligem, os olhos inflamados, a cicatriz que lhe desfigurava o rosto, olhava em volta como um lobo que fareja a sua presa. Os demais bárbaros seguiam atrás; espalhados em leque esquadrinhavam o bosque ao redor, de olhos fixos no solo à cata de rastros. Dentro da galeria todos prendiam a respiração, cientes do perigo que os ameaçava, e com a mão na empunhadura da espada, prontos como sempre para envolver-se num combate mortal quaisquer que fossem as suas chances.

Os cavaleiros espalharam-se ainda mais procurando outros eventuais caminhos de fuga até que Wulfila, diante da inutilidade da busca, chamou-os de volta e deu por encerrada a perseguição.

– Encontrei Stefano antes do amanhecer – disse Lívia. – Contou-me que Antêmio nos entregou. Infelizmente não vou ter o dinheiro que lhes prometi, pelo menos por enquanto.

Ambrosinus aproximou-se.

– Mas... não estou entendendo.

– Muito simples – respondeu Lívia. O imperador Zenon reassumiu o poder no Oriente destituindo Basilisco e quer manter boas relações com Odoacro. Talvez tenha ficado a par do acordo com Antêmio que, nesta altura, sentiu-se um tanto desprotegido e, provavelmente, não teve outra escolha a não ser sacrificar Rômulo em nome da nova situação política.

– E o que fazemos com o rapaz, agora? – perguntou Vatreno.

– Poderíamos levá-lo conosco – respondeu Aurélio.

– Um momento... – tentou protestar Lívia.

– E para onde? – rebateu Demétrio, sem levá-la a sério. – Odoacro vai soltar contra nós até o último dos seus homens, não nos dará trégua, não nos deixará um só minuto tranqüilos. É inútil pensar que aqueles bárbaros foram embora, irão voltar quando menos esperarmos, e vão querer se vingar. Acho bom que isto fique bem claro para todos.

– E o que deveríamos fazer, então, no teu entender? – perguntou Aurélio.

– Negociar uma recompensa com os bárbaros e nós mesmos entregá-lo?

– Esperai! – interveio Batiato. – Eu também quero entender, alguém poderia explicar-me...

– Querem me deixar falar, por favor? – tentou mais uma vez Lívia.

Rômulo olhou em volta angustiado com toda aquela gritaria confusa, com aquela discussão que passava por cima dele sem levar de forma alguma em consideração a sua presença: mais uma vez o seu destino estava nas mãos de outrem. Agora que já não havia recompensa, para aquelas pessoas ele não passava de um fardo, um empecilho incômodo e indesejável. Aurélio deu-se conta do seu estado emocional, leu em seus olhos o desamparo e a humilhação, e tentou remediar:

– Ouve, eles não...

Mas foi interrompido pela voz de Ambrosinus, uma voz que nunca se levantara tão cheia de fúria e de indignação.

– Agora chega! – exclamou. – Quem deve ouvir és tu, Aurélio, e os outros também! Cheguei a este país da ilha Bretã há muitos anos, numa delegação com alguns outros emissários para falar com o imperador. Queríamos pedir ajuda para os povos da nossa ilha sujeitos a um feroz tirano, vexados com contínuos saques e violências por bárbaros selvagens. Perdi os meus companheiros durante a viagem, mortos de frio, de doenças, ou devido aos ataques de bandidos. Cheguei sozinho e nem consegui ser recebido. O imperador era um fantoche inútil nas mãos de outros bárbaros: nem quis me ouvir. Dentro de pouco tempo fiquei sem recursos e só pude sobreviver graças aos meus conhecimentos de medicina e alquimia até que me tornei o preceptor deste rapaz. Estive ao lado dele e assisti-o na boa e na má sorte, nos momentos de alegria e nos de desespero, na humilhação e no cativeiro, e posso dizer-vos que há mais coragem, compaixão e nobreza de ânimo nele do que em qualquer outra pessoa que já conheci. – Todos emudeceram, subjugados pela voz do improvisado orador que nesta altura apoiou a mão no ombro de Rômulo e empurrou-o no meio de todos para impô-lo à atenção deles. Então, num tom mais contido mas também mais solene continuou: – Agora eu peço que o imperador ouça a invocação dos seus súditos da ilha Bretã há tanto tempo abandonados ao seu destino e que vá socorrê-los, peço que ele enfrente comigo mais perigos e mais privações, contando ou não com a vossa ajuda.

Os presentes fitaram-no pasmos e em seguida entreolharam-se lentamente, quase não acreditando em seus próprios ouvidos.

– Sei o que estais pensando, dá para se ler nos vossos rostos – prosseguiu Ambrosinus. – Pensais que fiquei louco mas estais errados. Agora que fostes privados da vossa recompensa só vos restam duas possibilidades: podeis entregar Rômulo Augusto aos seus inimigos e talvez receber um prêmio ainda maior, podeis trair o vosso imperador e manchar-vos com um crime horrível, mas sei que não fareis isto. Neste breve tempo que passamos juntos tive a oportunidade de conhecer-vos bem, e vi sobreviver em vós algo que considerava morto há muitos séculos: o valor, a coragem e a lealdade dos verdadeiros soldados de Roma. Ou então podeis deixar-nos partir devolvendo-nos a liberdade. – O olhar de Ambrosinus firmou-se na empunhadura da espada presa aos ombros de Aurélio. – Essa espada será o nosso talismã, e como guia teremos uma antiga profecia que só eu e ele conhecemos.

Reinava o mais completo silêncio na ampla cavidade. Todos ficaram fascinados pelas palavras daquele velho sábio, pela dignidade e a coragem do jovem soberano sem reino nem exércitos.

– Irei contigo, *Ambrosine* – disse Rômulo –, para qualquer lugar aonde me queiras levar, com a ajuda ou não daquela espada. Deus estará conosco. – Segurou-o pela mão e moveu-se para sair dali.

Aurélio deteve-o plantando-se diante dele.

– Posso perguntar como tencionais chegar lá?

– A pé – respondeu laconicamente Ambrosinus.

– A pé – repetiu Aurélio, como se quisesse confirmar que escutara direito.

– Isto mesmo.

– E quando chegardes – interveio Vatreno, com sarcasmo – admitindo que consigais chegar, como é que vós dois tencionais derrotar o tal tirano feroz e os seus temíveis bárbaros, sozinhos? Um velho e um...

– Menino – completou Rômulo. – É isto que querias dizer, não é? Pois bem, Iulo, o filho do herói Enéias, também era um menino quando deixou Tróia em chamas para vir à Itália. E mesmo assim se tornou o fundador da maior nação de todos os tempos. Nada tenho a vos oferecer, não tenho bens, nem dinheiro, nem herdades com que me desobrigar convosco. Só posso ser-vos grato por tudo aquilo que fizestes. Só posso dizer que nunca irei esquecer-vos, que ficareis para sempre no meu coração mesmo que tivesse de viver cem anos... – A sua voz tremia de emoção. – Tu, Aurélio, e vós, Vatreno, Batiato, Demétrio e Orósio, e tu também Lívia, não me esqueçais... Adeus. – Virou-se para o mestre: – Vamos, *Ambrosine*, está na hora de partirmos.

Chegaram à entrada do mitréu, afastaram a vegetação e encaminharam-se pela trilha. Aurélio puxou então Juba pelas rédeas, encarou os companheiros e, como se fosse a coisa mais óbvia do mundo, disse:

– Vou com eles.

Vatreno recobrou-se da surpresa.

– Estás falando sério? – disse. – Espera, maldito cabeçudo, para onde pensas que estás indo? – E foi atrás dele.

Lívia sorriu, como se não estivesse esperando outra coisa, e por sua vez encaminhou-se puxando o cavalo atrás de si. Batiato coçou a cabeça.

– Fica muito longe esta tal de ilha Bretã? – perguntou aos outros dois.

– Acho que sim – respondeu Orósio. – Receio que seja a terra mais longínqua de todas, pelo menos segundo aquilo que me contaram.

– Então é melhor não perder tempo. – Lançou um assobio para o cavalo e abriu caminho através da cortina de trepadeiras, rumo à luz do sol.

Ambrosinus e Rômulo, que já se haviam adiantado na trilha, ouviram o barulho da folhagem atrás de si e o patear dos cascos, mas continuaram em frente. Então, ao perceber que todos estavam seguindo o mesmo caminho, Rômulo parou e segurou o braço de Ambrosinus; virou-se lentamente e viu-se diante dos seis. Perguntou:

– Para onde estais indo?

Aurélio aproximou-se.

– Achaste realmente que iríamos abandonar-te? – disse. – A partir de agora, se quiseres, tu dispões de um exército. Pequeno mas valoroso. E leal. *Ave Caesar!* – Desembainhou a espada e ofereceu-a a ele.

Naquele instante um raio de sol abriu caminho entre as nuvens e penetrou pelos galhos dos pinheiros e das azinheiras até iluminar o rapaz e a sua portentosa espada com uma luz mágica, irreal.

Rômulo devolveu-a a Aurélio com um sorriso.

– Guarda-a para mim – disse.

Aurélio deu-lhe a mão e ajudou-o a montar no cavalo diante de si, em seguida fez um sinal para que os outros entregassem a mula a Ambrosinus.

– Uma viagem longa e perigosa espera por nós – disse. – Daqui a dois ou três dias descortinar-se-á à nossa frente o vale Padano, em sua maioria uma grande planície em campo aberto, desprovida de proteção, onde poderemos ser facilmente avistados.

– É verdade – respondeu Ambrosinus. – Mas teremos um poderoso aliado.

– É mesmo? Qual?

– A neblina – respondeu.

– Talvez Stefano ainda possa fazer alguma coisa por nós – disse Lívia. – Tinha vindo com um barco para nos proporcionar uma saída. Talvez nos possa pagar uma parte do dinheiro que havia sido prometido, ou pelo menos fornecer mantimentos. O vale Padano é grande, os dias curtos e nebulosos: não vai ser tão fácil assim nos encontrarem.

– É verdade – concordou Aurélio. – Mas teremos de superar os Alpes, e já estaremos no inverno.

XXII

Stefano viu reaparecer a patrulha de Wulfila no limiar do bosque, uma meia dúzia de homens ao todo, e foi ao encontro deles tentando parecer natural:

– Onde estão os outros? – perguntou.

– Separei-os em vários grupos e mandei-os procurar nas redondezas. Tenho certeza de que ainda estão por perto. Com o velho e o garoto não podem ter ido muito longe.

– É verdade, mas o tempo está piorando e isto vai tornar as coisas mais difíceis – rebateu Stefano.

Via-se com efeito chegar do mar uma frente de nuvens escuras e logo a seguir começou a cair uma chuva gelada misturada com nevasca.

O incêndio, que nesta altura havia consumido os restolhos e os palheiros, apagou-se por completo, deixando uma extensão fumegante e enegrecida. As toras que não haviam encontrado obstáculos no caminho haviam rolado quase até a planície litorânea ou então para o pequeno desfiladeiro do riacho.

Stefano tiritava de frio e os seus estremecimentos confundiam-se com os arrepios de medo, mas mesmo assim teve a coragem de falar.

– Odoacro não vai gostar nem um pouco disto, e os emissários de Zenon tampouco. Não gostaria de estar no teu lugar quando tiveres de explicar o que aconteceu. E não fica pensando que vou arriscar a minha posição para salvar a tua. Deixaste escapar de baixo do teu nariz um velho e um garoto mesmo dispondo de setenta guardas bem treinados. Não dá para acreditar. Alguém poderia pensar que te deixaste subornar.

– Cala-te! – rosnou Wulfila. – Se tu me tivesses avisado a tempo poderíamos prendê-los todos.

– Não me foi possível. O homem de Antêmio em Nápoles organizou a fuga tão bem que eu mesmo perdi o rastro deles, e então não deu para encontrá-los de novo, pareciam ter sumido no ar. O que mais podia dizer? O único lugar certo para pegá-los era aqui, onde estava marcado o encontro com o navio. E foi justamente o que eu te informei.

– Não consigo entender de que lado tu realmente estás, mas toma cuidado. Se por acaso eu perceber que estás nos traindo, farei com que amaldiçoes o dia em que nasceste.

Stefano não teve ânimo para replicar.

– Arranja-me algum agasalho – disse. – Não vês que estou morrendo de frio?

Wulfila esquadrinhou-o da cabeça aos pés com desdém, então tirou um cobertor da sela e jogou-o no chão diante dele. Stefano apanhou-o e envolveu-se com ele até cobrir a própria cabeça.

– O que tencionas fazer agora? – perguntou ao retomar um pouco de fôlego.

– Capturá-los. Custe o que custar. Hei de encontrá-los, não importa para onde eles estejam indo.

– Isto pode levar muito tempo. Se não conseguiste pegá-los agora que estavam ao teu alcance, nada garante que conseguirás fazê-lo mais tarde. Quanto mais tempo passa, melhor fica para eles. E além do mais de Capri poderiam surgir estranhos boatos, e poderiam espalhar-se absurdas expectativas.

Wulfila decidiu finalmente desmontar do cavalo e o pescoço de Stefano pôde assumir uma posição mais normal.

– O que queres dizer com isto? – perguntou.

– Muito simples: se a notícia de o imperador ter fugido se espalhar, alguém poderia aproveitar-se com conseqüências até muito sérias. – Wulfila deu de ombros. – E além do mais o desejo de Odoacro era que ele passasse o resto dos seus dias naquela ilha – continuou Stefano. – Ninguém deve saber que o garoto desapareceu.

– E o que achas que eu deveria fazer?

– Envia a Capri alguém da tua total confiança. Manda substituir Rômulo Augusto por um sósia, um rapaz da mesma idade vestindo as mesmas roupas, e providencia para que ninguém o veja de perto, pelo menos durante alguns meses, até completar a troca de todo o pessoal, inclusive dos homens encarregados da guarda. Para o povo em geral, e não só para ele, aliás, é como se o garoto nunca tivesse saído da vila nem deixado a ilha. E nunca fosse deixá-la. Estás me entendendo?

Wulfila anuiu.

– Então terás de contar a Odoacro. E será uma coisa que tu mesmo deverás fazer, pessoalmente.

Wulfila acenou mais uma vez com a cabeça mal conseguindo controlar a ira. Detestava aquele cortesão intrigante mas percebia que naquele momento, embora tão encharcado e trêmulo de frio, envolvido naquele cobertor de cavalo, o homem se encontrava numa posição certamente mais confortável do que a sua. Fez um sinal para que o acompanhasse e os dois entraram na velha *mansio* que, devido à sua posição, não havia sido atingida pelas chamas, e ali esperaram pela volta das várias patrulhas. Stefano lembrou-se então de outra história da qual ouvira falar e acenou para ciciar no ouvido do bárbaro sem que ninguém os escutasse.

– Antêmio também tinha informantes em Capri, até nos navios com os quais tu perseguiste os fugitivos, e um deles conseguiu transmitir-me, entre outras coisas, uma história bastante estranha – começou dizendo. Wulfila olhou para ele desconfiado. – Parece que um daqueles homens tinha uma arma formidável, uma espada nunca vista. Tu ouviste falar a respeito?

Wulfila evitou o olhar do outro de forma suficientemente desajeitada que deixava entender estar mentindo quando respondeu:

– Não sei do que estás falando.

– Estranho. Imagino que houve luta para impedir que aquele reduzido grupo levasse o imperador.

– As pessoas contam o que lhes interessa. Eu não sei de nada. E quando tu lutas ficas olhando a cara do teu inimigo, e não a espada. E afinal eu também te pedi uma informação, e até agora tu não me disseste nada.

– Acerca daquele legionário? Só sei que pertencia à unidade que Mledo aniquilou em Dartona, e que se chama Aurélio.

– Aurélio? Tu disseste Aurélio?

– Lembra-te alguma coisa?

Wulfila ficou pensando em silêncio, então disse:

– Sei que já o vi em algum lugar: há muito tempo. Nunca esqueço as pessoas, mesmo que as tenha visto uma única vez. Mas isto já não tem importância. O homem desapareceu no mar naquela noite, e provavelmente virou comida de peixe.

Os primeiros dos seus homens demoraram mais algum tempo a chegar, cansados, com os cavalos fumegantes de suor, e só de olhar para a sua expressão frustrada ficou logo claro que a busca não havia dado em nada. Wulfila chicoteou-os possesso, tomado de fúria.

– Como vos atreveis a dizer que não os encontrastes? Sete pessoas a cavalo não podem desaparecer no ar, maldição!

– Procuramos por toda parte – disse um deles. – Talvez soubessem de algum esconderijo. Sempre viveram por estas bandas, conhecem o lugar muito melhor do que nós. Ou talvez alguém os tenha abrigado.

– Devíeis invadir as casas, arrancar a verdade dos camponeses. Sabeis como forçá-los, ou já esquecestes?

– Foi o que fizemos, mas muitos não nos entendem.

– Fingem! – berrou Wulfila.

Stefano ficou olhando sem demonstrar reação alguma, mas no fundo do peito adorava ver aquela fera hirsuta inteiramente tomada pelo pânico. Mais umas patrulhas chegaram por volta do meio-dia.

– Talvez tenham encontrado rastros mais para o norte – disse um dos cavaleiros. – De qualquer maneira combinamos nos encontrar em Pésaro: os primeiros a chegar esperam pelos outros. O que fazemos agora?

– Retomamos a caçada – respondeu Wulfila. – Agora mesmo.

Stefano despediu-se.

– Encontrar-nos-emos de novo em Ravena, imagino. Eu vou ficar por aqui à espera do barco que vem buscar-me. – Em seguida acenou para que o bárbaro se aproximasse. – É verdade que aquela espada tinha a empunhadura de ouro em forma de cabeça de águia?

– Nada sei a respeito. Não sei do que estás falando – insistiu mais uma vez Wulfila.

– Pode ser, mas se porventura ela acabar caindo em tuas mãos lembra-te que alguém estaria disposto a pagar qualquer quantia para tê-la, cobrir-te-ia de ouro, literalmente. Entendeste? Não sejas bobo, se conseguires apoderar-te dela, conta-me logo e farei com que tu passes o resto da tua vida no luxo.

Wulfila não respondeu, fitou-o por uns instantes com olhar enigmático, então chamou os seus homens, formou-os em leque e lançou-os mais uma vez a galope em todas as direções, chefiando pessoalmente o grupo que ia para o norte. Prosseguiram durante vários dias examinando todas as trilhas sem resultado algum, até juntarem-se ao grupo que os antecedera nos arredores de Pésaro. O tempo piorava em toda parte e havia uma garoa rala mas insistente que transformava as ruas em regatos lamacentos e tornava quase impossível a passagem pelos campos cultivados, enquanto a neve já gelava as alturas e embranquecia as encostas. A patrulha que os antecedera já havia avisado as guarnições postadas ao longo do caminho que era preciso encontrar um grupo formado por cinco homens, uma mulher, um rapaz e um velho. Mais cedo ou mais tarde alguém iria vê-los. Wulfila dirigiu-se então o mais rápido possível para Ravena, onde a prova mais difícil ainda esperava por ele: o confronto com Odoacro.

O *magister militum* recebeu-o num dos aposentos do apartamento imperial que escolhera como sua morada e, pelo seu olhar, Wulfila percebeu de imediato que o chefe estava a par dos acontecimentos e que qualquer coisa que lhe dissesse só iria piorar o seu humor. Esperou, portanto, que a tempestade estourasse antes de reagir.

– Os meus melhores homens! – gritou Odoacro. – O meu próprio lugar-tenente! Todos logrados por um punhado de desesperados, de romanos desmiolados: como pode?

– Não tinham nada de desmiolados! – Wulfila respondeu irritado.

– Parece-me óbvio. Então os desmiolados sois vós.

– Cuidado, Odoacro. Nem mesmo tu podes falar-me desse jeito.

Estás me ameaçando? Depois que fracassaste tão vergonhosamente em tua tarefa ainda te atreves a ameaçar-me? Agora vais contar tudo aquilo que aconteceu, sem esquecer um só detalhe. Preciso entender do que são feitos os homens que escolhi ter à minha volta, preciso saber se vós já vos tomastes tão incapazes e inúteis quanto os romanos que vencemos e subjugamos.

– Pegaram-nos de surpresa numa noite tempestuosa, subindo pelo despenhadeiro setentrional, um local praticamente inacessível. Fugiram através de uma passagem secreta que dava diretamente para o mar. Apesar disto, mandei patrulhar as águas ao redor com os dois navios de que dispunha, mas até os elementos ficaram contra nós: quando a tempestade já estava a ponto de amainar aconteceu a erupção do vulcão e a embarcação deles sumiu numa caligem impenetrável. Vi o chefe deles desaparecer no mar, o mesmo que já tentara libertar o rapaz aqui em Ravena, e ainda assim não me dei por vencido nem relaxei a minha busca.

– Tens certeza? – perguntou Odoacro atônito. – Tens certeza de que era o mesmo? Como podes saber, se era tão escuro como afirmas?

– Olhei para ele como estou olhando para ti agora, sei que não estou errado. E de qualquer forma não me parece haver motivo para espanto: quem tentou e fracassou uma vez pode tentar de novo, embora eu não esperasse encontrá-lo outra vez tão longe daqui.

– Continua – disse Odoacro, impaciente para saber o resto daquela história estranha.

– Eu poderia ter achado que haviam naufragado – prosseguiu Wulfila –, que se haviam espatifado contra os recifes avançando na mais completa escuridão, mas em vez disto atravessei os Apeninos e cheguei no mesmo dia em que eles chegaram, apesar de favorecidos pelo conhecimento do terreno. Infelizmente, quando já estavam nas minhas mãos, conseguiram fugir de novo e não nos foi possível encontrar os seus rastros. Seja como for, é claro que sabiam da localização dos prisioneiros, sabiam que o paredão norte ficava normalmente desguarnecido e conheciam um caminho de fuga cuja existência nós mesmos ignorávamos, e, portanto, alguém deve tê-los avisado.

– Quem? – gritou Odoacro.

– Talvez Antêmio: ele podia muito bem conhecer a vila de Capri, e parece ter muitos amigos em Nápoles. E o próprio Stefano...

– Stefano é um sujeito inteligente e capaz, e tem muito sentido prático, preciso dele no meu relacionamento com Zenon – respondeu Odoacro, mas era evidente que as palavras de Wulfila haviam-no impressionado.

Atestavam a façanha de homens incrivelmente corajosos e astutos, providos de imensa sagacidade. Naquele mesmo instante deu-se conta de como iria ser difícil, para não dizer impossível, reinar naquele país apoiando-se apenas na força de um exército que todos consideravam estrangeiro, invasor, violento, cruel – numa palavra, bárbaro. Compreendeu que precisava cercar-se de inteligências mais do que de espadas, de conhecimento e não somente de força, e que bem no meio de centenas de soldados que guardavam o palácio ele estava mais exposto e vulnerável do que no campo de batalha. E por um momento sentiu-se ameaçado por um garoto de treze anos, agora livre, protegido e fora do seu alcance. Lembrou-se daquelas suas palavras de vingança diante do corpo da mãe, na cripta da basílica. Reagiu com enfado.

– E o que deveríamos fazer agora, no teu entender? – perguntou.

– Já tomei algumas providências – respondeu Wulfila. – Mandei substituir o garoto por um sósia: um rapaz da mesma idade e com mais ou menos o mesmo porte, vestindo as mesmas roupas, que vai morar no mesmo lugar mas que só será visto de perto por pessoas de confiança. Os demais só poderão vê-lo de longe. Dentro em breve mandarei trocar todos os guardas e todos os criados, de forma que os novos não terão termos de comparação e acharão que aquele é o verdadeiro Rômulo Augusto.

– Parece-me um plano astucioso do qual não te acreditava capaz. Melhor assim, mas agora quero saber como tencionas capturar o rapaz e os que estão com ele.

– Dá-me um decreto concedendo-me plenos poderes e a possibilidade de estabelecer um prêmio pela sua cabeça. Então não terão escapatória. É a comitiva mais heterogênea que se pode imaginar e não vai ser muito difícil identificá-la. Mais cedo ou mais tarde terão de sair em campo aberto, terão de comprar mantimentos, procurar hospedagem. Nesta época do ano já não dá para dormir ao relento.

– Mas tu nem sabes para onde estão indo.

– Acredito que estejam indo para o norte, agora que o caminho para o leste está fechado. Não têm outro lugar para onde ir. Precisam de qualquer maneira tentar sair da Itália. E a temporada de navegação já se encerrou.

Odoacro continuou a meditar mais algum tempo em silêncio. Wulfila olhava para ele como se o estivesse vendo pela primeira vez. Só haviam ficado separados uns poucos meses e a mudança era impressionante: usava cabelos curtos e bem aparados, o seu rosto estava recém-escanhoado, vestia uma dalmática de linho de mangas compridas com duas listras bordadas com fios de ouro e de prata que lhe desciam dos ombros até a bainha inferior, usava botinas de pele macia, também decoradas com bordados de lã vermelha e amarela, e cadarços de couro vermelho. Trazia pendurado no pescoço um medalhão de prata com uma cruz de ouro e usava um cinto de malha de prata. O dedo anular da mão esquerda ostentava um anel com um precioso camafeu. Ninguém poderia distingui-lo de qualquer outro dignitário romano a não ser pela cor dos cabelos e dos pêlos, de um loiro ruivacento, e pelas sardas no rosto, no nariz e nas mãos. Odoacro deu-se conta da maneira com que Wulfila o perscrutava e preferiu interromper aquele embaraçoso exame.

– O imperador Zenon enviou-me a nomeação de Patrício Romano – disse – e isto dá-me o direito de antepor ao meu nome o de "Flávio", e, além disto, foram-me outorgados plenos poderes na administração deste país e das regiões limítrofes. Providenciarei os decretos que me pedes e, uma vez que a existência daquele rapaz já não tem valor político, pelo menos no que concerne ao nosso relacionamento com o Império de

Oriente, e, levando-se em conta a ameaça de graves motins e levantes que ele representa, encontre-o e mate-o. Traze-me a sua cabeça, queima o resto e joga ao vento as cinzas. O único Rômulo Augusto, ou Augústulo, como os seus cortesãos costumam chamá-lo de brincadeira atrás das costas, será aquele que ficou em Capri. Para todos e para sempre. Quanto a ti, só voltarás após cumprir esta ordem. Terás de persegui-lo, se necessário, até o fim do mundo, e, se voltares sem aquela cabeça, ficarei com a tua em troca. E sabes muito bem que sou capaz de fazê-lo.

Wulfila não achou que a ameaça merecesse uma resposta.

– Prepara os tais decretos – disse. – Partirei o quanto antes. – E dirigiu-se à saída, mas, antes de superar o limiar, virou-se e perguntou: – O que houve com Antêmio?

– Por que queres saber?

– Para entender melhor quem é este Stefano que parece ter-se tornado um homem tão importante aqui em Ravena.

– Stefano tornou possível a renovação de um bom relacionamento entre Oriente e Ocidente – respondeu Odoacro e contribuiu para estabilizar a minha posição em Ravena: uma operação complexa e delicada que tu nem conseguirias entender. Quanto a Antêmio, teve o fim que merecia: prometera a Basilisco uma base na laguna em troca da proteção para Rômulo; e conspirava com ele para assassinar-me. Mandei estrangulá-lo.

– Entendi – respondeu Wulfila, e saiu.

Stefano atracou em Rimini no dia seguinte porque a sua embarcação tivera de subir pelo Adriático com um vento enviesado de nordeste muito perigoso. Daquele momento em diante Wulfila fez de tudo para que nenhum dos seus movimentos lhe ficasse oculto. Tinha compreendido algumas coisas fundamentais a respeito dele: que aquela espada obcecava-o pelo menos tanto quanto obcecava a ele próprio, e por razões que ignorava, mas que certamente deviam estar ligadas ao poder e ao dinheiro, se estava disposto a prometer tanta coisa em troca dela. Além disto, Stefano devia ter herdado a rede de informantes de Antêmio sem precisar sujar diretamente as suas mãos com a morte dele. E finalmente, era sem dúvida o homem mais sutil e perigoso com quem até então ele tivera a ver na vida. Tratar com ele seria o mesmo que entrar no seu jogo e aceitar as suas regras, o que levaria a uma derrota certa. O melhor a fazer, portanto, era esperar para ver, aguardar até que ele tomasse alguma atitude como sair de Ravena, por exemplo. Pelo que lhe parecera entender, algo assim iria acontecer muito em breve e neste caso tencionava não perdê-lo de vista um só momento, pois na certa iria conseguir algum resultado importante. Ao mesmo tempo, enviara mensageiros para toda parte à cata de informações sobre a eventual passagem de uma comitiva de seis ou sete pessoas com um preto grandalhão, um velho e um garoto.

Depois de os homens de Wulfila se afastarem, a pequena caravana de Aurélio logo desapareceu sem deixar rastros, subindo pelo desfiladeiro íngreme e pedregoso de um pequeno riacho e aí se mantendo numa altura considerável nas encostas das montanhas, coisa que lhe permitia dominar uma ampla porção da paisagem. Além disto, dividira-se em três grupos diferentes que avançavam com o intervalo de mais ou menos uma milha um do outro. Batiato ia a pé, protegido por uma longa manta com capuz que o encobria quase por completo, e marchava sozinho para que o seu tamanho parecesse menos imponente do que se estivesse andando ao lado dos companheiros de viagem. Rômulo ficava com Lívia e Aurélio, de forma a parecer uma família que se mudava com sua modesta bagagem. Cada um escondia as armas sob as mantas, a não ser os escudos que, por serem volumosos demais, haviam sido empilhados nas costas da mula de Ambrosinus e escondidos sob um cobertor. O próprio mestre havia sugerido estes estratagemas, enquanto Lívia escolhera o itinerário, demonstrando mais uma vez possuir a experiência de um calejado veterano. Havia neve por quase todos os lados mas ainda não estava bastante alta para tornar impossível a passagem; além disto, a temperatura não era rigorosa demais, uma vez que o céu se mantinha quase constantemente nebuloso.

Na primeira noite improvisaram um refúgio cortando galhos de abeto com os machados e montando uma tosca choupana encostada numa cavidade natural. E quando tiveram certeza de já não terem os inimigos no seu encalço recomeçaram a acender o fogo, principalmente dentro das florestas, ao abrigo da vegetação. No dia seguinte o céu ficou claro e a temperatura caiu; por isto mesmo o ar mais morno e úmido que vinha do mar condensava-se no sopé das primeiras alturas dos Apeninos criando uma espessa cortina de névoa que os tornava praticamente invisíveis aos que porventura estivessem procurando por eles das terras mais baixas. No fim do segundo dia, ao chegarem perto da grande planície Padana, tiveram de escolher entre descer e atravessá-la ou continuar nas encostas dos Apeninos, o que levá-los-ia para Ocidente. Este último caminho seria sem dúvida mais direto e, quem sabe, até mais fácil, mas implicava uma passagem obrigatória pela costa da Ligúria em direção da Gália, onde poderiam encontrar guarnições de Odoacro provavelmente avisadas da sua chegada. Também era bem possível que Wulfila tivesse enviado para estas passagens homens de confiança capazes de reconhecer os fugitivos, pois havia dúzias de guerreiros que conheciam tanto Rômulo quanto o preceptor por tê-los vistos em Capri, durante as semanas de cativeiro. O mapa que Ambrosinus tinha precavidamente copiado na *mansio* de Fano tornara-se extremamente precioso e, ao anoitecer, reuniram-se em torno da fogueira para escolher o itinerário e decidir os seus próximos movimentos.

– Acho melhor não descermos para a planície, por enquanto – disse Ambrosinus –, pois teríamos que atravessar a Emília e ainda estamos muito perto de Ravena: os espiões de Odoacro poderiam nos localizar. Proponho ficarmos à meia altura, nas encostas, indo para Ocidente até chegarmos nos arredores de Piacenza. Aí teremos realmente de escolher entre seguirmos para Postúmia e a Gália, ou então virarmos para o norte, para o lago Verbano, de onde se pode alcançar a passagem entre o vale do Pó e a Récia ocidental, agora controlada pelos borgonheses.

Ambrosinus também lembrava, por ter estado lá na viagem de vinda à Itália, que não muito longe da passagem havia uma trilha relativamente fácil que, através do territórios dos mesiatos, levava a uma aldeia rética quase no divisor de águas.

– Se quiserem a minha opinião – concluiu –, deixaria de lado a primeira hipótese, pois estaríamos viajando o tempo todo por um caminho muito exposto e freqüentado, e, portanto, perigoso. O itinerário do norte é muito mais difícil, cansativo e acidentado, mas justamente por isto mais seguro.

Aurélio anuiu, e com ele Batiato e Vatreno. Ambrosinus não deixou de notar a unanimidade dos três companheiros de unidade: sabiam que indo para oeste teriam de passar por Dertona, onde os campos ainda estavam esbranquiçados pelos ossos dos seus companheiros mortos.

XXIII

– É uma viagem muito longa – disse Lívia, quebrando o silêncio que de repente havia tomado conta do pequeno acampamento. – Precisaremos de dinheiro, e já não temos mais.

– Isso mesmo – admitiu Ambrosinus –, para comprar comida, para pagar os pedágios das pontes e das balsas, a forragem para os cavalos quando estivermos nas montanhas mais altas, ou a hospedagem quando estiver frio demais para dormirmos ao relento.

– Só há uma solução – continuou Lívia. Nesta altura Stefano já deve estar em Rimini, na sua vila de praia. Ainda nos deve a recompensa pela missão que levamos a cabo, e mesmo que não nos pague integralmente não creio que nos recusará uma ajuda. Conheço o lugar, pois uma vez encontrei ali Antêmio, e não terei dificuldade em chegar lá.

– Dá para confiar? – perguntou Aurélio.

– Afinal de contas foi a Fano para nos proporcionar uma saída. Stefano tem de sobreviver, como todos, e adaptar-se às mudanças dos equilíbrios de poder, mas se Antêmio confiava nele nós também podemos confiar.

– É justamente isto que me preocupa: Antêmio acabou nos entregando.

– Foi o que eu também pensei, num primeiro momento, mas depois cheguei à conclusão que a troca no trono de Constantinopla deve tê-lo deixado numa situação insustentável. Talvez tenha sido descoberto, torturado: é difícil imaginar o que realmente aconteceu. De qualquer maneira vós não correreis risco algum. Irei sozinha.

– Nada disso, eu irei contigo – rebateu Aurélio.

– Não acho uma boa idéia – insistiu Lívia. – Tu és mais necessário aqui, perto de Rômulo. Partirei antes do amanhecer e, se tudo correr bem, estarei de volta depois de amanhã, no fim da tarde. Se por acaso eu não voltar, sigam em frente sem mim. De algum modo sobrevivereis: já passastes por coisas piores.

– Achas realmente que vais conseguir em tão pouco tempo? – perguntou Ambrosinus.

– Se não houver contratempos devo chegar lá antes do anoitecer. No dia seguinte partirei antes da alvorada e estarei de novo aqui para passar a noite convosco.

Os companheiros entreolharam-se perplexos.

– O que há? – escarneceu-os Lívia. – Antes de conhecer-vos sempre consegui dar um jeito, não achais? E além do mais já me vistes em ação e sabeis do que sou capaz.

Ambrosinus levantou os olhos do seu mapa.

– Ouve-me, Lívia – disse –, toda vez que as pessoas se separam cria-se uma situação difícil. Quem espera além do prazo marcado acaba sempre imaginando as coisas mais estranhas a cada momento que passa, faz qualquer tipo de conjectura, conta os passos do companheiro ausente e calcula mil vezes o tempo necessário para ele voltar. E as explicações que procura para justificar o atraso quase nunca coincidem com as verdadeiras. Por outro lado, quem está longe e teve de enfrentar algum tipo de imprevisto atormenta-se ao pensar que teria sido suficiente conceder-se algumas horas a mais para voltar, para que aos companheiros distantes fossem poupadas outras tantas horas de preocupação e angústia. Vamos, portanto, marcar um segundo encontro. Se tu não voltares depois de amanhã, ficaremos de qualquer maneira à tua espera mais uma noite e só seguiremos viagem ao alvorecer da manhã seguinte. Se até então tu não tiveres aparecido, entenderemos que algum obstáculo insuperável te deteve. Mas não esquece que atravessaremos os Alpes no desfiladeiro dos Mesiatos: este aqui que estás vendo no mapa – disse apontando com o dedo. – Podes ficar com o itinerário, eu já guardei cada detalhe dele na memória. Indicar-te-á o caminho entre aqui e a garganta, de forma que tu possas nos alcançar se te for possível.

– Parece-me uma ótima idéia – respondeu Lívia. – Vou aprontar-me para partir. – Pegou os arreios e chamou o cavalo que pastava não muito longe dali.

Aurélio foi atrás dela.

– Em Rimini – disse –, estarás bem perto de casa. Umas poucas horas de barco e poderás voltar à tua cidade na laguna. O que tencionas fazer?

– Voltar para cá – respondeu Lívia. – Como prometi.

– Estamos indo rumo ao desconhecido – prosseguiu Aurélio –, levados pelo sonho de um velho preceptor, no séquito de um imperador menino perseguido por inimigos ferozes. Levar adiante esta viagem não me parece uma sábia decisão, para ti. A tua cidade na água está à tua espera, não é? Os teus concidadãos devem estar preocupados, depois de tanto tempo sem notícias tuas. Não tens entes queridos por lá?

Lívia parecia manter o olhar fixo no vale, no mar de neblina do qual só despontavam os cumes das árvores mais altas e um minúsculo vilarejo agarrado no topo de um morro. Das chaminés das casas saíam finas espirais de fumaça, como preces vespertinas subindo para o céu estrelado, e o latir dos cães chegava abafado pela atmosfera opaca e fria que pesava sobre a planície. Depois que haviam fugido da *mansio* de Fano não haviam tido mais oportunidades de ficar sozinhos, e isto provocara uma sensação de mal-estar e constrangimento, como se cada um deles atribuísse ao outro a vontade de evitar qualquer intimidade; quase receando que nunca mais pudesse haver uma razão tão forte quanto a despedida em Fano para jogá-los um nos braços do outro. Era como quando se vê o sol mergulhar num horizonte nevoento e parece impossível que volte a surgir no dia seguinte.

– Já chegaste a pensar que a nossa missão terminaria assim? – voltou a perguntar Aurélio.

– Não – respondeu Lívia. – Mas não creio que faça alguma diferença.

– O que pode fazer diferença, então?

– O que sentimos por dentro. E por que tu vais com eles? O que te levou a acompanhá-los?

– Porque afeiçoei-me ao rapaz, porque ele não tem ninguém que possa defendê-lo, porque metade do mundo quer vê-lo morto e a outra metade também ficaria contente que morresse. Porque os seus ombros adolescentes têm de agüentar um peso insustentável que acabará esmagando-o... Ou talvez mais simplesmente porque não sei o que mais fazer, nem para onde ir.

– E o que te faz pensar que teus ombros sejam bastante fortes para agüentar o peso no lugar dele, como Hércules quando substituiu Atlas a sustentar a abóbada celeste?

– O sarcasmo não me parece uma boa resposta – respondeu Aurélio, dando-lhe as costas.

– Não, de fato – admitiu Lívia. – Sinto muito. Na verdade estou zangada comigo mesma: por deixar que me trapaceassem deste jeito, por tê-los arrastado a uma aventura insana sem poder recompensá-los nem indenizá-los, por ter exposto todos nós a um perigo mortal.

– E por teres perdido a chefia das operações. Agora já não estás no comando, sentes-te forçada a segui-los sem nem saber para onde estão indo.

– Também por isto, talvez. Estou acostumada com programas certos, não gosto de imprevistos.

– E é por isto que estás me evitando?

– Quem está me evitando és tu – rebateu Lívia.

– Estamos com medo dos nossos sentimentos... talvez. Parece-te uma explicação razoável?

– Sentimentos... Não sabes do que está falando, soldado. Quantos amigos viste caídos no campo da luta, quantas cidades e vilarejos arrasados e queimados, quantas mulheres violentadas. E ainda te atreves a pensar que num mundo como este há lugar para algum tipo de sentimento?

– Se bem me lembro, só umas poucas semanas atrás tu pensavas de forma bastante diferente. Quando falavas da tua cidade, quando abraçavas Rômulo e o envolvias na tua manta apertando-o junto a ti, no teu cavalo.

– A situação era outra: a missão estava praticamente no fim. O rapaz ia para um lugar onde iria ser tratado com todas as atenções, vós receberíeis o vosso dinheiro e eu também. Era uma condição favorável, embora momentânea.

– Havia mais alguma coisa, tenho certeza disto.

– Havia sim. Estava a ponto de reencontrar um homem que estou procurando há muito tempo.

– E esse homem não se deixou encontrar, não é?

– Isto mesmo: por covardia, por medo, não sei.

– Pensa o que quiseres. Não posso desempenhar o papel de outrem: não sou o herói que tu estás procurando e tampouco o ator capaz de interpretá-lo. Acredito ser um bom lutador, isto é, ser um homem bastante comum nesta época. Nada mais. Tu estás querendo alguém ou alguma coisa que perdeste na noite em que fugiste de Aquiléia. Aquele rapaz que cedeu à tua mãe o lugar no barco representa para ti as raízes das quais foste arrancada quando ainda eras menina. Alguma coisa murchou em ti, naquela noite, e os teus esforços para revivê-la tinham sido até então em vão. Então de repente pensaste que um desconhecido, um legionário ferido que fugia pelos pântanos de Ravena, caçado por uma turma de bárbaros, podia ser aquele fantasma renascido, mas era somente a repetição de uma situação parecida, uma situação que desencadeou na sua mente aquela associação de pensamentos: o legionário, os bárbaros, o barco, os pântanos... Acontece, Lívia, acontece como nos sonhos, estás entendendo? Como nos sonhos.

Fitou-a nos olhos, úmidos das lágrimas que tentava inutilmente reprimir cerrando os dentes. Continuou:

– O que esperavas? Que eu fosse contigo para a tua cidade na água? Que te ajudasse a fazer reviver Aquiléia perdida para sempre? Não sei, talvez fosse possível. Qualquer coisa é possível e qualquer coisa é impossível para um homem nas minhas condições, um homem que perdeu tudo, até mesmo as lembranças. Mas há uma coisa que ainda ficou, a única riqueza que me sobra: a minha palavra de romano. Um conceito obsoleto, eu sei, uma coisa que só existe nos livros de história, mas ainda assim uma tábua de salvação para alguém como eu, um ponto de referência, se quiseres. E eu dei esta palavra a um moribundo. Prometi salvar o filho dele e inutilmente tentei dizer a mim mesmo que a primeira tentativa iria desobrigar-me, que poderia considerar-me isento mesmo tendo fracassado. Mas não houve jeito, aquelas palavras continuam a ressoar nos meus ouvidos e não vejo como livrar-me delas. Por isso fui a Miseno contigo, e por isso continuarei a ficar ao lado do rapaz até ele ficar em segurança em algum lugar. Na ilha Bretã, no fim do mundo, não sei onde.

– E eu? – perguntou Lívia. – Não represento nada para ti?

– Oh, sim, claro – respondeu Aurélio. – Representa tudo aquilo que jamais poderei ter.

Lívia fulminou-o com um olhar de paixão ferida e desiludida, mas sem nada dizer, e em seguida afastou-se para os últimos preparativos antes da partida.

Ambrosinus chegou-se a ela segurando nas mãos o pequeno rolo de pergaminho com o itinerário.

– Eis o teu mapa – disse. – Espero que não precises dele e que estejamos novamente juntos depois de amanhã.

– Eu também espero – respondeu Lívia.

– Talvez esta missão não seja realmente necessária...

– É indispensável – replicou a jovem. – Já pensaste se um cavalo se aleijar, ou se alguém ficar doente? Ou se precisarmos pagar o pedágio de um barco? Se tivermos dinheiro, a nossa viagem será muito mais rápida e despachada, mas se, ao contrário, tivermos de pedir ajuda, seremos forçados a nos expor, acabaremos sendo notados... Fica tranqüilo. Voltarei.

– Com certeza. Mas até então ficaremos todos preocupados, principalmente Aurélio...

Lívia baixou a cabeça sem falar.

– Procura descansar – disse Ambrosinus e afastou-se.

Lívia acordou antes do alvorecer, colocou o freio no cavalo, pegou o cobertor e as armas e preparou-se para montar.

– Toma cuidado, eu te peço – ecoou a voz de Aurélio atrás dela.

– Tomarei – respondeu Lívia. – Sei cuidar de mim mesma.

Aurélio puxou-a pelo braço e deu-lhe um beijo. Lívia apertou-o contra si por uns poucos instantes, aí montou.

– Fica alerta, tu também – disse.

Então esporeou o animal e saiu a galope. Avançou pelo bosque até chegar ao vale do rio Arimino e seguiu em frente, a passo, por várias horas: era o melhor guia para chegar à meta. O céu estava mais uma vez encoberto, com grandes nuvens negras e inchadas que se moviam empurradas pelo vento do mar. Começou a chover e Lívia agasalhou-se como pôde protegendo-se com o cobertor. Seguiu adiante por uma trilha solitária, só encontrando alguns apressados transeuntes, quase sempre camponeses, ou serviçais surpreendidos pelo temporal enquanto iam trabalhar.

Chegou aos arredores de Rimini no fim da tarde e virou para o sul, deixando a cidade à sua esquerda. Podia distinguir as muralhas ao longe, e os cumes do anfiteatro parcialmente em ruínas. A vila de Stefano apareceu diante dela logo depois que atravessou a Via Flamínia com suas lajes de pedra lustrosas como ferro sob a chuva. Parecia uma fortaleza, com duas pequenas torres flanqueando o portão de acesso e um passadiço de ronda ao longo do muro externo. Homens armados vigiavam a entrada e patrulhavam os quatro cantos da muralha, e Lívia hesitou a apresentar-se na entrada: não queria ser notada. Deu a volta até encontrar um criado que saía de uma porta dos fundos, do lado das estrebarias.

– O seu senhor está em casa? – perguntou.

– Quem quer saber? – o homem rebateu mal-humorado. – Apresenta-te na entrada e pede para ser anunciada.

– Se estiver em casa, diga-lhe que o amigo que encontrou em Fano dois dias atrás está aqui fora e precisa falar com ele. Então pegou uma das últimas moedas que tinha e deixou-a deslizar na mão do homem.

Ele examinou a moeda, depois Lívia toda molhada de chuva. Disse:

– Espera um momento – e desapareceu de novo dentro do edifício.

Voltou todo apressado logo a seguir e disse simplesmente:

– Rápido, entra.

Ele mesmo prendeu o cavalo a uma argola de ferro num canto protegido por um telhado e em seguida mostrou o caminho. Percorreram um tortuoso corredor até uma porta fechada diante da qual o criado deixou-a sozinha. A jovem bateu com alguns toques leves e logo ouviu levantar o cravelho e ficou diante de Stefano que dizia:

– Finalmente! Já não esperava mais ver-te. Fiquei na angústia este tempo todo, sem saber o que podia ter-te acontecido... Mas vamos entrando, enxuga-te, estás toda molhada.

Lívia entrou num amplo aposento no meio do qual ardia um convidativo braseiro e aproximou-se para se secar. Stefano chamou duas criadas.

– Cuidai da minha hóspede – ordenou. – Preparai-lhe um bom banho, e roupas limpas para ela se trocar, rápido.

Lívia tentou detê-lo.

– Não tenho tempo, acho melhor não me demorar, é muito arriscado.

– Nem pensa nisto. Tu estás péssima. Nada pode haver mais urgente, para ti, do que tomar um banho quente e então ficar comigo diante de uma mesa cheia de boa comida. Precisamos conversar, nós dois. Quero saber exatamente o que aconteceu e o que posso fazer para ajudar-te.

Lívia sentiu o calor do fogo no rosto e nas mãos, e naquele momento todo o peso das peripécias e andanças dos últimos dias pareceu cair-lhe em cima de uma só vez. Um banho e uma refeição quente afiguravam-se como a coisa mais desejável do mundo e acenou que sim com a cabeça.

– Tomarei banho e comerei alguma coisa – disse –, mas logo depois precisarei partir.

Stefano sorriu.

– Está bem. Agora vai com estas boas mulheres que cuidarão de ti.

Foi levada para uma aconchegante sala decorada com mosaicos antigos, cheirando a essências raras, saturada de vapores que exalavam da grande banheira de mármore, cheia de água quente, que se abria no meio do piso. Lívia despiu-se e entrou na água apoiando as suas armas – dois punhais extremamente afiados – na borda da banheira, sob o olhar espantado das criadas. Alongou os membros enrijecidos pelo cansaço e pelo frio e respirou fundo, com volúpia, o perfume que impregnava o ambiente. Em toda a sua vida nunca tivera uma experiência parecida, nunca pudera gozar de tanto luxo. Uma das mulheres usou uma esponja para massageá-la com grande perícia nos ombros e nas costas, a outra lavou-lhe os cabelos com água perfumada e revigorante. A certa altura Lívia abandonou-se por completo, fechou os olhos e teve a impressão de quase derreter naquele calor envolvente. Quando saiu, deram-lhe para vestir uma túnica de fina lã incrivelmente elegante, graciosamente bordada, e duas pantufas macias, enquanto as calças de couro e o corpete sujos de lama eram entregues à lavadeira.

Stefano esperava por ela na sala de jantar e foi ao seu encontro com um sorriso.

– Incrível! – exclamou. – Uma metamorfose estarrecedora: tu és a mulher mais bonita que já vi. Estupenda!

Lívia ficou meio sem jeito, naquela situação para ela nova e incômoda, e respondeu ríspida:

– Não vim para ouvir elogios, mas sim para receber o que havíamos combinado. Não tenho culpa se as coisas mudaram: levei a cabo a missão e preciso pagar aos meus homens.

Stefano assumiu um tom mais distante.

– Muito justo – respondeu. – Mas infelizmente o dinheiro que vos havia sido prometido devia vir de Constantinopla e agora, com a situação tão drasticamente mudada, tu entendes... Mas por favor, senta, come. – E fez um sinal para o criado servir-lhe uma posta de peixe assado e um copo de vinho.

– Preciso de dinheiro – insistiu Lívia. – Mesmo que não seja a quantia combinada, dá-me o que puderes. Aqueles homens arriscaram a vida e tinham a minha palavra. Não posso dizer-lhes: "Obrigada, ótimo trabalho, adeus."

– Não precisa. Podes ficar o tempo que quiseres, para mim seria um prazer e ninguém viria procurar-te aqui.

Lívia levou à boca um grande naco de peixe e tomou um copo de vinho, então disse:

– Achas mesmo? Estás esquecendo que aqueles homens subiram pelo penhasco de Capri, mataram mais de uma dúzia de guardas, libertaram o imperador e atravessaram meia Itália esquivando-se de centenas de perseguidores espalhados por todo canto por Wulfila. Poderiam chegar aqui, dentro desta sala, a qualquer momento, se assim o quisessem.

Stefano sentiu o golpe.

– Não era bem isto que eu queria dizer... só que... ninguém podia prever que as coisas acabariam deste jeito. O que tencionam fazer com o garoto?

– Levá-lo para algum lugar seguro.

– Na tua cidade?

– Não posso contar. Alguém poderia ouvir.

Stefano fingiu não perceber aquela manifestação de desconfiança.

– Certo – respondeu. – É melhor sermos cautelosos. As paredes têm ouvidos por estas bandas, principalmente nesta época.

– O que me dizes, então? Não posso demorar-me além de amanhã de manhã.

– De quanto precisas?

– Duzentos soldos seriam suficientes. É só uma parte mínima do que havíamos combinado.

– Ainda assim é uma quantia bastante vultosa. Não a tenho comigo, neste momento. Mas posso providenciá-la. – Chamou um criado, ciciou-lhe alguma coisa no ouvido e ele saiu com passo apressado. – O dinheiro deve estar aqui amanhã, se tudo correr bem. De forma que terei pelo menos o prazer de hospedar-te esta noite. Tens certeza de que não podes demorar-te um pouco mais?

– Já te disse. Preciso voltar o quanto antes.

Stefano pareceu conformar-se e recomeçou a comer sem dizer mais nada. A certa altura encheu o próprio copo e foi sentar-se ao lado dela, como a mostrar que queria falar com mais familiaridade.

– Ainda haveria um jeito de conseguirdes aquela quantia... muito mais, aliás.

– Como assim?

– Pelo que me contaram, um dos teus homens tinha uma espada... um objeto muito particular... A empunhadura tem a forma da cabeça de uma águia, com as asas abertas que servem de proteção para a mão... Sabes do que estou falando, não é?

Evidentemente Stefano estava a par de informações muito precisas, que não deixavam margem a desmentidos, e Lívia anuiu.

– Há quem esteja disposto a pagar uma quantia enorme para tê-la. Todo este dinheiro poderia ser muito útil a vós, não achas? As coisas tornar-se-iam muito mais fáceis.

– Infelizmente a arma acabou sendo perdida durante o combate – mentiu.

Stefano baixou a cabeça para esconder o seu desapontamento e não insistiu.

– O que houve com Antêmio? – Lívia perguntou para mudar de assunto.

– Ele mesmo mandou chamar-me às pressas para dizer que vós estáveis em perigo, pois o seu plano havia sido descoberto e queria que vos salvasse. Infelizmente cheguei tarde demais. Mas pelo menos conseguistes fugir... Quanto a Antêmio, nunca mais o vi desde então, e receio nada poder fazer por ele, admitindo que ainda esteja vivo.

– Entendo – respondeu Lívia.

Stefano levantou-se e aproximou-se dela apoiando uma mão em seu ombro.

– Estás realmente decidida a voltar as montanhas, no meio dos bosques a viver como um animal perseguido? Ouve-me, já fizeste tudo que estava ao teu alcance, não precisas continuar arriscando a vida por aquele rapaz. Fica comigo, eu te peço: sempre admirei-te muito, eu...

Lívia fitou-o com firmeza.

– Não é possível, Stefano, nunca poderia viver num lugar como este, no meio deste luxo, depois de ter visto tanta miséria e tanto sofrimento.

– Para onde estais indo? – perguntou o homem. – Talvez eu possa ajudar, pelo menos...

– Ainda não decidimos. E agora, se for possível, gostaria de ir descansar. Já faz muitas noites que não durmo de verdade.

– À vontade – respondeu Stefano, e chamou as criadas para que a acompanhassem ao quarto de dormir.

Lívia tirou a roupa para deitar-se enquanto as serviçais levavam embora a ânfora de barro cheia de brasas e cinza com que haviam aquecido a cama, e ajeitou-se saboreando aquele delicioso calor perfumado de alfazema; mas não conseguiu adormecer. Lá fora a tempestade tornava-se mais violenta: ouvia-se o martelar da chuva no telhado e nas varandas externas e, vez por outra, os raios penetravam através das frestas das janelas lançando no teto e nas paredes repentinos clarões de luz ofuscante, os trovões explodiam com estrondo fazendo-a estremecer por baixo dos cobertores. Pensava nos companheiros aninhados em algum lugar no meio do bosque, apinhados em volta de um bivaque fumarento, no frio e na escuridão, e mal conseguiu reprimir as lágrimas. Iria partir imediatamente, assim que conseguisse o dinheiro.

Na sala no térreo, perdido em seus pensamentos, Stefano continuava acordado e acariciava de vez um quando a cabeça de um grande molosso deitado numa esteira ao seu lado. A beleza de Lívia deixara-o perturbado, a admiração e o desejo que sempre sentira por ela desde a primeira vez que a vira na laguna tornavam-se agora uma obsessão ao pensar que ela estava ali na sua casa, deitada num quarto não muito longe do seu próprio, coberta apenas por uma fina veste. Mas como poderia ele domar uma criatura como aquela? O luxo e o conforto com que a cercara pareciam não ter o menor efeito nela, e tampouco a promessa de uma grande quantia de dinheiro. E tinha certeza de que ela mentira ao dizer que a espada havia sido perdida no decorrer da batalha. Aquela espada... estava disposto a fazer qualquer coisa para poder vê-la, tocá-la. Era o símbolo do poder que desejava com todo o coração, e de um tipo de força que nunca tivera e sempre almejara.

De repente entrou uma das mulheres segurando alguma coisa nas mãos.

– Encontrei isto nas roupas da vossa hóspede – disse entregando um pequeno pergaminho dobrado. – Não queria estragá-lo lavando-o.

– Fizeste muito bem – respondeu Stefano, e desdobrou-o na luz da lanterna que estava ao seu lado. Viu o itinerário e logo percebeu para onde estavam indo. A espada fantástica já estava ao seu alcance e, nesta altura, talvez até Lívia pudesse ser sua. Virou-se para a mulher que ia se afastando. – Espera – disse ao devolver-lhe o mapa. – Coloca-o de novo onde encontraste. – A mulher anuiu com um sinal da cabeça e saiu.

Stefano apoiou então a nuca no espaldar da cadeira para descansar mais um pouco antes de entregar-se ao sono. Na grande sala ouvia-se agora somente o barulho da chuva e o assobio do vento empurrando enormes ondas que se arrebentavam com estrondo na costa deserta.

XXIV

Lívia acordou ao alvorecer e encontrou as suas roupas esticadas em cima de um tapete, limpas e secas, e ao vesti-las sentiu que ainda estavam mornas: deviam ter ficado a noite inteira penduradas diante do fogo. Enfiou os dois punhais no cinturão, sob o corpete, calçou as botas e desceu para o térreo. Stefano continuava diante do fogo, deitado de olhos fechados na sua cadeira de braços: um móvel antigo da época dos imperadores Antoninos que enobrecia mais ainda a já preciosa decoração da vila. Teve um leve sobressalto ao ouvir as passos ligeiros dela que descia as escadas. Virou-se e ficou claro que passara a noite inteira ali.

– Vejo que não foste para a cama – disse a jovem.

– Dormitei um pouco diante do fogo. De qualquer maneira o barulho da tempestade não me deixaria dormir. Estás ouvindo? Ainda está chovendo a cântaros.

– Pois é – ela respondeu preocupada. Uma criada chegou e entregou-lhe uma tigela de leite quente com mel.

– Não podes viajar com um tempo destes – disse Stefano. – Vejas tu mesma. Parece que se abriram as comportas do céu. Se tivesses vindo com os teus companheiros, como eu pedira, teriam todos ficado aqui com conforto e segurança.

– Sabes que não é verdade – respondeu Lívia. – Um grupo como o nosso não passaria despercebido, e estou certa de que a tua casa pulula de espiões. Não vai demorar para Odoacro saber que estou aqui, e Wulfila também.

– Não creio que os teus amigos estariam se arriscando mais do que agora, estejam onde estiverem. E nem mesmo os espiões mais diligentes vão querer deixar a casa, com este tempo miserável, para relatar as visitas que recebo. E se tu mudares de idéia, saibas que eu poderia fazer muita coisa para ajudar-te. Por exemplo o reconhecimento da autonomia da tua pequena cidade na laguna, seja pelo Oriente, seja pelo Ocidente. Não é com isto que vós sempre sonhastes?

– Um sonho que sempre defendemos com as armas e com a nossa confiança no futuro – respondeu Lívia.

Stefano suspirou.

– Parece não haver nada que eu possa fazer ou dizer para convencer-te a desistir desta absurda aventura. E embora não goste de admitir, acredito que só pode haver uma explicação: acho que te apaixonaste por aquele soldado.

– Prefiro falar a respeito do dinheiro que me prometeste. Quando ele vai chegar.?

– O que tu achas? Com esta chuva o rio pode ter transbordado, pode haver grandes áreas alagadas entre aqui e Ravena. O meu homem não chegará certamente antes do entardecer ou, quem sabe, até amanhã de manhã.

– Não posso esperar tanto tempo – respondeu secamente Lívia.

– Pensa bem: não faz sentido tu viajares nestas condições. Os teus amigos vão entender, terão de esperar.

Lívia sacudiu a cabeça.

– Não, não além de um certo limite. Não podem dar-se a este luxo, e tu sabes muito bem disto.

Stefano assentiu. Em seguida acrescentou:

– Então fica, eu te peço, eles vão acabar se conformando. Já fizeste muito por eles, arriscaste a tua vida e aquele soldado não tem nada para dar-te, enquanto eu estaria disposto a partilhar tudo contigo: sonhos, poder, riqueza. Pensa bem nisto, enquanto tens tempo.

– Já pensei – respondeu Lívia. – Esta noite, enquanto aproveitava o calor daquela cama perfumada, pensava neles que dormiam ao relento, sob um abrigo improvisado, e isto me fazia mal. O meu lugar é com eles, Stefano. Se o dinheiro não chegar, partirei de qualquer maneira. E agora desculpa-me, vou aprontar o meu cavalo.

Saiu pelo mesmo caminho pelo qual entrara no dia anterior e atravessou correndo o trecho que separava a vila das estrebarias, sob uma chuva torrencial. O cavalo esperava tranqüilo num canto coberto do estábulo. Havia sido escovado e alimentado e estava pronto a enfrentar a dura jornada. Arreou-o e afivelou a sela à qual prendeu o cobertor. Stefano juntou-se a ela logo em seguida, acompanhado por dois criados que seguravam um pano para protegê-lo da chuva.

– O que posso fazer por ti – perguntou –, visto que não consigo convencer-te a ficar?

– Se me deres alguma coisa – respondeu Lívia –, qualquer coisa, o que te for possível, ficaria muito grata... Nunca pediria alguma coisa para mim, tu sabes.

Stefano entregou-lhe uma bolsa.

– É tudo o que tenho aqui – disse. – Devem ser uns vinte ou trinta soldos.

– Farei com que bastem – respondeu Lívia. – Obrigada, de qualquer maneira. Mas dá-me síliquas de prata! Não será fácil encontrar alguém capaz de trocar essas peças tão valiosas.

Stefano trocou o dinheiro. Lívia pegou-o e encaminhou-se para o corredor.

– Nem te despedes de mim? – disse Stefano. E tentou beijá-la, mas Lívia evitou os seus lábios e deu-lhe a mão.

– Um aperto de mão parece-me uma despedida mais apropriada, como entre velhos companheiros de armas.

Ele tentou segurar a sua mão entre as próprias, mas ela desvencilhou-se.

– Preciso ir – disse. – Já é tarde.

Stefano ordenou então que os criados lhe dessem uma capa de tela encerada e bolsas de viagem com mantimentos. Lívia agradeceu mais uma vez, montou no cavalo e desapareceu atrás de um muro de chuva. Stefano voltou para dentro e mandou que lhe servissem o desjejum na grande biblioteca da vila. Na pesada mesa de carvalho no meio da sala havia um rolo com uma preciosa edição ilustrada da *Geografia* de Estrabão, aberto na descrição do Foro romano. Um dos desenhos representava o lado de fora do templo de Marte Vingador com o altar. Outro representava um detalhe do interior, com uma magnífica estátua de César em mármore multicolorido revestida pela armadura. Aos seus pés via-se uma espada: pequena na reprodução, mas não o bastante para que não se distinguisse a finura do trabalho, a empunhadura com a forma de uma cabeça de águia de asas abertas. Contemplou-a por algum tempo, fascinado, em seguida fechou o rolo e colocou-o de volta na estante.

Enquanto isto Lívia avançava a passo rumo à cidade, imaginando que a ponte da via Emília devia ser a única passagem desimpedida sobre o rio Arimino, mas logo a seguir viu-se diante de uma grande enchente que submergira por completo a estrada. Mal dava para ver ao longe o parapeito da ponte quase totalmente encoberta pela fúria das águas. Foi tomada por profundo desânimo: como poderia reencontrar os companheiros dentro do prazo combinado? Estariam eles ainda esperando no local marcado ou teriam sido forçados a mudar-se para outro lugar, a buscar um abrigo que os protegesse da violência dos elementos? A chuva torrencial havia provocado o transbordamento do rio e inundado uma vasta área, e mais para cima a situação devia estar ainda pior devido aos desmoronamentos.

Não tendo outra solução decidiu remontar ao rio até encontrar alguma passagem mais alta nas encostas mas o seu lento avanço tornou-se logo um pesadelo. Os raios cegavam o seu cavalo que dava pinotes relinchando apavorado, recuava deslizando na lama e então recomeçava a subir devagar, penosamente puxado pelas rédeas por Lívia com enorme gasto de energia. A trilha pela qual tinha vindo já se tornara nesta altura uma torrente cheia de pedras pontudas e o rio, mais abaixo, era um fervilhar de águas lamacentas que se precipitavam com estrondo para o vale. Já passava do meio-dia e ela só conseguira avançar mais ou menos três milhas e percebeu que a noite iria surpreendê-la na encosta da montanha, em campo aberto e completamente desprovido de abrigos. Podia ver mais acima os cumes cobertos de neve e deu-se conta de que a morte podia estar à espreita.

Pela primeira vez na vida sentiu-se tomar pelo pânico de morrer sozinha, num local deserto, na lama; pensou no seu corpo esquecido, levado pela enchente, arrastado no fundo da água turva até tornar-se irreconhecível no choque com as pedras pontudas. Tentou reagir recorrendo a todas as suas forças e avançar o mais possível rumo à aldeia perdida na neblina que vira um dia antes. Divisou-a ao entardecer, quando a chuva, com a queda da temperatura, ia se tornando uma nevasca gelada que cortava o rosto como cacos de vidro. Guiavam-na as fracas luzes dos casebres espalhados entre os pastos e o limiar do bosque, e a certa altura viu-se diante da necessidade de passar por uma ponte suspensa, feita de troncos e ramagens, por cima de uma torrente caudalosa borbulhante de espuma amarelada. O cavalo recuou apavorado, e teve de vendá-lo para convencê-lo a passar por aquele instável caminho sobre o estrondo das águas em tumulto. Chegou à aldeia quando já estava escuro. Avançou entre casas e choupanas arrastando-se com suas últimas forças até cair de joelhos na lama, esgotada. Ouviu o latido de um cão e aí umas vozes. Sentiu-se levantar e ser levada para algum lugar. Percebeu o calor do fogo, e depois mais nada.

Aurélio e os companheiros esperaram um bom tempo antes de tomar a decisão de deixar o precário abrigo que haviam montado para defender-se da intempérie, bem sabendo que Lívia devia ter encontrado todo tipo de obstáculos no seu caminho de volta. Esperaram o dia todo e toda a noite seguinte, mas então tiveram de decidir.

– Se ficarmos aqui seremos mortos pelo frio e pela fome – disse Ambrosinus. Não temos escolha. – E olhou para Rômulo, envolvido em seu cobertor, pálido de fome e cansaço.

– Eu também acho – disse Vatreno. – Precisamos ir embora enquanto estivermos em condições de andar. Não podemos chegar ao ponto de matar os cavalos para nos alimentar. E além do mais não podemos esquecer que Lívia, depois de tentar inutilmente juntar-se a nós, pode não ter tido outra escolha a não ser voltar à sua cidade.

– Seria uma escolha bastante compreensível – admitiu Ambrosinus, pensativo. – Esta missão já não é dela, nem é dela esta viagem. Ela tem uma pátria, talvez até uns entes queridos. – Olhou para Aurélio quase querendo interpretar os seus pensamentos. – Todos nós sentiremos saudade. Era uma mulher extraordinária, digna dos mais luminosos exemplos do passado.

– Sem a menor dúvida – concordou Vatreno. – E um dentre nós vai sentir mais saudade do que os demais. Por que não te juntas a ela, Aurélio, por que não vais para o seu refúgio na laguna enquanto ainda tens tempo? Talvez seja justamente o que ela espera, não achas? Talvez queira forçar-te a tomar uma decisão, a fazer uma escolha que de outra forma tu nunca farias. Já bastamos nós para defender o rapaz, e algum dia conseguiremos ficar juntos de novo. Não deve haver muitas cidades na água, aliás me parece que só existe aquela. E seja como for, se nos reencontrarmos, vai ser muito bom festejarmos juntos. Se porém isto não acontecer, não creio que poderia haver melhor despedida do que esta, entre amigos sinceros que jamais esquecerão os anos que passaram juntos.

– Não digas bobagens – respondeu Aurélio. – Quem vos levou para esta enrascada fui eu, e continuarei a fazer o que acho necessário. Vamos andando, uma longa marcha nos aguarda e precisamos nos apressar: cada dia perdido torna mais árdua e difícil a passagem pelo desfiladeiro que espera por nós nos Alpes.

Não disse mais nada porque tinha a morte no coração e teria feito qualquer coisa, naquele momento, para rever a mulher que amava, mesmo que fosse apenas por um instante. Rômulo foi colocado na garupa de um cavalo, agasalhado da melhor maneira possível, e os demais prosseguiram a pé pela trilha pedregosa, por lugares selvagens e solitários, sob a neve que caía farta.

Lívia voltou a abrir os olhos depois de várias horas e despertou numa choupana iluminada somente por uma lamparina de sebo e pelas chamas que ardiam tímidas na lareira. Um homem e uma mulher de idade indefinida olhavam para ela com curiosidade. A mulher tirou da panela que borbulhava no fogo uma concha de sopa e ofereceu-a com um pedaço de pão dormido, duro como uma pedra: era apenas uma sopa de nabiça, mas só de olhar para aquele líquido fumegante Lívia sentiu-se renascer. Molhou o pão e começou a comer avidamente.

– Quem és tu? – o homem perguntou depois de algum tempo. – O que estavas fazendo lá fora com esta intempérie? Nunca aparece ninguém por estas bandas.

– Estava viajando com a minha família e fiquei perdida na tempestade. Estão esperando por mim na clareira perto do desfiladeiro. Será que poderiam levar-me para lá, para que não me perca de novo? Posso pagar.

– O desfiladeiro? – disse o homem. – A trilha já não existe, desmoronou levada pelas águas. E agora está nevando, não dá para sair.

– Tendes certeza de que não há um jeito para chegar lá? Preciso juntar-me a eles a qualquer custo. Devem estar preocupados, podem até pensar que morri. Ajudai-me, eu vos peço.

– Bem que gostaríamos – disse a mulher. – Somos cristãos e tementes a Deus, mas é realmente impossível. Os nossos dois filhos, que estavam tentando recolher o gado, ficaram presos lá em cima e até agora não conseguiram voltar. Nós mesmos estamos preocupados, mas não há outra coisa a fazer a não ser esperar.

– Então vou descer para o vale – disse Lívia. – Encontrá-los-ei mais adiante.

– Espera pelo menos que pare de nevar – disse o homem. – Podes ficar conosco mais um dia, se quiseres. Somos pobres, mas ficamos contentes em hospedar-te.

– Fico-vos grata – respondeu Lívia –, mas preciso encontrar as pessoas que amo. Que Deus vos pague pelo abrigo e pela comida que me destes e que me salvou a vida. Adeus, rezai por mim. – Jogou a capa em cima dos ombros e saiu.

A jovem desceu com a maior dificuldade pela íngreme encosta do vale, parando amiúde para explorar as passagens mais perigosas, temendo aleijar o cavalo. Quando finalmente chegou à planície, voltou a montar e seguiu em frente, mantendo-se num itinerário paralelo à via Emília, em terrenos mais altos a fim de evitar as amplas áreas invadidas pelas águas das torrentes e dos rios transbordados. E enquanto avançava procurava imaginar o que deviam estar pensando os companheiros, o que devia estar pensando Aurélio não a vendo voltar. Saberiam dos obstáculos surgidos no caminho de volta ou sentir-se-iam abandonados? E como conseguiriam continuar a sua caminhada daquele jeito, quase sem dinheiro e com poucos mantimentos?

Viajou assim por três dias, sem parar, dormindo nos celeiros ou nas barracas que os camponeses usavam no verão para vigiar de noite as colheitas. Pensava que a única maneira de voltar para os companheiros seria antecedê-los até um lugar qualquer por onde eles teriam forçosamente de passar, e achava ter identificado este lugar no mapa de Ambrosinus: um sinal indicando uma ponte ou uma balsa sobre o rio Trébia. Depois de fazer e refazer mil vezes os cálculos acerca do progresso deles acabara convencendo-se de que iria reencontrá-los na passagem fluvial que contava alcançar naquela mesma noite, depois do pôr-do-sol. Estava tão ansiosa para juntar-se a eles que, quase sem querer, forçara o cavalo ao galope, e só quando percebeu a respiração ofegante da cavalgadura e as suas passadas que se tornavam trôpegas diminuiu a marcha para poupar o animal. Continuou então a avançar, a passo, lentamente, nas trevas da longa noite invernal, numa paisagem mergulhada na neblina, entre esqueletos de árvores e longas lamentações de cães sem dono. Só parou quanto se sentiu totalmente vencida pelo cansaço, atraída como uma mariposa por uma luz, a única luz que podia enxergar na escuridão completa do céu e da terra. Enquanto se aproximava um cachorro começou a latir furiosamente mas ela não se importou. Estava prostrada, exausta, faminta: o frio e a umidade entorpeciam-lhe o corpo a ponto de cada movimento provocar-lhe mais dor do que cansaço. A luz que vira era uma lanterna pendurada na frente de um edifício meio arruinado que mostrava a placa de uma hospedaria: *Ad pontem Trebiae.*

Ao contrário do que proclamava o letreiro ferrugento não havia ponte alguma, talvez somente uma balsa para ligar as duas margens, mas o rumorejar do rio já bastava para deixar bem claro que não havia outro jeito de passar para quem quisesse ir para o norte. Entrou, recebida por uma atmosfera densa e pesada. No meio da sala, uma fogueira de galhos úmidos de choupo espalhava em volta mais fumaça do que calor. Um pequeno grupo de viajantes estava sentado a uma mesa de tábuas empenadas. Tomavam sopa de milho e tiravam de um prato central favas verdes e nabos que temperavam com uma pitada de sal. O taberneiro, sentado do outro lado, perto dos fogões, esfolava rãs ainda vivas e jogava-as numa cesta onde continuavam a contorcer-se nos últimos estertores. Uma menina macilenta, vestida de trapos, pegava-as uma por uma, cortava-lhes a cabeça, estripava-as para então jogá-las numa frigideira cheia de gordura de porco. Lívia também sentou, num canto, e quando o taberneiro se aproximou só pediu um pedaço de pão.

– De centeio – informou o homem.

Lívia anuiu.

– E um pouco de feno e um abrigo para o meu cavalo.

– Só tenho palha. E o cavalo pode dormir contigo no estábulo.

– Está bem, mas enquanto isto joga em suas costas o cobertor preso à minha sela.

O taberneiro disse alguma coisa à menina, que foi buscar o pão. Ele saiu resmungando para ir cuidar do cavalo. De qualquer forma, pensou, aquela jovem devia ter dinheiro suficiente para pagar, se possuía uma montaria e usava botas de couro. Ao se aproximar do estábulo, no entanto, estremeceu ao ver o grupo de cavaleiros que, naquela mesma hora, ia encostando na margem com a balsa. Desmontaram um depois do outro praguejando, segurando as rédeas dos cavalos com uma mão e as tochas acesas com a outra. Deixaram os animais aos cuidados do taberneiro e ordenaram que lhes trouxesse logo algo para comer. Queriam carne. "Carne!" continuavam a berrar enquanto sentavam. O taberneiro chamou o ajudante.

– Mata o cachorro – disse –, e prepara-o do jeito que quiseres. É tudo o que temos e eles nem vão perceber. Não passam de animais, estes brutamontes, e vão quebrar tudo se não lhes dermos o que pedem.

Lívia lançou um olhar enviesado. Eram mercenários bárbaros, provavelmente alistados no exército imperial. Sentiu um profundo desconforto mas não quis deixá-los desconfiados com uma saída apressada. Mascou penosamente o pão e bebeu alguns goles de um líquido mais parecido com vinagre do que com vinho, mas quando já ia se levantar percebeu que um dos bárbaros estava de pé diante dela e a perscrutava. Levou instintivamente a mão ao punhal escondido embaixo do corpete enquanto com a outra se servia mais um pouco de vinho para manter as aparências. Bebericou lentamente, então respirou fundo e levantou-se. O bárbaro afastou-se sem dizer uma palavra e foi à cozinha pedir vinho. Lívia pagou o jantar e saiu para arrumar um lugar onde dormir no estábulo, perto do cavalo. Não viu, enquanto saía, que o bárbaro virava-se mais uma vez para fitá-la e depois acenava para o seu chefe quase a dizer: "É ela?" O outro assentiu para confirmar e logo depois berrou:

– Taberneiro, traze logo o vinho e essa maldita carne, se não quiseres que mande surrar-te.

Levou mais uma hora para o cão ser cozinhado e servido na mesa já cortado em pedaços, acompanhado de verduras amargas. Os bárbaros jogaram fora as verduras e caíram em cima da carne devorando-a até os ossos sob o olhar satisfeito do taberneiro, que só teve um momento de pânico quando o chefe ordenou:

– Traze-me a cabeça, pois os olhos são o que há de melhor. – Mas logo recobrou-se: – A cabeça, meu senhor? Oh, sinto muito, mas não posso fazer a vossa vontade: a cabeça e as tripas eu dei... ao cachorro.

Ainda perturbada pelo encontro com o bárbaro, Lívia ficou mais algum tempo acordada ouvindo a gritaria, pronta para montar no cavalo e fugir. Mas nada aconteceu, e a certa altura ouviu-os sair da hospedaria e se afastarem para o sul. Respirou aliviada e ajeitou-se para descansar um pouco, mas a sua mente foi agredida por um tumulto incontrolável de emoções. Sentia falta de Aurélio, da sua voz e presença, e se afligia com a ausência de Rômulo, por não saber como estava, por ignorar o que estaria ele pensando naquele momento. Sentia falta até do velho Ambrosinus: da sua tranqüila postura de sábio que sempre tinha uma resposta para tudo, da sua afeição zelosa pelo rapaz e, por outro lado, da sua fé inabalável no futuro dele, apesar dos auspícios serem os mais desfavoráveis possíveis. Também faltavam-lhe os demais companheiros: Vatreno, Batiato, Orósio e Demétrio, tão inseparáveis quanto os Diôscuros, a coragem deles, a abnegação, o incrível vigor do seu espírito. Como podia ter sido tão tola de deixá-los, só para buscar algum dinheiro?

Até mesmo a lembrança da sua cidade parecia nesta altura esmaecer na sua mente. Só sabia que agora sentia falta de tudo, e que nenhuma outra coisa podia parecer-lhe desejável a não ser a perspectiva de juntar-se novamente aos companheiros. Aquele mundo horroroso, aquela desprezível pobreza que parecia contaminar qualquer coisa em volta, a angustiante sensação de solidão que experimentava, tão aflitiva e pungente, e a consciência da imensa dificuldade que envolvia o reencontro com os amigos convenceram-na a tomar uma rápida decisão. Podia esperar mais um dia ou dois para ver se chegavam, mas se eles não chegassem acabaria ficando muito para trás na viagem para a passagem alpina, e correria o risco de nunca mais alcançá-los. Chegou à conclusão de que a única coisa a fazer era aquela que afinal lhe havia sido sugerida por Ambrosinus: chegar ao desfiladeiro antes deles e aguardar a sua chegada. E a partir daí, era só deixar tudo nas mãos do Senhor.

Esperou os primeiros vislumbres da alvorada, selou o cavalo e afastou-se furtivamente, dirigindo-se para o norte pelo mesmo caminho que os companheiros teriam de percorrer, estivessem eles na frente, estivessem atrás. Estava sozinha e avançava ligeira, e quase certamente iria chegar primeiro ao desfiladeiro dos Mesiatos por onde sabia que eles iriam passar. Foi momentaneamente vencida pelo desânimo ao pensar que poderiam mudar de caminho, talvez forçados por causas que não dependiam da vontade deles, tais como obstáculos naturais ou fatos imprevisíveis, pois neste caso nunca mais iria vê-los. Mas afugentou tal pensamento considerando que Ambrosinus sempre tomava a decisão mais sábia e que a mantinha a qualquer custo.

Naquela mesma tarde Stefano foi informado que uma pessoa que correspondia à descrição de Lívia havia sido vista na hospedaria da balsa do rio Trébia, e botou o pé na estrada com a sua escolta para segui-la, mantendo-se a uma certa distância para não ser descoberto. Tinha certeza de que se a seguisse pelo caminho que levava à Récia iria acabar ganhando-a para si, e também se apossaria da espada que devia estar com um dos seus companheiros. Havia falado a respeito daquela arma maravilhosa com os emissários de Zenon e não havia mais dúvida alguma de que o César do Oriente estava disposto oferecer qualquer quantia e qualquer privilégio desde que pudesse ter um objeto tão precioso, quase um símbolo e uma relíquia do primordial poder do Império de Roma.

Havia-se posto a caminho logo após a tempestade se aplacar, quando as águas dos rios já haviam escorrido para o mar, inventando um pretexto para que Odoacro lhe fornecesse um grupo de mercenários como escolta. Mas atrás dele também tinha saído Wulfila, certo de que somente Stefano poderia ter as informações e os meios necessários para pô-lo de novo no encalço das suas presas. O bárbaro já tinha enviado para todos os cantos mensageiros à cata de informações sobre uma comitiva com um preto enorme, um velho e um rapazola, mas não recebera nenhuma resposta satisfatória. Quando soube que Stefano estava preparando uma expedição bastante suspeita e apressada, e que havia conseguido uma escolta armada de Odoacro com o pretexto de levar a cabo uma missão diplomática junto aos governadores das regiões alpinas, desconfiou imediatamente de seus verdadeiros motivos.

Aprontou os seus homens, uns sessenta guerreiros dispostos a tudo, e começou a segui-lo. Tinha certeza de que o objetivo de Stefano e o seu próprio coincidiam perfeitamente. Se não fosse assim, se tivesse de admitir que tinha apostado tudo numa única jogada, perdedora, para ele seria uma viagem sem volta. Teria de desaparecer nas mais longínquas profundezas do continente pois Odoacro jamais iria aceitar dois fracassos praticamente seguidos, e a sua reação seria certamente incontrolável. Mas acreditava estar certo. Alcançaria os fugitivos e muito em breve iria pôr termo à fuga deles. Degolaria o rapaz e com aquela mesma magnífica espada recortaria o rosto do romano que o tinha desfigurado, descobrindo finalmente a sua identidade antes de acabar com ele de uma vez por todas.

Enquanto isto Lívia continuava a procurar os companheiros. E nada podia estar mais longe dos seus pensamentos, ao atravessar os úmidos campos da Insúbria*, do que ser o involuntário guia que levaria os mais ferozes e detestáveis inimigos a ameaçar de perto os seus amigos, e a caçá-los mais uma vez como animais.

XXV

Num primeiro momento Lívia esperara que a travessia obrigatória do Pó pudesse dar-lhe uma segunda chance de encontrar os companheiros no caso de eles tentarem superar o grande rio numa das poucas balsas que ainda funcionavam, como aquela que havia visto no Trébia. As pontes de barcaças, que no passado se haviam constituído num constante e estável meio de comunicação, presente e ativo na altura das principais estradas consulares, tais como a Póstumia e a Emília, haviam sido destruídas durante as vicissitudes das últimas décadas de agitação e anarquia que se seguiram à morte de Flávio Orestes, e as plataformas flutuantes acabaram sendo roubadas uma depois da outra pelos habitantes das duas margens, que as usavam como barcos de carga ou de pesca.

---

* Nome, em época romana, da atual Lombardia. (N. do T.)

Desta forma, tudo aquilo que antes contribuíra para unir as cidades, os povoados, as comunidades rurais e montanhesas e as próprias províncias espalhadas por todo o imenso Império, estava agora se estragando e arruinando por desleixo, saques e abandono. As estruturas públicas, tais como as *mansiones* nas vias consulares, os edifícios termais, os foros e as basílicas, os aquedutos e até o calçamento das estradas, estavam sendo demolidos, desmontados, vendidos ou reciclados. A miséria e o embrutecimento levavam as pessoas a saquear o seu próprio país para encontrar alguma forma de sobrevivência pessoal, já não sendo mais possível qualquer tipo de sobrevivência coletiva, e muito menos ainda o progresso da sociedade. Os monumentos antigos, as estátuas de bronze que celebravam as glórias dos antepassados e da pátria comum, haviam desde há muito sido fundidos e transformados em moedas ou objetos de uso cotidiano. De forma que o nobre metal, que servira para representar as imagens de Cípio ou Trajano, de Augusto ou de Marco Aurélio, era agora parte dos utensílios domésticos, de panelas para cozinhar a comida dos novos senhores ou de moedas para pagar o salário dos mercenários que mandavam e desmandavam naquela terra infeliz.

Até mesmo a língua comum, o latim que havia unido dezenas de nações, ainda usado e falado na sua forma mais nobre pelos dignitários, os oradores e os homens da Igreja, no nível popular já se fragmentara num sem-número de dialetos locais, não só salientando os sotaques dos antigos povos que povoavam a Itália antes da conquista romana, como também evoluindo para novas linguagens só ligadas a pequenas comunidades regionais, cada vez mais fechadas sobre si mesmas. Pelo menos em parte as cidades ainda podiam contar com a tradição municipal; muitas continuavam mantendo a sua magistratura e algumas até as muralhas que lhes permitiam organizar algum tipo de defesa, pelo menos contra os fora-da-lei e os bandos de soldados irregulares que batiam o interior à cata de presas.

Os próprios templos da velha religião, àquela altura abandonados, estavam sendo progressivamente abatidos e desmantelados por serem considerados abrigo de antigos demônios. Às vezes, as suas colunas e os mármores preciosos eram mais sabiamente reaproveitados na construção das igrejas do Deus cristão, de forma que, inseridos em novas e não menos majestosas arquiteturas, continuavam pelo menos a viver e a inspirar com a sua beleza o espírito das pessoas que as freqüentavam.

Diante de uma situação como aquela, portanto, aumentava tudo aquilo que dividia e esvaia-se aquilo que podia unificar. O mundo partia-se em mil pedaços, rachava-se num sem-número de estilhaços à deriva no rio da História. Somente a religião ainda parecia ser capaz de manter os homens unidos, com a sua promessa da imortalidade, com a sua esperança de felicidade numa outra vida, mas só de forma superficial. Difundiam-se cada vez mais, de fato, novas heresias que desencadeavam lutas amiúde sangrentas, provocavam anátemas e recíprocas excomunhões, lançadas em nome do único Deus que deveria ser o pai comum da humanidade inteira. Para a maior parte das pessoas a existência era tão miserável que seria para elas impossível suportá-la, não fosse pela promessa de uma felicidade sem fim depois da morte, quase sempre prematura.

Eram estes os pensamentos que passavam pela cabeça de Lívia enquanto avançava através do grande Vale do Norte, ciente do risco que corria ao viajar sozinha e montada num lindo cavalo que representava um imenso valor, tanto como reserva de comida quanto como animal de batalha. Procurava, portanto, recorrer a todos os estratagemas aprendidos durante uma vida de fugas, ataques e tocaias por terra e por mar. Não podia nem imaginar que a sua incolumidade nunca havia sido tão garantida, nem que olhos invisíveis a mantinham constantemente sob controle e que cada movimento seu ou mudança de rumo eram imediatamente relatados a Stefano, o qual guardava uma certa distância para evitar qualquer possível contato. Por enquanto.

Ele previra tudo, a não ser estar sendo, por sua vez, vigiado de perto por perseguidores ainda mais perigosos do que os seus mercenários.

A certa altura Lívia decidiu seguir pelas ribanceiras do Pó, que sendo relativamente mais altas do que os campos limítrofes permitiam controlar melhor o terreno em volta e representavam um caminho a seguir muito mais seguro do que uma estrada. Enquanto prosseguia por estas margens pensava que seria bastante perigoso e imprudente se os seus companheiros tentassem atravessar o rio numa balsa, pois ela mesma tivera a prova disto ao encontrar os soldados bárbaros na hospedaria *Ad pontem Trebiae*. Por outro lado, porém, como poderiam eles passar com os cavalos sem a ajuda de uma balsa, e, portanto, sem chamar a atenção? Talvez decidissem vender os animais para comprar outros na outra margem, mas será que Aurélio iria mesmo separar-se de Juba?

Procurou esquecer o assunto e pensar nos seus próprios problemas, pelo menos por enquanto, e finalmente descobriu que um modo de atravessar sem maiores dificuldades realmente existia: cerca de meia milha diante dela, encostada na margem, havia uma pesada barcaça para o transporte de areia e cascalho para o outro lado. Negociou a passagem e embarcou o cavalo sem precisar dar muitas explicações. Já começava a esperar que o pior tivesse passado, que agora a sua velocidade, certamente mais elevada, iria permitir-lhe chegar ao desfiladeiro pelo menos uns dois dias antes dos companheiros, desde que não acontecesse alguma coisa inesperada. Virou, portanto, sem demora na direção de Pavia, mantendo-se entretanto a uma boa distância da cidade pois receava a presença de um numeroso aparato de defesa de Odoacro. Seguiu dali para o lago Verbano, onde conseguiu juntar-se a uma caravana de mulas que subia para a passagem dos Mesiatos com uma carga de trigo e três carros de feno. Aqueles mantimentos destinavam-se às fazendas das terras altas, onde as vacas e as ovelhas eram mantidas nos estábulos durante o inverno. Os criadores, como lhe contaram, já não se arriscavam a descer para a planície por medo de serem roubados.

O sotaque das pessoas era muito diferente, e a paisagem também mudava sem parar à medida que serpenteavam entre montanhas cada vez mais altas. Haviam deixado para trás o grande lago verde-azulado, engastado num vale profundo, emoldurado por colinas cobertas de densas florestas, por pastos e vinhedos, e até por olivais, e avançavam agora por encostas cada vez mais íngremes através de bosques, primeiro de faias e carvalhos, e depois de abetos e despojados lariços.

Sempre seguindo as instruções do mapa de Ambrosinus, no quarto dia de marcha Lívia deixou os seus ocasionais companheiros de viagem e subiu sozinha pelo caminho coberto de neve, rumo ao desfiladeiro. A velha estação postal do *cursus publicus* ainda funcionava ao norte de um vilarejo chamado Tarussedum, como podia-se perceber pela fumaça que saía da chaminé, e teve vontade de entrar para livrar-se do frio pungente. Mas viu numerosos cavalos de guerra presos à grade sob o telheiro, cobertos com pesadas gualdrapas de feltro, e procurou nos arredores algum lugar mais discreto e em posição bastante elevada para permitir-lhe controlar a passagem ao longo da estrada. Viu, na encosta oriental do desfiladeiro, umas poucas cabanas de onde também saía fumaça. Imaginou que fossem habitadas por lenhadores, pois estavam cercadas por pilhas de troncos, alguns ainda com a casca, outros já descascados e esquadrados. Aproximou-se e bateu à porta várias vezes, até uma velha abrir. Vestia pesadas roupas de lã grosseira e calçava sapatos de feltro. Usava o cabelo trançado e preso na nuca com alfinetões de madeira.

– Quem és tu? – perguntou mal-humorada. – O que queres?

Lívia tirou o capuz e sorriu.

– O meu nome é Irene e estava viajando com os meus irmãos para a Récia. Ontem uma tempestade de neve nos separou, mas havíamos combinado que se alguém se perdesse deveria esperar pelos outros aqui na passagem. Reparei que a estação postal está cheia de soldados e sou uma jovem sozinha, tu entendes.

– Não posso hospedar-te e não tenho comida para te dar – respondeu a mulher um pouco mais conciliante.

– Para mim já bastaria poder dormir no estábulo em cima do meu cobertor de viagem, e posso pagar pela comida que me deres. Além disto, o meu pai e os meus irmãos serão generosos contigo quando chegarem.

– E se eles não chegarem?

Ao ouvir isto Lívia anuviou-se, pensando que de fato os companheiros podiam ter tomado outro caminho, ou ter-se perdido fazendo com que ela nunca mais voltasse a vê-los. A mulher intuiu estes pensamentos e ao vê-la tão perturbada tornou-se ainda mais compreensiva.

– Não, nem pensar numa coisa dessas! – disse –, conseguiste chegar, e então por que eles também não deveriam? E afinal estás certa – continuou –, uma jovem sozinha não pode dormir na hospedaria com todos aqueles soldados. Tu és virgem?

Lívia anuiu com um sorriso incerto.

– Na tua idade não deverias ser mais. Isto é, já deverias estar casada com filhos, ainda mais porque és bastante bonita.

É verdade que casar, hoje em dia, não é lá coisa para se alegrar. Mas chega de conversa, deixa o cavalo no estábulo e vem para dentro comigo.

Lívia fez o que a mulher mandara e em seguida entrou, ficando diante do fogo para aquecer as mãos entorpecidas de frio.

– Quem sabe eu mande o meu marido dormir no estábulo para tu dormires comigo na cama – disse a velha afastando cada vez mais de si a desconfiança diante da aparência inofensiva da jovem. – Pois, de qualquer maneira, por aquilo que ele faz... quer dizer, na cama.

– Agradeço – respondeu Lívia –, mas não quero incomodar de forma alguma. Dormirei no estábulo, eu me ajeito, e não será por muito tempo.

– Como achares melhor... então vou botar o colchão de palha do outro lado do muro da lareira, assim ficarás bem quentinha a noite toda. Aqui faz muito frio quando escurece.

O marido voltou ao anoitecer: era um lenhador e chegava com o machado apoiado no ombro e um saco com algumas cunhas de ferro na outra mão. Um cão vinha com ele, um bonito animal de pêlo claro e macio como o de uma ovelha, que obedecia a todos os seus sinais e não o largava um minuto. O homem ficou contente em ter uma hóspede e fez uma porção de perguntas, enquanto jantavam, sobre o que havia acontecido em Milão, Pavia e na corte de Ravena. Obviamente a sua posição ao longo de uma estrada tão importante permitia-lhe ficar bastante informado acerca dos eventos no resto do país, ou pelo menos na grande planície. Os dois chamavam-se Ursino e Ágata e não tinham filhos, viviam sozinhos naquela choupana desde que se casaram, isto é, pelo que se podia imaginar, pelo menos quarenta anos antes. Ursino insistiu para que a jovem fosse deitar na cama com a mulher mas Lívia recusou amavelmente.

– O meu cavalo poderia assustar-se sem mim por perto e não deixaria ninguém dormir a noite toda. E além do mais tenho medo que o roubem: é um bonito animal e se não fosse por ele estaria morta.

De forma que Lívia ajeitou-se no estábulo com os animais, virando as costas para o muro externo da lareira que irradiava um agradável calor. Ágata deu-lhe mais uns cobertores e desejou-lhe boa-noite. Uma noite estrelada, tão límpida como nunca vira antes, e a Via Láctea que atravessava o céu parecia um diadema de prata na fronte de Deus. Afinal adormeceu, vencida pelo cansaço, mas só conseguiu ficar num estado de sonolência em que percebia qualquer ruído que viesse do desfiladeiro. Vez por outra acordava e olhava para baixo. E se os companheiros passassem enquanto dormia? Todo aquele trabalho teria sido em vão. Devia absolutamente encontrar um jeito para evitar que lhe escapassem.

Na manhã seguinte falou com Ursino, enquanto tomava um copo de leite quente.

– Fico em pânico só de pensar que os meus irmãos poderiam passar sem que eu percebesse. E por outro lado não sei o que fazer: não posso ficar acordada a noite inteira.

– Não precisas – respondeu Ursino. – Porque eles passarão certamente durante o dia. Viajar de noite é perigoso demais.

– Receio que não, neste caso. Veja bem, a minha família perdeu a casa e os bens porque os bárbaros os tiraram de nós, e agora a nossa única esperança é ficar com uns parentes na Récia que poderão nos ajudar. Mas justamente por isso os meus irmãos poderiam evitar o desfiladeiro e os soldados que o guarnecem.

Ursino ficou algum tempo a fitá-la em silêncio: percebia-se que não estava convencido com aquela explicação. Lívia recomeçou então a falar com a esperança de convencê-lo a ajudá-la.

– Somos foragidos, perseguidos e caçados pelos soldados de Odoacro que nos quer ver mortos. Mas não fizemos nada de mal a não ser recusar a sua tirania e manter a fidelidade aos nossos princípios.

– E quais são os seus princípios? – perguntou Ursino com uma estranha expressão no olhar.

– A fidelidade às tradições dos antepassados, a fé no futuro de Roma.

Ursino suspirou e então disse:

– Não sei se estás dizendo a verdade quanto às tuas vicissitudes, minha jovem, e compreendo que tenhas de ser um tanto cautelosa mesmo com quem te ofereceu hospitalidade, mas deixa que te mostre alguma coisa que talvez acabe com a tua desconfiança...

Lívia tentou objetar mas Ursino deteve-a com um gesto de mão. Levantou-se, tirou de uma gaveta uma pequena placa de bronze e deitou-a na mesa diante dela. Era uma *honesta missio*, a honrada dispensa do serviço militar de Ursino, filho de Sérgio, assinada por Aécio, o supremo comandante do exército imperial na época do imperador Valentiniano III.

– Como vês – disse – eu fui um soldado, minha jovem. Muitos anos atrás lutei sob o comando de Aécio contra Átila, na batalha dos Campos Catalúnicos, no dia em que os bárbaros sofreram a mais desastrosa das derrotas, quando nós chegamos a pensar que tínhamos salvo a civilização.

– Desculpa – disse Lívia. – Eu não podia imaginar.

– E agora dize-me a verdade: estás realmente esperando pelos teus irmãos?

– Não... amigos e companheiros de luta. Estamos tentando sair do país para salvar de morte certa um rapaz inocente.

– Quem é o rapaz, podes dizer?

Lívia fitou-o nos olhos: eram os olhos límpidos de um homem honesto. Respondeu:

– O meu verdadeiro nome é Lívia Prisca. Liderei um grupo de soldados romanos na tentativa de livrar do cativeiro o imperador Rômulo Augusto, e conseguimos. Devíamos deixá-lo aos cuidados de amigos de confiança, mas fomos traídos e tivemos de fugir, perseguidos como animais por todos os cantos desta terra. A nossa única esperança é superar a fronteira e entrar na Récia e daí seguir para a Gália, onde Odoacro já não tem poder.

– Senhor todo-poderoso! – exclamou Ursino. – E por que estás sozinha? Por que te separaste dos companheiros?

– Foi por causa da inundação, as águas nos separaram e não consegui mais juntar-me a eles.

– E como sabes que vão passar por aqui?

– Foi o que combinamos.

– Foi só isto que te disseram? É importante, precisas contar-me exatamente o que eles disseram.

– Há um homem idoso conosco, o preceptor do rapaz, que já passou por aqui muitos anos atrás vindo da ilha Bretã. Disse que há uma trilha na encosta que permite evitar o posto de controle na estrada. É aqui, vê. – E mostrou o mapa de Ambrosinus.

– Acho que já sei. Não há tempo a perder, então. Qual é a vantagem que acreditas ter sobre eles?

– Não sei, talvez um dia, ou quem sabe dois ou três, mas

não posso dizer ao certo. Pode ter acontecido muita coisa. Pode ser, até, que eles tenham mudado de planos.

– Acho que não – considerou Ursino. – Sabendo que o encontro marcado contigo é aqui, não vão faltar. Dize-me agora quantos são e qual é a aparência deles, pois preciso reconhecê-los.

– Não vai ser necessário. Eu irei contigo.

– Ainda desconfiada, não é? Mas precisas ficar aqui no caso de eles tentarem passar por este caminho. Não podemos descartar a hipótese, pois a trilha em questão está coberta de neve e não é fácil de se encontrar. Concordas comigo?

Lívia anuiu.

– São seis homens, um deles é um negro gigantesco no qual é impossível não reparar. Um outro é mais velho, de barba, na casa dos sessenta e quase calvo, veste uma longa batina e anda apoiando-se num bordão de romeiro. E há o rapaz, de uns treze anos: é o imperador. Têm armas e cavalos.

– Então ouve com atenção: eu vou subir e se por acaso os encontrar vou mandar o cão, entendeste? Se ele chegar e começar a latir, segue-o: vai trazer-te de volta para mim. Se, porém, tu os encontrares primeiro, detém-nos antes que passem pelo desfiladeiro e esconde-os no bosque: eu mesmo ajudá-los-ei a atravessar quando escurecer. O sinal para mim será fumaça branca pela chaminé. Ágata jogará no fogo uns galhos verdes.

– Mas como vais conseguir ficar lá em cima com todo este frio?

– Não te preocupes: tenho uma pequena cabana de troncos de árvore bem protegida do vento, vou dar um jeito, e além do mais estou acostumado. – Encaminhou-se acompanhado do cão que abanava o rabo festivamente.

Lívia chamou-o:

– Ursino!

– Sim?

– Obrigada por tudo que estás fazendo por mim.

Ursino sorriu:

– Faço por mim também, menina. É mais ou menos como voltar à ativa, sentir-se jovem de novo, não achas?

Afastou-se sem dizer mais nada e algum tempo depois Lívia viu-o subir pela outra vertente, pelo aclive nevado que levava ao topo da serra. Passaram-se várias horas e a Lívia pareceu haver um estranho vaivém no desfiladeiro, uma movimentação de cavaleiros armados, e começou a ficar desconfiada: o que poderia estar acontecendo num lugar tão pouco freqüentado naquela época do ano? Depois a calma voltou a reinar. Uns poucos guardas a cavalo vigiavam a estrada indo de um lado para outro na sua atividade normal de patrulha. Lívia foi novamente tomada pelas dúvidas: como podia ter sido tão tola de esperar que encontraria um minúsculo grupo de viajantes na imensidão daquele território, entre bosques e vales e todo um labirinto de barrancos? Mas enquanto perdia-se nesses pensamentos melancólicos foi chamada à realidade pelo insistente latir do cão que até então não notara, branco daquele jeito no meio da neve. Olhou para cima e pensou reconhecer Ursino que gesticulava como que para chamá-la. Senhor todo-poderoso! Seria possível que as suas preces tivessem sido ouvidas? Possível que um milagre destes pudesse acontecer? Agasalhou-se na manta e foi atrás do cão, descendo pela encosta para depois subir pelo aclive do outro lado do vale, num percurso que a mantinha oculta dos homens no desfiladeiro. Estava entregue a uma excitação indizível mas ela mesma não se atrevia a acreditar, não ousava esperar que dentro em breve poderia estar novamente com eles, e só de pensar que Ursino podia ter-se equivocado, ou que o cão podia ter voltado por outro motivo qualquer, sentia-se tomada por um furacão de emoções violentas e conflitantes. Finalmente alcançou o velho lenhador que não se virou, não tirou os olhos de alguma coisa que se mexia lá embaixo, bem longe, na trilha que a partir da estrada subia serpenteando para o cume da serra.

– Achas que são eles? – perguntou. – Vê tu mesma, os meus olhos já não são tão bons como antigamente.

Lívia olhou para baixo e o coração pulou no seu peito: eram pequeninos na distância, mas eram sete, com seis montarias, um deles era de longe o mais alto de todos, o outro era bem menor, vinham subindo a pé, devagar, segurando os cavalos pelas rédeas. Tinha vontade de gritar, chorar, chamá-los a plenos pulmões, mas em vez disto sabia que devia ficar calada, embora impaciente: devia esperar, sofrer, preparar-se mais uma vez para lutar, para enfrentar mais perigos mortais. Mas não importava: conseguira encontrá-los e nada no mundo podia superar a alegria daquela visão.

Jogou os braços em volta do pescoço de Ursino.

– São eles, meu bom amigo, são eles, são eles!

– Eu não disse? Viste como estavas te preocupando à toa?

– Vou pegar o cavalo – ela disse. – Espera por mim, voltarei logo.

– Não tem pressa, garota – respondeu o homem. – Eles ainda têm um longo caminho pela frente. As distâncias enganam nas montanhas. E como se não bastasse – levantou os olhos para o céu que se anuviava –, o tempo está mudando para pior.

Lívia deu mais uma longa olhada à pequena comitiva que subia penosamente pela encosta nevada e começou a descer a ladeira. Chegou à casa e entrou para despedir-se da sua anfitriã.

– Ágata, eu já vou indo, os meus amigos chegaram e... – Mas Ágata tinha uma expressão apavorada, mantinha-se pálida e imóvel.

– Mas que boa notícia! – exclamou uma voz atrás dela. Uma voz conhecida que a fez estremecer: Stefano!

– A pobre coitada não está no seu humor natural porque um dos meus homens tem uma lança apontada nas suas costas. Mas deixa-me olhar para ti, minha cara, já faz algum tempo que não nos vemos.

– Bastardo maldito – praguejou Lívia virando-se de chofre. – Eu devia saber!

– Erros que custam caro – replicou Stefano sem mostrar a menor emoção. – Mas felizmente há remédio para tudo. Basta entrar num acordo.

Lívia teria gostado de pregá-lo à parede com o punhal que segurava espasmodicamente sob a manta, mas Stefano pareceu ler os seus pensamentos.

– Não te deixes levar pelas emoções, elas são péssimas conselheiras.

– Como conseguiste encontrar-me? – perguntou Lívia, quase conformada.

– A curiosidade é realmente mulher! – ironizou Stefano. – Mas quero satisfazer o teu desejo: afinal não me custa nada. A minha criada encontrou um mapa nas tuas roupas antes de lavá-las, de forma que pude conhecer em cada detalhe o seu itinerário. E também foste traída por aquele medalhão que sempre trazes pendurado no pescoço – Lívia apertou-o instintivamente entre os dedos como que a protegê-lo –, um objeto sem valor mas mesmo assim bastante incomum. Um dos meus homens notou-o na taberna perto da balsa do Trébia. O bom garoto percebeu que tu eras mulher não só devido à harmonia dos teus movimentos e aos seus pezinhos de menina, mas também por causa desse tosco penduricalho que eu descrevera a todos como sendo um dos teus sinais distintivos. Haviam sido instruídos para não agir se encontrassem qualquer um de vós, só deviam informar-me, e foi exatamente o que aconteceu.

– O que queres? – Lívia perguntou sem olhar para ele. – Já não basta o que fizeste conosco?

– A área está cercada pelos meus homens, e além disto há uma guarnição de quarenta auxiliares godos aqui no desfiladeiro aos quais posso dar ordens e que já deixei de sobreaviso: seja onde for que os teus amigos estejam neste momento, não têm saída. Mas eu sou uma pessoa civilizada: não quero sangue. Só aquilo que realmente me interessa. Quero a espada e quero a ti. Aquela arma tornar-me-á tão rico que uma vida inteira não me bastará para gastar todo o dinheiro, e tu estarás ao meu lado para compartilhá-lo. Tu vais ver, as pessoas logo se acostumam com o conforto e a riqueza. Vais esquecer o teu rude amigo. E de qualquer maneira, se realmente gostas dele, terás de fazer o que eu mandar.

– Eu já disse, a espada foi perdida.

– Não mintas se não quiseres que mande logo matar esta mulher. Levantou a mão.

– Não, pára – disse Lívia. – Deixa-a em paz. Direi o que sei. É verdade, a espada existe, mas não vejo aqueles homens há vários dias, desconheço quem está com ela neste momento, poderia ter sido perdida, ou até vendida.

– É o que vamos descobrir, bastará que tu lhes perguntes. Serás o meu negociador. Quero aquela espada, e depois soltarei todos, inclusive o garoto. Todos exceto tu, obviamente. É uma oferta generosa. Já sabia que Odoacro ordenou que fossem eliminados? Então, o que me dizes?

Lívia acenou que sim com a cabeça.

– Concordo, mas como eu vou saber que não irás trair-nos novamente?

– Antes de mais nada pelo fato de eu não ter informado Wulfila. Ele também está à tua procura, seria pior para vós se chegasse antes de mim: não iria sobrar ninguém. Em segundo lugar não sou sanguinário, não estou interessado em chacinas quando posso ter o que quero de outra forma. E finalmente: tu não tens escolha.

– Está bem – respondeu Lívia. – Vamos andando. Mas lembra-te disto, se mentiste para mim irei matar-te como um cão, mesmo que eu leve a vida inteira. E antes de morrer terás bastante tempo para lastimar ter nascido.

Stefano não reagiu. Limitou-se a dizer:

– Vamos embora, então. E vós aí, vinde comigo. Uns vinte guardas apareceram do lado do estábulo e ficaram a alguns passos de distância.

– Nem pensa em tentar alguma coisa: os meus homens têm ordens para matar, assim como lançar o alarme para todos os demais postados no bosque e aos da guarnição: os teus amigos seriam trucidados num piscar de olhos.

– Deixa-me então pegar o meu cavalo e manda os teus mercenários ficarem escondidos um pouco mais para trás, longe de nós. Um amigo meu está lá em cima, o marido desta mulher: poderia desconfiar de alguma coisa e avisar os meus companheiros.

Stefano mandou os seus homens avançar ficando escondidos no bosque que chegava até o limiar das primeiras clareiras nevadas. Lívia segurou o cavalo pelas rédeas e começou a descer até atravessar a estrada e depois subir lentamente para o topo da serra.

– Agora fica para trás tu também – disse então Lívia. – Não sei como eles poderiam reagir.

Stefano diminuiu a marcha enquanto Lívia se aproximava de Ursino. Naquela mesma hora Aurélio, Vatreno e os demais apareciam a poucas dúzias de passos de distância, saindo de trás de uma enorme pedra.

– Lívia! – gritou Rômulo logo que a viu.

– Rômulo! – exclamou a jovem, e virou-se imediatamente para Aurélio. – Ouve-me, Aurélio – disse, mas não teve tempo de acabar a frase: viu a expressão de felicidade e surpresa dos companheiros transformar-se numa careta de indignação. Viu Aurélio desembainhar a espada gritando: – Maldita, tu nos traíste!

TERCEIRA PARTE

XXVI

Wulfila e os seus homens estavam aparecendo naquele momento por trás de Lívia: formando um amplo arco investiam do cume do morro contra Aurélio e os companheiros.

Lívia virou-se e compreendeu.

– Não vos traí – gritou. – Precisai acreditar em mim! Rápido, vinde até aqui e montai a cavalo, rápido!

– É verdade – gritou Ursino. – Esta jovem queria ajudá-los. Mexei-vos, vinde para cá!

Aurélio e os outros, ainda sem entender o que estava acontecendo, nem o motivo pelo qual Lívia se encontrava naquele lugar, acompanhada de perto pelos seus inimigos mais implacáveis, galgaram a última subida e chegaram à esplanada relativamente acessível logo abaixo do cume da montanha de onde os cavaleiros de Wulfila desciam afundando na neve espessa. Eram pelo menos uns cinqüenta.

– Os outros estão no desfiladeiro – gritou Ursino. – Não podeis fugir passando por lá!

– E ali embaixo também há os mercenários de Stefano – gritou Lívia. – Foi ele que mandou seguir as minhas pegadas sem eu perceber!

Nesta altura Stefano, ao dar-se conta de que já não podia levar adiante o seu plano, recuava para a estrada a fim de juntar-se aos seus homens. Lívia desatou o arco da sela, atirou e acertou-o em cheio a mais de cem passos de distância, bem no meio das costas. Então desfrechou contra os seus homens que vinham se arrastando pelo bosque, forçando-os a procurar abrigo entre as moitas: tinham visto tombar o seu chefe e estavam num estado de completa confusão.

Ursino indicou o lado ocidental do morro.

– É o único caminho de fuga – berrou , mas serpenteia à beira de um despenhadeiro e a neve pode ter virado gelo, precisai tomar todo o cuidado. Por ali, rápido, não há um só minuto a perder!

Lívia foi a primeira a esporear o cavalo, chefiando a coluna, mas do topo do morro Wulfila percebeu as suas intenções e ordenou que uma parte dos seus cavaleiros se dirigisse naquela direção.

– Lembrai-vos – gritava. – Quero a cabeça daquele rapaz, e também quero aquela espada, custe o que custar! Está com aquele soldado, o de cinturão vermelho!

Enquanto isto Vatreno precipitara-se atrás de Lívia, assim como Aurélio, Batiato e os demais. O caminho parecia desimpedido e todos incitavam as montarias para superar o mais rápido possível o trecho mais perigoso que, do lado oeste, acabava numa estreita borda a pique sobre o vazio. Procuravam manter-se no meio da encosta, e atrás deles o próprio Ambrosinus solicitava o máximo de sua mula. Aurélio dava-se conta da extrema vulnerabilidade daquela pequena coluna e empurrou Juba ainda mais para cima a fim de dominar melhor a situação. Foi justamente então que Wulfila e os seus guerreiros apareceram de trás da crista, de armas em punho, numa nuvem de neve esfarelada.

O bárbaro lançou-se com fúria e investiu jogando-lhe em cima todo o peso do seu cavalo. Fê-lo cair no chão arrastando-o consigo num abraço mortal e os dois rolaram intrincados num emaranhado de braços e pernas ancilosados pelo ódio e pela neve gelada. Naquele movimento incontrolado, naquele ruir para o vale, a espada de Aurélio desprendeu-se da bainha e começou a deslizar pelo declive. A queda dos dois guerreiros só parou num esporão rochoso que emergia do tapete nevado, as mãos de cada um cerrando os pulsos do outro, ofegantes. Wulfila estava por cima, os olhos fixaram-se nos olhos de Aurélio e o bárbaro teve a fulguração que havia muito tempo esperava para aquele momento crucial.

– Reconheço o teu rosto, romano! Já passou muito tempo, mas tu não mudaste o bastante! És aquele que abriu para nós as portas de Aquiléia!

Os traços de Aurélio contraíram-se numa careta de dor.

– Não! – gritou. – Não! Nãããão!

E o seu grito multiplicou-se no eco das paredes geladas dos Alpes. Na mesma hora reagiu como que possuído por uma força espantosa, fincou os joelhos no peito do inimigo e arremessou-o para trás. Aí virou-se de lado para recuperar o equilíbrio e ficar de pé e viu-se perto de Ambrosinus, que tinha caído e fazia de tudo para não escorregar no precipício.

Os seus olhares só se cruzaram por um instante, mas foi o bastante para Aurélio perceber que o outro ouvira e entendera perfeitamente. Recobrou-se e foi subindo penosamente pela encosta a fim de ajudar os companheiros já empenhados numa luta furiosa. Ouvia os rugidos de Batiato que agarrava os inimigos, levantava-os acima da cabeça para arremessá-los no despenhadeiro, e as pragas de Vatreno que, com uma espada em cada mão, enfrentava dois bárbaros de cada vez, afundando na neve até os joelhos.

Conseguiu finalmente ficar de pé e levou a mão à espada para entrar na rinha e, talvez, buscar nela a morte, mas com muito desgosto encontrou somente a bainha vazia. Na mesma hora, lá em cima, mais um pelotão de cavaleiros que vinham do desfiladeiro chegou ao topo do morro e atravessou toda a clareira para então voltar a descer, enviesado e em direção contrária para evitar a encosta íngreme demais. Este movimento, tão preciso e transversal, cortou em dois a espessa camada nevosa do cume, que começou a deslizar para o vale, tornando-se cada vez maior e mais volumosa, até atropelar Vatreno e Batiato, que combatiam em posição mais avançada, e aí todos os demais, inclusive Rômulo.

Demétrio e Orósio haviam até então procurado defendê-lo com os escudos da saraivada de flechas e dardos dos inimigos que tentavam de todas as formas acertá-lo e matá-lo, mas a investida da avalancha jogou-os para trás sem que pudessem de forma alguma ajudar o rapaz. Os próprios cavalos, que ofereciam uma massa bem maior ao impacto, foram atropelados e empurrados para o barranco.

Enquanto isto Wulfila havia continuado a deslizar, agitando-se como um possesso na tentativa de refrear a queda, afundando os braços na neve, quebrando as unhas e arranhando as mãos, até conseguir parar cerrando os dedos sobre uma saliência rochosa. Estava agora meio pendurado no vazio enquanto as suas mãos se entorpeciam pelo frio, sem mais obedecer à sua vontade de escapar da morte, de içar-se em segurança acima da margem. Já sentia próximo o momento em que a mordida do gelo forçá-lo-ia a soltar a presa quando, bem perto dele, viu a espada fantástica que também escorregava para o precipício: já tinha parado de rolar mas continuava a deslizar por força de inércia, vagarosa mas inexoravelmente, chegando cada vez mais perto da orla do abismo. Viu-a despontar com mais de metade da lâmina fora da neve, balançar vacilante para enfim deter-se como que por milagre. O peso da maciça empunhadura ancorara-a no solo em cima da hora.

Aquela visão foi uma verdadeira chicotada para Wulfila: retesou as costas e com um berro selvagem reuniu todas as forças do seu grande corpo, içando-se até fincar os cotovelos na margem gelada, e então um joelho, depois o outro. Estava salvo. E de pé. Aproximou-se lentamente da espada dando-se conta de que qualquer vibração do terreno, ou até do ar, poderia fazê-la despencar. Quando só lhe faltavam alguns passos achatou-se no chão, de pernas abertas e fincando a ponta das botas na neve como estacas, e esticou o braço até agarrar o punho da espada e segurá-la triunfalmente na mão. Levantou-se apontando-a para o céu tempestuoso, e o seu urro de vitória perfurou as nuvens e ricocheteou nos picos gelados ecoando longamente nos vales distantes. Só então subiu convulsamente até juntar-se ao pelotão que pouco antes havia provocado a avalancha, e um dos homens entregou-lhe imediatamente o seu cavalo. O tempo piorava e a luz se tornava cada vez mais escassa.

– Já está escuro – disse aos seus homens. – Voltaremos amanhã. De qualquer forma perderam os cavalos, e mesmo que alguém tenha conseguido salvar-se, não poderá certamente ir muito longe. Seja como for, amanhã vamos fechar todos os possíveis caminhos de entrada e saída do desfiladeiro: ninguém deve escapar. Quero a cabeça daquele rapaz e o primeiro entre vós que a trouxer para mim terá uma boa recompensa. – Fez sinal para que o seguissem e todos juntos tomaram o caminho de volta para a estação de muda na passagem.

Começou a nevar, com pequenos cristais pontudos como agulhas que alfinetavam o rosto e as mãos. Em seguida a nevasca pungente transformou-se em flocos cada vez maiores e mais densos, dançando vertiginosamente em volta dos cavaleiros que desciam como fantasmas pela encosta manchada de sangue e cheia de corpos inanimados. Entre eles Wulfila também viu o de Stefano, trespassado de lado a lado por uma seta que o acertara nas costas e que o homem tentara arrancar do corpo no último estertor da agonia. "O fim que tu merecias", pensou, e seguiu em frente baixando a cabeça e apertando a capa em volta dos ombros para defender-se do frio.

Entraram na *mansio* aquecida por uma espocante e aromática fogueira de lenha de pinheiro e sentaram num banco, enquanto o taberneiro assava um carneiro no espeto e servia jarras de cerveja e formas de pão. Apesar da dor pelos ferimentos Wulfila estava totalmente eufórico. Trazia pendurada na cintura a mais formidável arma que jamais desejara na vida e a sua vítima jazia nesta altura imóvel sob uma pesada camada de neve. Cortar a cabeça dele seria ainda mais fácil, como quebrar uma estalactite de gelo.

– Logo que o sol raiar – disse dirigindo-se ao grupo que lhe sentava em frente, – vós ides descer pela estrada até chegar ao rio que escorre no vale: ireis bloquear a ponte, que é a única passagem para o território rético. Quanto a vós, por sua vez – e virou-se para o grupo sentado à sua direita, voltareis atrás pela mesma estrada até encontrar uma trilha que leva à mesma ponte, mas vindo do oeste. Levareis um guia local, de forma que não podereis perder-vos. Fechando todos os caminhos, ninguém poderá escapar. E vós aí – indicou os sentados à sua esquerda –, voltareis comigo lá para cima a fim de procurar os cadáveres. E como já disse, aqui está uma bolsa de prata para o primeiro a encontrar a carcaça do rapaz e voltar com a sua cabeça decepada. E agora vamos comer, beber e ficar alegres, pois a sorte nos foi favorável. – Levantou a caneca cheia e todos aclamaram, jubilosos pela vitória alcançada, e entregaram-se à bebida engolindo incríveis quantidades de cerveja e marcando cada trago com estrondosos arrotos.

Juba voltou a firmar-se nas pernas com um esforço poderoso, sacudindo a neve do corpo e soprando uma densa nuvem de vapor pelas ventas orladas de geada. Bufou agitando a crineira e relinchou ruidosamente chamando o amo, mas o lugar estava deserto e a escuridão ia descendo com o silêncio do anoitecer sobre a vasta extensão de neve transtornada pela avalancha. Começou a percorre-la a passo, continuando a bufar de vez em quando e sacudindo o rabo até parar de repente. Encostou o focinho no chão e aí raspou a neve com as patas, devagar, até que pouco a pouco apareceram as costas do seu dono, e o pescoço, que o cavalo começou a lamber soprando vapor quente na nuca do homem desmaiado. Aquele contato morno e delicado devolveu ao corpo de Aurélio, rígido e entorpecido pelo frio, um pouco de energia. A duras penas e com extrema lentidão conseguiu firmar as mãos e os cotovelos, depois ficou de joelhos enquanto Juba relinchava baixinho – quase a demonstrar que apreciava aqueles esforços – até conseguir ficar de pé diante dele e afagá-lo com carinho.

– Muito bem, Juba, fica calmo, eu sei, eu sei, tu és um bom menino. E agora ajuda-me a encontrar os outros, vamos lá.

Apareceu por perto a mula de Ambrosinus, como fantasma surgido do nada, e Aurélio lembrou-se dos escudos que carregava na garupa. Tirou um e começou a cavar, usando-o como uma pá. Não demorou muito antes de bater no peito de Vatreno, que soltou um gemido.

– Estás inteiro? – perguntou Aurélio.

– Acho que sim – resmungou Vatreno. – Principalmente se tu parares de cavar na minha barriga com esse negócio.

Do outro lado da vertente, na direção da estrada, ouviu-se um insistente ganir e logo a seguir apareceu Ursino, subindo vagarosamente com o seu cão. O homem apresentou-se aos dois soldados dizendo:

– Hospedei Lívia, e posso ajudar. O meu cão foi treinado para procurar as pessoas atropeladas por uma avalancha. Se forem encontradas logo podem salvar-se, mas não temos muito tempo: com o frio da noite não haverá mais nada a fazer.

– Agradeço – respondeu Aurélio. – Por favor, ajuda-nos.

O homem anuiu e soltou o cão que começou imediatamente a fuçar.

– Vamos lá, Argo, procura, procura os nossos amigos, assim, assim mesmo... O nome dele é Argo – explicou a Aurélio, que continuava a deslocar a neve com o escudo –, como o cão de Ulisses. Bonito nome, não achas?

– Bonito mesmo – comentou Vatreno. – O nome é lindo, só espero que também seja bom de faro.

Enquanto isto o cão já tinha farejado outra vida em perigo e cavava freneticamente com as patas dianteiras.

– Cavai onde ele está indicando – ordenou Ursino. Aurélio e Vatreno obedeceram e puxaram Ambrosinus, lívido e meio congelado.

– Socorro, alguém nos ajude! – ecoou uma voz à direita deles, do lado da orla do barranco.

Aurélio acudiu tomando todo o cuidado para não escorregar na pirambeira. Viu-se diante de uma cena incrível: Orósio estava suspenso no abismo, pendurado num tronco de pinheiro que se protendia no vazio, Demétrio segurava-se na empunhadura do punhal que havia fincado no gelo, e Lívia deslizava ao longo do seu corpo até esticar as pernas para os braços de Orósio, que se agarrou a elas. Lívia começou então a puxar-se para cima prendendo-se ao cinturão de Demétrio que continuava a segurar com todas as suas forças o cabo do punhal. Aurélio compreendeu que poderia cair a qualquer momento. Fincou por sua vez o punhal no gelo e esticou a outra mão até agarrar a de Demétrio, que pôde então fazer mais força, arrastando-se em frente até cravar a sua arma em terreno mais firme. A maior resistência oferecida pela nova ancoragem e o acréscimo de energia fornecido por Aurélio proporcionaram à corrente humana o impulso decisivo que levou todos à salvação.

– Batiato? – perguntou Aurélio.

– A ultima vez que o vi estava rolando encosta abaixo engalfinhado com dois ou três inimigos, não sei ao certo. Vai voltar, podes estar certo.

– Se não tiver sido morto por eles – objetou Aurélio.

– Pois é, se não tiver sido morto – repetiu Vatreno. – Mas eu duvido.

Ouviu-se um bramido repentino e um guerreiro bárbaro surgiu bem na frente de Lívia, que derrubou-o com um pontapé no rosto e fê-lo rolar para o barranco.

– Onde está Rômulo? – perguntou logo a seguir a jovem, não o vendo em parte alguma, e a voz de Ambrosinus ressoou naquela mesma hora, carregada de aflição.

– Vinde! – gritava. – Acudi logo, pelo amor de Deus! – A massa de Batiato apareceu então na encosta que dava para o leste e o etíope aproximou-se o mais depressa possível.

– O que houve? – perguntou.

– Acho que encontrou o garoto – respondeu Aurélio, com um tom que no entanto não tinha a menor alegria.

Dirigiram-se para o lugar onde ouviam o cão ganir e encontraram Vatreno que segurava nos braços o corpo exangue de Rômulo. O rosto do veterano, castigado pelo vento, parecia uma máscara de pedra. Lívia apalpou os membros lívidos e gelados do rapaz e caiu no choro.

– Oh, meu Deus, não! Não!

Aurélio chegou-se a Vatreno com olhar interrogativo.

– Está morto – respondeu o companheiro. – Não tem pulso nem carótida. – Todos entreolharam-se com expressão aflita. Batiato chorava e enxugava as lágrimas com o dorso da mão que ainda segurava a espada. Só Ambrosinus parecia manter o controle sobre si mesmo naquele turbilhão de vento e desespero.

– Rápido, precisamos encontrar um abrigo – disse assumindo o comando do desnorteado manípulo. – Não temos tempo a perder. Se a noite nos surpreender aqui estamos acabados.

– Segui-me, então – disse Ursino. – Não fica muito longe. Mas não se afastem uns dos outros, é fácil se perder no caminho.

Encaminhou-se à meia encosta dando a volta no morro pelo lado setentrional até mostrar para os demais uma saliência de pedra que surgia no flanco da montanha. Uma paliçada de troncos de abeto completava o refúgio, criando uma espécie de nicho protegido de três lados. Entrou no abrigo e mandou os outros entrarem também. No fundo havia uma espessa camada de folhas secas e de fina ramagem de pinheiro, o lado interno da paliçada estava forrado com peles de cabra curtidas.

– É para onde levo as ovelhas que estão a ponto de parir – disse – é o melhor que eu posso vos oferecer.

Vatreno colocou no chão o corpo do rapaz e Lívia desatou novamente a chorar, aflita, escondendo o rosto contra a parede. Ambrosinus parecia não ver nem ouvir coisa alguma. Imagens longínquas e nunca esquecidas passavam pela sua mente: um menino moribundo em sua pequena cama, uma tenda num bosque dos Apeninos, muitos anos antes; uma mulher em prantos, altiva mas prostrada pela dor... Não, nunca iria desistir. Afagou-o carinhosamente e aí começou a despi-lo.

– Mas... o que estás fazendo? – perguntou Aurélio.

Ambrosinus apoiou a mão no peito nu do garoto e fechou os olhos.

– Ainda existe uma fagulha de vida nele – disse. – Precisamos alimentá-la.

Aurélio sacudiu a cabeça incrédulo.

– Ele morreu, Ambrosinus. Não estás vendo que está morto?

– Não pode ser – respondeu o velho com calma. – A profecia não mente.

A escuridão já era quase total e a única resposta àquelas palavras foi o assovio raivoso do vento que fustigava a montanha. Depois de despir o rapaz até a cintura Ambrosinus deitou-o na camada de folhas, e a alvura daquele corpo sobressaía no fundo escuro do abrigo. Ambrosinus virou-se para Batiato.

– Tu emanas mais calor do que qualquer um de nós – disse –, porque acumulou dentro de ti o ardor da África. Despe o teu tronco e abraça-o, mantem-no junto a ti, faze com que o teu coração bata com o dele. Eu tentarei acender uma fogueira.

Batiato fez o que lhe havia sido pedido, levantou como uma pluma o garoto inanimado e apertou-o contra o próprio peito. Lívia jogou em cima deles um cobertor para o calor não se perder. Aurélio e Vatreno meneavam a cabeça, incrédulos e desanimados.

Quase às apalpadelas Ambrosinus raspou das paredes alguns liquens secos, juntou-os cuidadosamente até formar uma pequena pilha que encobriu em seguida com uma braçada de folhas. Tirou então da bolsa de viagem as pederneiras e começou a esfregá-las uma na outra produzindo vistosas fagulhas. Um pequeno ponto vermelho quase invisível acabou fumegando na base da folhagem e Ambrosinus curvou-se de pronto para soprar. Todos olhavam pasmos, incapazes de entender os seus movimentos. Mas a minúscula mancha vermelha foi vagarosamente se alastrando enquanto o velho continuava sem parar, como se soprasse na vida quase apagada do seu garoto, para reanimá-la.

De repente uma chama indecisa brilhou na escuridão, tão pequenina que mal dava para vê-la. Mas não demorou para se alastrar, os liquens pegaram logo aumentando-a, tornando-a cada vez mais viva e vigorosa. E Ambrosinus não parava, continuava a soprar, juntando tiras de musgo seco e mais folhas, em seguida alguns pequenos galhos... até a chama virar fogueira, e luz, e afugentar as sombras daquele pobre refúgio, e espalhar-se para iluminar os corpos apinhados naquele espaço apertado, os olhos excitados de Ambrosinus, o largo rosto do gigante etíope e seus olhos arregalados no escuro dos quais desciam grandes lágrimas. De felicidade.

– Respira – disse.

Ambrosinus olhou em volta com expressão transtornada, a expressão de um homem que acaba de acordar de repente bem no meio da noite depois de ter tido um terrível pesadelo.

Todos juntaram-se em volta de Rômulo acotovelando-se para tocá-lo, abraçá-lo, enquanto Ambrosinus dizia:

– Vamos com calma, cuidado, o rapaz ainda está muito fraco. Deixem-no recuperar o fôlego, recobrar as forças.

Ursino conseguiu tirar alguns galhos secos das árvores e jogou-os na fogueira, então pendurou mais peles na entrada para manter lá fora o gelo noturno. O calor começou a espalhar-se no espaço limitado do abrigo, e Rômulo foi pouco a pouco recuperando a cor, com as mãos gélidas esticadas para o fogo.

– Quem te trouxe de volta à vida foi ele – disse Ambrosinus, apontando para Batiato. Rômulo levantou-se e deu um abraço apertado no etíope que também o abraçou, devagar, para não esmagá-lo. Aurélio disse:

– Vou sair para agasalhar o meu cavalo: é o único que sobrou, além da mula de Ambrosinus, que não vai ajudar muito. Durante a noite a temperatura vai cair mais ainda e Juba vai ter que ficar ao relento.

Ambrosinus reparou na tristeza do seu olhar, uma tristeza que nada tinha a ver com a felicidade geral dos demais. Esperou alguns momentos e então jogou a capa nos ombros dizendo:

– Também preciso cuidar da minha mula. – E saiu.

Aurélio estava ao lado do cavalo, apertava a manta em volta do corpo e parecia estar olhando para o vale e o rio. A voz de Ambrosinus fê-lo estremecer.

– Duas verdades, duas imagens diferentes e conflitantes do seu passado, a de Lívia e a de Wulfila... em qual delas teremos de acreditar?

Aurélio nem se virou, apertou ainda mais a capa em volta do corpo como se o frio estivesse gelando a sua própria alma.

– Se conheces as duas, por que tu mesmo não me contas?

– É verdade, ouvi as palavras daquele bárbaro, mas tu estás exigindo demais de um pobre preceptor. Agora tu estás enfrentando uma verdade surgida do nada, uma mancha escura que nem sabia ter na consciência.

Aurélio continuou calado.

– Deve doer muito, eu sei – prosseguiu Ambrosinus –, mas é melhor assim. Quando o mal permanece oculto, devora-nos lentamente sem que possamos lutar contra ele, e às vezes pode pegar-nos de surpresa quando menos esperamos. Agora, pelo menos, tu sabes.

– Não sei coisa alguma.

– Não é possível. Tens de lembrar alguma coisa.

Aurélio suspirou, sentia dentro de si uma grande necessidade de falar, de abrir-se com alguém capaz de livrá-lo do pesado fardo que lhe oprimia o coração.

– Apenas imagens vagas, farrapos de lembranças desconexas – disse. – É um pesadelo constante...

– Qual? – perguntou Ambrosinus. – Que tipo de pesadelo?

A voz de Aurélio ficou trêmula.

– Está escuro, de noite... Dois velhos, cada um pendurado numa estaca, presos pelos pulsos. Seus corpos mostram os sinais de terríveis sevícias, e aí...

– Continua.

– E aí um bárbaro gigantesco aproxima-se de espada em punho e... trespassa-os, um depois do outro. – Soltou um longo suspiro, como se aquilo tivesse-lhe custado um esforço enorme.

– Quem eram eles? – perguntou Ambrosinus. – Talvez esteja ali o segredo da tua identidade.

– Não sei – respondeu Aurélio, cobrindo os olhos com as mãos –, eu não sei.

Ambrosinus percebia claramente o sofrimento que lhe torturava a alma e apoiou uma mão no seu ombro.

– Não te aflijas – disse. – Não importa quem foste no passado. Agora só existe o presente, do qual deverias sentir orgulho. E aquele rapaz, quem sabe, pode até oferecer-te um futuro. Tu mesmo viste que é quase impossível apagar a força vital dele.

– Perdi a espada – disse Aurélio.

– Esquece: vamos encontrá-la de novo, não tenha dúvidas. E tu também encontrarás o teu passado, mas terás de passar pelo inferno, como já fez aquele menino inocente.

XXVII

Uma hora antes do alvorecer, quando ainda estava escuro, Demétrio terminou o último turno de vigia e acordou os companheiros. Apesar da pequena fogueira que haviam conseguido manter acesa dentro do abrigo estavam todos entorpecidos de frio, e até os dois animais que tinham ficado a noite toda ao relento estavam encostados um no outro para se protegerem do gelo cortante. Depois da grande alegria por terem conseguido sobreviver e pela inesperada salvação de Rômulo, todos tinham agora de enfrentar uma realidade que ainda se apresentava muito dura, para não dizer desesperadora. Só havia sobrado um cavalo e uma mula, e a espada de Aurélio estava agora nas mãos de Wulfila, que certamente não via a hora de pôr à prova o seu poder devastador. Como poderiam continuar a sua viagem, mas sobretudo, como poderiam escapar de Wulfila e dos seus homens se fossem descobertos de novo? Era evidente que os inimigos voltariam para o morro que dominava o desfiladeiro em busca dos corpos e de eventuais rastros dos sobreviventes que a nevasca noturna porventura não tivesse apagado.

Depois de uma breve reunião todos convieram que era preciso sair daquele lugar o quanto antes para descer ao vale e passar a fronteira. Ursino aconselhou-os a atravessar logo o rio, antes de os inimigos se darem conta da sua presença. Então despediu-se de cada um com profunda comoção.

– Para chegar ao rio, assim como para a ponte de barcaça, é só seguir em frente, não há como errar. Se eu não estivesse tão velho iria convosco, e seria para mim uma honra lutar pelo meu imperador, mas, levando-se em conta a realidade das coisas, eu só seria um estorvo, e além do mais preciso voltar para ver como está a minha velha, deve ter quase morrido de medo. – Aproximou-se de Rômulo e beijou-lhe a mão com deferência. – Que o Senhor Deus vos proteja, César, seja qual for o lugar para onde tiverdes de rumar, e possa o nome de Roma perpetuar-se nos séculos futuros através da vossa pessoa.

E afastou-se com seu cão para chegar em casa antes do nascer do sol. Ficaram olhando para ele que se afastava, comovidos e também preocupados que algo de mal pudesse lhe acontecer e à mulher devido à ajuda que haviam oferecido.

– Então vamos – disse Ambrosinus. – Sobra-nos muito pouco tempo.

Começaram a descer lentamente para o vale, Aurélio fechando a comitiva e segurando Juba pelas rédeas, enquanto Vatreno liderava a coluna procurando as passagens menos íngremes e difíceis. De repente levantou o braço.

– Parai!

Aurélio chegou-se a ele.

– O que houve?

– Vê tu mesmo – respondeu Vatreno.

Na base da encosta havia um trecho plano com uns duzentos ou trezentos pés de largura, atravessado na sua parte setentrional por um riacho que reluzia na escuridão do vale. As margens estavam ligadas por uma ponte de barcaças mantidas juntas por uns cabos presos às ribanceiras. Além do rio, a uma distância de talvez uns cem pés, contrastando com o branco tapete de neve, divisava-se a massa escura de um denso bosque de abetos.

– É a ponte. Se conseguirmos atravessá-la estaremos salvos. Entraremos no bosque onde será mais fácil ocultarmos as nossas pegadas. Pelo menos acho.

– Não é disto que estou falando – rebateu Vatreno. – Olha lá embaixo, à tua esquerda. Não estás vendo nada?

Aurélio praguejou.

– Malditos bastardos! O que vamos fazer agora?

No local indicado por Vatreno, com efeito, via-se na luminosidade incerta da neve uma coluna de soldados que se dirigia para a ponte.

– E há mais chegando do outro lado – disse Demétrio apontando para outro pelotão que vinha da direita. – Estamos acuados.

– Não, ainda há uma esperança – interveio Lívia. – Aurélio, tu ainda tens o teu cavalo, pega Rômulo e, logo que a descida ficar mais suave, cavalga a toda velocidade para a ponte. Os bárbaros estão avançando lentamente porque estão na neve fofa. Nós procuraremos um esconderijo e tentaremos alcançar-vos no bosque, depois de atravessarmos a pé, de noite.

– Não me parece viável – objetou Ambrosinus. – Eles devem estar vindo para vigiar a ponte, e, portanto, ficaríamos separados para sempre.

Deu uma olhada na mula e nos escudos presos na sua albarda e de repente o seu rosto iluminou-se.

– Ouvi, eu tive uma idéia: seis séculos atrás um grupo de guerreiros címbrios conseguiu escapar nos Alpes do cerco do cônsul Lutácio Catulo lançando-se na neve, deslizando nos escudos.

– Nos escudos? – perguntou, incrédulo, Vatreno.

– Isto mesmo, segurando as correias internas. Está escrito nas *Vidas* de Plutarco. Mas se quisermos ter sucesso, precisamos tentar imediatamente.

Houve um momento de incerteza, uma vez que a proposta parecia totalmente descabida, mas então, um de cada vez, retiraram os escudos da garupa do animal e deitaram-nos no chão.

– Assim – continuou Ambrosinus. – Precisai sentar dentro deles segurando nas correias. Deslocando o peso de vosso corpo para a esquerda e a direita e puxando convenientemente as tiras de couro não deve ser muito difícil manter a direção certa. Está claro?

Todos assentiram, até mesmo o perplexo Batiato, que olhava apavorado para o íngreme declive que o separava da ponte. Enquanto isto Aurélio, depois de montar com Rômulo sentado à sua frente, começou a descer a encosta aos ziguezagues até chegar a um local mais plano. Então cutucou o cavalo com os calcanhares incitando-o primeiro a passo rápido e depois a galope através da extensão nevada. Os bárbaros de ambos os lados logo perceberam o que estava acontecendo e esporearam as montarias, mas a sua velocidade era limitada pela altura da neve que se acumulara em maior quantidade nas valas no sopé da montanha, de forma que Aurélio parecia poder manter a dianteira.

– Avante, Juba! – gritava incitando o corcel, enquanto Rômulo olhava para os lados a fim de medir a distância dos inimigos e depois para trás, para ver se Ambrosinus realmente estava pondo em prática o seu plano adoidado. E quando o viu ficou pasmo:

– Olha, Aurélio! – gritou. – Estão chegando! – E logo a seguir, um depois do outro, os escudos chisparam em disparada à esquerda e à direita, cada um guiado pelo seu ocupante: Vatreno, Demétrio, Orósio, Lívia e o próprio Ambrosinus com a coroa de cabelos brancos ao vento, e por último Batiato, que mal conseguia manter o equilíbrio naquele assento precário.

Aurélio seguiu adiante na sua corrida e superou a ponte a galope, só parando no limiar do bosque. Aí virou-se para ver o que os companheiros estavam fazendo e justamente naquele instante viu aquela espécie de avalancha humana concluir a descida com uma desastrada queda ao chegar aos primeiros obstáculos da parte mais plana. O que aconteceu em seguida foi num piscar de olhos. Vatreno foi o primeiro a levantar-se, viu os bárbaros já muito próximos de ambos os lados e compreendeu que só lhe sobrava uma saída. Gritou:

– Todos na ponte! Vamos sair daqui pelo rio! – Os outros ficaram de pé o mais rápido que puderam e correram atrás dele até a ponte. Vatreno ordenou: – Batiato, tu e Demétrio cortai daquele lado, eu e Orósio deste aqui! Ao meu sinal, agora!

Aurélio tentou aproximar-se, mas os machados e as espadas já desciam sobre os cabos de ancoragem e todo o conjunto de barcaças se afastou com rapidez levado pela correnteza, deixando os bárbaros furiosos e escarnecidos. Wulfila chegou naquela mesma hora e gritou para Aurélio:

– Irei encontrar-te, covarde, não importa onde tu ficares escondido, mesmo que tenha de perseguir-te até o fim do mundo.

Aurélio teve um estremecimento: pela primeira vez na vida não podia reagir a um desafio tão arrogante. Mas não respondeu, esporeou o cavalo e logo desapareceu.

Depois de mais ou menos uma milha, Rômulo, que não perdia de vista o rio um só momento, divisou por um instante a série de balsas que deslizavam velozes na correnteza e pareceu-lhe não haver ninguém faltando. Estavam agarrados às cordas do parapeito segurando uns aos outros para não caírem nos redemoinhos impetuosos da correnteza. Em seguida, o estranho comboio flutuante desapareceu atrás de um grupo de árvores que impedia a vista. Só teve tempo de gritar:

– Lá estão eles! –, e já haviam sumido.

Aurélio botou o cavalo a passo.

– Mas deste jeito nunca iremos alcançá-los! – protestou o rapaz.

– Nenhum cavalo pode igualar a velocidade de um rio montanhês. A inclinação é grande demais e as águas descem para o vale com muita rapidez. E além do mais Juba está cansado e deve carregar nós dois, não podemos pedir-lhe o impossível. Mas não te preocupes: continuaremos a seguir a correnteza até encontrá-los, pois os nossos amigos na certa acabarão encalhando num baixio ou na margem, logo que o rio entrar na planície e diminuir o seu ímpeto. Esperarão por nós e os encontraremos.

– Mas por que fizestes aquilo? – perguntou Rômulo. – Poderíeis ter atravessado a ponte e aí cortar as amarras do nosso lado.

– É verdade, mas Vatreno tomou a decisão mais sábia: mostrou ser o grande soldado que de fato é, um verdadeiro estrategista. Foi extraordinário. Pense bem: se agisse como tu estás dizendo estaríamos agora todos juntos, mas a pé, e, portanto, a nossa marcha seria tão lenta que os bárbaros teriam todo o tempo do mundo para improvisar algum tipo de passarela ou então encontrar um vau mais adiante, no vale. Desta forma iriam nos alcançar dentro de, no máximo, um dia ou dois de marcha. Agora, no entanto, desde que obviamente estejam salvos, os nossos companheiros têm a possibilidade de conseguir uma boa vantagem sobre os perseguidores, enquanto nós, sendo apenas dois e a cavalo, podemos nos movimentar com muito mais rapidez e agilidade, esconder-nos, mudar de itinerário, e quem sabe até encontrar outra montaria e aumentar ainda mais a nossa velocidade.

Rômulo meditou por alguns momentos e então disse:

– Acho que tens razão, mas não posso deixar de imaginar o que deve estar pensando Ambrosinus agora que estamos separados.

– Ambrosinus sabe perfeitamente cuidar de si mesmo e os seus conselhos serão muito proveitosos para os nossos companheiros.

– É verdade, mas tu já pensaste que é a primeira vez, desde que me encontrou quando eu tinha cinco anos, que ficamos longe um do outro?

– Quer dizer que ele sempre esteve perto de ti desde que se conheceram?

– Isso mesmo. Muito mais do que o meu pai ou a minha mãe, mais do que qualquer outro. É o homem mais sábio e perspicaz que eu conheço e nunca acaba de surpreender-me. Desde que fomos presos por Odoacro vi-o fazer coisas que nunca tinha visto na vida, e não me espantaria o fato de ele ainda guardar no bolso sabe lá quais segredos e recursos.

– Tu gostas muito dele, não é?

O rapaz sorriu, relembrando alguns momentos da vida em comum com o seu preceptor.

– Às vezes é meio lunático – disse –, mas para mim é a pessoa mais querida do mundo.

Aurélio não disse mais nada. Esporeou o cavalo para uma marcha mais rápida pois não queria ficar longe demais das barcaças, que ainda deviam manter uma boa velocidade na correnteza. E tampouco queria deixar que os perseguidores chegassem muito perto, uma vez que já deviam estar inventando alguma forma para atravessar o rio. A viagem prosseguiu sem empecilhos na paisagem encantadora de picos rochosos que o sol tingia de púrpura ao baixar para o horizonte, de lagos incrivelmente cristalinos, reluzentes como espelhos que refletiam o verde-escuro dos bosques, o branco ofuscante da neve, o azul intenso do céu. Rômulo estava impressionado com toda aquela beleza e olhava em volta atônito diante de cada mudança de perspectiva, de cada variação de luz. Aurélio concedeu a Juba mais uns momentos de descanso, deixando-o mais uma vez avançar a passo.

– Nunca vi coisa parecida – disse Rômulo. – Que lugar é este?

– Antigamente era a terra dos helvécios, um povo que pertencia à nação celta e que se atreveu a desafiar o grande César.

– Conheço a história – respondeu Rômulo. – Li várias vezes o *De Bello Gallico*. Mas que motivo poderiam eles ter para querer sair de uma terra tão encantadora?

– Os homens nunca se satisfazem com o que têm – respondeu Aurélio. – Têm a sina de procurar continuamente novas terras, novos horizontes, novas riquezas. Assim como acontece com os indivíduos que querem sobressair-se dos demais quanto a valor, dinheiro ou astúcia, o mesmo também se dá com os povos e as nações. Se por um lado isto gera contínuos avanços nos estudos, nas explorações, nas indústrias e nas atividades humanas, por outro também provoca conflitos e choques amiúde sangrentos. Trata-se de um esforço gigantesco e inútil: tudo aquilo que conseguimos a duras penas acaba saindo para nós muito caro. E muitas vezes, no fim das contas, as perdas são bem maiores do que os ganhos. Os helvécios tinham as montanhas e talvez desejassem as planícies, terras mais amplas e férteis. Ou talvez o número deles houvesse aumentado demais, tornando estes vales muito apertados para tamanha população. Devem ter pensado que ao expandir-se na planície iriam tornar-se uma nação mais forte, mais numerosa e, portanto, mais poderosa. E, ao contrário, só conseguiram ir ao encontro da aniquilação.

– E tu, Aurélio – perguntou Rômulo –, do que gostarias, qual é o teu anseio?

– Eu quero... paz.

– Paz? Não posso acreditar: tu és um guerreiro, o mais forte e corajoso que eu já vi.

– Não sou um guerreiro, sou um soldado. É diferente. Só luto por necessidade, para defender aquilo em que acredito. E ninguém sabe melhor do que um lutador quão terrível é a guerra. Algum dia gostaria de viver num lugar afastado e tranqüilo, de cultivar os campos e criar animais, dormir sem ter de pular de pé na calada da noite, ao menor barulho, já de espada na mão. Acordar com o canto do galo e não com os toques do clarim que dão o alarme. E gostaria, antes de qualquer outra coisa, da paz de espírito que nunca tive. Podem até parecer anseios modestos, no fundo, mas são impossíveis de se realizar. Vivemos num mundo enlouquecido onde não há mais segurança para ninguém.

O sol já descia no horizonte tingindo com um último toque rosado os cumes majestosos que coroavam a imensa cordilheira. Aurélio procurou aproximar-se ao máximo do rio, para não perder contato com o único meio capaz de reuni-lo aos companheiros, mas percebia ao mesmo tempo que isto aumentava o risco de ser localizado pelos homens de Wulfila, que certamente não haviam desistido da caçada.

– Vamos descansar o mínimo indispensável – disse –, e então seguiremos adiante.

– Onde achas que estão, nesta altura? – perguntou Rômulo.

– Sem dúvida à nossa frente, pelo menos um dia de viagem. O rio não descansa, corre o dia todo e a noite toda, e eles estão indo com o rio. Nós, ao contrário, temos de passar por trilhas estreitas e acidentadas, atravessar bosques e regatos.

Rômulo desamarrou os cobertores da sela e aprontou um

lugar para dormir num nicho entre as pedras, em posição dominante, enquanto Aurélio tirava o freio de Juba.

– Aurélio...

– Sim, César.

Rômulo calou-se por um momento, irritado com a insistência de Aurélio em usar aquele título, depois perguntou:

– Achas possível que nunca mais os encontremos?

– É uma pergunta cuja resposta tu já conheces: sim, é possível. Talvez haja corredeiras neste rio, talvez até cachoeiras e pedras salientes capazes de arrebentar as suas barcaças. Se caírem no rio, a água é gelada e ninguém poderia agüentar muito tempo. E em volta só há gelo e neve. Não há ambiente mais hostil do que a montanha, no inverno. E também pode haver bandidos à solta por aí, grupos de soldados sem pátria nem rumo à cata de presas. Neste mundo os perigos são infinitos.

Rômulo deitou-se em silêncio puxando o cobertor por cima dos ombros.

– Dorme – disse Aurélio. – Juba vai vigiar por nós: se alguém se aproximar ele vai avisar logo e teremos tempo para nos afastar. E além do mais eu sempre durmo com um olho aberto.

– E eles, será que eles já estão perto?

– Os perseguidores? Não sei. Talvez a algumas horas de marcha, talvez até um dia. Mas não creio que estejam muito longe. Deixamos rastros tão evidentes na neve que até uma criança seria capaz de nos encontrar.

Rômulo ficou alguns instantes pensativo e então voltou a falar:

– O que fariam conosco se nos encontrassem?

Aurélio hesitou uns momentos antes de responder.

– Devemos enfrentar os perigos quando se apresentam. Antecipá-los só serve para piorar a situação: o medo aumenta, a ameaça se agiganta devido à nossa imaginação. Quando, ao contrário, nos vemos de repente diante do perigo, a nossa mente mobiliza de uma só vez todos os nossos recursos, o nosso corpo é invadido por um poderoso fluxo de energia, o coração dispara, os músculos se dilatam e enrijecem, o inimigo torna-se um alvo a ser destruído, arrebentado, aniquilado...

Rômulo fitou-o cheio de admiração.

– Tu não és apenas um soldado, Aurélio. Também és um guerreiro...

– Acontece, quando se tem de viver por anos a fio cercado de contínuas ameaças, chacinas e calamidades, horrores e destruições, torturas e sevícias. Há uma fera adormecida em cada um de nós, e a guerra a desperta.

– Posso perguntar mais uma coisa?

– Claro.

– No que pensas quando ficas em silêncio durante horas, sem nem mesmo ouvir as minhas palavras se porventura eu te pergunto alguma coisa?

– Eu realmente faço isto?

– Fazes, sim. Será que a minha conversa te parece importuna, aborrecida?

– Não, César, não... Eu só tento... Só tento...

– O quê?

– Lembrar.

A ponte de barcaças, solta das amarras, havia sido levada embora pela correnteza à toda velocidade e num primeiro momento mantivera a sua disposição transversal, o que deixava prever uma catástrofe iminente. A uma distância de menos de uma milha via-se de fato uma grande pedra no meio do rio que iria certamente partir em dois o frágil conjunto de balsas. Ambrosinus percebeu o perigo de imediato e gritou: "Todos para a barcaça externa, rápido!", e foi o primeiro a chegar lá, de quatro, equilibrando-se o melhor que podia para não cair na água. Os outros fizeram o mesmo e, com o aumento de peso no barco da esquerda, este foi acelerando até ficar na frente do comboio, enquanto os demais ficavam mais ou menos enfileirados atrás. As barcaças passaram então à direita do pedregulho, quase raspando nele mas sem bater, e todos respiraram aliviados.

– Precisamos de estacas para usar como remos – disse Ambrosinus.

– Tentai pegar alguns galhos boiando na correnteza.

– Poderíamos desengatar algumas das balsas! – sugeriu Vatreno.

– Não, aumentaríamos ainda mais a nossa velocidade e perderíamos estabilidade: esta fileira de barcos ajuda a manter o rumo. Precisamos mesmo é de estacas.

Mas não havia galhos na correnteza, somente pauzinhos pequenos demais para adiantarem alguma coisa. Batiato aproximou-se então do parapeito.

– Isto serve? – berrou para sobrepujar o estrondo do rio.

Ambrosinus acenou que sim e o etíope arrancou sem maiores dificuldades o parapeito da esquerda, uma espécie de longa estaca toscamente esquadrada, e foi juntar-se a Ambrosinus, que nesta altura já desempenhava o papel de timoneiro daquela estranha embarcação. A velocidade continuava alta e viam-se corredeiras não muito longe dali: a água fervilhava do meio para a direita, chegando quase a roçar na margem com sua espuma, e Ambrosinus mandou Batiato fincar a estaca do lado esquerdo com toda a força que tinha. Batiato executou a ordem com inesperada perícia e o pontão virou para esquerda passando rente às corredeiras, mas o rabo do comboio não reagiu com a mesma rapidez da cabeça diante da improvisada mudança de direção, de forma que a última barcaça chocou-se violentamente contra as pedras salientes e despedaçou-se.

Os homens viraram-se para olhar os destroços fragmentados em mil estilhaços espalhados entre os remoinhos e a espuma das corredeiras, aí voltaram a concentrar-se no problema de manter um equilíbrio constantemente ameaçado por solavancos e ondeios. Havia momentos em que lhes parecia estar montados em cavalos selvagens, de tantos e de tão fortes que eram os sacolejos das balsas nas ondas que acompanhavam as asperezas do leito e das margens. Grandes pedras pontudas despontavam no meio da correnteza gerando repentinos refluxos e redemoinhos, calmarias igualmente imprevistas apareciam quando o rio ficava mais largo, até a velocidade se tornar mais uma vez assustadora com um novo aumento da inclinação. Toda esta variedade de comportamentos dos pontões flutuantes forçava os ocupantes da extravagante embarcação a um enorme esforço para manterem o equilíbrio. De repente a corrida perdeu velocidade e as asperezas do fundo tornaram-se menos freqüentes e perigosas, mas apareceram grandes bancos de cascalho em que era fácil encalhar com resultados menos devastadores. Numa destas viradas imprevistas Orósio perdeu o equilíbrio, escorregou nas tábuas molhadas e rolou na água.

– Orósio caiu na água! – Demétrio gritou, aflito. – Rápido, vamos ajudá-lo, a correnteza o está puxando para baixo! – Vatreno cortou com um violento fendente um dos cabos que serviam de tirantes e jogou-o várias vezes ao náufrago, que no entanto não conseguiu agarrá-lo.

– Se não conseguirmos pegá-lo logo o frio vai matá-lo – gritou Ambrosinus. Sem dizer uma palavra Lívia amarrou a corda à cintura e deu a outra ponta a Vatreno. – Segura firme – disse, e mergulhou na água nadando vigorosamente para Orósio que já estava à mercê da correnteza, incapaz de qualquer reação. Alcançou-o e segurou-o pelo cinturão gritando: – Peguei, puxai logo, rápido!

Vatreno e os companheiros puxaram a corda com todas as suas forças enquanto Batiato fazia o possível para manter a proa paralela à margem, até que primeiro Lívia, e aí um Orósio meio desmaiado, foram içados a bordo. Estavam totalmente encharcados de água gélida e os companheiros cobriram-nos com mantas para que pudessem tirar as roupas molhadas e de alguma forma enxugar-se. Ambos batiam os dentes de frio e estavam lívidos pelo esforço a que haviam se submetido. Orósio mal teve tempo de gaguejar: "Obrigado", desmaiou de vez. Vatreno aproximou-se de Lívia e apoiou uma mão em seu ombro.

– E pensar que eu não queria que viesses conosco. Tu és forte e generosa, mocinha. Felizardo do homem com o qual tu juntares a tua vida algum dia.

Lívia respondeu com um sorriso cansado e foi aninhar-se perto de Ambrosinus.

Quando já ia entardecer, a correnteza começou a refrear-se, com o rio que se alargava ao chegar a terras mais baixas e planas, mas não foi possível encontrar um ancoradouro onde esperar por Aurélio que, na opinião de todos, devia estar acompanhando o curso de água o mais rápido possível. Na manhã seguinte chegaram à confluência com outro rio que vinha da esquerda, e no dia seguinte, de tardinha, quando já haviam chegado à planície, conseguiram fazer com que as barcaças encostassem na margem. Pelo menos por enquanto a grande aventura fluvial tinha chegado ao fim e, depois de fixar a uma estaca a embarcação com um cabo, só lhes restava esperar pacientemente que o grupo se juntasse de novo, que o pequeno exército reencontrasse o seu capitão e o seu imperador. Ambrosinus, que provavelmente era o mais preocupado de todos, tentou inspirar tranqüilidade e confiança nos demais. E a própria paz que reinava naquele lugar parecia induzir à segurança, a visão dos pastores que voltavam aos seus currais com os rebanhos de ovelhas, o risco vermelho que o sol deixara nas nuvens após desaparecer sob a linha longínqua da planície, a tranqüila curva do rio, o vagaroso remar dos barqueiros que desciam pela correnteza a fim de encontrar, eles também, um abrigo para a noite.

– Deus nos ajudou – disse Ambrosinus. – E continuará a fazê-lo porque estamos sendo perseguidos apesar de estarmos certos. Confio plenamente que a reunião com os nossos companheiros esteja próxima.

– Foi principalmente mérito teu – disse Vatreno. – Não sei como conseguiste manobrar este trambolho através das corredeiras, dos bancos de areia e dos redemoinhos. Na verdade acho que tu és um mágico, mestre.

– Foi só o princípio de Arquimedes, meu bom amigo – respondeu Ambrosinus. – Quando a correnteza é violenta, o barco que mais mergulha na água torna-se mais veloz e puxa os demais, mais leves, enquanto na calmaria ele próprio opõe resistência. Foi por isto que achei por bem equilibrar o peso quando chegamos a águas mais calmas: foi só mandar Batiato ficar na última balsa. E agora gostaria de desembarcar com Lívia, que me parece estar com algum dinheiro, pelo que entendi, para buscar comida: leite e queijo devem ser fáceis de se encontrar por estas bandas, e quem sabe um pouco de pão também.

Descobriu que havia um vilarejo chamado Magia não muito longe dali, e que o pessoal falava um dialeto celta bastante parecido com a sua própria língua nativa. Os dignitários e o presbítero que oficiava o rito cristão na pequena igreja do lugar, no entanto, expressavam-se num latim tão bom que chegou a surpreendê-lo. Soube por eles que o rio no qual se encontravam era o Reno. Muito em breve iriam encontrar um grande lago e aí umas corredeiras intransponíveis: teriam, portanto, que superar aquele trecho por terra, voltando em seguida para o rio, o maior da Europa e um dos maiores do mundo, comparável ao Tigre e ao Eufrates que corriam no paraíso terrestre. Ambrosinus assentiu.

– Eis o caminho a seguir. Desceremos pela correnteza, evitando assim uma porção de perigos, e talvez possamos até alcançar o oceano. Mas antes de mais nada precisamos encontrar uma embarcação de verdade, pois é quase um milagre que tenhamos chegado até aqui numa ponte de barcaças à mercê da correnteza.

Também levou em conta a situação que iriam encontrar mais para o norte, onde os francos haviam ocupado uma boa parte daquilo que antigamente fora a Gália, a mais rica e fiel província do Império. A sua parte central, por sua vez, havia permanecido quase como uma ilha de latinidade, governada por um general chamado Siagro, que se proclamara rei dos romanos.

– Por isto mesmo acho que a certa altura seja conveniente desembarcarmos na margem ocidental e dali por diante seguir por terra – concluiu –, até chegarmos ao canal britânico: então só nos faltará um dia de navegação para chegarmos à minha terra. Senhor! Quanto tempo já passou, sabe-se lá quantas coisas aconteceram, quantas mudanças, quantas pessoas que conhecia já morreram... quantos amigos se esqueceram de mim.

– Estás falando como se a costa da tua terra já estivesse à vista – disse Lívia. – E, longe disto, ainda há muito caminho à nossa frente, e os perigos que nos aguardam não são menores do que aqueles que já enfrentamos.

– Tu estás certa – disse Ambrosinus –, mas o coração é muito mais veloz do que os pés, mais veloz do que o mais veloz dos corcéis e não receia coisa alguma. Não é verdade?

– É isso mesmo – admitiu Lívia.

– E tu não pensas na tua cidade no mar? Não sentes falta dela?

– Muita, e mesmo assim não poderia separar-me de Rômulo...

– E de Aurélio... se entendi direito.

– Sim, de Aurélio também, mas neste tempo todo em que ficamos juntos só deixou transparecer algo parecido com um sentimento uma única vez, e foi aquela noite em Fano, quando acreditava que no dia seguinte iríamos seguir por caminhos diferentes, que nunca mais iríamos nos encontrar. E eu tampouco tive a coragem de dizer, naquela noite, as palavras que talvez ele esperasse.

Ambrosinus assumiu uma expressão séria.

– Aurélio é torturado por uma dúvida angustiante que não lhe sai da cabeça. Enquanto não resolver o mistério que o aflige não haverá lugar para outra coisa na sua alma. Podes ter certeza disto.

Já estavam de novo chegando perto do rio e Ambrosinus mudou repentinamente de assunto.

– Precisamos arrumar um barco – disse. – É indispensável. Se Aurélio conseguiu escapar da perseguição de Wulfila poderá estar novamente conosco dentro de dois dias no máximo, e teremos de estar prontos para partir. Preparai o jantar: espero voltar logo mais com boas notícias.

Separou-se dela e dirigiu-se ao cais de atracação, onde já havia um bom número de barcos amarrados para passar a noite. Alguns pescadores expunham o seu pescado em bancos de madeira e havia vários clientes regateando suas compras. As lanternas começavam a brilhar nos barcos, refletindo a sua luz trêmula na superfície do grande rio.

XXVIII

Quando Ambrosinus chegou já estava escuro. O velho mestre voltou acompanhado por dois carregadores que traziam peles de cabra, cobertores e mantas para a noite, e anunciou que havia feito um trato com um barqueiro que levava sal-gema para o norte descendo pela correnteza do Reno. Por uma quantia bastante reduzida estava disposto a levá-los até o seu destino, nos arredores de Argentoratum, onde, não havendo imprevistos, eles iriam chegar dentro de mais ou menos uma semana. E além disto vendera-lhe toda aquela bênção divina por uns poucos tostões, de forma que poderiam pelo menos passar decentemente a noite ao relento, sob as estrelas frias e naquele ambiente tão úmido. O seu otimismo, no entanto, contrastava com a sensação de incerteza e preocupação que tomara conta de todos devido à falta de notícias de Aurélio e Rômulo, dos quais nada sabiam havia muitos dias. Percebiam que todos os perigos e desafios até então enfrentados ficavam totalmente desprovidos de sentido sem o rapaz. Sabiam muito bem que haviam atrelado o seu destino ao do garoto, e que o destino deste também dependia da ajuda e do apoio que eles podiam oferecer, de forma que a falta deste ponto de referência tornava sem sentido a própria existência deles.

Ambrosinus sentou-se no convés de pernas cruzadas, pegou um pouco de pão e de queijo do escudo que lhes servia de mesa e começou a comer sem muita convicção.

– Fiz várias vezes os meus cálculos – disse Vatreno. – Levando-se em conta o tipo de terreno percorrido pelo rio, acho que deveríamos ter uns dois dias de vantagem sobre eles.

– E que, portanto, teremos de esperar toda a noite e todo o dia de amanhã, e talvez mais? – perguntou Orósio.

– Pode ser, mas ninguém pode saber com certeza. Acredito que Aurélio deve estar fazendo o possível para distanciar-se ao máximo de seus perseguidores, e Juba é um cavalo muito rápido e resistente. Devem estar reduzindo ao mínimo as paradas para descansar e esticando ao máximo as horas de viagem – comentou Demétrio.

– É verdade – concordou Batiato –, mas os dias estão ficando cada vez mais curtos e não dá para avançar pelas montanhas no escuro, é muito perigoso. Não creio que Aurélio se arrisque a cair num barranco ou a estropiar o cavalo. Acho melhor considerarmos os seus avanços bem mais modestos.

Cada um dava o seu palpite e ficou claro que as estimativas eram todas diferentes.

– Poderiam estar lá em cima, naquelas montanhas – disse Lívia, apontando para as alturas. – Devem estar famintos, morrendo de frio e de cansaço. Afinal de contas nós tivemos mais sorte, embora a nossa viagem tenha sido mais aventurosa.

Vatreno tentou animar a conversa com um toque de otimismo.

– Talvez não haja motivo para tanta preocupação. Pode ser que Wulfila nem tenha conseguido atravessar o ribeirão, ou que tenha perdido muito tempo numa direção ou na outra antes de encontrar um vau. Pode ser que Aurélio tenha tempo de sobra e possa juntar-se a nós com toda a calma do mundo. Sabe que esperaremos por ele em algum lugar bem visível e que não abandonaremos este meio de transporte flutuante antes de ele nos alcançar.

– Não seria melhor enviarmos algum sinal luminoso? – sugeriu Demétrio. – Se estiverem lá em cima, iriam vê-lo e ficariam reanimados. Saberiam que estamos esperando por eles. O meu escudo é de metal: poderíamos poli-lo e...

– Não creio que seja uma boa idéia – respondeu Ambrosinus. – Já sabem disto, de qualquer forma, e irão nos encontrar porque nunca perderão de vista o rio. Um sinal luminoso só serviria para chamar a atenção de Wulfila, pois podem ter certeza de que não desistiu da caçada. Não vai recuperar o sono enquanto não nos tiver trucidado a todos, isso eu garanto. Mas agora procurai descansar: tivemos um dia bastante duro e não sabemos o que nos aguarda amanhã.

– Podeis deixar comigo o primeiro turno de vigia – disse Lívia. – Estou sem sono. – E foi postar-se na proa, sentando com as pernas de fora da barcaça. Os demais desenrolaram no convés as peles de carneiro que Ambrosinus trouxera e deitaram-se bem juntos para se aquecerem mutuamente, agasalhando-se com as mantas. Ambrosinus ficou um tanto afastado, de olhos fixos na escuridão, depois levantou-se e aproximou-se de Lívia.

– Seria bom tu também dormires um pouco. Este lugar é bastante tranqüilo: acho que um velho estudioso como eu já basta para ficar de vigia.

– Eu já disse: estou sem sono.

– Eu também. Talvez possamos conversar um pouco, se não te incomodar.

– Será um prazer. Ainda mais porque deixamos algumas coisas no ar, estás lembrado?

– É verdade.

– Tu mencionaste um mistério que tinha a ver com a vida de Aurélio.

– Isso mesmo. Palavras que ouvi sem querer. Naquela noite em Fano e depois no desfiladeiro, enquanto eu ia escorregando para o abismo.

– Do que se trata? – perguntou Lívia, ansiosa.

– Talvez fosse melhor tu me contares primeiro o que sabes dele.

– Muito pouco, quase nada.

– Ou pelo menos o que acreditas saber.

– Acredito... acredito que seja o jovem herói que defendeu Aquiléia durante nove meses contra os hunos de Átila, e que se sacrificou cedendo a mim e à minha mãe a sua última possibilidade de salvação na noite em que a cidade foi derrotada devido à ação de algum traidor.

– Como podes saber disto?

– Eu sinto. Tenho certeza disto.

Ambrosinus procurou os olhos de Lívia na escuridão.

– Só lhe contaste mentiras, não foi?... Tu precisavas de alguém para tentar uma façanha impossível e não hesitaste em encher a cabeça do pobre homem atribuindo-lhe as lembranças de um herói provavelmente desaparecido há sabe-se lá quanto tempo.

– Não... – respondeu Lívia. – Talvez tenha sido assim no começo mas depois, quando o vi lutar sem poupar energias, sempre arriscando a vida para salvar a dos demais, então já não tive dúvidas: o herói de Aquiléia é ele, e até se não for, para mim esta continua sendo a verdade.

– Uma verdade que ele recusa. E é por isto que viveis brigando: por causa deste fantasma que vos afasta e vos torna alheios. Ouve bem, nenhuma memória e lembrança pode fincar raízes na mente dele se nada houver de sólido por baixo. Nada pode firmar-se na água.

– Achas mesmo? Eu já vi acontecer.

– Pois é: ia esquecendo a tua cidade na laguna. Mas neste caso é diferente, estamos falando da alma de um homem, da sua mente dolorida, dos seus sentimentos. E como se já não bastasse, alguma outra verdade apareceu agora no seu passado, uma verdade que pode destroçá-lo.

– Que verdade é essa? Conta-me, eu te peço.

– Não posso. Não tenho o direito.

– Entendo – Lívia respondeu, conformada. – Mas não há nada que possamos fazer por ele?

Ambrosinus suspirou.

– Precisamos fazer com que a verdade venha à tona, esta única verdade que por tantos anos ficou oculta em sua mente. Talvez eu saiba como fazer isto, mas é terrível, terrível... Poderia não agüentar.

– Onde achas que deve estar agora, *Ambrosine*?

Viu-o enrijecer ao ouvir a pergunta, viu o seu olhar ficar vazio, distante, enquanto toda a sua pessoa parecia concentrar-se num esforço tremendo.

– Deve estar enfrentando terríveis perigos – disse num tom estranho, com voz metálica.

Lívia aproximou-se e olhou para ele cheia de espanto. Percebeu de repente que o velho sábio já não estava ali. O seu pensamento e talvez a sua própria alma estavam em algum outro lugar. Percorriam sendas misteriosas, exploravam terras longínquas e gélidas extensões nevadas. O homem vagueava por cima das montanhas, levado pelo vento, entre florestas de abetos e cumes pontudos, pairava sobre lagos gelados, silencioso e invisível como noturna ave de rapina.

Lívia ficou calada, perdida por um bom tempo em seus pensamentos, ouvindo o tímido murmúrio das ondas que batiam contra o madeirame da barcaça. O frio vento do norte rasgou as nuvens deixando à mostra por alguns instantes o disco da lua. Iluminado por aquela luz diáfana, o rosto de Ambrosinus parecia uma máscara de cera; as pálpebras permaneciam imóveis, os olhos brancos e vazios como os de uma estátua. Só a boca estava aberta, como se quase estivesse a soltar um grito mudo, e nem mesmo o seu hálito condensava o vapor: naquele silêncio irreal parecia não estar respirando.

O grito agudo da ave ressoou na profunda quietude do bosque e Aurélio estremeceu ao livrar-se do torpor sonolento: olhou em volta e aguçou os ouvidos tentando perceber as mais insignificantes vibrações do ar. Sacudiu imediatamente Rômulo, que dormia ao seu lado.

– Depressa – murmurou. – Precisamos sair daqui. Wulfila chegou.

Rômulo esbugalhou os olhos apavorado, mas tudo em volta parecia calmo e silencioso, com a lua que vez por outra se deixava vislumbrar entre as nuvens e os altos abetos.

– Rápido! – Aurélio insistiu. – Não temos tempo a perder. – Ajeitou o freio no focinho do cavalo e começou a descer segurando-o pelas rédeas ao longo da trilha que atravessava a floresta, o mais rápido possível com Rômulo que corria ao seu lado.

– Mas o que foi que tu viste, afinal? – perguntou o rapaz, arfando.

– Nada. Fui acordado por um grito, um grito de alarme. E pelo instinto. Estou acostumado a perceber ameaças invisíveis, depois de tantos anos de guerra. Mas corre, precisamos sair daqui sem demora.

Atravessaram o bosque e ficaram desprotegidos numa ampla clareira coberta de neve. A lua espalhava uma claridade difusa que o reflexo da neve tornava ainda mais intensa e Aurélio viu não muito longe dali a marca das rodas de um carro que saíam do bosque e seguiam para o vale.

– Por ali – disse. – Onde passa um carro o terreno deve ser firme. Agora podemos voltar a montar, finalmente. Vamos, sobe logo.

– Mas não estou entendendo... não há ninguém...

Aurélio nem respondeu: segurou o rapaz pelo braço, puxou-o para a garupa, diante de si, e esporeou seu cavalo. Juba lançou-se a galope encosta abaixo, acompanhando as marcas do carro através da pradaria coberta de neve. Podia-se vislumbrar ao longe a mancha escura de um vilarejo e Aurélio incitou mais ainda o cavalo. Ao alcançarem as primeiras casas foram recebidos por um coral de latidos e então desviaram para o fundo do vale até chegarem a um pequeno planalto de onde se podia dominar o leito do rio. O legionário respirou aliviado e deixou Juba avançar algum tempo a passo a fim de recuperar o fôlego. O generoso animal, fumegante de suor, soprava grandes nuvens de vapor pelas ventas e mordia o freio bufando, quase a demonstrar que queria retomar a sua corrida. Quem sabe ele próprio estivesse ciente do perigo que os ameaçava.

Wulfila e os seus homens apareceram no limiar do bosque e logo perceberam as marcas na superfície da neve imaculada: os rastros de um cavalo que logo a seguir se confundiam com os de um carro e desciam pelo declive.

Um dos soldados pulou ao chão e examinou as marcas com a ponta dos dedos.

– A ferradura posterior esquerda só tem três pregos e as pegadas anteriores são mais profundas do que as de trás. Há um peso extra entre a sela e o pescoço do cavalo. São eles.

– Finalmente! – exclamou Wulfila. – Agora vamos pegá-los, já não têm para onde fugir.

Levantou um braço e fez sinal para que os homens o seguissem a galope pela encosta da montanha. Eram uns setenta e a sua passagem levantou uma nuvem alva, um halo de poeira prateada que a lua fazia rebrilhar como um mágico arco-íris noturno. Acordados pelos latidos cada vez mais insistentes dos cães, alguns dos homens da aldeia levantaram-se e viram aquela fantasmagórica cavalgada noturna através da grande clareira que dominava as suas moradas. Fizeram o sinal-da-cruz lembrando as almas malditas que, conforme a crença, saíam do inferno à noite em busca de vítimas a serem arrastadas para as torturas do além, aí trancaram novamente as janelas e ficaram de ouvidos grudados nos batentes, trêmulos de pavor, até o tropel daquele galope desaparecer ao longe, até o último latido dos cães de guarda se transformar num quase inaudível ganido.

A luz fria da alvorada começou a permear lentamente a leve camada de nuvens que encobria o céu e a despertar um depois do outro os homens que dormiam encolhidos sob suas mantas. Lívia também levantou-se, passou as mãos sobre a testa e as têmporas: parecia-lhe ter sonhado tudo aquilo, como se Ambrosinus na verdade nunca tivesse falado com ela. Ele estava de fato deitado ao lado dos outros, encolhido sob as peles de carneiro. Demétrio estava de vigia e, naquele momento, parecia estar perscrutando as colinas cobertas de neve. Ambrosinus propôs então que se mudassem para o barco que iria levá-los para o norte, para se aprontarem para partir logo que fosse possível. Iria deixar as barcaças com o barqueiro, como mercadoria de troca. O homem iria usá-las como reboques no seu serviço ao longo do rio.

Tratava-se de um homem de uns cinqüenta anos, atarracado, de ombros largos, com uma grande juba de cabelos grisalhos, vestindo um casacão de feltro e um avental de couro, de poucas palavras e jeito rude e decidido.

– Não vou poder esperar muito tempo – disse logo que os avistou. – O pessoal já começou a matar os porcos e precisa de sal para conservar as carnes e as salsichas. E há mais um motivo, ainda mais importante. Quanto mais nos adentrarmos no inverno, maior será a possibilidade de ficarmos presos lá no norte. Isto é, o próprio rio pode gelar e esmagar o meu barco no seu gélido abraço.

– Havíamos combinado que iríamos esperar até esta tarde. Não creio que mais algumas horas de espera possam mudar muito a nossa situação – objetou Ambrosinus.

Lívia reparou que a sua voz estava muito fraca, como que embaçada pela rouquidão, o seu rosto exangue estava marcado por rugas profundas, como se tivesse passado a noite toda sem pregar os olhos.

– Sinto muito – respondeu o barqueiro –, mas, como vós mesmos podeis ver, o tempo está mudando, a neblina está chegando e, com ela, a navegação pode tornar-se muito perigosa. Não me culpai se o tempo está piorando.

Ambrosinus insistiu.

– Entregamos-te as barcaças e tu já tens o teu lucro garantido sobre a carga. Poderemos pagar mais alguma coisa se concordares com o nosso pedido. Estamos esperando por uns nossos amigos que não devem demorar, podes ter certeza disto.

O barqueiro, no entanto, não quis conversa.

– Preciso zarpar – respondeu. – Nada mais tenho a dizer.

Vatreno aproximou-se.

– Mas eu tenho. Ouve com atenção: ou fazes o que pedimos por bem ou então terás de fazer por mal. Todos nós estamos armados e, portanto, vais zarpar quando nós mandarmos.

O barqueiro afastou-se para a popa furioso e foi confabular com a tripulação.

– Não foi uma boa idéia – disse Ambrosinus. – Negociar é sempre o melhor caminho, convencer é muito melhor do que forçar.

– Pode ser – respondeu Vatreno –, mas acontece que só continuamos aqui porque os meus argumentos foram mais convincentes do que os teus.

Nem tinha acabado de falar quando Lívia gritou:

– Lá vêm eles!

E era verdade. Aurélio e Rômulo vinham descendo pela encosta a toda velocidade, mas já estavam sendo perseguidos de perto pelo esquadrão de Wulfila que avançava de espada em punho lançando brados de guerra pavorosos. O barqueiro olhou para a cena e logo imaginou o seu precioso barco transformado num campo de batalha ou, pior ainda, queimado por aquele bando de demônios gritantes como desforra por ele ter dado abrigo a fugitivos certamente procurados por algum crime. Berrou com todo o fôlego que tinha nos pulmões:

– Soltai as amarras, já! – e dois homens da tripulação desataram de pronto as cordas que prendiam o barco enquanto outro empurrava-o com um remo para deixá-lo levar pela correnteza.

Vatreno gritou com fúria:

– Não! Malditos bastardos!

Mas era tarde demais: o barco já se afastava lentamente do atracadouro do qual havia sido desamarrado. Lívia deu-se conta da indecisão de Aurélio: vinha aproximando-se das barcaças mas devia ter percebido que estavam vazias. Gritou então a plenos pulmões:

– Estamos aqui! Aqui! Vem para cá, Aurélio! Rápido, para cá! – E começou a agitar a capa.

Os outros também fizeram o mesmo, pulando e berrando:

– Aqui, Aurélio! Rápido, estamos aqui!

Aurélio viu-os, apertou com força os flancos de Juba com os joelhos e puxou a brida do freio forçando o cavalo a uma repentina virada. Em seguida lançou-o mais uma vez adiante gritando:

– Corre, Juba, corre que tu consegues pular! – e solicitou-o batendo de leve com as rédeas no seu focinho e pescoço.

O barco estava agora paralelo à margem e a ponto de superar a ponta do atracadouro de madeira. Aurélio avançou a toda velocidade sobre as tábuas do pequeno cais para então lançar Juba num pulo acrobático que o levou a cair num monte de sal-gema, afundando até os joelhos. Aurélio e Rômulo jogaram-se de lado para também cair no branco colchão de sal que amorteceu a queda. Diante da repentina mudança da situação, Batiato soltou os dois remos traseiros que serviam de leme e usou-os para proporcionar mais impulso ao barco. No afã da perseguição, Wulfila também percorreu o atracadouro a toda velocidade, mas teve de refrear o seu corcel em cima da hora pois do contrário iria cair na água. Alcançado pelos companheiros, só lhe restou mais uma vez assistir impotente e furioso à fuga das suas presas.

Vatreno fez um gesto obsceno gritando-lhe uma expressão castrense que Rômulo não entendeu. O rapaz aproximou-se enquanto tentava livrar-se do sal que lhe cobria inteiramente o corpo.

– O que quer dizer? – perguntou ingenuamente.

– César! – admoestou-o Ambrosinus. – Não fica bem repetir estas coisas.

– Quer dizer "foda-se" – respondeu tranqüilamente Vatreno. E aí segurou o rapaz entre os braços e levantou-o sobre as cabeças de todos gritando: – Bem-vindo, César!

Foi uma explosão de felicidade incontida que até então a tensão havia conseguido abafar. Todos se abraçavam e até Juba recebia a sua parte de carinhosas efusões, como aliás era justo para o heróico cavalo que tão corajosamente trouxera de volta Aurélio e Rômulo. Batiato devolveu os lemes aos tripulantes e juntou-se ao regozijo dos companheiros.

Enquanto isto Wulfila continuava a acompanhá-los, cavalgando ao longo da margem e brandindo no punho a espada de César como uma eterna e implacável ameaça. Aurélio apoiou-se no parapeito de estibordo encarando o inimigo, enfrentando a onda do seu ódio que lhe queimava a pele como um vento gelado, sem poder deixar de manter os olhos fixos naquela espada reluzente que o bárbaro segurava com firmeza. Os cavaleiros soltavam contra eles enxames de flechas que penetravam na água com baques surdos. Uma delas, desfrechada com ampla parábola, chegou a cair no convés, mas o escudo de Demétrio, prontamente levantado, desviou-a antes que pudesse acertar em Lívia. A distância entre os inimigos ia inexoravelmente aumentando e não demorou a tornar-se insuperável.

Rômulo aproximou-se então de Aurélio e puxou-o pelo braço.

– Pára de pensar naquela espada – disse. – Não importa se tu a perdeste. Há coisas mais importantes.

– Tais como? – Aurélio perguntou com amargura.

– Como o fato de estarmos todos juntos, mais uma vez. E eu só quero que todos me queiram bem, inclusive tu.

– Eu te quero bem, César – Aurélio respondeu sem virar-se.

– Não me chames de César.

– Eu te quero bem, meu rapaz – respondeu Aurélio. E então virou-se finalmente para o jovem e deu-lhe um abraço apertado, com os olhos cheios de lágrimas.

Naquela mesma hora a cortina de nuvens escuras rasgou-se, a neblina que serpenteava por cima da água rareou e o sol incendiou a superfície do grande rio, iluminando a extensão nevada que encobria as margens e transformando-a num reluzente tapete prateado. Todos ficaram encantandos diante daquela visão que parecia ser um presságio de esperança. Então, da popa, entre o pequeno grupo de veteranos, a voz rouca de Hélio Vatreno entoou com lenta solenidade o hino ao sol, o antigo de Horácio:

Alme Sol curru nitido diem qui
promis et celas...

A esta voz juntou-se outra, e mais outra, e depois a de Lívia e a do próprio Aurélio:

aliusque et idem
nasceris, possis nihil Roma
visere maius...

Rômulo hesitou, olhando para Ambrosinus.

– Mas é um cântico pagão... – disse.

– É o hino à grandeza de Roma, meu filho, que nunca chegaria a tamanho esplendor se assim Deus não quisesse. E agora que está a ponto de apagar-se é mais do que justo lembrar este canto de glória. – E juntou-se ao coral.

Rômulo também cantou. Soltou a sua voz ainda límpida de menino como nunca fizera antes na vida, sobrepujando as mais graves e possantes dos companheiros, juntando-se à de Lívia tensa e fervorosa. E até mesmo o barqueiro, arrebatado por aquela atmosfera de intensa comoção, cantou com eles acompanhando a melodia mesmo sem conhecer a letra.

Finalmente a cantoria parou enquanto o sol, tendo vencido as nuvens e levado definitivamente a melhor sobre a neblina, triunfava esplendoroso no céu invernal.

Rômulo aproximou-se do barqueiro que agora mantinha-se calado com uma estranha luz a brilhar em seus olhos comovidos.

– Tu também és romano? – perguntou.

– Não – respondeu o homem. – Mas bem que gostaria de ser.

XXIX

O lago de Brigantium descortinou-se diante deles como um enorme espelho reluzente cercado de florestas e pastagens salpicadas de chácaras isoladas e pequenas aldeias. Levaram um dia inteiro de navegação para atravessá-lo de cabo a rabo até um promontório que, como forquilha, separava duas enseadas longas e estreitas. O barco pegou a da esquerda e deitou o ferro perto de uma pequena cidade chamada Tasgaetium para passar a noite. No dia seguinte a viagem prosseguiu a partir do local onde o rio retomava o seu curso para o norte.

– Aqui estamos nós mais uma vez no Reno – anunciou o barqueiro quando a embarcação entrou no emissário lacustre. – Seguiremos o seu curso por mais ou menos uma semana até chegarmos a Argentoratum. Antes disto, porém, teremos a oportunidade de assistirmos a um espetáculo como vocês nunca viram antes: as grandes cataratas.

– Cataratas? – perguntou Orósio ainda apavorado devido à sua recente aventura fluvial. – Mas então vai ser perigoso!

– Podeis ter certeza disto – respondeu o barqueiro –, as corredeiras têm uns cinqüenta pés de altura e mais de quinhentos de largura, e se precipitam para o vale com estrondo ensurdecedor numa imensa nuvem de espuma. Se aguçardes os ouvidos e prestardes atenção, com a ajuda do vento podeis ouvi-las até mesmo daqui.

Todos ficaram calados entreolhando-se com apreensão, sem conseguir entender qual seria o resultado daquele pré-aviso. Ao longe, de fato, parecia poder-se ouvir algum tipo de estrondo abafado, perdido entre os demais ruídos da natureza, que poderia ser o rugido das corredeiras.

Ambrosinus aproximou-se do barqueiro:

– Imagino que tu conheças algum caminho alternativo: um pulo de cinqüenta pés parece-me excessivo até mesmo para um barco sólido como este.

– A tua hipótese está correta – respondeu o barqueiro dando uma guinada com o leme. – Vamos atracar e prosseguir por terra. Há um serviço especial de trenós puxados por bois que vai nos levar até o vale das cataratas.

– Pelos deuses! – exclamou Ambrosinus. – Um *diolkos!* Quem diria, por estas bandas tão selvagens.

– Como é? – perguntou Vatreno.

– Um *diolkos:* uma passagem terrestre para navios que precisam superar um obstáculo natural. Havia um no istmo de Corinto, antigamente, uma coisa realmente espetacular.

O barco já ia encostando. A turma do reboque prendeu-o a uma armação montada sobre rodas enquanto o barqueiro negociava o preço da passagem. Então o capataz berrou para incitar os bois e o imponente comboio movimentou-se. Fizeram descer Juba para que pudesse despreguiçar-se com aquele longo e tranqüilo passeio. Precisaram de quase dois dias e de várias mudas de bois antes de o barco chegar novamente à planície, e quando passaram perto das cataratas todos pararam para admirar, encantados, o grande paredão de água e o amplo arco-íris que, numa nuvem de espuma, formava uma grande ponte colorida de uma margem à outra. Logo a seguir havia toda uma série de remoinhos formados pelo tumultuado fervilhar das águas, até a correnteza se acalmar novamente e retomar o seu curso para o Ocidente.

– Que maravilha! – exclamou Rômulo. – Lembram-me as cataratas do Nera, mas são mil vezes maiores!

– Podes agradecer a Wulfila! – gracejou Demétrio. – Não fosse por ele, nunca irias ver esta maravilha.

Os demais também sorriram, enquanto o barco voltava a ser colocado nas águas do rio. Todos riam como se estivessem participando de alguma brincadeira, exceto Ambrosinus.

– O que foi, *Ambrosine?* – perguntou Lívia.

O velho franziu a testa:

– Wulfila. Esta nossa viagem por terra nos fez perder quase toda a nossa vantagem. Nessa altura poderia estar em qualquer lugar dessas colinas.

As risadas logo se transformaram num abafado resmungo. Uns começaram logo a prescrutar as alturas em volta enquanto outros, apoiados ao parapeito, ficaram olhando para o lento escorrer das águas.

– A correnteza já perdeu velocidade – continuou Ambrosinus –, e quando virarmos para o Norte teremos até o vento contra nós. Este barco, além do mais, é fácil de se reconhecer, com todo este sal e com um cavalo a bordo. – Todos haviam perdido a vontade de rir, e até mesmo de conversar.

– O que faremos, de qualquer forma, ao chegarmos a Argentoratum? – perguntou Lívia para mudar de assunto.

– Acho que teremos fatalmente de entrar na Gália, onde ficaremos mais protegidos – respondeu Ambrosinus. Pegou o mapa que tinha desenhado na *mansio* de Fano e que Lívia lhe devolvera depois de se reunirem no desfiladeiro, esticou-o num banco e fez sinal para os companheiros se aproximarem.

– Vede – disse. – A situação é mais ou menos a seguinte: aqui, no centro-sul do país, ficam os visigodos, desde há muito, amigos e aliados do povo romano. Lutaram contra Átila nos Campos Catalúnicos sob o comando de Aécio, do qual o rei visigodo era amigo pessoal. Pagou com a vida, aliás, a fidelidade a esta amizade: foi ferido de morte enquanto defendia valorosamente a ala direita da formação aliada.

– Quer dizer então que nem todos os bárbaros são cruéis e selvagens – comentou Rômulo.

– Nunca disse uma coisa dessas – respondeu Ambrosinus. – Ao contrário. Muitos deles possuem qualidades extraordinárias de valor, lealdade e sinceridade, qualidades que infelizmente já não pertencem aos nossos costumes que chamamos de civilizados.

– Mesmo assim provocaram a destruição do nosso Império, do nosso mundo.

– Não por nossa culpa – disse Batiato. – Eu já matei tantos que já perdi a conta.

Ambrosinus voltou ao âmago do problema.

– Meu filho, aqui não se trata de dizer quem é bom e quem é mau. Os que chamamos de "bárbaros" eram povos que desde épocas imemoriais viviam como nômades na imensidão das estepes sarmáticas. Tinham suas tradições e costumes de vida. Então, a certa altura, começaram a pressionar contra as nossas fronteiras. Talvez tenha havido fome e escassez nas suas terras, ou epidemias que acabaram com seus rebanhos, ou talvez tenham sido eles mesmos empurrados por outros povos ainda mais longínquos. Ninguém sabe ao certo. Pode ser até que tenham se dado conta de quão miserável era a sua existência comparada com a nossa riqueza, de quão pobres eram suas tendas de peles diante das nossas casas de mármore e tijolos, das nossas vilas, dos nossos palácios. Aqueles que viviam perto das nossas fronteiras e comerciavam conosco percebiam a enorme diferença entre a sua vida frugal e o nosso desperdício. Reparavam no esbanjamento do bronze, do ouro e da prata, na beleza dos monumentos, na fartura e no requinte da comida, do vinho, no luxo das roupas e das jóias, na fertilidade dos campos. Ficaram encantados e fascinados, decidiram viver da mesma forma. E começaram os ataques, as tentativas de vencer as nossas defesas ou, em alguns casos, uma pressão contínua, uma lenta infiltração. O embate já dura mais de trezentos anos, e ainda não chegou ao fim.

– Como assim? Já acabou: o nosso mundo já não existe.

– Nada disto. Roma não se identifica com uma raça, ou com um povo, com uma etnia. Roma é um ideal, e os ideais não podem ser destruídos...

Rômulo sacudiu a cabeça incrédulo: como podia aquele homem ter tanta confiança quando em volta só havia escombros e ruínas? Ambrosinus voltou a apontar para o mapa.

– Aqui, entre o Reno e a Bélgica, vivem os francos, dos quais já lhes falei. Moravam nas florestas da Alemanha, e agora ocupam as melhores terras da Gália, a oeste do Reno. E sabei vós como conseguiram passar? Devido ao frio. Certa noite a temperatura do ar ficou tão baixa que as águas do Reno se solidificaram, e ao alvorecer os nossos soldados depararam-se com uma visão espectral: um gigantesco exército a cavalo saía da neblina e avançava sobre o rio transformado numa laje de gelo. Os nossos lutaram bravamente mas acabaram sendo derrotados.

– É verdade – confirmou Orósio. – Certa vez, no Danúbio, ouvi um veterano contar esta história. Quase não tinha dentes e estava com o corpo todo coberto de cicatrizes, mas tinha boa memória. E a visão daqueles guerreiros que atravessavam o rio a cavalo era para ele um pesadelo constante que ainda o despertava sobressaltado e gritando: "Alarme, alarme! Estão chegando!" Havia quem dissesse que estava louco, mas eu garanto que ninguém o escarnecia por causa disto.

– A Noroeste – prosseguiu Ambrosinus –, temos o que ainda sobra da província romana da Gália, que se tornou independente. O seu rei é Siágrio, o general romano que se conferiu o título de *rex Romanorum.* Só um rude soldado podia gabar-se de um título tão antiquado e ao mesmo tempo pomposo como este...

– Espera aí, mestre – brincou Batiato –, nós também somos rudes soldados, e mesmo assim servimos para alguma coisa. Até que eu não desgosto deste Siágrio.

– Talvez estejas certo. Acho melhor atravessarmos o seu reino que ainda mantém alguma organização e um relativo controle sobre todo o território. Poderíamos navegar pelo Sena e chegar até a *Parisii* e dali alcançar o canal britânico. É uma viagem longa e difícil mas podemos conseguir. Se chegarmos ao canal, podemos esperar despistar definitivamente os nossos perseguidores e não creio que será muito difícil encontrar uma maneira de atravessar. Há muitos mercadores que costumam vender a lã das nossas ovelhas na Gália, onde ela é tecida, e comprar os produtos manufaturados que na nossa terra escasseiam.

– E então? Quando finalmente chegarmos à sua ilha Bretã? As coisas vão melhorar, teremos uma vida mais fácil? – perguntou Vatreno, interpretando a curiosidade de todos.

– Receio que não – respondeu Ambrosinus. – Fiquei ausente muitos anos e já não sei nada de preciso, mas prefiro não me iludir. A ilha está entregue a si mesma há mais de cinqüenta anos e, como já lhes contei, há muitos chefetes locais lutando uns contra os outros. Mesmo assim espero que, pelo menos nas cidades mais importantes, ainda sobrevivam as instituições civilizadas, principalmente na cidade que chefiou a resistência contra os invasores do Norte: Cervétia. É para lá que teremos de ir, e para tanto teremos de atravessar quase toda a ilha, do Sul para o Norte.

Ninguém perguntou mais coisa alguma. Aqueles homens vindos do Mediterrâneo olhavam em volta e só viam um continente à mercê do frio. A neve tudo encobria com sua camada uniforme que cancelava qualquer marca, qualquer fronteira. A natureza triunfava impondo as suas regras e limitações feitas de rios, montanhas e desmedidas florestas.

Foram avançando assim durante vários dias e até de noite, quando a claridade da lua permitia. Desciam o curso do grande rio e quanto mais se aproximavam do Norte mais límpido e frio tornava-se o céu, e mais cortante e gelado o vento. Aurélio e os demais companheiros vestiam agora toscos casacos de pele de carneiro que eles mesmos fizeram; suas barbas e cabelos longos tornavam-nos cada vez mais parecidos com os bárbaros que moravam por aquelas bandas. Rômulo observava a paisagem com uma mistura de espanto e temor; aquela extensão desolada enchia-lhe o coração de aflição. Às vezes até sentia saudades das cores de Capri e do seu mar, do perfume dos pinheiros e das giestas, do seu outono tão brando que mais parecia primavera, mas procurava reanimar-se e nunca se mostrar abatido, ciente dos sacrifícios e dos perigos que seus amigos estavam enfrentando. Só que aqueles sacrifícios pesavam cada vez mais na sua alma. Com o passar dos dias pareciam-lhe um tributo cada vez mais exagerado e desproporcional para o fim que deveria justificá-los. Este fim, para ele, não passava de um plano obscuro para todos menos para Ambrosinus. A inteligência e o conhecimento do mundo e da natureza do velho sábio nunca deixavam de ser motivo de espanto, mas o rapaz sentia uma certa inquietação ao lembrar os aspectos misteriosos da personalidade do mestre. Depois do entusiasmo após a fuga e a reunião com os companheiros, prevaleciam agora no jovem imperador a preocupação e quase um sentimento de culpa em relação àqueles homens que haviam atado o seu destino ao de um soberano sem terras e sem súditos, de um pobre rapaz que nunca poderia honrar qualquer dívida de gratidão.

Vatreno, Batiato e os demais, na verdade, sentiam-se cada vez mais unidos, nem tanto por causa de uma finalidade comum ou de um projeto a ser realizado, quanto pelo próprio fato de estarem juntos, armados e em marcha. A única coisa que conseguia perturbá-los era a inquietação do seu chefe, a expressão amiúde distante e pensativa de Aurélio, pois não a entendiam nem sabiam para onde iria levá-lo. Lívia também percebia isto, mas a sua aflição tinha motivos muito mais íntimos e pessoais.

Certa tarde aproximou-se dele, que estava de vigia, sozinho, apoiado no parapeito do barco, de olhos fixos na proa que fendia as águas cinzentas do Reno.

– Preocupado? – perguntou.

– Como de costume. Estamos entrando num território completamente desconhecido.

– Não pensa nisso. Estamos todos juntos, e juntos enfrentaremos o que der e vier. Não te basta como consolo? Quando tu e Rômulo estavam nas montanhas eu não tinha sossego; tentava imaginar, com a minha mente, cada passo teu e cada movimento, quase podia ver-vos naquelas trilhas entre os bosques, perseguidos pelos inimigos, à mercê da intempérie.

– Eu também pensava nos companheiros... principalmente em ti.

– Em mim? – Lívia perguntou procurando os olhos dele.

– Nunca deixei de pensar em ti, afinal de contas, desejo-te sem parar desde quando te vi, pela primeira vez, tomar banho naquela nascente nos Apeninos, parecida com uma divindade silvestre, e sofrendo o tempo todo quando o destino nos separava.

Lívia sentiu um arrepio correr nas suas costas, e não era o vento do Norte: era aquele estar de repente e inesperadamente diante de uma passagem para a alma de Aurélio, diante daquela manifestação dos seus sentimentos para a qual não estava preparada.

– Por que nunca quiseste te abrir comigo? – perguntou. – Por que nunca me deixaste conhecer os teus sentimentos, e quando tentei fazê-lo sempre procuraste manter-me afastada de qualquer acesso para o teu coração? A minha vida já não faz sentido longe de ti. Eu sei, eu também errei, não percebi desde o primeiro momento que estava apaixonada, tentei resistir mantendo escondido este sentimento. Tinha medo de ficar mais fraca, de tornar-me mais vulnerável, e a minha vida acostumou-me a nunca demonstrar qualquer tipo de fraqueza, a ninguém.

– Não queria rechaçar-te – respondeu Aurélio –, e tampouco receava abrir o meu coração. Tinha medo daquilo que tu poderias ver dentro dele. Tu nem podes imaginar o que passa pela minha mente, aquilo que eu tenho de padecer, os fantasmas contra os quais tenho de lutar. Como poderia unir-me a outra pessoa se eu mesmo sinto-me dividido, se tenho de temer a cada instante o súbito aparecimento de alguma lembrança que poderia transformar-me por completo, tornar-me um estranho, um ser detestável, desprezível? Podes entender o que estou dizendo?

Lívia apoiou a cabeça no seu ombro e procurou a sua mão.

– Não é bem assim: para mim tu és o que vejo, o que conheço. Olho para o teu rosto e vejo um homem bom e generoso. E nesta altura nem me importo em saber se tu realmente és aquele que imagino, se o teu rosto e aquele que ficou marcado nas minhas lembranças de menina. Não me importo com aquilo que o teu passado possa esconder, seja lá o que for.

Aurélio levantou-se e fitou-a nos olhos com expressão aflita.

– Seja lá o que for? Percebes o que estás dizendo?

– Estou dizendo que te amo, soldado, e que sempre te amarei, seja lá qual for a surpresa que o destino possa guardar para nós. O amor é destemido, dá-nos a força para enfrentar qualquer obstáculo no caminho da existência, para superar qualquer sofrimento, qualquer decepção. Pára de te atormentares: a única coisa que me interessa é saber se tu também sentes por mim o que eu sinto por ti.

Aurélio apertou-a contra si e a beijou, procurou a sua boca com lábios sedentos, depois abraçou-a novamente com força quase a transmitir com o corpo aquilo que não conseguia expressar com as palavras.

– Amo-te, Lívia – disse –, muito mais do que possas imaginar, e neste momento o calor que sinto na alma poderia derreter toda a neve e todo o gelo que nos cerca. Ainda que tudo esteja contra nós, embora o futuro seja para mim um mistério tão aflitivo quanto o meu passado, amo-te como ninguém poderá jamais amar-te nesta terra ou no reino dos mortos.

– Por que agora? – Lívia perguntou. – Por que escolheste este momento?

– Porque tu estás aqui e a minha solidão, nestas águas gélidas, nesta neblina informe, tornou-se insuportável. Aperta-me, Lívia, dá-me a força para acreditar que nada poderá jamais nos separar. – Lívia abraçou-o com arrebatamento e ficaram assim, um junto do outro, longamente, enquanto o vento agitava e confundia seus cabelos numa única nuvem morena, na fraca luz invernal.

Chegara a véspera do último dia de navegação e o barqueiro olhava preocupado para os pequenos blocos de gelo que boiavam na superfície do rio.

– Os teus receios tinham fundamento – disse Ambrosinus aproximando-se. – O rio está congelando.

– Infelizmente – respondeu o barqueiro. – Ainda bem que já estamos chegando. Conheço um mercador, na margem oriental do porto germânico, que poderia dar-vos uma carona até a foz, mas diante destas condições do tempo a navegação será certamente interrompida até as águas escorrerem de novo.

– E quando será isto, na primavera?

– Talvez não. Pode haver mudanças de clima mesmo no inverno. Vós poderíeis encontrar um abrigo e aguardar. Pode ser apenas um fenômeno passageiro, e neste caso poderíeis seguir viagem com algum outro barco até o oceano. Dali chega-se facilmente à ilha Bretã, basta esperar pelo primeiro dia calmo.

Deitaram âncora ao pôr-do-sol, na margem direita, do outro lado de Argentoratum. Bem em cima da hora: o vento começara a soprar com força de noroeste e os blocos de gelo tornavam-se cada vez mais freqüentes e compactos, chocando-se com o casco do barco com baques surdos. O barqueiro olhou para aquele mirrado grupo de fugitivos e teve pena. Para onde poderiam ir sem conhecer o país, as estradas, os caminhos mais seguros nos rigores do inverno que chegava trazendo tempestades e nevascas, gelo e fome? Aproximou-se de Ambrosinus, que já procurava o dinheiro para o pagamento e disse:

– Deixai para lá: dou-me por satisfeito por ter levado a bom termo o meu transporte. O vento setentrional vai levar-me para casa mais depressa do que eu poderia esperar. Ficai com o dinheiro: ides precisar. Esta noite podeis ficar no meu barco: será sem dúvida mais seguro e confortável do que qualquer abrigo na cidade. E além do mais passareis despercebidos. Pode ser que os vossos inimigos já estejam rondando por aí.

– Eu te agradeço – respondeu Ambrosinus –, também em nome dos meus companheiros. Diante das circunstâncias, um amigo é a coisa mais importante e preciosa que podemos desejar.

– E o que ireis fazer amanhã?

– Tenciono passar para a outra margem, onde espero que os nossos inimigos não tenham apoio e onde talvez possamos encontrar alguém que nos ajude. Então tentaremos alcançar o Sena e descer por ele até o canal britânico.

– Parece-me uma boa idéia.

– Por que não nos levas agora mesmo a Argentoratum, do outro lado do rio?

– Não posso, por muitas e boas razões. Estou esperando uma carga de peles do interior. E além do mais temos o vento contrário, e os blocos de gelo que estais vendo boiar na correnteza poderiam afundar o barco. É melhor seguir pela margem e atravessar mais adiante, num lugar mais favorável. Se amanhã a temperatura subir podereis encontrar alguma barcaça disposta a levar-vos para o outro lado.

Ambrosinus concordou, reuniu os companheiros e comunicou-lhes as perspectivas para o dia seguinte. Decidiram que de qualquer forma um deles iria ficar de vigia. Vatreno ofereceu-se para o primeiro turno e Demétrio para o segundo.

– Já fiz isto muitas vezes no Danúbio, com a neve e com o gelo – disse Demétrio. – Estou acostumado.

Quando ficou escuro o barqueiro deixou o barco e só voltou na calada da noite, chamando Vatreno que estava atento. Juba, preso ao parapeito da proa, bufou baixinho. Lívia chegou na mesma hora com uma tigela de sopa quente para Vatreno e em seguida pegou umas mãos-cheias de cevada de um saco e deu-as ao cavalo.

– Onde estão os outros? – perguntou o barqueiro.

– Lá embaixo. Alguma novidade?

– Sim, infelizmente. Desce logo que puderes. – E adentrou o barco segurando a lanterna na mão.

Lívia desceu logo a seguir, e o homem começou a contar:

– Trago notícias nem um pouco animadoras. Chegaram à aldeia uns desconhecidos que pela descrição e pelos seus modos devem ser os vossos perseguidores. Andam perguntando sobre um grupo de forasteiros que deveria ter chegado hoje e não há dúvidas que estão procurando por vós. Se fordes ao vilarejo sereis certamente reconhecidos. Prometem dinheiro a qualquer um que possa dar informações, e há pessoas, neste lugar, que venderiam até a alma por uns poucos trocados, eu sei disso. E também soube que vinte milhas para o norte o rio está completamente gelado. Não poderia levar-vos nem mesmo se quisesse.

– Mais alguma coisa? perguntou Ambrosinus.

– Queres mais? – gracejou Batiato.

– Só isto – confirmou o barqueiro. – E não podemos esquecer que também podem reconhecer o barco: viram-no bem de perto e não dá para errar com esta carga de sal-gema bem no meio do convés. Agora, nesta escuridão, não dá para ver nada, mas amanhã, com a luz do dia, não vão demorar para nos encontrar. Acho melhor cuidar da carga e descarga antes do amanhecer e zarpar logo a seguir: não quero que queimem o meu ganha-pão. Não podia imaginar que chegassem tão cedo. Devem ter cavalgado quase sem parar, dormindo pouco ou nada, ou talvez tenham embarcado num navio bem mais rápido do que o meu. Qualquer dia, se por acaso os nossos destinos se cruzarem de novo, gostaria que me explicásseis o motivo de toda esta obstinação, mas agora temos de pensar em coisas mais urgentes. Isto é, como vós podeis sair dessa.

– Alguma sugestão? – perguntou Aurélio. – Tu conheces este lugar e o pessoal melhor do que nós.

O barqueiro abriu os braços num gesto impotente.

– Talvez eu tenha uma idéia – disse Ambrosinus. – Mas precisamos de um carro. Imediatamente.

– Um carro? Não vai ser fácil a esta hora, mas sei onde há um a frete. A rigor devereis devolvê-lo a umas vinte milhas daqui, mas são perdas que eles já levam em conta: ganham tanto com o aluguel que duas ou três viagens já bastam para indenizá-los, e, portanto, vós não precisais preocupar-vos muito com o assunto. Vou averiguar: ficai de prontidão... Posso perguntar o que tencionais fazer com o carro?

Ambrosinus baixou a cabeça com uma expressão de constrangimento.

– É melhor tu não saberes: entendes o que quero dizer, não é? – O barqueiro anuiu e voltou para o convés. Logo a seguir desapareceu no dédalo de ruelas do porto.

– O que tencionas fazer? – perguntou Aurélio.

– Faremos o que fizeram os francos trinta anos atrás. Passaremos para o outro lado por cima do gelo.

– No escuro, sem saber se irá agüentar? – perguntou Batiato, de olhos arregalados.

– Se alguém tiver uma idéia melhor estou pronto a ouvir – respondeu Ambrosinus.

Todos ficaram calados.

– Então está decidido – concluiu o mestre. – Aprontai as vossas coisas, e alguém irá avisar Vatreno lá no convés.

Demétrio encarregou-se de dar o recado mas Rômulo adiantou-se.

– Eu vou. Levarei mais um pouco de sopa.

Rômulo mal tinha acabado de deixar a coberta quando ouviu-se um alvoroço e a voz de Vatreno que gritava:

– Pára, pára! Aonde achas que estás indo?

Ambrosinus percebeu logo o que estava acontecendo e começou a berrar:

– Rápido, corram pelo amor de Deus, não o deixai fugir!

Aurélio levantou-se num pulo e saiu em disparada com Lívia e Demétrio atrás dele. Vatreno já estava no cais e corria gritando:

– Pára! Pára, eu já disse!

Os demais também acudiram e viram-se diante de três ruelas que seguiam para direções diferentes.

– Vatreno pegou a do meio – disse Demétrio. – Eu vou para a direita e tu, Lívia, para a esquerda: nos encontramos aqui logo que pudermos. Ouvia-se ao longe o barulho de uma corrida agitada e a voz de Vatreno que continuava a chamar Rômulo. Todos saíram em busca dele. Aurélio viu-se logo diante de uma bifurcação.

– Por ali – disse para Lívia. – Eu irei por aqui.

Enquanto isto Demétrio subia por uma ruela que imaginava ser paralela à de Vatreno. Procurou por toda parte, examinou cada canto, mas a escuridão tornava tudo mais difícil: era como procurar uma agulha num palheiro. Aurélio e Lívia tampouco tiveram sorte. Acabaram encontrando-se ofegantes numa encruzilhada.

– O que aconteceu com ele? – perguntou Lívia.

– Ainda não entendeste? Não quer que continuemos a enfrentar perigos e privações por sua causa. Considera-se um estorvo e uma ameaça para nós e quer sair do nosso caminho.

– Meu Deus! – exclamou Lívia, quase sem conseguir conter as lágrimas.

– Vamos continuar procurando – disse Aurélio. – Não pode estar muito longe.

Enquanto isto Rômulo chegara a uma pracinha na qual havia uma taberna e parou. Pensou que poderia entrar e oferecer os seus serviços como servente em troca de casa e comida. Sentia-se sozinho, perdido, desesperado e assustado com a decisão que tomara e com o futuro que esperava por ele, mas tinha certeza de ter escolhido o melhor. Respirou fundo e já ia seguir em frente quando a porta da taberna se abriu e, na luz mortiça da lanterna, apareceu um dos bárbaros de Wulfila. Então apareceram mais três e dirigiram-se ao encontro dele. Apavorado, Rômulo virou-se para sair correndo mas chocou-se com alguém que vinha em sentido contrário. Sentiu uma mão que o agarrava nos ombros e outra que lhe fechava a boca. Tentou desvencilhar-se ainda mais assustado mas uma voz familiar disse:

– Calma, sou Demétrio. Fica calado: se eles nos virem estamos mortos.

Recuaram sem fazer barulho e então Demétrio puxou-o atrás de si correndo em direção do porto. Ambrosinus esperava por eles, o rosto contraído numa careta de angústia, apoiado no parapeito do barco e ladeado pelos companheiros.

– O que pensaste que ias fazer? – exclamou logo que o viu. E levantou a mão para esbofeteá-lo, mas Rômulo nem piscou e fitou-o fixamente nos olhos.

Ambrosinus percebeu naquele olhar a dignidade e a majestade do soberano e baixou a cabeça.

– Arriscaste a vida de todos nós. Lívia, Vatreno e Aurélio ainda estão à tua procura e podem enfrentar a qualquer momento algum perigo mortal.

– É verdade – confirmou Demétrio. – Só mais um passo e eu ia esbarrar nos homens de Wulfila. Estão rondando pela aldeia, evidentemente procuram por nós.

Rômulo caiu então no choro e foi esconder-se nas entranhas do barco.

– Não sejas severo demais com ele – disse Demétrio. – Não passa de um menino e tem de enfrentar emoções terríveis, decisões maiores do que ele.

Ambrosinus suspirou e voltou ao parapeito para ver se os demais já estavam voltando. Em lugar disto ouviu a voz do barqueiro.

– Encontrei o carro – o homem disse subindo pela prancha. – Estais com sorte. Mas não há tempo a perder: o dono quer fechar o armazém e ir para a cama.

– Tivemos um pequeno problema – respondeu Demétrio. – Alguns de nós ainda não voltaram da aldeia.

– Um problema? Que tipo de problema?

– Eu vou com ele – disse Ambrosinus. – Vós ficais aqui e que ninguém se mexa, em nome de Deus, até estarmos de volta.

Demétrio concordou e ficou de vigia à espera dos companheiros junto com Orósio e Batiato. O primeiro a chegar foi Vatreno e, depois de algum tempo, Lívia e Aurélio também apareceram. Estavam prostrados.

– Podeis ficar tranqüilos – disse Demétrio. – Foi quase um milagre mas eu o encontrei. Queria entrar numa taberna, eu acho. Foi por um triz que nós não caímos nas garras dos açougueiros de Wulfila.

– Numa taberna? – perguntou Aurélio. – E onde está ele agora?

– Na coberta inferior. Mas já foi repreendido por Ambrosinus.

– Eu vou lá – disse Lívia, e desceu.

Rômulo estava encolhido num canto e chorava baixinho, com a cabeça apoiada nos joelhos. Lívia aproximou-se e afagou-o de leve.

– Tu quase nos mata de susto – disse. – Nunca mais faças uma coisa dessas, eu te peço. Não és tu que precisas de nós. Somos nós que precisamos de ti, estás entendendo?

Rômulo levantou o rosto e enxugou as lágrimas com a bainha da túnica, então levantou-se e deu-lhe um abraço apertado sem nada dizer. Lá de fora ouviu-se o barulho de rodas sobre o calçamento.

– Vem comigo, agora – disse Lívia. – Pega as tuas coisas que já está na hora de sairmos daqui.

XXX

O veículo já se encontrava no cais e Ambrosinus estava pagando ao carroceiro o preço do frete menos o custo do cavalo. – Como podes ver – disse –, já temos um. – Aurélio estava com efeito puxando Juba pelo cabresto para substituir o esquelético pangaré de aluguel.

– Por todos os deuses – disse o carroceiro –, é uma pena desperdiçar um bicho desses para puxar um carro. Se quiseres trocar, vou dar-te dois dos meus, o que achas?

Aurélio nem olhou para o homem e começou a ajeitar os arreios em volta do pescoço do animal.

– É quase um irmão, para ele – Demétrio explicou ao carroceiro. – Tu trocarias o teu irmão por dois desses pangarés?

O homem coçou a cabeça.

– Se conhecesses o meu irmão, gostarias de trocá-lo até mesmo por um burro.

– Mexei-vos – incitou-os Ambrosinus. – Quanto mais cedo sairmos daqui, melhor para nós.

Os demais subiram no carro depois de agradecer ao barqueiro e sentaram no plano de carga apoiando-se nas hastes laterais. Um pano encerado estava esticado sobre uma armação de madeira e, além de esconder os ocupantes, proporcionava algum tipo de abrigo contra o vento. Lívia foi aninhar-se sob um cobertor ao lado de Rômulo. Aurélio apareceu no fundo para anunciar que iria seguir a pé.

– Juba não está acostumado a puxar um carro – disse –, poderia estranhar. Procurai descansar, enquanto isto.

Ambrosinus apertou a mão do barqueiro.

– Temos uma dívida de gratidão contigo – disse. – Devemos-te a vida e nem mesmo sabemos o teu nome.

– Melhor assim, uma coisa a menos para se lembrar. Foi uma bonita viagem e fiquei contente em ter companhia. Costumo fazer esta rota sozinho como um cão. Se entendi direito, tencionas passar por cima do gelo.

– Não tenho escolha, ao que parece – admitiu Ambrosinus.

– Também acho. Mas tomai cuidado: o gelo é mais espesso onde o rio escorre mais devagar, quer dizer que nos trechos retos o perigo maior fica no meio; nas partes sinuosas, por sua vez, o gelo é mais fino do lado externo da curva. Procurai passar um de cada vez e deixai por último o cavalo com o carro vazio. Quando chegardes à outra margem segui para Noroeste: não deveis levar mais de uma semana para chegar ao rio Sena, desde que o tempo não seja inclemente. Depois tudo será mais fácil, pelo menos espero. Que Deus vos acompanhe.

– Desejo-te o mesmo, meu amigo. Quem sabe algum dia tu ouves falar daquele rapaz que viajou no teu barco, fugitivo e perseguido, e ficarás orgulhoso por tê-lo conhecido e ajudado. Desejo-te uma boa viagem.

Despediram-se com um último aperto de mão, e Ambrosinus subiu no carro ajudado por Orósio. Então levantaram a tampa posterior fixando-a às laterais. Demétrio avisou para Aurélio:

– Todos a bordo.

O carro movimentou-se entre chiados e os baques das rodas sobre os seixos da rua e desapareceu na escuridão.

Seguiram em frente durante a noite toda percorrendo umas quinze milhas e alternando-se à frente de Juba. Depois, quando o cavalo já se acostumara com o novo trabalho, Aurélio sentou-se na boléia e guiou-o com as rédeas e a voz.

À esquerda deles o rio tornava-se cada vez mais branco e compacto, até formar uma laje uniforme e dura de uma margem para a outra. O frio era cortante e a neblina noturna transformara-se numa nevasca que criava fantasmagóricas rendas de gelo sobre os arbustos e os canaviais, na grama e nas moitas. O céu estava riscado por nuvens altas e diáfanas que vez por outra deixavam transparecer a luz do sol como um halo esbranquiçado e difuso logo acima do horizonte.

Todos estavam tomados de ansiedade. O veículo de que dispunham podia de alguma forma escondê-los mas era vagaroso e vulnerável, e a parte mais arriscada ainda estava por vir: a travessia do rio. A vantagem de alguma visibilidade trazida pela luz da manhã revelava-se na verdade bastante aleatória, uma vez que a luminosidade espalhada por igual pelo céu, a neve e o gelo confundia embaçando a paisagem inteira numa brancura leitosa. Sobressaíam apenas as pessoas e os animais, de forma evidente até demais. Os viajantes eram raros: camponeses com animais de carga levando montes de galhos e arbustos para queimar, ou alguns solitários mendigos esfarrapados. O canto dos galos anunciava o novo dia nas fazendolas espalhadas pelos campos e de vez em quando ouvia-se o latido de algum cachorro que, naquela imensidão gelada e vazia, transformava-se num sinistro lamento.

Seguiram adiante por mais algumas milhas para então parar num lugar onde o rio era mais estreito e a margem baixa proporcionava um acesso mais fácil. Decidiram que dois homens iriam avaliar a pé a espessura do gelo, amarrados um ao outro para que, se o mais afastado afundasse na água, o outro pudesse resgatá-lo. Aurélio e Batiato foram os voluntários, com o tamanho e a força deste último a garantir firmeza numa eventual operação de salvamento. Sob os olhares preocupados dos companheiros os dois avançaram sobre a camada congelada testando a sua superfície com a haste da lança a fim de determinar de alguma forma, pelo som, a espessura do gelo. Não demorou para eles se perderem ao longe e alcançarem o meio do rio. Era o lugar mais crítico, onde as águas haviam demorado mais a se solidificar, e Aurélio decidiu testar a camada cortando-a com a espada. Segurando a arma com ambas as mãos começou a trabalhar com afinco, espalhando em volta lascas reluzentes como cristal. Fez um buraco com um pé de profundidade antes de a lâmina afundar na água.

– Um pé! – gritou para Batiato, que ficara para trás.

– Será que basta? – perguntou então o etíope.

– Tem de bastar: não podemos ficar muito tempo neste lugar, desprotegidos deste jeito. Alguém já está reparando em nós, olha!

E apontou para dois transeuntes que haviam parado para observar da margem aquela estranha operação. Voltou para confabular com os companheiros e então todos seguiram em frente, em fileira indiana, a uns poucos passos de distância uns dos outros.

– Rápido – disse Ambrosinus. – Estamos nos expondo demais, somos visíveis demais. Qualquer um que tenha ouvido falar nós pode nos reconhecer.

O barqueiro, que nesta altura esperara já estar navegando com a proa apontada para o Sul, encontrava-se infelizmente numa situação bastante diferente. Descarregar o sal exigira muito mais tempo do que ele previra, pois a longa exposição à umidade havia fundido os cristais. A operação ainda não chegara ao fim quando os homens de Wulfila invadiram a cavalo o pequeno cais para examinar os barcos fundeados. Não demoraram muito a descobrir aquele com a carga de sal-gema, embora sobrasse pouca coisa no convés, e logo irromperam a bordo de armas em punho.

– Para trás! Quem sois vós? – gritou o barqueiro. – Não tendes o direito de invadir desta forma o meu barco.

Wulfila chegou naquele instante e mandou os seus homens calá-lo e levá-lo para a coberta inferior.

– Não tentes fingir que não nos reconheces! – começou. – A última vez que nos vimos foi há menos de dez dias e tenho certeza de que não esqueceste a minha cara, não é? – E aproximou-se torcendo numa careta a sua máscara desfigurada. – Estávamos perseguindo um desertor assassino que pulou dentro do teu barco com o cavalo e tudo. E tinha um rapazinho com ele, estás lembrado?

O barqueiro viu-se num beco sem saída: não podia negar nenhuma daquela afirmações.

– Os companheiros estavam esperando por ele – respondeu. – Tinham pago pela passagem e sempre se portaram de forma correta. Eu não podia...

– Calado! São homens procurados por crimes de sangue cometidos no território do Império e raptaram aquele rapaz que agora tentamos libertar para devolvê-lo aos pais. Estás entendendo?

O barqueiro quase chegou a pensar que o desfigurado dizia a verdade, levando em conta a repentina fuga de Rômulo na noite anterior e a longa perseguição para encontrá-lo, mas então lembrou as contínuas manifestações de carinho de que fora objeto por parte dos companheiros de viagem e passou novamente a desconfiar do brutamontes. Limitou-se a responder:

– Não posso saber da vida de todos aqueles que entram no meu barco. Eu só peço que paguem e não me incomodem, e foi justamente isto que eles fizeram. Quanto ao resto, eu não me meto nem quero meter-me. Agora preciso voltar para casa, e portanto...

– Só vais partir quando eu disser! – gritou Wulfila dando-lhe um violento bofetão. – Agora vais me contar para onde foram se não quiseres amaldiçoar o dia em que nasceste!

Apavorado e dolorido o homem tentou convencer o seu algoz de que nada sabia, mas não estava certamente preparado para enfrentar a tortura. Tentou resistir aos socos e aos pontapés, apertou o queixo quando lhe torceram os braços atrás das costas quase até quebrá-los, abafou os gritos de dor quando o sangue escorreu farto de um lábio rachado e do nariz esmigalhado, mas ao ver Wulfila puxar o punhal rendeu-se de chofre, vencido pelo medo. Disse:

– Partiram esta noite, com um carro, para o Norte...

Wulfila obrigou-o rolar no chão com um pontapé enquanto guardava a arma na bainha.

– Pede a Deus que os encontremos, pois do contrário voltarei para queimar-te vivo dentro do teu barco.

Deixou dois homens de plantão, voltou para o cais, montou em seu cavalo e saiu em disparada para o norte, acompanhado dos seus.

Eis os rastros do carro e do cavalo – disse um dos guerreiros logo que saíram da aldeia. – Vai ser fácil saber se são eles. – Desmontou e examinou as marcas deixadas na neve pelas ferraduras de Juba, reconhecendo-as imediatamente. Virou-se para o chefe com um sorriso de satisfação. – São eles. Aquele porco disse a verdade.

– Finalmente! – exclamou Wulfila. Desembainhou a espada fazendo-a rebrilhar no ar, entre os gritos de guerra dos seus soldados. Em seguida esporeou o cavalo e lançou-se a galope pela trilha nevada.

Enquanto isto Aurélio, depois de deixar passar todos os companheiros para a outra margem, aprontava-se agora para conduzir Juba e o carro através do rio gelado. Segurava o cavalo pelas rédeas e avançava a pé, diante dele, falando sem parar, a fim de acalmá-lo naquela travessia tão nova e estranha, sobre aquele chão de vidro que não fornecia apoio para os seus cascos.

– Devagar, Juba, devagar. Não fiques com medo, agora vamos voltar para Rômulo que espera por nós. Estás vendo? Olha, ele está acenando para nós.

Já estavam no meio do rio e Aurélio estava preocupado devido ao tamanho considerável de Juba e ao peso do carro que se concentrava na estreita faixa dos aros metálicos das rodas. Aguçava os ouvidos para perceber qualquer barulho de rachaduras que poderiam engolir a ele e ao cavalo naquelas águas gélidas. Uma morte que o deixava totalmente em pânico. Vez por outra virava-se para os companheiros e podia perceber a tensão que os angustiava naquela espera.

– Podes vir, agora! – Batiato gritou a certa altura. – Já passaste pela camada mais fina: vamos, mexe-te!

Aurélio aumentou a velocidade e não entendeu por que os companheiros continuavam a incitá-lo com gritos cada vez mais altos e prementes. De repente um pensamento aterrador passou pela sua cabeça: virou-se e descobriu, a menos de uma milha de distância, um numeroso grupo de cavaleiros que avançavam a galope ao longo da margem. Wulfila! Mais uma vez! Como era possível? Como aquelas feras podiam continuar a reaparecer do nada como fantasmas infernais? Puxou apressadamente o seu cavalo para a margem oposta, já próxima, e desembainhou a espada preparando-se para o embate mortal.

De armas em punho, os companheiros também aprontavam-se para proteger a fuga de Rômulo.

– Aurélio – berrou Vatreno –, desatrela o cavalo e foge com o rapaz. Tentaremos resistir o máximo possível. Não te preocupes conosco, pega o rapaz e vai embora!

Mas Rômulo agarrou-se a uma roda do carro gritando:

– Não, não irei embora. Não vou sair daqui sem vós! Não agüento mais fugir!

– Leva-o contigo e desaparece! Rápido, sai logo! – continuava a berrar Vatreno praguejando contra todos os deuses e os demônios que conhecia. A esta altura os cavaleiros já estavam na outra margem, diante deles, e começavam a avançar por cima do gelo. Percebendo o perigo Wulfila tentou detê-los mas o afã da perseguição e o desejo dos homens de acabar de uma vez por todas com aquela caçada exaustiva estavam levando-os a uma carga desenfreada sobre a superfície gelada do rio. Demétrio virou-se então para os companheiros:

– Olhai, avançam em formação cerrada, o gelo não vai agüentar. Talvez possamos nos safar, se sairmos logo daqui. Rápido, para o carro!

Mal acabara de falar e uma rachadura serpenteou sob o peso dos cavalos, alastrou-se com o martelar dos cascos da segunda leva e abriu-se definitivamente entre jatos de água que fizeram escorregar os demais. A queda dos homens e dos animais provocou o colapso estrondoso de uma grande placa. Wulfila gritou:

– Parai! Para trás! O gelo não agüenta, rápido, para trás!

– Vamos embora – disse Aurélio ao ver a cena. – Vamos! Talvez ainda consigamos sair dessa! – Todos pularam no carro, Ambrosinus chicoteou de leve o dorso de Juba com as rédeas e saíram correndo, mas o alívio teve curta duração: depois de agrupar novamente os seus homens, Wulfila mandara-os passar espaçadamente não muito longe dali, retomara a perseguição e estava agora aproximando-se rapidamente do carro sobrecarregado. Quando os cavaleiros já iam chegando Aurélio distribuiu aos companheiros as armas de arremesso enquanto Lívia preparava-se para desfrechar a sua primeira seta. Os bárbaros já estavam ao alcance deles quando de repente diminuíram a marcha e por fim pararam.

– O que está acontecendo? – perguntou Vatreno.

– Não sei! – respondeu Aurélio, percebendo que o carro também reduzia a sua velocidade –, mas agora não parai, continuai andando!

– Acontece que estamos salvos! – gritou Ambrosinus. – Olhai!

Diante deles, saindo de repente da neblina, havia um esquadrão de armados a cavalo e um numeroso grupo de soldados da infantaria; avançavam formando uma ampla frente, a passo, de armas em punho. Wulfila ficou indeciso, mandou que os seus soldados parassem e manteve-se a distância.

As tropas saídas da neblina também pararam, as insígnias e o equipamento não deixavam dúvidas: eram tropas romanas!

Um oficial adiantou-se.

– Quem sois vós? – perguntou. – E quem são aqueles que vos perseguiam?

– Que Deus vos abençoe! – exclamou Ambrosinus. – Salvastes a nossa vida.

Aurélio enrijeceu na saudação militar.

– Aureliano Ambrósio Ventídio – apresentou-se. – Primeira coorte, Legião Nova Invicta.

– Rúfio Hélio Vatreno – continuou o companheiro. – Legião Nova Invicta.

– Cornélio Batiato... – começou o gigante etíope.

– Legião? – perguntou o oficial, pasmo. – Já faz dois séculos que não temos mais legiões. De onde saíste, soldado?

– Podes acreditar nele, comandante – disse Demétrio. – E se nos ofereceres um prato de sopa quente e um bom copo de vinho vais ouvir uma história e tanto.

– Está bem – respondeu o oficial. – Vinde conosco.

Seguiram em frente por mais ou menos uma milha, dando a volta na colina, e chegaram a um acampamento capaz de acolher uns mil homens. O comandante pediu que descessem do carro e convidou-os a entrar nos seus aposentos. Os ordenanças acudiram para livrá-lo do cinturão com a espada e do elmo, trazendo-lhe em seguida uma cadeira de campanha. Um serviçal chegou com a mesma comida que estava sendo servida à tropa e todos começaram a comer. Rômulo, que finalmente se reanimava depois do susto e do frio que lhe haviam entorpecido o corpo, teria gostado de entregar-se alegremente à refeição, mas se conformou com a atitude do seu mestre e começou a sorver a sopa com ar muito digno, mantendo uma postura ereta.

– Um grupo bastante variado, o vosso – começou o oficial. – Três legionários, se estiverem dizendo a verdade, um velho que pela aparência deve ser um filósofo, dois homens com ares de desertores, uma jovem de pernas longas e porte altivo demais para ser uma companheira de cama, e finalmente um rapazinho ainda imberbe mas de nariz tão empinado que deixaria com inveja qualquer senador da antiga República. E isto sem falar do bando de brincalhões que certamente iriam cortar as vossas cabeças. Que tipo de opinião achais que vou ter acerca de vós?

Ambrosinus já previra algo parecido com aquele tipo de conversa e foi o primeiro a responder.

– O senhor é um homem que sabe temperar a perspicácia com a ironia, comandante. Admito que a nossa condição pode despertar todo tipo de desconfiança, mas nada temos a esconder e podemos esclarecer qualquer dúvida. Este rapaz está sendo vítima de uma terrível perseguição: último herdeiro de uma nobre família, foi desprovido dos bens dos seus antepassados pela protérvia de um bárbaro a serviço do exército imperial. Ainda insatisfeito após despojá-lo daquilo que lhe pertencia, fez de tudo para matá-lo, para que não pudesse reclamar, futuramente, a herança paterna. Soltou atrás de nós um bando de assassinos que nos perseguiram por semanas a fio e que hoje teriam certamente levado a cabo a sua missão se não fosse pelo vosso repentino aparecimento. A jovem é a irmã mais velha do rapaz, criada como uma virago, êmula de Camila e de Pentesiléia: sabe lutar com o arco e o dardo melhor do que ninguém e sempre agiu com grande determinação na defesa do irmão mais jovem. Quanto a mim, sou o seu mestre e tutor, e com o dinheiro que tinha escondido contratei estes valorosos soldados que sobreviveram à matança dos seus companheiros por parte de outros bárbaros. Foi assim que os nossos destinos se cruzaram. Vê-los aparecer na glória e esplendor das suas armas, ver mais uma vez as insígnias romanas desfraldadas ao vento e ouvir ressoar a língua latina em vossos lábios foi para nós um indizível consolo. E ficamos profundamente gratos por nos teres salvo.

Todos ficaram calados diante daquela exibição de requintada eloqüência, mas o comandante era um calejado veterano e não ficou lá muito impressionado. Respondeu:

– O meu nome é Sérgio Volusiano. Acabamos de levar a cabo uma missão de guerra em apoio aos nossos aliados da Gália central e estamos voltando a onde farei o meu relatório ao meu senhor, Siágrio, rei dos romanos. Também falarei a respeito de vós e de como vos encontrei. A partir de agora peço que não vos afasteis em hipótese alguma do nosso contingente, até mesmo para a vossa própria segurança: o território pelo qual passaremos é muito perigoso e sujeito a repentinas incursões por parte dos francos. Serão tratados como romanos. Mas deixai que agora eu me despeça: não vamos demorar a partir.

Engoliu um bom trago de vinho, pegou novamente a espada e o elmo e saiu acompanhado pelos ordenanças e pelo ajudante de campo.

– O que achais? – perguntou Ambrosinus.

– Não sei ao certo – respondeu Aurélio. – Não me parece ter ficado totalmente convencido com a história que lhe contaste.

– Que afinal é quase a verdade.

– O problema está justamente nesse "quase" . Seja o que Deus quiser. De qualquer forma a nossa situação melhorou bastante e pelo menos por enquanto podemos nos considerar a salvo. O comandante é sem dúvida um excelente soldado e também deve ser um homem de palavra.

– E Wulfila? – perguntou Orósio. – Achais que vai desistir? Nesta altura já não pode esperar grande coisa: estamos protegidos por uma formação numerosa e bem armada, e além do mais quem está mais exposto ao perigo é ele, deste lado do Reno.

– Eu não contaria muito com isso – respondeu Aurélio. – Pode pedir a ajuda dos francos. Já vimos que a sua determinação não conhece fronteiras, forçou-nos a fugir para os extremos confins do mundo. Qualquer um, no seu lugar, teria desistido, mas não ele: acabou caindo em cima de nós cada vez mais feroz e agressivo, como se estivesse saindo do inferno. E além do mais ainda está de posse da espada de César.

– Às vezes chego a pensar que seja realmente um demônio – disse Orósio, e a expressão dos seus olhos era mais eloqüente do que as próprias palavras.

– Quem recortou a sua cara foi Aurélio, e ele pode garantir que é feito de carne e ossos como nós – rebateu Demétrio. – Seja como for, não consigo entender esta sua implacável perseguição, esta impiedosa caçada além de qualquer limite racional.

– Mas eu entendo – replicou Ambrosinus. – Aurélio desfigurou-o, tornou a sua imagem irreconhecível. Tão irreconhecível que não poderá almejar o paraíso dos guerreiros, uma condenação insuportável para um homem como ele. Wulfila vem de uma tribo de godos do Leste que professam uma fé absoluta no valor militar e no destino reservado aos combatentes no além. Para resgatar-se, precisa fazer a Aurélio o que Aurélio lhe fez: cortar fundo o seu rosto, até o osso, para em seguida oferecer uma libação ao deus da guerra usando o crânio do inimigo transformado em taça. Só poderemos ter certeza de nunca mais vê-lo no dia em que morrer.

– Uma expectativa que não invejo – comentou Vatreno. Mas Aurélio parecia ter tomado muito a sério aquelas palavras. – Então é a mim que ele quer. Por que foste me contar somente agora?

– Porque provavelmente tu terias feito alguma bobagem, como desafiá-lo num duelo, por exemplo.

– Poderia ser uma solução – replicou Aurélio.

– Nada disto. Com aquela espada nas mãos dele tu não terias vez. E além do mais ele também quer Rômulo, pois do contrário não teria aparecido na *mansio* de Fano. Só nos resta ficarmos juntos, é a nossa única esperança. E antes de mais nada lembrai-vos disto: precisamos fazer com que Rômulo chegue à ilha Bretã, custe o que custar. Ali cumprir-se-á tudo aquilo pelo qual temos lutado e nada mais teremos a recear. Nada, estais entendendo?

Ficaram entreolhando-se pois na verdade não entendiam, pelo menos por enquanto. Mas sentiam que de alguma forma aquele homem estava certo, que a expressão inspirada do seu olhar não mentia. Cada vez que falava a respeito do futuro, para ele tão claro e para os demais tão obscuro, falava como quem está de vigia no topo de uma torre ao alvorecer e é o primeiro a ver a luz do sol no horizonte.

XXXI

A coluna de Sérgio Volusiano seguiu viagem para Noroeste quando o sol já estava alto e marchou durante seis dias percorrendo quase vinte milhas por dia, até chegar ao reino de Siágrio. O território do *rex Romanorum* estava marcado por uma linha defensiva formada por uma vala e um paredão encimado por uma paliçada onde se erguiam, a uma distância de mais ou menos uma milha uma da outra, torres de vigia. Os soldados da guarnição vestiam pesadas cotas de malha de ferro e elmos cônicos com protetor de ouvidos e nariz parecidos com os usados pelos Francos, e usavam longas espadas de dois gumes.

Entraram por uma porta fortificada e foram recebidos por longos toques de cornos antes de prosseguirem até o mais próximo porto fluvial do Sena. Então embarcaram descendo o rio rumo à capital, a antiga colônia de *Lutetia Parisiorum* que agora, devido ao nome dos seus primitivos habitantes, todos chamavam simplesmente de *Parisii.* A longa viagem basicamente tranqüila fez com que todos ficassem com a impressão de a ameaça tão longamente presente ter finalmente desaparecido ou de pelo menos ter ficado tão distante a ponto de não ser mais motivo de preocupação. A cada dia que se passava ficavam mais perto da meta, e Ambrosinus parecia possuído por uma estranha excitação, embora ele mesmo não soubesse explicar a razão disto. O único motivo de inquietação era a falta de comunicação com o comandante Volusiano, com o qual só tiveram raros e breves contatos. O general costumava ficar em seus alojamentos na popa. Quando aparecia estava sempre cercado pelo seu estado-maior e era praticamente impossível aproximar-se dele. Só Aurélio teve, certa tarde, a possibilidade de trocar algumas palavras. Viu-o de pé, na proa, olhando para o sol que se punha na planície e chegou perto.

– Salve, comandante – disse.

– Salve, soldado – respondeu Volusiano.

– Viagem tranqüila, não é?

– É o que parece.

– Posso fazer uma pergunta?

– Podes, mas isto não quer dizer que eu vá responder.

– Lutei durante anos sob o comando de Manílio Claudiano e chefiei a sua guarda pessoal. Será que isto vos diz alguma coisa e torna-me merecedor de alguma consideração?

– Claudiano foi um grande soldado e um homem integérrimo, um romano como já não há mais. E se te confiava a sua vida quer dizer que tu merecias a sua consideração.

– Queres dizer que o conheceste pessoalmente?

– Sim, e foi uma grande honra para mim. Ganhei a coroa valar*, que podes ver no meu estandarte, quando estava sob o

* Coroa dada pelos romanos a quem primeiro superasse as defesas inimigas. (N. do T.)

seu comando, e foi ele próprio que ma entregou, aos pés das muralhas de Augusta Ráurica.

– O comandante Claudiano está morto, traiçoeiramente assassinado pelas tropas de Odoacro. Eu e os meus companheiros somos uns dos poucos que sobreviveram ao massacre: nenhum de nós por covardia ou deserção.

Volusiano fitou-o com olhar penetrante. Tinha olhos cinzentos, de ave de rapina, e o rosto marcado por rugas profundas, cabelo bem curto e barba por fazer numa pele ressequida. Podia-se ler em cada traço da sua pessoa o esforço e a luta contínua para enfrentar os dissabores da vida, assim como a capacidade de julgar os homens.

– Acredito em ti – disse após alguns momentos de silêncio. – O que desejas saber?

– Estamos sob a tua proteção ou a tua custódia?

– Ambas as coisas.

– Por quê?

– As notícias a respeito das grandes mudanças nos equilíbrios de poder viajam mais depressa do que podes imaginar.

– Percebo, e não me surpreende que o teu *rex* já saiba de Odoacro e do assassinato de Flávio Orestes, e que tu também estejas a par. O que mais sabes, se posso perguntar?

– Que Odoacro procura por todo canto um rapaz de uns treze anos protegido por um punhado de desertores e acompanhado por mais umas figuras um tanto... pitorescas.

Aurélio baixou a cabeça.

– E ninguém com alguma responsabilidade de governo – prosseguiu Volusiano –, iria ignorar que aquela é a idade do último imperador do Ocidente, Rômulo Augusto, por muitos também chamado de Augústulo. Deves admitir que a coincidência é grande demais para não ser levada em consideração.

– Admito – respondeu Aurélio.

– É ele?

Aurélio hesitou, e então anuiu. E olhando fixamente para o outro acrescentou:

– De soldado romano para soldado romano?

Volusiano acenou gravemente com a cabeça.

– Não queremos criar interferências nem qualquer tipo de motim – prosseguiu Aurélio com paixão. – Só estamos procurando algum lugar longínquo e tranqüilo onde este infeliz rapaz possa viver ao abrigo desta feroz perseguição da qual até agora tem sido vítima. Ele não deseja poder algum, não aspira a qualquer cargo ou pública magistratura, só procura o silêncio e o esquecimento, para poder recomeçar a viver como um jovem qualquer. E é o que nós também desejamos. Já demos tudo aquilo que podíamos dar. Derramamos suor e sangue por Roma e arriscamos a vida toda vez que foi preciso, sem medir esforços. Partimos porque nos recusamos a obedecer aos bárbaros: isto não é deserção, é dignidade. Estamos esgotados, prostrados, desanimados. Deixa-nos ir embora, general.

Volusiano dirigiu mais uma vez o olhar para o horizonte, a longa listra sangrenta que a ocidente tingia o deserto de neve. As palavras custaram a sair, como se o frio que gelava o corpo tivesse penetrado dentro do seu coração:

– Não posso – respondeu. – Siágrio cercou-me de oficiais que pretendem tomar o meu lugar, para compensar o meu prestígio com a tropa. De qualquer forma alguém acabaria contando-lhe acerca da tua presença, e o meu silêncio, no caso, iria parecer bastante suspeito e totalmente inexplicável. É melhor que eu mesmo o informe, pessoalmente.

– O que acontecerá conosco, então?

Volusiano fitou-o nos olhos.

– Não será por mim que irá descobrir a identidade do rapaz, e não sabemos se alguém mais desconfiou. Na melhor das hipóteses ele próprio talvez não perceba, ou não se importe, ou acabe deixando comigo a responsabilidade de tomar as providências mais oportunas. Neste caso...

– Mas se chegar a intuir a verdade?

– Neste caso é melhor imaginar o pior. O rapaz é valioso, muito valioso, tanto do ponto de vista do dinheiro quanto do das relações políticas. Siágrio não pode ignorar que nesta altura quem manda na Itália é Odoacro. Que o verdadeiro *rex Romanorum* agora é ele. Se fosse só por vós, tudo seria mais fácil. Poderia fazer com que vos alistásseis no exército: precisamos de bons soldados e fazemos vista grossa quanto ao passado de cada um.

– Entendo – respondeu Aurélio com a morte no coração, virando-se para ir embora.

– Soldado!

Aurélio parou.

– Por que te importas tanto assim com o rapaz?

– Porque lhe quero bem – respondeu –, e porque é o imperador.

Aurélio não teve ânimo para revelar o teor daquela conversa a Ambrosinus, e menos ainda a Lívia, e esperou poder manter oculta a identidade de Rômulo confiando na palavra de Volusiano. Um homem honrado. Guardou dentro de si mesmo a angústia daquela preocupação esforçando-se para parecer tranqüilo e até brincar com Rômulo e os companheiros.

Chegaram à cidade depois de cinco dias de navegação, ao entardecer, e todos apinharam-se junto ao parapeito da proa para assistir à visão que se descortinava diante deles. *Parisii* erguia-se numa ilha no meio do Sena, cercada por fortificações em parte de alvenaria e em parte formadas por paliçadas. No interior podiam ver-se os telhados dos edifícios mais altos, alguns de barro ao estilo romano, outros de palha conforme o antigo costume celta.

Ambrosinus aproximou-se de Rômulo.

– Do outro lado do rio, o que fica em frente à margem ocidental desta ilha, está enterrado são Germano, como ele é agora conhecido por aqueles que veneram a sua memória.

– O herói que chefiou os romanos da ilha Bretã contra os bárbaros do Norte? Aquele que tu mencionas no teu diário?

– Ele mesmo: não tinha exércitos consigo mas treinou os nossos, deu-lhes uma estrutura militar nos moldes das antigas legiões romanas e morreu em batalha devido aos ferimentos sofridos. Como já contei, eu mesmo ouvi as suas últimas palavras, a profecia... Logo que desembarcarmos tentarei saber onde está o seu túmulo a fim de invocar a sua proteção e bênção para o seu futuro, César.

Enquanto isto ouviam-se os gritos dos marujos que se preparavam para atracar. O porto fluvial de *Parisii* remontava à chegada das primeiras tropas romanas de Júlio César e muito pouco havia mudado desde então. O navio que chefiava o comboio encostou no primeiro dos três cais de atracação lançando dois cabos, um da proa e outro da popa, enquanto os remadores acatavam as ordens do timoneiro e puxavam os remos para dentro do barco. Volusiano desembarcou com os seus ordenanças e mandou os forasteiros seguirem-no. Juba, que esperneava e se recusava a obedecer aos moços de estrebaria, foi forçado a descer com os demais cavalos da barcaça que seguia. Ambrosinus, um tanto transtornado, procurou aproximar-se do comandante.

– General – disse –, gostaria de te agradecer mais uma vez antes de nos despedirmos e peço que nos devolvas o nosso cavalo. Precisamos partir amanhã mesmo e...

Volusiano virou-se para ele.

– Não podeis partir. Tereis de ficar aqui até ordens em contrário.

– General... – ainda tentou dizer Ambrosinus, mas Volusiano já dera-lhe as costas encaminhando-se para o foro. Uma numerosa turma de soldados cercou Ambrosinus e os seus companheiros e um oficial ordenou:

– Segui-nos.

Aurélio fez um sinal para os outros não reagirem enquanto Ambrosinus ficava desesperado.

– O que significa isto? Por que estão nos detendo? Nada fizemos, somos apenas uns viajantes que... – Mas logo percebeu que ninguém o escutava e acompanhou melancolicamente os soldados.

Rômulo aproximou-se de Aurélio.

– Por que estão agindo assim? – perguntou. – Não são romanos como nós?

– Talvez tenham-nos confundido com quaisquer outras pessoas – tentou consolá-lo Aurélio. – Às vezes acontece. Não te preocupes, tu vais ver que poderemos esclarecer tudo.

Os soldados pararam diante de um edifício de toscas pedras esquadrejadas, de aparência austera. O oficial ordenou que abrissem a porta e mandou-os entrar num grande aposento despojado. Dos lados havia uma série de portinholas de ferro: uma prisão.

– As vossas armas – intimou o oficial.

Seguiu-se um momento de extrema tensão durante o qual Aurélio levou em conta o grande número de soldados que os cercavam e avaliou todas as possíveis conseqüências de qualquer atitude que fosse tomar.

Então desembainhou a espada e entregou-a a um dos carcereiros. Surpresos mas conformados com o desfecho da viagem os companheiros fizeram o mesmo. As armas foram guardadas num armário ferrado encostado na parede dos fundos. O oficial murmurou mais algumas palavras ao guarda, em seguida perfilou os seus homens de armas em punho à espera que todos os prisioneiros ficassem trancados. Rômulo lançou um olhar cheio de aflição para Aurélio, depois seguiu com Ambrosinus para a cela que lhes fora reservada.

O barulho da pesada porta externa que se fechava ecoou com estrondo no amplo saguão vazio enquanto o passo cadenciado dos soldados se perdia pouco a pouco na distância. Agora era só silêncio.

Lívia sentou no catre imundo. Incapaz de dormir, relembrava os mais recentes acontecimentos e, apesar da aflição do cativeiro, só podia concordar com a decisão de Aurélio que evitara uma ação impulsiva que de qualquer forma seria fatalmente coroada pelo fracasso. "E a esperança é a última a morrer...", pensou. Mas estava bastante preocupada com Rômulo: ficara chocada com a expressão do jovem quando o trancafiavam mais uma vez e percebera quão perto ele chegara do extremo limite além do qual não poderia agüentar. Aquele contínuo vaivém de esperança e terror, de ilusão e desengano o estava destruindo. A sua fuga em Argentoratum, um gesto inconsiderado e arriscado, demonstrava claramente o seu desespero, e a situação atual só poderia piorar as coisas. O único consolo era o fato de Ambrosinus estar com ele e que a presença do mestre contribuiria para acalmá-lo devolvendo-lhe um mínimo de confiança.

Estava perdida nestes pensamentos quando ouviu estranhos ruídos na porta da cela, e achatou-se contra a parede aguçando os ouvidos e prendendo a respiração. O seu instinto de lutadora, aperfeiçoado durante anos de ataques, fugas e emboscadas, viera imediatamente à tona despertando todos os recursos do seu corpo e da sua mente e deixando-os prontos a eclodir na hora mais conveniente.

Ouviu a chave virar na fechadura, percebeu um murmúrio baixinho entremeado de chacotas abafadas e logo entendeu: claro, Volusiano prometera-lhes um bom tratamento, mas não devia ser nada comum a presença de uma mulher jovem e bonita naquela masmorra fedorenta, e alguns goles haviam sido suficientes para alimentar a tentação dos guardas fazendo-lhes até esquecer o risco do castigo.

De fato a porta se abriu e dois carcereiros apareceram no umbral iluminando o interior com uma lamparina.

– Onde estás, pombinha? – disse um deles. – Aparece logo, não tenhas medo. Só queremos fazer-te companhia.

Lívia fingiu estar apavorada, e enquanto isto deixava escorregar a mão esquerda ao longo da perna até alcançar os cadarços da bota e puxar um estilete extremamente afiado: era uma espécie de furador com cabo esférico, de forma que podia segurá-lo na mão só deixando sobressair a lâmina entre o indicador e o médio.

– Eu vos peço, por favor, não me machuqueis! – implorou, mas a súplica pareceu excitar ainda mais os carcereiros.

– Calminha, calminha, não vamos machucar-te. Aliás vais gostar, tu vais ver, e mais tarde poderás oferecer uma libação ao bom velho Priapo que nos aparelhou com apetrechos bem grandes justamente para deixar contentes as putinhas como tu.

E começou a desatar as calças enquanto o outro continuava a ameaçá-la com um facão. Lívia fingiu ficar ainda mais apavorada e recuou no catre até encostar os ombros na parede.

– Pois é – disse o primeiro –, cada um vai brincar um pouquinho. Agora é a minha vez, depois a do meu amigo. E aí vais dizer quem foi o melhor e qual dos dois tem o trabuco maior. Vai ser divertido, não achas?

O homem já tirara completamente as roupas da parte de baixo do corpo e apoiava agora os joelhos na beira do catre. Lívia estava pronta com o furador bem firme na mão e, quando ele se debruçou para agarrá-la, pulou de lado e golpeou o outro com rapidez felina fincando-lhe a arma no esterno justamente enquanto o primeiro perdia o equilíbrio e desmoronava no catre. Com movimento repentino Lívia passou então o estilete para a mão direita e acertou-o na nuca do homem caído com um único golpe que lhe quebrou a espinha. Um no catre e o outro no chão, os dois tombaram quase ao mesmo tempo e sem um pio. Já não havia mais escolha: a jovem pegou as chaves e foi abrir as celas dos companheiros que, de repente, viram-se diante de uma Lívia tranqüila e sorridente.

– Acordai, rapazes, já é hora de sairmos daqui.

– Como ... – começou Aurélio, pasmo, quando ela abriu a porta e jogou-se em seus braços.

Mostrou o estilete.

– *In calceo venenum* – gracejou modificando o antigo provérbio. – Esqueceram de olhar nos meus sapatos.

Rômulo correu para ela dando-lhe um abraço apertado que quase a sufocou, em seguida Lívia abriu o armário que continha as suas armas e todos dirigiram-se para a saída. Mas ouviu-se então o barulho de passos do lado de fora, e depois o do ferrolho que se abria: Volusiano apareceu no limiar, acompanhado por seus guardas em trajes de combate.

Lívia trocou um rápido olhar com Aurélio.

– Não vou deixar que me prendam de novo – disse com simplicidade, e pelo jeito com que seguravam as armas ficou logo claro que os demais companheiros também pensavam da mesma forma. Volusiano no entanto levantou a mão.

– Calma – disse. – Ouvi-me bem pois não há tempo a perder. Os bárbaros de Odoacro estão sendo recebidos por Siágrio e é bem possível que o convençam a vos entregar. Não tenho tempo para explicações, segui-me: trouxe para cá o vosso cavalo e mais alguns que mandei aprontar. Fugi por aqui até a porta ocidental, onde há uma ponte de barcaças que liga a ilha à outra margem do rio. As sentinelas me são fiéis e vão deixar-vos passar. Segui pelo rio até a costa onde encontrarão um vilarejo de pescadores chamado Brixate. Perguntai por um tal de Teutásio e dizei que eu vos mandei. Ele pode levar-vos à Frísia ou à Armórica, onde ninguém deverá incomodar-vos. Evitai a ilha Bretã: está dilacerada por lutas internas entre os chefes das várias tribos, e está à mercê de salteadores e bandidos. Muito em breve terei de dar o toque de alarme. Para não despertar suspeitas serei forçado a lançar no seu encalço as minhas próprias tropas, e se por acaso elas vos prenderem de novo, nada mais poderei fazer por vós. Saí logo daqui, portanto. Andai! Rápido!

Aurélio aproximou-se.

– Eu sabia que não irias entregar-nos aos bárbaros. Obrigado, general, que os deuses te protejam.

– Que Deus proteja a ti, soldado, e aquele teu menino.

Rômulo também acercou-se e, num tom extremamente digno, disse:

– Obrigado por aquilo que estás fazendo por nós: não esquecerei.

– Só fiz o meu dever... César – respondeu Volusiano enrijecido na saudação militar. Baixou respeitosamente a cabeça e então disse:

– Mas agora vai, procura salvar-te.

Montaram a cavalo e lançaram-se pelas ruas escuras e desertas da cidade na direção que lhes havia sido indicada até chegarem à cabeceira da ponte. Os guardas fizeram sinal para eles passarem e Aurélio guiou os companheiros até a outra margem. Em seguida viraram para o Norte, pelo caminho que margeava o rio. Incitaram as montarias e não demoraram a desaparecer na escuridão.

Volusiano montou no seu cavalo e voltou para os alojamentos de inverno, bastante próximos do porto fluvial, acompanhado por uma meia dúzia dos seus guardas pessoais e pelo ajudante de campo. Um dos serviçais acudiu para segurar as rédeas do cavalo e outro aproximou-se com uma lanterna. Volusiano virou-se para o ajudante de campo.

– Deixa passar mais algum tempo – ordenou –, e então corre ao palácio para dar o alarme. Dize que fugiram depois de matarem os guardas, que aliás é a pura verdade. Também dirás, obviamente, que ignoras a direção que eles tomaram.

– Obviamente, general – respondeu o ajudante de campo.

– Se os teus generais não os tivessem protegido – gritou Wulfila, descontrolado –, nós já os teríamos capturado e levado de volta!

Siágrio estava sentado no trono, um assento que lembrava vagamente a *sella curulis* dos antigos magistrados. Envolvido numa manta de pele de raposa para defender-se do frio penetrante, mostrava-se bastante aborrecido com aquela vigília que continuava noite adentro e com os modos daquele selvagem de rosto desfigurado.

– O meu *magister militum* fez a coisa certa – replicou irritado. – Este território pertence aos romanos e a jurisdição cabe a mim, aos meus oficiais e aos meus magistrados. A ninguém mais! Agora que aqueles homens mancharam-se de homicídio e fugiram da minha prisão, tornaram-se foragidos procurados e não será difícil prendê-los: sabem que se ficarem no meu território acabarão sendo capturados, de forma que tentarão certamente fugir por mar através do porto mais próximo. É lá que vamos detê-los.

– E se conseguirem embarcar? – gritou o bárbaro.

O *rex Romanorum* deu de ombros.

– Não iriam muito longe – disse. – Nenhum barco pode competir com as minhas galés, e sabemos que irão para a Frísia ou para a Armórica, pois ninguém seria tão louco de escolher a ilha Bretã. Mas de qualquer modo quem irá prendê-los serão os meus homens, não tu.

– Ouve – disse Wulfila aproximando-se do assento de Siágrio –, tu não os conhece: são lutadores formidáveis e isto ficou claro pela maneira com que só levaram umas poucas horas para evadir-se da prisão na qual haviam sido trancafiados. Eu já estou a persegui-los há meses, sei como eles agem: deixa-me ir com os teus homens. Garanto que não irás arrepender-te. Tenho autoridade para negociar uma vultosa quantia em dinheiro em troca do rapaz e, além disto, o mais importante, Odoacro está disposto a mostrar toda a sua gratidão, até mesmo com um tratado de aliança. O dono e o protetor da Itália agora é ele, e é o trâmite natural para as relações com o Império do Oriente.

– Está bem, vós também podeis ir, mas não tomai qualquer tipo de atitude sem a aprovação do meu representante. – Acenou para o seu lugar-tenente, um visigodo romanizado chamado Genádio. – Tu ficas encarregado do assunto – ordenou. – Leva os homens que julgar necessários. Partirás ao amanhecer.

– Não! – replicou Wulfila. – Se partirmos tão tarde eles irão fugir: já têm uma boa vantagem sobre nós. Precisamos sair imediatamente.

Siágrio meditou por alguns momentos, então concordou com um gesto da cabeça.

– Está bem – disse. – Mas quando os pegardes quero que sejam trazidos para mim. É a minha jurisdição, e qualquer um que a viole torna-se automaticamente meu inimigo. E agora saí!

Genádio fez a saudação militar e saiu em seguida acompanhado por Wulfila. Não demoraram a aprontar um navio: uma grande galé construída conforme a tradição celta, de sólido carvalho e capaz de navegar com os homens e os cavalos também em mar aberto.

– Qual é o porto mais próximo? – Wulfila perguntou logo que subiu a bordo.

– Brixate – respondeu Genádio –, na foz do Sena. Vai ser fácil saber se algum navio saiu para o mar: quase ninguém costuma navegar nesta época do ano.

Avançaram com rapidez, empurrados pela correnteza do rio, e quando o vento mudou de Nordeste para Leste içaram a vela aumentando ainda mais a velocidade. Umas poucas horas antes do amanhecer, quando estavam perto da meta e já se podiam divisar ao longe as luzes do porto, o céu clareou e a temperatura ficou mais fria.

O timoneiro levantou a cabeça com ar preocupado e apontou para a frente.

– Olhai – disse. – Há bancos de neblina por toda parte.

Wulfila nem prestou atenção. Perscrutava o grande estuário do Sena e para além, para o mar aberto, pois não queria deixar fugir mais uma vez as presas que já sentia ao seu alcance.

– Navio à vista! – anunciou naquele instante o marujo da gávea.

– São eles! – exclamou Wulfila. – Tenho certeza disto. Veja: não há nenhum outro barco no mar.

O timoneiro também vira a outra embarcação.

– Muito estranho – disse. – Avançam rumo à neblina como se quisessem atravessar o canal e ir à ilha Bretã.

– Aumentai a velocidade rápido! – ordenou o bárbaro. – Ainda podemos alcançá-los.

– O nevoeiro está cada vez mais denso – respondeu o timoneiro. – É melhor esperar que clareie com o sol mais alto.

– Agora! – gritou Wulfila possesso. – Precisamos pegá-los agora!

– Quem dá as ordens aqui sou eu – respondeu Genádio. – Não quero perder o navio: se os fugitivos tencionam matar-se, problema deles, mas eu não vou entrar nesse nevoeiro, de modo algum. E acho que eles tampouco farão isto.

Wulfila então, com gesto repentino, sacou a espada e apontou-a para a garganta do comandante.

– Manda os teus homens largarem as armas – rugiu –, se não quiseres que te corte a cabeça. Estou assumindo o comando deste navio.

Genádio não teve escolha e, mesmo a contragosto, os seus soldados obedeceram, também subjugados por aquela espada fabulosa que o bárbaro segurava na mão.

– Jogai-os ao mar! – Wulfila ordenou aos seus homens. – E agradecei a Deus se não mato todos agora mesmo. – Virou-se então para Genádio: – A ordem vale para ti também.

Empurrou-o até a amurada e forçou-o a pular no oceano onde os seus homens já se debatiam à mercê das ondas. Quase todos afundaram, devido à água gelada que entorpecia os membros e ao peso dos trajes e das armaduras. Wulfila ficou dono do navio e mandou o apavorado timoneiro virar a proa para o Norte, no encalço do barco que agora podia ser visto mais claramente a cerca de uma milha de distância. Sobressaía contra o banco de neblina que se aproximava compacto como um paredão.

A bordo da embarcação fugitiva, diante daquela nuvem impenetrável que se desdobrava sobre o mar em volutas espessas como fumaça, todos estavam aflitos. Teutásio, o timoneiro, baixou a vela, uma vez que já não havia vento e o barco quase parou.

– Seguir em frente nestas condições seria uma loucura – disse –, ainda mais porque ninguém ousaria persegui-los.

– Achas mesmo? – comentou Vatreno. – Então olha para aquele navio lá atrás: está avançando à força de remos e tudo indica que está justamente em busca de nós.

– Se esperarmos para ter certeza se são eles, então teremos de enfrentá-los – observou Orósio.

– Quanto a mim – disse Batiato –, prefiro enfrentar aqueles bastardos antes de mergulhar nesta... nesta coisa. Até parece que estamos prestes a entrar no inferno.

– Afinal de contas já fizemos isto uma vez, em Miseno – lembrou Vatreno.

– É verdade, mas sabíamos que iria ser por muito pouco tempo – replicou Aurélio. – Desta vez trata-se de muitas horas de navegação.

– São eles! – gritou Demétrio que subira na ponta do mastro.

– Tens certeza? – perguntou Aurélio.

– Absoluta! Só levarão meia hora para nos alcançar.

Ambrosinus, que parecia perdido em seus pensamentos, reanimou-se de repente.

– Tens azeite a bordo?

– Azeite? – perguntou o timoneiro surpreso. – Acho... acho que sim, mas não muito. Só aquele que os homens usam nas lamparinas.

– Traze-o imediatamente para mim dentro de uma tigela, a mais larga que tiveres, e em seguida prepara-te para navegar de novo. Vamos seguir adiante remando.

– Dá-lhe o que pede – disse Aurélio. – Ele sempre sabe o que está fazendo.

O homem desceu para a coberta inferior e voltou logo a seguir com uma tigela de terracota, cheia de azeite até a metade.

– Não consegui encontrar mais do que isto – disse.

– Estão se aproximando! – gritou novamente Demétrio do topo do mastro.

– Tudo bem – aprovou Ambrosinus –, já basta. Deixa-a no convés e volta para o leme. Ao meu sinal quero todos os homens válidos prontos para remar.

Depois disto tirou do saco de viagem o caderno que usava para as suas anotações, levantou uma margem do forro de pergaminho e, sob os olhares pasmos de todos, puxou uma pequena lâmina de metal em forma de seta, tão leve que o vento poderia levá-la embora, e deitou-a com cuidado na superfície do azeite.

– Já ouvistes falar em Aristéia de Proconeso? – perguntou. – Não, é claro que não. Pois bem, os antigos contavam que tinha uma seta que o levava todos os anos ao país dos Hiperbóreos, isto é, ao extremo Norte. E aqui está ela. É com ela que encontraremos o caminho para a ilha Bretã. Só precisaremos seguir para onde ela apontar.

E diante dos olhos cada vez mais pasmos dos companheiros a seta animou-se e começou a rodar na superfície do azeite até fixar-se lentamente numa posição estável.

– Eis o Norte – proclamou solenemente Ambrosinus. – Homens, aos remos!

Todos obedeceram e o barco mexeu-se para mergulhar lentamente na nuvem leitosa.

Rômulo agachou-se ao lado do mestre que, enquanto isto, riscava uma marca na borda da tigela para assinalar o ponto correspondente à direção indicada pela seta.

– Como pode? – perguntou Rômulo. – Trata-se de uma seta mágica?

– Francamente acho que sim – respondeu Ambrosinus –, pois do contrário não saberia como explicar o fenômeno.

– E onde tu a encontraste?

– Já faz muito tempo, nos subterrâneos do templo de Portuno, em Roma, dentro de uma urna de Arenito. Uma escrita em grego dizia ser a seta de Aristéia de Proconeso, e que fora usada até por Pítias de Marselha para chegar à última Thule. Não é incrível?

– Sem dúvida – respondeu Rômulo. E acrescentou: – Achas que vão continuar no nosso encalço?

– Não creio, não têm a menor possibilidade de manter o rumo, e além disto...

– O que mais? – insistiu Rômulo.

– A tripulação é formada por pessoas do lugar, e por estas bandas contam uma história que desperta muito medo.

– Que história?

– Que por aqui o nevoeiro aparece tão cerrado para ocultar o barco que volta da ilha dos mortos, para onde levou as almas dos finados.

Rômulo olhou em volta tentando penetrar a cortina de neblina, enquanto um arrepio corria pela sua espinha.

XXXII

Rômulo apertou a manta em volta dos ombros mantendo os olhos fixos nas pequenas oscilações da seta que boiava no azeite e apontava misteriosamente para o pólo da Ursa.

– Tu disseste ilha dos mortos? – perguntou de repente.

Ambrosinus sorriu.

– Isso mesmo. E o pessoal daqui morre de medo dela.

– Não estou entendendo. Sempre achei que os mortos fossem para o além.

– É aquilo em que todos nós acreditamos. Mas veja bem, uma vez que ninguém jamais voltou do reino dos mortos para contar o que viu, cada povo acabou criando a sua própria versão daquele mundo misterioso. Contam que não muito longe daqui, nas costas da Armórica, há uma aldeia de pescadores cujos habitantes não pagam impostos nem estão sujeitos a qualquer tipo de tributos uma vez que já se encarregam de uma coisa muito importante: levam as almas dos mortos para uma ilha misteriosa sempre envolvida por um denso nevoeiro. Dizem que o nome da ilha é Avalon. Toda noite ouve-se bater à porta de uma das casas do vilarejo e uma voz diz baixinho: "Estamos prontos." Então o pescador se levanta e vai até a praia onde pode ver que o seu barco, embora aparentemente vazio, afunda na água como se estivesse carregado. A mesma voz que ele acabou de ouvir chama pelo nome cada um dos mortos, e no caso de mulheres também é mencionado o nome do pai ou do marido. Em seguida o pescador fica no leme e levanta a vela. Na escuridão e na neblina ele percorre durante aquela única noite um trajeto que precisaria de uma semana inteira de navegação só para a ida. Na noite seguinte ouve-se bater à outra porta e a mesma voz volta a dizer: "Estamos prontos..."

– Meu Deus – suspirou Rômulo. – É uma história de arrepiar. Mas será que é verdade?

– Ninguém sabe. De alguma forma, no entanto, tudo aquilo em que acreditamos é verdadeiro. Claro, é bem possível que haja algum fundo de verdade. Talvez o pessoal daquela aldeia se dedique a antigas práticas de evocação dos mortos que despertam sensações tão profundas e intensas a ponto de parecerem verdadeiras... – Interrompeu-se para dar indicações ao timoneiro: – Mais para a direita, devagar, assim mesmo.

– E onde ficaria esta tal de Avalon?

– Não há notícias precisas a respeito: em algum lugar ao longo da costa ocidental da ilha Bretã, ao que dizem. Foi o que me contou um velho druida nascido na ilha de Mona. Para outros ficaria mais ao Norte e seria o lugar para onde iriam os heróis depois da morte, como as ilhas Afortunadas das quais fala Hesíodo, estás lembrado? Talvez fosse melhor subir a bordo daquele barco nas costas da Armórica, para resolvermos o enigma... Mas tudo isto não passa de hipótese, especulação: a verdade nua e crua, meu filho, é que estamos cercados de mistério.

Rômulo acenou de leve com a cabeça como que para mostrar a sua concordância com uma afirmação tão grave, em seguida agasalhou-se ainda mais em sua manta e desceu para a coberta inferior. Ambrosinus ficou só com a sua setinha, a governar o barco na escuridão difusa, enquanto os companheiros remavam sem parar, mudos de espanto, como que suspensos naquela atmosfera turva sem dimensão nem tempo, onde o único contato com a realidade era o leve bater da água contra a quilha. A certa altura Aurélio perguntou:

– Acha que voltaremos a vê-lo?

Ambrosinus chegou-se a ele no banco dos remadores:

– Wulfila? Sim, acho que não nos livraremos dele até alguém matá-lo.

– Volusiano aconselhou qualquer lugar menos a ilha Bretã. Parece que é um verdadeiro ninho de víboras.

– Não acredito que existam lugares melhores do que outros neste mundo. Estamos indo para lá porque é justamente ali que alguém espera por nós.

– A tua profecia, não é?

– Achas estranho?

– Não sei. Conheces Plínio e Varrão, Arquimedes e Heratóstenes. Leste Estrabão e Tácito...

– Tu também, ao que parece – observou Ambrosinus com alguma surpresa.

– Afinal tu és um homem de ciência – concluiu Aurélio ignorando as palavras do outro. – E um homem de ciência não deveria acreditar em profecias: não é racional, não é isto?

– Pois é, nem um pouco.

– E achas racional o que tu mesmo fizeste? O que há de lógico naquilo tudo que tu fizeste nestes últimos meses?

– Muito pouco, eu reconheço.

– E sabes qual foi o motivo? Porque há outro mundo além deste que conhecemos, o mundo dos sonhos, dos monstros e das quimeras, o mundo dos desvarios, das paixões e dos mistérios. É o mundo que vez por outra nos toca de leve induzindo-nos a fazer coisas sem sentido, ou que simplesmente nos dá arrepios como um sopro de ar gelado que passa pela noite, como o canto de um rouxinol nas trevas. Não sabemos até onde alcança, se tem fronteiras ou se é infinito, se está dentro ou fora de nós, se assume a aparência da realidade para revelar-se ou então para disfarçar-se. As profecias são como as palavras que um homem adormecido murmura no sono. Parecem não ter sentido, mas na verdade chegam dos abismos mais obscuros da alma universal.

– Achei que tu eras cristão.

– Muda alguma coisa? Tu também poderias sê-lo, pelo que a tua própria alma demonstra, e mesmo assim és pagão.

– Se ser pagão quer dizer manter-se fiel às tradições dos antepassados e às crenças dos pais, se significa ver Deus em todas as coisas e todas as coisas em Deus, se significa lastimar amargamente o fim de uma grandeza que nunca voltará, pois bem, neste caso sou pagão.

– E o mesmo acontece comigo. Estás vendo este ramalhete de visco pendurado no meu pescoço? Representa um vínculo com o mundo no qual nasci, com uma antiga sabedoria. É como mudarmos de roupa quando passamos de um país quente para outro frio. E isto também vale para a nossa visão do mundo. A religião é a cor que a nossa alma assume conforme a luz à qual está exposta. Tu me viste na luz mediterrânea e irás ver-me nas trevas das florestas da minha ilha: parecerei outra pessoa, lembra-te disto, mas ainda assim continuarei sendo o mesmo. É inevitável. Lembras quando estávamos no Reno e vós começastes a cantar o hino ao sol? Cantamos todos juntos, cristãos e pagãos, pois no esplendor do sol que reaparece depois da noite podemos ver o rosto de Deus, a glória de Cristo que traz a luz ao mundo.

Passaram a noite inteira remando em silêncio ou, vez por outra, chamando-se só para reanimar, até que a certa altura o nevoeiro clareou e voltou a ventar. Demétrio içou a vela e os companheiros, esgotados após a canseira noturna, puderam finalmente tirar uma folga. Mas logo que a luminosidade do alvorecer começou a espalhar-se a voz de Ambrosinus fez-se ouvir excitada:

– Olhai! Olhai todos!

Aurélio levantou a cabeça, Rômulo e Lívia correram à amurada da proa, Batiato, Orósio e Demétrio deixaram os seus lugares para admirar a cena que se descortinava lentamente diante deles: nos primeiros raios matinais, surgindo da neblina, aparecia uma terra de verdes gramados e brancos penhascos, de céu e mar azuis, cercada de espuma fervilhante, acariciada pelo vento, cumprimentada pelos gritos de milhões de pássaros.

– A ilha Bretã! – exclamou Ambrosinus. – A minha terra! – E ficou de braços abertos quase a sentir o calor de uma pessoa querida desde sempre desejada.

Chorava: lágrimas quentes riscavam-lhe o rosto ascético, faziam rebrilhar os seus olhos com uma nova luz. Então caiu de joelhos e encobriu o rosto com as mãos: recolheu-se a orar e meditar diante do Gênio da sua terra natal, no vento que trazia de volta perfumes perdidos mas nunca esquecidos.

Os demais ficaram olhando num silêncio cheio de comoção e só pareceram voltar à realidade quando a quilha roçou no cascalho limpo da praia.

Juba era o único cavalo a bordo pois os outros haviam sido deixados para Tautásio como pagamento pela travessia. Aurélio fê-lo descer pela estreita prancha, afagando-o para acalmá-lo, e admirou-o, reluzente e brilhoso como a asa de um corvo no sol daquele dia luminoso que mais parecia uma precoce primavera. Em seguida todos os demais desceram, Batiato por último, carregando nos ombros Rômulo, como que em triunfo.

Encaminharam-se para o norte através de campos verdes pontilhados de largas manchas brancas de neve nas quais sobressaíam espalhadas moitas purpúreas de açafrão. Bandos de pintarroxos saltitavam sobre as bagas vermelhas e pareciam parar, curiosos, para ver o pequeno cortejo que avançava em silêncio ao longo da trilha. Vez por outra, entre as amplas pastagens, erguiam-se grandes carvalhos de aparência majestosa. Em seus galhos despojados brilhavam as bagas douradas do visco.

– Estás vendo? – Ambrosinus disse ao seu discípulo –, aquele é o visco, uma planta sagrada para a nossa antiga religião pois acreditava-se que chovesse do céu. Assim como sagrado é o carvalho, do qual vem o nome dos antigos sábios da religião celta: os druidas.

– Eu sei – respondeu Rômulo. – Da palavra grega *drys*, que quer dizer "carvalho".

Aurélio trouxe-os de volta à realidade prática da vida.

– Temos de arranjar cavalos o quanto antes. A pé, deste jeito, somos vulneráveis demais.

– Logo que for possível – respondeu Ambrosinus. – Logo que for possível.

E retomaram a caminhada. Andaram o dia todo sem parar, passando por campos salpicados de raras fazendolas, pequenas choupanas de madeira cobertas por fardos de feno. Os vilarejos eram mínimos, pequenos conjuntos de casas apinhadas umas ao lado das outras. Com o entardecer daquele curto dia de inverno tornaram-se cada vez mais numerosos os fiapos de fumaça que se levantavam dos telhados, e Rômulo ficou imaginando as famílias reunidas na luz das lamparinas, diante da sua pobre refeição, para compartilhar o pão da sua labuta diária. Invejava aquelas pessoas, sonhando com uma vida simples e humilde, alheia à volúpia dos homens sedentos de poder.

Antes de a escuridão tomar conta de tudo, Ambrosinus apresentou-se sozinho, segurando Rômulo pela mão, à porta de uma casa isolada, maior e evidentemente mais rica do que todas as outras até então encontradas. Bem ao lado, um amplo recinto guardava um rebanho de ovelhas enquanto outro, mais distante, abrigava uma pequena manada de cavalos. Um homem robusto abriu a porta. Vestia uma pesada capa de lã crua e tinha o rosto emoldurado por uma espessa barba negra entremeada de fios de prata.

– Somos viajantes – disse Ambrosinus. – Os nossos companheiros estão aguardando atrás daquelas moitas. Estamos chegando do além-mar e tencionamos ir para as terras do Norte, de onde parti muitos anos atrás. O meu nome é Myrdin Emreis.

– Quantos sois vós? – perguntou o homem.

– Oito ao todo. E precisamos de cavalos, se tu tiveres para vender.

– O meu nome é Wilneyr – disse o homem –, e tenho cinco filhos fortes e muito bons no uso das armas. Se vieres em paz sereis recebidos como hóspedes, mas se vieres como salteadores vereis que não nos deixaremos tosquiar passivamente.

– Estamos aqui em paz, meu amigo, em nome do Deus que algum dia nos julgará. Estamos armados por necessidade, mas deixaremos as armas fora da tua porta ao entrarmos na tua casa.

– Então vinde. Se quiseres um abrigo para a noite, podereis dormir na estrebaria.

– Agradeço – respondeu Ambrosinus. – Não irás te arrepender. – E mandou Rômulo chamar os outros.

Ao ver-se diante de Batiato o homem esbugalhou os olhos espantado e recuou tomado por repentino temor. Os filhos postaram-se ao seu lado.

– Não tenhais medo – disse Ambrosinus. – Não passa de um homem preto. Na terra de onde vem são todos pretos como ele, e se um branco chegar lá vai despertar o mesmo espanto e o mesmo temor que tomou conta de vós agora. É um bom homem, amante da paz, embora provido de uma força descomunal. Pagaremos o dobro pelo seu jantar, pois come mais do que um homem normal.

Wilneyr mandou-os sentar perto do fogo trazendo-lhes pão, queijo e cerveja, que esquentou o coração de todos.

– Para quem estás criando os teus cavalos? – perguntou Ambrosinus. – Pelo que vi, são animais de batalha.

– E são mesmo. Há cada vez mais pedidos pois não há paz nesta terra, em parte alguma, pelo menos por onde andei. É por isto que o pão nunca falta na minha mesa, nem a carne de ovelha ou a cerveja. Quanto a ti que dizes vir em paz, no entanto, por que queres comprar cavalos e viajas com homens armados?

– É uma longa história, e triste também – respondeu o velho. – Levaria mais de uma noite inteira para contá-la. Mas se quiseres ouvir, contarei o que puder, pois nada tenho a esconder a não ser para os inimigos que nos perseguem. Como já te disse, não sou um forasteiro, nasci nesta terra, na cidade de Carvetia, e fui criado pelos sábios do bosque sagrado de Gleva.

– Percebi ao ver o medalhão que levas ao pescoço – disse Wilneyr –, e foi por isto que te recebi.

– Eu poderia tê-lo roubado – replicou Ambrosinus com um sorriso irônico.

– Não creio. Porque a tua pessoa, as tuas palavras e o teu olhar não dizem que aquele símbolo foi usurpado. Conta-me, então, se não estiveres cansado demais. A noite é longa e não costumo receber todos os dias hóspedes que vêm de tão longe. – E ao dizer isto olhou mais uma vez com espanto para Batiato: para aqueles olhos escuros demais, os lábios grossos, o nariz achatado e o pescoço de um touro, e para as mãos enormes entrelaçadas entre as coxas poderosas.

E Ambrosinus contou como tinha deixado muitos anos antes a sua cidade e a sua floresta para pedir ajuda ao imperador dos romanos, conforme lhe haviam pedido o herói Germano e o general Paulino, último defensor da Muralha do Norte. Relatou as suas andanças e romarias, falou dos dias felizes e dos longos sofrimentos. Wilneyr e os filhos escutavam encantados uma vez que aquela história era mais bonita do que qualquer outra cantada pelos bardos que iam de uma cidade para outra narrando as aventuras dos heróis da ilha Bretã.

Ambrosinus não falou, no entanto, da identidade de Rômulo e do seu destino, pois a hora ainda não chegara. Quando terminou já era muito tarde e as chamas já estavam se apagando na lareira.

– Mas agora dize-me – pediu por sua vez o velho sábio –, entre quem está dividido o poder na ilha? E quem é, entre os senhores da guerra, o mais forte e temido? O que aconteceu com as cidades ainda prósperas e vitais quando eu parti?

– Esta é uma época de usurpadores – respondeu gravemente Wilneyr. – Ninguém está ligando para o bem do povo. Vigora a lei do mais forte, e não há compaixão para os perdedores, mas certamente o mais famoso e terrível dos tiranos é Wortigern. As cidades recorreram a ele para que as protegesse contra os ataques dos guerreiros do Norte e, então, em vez disto, ele as subjugou, vexou-as com pesados impostos, e embora em algumas ainda sobrevivam os antigos conselhos dos anciãos, eles já não têm poder efetivo. Na verdade as cidades trocaram a liberdade pela segurança, pois seus habitantes são mercadores que precisam de paz para prosperar, para ter seus lucros com suas trocas e seus comércios. Wortigern, por sua vez, quanto mais perdia o vigor da juventude mais achava difícil levar a bom termo a tarefa para a qual lhe havia sido entregue todo aquele poder. De forma que decidiu pedir ajuda às tribos saxônias que vivem no continente, na península de Kymre, mas esta decisão revelou-se ainda pior e, em lugar de se abrandar, a opressão ficou ainda mais dura. Os saxões só pensam em juntar riquezas tirando-as dos cidadãos, e nem por isto as incursões dos escotos e dos pictos do Norte pararam. Como cães em cima da carniça todos esses bárbaros lutam uns com os outros pelos magros despojos daquele que já foi um país próspero e cheio de vida, e que agora não passa de mero fantasma de si mesmo. Só dá para sobreviver no campo, como podes ver, mas ninguém sabe até quando vai durar.

Aurélio, consternado, procurou os olhos de Ambrosinus: era então aquela a terra tão longamente sonhada? Havia alguma coisa melhor, ali, do que no caos do qual eles acabavam de fugir? O olhar do sábio, no entanto, estava alhures, em busca das imagens longínquas que deixara para trás quando partira do seu país. O velho aprontava-se para remendar um rasgão no tempo, uma ferida aberta na sua história individual e na do seu povo.

Saíram acompanhados por um dos filhos de Wilneyr, entraram na estrebaria onde deitaram exaustos num estrado de feno ao lado dos bois que ruminavam tranqüilos e entregaram-se ao sono. Quem ficou de vigia foram os cães que o dono soltara das jaulas. Eram grandes mastins com coleiras ferradas, acostumados a lutar com lobos e talvez com bichos ainda mais ferozes.

Acordaram ao alvorecer e tomaram leite quente, que a mulher de Wilneyr acabara de ordenhar, e aprontaram-se a seguir viagem. Compraram uma mula para Ambrosinus e sete cavalos, com um menor do que os demais e outro muito maior: um robusto garanhão vindo da Armórica para cobrir as éguas bretãs. E quando Batiato montou nele quase parecia um colosso de bronze como aqueles que antigamente se erguiam nos foros e em cima dos arcos da capital do mundo.

Wilneyr contou o dinheiro, todo aquele que ainda sobrara a Lívia, satisfeito com o bom negócio com que começara o dia, e ficou na soleira da casa para vê-los partir. Estavam usando as suas armas, com as espadas penduradas nos cinturões. Naqueles primeiros raios da manhã pareciam idênticos aos soldados das lendas. Até mesmo o pálido rapaz que os antecedia com seu potro lembrava um jovem capitão, e a moça uma dríade dos bosques. Que façanhas estariam ainda esperando por aquele pequeno exército? Nem mesmo conhecia os nomes deles e ainda assim tinha a impressão de conhecê-los desde sempre. Levantou o braço numa última saudação e eles responderam do cume de uma colina sobre a qual desfilavam agora a passo lento, figuras escuras na luz perolada da alvorada.

Embora cheia de perigos aquela terra não tinha segredos para Ambrosinus, como se tivesse ficado ausente apenas alguns dias em vez de todos aqueles anos: ele conhecia a língua, a paisagem, o caráter dos habitantes, sabia como atravessar as florestas sem perder o rumo e sem meter-se nos becos sem saída que poderiam ocultar ciladas; conhecia a profundidade dos rios e a duração dos dias, das noites, até mesmo das horas. Bastava-lhe olhar para as cores no céu para adivinhar o aproximar-se de uma tempestade ou a volta do tempo bom. Os gritos dos pássaros eram para ele mensagens precisas de alarme ou de paz, e até os troncos nodosos das árvores falavam. Contavam-lhe histórias de longos invernos nevados ou de fecundas primaveras, de chuvas pesadas e de relâmpagos caídos do céu. Só uma vez tiveram de enfrentar uma ameaça: certa noite em que tiveram de rechaçar o ataque de um bando de assaltantes. O ímpeto avassalador de Batiato no seu garanhão, a força mortífera de Aurélio e Vatreno, as setas de Lívia, a desconcertante rapidez de Demétrio e o tranqüilo vigor de Orósio, no entanto, logo dominaram os agressores que sabiam lutar como bandidos mas não como soldados.

De forma que em apenas duas semanas a pequena caravana atravessou quase um terço do país e acampou não muito longe de uma cidade chamada Caerleon.

– Que nome engraçado – disse Rômulo ao vê-la de longe, chocado com a estranha mistura de imponentes edifícios antigos e miseráveis casebres.

– É a deformação local de *Castra Legionum* – explicou Ambrosinus. – Aqui ficavam os acampamentos das legiões do Sul, e aquele prédio que se vê lá embaixo é o que sobra do anfiteatro.

Aurélio e os outros também observavam a cidade, e experimentavam uma sensação estranha ao ver os vestígios de Roma ainda tão imponentes e mesmo assim irremediavelmente fadados à ruína.

Continuaram por mais duas semanas chegando ao sopé das primeiras alturas e ao limiar de imensas florestas. Certa noite, enquanto sentavam em volta do bivaque, Aurélio achou que já chegara a hora de conhecer a finalidade última daquela longa marcha, o futuro que esperava por eles naquele extremo confim do mundo.

– Para onde estamos indo, mestre? – perguntou de repente. – Não achas que já é tempo de nos contar?

– Tu estás certo, Aurélio. Estamos indo a Carvetia, de onde parti muitos anos atrás com a promessa de voltar com um exército imperial para libertar esta terra dos bárbaros do Norte e de Wortigern, um tirano que a oprimia então e que continua a oprimi-la até agora, pelo que soubemos, embora já não passe de um velho fraco e doente. O desejo de poder é o mais forte dos remédios: mantém vivos até os moribundos.

Todos entreolharam-se pasmos.

– Tu prometeste voltar com um exército e isto é tudo o que estás levando? – disse Vatreno indicando a si mesmo e aos companheiros. – Não achas que seremos recebidos com gargalhadas de escárnio? Pensei que irias nos levar para um lugar tranqüilo onde pudéssemos viver uma vida normal: bem que merecemos, eu acho.

– Com toda a sinceridade – continuou Demétrio –, eu também contava com algo parecido: um lugar fora do mundo, no campo, onde criar família e, quem sabe, usar a espada só para cortar o pão e o queijo.

– Pois é, eu também gostaria de um lugar desses – disse Orósio. – Poderíamos construir uma pequena aldeia e ficarmos juntos de vez em quando para lembrar todas as peripécias pelas quais passamos. Não achais que seria lindo?

Batiato também parecia concordar com a idéia.

– Reparei que por estas bandas nunca viram um negro, mas acredito que vão se acostumar logo: talvez eu possa até encontrar uma jovem disposta a viver comigo, o que acham?

Ambrosinus levantou um braço para acabar com aquela conversa.

– Lá no Norte ainda há uma legião à espera do imperador: é chamada de Legião do Dragão, pois no seu estandarte aparece um dragão de prata com cauda purpúrea que se mexe como se fosse viva ao menor sopro de vento.

– Isso é loucura – respondeu Aurélio. – A única legião, a última, era a nossa, e como tu bem sabes somos os únicos sobreviventes.

– Nada disto – replicou Ambrosinus. – Existe e foi Germano quem a formou. Antes de morrer quis que o meu povo prometesse mantê-la armada e pronta a agir para defender a liberdade do país até eu voltar. Tenho certeza de que eles não faltaram com a palavra dada a um herói e a um santo. Sei que as minhas palavras parecem sem sentido, mas será que já vos enganei, já vos decepcionei desde que nos conhecemos?

Vatreno sacudiu a cabeça cada vez mais transtornado.

– Estás percebendo o que dizes? Ainda que seja verdade, estão todos velhos nesta altura: de barba branca e boca desdentada.

– Achas mesmo? – respondeu Ambrosinus com ironia. – Devem estar com a mesma idade que tu, Vatreno, e tu, Aurélio. A idade de veteranos calejados e indomáveis. Sei que tudo isto pode parecer absurdo, mas ouvi-me, por favor, ouvi-me em nome de Deus! Conseguireis o que desejais. Podereis passar o resto das vossas vidas em paz num lugar que eu mesmo indicarei. Um vale fértil e escondido num pequeno paraíso sulcado por um riacho de cristal, um lugar onde podereis viver até mesmo de caça ou de pesca, ficando com as mulheres que quiserdes ao tratar com a tribo nômade que passa por lá uma vez por ano com seus rebanhos. Mas antes levai a cabo a vossa tarefa como me prometestes e prometestes a este rapaz. É tudo o que eu peço. Escoltai-nos até o acampamento fortificado que é o nosso destino final, e então tomai a decisão que achardes melhor para vós, e eu tudo farei para satisfazer-vos.

Aurélio virou-se para os companheiros:

– Ouvistes: a nossa tarefa consiste em levar o imperador à sua legião, desde que ela ainda exista, e então ficaremos livres de qualquer obrigação. Poderemos continuar ao seu serviço, se quisermos, ou então desfrutar de uma merecida aposentadoria.

– E se ela já não existir? – perguntou Lívia, que até então se mantivera calada. – O que faremos então? Vamos deixar que se virem sozinhos? Vamos nos separar e seguir cada um seu próprio caminho, ou ficaremos juntos neste lugar tão bonito que Ambrosinus acabou de nos descrever?

– Se ela já não existir podereis fazer o que bem quiserdes. E isto vale para ti também, meu filho – disse Ambrosinus virando-se para Rômulo. – Poderás ficar com eles se eles decidirem morar por aqui, como aliás eu ardorosamente espero, e crescer em paz, tornar-te um homem. Talvez um pastor, ou um caçador ou um camponês, como achares melhor. Mas acredito que Deus te escolheu para um destino bem diferente, e que estes homens e esta mulher serão os instrumentos para tu alcançares a tua meta assim como eu já fui. Não foi por acaso que passamos por tantas vicissitudes. Não foi apenas pelo valor humano que enfrentamos e vencemos tantos desafios aparentemente insuperáveis. É a mão de Deus, seja qual for o Deus em que acreditais, que nos guiou e continuará a nos guiar até o cumprimento dos seus desígnios.

Aurélio fitou cada um dos seus companheiros e olhou para Lívia com profunda emoção, como se com aquele olhar quisesse transmitir uma paixão tantas vezes abafada pelo medo e pela angústia que trazia na alma: de todos recebeu a mesma muda e inequívoca resposta.

– Não vamos abandonar-vos – disse então. – Nem antes nem depois desta louca expedição, e de alguma forma conseguiremos manter ligados os nossos destinos. Se a morte já nos poupou tantas vezes, é justo que algum dia possamos finalmente aproveitar a vida que nos resta, por longa ou breve que seja.

Ficou de pé e afastou-se pois sentia que não conseguiria agüentar mais o tumulto de paixões que se agitavam na sua alma, e não apenas isto: de uns tempos para cá os seus pesadelos haviam reaparecido, as imagens que o afligiram por anos a fio, as repentinas e dolorosas pontadas na cabeça voltavam cada vez mais freqüentes embotando a sua capacidade de expressar-se e de manifestar os seus sentimentos, principalmente com Lívia. Era como se o círculo da vida estivesse a fechar-se, como se a prestação de contas final com o destino e consigo mesmo estivesse aguardando por ele naquela região nos extremos confins do mundo.

Ambrosinus esperou o fogo se apagar e, quando todos já dormiam, aproximou-se dele.

– Não desanimes, eu te peço – disse. – Não percas a fé e lembra-te de que as maiores façanhas sempre foram levadas a cabo por alguns poucos heróis.

– Não sou um herói – respondeu sem nem mesmo virar-se. – E tu bem sabes disto.

Naquela noite nevou, e foi a última neve do inverno. Daí para a frente avançaram sob os raios do sol, dominados por um céu de nuvens tão alvas quanto a lã dos carneirinhos que saíam pela primeira vez com os rebanhos para pastar. E com o mudar da estação as encostas viradas para o sul cobriam-se cada vez mais de violetas e margaridas. Certo dia, finalmente, Ambrosinus parou no sopé de um morro e desmontou da mula. Segurou o seu bordão de romeiro e prosseguiu a pé até o topo, diante dos olhos de todos. Então virou-se para trás e gritou:

– O que estais esperando? Vinde logo!

O primeiro a chegar foi Rômulo, todo suado e arfando, depois Lívia e Aurélio, e em seguida Vatreno e os demais. À frente deles, a algumas milhas de distância, o *Vallum Hadriani*, a Grande Muralha do Norte, estendia-se como uma poderosa cerca de pedra de um lado para o outro do horizonte, marcada a intervalos regulares por torres e castelos. Não muito longe dali, embaixo à direita, límpidas e transparentes como o ar, brilhavam as águas de um pequeno lago no qual se podia ver um pequeno recife esverdeado de musgo. Ao longe, para o Oriente, o cume de uma montanha ainda coberta de neve e, no topo de um penhasco, um acampamento fortificado. Ambrosinus contemplou extasiado aquele magnífico espetáculo: o seu olhar correu rápido pelo imenso paredão serpejante que unia os dois mares, então deteve-se no lago, no topo da montanha e finalmente no presídio fortificado, cinzento como pedra, e disse:

– Chegamos, meu filho e meus amigos, a nossa viagem terminou. Eis a Muralha que atravessa todo o país, e lá está o *Mons Badonicus*, com o *Lacus Virginis* aqui aos nossos pés, o lago da virgem, onde contavam que morava uma ninfa das águas. E lá em cima, cavado na própria pedra daquele penhasco, o acampamento da última legião da ilha Bretã. A fortaleza do Dragão!

XXXIII

Entraram no vale totalmente deserto e seguiram adiante para a fortaleza que agora parecia mais distante do que quando ainda estavam no topo da colina. Margearam o pequeno lago de encantadora beleza, uma concha de pedra cercada de seixos negros, brancos e castanhos que reluziam na fina camada de água transparente, e começaram a subir para o morro em que se erguia o forte, uma altura relativamente modesta mas a pique, coroada por uma plataforma rochosa.

– A parte interna da fortaleza – explicou Ambrosinus – foi nivelada para se conseguir uma esplanada regular onde construir os aposentos das tropas, as estrebarias e as demais acomodações. Ergueu-se então um muro em alvenaria de pedra seca em toda a volta, encimado por uma paliçada com as torres de vigia.

– Pareces conhecer bem o lugar – disse Aurélio.

– É claro. Passei um bom tempo ali, como médico e conselheiro do comandante Paulino.

– O que é aquilo? – perguntou Rômulo. E apontou para uma espécie de monumento megalítico que se podia agora vislumbrar do outro lado da colina, em cima de outro planalto até então invisível. Parecia ser uma enorme laje circular cercada por quatro gigantescas colunas de pedra que assinalavam os pontos cardeais.

Ambrosinus parou.

– Aquele – disse – é o monumento funerário de um grande guerreiro desta terra, um chefe celta chamado Kalgak que os autores latinos chamaram de Calgacus. Foi o último herói da resistência indígena quando os romanos invadiram a ilha trezentos anos atrás.

– Conheço a história – disse Rômulo. – Li as páginas de Tácito que relatam o seu discurso antes da última batalha. E os termos terríveis com que descrevia a *Pax romana.*

– "Com palavras falsas chamam de Império a escravidão com que sujeitam o mundo, e rotulam de paz o deserto que deixam atrás de si" – Aurélio citou de cor. – Mas não esqueças – continuou com orgulho –, na verdade são palavras de Tácito, e não de Calgacus: de um romano que critica o imperialismo romano. A grandeza da nossa civilização também está nisto.

– Contam que ele reunia o seu conselho à volta daquela pedra – disse Ambrosinus. – Desde então ela é um símbolo de liberdade para todos os habitantes desta terra, qualquer que seja a sua estirpe.

Recomeçou a subir para as defesas externas do acampamento, mas mesmo dali já via-se claramente que o lugar estava deserto: a paliçada arruinada, as portas fora dos gonzos, as torres de vigia desmoronadas. Aurélio foi o primeiro a entrar e a constatar, em qualquer lugar para onde virasse os olhos, os sinais evidentes do descuido e do abandono.

– Uma legião de fantasmas... – murmurou.

– Este posto foi abandonado há muitos anos, está tudo caindo aos pedaços – continuou Vatreno. Batiato testou a estabilidade de uma escada que levava ao passadiço de ronda e a estrutura inteira ruiu ao chão com estrondo.

Ambrosinus parecia perdido, quase esmagado por aquela desolação.

– Achavas realmente que irias encontrar alguém neste lugar? – insistiu Aurélio. – Não posso acreditar. Olha só para a Muralha de Adriano, lá embaixo: há mais de setenta anos não há nem sombra de insígnias romanas nela, como podias esperar, então, que um pequeno presídio como este fosse sobreviver? Veja por si só. Não há sinal de destruição ou de resistência armada. Decidiram simplesmente ir embora, sabe-se lá há quanto tempo.

Ambrosinus dirigiu-se para o centro do acampamento.

– Sei muito bem que nada disto faz sentido, mas acreditem: o fogo não se apagou, só precisamos reavivá-lo para que a chama da liberdade volte a brilhar.

Mas ninguém parecia escutar. Sacudiam a cabeça desanimados, aflitos naquele silêncio irreal só quebrado pelo leve assobio do vento, pelo chiado dos batentes nos alojamentos corroídos pelo tempo e pela intempérie. Ignorando aquela atmosfera de total decepção, Ambrosinus aproximou-se daquilo que devia ter sido o pretório, a residência do comandante, e desapareceu dentro dele.

– Para onde está indo? – perguntou Lívia.

Aurélio deu de ombros.

– O que vamos fazer agora? – quis saber Batiato. – Percorremos duas mil milhas em troca de nada, se entendi direito.

Afastado num canto, Rômulo parecia perdido nos seus pensamentos, e Lívia não se atreveu a chegar perto. Podia adivinhar como se sentia e tinha pena dele.

– Uma vez que parece não haver nada que possamos fazer, acho melhor considerarmos a situação com realismo – começou a dizer Vatreno.

– Realismo? Não há nada de real nisto tudo. Olha em volta, por todos os deuses! – escarneceu Demétrio. Mas nem tinha acabado de falar quando a porta do pretório se abriu e Ambrosinus reapareceu. O murmúrio parou, os olhares fixaram-se na figura hierática que surgia da escuridão segurando um objeto incrível e inesperado: um dragão de prata, de boca aberta e cauda purpúrea, preso ao topo de uma haste na qual ainda estava pendurado um estandarte com a escrita.

LEGIO XII DRACO

– Meu Deus – murmurou Lívia.

Rômulo ficou de olhos fixos na insígnia, na cauda formada por escamas douradas que se mexia parecendo de repente animada por um sopro vital. Ambrosinus chegou perto de Aurélio e encarou-o com dois olhos de fogo. O seu rosto estava transfigurado, os seus traços tensos e petrificados. Entregou-lhe a insígnia dizendo:

– Ela é sua, comandante. A legião voltou à ativa.

Aurélio hesitou, diante daquela figura esguia, quase macilenta, e daquele olhar de comando em que ardia um fogo misterioso e indomável. Então, enquanto o vento se tornava mais impetuoso e levantava uma nuvem de poeira que tudo envolvia, esticou a mão e segurou a haste.

– E agora vai – ordenou Ambrosinus. – Finca-a no topo da torre mais alta.

Aurélio olhou em volta, olhou para os companheiros imóveis e calados, em seguida afastou-se lentamente, subiu até o passadiço e fincou a insígnia na torre ocidental, a mais alta. A cauda do dragão agitou-se nas rajadas do vento, a boca metálica soltou um som agudo, o assobio que tantas vezes tinha apavorado os inimigos durante a batalha. Olhou para baixo: os companheiros estavam parados um ao lado do outro, imóveis na saudação militar. Ficou com os olhos cheios de lágrimas.

Ambrosinus voltou a falar:

– Vamos ficar aqui, e, portanto, é bom tentarmos ajeitar as coisas da melhor forma possível: durante algum tempo esta será a nossa casa. Enquanto isto tentarei reatar os meus contatos com as pessoas que conhecia e que talvez ainda vivam por estas bandas. Quando chegar a hora, irei falar no senado de Carvetia, se ele ainda existir, e se for o caso convocarei o povo no foro. Quando eu achar que o momento é oportuno, irei com Rômulo e apresentá-lo-ei ao povo e ao senado...

– Tu prometeste um exército, quando partiu desta terra trinta anos atrás – disse Vatreno –, e agora voltas com um menino. Como esperas que irão receber-te?

– Ouvi: vamos formar uma nova legião, os soldados espalhados por aí voltarão para juntar-se ao seu imperador sob esta insígnia. E farei com que se lembrem da profecia: "Um jovem chegará do mar meridional com uma espada, trazendo paz e prosperidade. A águia e o dragão voltarão a voar sobre as terras da ilha Bretã!"

– A espada... – murmurou Aurélio baixando a cabeça. – Eu a perdi.

– Não para sempre – respondeu Ambrosinus. – Vais conquistá-la de novo, eu prometo.

No dia seguinte Ambrosinus saiu do acampamento para retomar contato com a terra que muitos anos antes deixara. Foi embora sozinho, com seu bordão de romeiro, atravessando o vale rumo a Carvetia, e a cada passo sentia a sua alma encher-se de profunda emoção. O perfume da relva trazido pelo vento, o canto dos pássaros que saudavam o nascer do sol, a pradaria que ia cobrindo-se de flores brancas e amarelas, tudo lembrava-lhe os dias da juventude tornando-se mais uma vez próximo e familiar, como se nunca tivesse abandonado aqueles lugares. Enquanto avançava, o sol subia vagarosamente no céu, cada vez mais reluzente, aquecendo o ar e fazendo rebrilhar as águas dos riachos que riscavam os campos como fitas de prata. Via manadas e rebanhos sendo levados às pastagens pelos criadores, encontrava camponeses atarefados a podar as macieiras: o viço da natureza parecia poder vencer as desgraças que ameaçavam o destino dos homens e isto pareceu-lhe um venturoso presságio.

Chegou a avistar a cidade no fim da tarde e logo reconheceu a imagem familiar de uma grande e antiga mansão na encosta da colina. O muro externo tinha a estrutura e a imponência de uma fortificação, mas em toda a sua volta havia pastagens e lavouras onde fervilhava o trabalho dos camponeses e serventes. Uns aprontavam o terreno para a semeadura, outros limpavam as árvores dos galhos secos, mais outros carregavam toras em carros puxados por bois. Dentro de um recinto via-se uma manada de cavalos liderada por um garanhão branco de longa juba que corria a galope desenfreado, fustigando o ar com a cauda.

Ambrosinus passou pela porta principal e entrou no amplo pátio para o qual davam as lojas dos ferreiros, dos serralheiros e dos carpinteiros. Foi recebido pelo cheirinho gostoso do pão que acabava de sair do forno e pelos latidos festivos dos cães. Ninguém perguntou quem era nem para que viera, mas uma mulher ofereceu-lhe um pão quentinho como presente de boas-vindas e ele compreendeu que nada tinha mudado naquela nobre casa desde que lá fora acolhido pela primeira vez.

– O senhor Kustenin ainda é o dono desta morada? – perguntou.

– Sim, graças a Deus – respondeu a mulher.

– Vá dizer-lhe, então, que um seu velho amigo está de volta depois de um longo exílio e que não vê a hora de dar-lhe um abraço.

– Segue-me – disse a mulher. – Vou levar-te até ele.

– Não, prefiro ficar esperando aqui, como convém a um viajante que bate à porta pedindo abrigo e acolhida.

A mulher desapareceu sob os arcos e subiu uma escada que levava ao andar de cima da vila. Não demorou para uma figura imponente destacar-se na luz vermelha do pôr-do-sol. Um homem de uns cinqüenta anos, de olhos azuis e têmporas grisalhas, com uma grande capa negra a cobrir-lhe os largos ombros, observava-o com ar incerto, tentando reconhecer o romeiro. Ambrosinus deu um passo à frente:

– Kustenin, sou Myrdin Emreis, o teu velho amigo. Voltei.

Os olhos do homem encheram-se de alegria. Correu ao seu encontro gritando:

– Myrdin! – e apertou-o num longo abraço. – Quanto tempo! – dizia com voz trêmula de emoção. – Quanto tempo passou, meu bom amigo. Oh, meu Deus, como pude não reconhecer-te à primeira vista!

Ambrosinus desvencilhou-se do abraço para observá-lo de perto, quase incrédulo de estar diante dele após tantos anos.

– Passei por toda espécie de peripécias, sofri fome e frio, tive de superar provas terríveis, meu caro amigo. É por isto que a minha aparência mudou, que os meus cabelos ficaram brancos e até a minha voz enfraqueceu. Estou tão feliz em ver-te, tão feliz... Tu, por tua vez, não mudaste quase nada, a não ser por esse véu de neblina nas têmporas. E quanto à tua família?

– Vem comigo – disse Kustenin –, vamos dar com ela. Eu e Egéria temos uma filha, Ygraine, que é a menina dos nossos olhos. – Abriu caminho subindo as escadas e seguindo por um corredor que levava aos aposentos das mulheres.

– Egéria – disse Ambrosinus –, sou Myrdin, será que ainda te lembras de mim?

A mulher deixou de lado a fazenda que estava bordando sentada perto da janela e foi ao seu encontro.

– Myrdin? Nem posso acreditar. Julgava-te morto sabe lá há quanto tempo. Esta é uma verdadeira graça divina, precisamos festejar. E tu vais ficar conosco, nunca mais vais nos deixar! – E virando-se para o marido: – Não é verdade, Kustenin? Não é verdade?

– Claro respondeu o homem. – Ficaremos encantados.

Ambrosinus já ia dizer alguma coisa mas foi interrompido pela chegada de uma menina extremamente bonita. Os olhos azuis do pai, o cabelo ruivo e flamejante da mãe, encantadora em seu vestido de lã azul que lhe chegava aos pés: era Ygraine, que o cumprimentou graciosa.

Egéria mandou imediatamente os serviçais prepararem o jantar e providenciarem um quarto para o hóspede.

– É só momentâneo – disse. – Amanhã vamos arranjar um lugar muito mais confortável, numa parte da casa mais exposta ao sol...

Ambrosinus interrompeu-a:

– Aceito com prazer a tua hospitalidade, mas não posso ficar estavelmente convosco embora nada mais deseje no mundo. Não estou sozinho: voltei da Itália com um grupo de amigos, fugindo de uma perseguição impiedosa e sem trégua.

– Seja quem for que está a perseguir-te – respondeu Kustenin –, aqui ficarás protegido e ninguém se atreverá a fazer-te mal. Os meus criados andam todos armados e em caso de necessidade podem transformar-se numa pequena formação bem treinada e combativa.

– Fico agradecido respondeu Ambrosinus. – A minha é uma longa história, que terei o prazer de contar hoje mesmo, se tu tiveres a paciência de ouvir. Mas por que decidiu armar os teus criados? O que houve com a Legião do Dragão? Eu e meus companheiros estamos acampados no velho forte, mas percebemos logo que está abandonado desde há muito. Será que mudaram os alojamentos para outro lugar?

– Santo Deus, Ambrosinus – respondeu Kustenin. – A legião já não existe há muitos anos, foi dissolvida...

Ambrosinus não escondeu o seu desapontamento.

– Dissolvida? Não dá para acreditar. Tinham jurado sobre o corpo sangrento de são Germano que iriam lutar pela liberdade da nossa pátria enquanto ainda tivessem um sopro de vida. Eu nunca esqueci aquele juramento, Kustenin. E voltei para honrar a minha promessa. Devo então concluir que nem mesmo tu continuaste tendo o poder de defender esta terra contra aqueles que a oprimem.

Kustenin suspirou.

– Tentei por vários anos manter a dignidade consular, e enquanto ainda existiu a legião isto foi de algum modo possível, embora não faltassem aqueles que me tachavam de infame usurpador, confundindo-me com os demais tiranos desta terra infeliz. Mas então a legião foi dispensada, Wortigern acabou corrompendo uma boa parte do senado e agora domina o país com seus ferozes mercenários. Mesmo assim Carvetia ainda pode ser considerada uma cidade afortunada, pois Wortigern precisa das nossas criações de cavalos e do porto, e, portanto, não nos sufoca. O senado ainda se reúne e, pelo menos em parte, os magistrados continuam exercendo a sua autoridade. Mas é só isto que resta da liberdade que Germano conseguira nos devolver juntamente com a dignidade e o orgulho de quem é dono do seu próprio destino.

– Entendo – murmurou Ambrosinus, baixando a cabeça para não mostrar o desânimo que tomara conta dele ao ouvir aquelas palavras.

– Mas fala-me de ti, agora – insistiu Kustenin. – O que andaste fazendo durante todos estes anos em que sentimos a tua falta, e quem são os tais amigos que mencionaste agora há pouco, e por que os levaste ao velho acampamento fortificado?

Egéria interrompeu a conversa avisando que o jantar estava na mesa, e os homens foram sentar em volta da comida. Uma alegre fogueira de lenha de carvalho ardia na grande lareira, os criados serviam taças cheias de cerveja espumosa e fartas fatias de carne assada, e todos comeram com apetite lembrando os velhos tempos. Então, quando limparam a mesa, Kustenin jogou mais lenha na lareira, encheu dois copos com um vinho suave que vinha da Gália e convidou o amigo a sentar-se com ele perto do fogo.

A maré das lembranças, o calor da amizade e do vinho induziam a falar de peito aberto e a aproveitar o prazer da conversa. Ambrosinus contou a sua história desde o dia em que deixara a ilha para buscar a ajuda do imperador, e já era bem tarde quando terminou o seu relato. Kustenin fitou-o nos olhos com uma expressão atônita e murmurou:

– Santo Deus... Tu trouxeste de volta o próprio imperador...

– Isso mesmo – respondeu Ambrosinus. – E agora ele está dormindo naquele lugar solitário, envolto no cobertor de campanha que é a única coisa que ainda lhe pertence, e protegido pelos homens mais nobres e corajosos que a terra já gerou.

XXXIV

Wulfila e os seus homens desembarcaram na ilha Bretã ao entardecer do dia seguinte à chegada da turma de Aurélio. Traziam consigo armas e cavalos e providenciaram as operações de desembarque da forma mais rápida possível. Apesar de o timoneiro ser súdito de Siágrio, havia sido convencido ajuntar-se a eles por ser originário da ilha Bretã e, portanto, capaz de ajudá-los a se movimentarem naquela terra desconhecida. Wulfila deu-lhe algum dinheiro para encorajar a sua deserção e prometeu-lhe mais se o homem se mostrasse realmente útil.

– O que queres saber? – perguntou o timoneiro.

– Como posso alcançar aqueles homens?

– Não vai ser fácil. Reparei naquele que os guia: é um druida ou, pelo menos, um homem que foi criado pelos druidas; quer dizer que nesta terra fica tão à vontade quanto um peixe no mar. E que conhece qualquer segredo dela, qualquer esconderijo. Se a isso acrescentar que têm mais de um dia de vantagem sobre nós, fica realmente difícil ficar no encalço deles. Se pelo menos soubéssemos para onde estão indo, então a coisa seria mais fácil, mas assim deste jeito... A ilha Bretã é grande. É a maior ilha do mundo.

– Mas não deve haver muitos caminhos, os principais itinerários devem ser bastante conhecidos.

– Sem dúvida, mas isto não quer dizer que eles os percorram. Poderiam passar pelos bosques, seguindo as trilhas dos pastores, ou até mesmo aquelas dos animais selvagens.

– Mas não vão poder ficar escondidos muito tempo. Não conseguiram livrar-se de mim até agora, e não será nesta ilha que eles vão conseguir.

Afastou-se andando pela praia e parou para remoer o seu ódio enquanto observava o lento movimento da ressaca. De repente fez um sinal para o timoneiro:

– Quem manda nesta terra?

– Como assim?

– Há um rei? Alguém que exerça o máximo poder?

– Não, o país está dividido entre muitos chefes locais, violentos e belicosos. Há, porém, um homem que todos temem e que domina a maior parte do território entre a Muralha Adriana e Caerleon. O seu nome é Wortigern e mantém a seu serviço bandos de ferozes mercenários.

– Onde ele mora?

– Lá para o norte, numa fortaleza inacessível que construiu sobre um antigo acampamento fortificado romano: Castra Vetera. Ele já foi um valoroso guerreiro, e lutou contra os invasores das Terras Altas que haviam expugnado a muralha romana, protegendo as cidades e as suas instituições, mas depois se deixou corromper pelo poder e tornou-se um tirano sanguinário. Justifica o seu domínio alegando a defesa dos territórios setentrionais. Na verdade é só uma desculpa, ele mesmo paga tributos aos chefes das Terras Altas, e compensa isto sangrando continuamente o país com impostos extorsivos ou até permitindo os saques dos mercenários saxônios que mandou vir do continente.

– Tu estás bem a par das coisas.

– Acontece que este foi o meu país durante muito tempo. Então, quando já não agüentava mais, fui para a Gália e alistei-me no exército de Siágrio.

– Se me levares até Wortigern não irás arrepender-te. Terás criados, terras, gado, tudo aquilo que alguém pode desejar.

– Posso levar-te até Castra Vetera. Então tu mesmo terás de encontrar um jeito de ser recebido pelo homem. Contam que Wortigern é muito cauteloso e desconfiado, seja por estar colhendo agora os frutos do ódio que semeou e recear a vingança dos que gostariam de vê-lo morto, seja por já estar muito velho e fraco e, por isto mesmo, sentir-se vulnerável.

– Vamos embora, então. Não há tempo a perder.

Deixaram o navio entregue aos caprichos das ondas e seguiram pela costa até encontrar a antiga via consular romana, o caminho mais rápido para chegar à meta.

– Qual é a aparência dele? – Wulfila perguntou ao guia.

– Ninguém sabe. Já faz muitos anos que ninguém vê a cara dele. Dizem que o seu rosto, devorado por uma doença medonha, não passa agora de uma única chaga nojenta. Outros dizem simplesmente que não quer mostrar aos súditos os sinais da decadência, os olhos apagados e vítreos, a baba escorrendo da sua boca desdentada, as bochechas caídas. Quer que continuem a ter medo dele, e então se esconde atrás de uma máscara de ouro que o retrata imutável no esplendor da juventude. É o trabalho de um grande artista que o fundiu usando o ouro de um cálice de missa. Dizem que esta blasfêmia garantiu ao velho a aliança com o Diabo, e que qualquer um que a use, desde os dias de hoje até o fim dos tempos, sempre terá a força e a astúcia do demônio. – Olhou enviesado para o bárbaro, receando ter-lhe de algum modo lembrado, sem querer, a sua própria deformidade. Mas Wulfila, estranhamente, não se mostrou de forma alguma ressentido.

– Tu falas bem demais para ser um simples marujo. Quem és tu, na verdade?

– Não vais acreditar, mas houve um tempo em que eu mesmo era um artista e certa vez conheci o homem que fez aquela máscara. Dizem que foi morto depois de levar a bom termo o seu trabalho, porque era o único a ter visto de perto o rosto destruído de Wortigern. Já se foi o tempo em que um artista era considerado uma criatura abençoada por Deus: será que ainda há lugar para a arte num mundo como este? Completamente arruinado, tentei a sorte a bordo de um barco de pescadores e aprendi com eles a governar um leme e uma vela. Não sei se ainda terei na vida a possibilidade de moldar prata e ouro como costumava fazer, ou de pintar imagens de santos nas igrejas, ou de compor as peças de um mosaico. Seja como for, apesar da minha aparência e condição atual, continuo sendo e sempre serei um artista.

– Um artista – resmungou Wulfila fitando-o nos olhos com uma estranha expressão, como se um repentino pensamento tivesse-lhe passado pela cabeça. – Será que saberias ler uma inscrição?

– Conheço as antigas escritas celtas, as runas escandinavas e as epígrafes latinas – o homem respondeu com orgulho.

Wulfila desembainhou a espada e segurou-a diante do sujeito.

– Explica-me então o que querem dizer estas letras gravadas na lâmina, e quando chegarmos ao fim desta viagem te darei um bom dinheiro e te deixarei livre.

O homem examinou a arma e aí olhou para o bárbaro com assombro.

– O que foi? – perguntou Wulfila inquieto. – Trata-se de algum feitiço? Fala!

– Muito mais do que isso – respondeu o homem –, muito mais. A inscrição diz que esta espada pertenceu a Júlio César, o primeiro conquistador da Bretanha, e que foi forjada pelos calibas, um povo do longínquo Oriente conhecedor dos segredos de um aço invencível.

Wulfila concordou com um sorriso.

– O meu povo diz que quem segura a arma de um conquistador torna-se ele mesmo um conquistador, e, portanto, o que me contaste é para mim o melhor dos presságios. Guia-me então até Castra Vetera e ao chegarmos lá te pagarei mais dinheiro e devolverei a tua liberdade.

Seguiram adiante sem maiores problemas por quase duas semanas, atravessando as terras de vários pequenos tiranos. O número considerável de cavaleiros armados no séquito de Wulfila, além do aspecto aterrador do próprio comandante, faziam os numerosos chefetes desistir de pronto de qualquer tentativa de ataque. Só uma vez um senhor muito poderoso chamado Gwynwird, ladeado por um bem equipado grupo de guerreiros, ousou detê-los à entrada de uma ponte que dava acesso ao seu território, não muito longe de Eburacum. Irritado com a atitude desdenhosa daquele forasteiro de rosto deturpado, quis cobrar um pesado pedágio e exigiu a entrega das armas, que só seriam devolvidas na hora de sair dos seus domínios. Wulfila deu uma sonora gargalhada e mandou o seu guia responder que se queria as armas teria de conquistá-las em combate, e que o desafiava num duelo. Zeloso da sua fama e do seu prestígio, o senhor aceitou o desafio, mas quando viu o adversário desembainhar a espada, uma espada de incrível feitio e aterradora beleza, percebeu logo que estava perdido. Já no primeiro choque o seu escudo foi rasgado, no segundo a sua espada ficou em pedaços e logo a seguir a sua cabeça rolou entre as patas do cavalo, de olhos ainda arregalados numa expressão incrédula e apavorada.

Conforme o antigo costume celta, os guerreiros do chefe vencido aceitaram passar para o comando do vencedor, de forma que o bando de Wulfila avolumou-se até quase ter o tamanho de um pequeno exército e seguiu em frente antecedido pelos aterradores boatos a respeito da ferocidade do seu comandante e da espada que o tornava invencível. E certo dia, finalmente, chegaram a avistar ao longe a fortaleza de Castra Vetera.

Era uma construção de aspecto mau e sombrio em cima de uma colina coberta por uma espessa floresta de abetos, guarnecida por centenas de soldados. Ouvia-se lá dentro o contínuo latir dos cães de guarda, e com a aproximação dos cavaleiros de Wulfila um bando de corvos levantou vôo enchendo o ar de gritos agudos. As nuvens baixas que encobriam o céu tingiam de chumbo aquelas sinistras muralhas, tornando-as ainda mais ameaçadoras. Wulfila mandou o intérprete avançar sozinho, desarmado e a pé.

– O meu senhor – anunciou o homem – foi enviado pela corte imperial de Ravena, na Itália, para prestar homenagem ao senhor Wortigern e propor-lhe um pacto de aliança. Traz consigo presentes e o sinete imperial que abona a sua missão e a sua pessoa.

– Espera aqui e não te mexas – respondeu o guarda. Logo a seguir confabulou com aquele que parecia ser o seu superior, até este último desaparecer nas entranhas do forte. Passou-se muito tempo enquanto Wulfila, ainda montado em seu cavalo, esperava com impaciência sem entender o motivo da demora. Afinal o homem voltou e relatou a resposta do seu senhor: o emissário devia mostrar os presentes e as credenciais, e só depois seria eventualmente recebido. Desarmado e sem escolta.

Wulfila pensou seriamente em virar o cavalo e ir embora, mas o instinto sugeria-lhe que naquele castelo iria encontrar os meios para alcançar os seus fins, e a idéia de um tirano fraco e doente reforçava mais ainda a sua vontade de arriscar, confiando como nunca em suas próprias energias intactas. Em sua longa experiência de vida já vira muitas vezes homens que vinham do nada subir até os mais altos cumes do poder só por saberem aproveitar as oportunidades propícias num mundo dominado pela turbulência e aberto à audácia dos mais fortes. Aceitou.

Vigiado de perto por um piquete armado, atravessou o pátio onde ainda se podia reconhecer o desenho original do presídio romano, cercado de estrebarias e alojamentos para os soldados, e chegou ao edifício principal: uma maciça torre de pedras esquadrejadas com pequenas janelas que mais pareciam frestas, encimada por um passadiço de ronda protegido por uma cobertura de madeira. Subiu dois lanços de escada e foi detido diante de uma portinhola ferrada que se abriu em seguida sem que nenhum dos homens da escolta batesse nela. Acenaram para ele entrar e a porta voltou a fechar-se imediatamente.

Wortigern estava sozinho. Não havia mais ninguém no grande e despojado aposento, e isto era uma surpresa. O tirano sentava no trono com um ar de cansado abandono: tinha uma longa cabeleira branca que lhe descia pelos lados do pescoço até o peito, e escondia o rosto atrás de uma máscara de ouro. Se os traços eram fiéis, devia ter sido um homem de extraordinária imponência.

A sua voz ecoou distorcida e irreconhecível dentro da casca metálica.

– Quem és tu? Por que pediste para falar comigo?

Falava o latim da linguagem comum, bastante simples e fácil até para um bárbaro entender.

– O meu nome é Wulfila – foi a resposta –, emissário da corte imperial de Ravena onde reside o novo soberano, um valoroso guerreiro chamado Odoacro, que deseja homenagear-vos e assinar convosco um pacto de aliança e amizade. O imperador era um imbele menino incapaz de opor-se às intrigas dos cortesãos e foi deposto.

– Por que esse Odoacro quer tornar-se meu amigo?

– Porque admira a vossa força como soberano da ilha Bretã e o vosso valor como guerreiro. Mas também há outra razão muito importante, que tem a ver com o imperador deposto.

– Fala – disse Wortigern, e cada palavra parecia custar-lhe um enorme esforço.

– Um grupo de desertores raptou o rapaz com a cumplicidade do seu mestre, um velho celta meio louco, e veio abrigar-se aqui na vossa ilha. São extremamente perigosos e queria avisar-vos.

– Achas que deveria recear um velho e um menino acompanhados de uns poucos malfeitores?

– Ainda não, acredito, mas poderiam muito em breve tornar-se uma ameaça: lembrai o velho ditado, senhor: "Os problemas devem ser enfrentados quando estão no começo."

– *Principiis obsta...* – repetiu automaticamente a máscara de metal. O homem devia ter sido criado como um romano, quando jovem.

– De qualquer maneira poderá ser-te útil ter um aliado poderoso como Odoacro, que tem ao seu dispor muitos milhares de guerreiros e enormes riquezas. Se tu o ajudares a capturar estes facínoras, sempre poderás contar com o seu apoio. Sei que as investidas do norte contra teu reino não pararam completamente, e isto implica uma guerra difícil e dispendiosa.

– Vejo que estás bem informado – respondeu Wortigern.

– Para servir a vós e ao meu senhor Odoacro.

Wortigern apoiou-se nos braços do trono para endireitar as costas e a cabeça, e Wulfila sentiu o peso do seu olhar através dos buracos daquela máscara impassível. Percebeu que estava examinando a sua deformidade e foi tomado de raiva e de ódio.

– Tu falaste em presentes... – voltou a dizer Wortigern.

– Isso mesmo – respondeu Wulfila.

– Quero vê-los.

– Para ver o primeiro basta olhardes pela janela: são os duzentos guerreiros que trouxe comigo para deixá-los ao vosso serviço. São uns combatentes extraordinários, capazes de se sustentarem sozinhos, não vão vos custar coisa alguma. Eu mesmo estou disposto a chefiá-los em qualquer tarefa que queira nos confiar. É só o começo: se precisares de mais tropas, o meu senhor Odoacro está disposto a enviá-las, quando vós quiserdes.

– Deves estar com muito medo daquele rapaz – disse Wortigern.

Wulfila não respondeu e ficou de pé diante do trono achando que o velho tirano iria chegar à janela para ver os homens, mas não se mexeu.

– E os demais presentes?

– Os demais? – Wulfila teve um momento de incerteza, mas então os seus olhos iluminaram-se de repente. – Só tenho mais um – prosseguiu –, mas é o objeto mais excepcional que vós podeis imaginar, um objeto pelo qual os poderosos da terra estariam dispostos a gastar todas as suas riquezas. É o mais poderoso talismã do mundo e pertenceu a Júlio César, o primeiro conquistador da Bretanha. Quem o possui está fadado a reinar para sempre sobre este país e a nunca ter ocaso.

Wortigern estava agora imóvel no trono, de cabeça erguida, atenta. Podia ser confundido com uma estátua, não fosse um quase imperceptível tremor das mãos rapaces. Com aquelas palavras, Wulfila percebia ter atiçado a sua desmedida cobiça.

– Deixa então que eu o veja – disse o velho, e a sua voz tinha um tom imperioso e impaciente ao mesmo tempo.

– O presente será vosso se me ajudardes a capturar os nossos inimigos, permitir que lhes dê a merecida punição e me entregar a cabeça do rapaz. Estes são os termos da troca.

Seguiu-se um longo silêncio, em seguida Wortigern anuiu lentamente com a cabeça.

– Aceito – disse –, e espero pelo teu próprio bem que o presente não me decepcione. O homem que o trouxe aqui é o comandante das minhas tropas saxônias: descreve-lhe a aparência daqueles que procura, para que ele possa avisar os nossos informantes que têm olhos e ouvidos por toda parte.

Depois disto dobrou a cabeça sobre o ombro com um abandono parecido com a morte, só deixando ouvir um fraco estertor através dos lábios de ouro da máscara. Wulfila achou que a conversa havia terminado. Fez uma mesura em sinal de despedida e dirigiu-se à porta.

– Espera! – chamou inesperadamente a voz.

Virou-se para o trono.

– Roma... Já estiveste em Roma?

– Já – respondeu Wulfila. – E não dá para descrever a sua beleza. Contarei, porém, o que vi: arcos de mármore mais altos do que muitos prédios, encimados por carros de bronze puxados por corcéis fundidos com o mesmo metal, cobertos de ouro, guiados por gênios alados. Praças cercadas de pórticos sustentados por centenas de colunas cortadas de um só bloco de pedra, cada uma da altura desta sua torre, reluzindo com as mais lindas cores. Templos e basílicas revestidos de pinturas e mosaicos. Fontes em que fantásticas criaturas de mármore ou bronze jorram água em conchas de pedra tão grandes que poderiam conter mais de uma centena de homens. E há mais um monumento, formado por várias camadas de arcos sobrepostos, onde os antigos mandavam morrer os cristãos, devorados por feras. Chamam-no de Coliseu, e é tão grande que todo este seu castelo poderia caber nele.

Parou porque da máscara vinha um assobio lamuriento, um estertor de agonia que não conseguia interpretar: talvez o sonho nunca realizado de uma juventude longínqua, ou a volúpia aguçada pela visão de tão imensas riquezas, ou talvez o tormento interior que aquela imagem de grandeza evocava numa alma aprisionada num corpo obsceno e disforme, corroído pela doença e a velhice.

Wulfila saiu, fechou a porta atrás de si e voltou ajuntar-se aos seus homens. Entregou uma bolsa de dinheiro ao intérprete dizendo:

– Eis a tua recompensa, como eu prometi. Agora estás livre, podes ir para onde bem quiseres, pois já estou a par de tudo aquilo que precisava saber.

O homem pegou o dinheiro, baixou a cabeça numa apressada saudação e incitou o seu cavalo a galope para afastar-se o mais rápido possível daquela morada sombria.

A partir daquele dia Wulfila tornou-se o mais fiel e feroz entre todos os carrascos de Wortigern: em qualquer lugar onde se manifestassem os primeiros sinais de rebelião, o seu improvisado aparecimento no comando dos seus guerreiros espalhava terror, destruição e morte com tamanha rapidez, com tamanha assustadora ressonância, que ninguém se atrevia mais a falar em liberdade, ninguém mais ousava abrir-se com os amigos ou até com os parentes, nem mesmo no aconchego do lar. E o seu prestígio com o tirano cresceu na mesma proporção do fruto dos roubos e dos saques que depositava aos seus pés.

Wulfila era tudo aquilo que Wortigern já não podia ser: energia incansável, força do braço e fulmínea rapidez da mente. Quase se tornara, àquela altura, a continuação física do seu anseio de domínio, tanto assim que nem precisava dar-lhe ordens: o bárbaro sabia prevê-las e executá-las antes mesmo de ouvi-las na grande sala despojada. E mesmo assim, devido justamente a todas estas qualidades, à maldosa inteligência que rebrilhava em seus olhos de gelo, Wortigern tinha medo dele. Não confiava na aparente sujeição daquele misterioso guerreiro vindo do além-mar, embora tudo indicasse que a sua única meta era encontrar o garoto e levar de volta a Ravena a cabeça dele.

Certo dia, para deixar bem claro o que poderia acontecer-lhe se porventura pensasse em traí-lo, levou-o à execução de um vassalo que se atrevera a guardar para si uma parte dos despojos depois de uma incursão.

Havia um pátio cercado por altos muros, ao lado da torre, onde mantinha trancados os seus mastins: animais terríveis, amiúde usados em batalha contra os inimigos, e a única diversão de Wortigern era alimentá-los, duas vezes por dia, jogando-lhes pedaços de carne fresca da janela atrás do trono. O condenado foi despido e preso a uma corda completamente nu, baixado lentamente para o recinto de forma que os cães, mantidos sem comer nos dois últimos dias, começaram a devorá-lo vivo a partir dos pés enquanto o infeliz descia. Os gritos de dor do pobre coitado, os rosnados e latidos ensurdecedores dos cães, frenéticos devido ao cheiro de sangue e à refeição ferozmente disputada, ressoavam dentro da fortaleza alterados e distorcidos, insuportáveis para qualquer um que tivesse um mínimo de humanidade. Wulfila, no entanto, nem pestanejou, saboreou até o fim aquele horrendo espetáculo e, quando se virou para Wortigern, só tinha nos olhos uma perturbadora excitação, uma inabalável crueldade.

XXXV

A primavera já estava começando e a neve só permanecia no topo do Mons Badonicus, que no dialeto local era conhecido como Monte Badon. Muitos dos camponeses que voltavam do trabalho nos campos, e dos pastores que levavam os rebanhos de volta para as pastagens haviam reparado no dragão de púrpura que esvoaçava ao longe, na trabalhada cabeça de prata que brilhava em cima da torre mais alta da fortaleza, um sinal que evocava neles longínquas lembranças de coragem e de glória.

Ao passear despercebido entre as pessoas nos mercados das pequenas cidades e das aldeias perdidas entre as lavouras, Ambrosinus ouvia os comentários e compreendia a inquietação que aquela visão ia suscitando. Dava-se conta do grande número de homens que, mesmo sem manifestar abertamente os seus pensamentos, fremiam diante daquela lembrança repentinamente ressurgida de um passado morto e esquecido. Certa vez, vendo um pastor que parara para observar de longe o estandarte da legião, fingiu ser um forasteiro e perguntou:

– O que vem a ser aquela bandeira? Por que se agita ao vento naquele forte abandonado?

O homem fitou-o com uma expressão estranha.

– Tu deves vir de terras muito distantes – disse –, se não conheces aquela insígnia. Foi por muito tempo a única fortaleza de honra e liberdade nesta parte do país, guiando à luta um exército lendário: a décima segunda Legião Draco.

– Ouvi falar a respeito – respondeu Ambrosinus. – Mas sempre acreditei que se tratava de uma balela desprovida de qualquer fundamento, espalhada de propósito para dissuadir os bárbaros do Norte de suas correrias.

– Estás errado – respondeu o pastor. – Aquela formação existiu de verdade, e quem te fala ainda serviu nela quando jovem.

– E o que houve então com a legião? Foi exterminada ou, quem sabe, forçada a render-se?

– Nada disto replicou o pastor. – Foi traída. Havíamos atravessado a fronteira para perseguir um bando de escotos que tinham raptado as mulheres de um nosso vilarejo, e havíamos deixado um chefe tribal nosso aliado a presidir a passagem da Muralha Adriana pela qual pretendíamos voltar. Mas quando chegamos, perseguidos por uma horda de inimigos enfurecidos, a passagem estava fechada e os nossos aliados apontavam contra nós as suas armas. Estávamos cercados, muitos dentre nós caíram lutando, mas a maioria se salvou porque de repente desceu um espesso nevoeiro que nos ocultou e permitiu a nossa fuga por um vale escondido, enfurnado entra altas paredes rochosas. Achamos por bem nos dispersar e voltar cada um por si às nossas casas. O traidor chamava-se Wortigern, aquele mesmo que até hoje nos oprime e suga o nosso sangue com seus impostos e suas incursões, aquele que nos domina com o terror. Desde então vivemos envergonhados, às escondidas, cuidando dos nossos humildes afazeres e tentando esquecer o que já fomos. Mas agora aquela insígnia, ressurgida como que por milagre do nada, está nos lembrando que aqueles que lutaram longamente pela liberdade não podem morrer como escravos.

– E dize-me – continuou Ambrosinus –, quem decidiu dissolver a legião? Quem vos aconselhou a voltar para as suas famílias?

– O nosso comandante havia sido morto na luta. Foi o seu vice, Kustenin, a nos dar aquela oportunidade. Era um homem sábio e valoroso, e falava para o nosso bem. A esposa dele acabava de ter uma criança, uma menina bonita como um botão de rosa, e talvez naquela altura a vida tenha-lhe parecido o bem mais precioso. Nós também pensamos nas nossas mulheres, nas nossas casas, nos nossos filhos. Não percebíamos que só ficando juntos, unidos sob aquela insígnia, poderíamos defendê-los de verdade...

Ambrosinus bem que gostaria de continuar a conversa mas o homem já não podia continuar porque um nó lhe apertava a garganta. Lançou mais um olhar para a insígnia que tremulava na luz do sol e afastou-se sem mais uma palavra.

Impressionado com aquelas revelações, o velho voltou repetidamente a visitar Kustenin tentando aliciá-lo para a sua causa, mas sem sucesso. Segundo o amigo, desafiar o poder de Wortigern naquelas condições era mesmo que cometer suicídio, e aquela espécie de liberdade aparente de que o seu pessoal ainda gozava devia parecer-lhe mais do que suficiente quando comparada com os enormes riscos de uma rebelião. Esta possibilidade, aliás, devia parecer-lhe tão desastrosa que nunca fora visitar os recém-chegados.

Carvetia era nesta altura a única cidade nos domínios de Wortigern que ainda conseguia manter um simulacro de liberdade, só porque o tirano precisava dos recursos dos seus mercados e do porto, lá no oceano, de onde podia receber mercadorias raras e principalmente notícias, tão indispensáveis à manutenção e à expansão do seu poder quanto as espadas dos seus mercenários.

Dentro da antiga fortaleza, enquanto isto, os homens haviam restaurado as fortificações, consertado e construído passadiços e torres de vigia, municiado a vala e o paredão externo com estacas pontudas, endurecidas com o fogo. Batiato reativara a forja e o seu martelo não parava de ressoar na bigorna. Vatreno, Demétrio e Orósio haviam arrumado os antigos alojamentos, as cavalariças, o forno, o moinho, e Lívia conseguira brindá-los com o aroma do pão quentinho, do leite recém-ordenhado. Somente Aurélio, depois do entusiasmo inicial, parecia tornar-se cada vez mais sombrio. À noite passava longas horas de vigia nos passadiços, de armas em punho, perscrutando as trevas como se estivesse esperando por um inimigo que nunca chegava, um inimigo diante do qual, de qualquer forma, já se sentia perdido e impotente, um fantasma que às vezes assumia o seu próprio aspecto, o aspecto de um covarde ou pior: de um traidor. Estava mais uma vez nas muralhas de uma cidadela, aprontando-se para defendê-la. Quando iria começar o cerco? Quando apareceriam finalmente no horizonte as hordas a cavalo? Quando iria chegar sob aquele céu azul a hora da verdade? Quem abriria, desta vez, as portas para o inimigo? E quem seria, afinal, o lobo disfarçado entre as ovelhas?

Percebendo os pensamentos de Aurélio e aquela dor que nem mesmo o amor de Lívia conseguia abrandar, Ambrosinus achava que tinham de entrar na luta, que deviam tomar algum tipo de atitude para forçar uma reação de um destino até então escarnecedor e esquivo. E enquanto resolvia qual poderia ser a melhor coisa a fazer, apareceu Kustenin montado no seu garanhão branco. Trazia tristes notícias: uma ordem de Wortigern impunha a dissolução do senado antes do fim do mês, a ab-rogação das antigas magistraturas, e a aceitação da presença na cidade de uma guarnição de violentos mercenários vindos do continente.

– Talvez tu estivesses certo, Myrdin – disse Kustenin. – A única liberdade é aquela conquistada com suor e sangue. Mas agora, infelizmente, já é tarde demais.

– Não acho – replicou Ambrosinus. – E amanhã tu saberás a razão disto, se assistires à sessão do senado.

Kustenin sacudiu a cabeça como se acabasse de ouvir palavras sem sentido, então montou novamente a cavalo e lançou-se a galope através do vale deserto.

Na manhã seguinte, quando ainda estava escuro, Ambrosinus chamou o rapaz e encaminhou-se para a cidade.

– Aonde estás indo? – perguntou Aurélio.

– A Carvetia – foi a resposta –, ao senado ou, se for necessário, à praça do mercado para convocar a assembléia do povo.

– Também vou.

– Não, o teu lugar é aqui, no comando dos teus homens. Tem fé – disse, e foi em frente, com seu bordão de romeiro, pela trilha que se desenrolava entre as pastagens, ao longo da margem do lago da virgo, rumo à cidade.

Carvetia ainda mantinha o aspecto de uma cidade romana, nas muralhas de pedras esquadrejadas vigiadas por guardas, nas ruas e nos edifícios, nos trajes das pessoas e na linguagem. A certa altura Ambrosinus chegou diante do prédio do senado e viu os representantes do povo que entravam para deliberar. Mais cidadãos entraram e apinharam-se no saguão antes de as portas se fecharem.

Um dos oradores levantou-se para falar: era um homem austero e imponente na sobriedade dos trajes, nos traços honestos do rosto. E devia desfrutar de grande prestígio e respeito, pois todos ficaram calados quando tomou a palavra.

– Senado e povo de Carvetia! – começou. – A nossa condição tornou-se agora intolerável. O tirano alistou novos mercenários estrangeiros de indizível ferocidade com a desculpa de proteger os habitantes das cidades que ainda mantêm instituições autônomas, e está a ponto de dissolver até o último simulacro de livre assembléia de cidadãos na ilha Bretã: o nosso senado!

Um murmúrio de consternação alastrou-se entre os assentos e entre as pessoas apinhadas no saguão.

– O que podemos fazer? – prosseguiu o orador. – Baixar a cabeça como temos feito até agora? Aceitar mais abusos e afrontas, permitir que pisoteiem os nossos direitos e a nossa dignidade, que profanem os nossos lares tirando de nós as nossas próprias filhas e mulheres?

– Infelizmente não temos escolha – disse outro. – Resistir a Wortigern seria um verdadeiro suicídio.

– É verdade – disse mais outro. – Não podemos enfrentar a sua ira. Seríamos simplesmente aniquilados. Se nos sujeitarmos, no entanto, talvez ainda possamos manter pelo menos alguns dos nossos privilégios.

Ambrosinus deu então um passo adiante segurando Rômulo pela mão e gritou:

– Peço a palavra, nobres senadores.

– Quem és tu? – perguntou o presidente da assembléia. – Por que perturbas este congresso?

Ambrosinus tirou o capuz da cabeça e avançou para o centro do recinto, sempre mantendo Rômulo ao seu lado, embora percebesse a relutância do rapaz em mostrar-se.

– Sou Myrdin Emreis – começou –, druida do sagrado bosque de Gleva e cidadão romano com o nome de Meridius Ambrosinus enquanto houve lei romana nesta terra. Muitos anos atrás vós me enviastes à Itália com a missão de implorar a ajuda do imperador e voltar com um exército para restabelecer neste país infeliz a ordem e a prosperidade, como nos tempos heróicos de são Germano, emissário de Aécio, o último e mais valoroso entre todos os soldados de Roma.

O assombro provocado por aquele inesperado aparecimento deixou a sala no mais profundo silêncio e Ambrosinus continuou:

– Não foi possível. Perdi os meus companheiros durante a viagem, vítimas da fome e do frio, das doenças e dos assaltos. Salvei-me por milagre e fiquei durante muitos dias sentado como súplice diante da entrada do palácio imperial de Ravena. Mas foi tudo em vão. Não me deixaram nem mesmo ver o imperador, um homem fraco completamente à mercê dos seus mercenários bárbaros. E agora estou de volta. Muito tarde, é verdade, mas não sozinho, não de mãos vazias! Vocês todos conhecem, acredito, o oráculo que anuncia a chegada de um jovem de coração puro, portador da espada da justiça, capaz de devolver a liberdade perdida a esta terra. Pois bem – gritou –, este jovem está aqui, nobres senadores! – E empurrou adiante o rapaz sozinho, para que todos pudessem vê-lo.

– Ele é Rômulo Augusto César, o último imperador dos romanos!

Estas palavras foram recebidas com o mais profundo e atônito silêncio, ao qual logo seguiu-se um murmúrio de maravilha que aumentou até tornar-se um difuso resmungo. Alguns pareciam chocados por aquelas afirmações, mas outros, por sua vez, começaram a rir e até a escarnecer do inesperado orador.

– E onde está a tal espada milagrosa? – perguntou um senador levantando a voz no meio daquela algazarra.

– E as legiões do novo César? – perguntou outro. – Sabes de quantos guerreiros Wortigern dispõe? Tu sabes?

Ambrosinus hesitou, abalado por aquelas palavras, então respondeu:

– Estamos reconstituindo a décima segunda Legião Draco. O imperador será apresentado aos soldados e não duvido que eles reencontrarão a força e a vontade para lutar contra a tirania.

Uma sonora gargalhada ecoou na sala e mais um senador levantou-se para falar.

– Tens realmente ficado longe daqui muito tempo, Myrdin – gracejou chamando-o pelo nome celta. – Essa legião já não existe há anos, e ninguém levaria a sério a idéia de retomar as armas.

Ressoaram mais algumas risadas e Rômulo sentiu-se vencer por aquela onda de escárnio e menosprezo que mais uma vez caía em cima dele, mas não se mexeu. Encobriu o rosto com as mãos e ficou imóvel, em silêncio, bem à vista de todos. Diante disto, a algazarra esmoreceu, transformou-se num murmúrio cheio de embaraço e repentina vergonha. Ambrosinus aproximou-se então dele, apoiou uma mão no seu ombro e retomou a palavra, tomado de veemente indignação:

– Ficai rindo, nobres senadores, caçoai deste pobre rapaz. Ele não tem como defender-se nem como rebater a vossa tola insolência. Viu trucidar os próprios pais, foi perseguido sem um momento de sossego, como um animal, por todas as potências do mundo. Mesmo acostumado com o luxo imperial soube enfrentar as mais duras privações, como um pequeno herói. Ocultou no fundo da alma a dor, o desespero, o medo, coisas bastante compreensíveis num jovem da sua idade, com a força e a coragem de um verdadeiro republicano... E onde está agora a vossa honra, senadores de Carvetia? Onde foi se esconder a vossa dignidade? Mereceis a tirania de Wortigern, é muito justo que vos sujeiteis a tal vergonha, pois tendes o espírito de escravos. Este rapaz perdeu tudo menos a honra e a vida. A dele é a majestade dolorida de um verdadeiro soberano. Trouxe-o diante deste congresso como a última semente de uma árvore moribunda para que dela brotasse um novo mundo, mas vejo que encontrei terra estéril e podre. Estais certos em rejeitá-lo, porque afinal não o mereceis. Não! Só mereceis o desprezo de qualquer homem honrado e de boa-fé!

Ambrosinus concluíra a sua emocionada peroração num silêncio atônito. A assembléia parecia estar presa num bloco de gelo, tomada de aflição e desalento. Ambrosinus cuspiu no chão em sinal de extremo desprezo, em seguida segurou Rômulo pelo braço e saiu desdenhosamente enquanto algumas fracas vozes tentavam chamá-los de volta.

Depois de os dois saírem abrindo alas na multidão, lá dentro o debate recomeçou, logo assumindo tons mais exacerbados. Um dos presentes, no entanto, apressou-se a sair por uma porta secundária e pulou num carro mandando o cocheiro partir imediatamente.

– Para Castra Vetera – disse. – Para o castelo de Wortigern, rápido!

Furioso com o desfecho infeliz o qual não esperava, Ambrosinus saiu do senado tentando reanimar Rômulo e encorajando-o a resistir mais uma vez às afrontas da sorte quando de repente foi seguro pelo braço.

– Myrdin!

– Kustenin! – exclamou por sua vez Ambrosinus. – Santo Deus! Viste que vergonha? Tu também estavas no senado?

O homem baixou a cabeça.

– Estava, e vi tudo. Estás entendendo agora por que eu sempre disse que era tarde demais? Wortigern já corrompeu uma boa parte do senado e agora pode dar-se ao luxo de dissolvê-lo sem encontrar muita resistência.

Ambrosinus acenou gravemente com a cabeça.

– Preciso urgentemente falar contigo – disse. – Preciso contar-te muita coisa, mas agora tenho de ir, não posso ficar aqui. Preciso levar o meu garoto daqui o quanto antes... Vamos embora, Rômulo, vamos logo. – E procurou por ele com o olhar, mas Rômulo já não estava.

– Meu Deus, onde ele foi se meter, onde está o rapaz? – exclamou angustiado.

Apareceu de repente Egéria, que acabava de chegar.

– Não te preocupes – disse com um sorriso. – Vê, está lá, perto da praia, e a minha filha Ygraine está com ele.

Ambrosinus suspirou aliviado.

– Deixa-os conversar algum tempo sozinhos. Os garotos precisam falar uns com os outros – continuou Egéria. – Mas dize-me, é verdade o que acabo de ouvir dizer agora mesmo por aqueles que estão saindo do senado? Não posso acreditar. Quer dizer que já não há mais dignidade, e nem mesmo o pudor de esconder a nossa própria covardia?

Ambrosinus anuiu com um sinal da cabeça, mas os seus olhos não deixavam de olhar nem por um momento para o rapaz sentado à beira da praia.

Rômulo observava em silêncio as ondas que se quebravam nas pedras e não podia controlar os soluços que lhe agitavam o peito.

– Qual é o teu nome? E por que estás chorando? – perguntou uma voz de mocinha atrás dele. Uma voz sonora e despreocupada que chegou a incomodá-lo. Em seguida o toque leve de uma mão no rosto, delicada como a asa de uma borboleta, comunicou-lhe um suave calor.

Respondeu sem virar o olhar, pois naquele momento não queria que a voz e o afago correspondessem a um rosto diferente daquele que de repente sonhara.

– Estou chorando porque perdi tudo: os meus pais, a minha casa, a minha terra. Porque talvez venha a perder os últimos amigos que me restaram, e quem sabe até o nome e a liberdade. Estou chorando porque não existe paz, para mim, em lugar algum do mundo.

Sabiamente, a menina respondeu àquelas palavras tão maiores do que ela com o silêncio, mas a sua mão continuava a acariciar os cabelos de Rômulo, o rosto dele, até perceber que o rapaz se acalmara. Então disse:

– Quanto a mim, eu sou Ygraine, e estou com doze anos. Posso ficar um pouquinho aqui contigo?

Rômulo acenou concordando com a cabeça enquanto enxugava as lágrimas com o dorso da mão, e ela agachou-se na areia, sentando nos calcanhares, na frente dele. O rapaz levantou a cabeça para ver se o semblante era tão suave quanto a voz e a carícia, e viu-se diante de dois reluzentes olhos azuis, de um rosto de delicada beleza, emoldurado por uma cabeleira vermelha como fogo que, despenteada pelo vento do mar, esvoaçava-lhe sobre a testa ocultando em parte o esplendor do olhar. Sentiu um aperto no coração e uma labareda de calor incendiou-lhe o peito, como nunca lhe acontecera antes. E na mesma hora percebeu naqueles olhos tudo de bom, suave e caloroso que a vida ainda tinha para lhe dar. Queria dizer-lhe alguma coisa, qualquer coisa que o coração mandasse, mas ouviu os passos de Ambrosinus e das pessoas que estavam com ele.

– Onde ireis dormir esta noite? – perguntou Kustenin.

– No forte – respondeu Ambrosinus.

Kustenin replicou, preocupado.

– Toma cuidado. As tuas palavras não passaram despercebidas.

– Era justamente o que eu queria – rebateu, ríspido, Ambrosinus. Mas compreendia o seu verdadeiro significado e, no fundo do peito, sentiu uma ponta de medo.

– Vamos, Ygraine – disse Egéria. – Há muitas coisas para fazer antes do anoitecer.

A mocinha levantou-se meio a contragosto e acompanhou a mãe, lançando rápidas olhadas para trás, para aquele jovem estrangeiro tão diferente dos rapazes que conhecia devido à palidez cansada do rosto, aos traços nobres da figura e da voz, à intensidade das palavras, à pungente melancolia do olhar. Kustenin despediu-se também e afastou-se com a família.

Egéria deixou Ygraine ir na frente e esperou o marido para falar:

– Foram eles a levantar a insígnia do dragão na velha fortaleza, não é?

– Foram – respondeu Kustenin. – Uma verdadeira loucura. E hoje, no senado, Myrdin disse que a legião está se reconstituindo quando na realidade não passam de seis ou sete no máximo. E também revelou aos senadores a identidade do rapaz. Sabes o que isto significa?

– Não sei ao certo que tipo de reação o conhecimento desse fato poderá provocar – replicou Egéria. – Mas aquele estandarte está certamente criando grande excitação e expectativa. Ouvi dizer que muitos homens estão desenterrando as armas escondidas há tantos anos, e que muitos jovens gostariam de juntar-se a estes forasteiros. Andam contando de estranhas luzes que à noite brilham sobre as muralhas, de estouros parecidos com trovões que ecoam na encosta da montanha. Estou bastante preocupada: receio que este simulacro de paz, esta nossa difícil sobrevivência possa ser transtornada por novos combates, novas turbulências, novos derramamentos de sangue.

– Não passam de um grupo de fugitivos, Egéria, um velho sonhador visionário e um garoto – respondeu Kustenin. E lançou um último olhar para o amigo surgido do nada depois de tantos anos.

O velho e o rapaz estavam de pé, um ao lado do outro: olhavam em silêncio as ondas que se arrebentavam nos recifes num fervilhar de espuma branca.

No dia seguinte, ao entardecer, o carro do senador chegou ao portão de Castra Vetera. Foi levado aos alojamentos de Wortigern mas foi antes apresentado a Wulfila, que nesta altura já gozava da mais completa confiança do seu amo. Os dois confabularam por algum tempo e uma careta de satisfação tornou ainda mais diabólicos os traços já desfigurados do bárbaro.

– Segue-me – disse. – Terás de contar pessoalmente ao nosso soberano, que ficará agradecido. – E levou-o para as acomodações mais internas do castelo, na presença de Wortigern. O velho recebeu-os mais deitado do que sentado no trono: a máscara de ouro era a única coisa viva naquele ambiente crepuscular.

– Conta – ordenou Wulfila, e o senador contou.

– Nobre Wortigern – disse –, ontem, no senado de Carvetia, um homem atreveu-se a falar abertamente contra ti, chamando-o de tirano e fomentando a rebelião. Disse que a velha legião dissolvida está sendo formada de novo e apresentou um garoto afirmando que é o imperador...

– São eles – interrompeu Wulfila. – Não há a menor dúvida. O velho devaneia acerca de uma profecia, de um jovem soberano que há de chegar do além-mar. E isto representa um perigo, acredita. Ele não é tão louco quanto parece: ao contrário, é astucioso, aproveita-se de superstições e de antigas saudades da aristocracia romano-celta. A sua finalidade é evidente: transformar o pequeno impostor num símbolo. E usá-lo contra ti.

Wortigern levantou a mão descarnada num gesto de despedida e o senador recuou curvando-se numa interminável mesura até a porta por onde saiu apressado.

– O que sugeres, então? – o tirano perguntou a Wulfila.

– Dá-me plenos poderes, permite-me partir com os meus homens, os únicos em que confio. Conheço bem aqueles homens: irei encontrá-los e desentocá-los seja onde for que eles se escondam. Trarei de volta a pele do velho para que possa empalhá-la e ficarei com a cabeça do garoto.

Wortigern sacudiu lentamente a cabeça.

– Não tenho o menor interesse na pele do velho, o pacto entre nós era outro.

Wulfila teve um arrepio de mórbido prazer. O destino estava naquele momento oferecendo-lhe uma oportunidade imperdível: tudo parecia cumprir-se segundo um plano há muito tramado. Agora só precisava dar o toque final, e diante dele descortinar-se-ia um futuro de poder sem limites. Mal conseguindo conter a excitação respondeu:

– Está certo, Wortigern: no entusiasmo de ver finalmente ao meu alcance a conclusão da longa perseguição, tinha por um momento esquecido a minha promessa. É muito justo, tu me concedes a cabeça do rapaz e a possibilidade de finalmente acabar – como eles bem merecem – com os desertores assassinos que o protegem, e eu preciso retribuir com o presente que te prometi.

– Vejo que sabes interpretar muito bem os meus pensamentos, Wulfila. Manda então trazer o brinde que me fizeste almejar tão longamente. Mas dize-me uma coisa, antes.

– Fala.

– Entre esses homens que queres aniquilar também está aquele que recortou o teu rosto?

Wulfila baixou os olhos para esconder o lampejo de raiva que naquele instante o fez estremecer e então, a despeito disso, respondeu:

– É isso mesmo: tu adivinhaste.

O tirano tivera a sua satisfação, estabelecera mais uma vez a superioridade da sua máscara de ouro perfeita sobre a disforme máscara de carne do seu servidor e potencial adversário.

Pois a desfiguração dele era obra de um homem, enquanto a gangrena que devorava o seu rosto só podia ser obra de Deus.

– Estou esperando – disse Wortigern, e as suas palavras ecoaram sombrias dentro da máscara. Como um veredicto.

Wulfila foi até a porta, mandou chamar um dos seus guerreiros e ordenou que lhe trouxesse sem demora o que já sabia. Logo a seguir o homem voltou segurando uma longa e estreita caixa de madeira de carvalho, enfeitada com tachas de ferro polido, e colocou-a aos pés de Wortigern.

Wulfila fez um sinal para o homem se afastar e aproximou-se do trono de joelhos, para abrir o precioso estojo do presente prometido. Levantou o olhar para a impenetrável figura que o dominava e naquele momento teria dado tudo para ver a expressão de obscena cobiça que se escondia atrás daquela máscara.

– Aqui está, meu amo – disse ao abrir a tampa com um rápido gesto. – Eis a espada calíbica de Júlio César, o primeiro senhor do mundo, o conquistador da Bretanha. É tua!

Wortigern não soube resistir à fascinação daquela arma soberba e esticou o braço.

– Dá-me, dá-me – disse num longo estertor.

– Agora mesmo, meu senhor – respondeu Wulfila, e naquele olhar o tirano pôde então ler, tarde demais, o destino fatal que estava nele gravado. Tentou gritar mas a espada já penetrava no seu peito, trespassando o coração, até fincar-se no espaldar do trono. Caiu ao chão sem dar um pio, e da máscara escorreu um filete de sangue, um sinal de vida que, por ironia da sorte, apareceu naquele rosto imutável justamente na hora da morte.

Wulfila puxou a espada do corpo exânime, agarrou a máscara de ouro de Wortigern deixando à mostra o rosto sangrento e quase irreconhecível, em seguida recortou a pele do crânio em volta da cabeça e arrancou de um só golpe a cabeleira branca. Arrastou o corpo, pouco mais do que uma larva, até a janela que se abria no muro da torre atrás do trono e jogou-o no pátio subjacente. Os latidos dos mastins famintos trancados invadiram o recinto com ganidos infernais e depois ressoaram rosnados medonhos enquanto disputavam as míseras carnes do amo.

Wulfila vestiu a máscara de ouro, botou na cabeça a branca cabeleira de Wortigern, empunhou a espada reluzente e apareceu assim, parecendo um demônio, com as têmporas riscadas de sangue, diante dos seus guerreiros que, a cavalo, já esperavam por ele no grande pátio. Todos o olharam atônitos enquanto pulava no seu cavalo e berrava:

– Para Carvetia!

XXXVI

Dois dias depois um homem a cavalo entrava a toda velocidade no pátio de Kustenin trazendo uma notícia incrível. Era um dos seus informantes dentro de Castra Vetera, o único recurso que tinha para se precaver contra as desastrosas incursões dos mercenários do tirano.

– Sempre houve o boato de Wortigern ter feito um pacto com o diabo – o homem disse ofegante, os olhos arregalados de terror –, e é verdade mesmo! Satanás em pessoa devolveu-lhe a força e o vigor de antigamente, mas aumentou a sua ferocidade além de qualquer limite!

– O que estás dizendo? Ficaste louco? – exclamou Kustenin segurando-o pelos ombros e sacudindo-o como que para devolver-lhe o juízo.

– Infelizmente é a pura verdade, meu senhor. Se esperavas que ele já estivesse nas últimas, podes esquecer! Quase parece... parece que ressurgiu. Está possuído pelo diabo, estou te dizendo! Vi-o com os meus próprios olhos aparecer como num pesadelo, com a máscara de ouro no rosto, e das suas têmporas escorria sangue em vez de suor. E tinha uma voz de trovão, nunca ouvida antes, mas o mais importante: empunhava uma espada tão reluzente como nunca vi em toda a minha vida. A lâmina afiada como uma navalha refletia a luz das tochas como se fosse vidro transparente, o cabo era uma cabeça de águia de ouro maciço. Só mesmo o arcanjo Miguel poderia ter forjado uma maravilha daquelas. Ou o diabo em pessoa.

– Procura acalmar-te – disse Kustenin. – Tu estás delirando.

– Não, acredita, é a pura verdade. Está chefiando uns duzentos cavaleiros armados da cabeça aos pés e vem espalhando o terror ao longo do caminho, saqueando, queimando, destruindo tudo com uma fúria nunca vista. Fiz todo o percurso sem parar uma única vez. Peguei o atalho através da floresta de Gowan, corri noite e dia sem descanso, trocando os cavalos nas nossas propriedades, pois eu mesmo ouvi-o gritar: "Para Carvetia!" Devem estar por aqui dentro de dois dias, no máximo.

– Carvetia... mas é impossível! Por que deveria vir para cá? Nunca mexeu com esta cidade porque precisa dela, e de qualquer maneira quase todos os homens que contam, nas redondezas, acatam as suas ordens. É uma loucura, não faz sentido...

Ficou pensando em silêncio por alguns momentos e então disse:

– Ouve, sei que estás muito cansado, mas preciso de mais um favor. Vai até o velho dique romano e fala com Oribásio, o pescador. É um dos nossos. Dize-lhe para manter-se pronto para zarpar amanhã ao alvorecer, com abundância de água e comida, tudo aquilo que o barco puder agüentar. Vai logo!

O homem voltou a montar e saiu a galope enquanto Kustenin subia para avisar a mulher:

– Infelizmente há más notícias: os homens de Wortigern estão a caminho daqui e receio que o meu amigo Myrdin esteja em perigo. Talvez tenham sido as suas palavras a provocar esta absurda expedição, mas seja como for não posso permitir que aquele velho doido arruíne a si mesmo e ao pobre rapaz, e isto sem falar dos companheiros. Devem ser todos doidos também, se vieram até aqui da Itália com ele.

– Mas já está escurecendo – queixou-se Egéria. – Não vai ser perigoso?

– Preciso ir, pois do contrário esta noite não vou poder dormir.

– Pai, posso ir contigo? Eu te peço – suplicou Ygraine.

– Nem penses nisto – disse Egéria. – Não te faltarão outras oportunidades para ver o teu jovem amigo romano. – Ygraine corou e saiu dali meio ressabiada.

Egéria suspirou e acompanhou o marido até a porta. Então, preocupada e pensativa, ficou ouvindo o barulho dos seus passos descendo a escada e atravessando o pátio interno.

Na cavalariça Kustenin escolheu o garanhão branco, muito veloz. Pulou na sua garupa enquanto os serviçais abriam o portão e lançou-se pelos campos avermelhados pelos últimos raios do sol.

Pôde ver a fortaleza quando chegou ao topo da colina que dominava o vale e o lago, e seus olhos distinguiram imediatamente a insígnia que esvoaçava na torre mais alta, o dragão da antiga coorte auxiliar sarmática que antigamente presidiava a Muralha Adriana, e que mais tarde se tornara o estandarte da sua legião. Um fio de fumaça confirmava a existência de vida entre aquelas velhas paredes. O portão abriu-se com a sua chegada e ele entrou a passo, recebido por um comovido Ambrosinus que o abraçou apresentando-o aos companheiros:

– Já viram uma vez o meu velho amigo Kustenin, Constantinus para os romanos, que já foi *dux bellorum et magister militum*, o mais querido e valoroso dos meus amigos britânicos que agora, espero, veio para ficar algum tempo conosco.

Um veado estava sendo assado na brasa de uma grande fogueira e, com a ponta das espadas, os homens iam cortando os pedaços que ficavam no ponto. Lívia guardava ao seu lado o arco e a aljava com que o havia abatido. Todos estavam alegres e Kustenin sentiu um aperto no coração só de pensar naquilo que muito em breve teria de lhes contar.

– Senta-te – disse Ambrosinus. – Come alguma coisa, há bastante para todos.

– Não há tempo – respondeu Kustenin –, precisai ir embora. Soube de fonte segura que Wortigern está a caminho de Carvetia com duzentos cavaleiros pesadamente armados no seu séquito. Talvez já estejam aqui ao entardecer de amanhã.

– Wortigern? – perguntou Ambrosinus, pasmo. – Mas está velho demais: não conseguiria ficar montado nem mesmo se o atassem à sela.

– Tu estás certo. E eu mesmo acho difícil acreditar na história de um dos meus informantes. Delirava, dizia que o tirano fez um pacto com o diabo. Ficou possesso e recuperou a juventude e o vigor da flor da idade. E além do mais Satã teria forjado para ele uma espada fantástica, como nunca se viu igual.

Aurélio aproximou-se.

– Como o seu homem sabe que se trata realmente de Wortigern?

– A máscara de ouro que há mais de dez anos cobre o seu rosto é a dele, assim como é dele a cabeleira branca, e a voz trovejante é aquela da sua juventude.

– Tu mencionaste uma espada... – insistiu Aurélio.

– Isso mesmo. E o homem pôde vê-la de perto. Uma lâmina reluzente como cristal, o cabo de ouro com a forma de uma cabeça de águia...

Aurélio empalideceu.

– Deuses poderosos! – exclamou. – Não é Wortigern, é Wulfila! E está procurando por nós.

Todos entreolharam-se consternados.

– Seja quem for insistiu Kustenin – precisam partir imediatamente. Na melhor das hipóteses poderão levar mais dois dias antes de chegar. Ouvi, amanhã bem cedo eu mandarei embarcar a minha família num barco que seguirá em segurança para a Irlanda. Ainda há lugar para mais duas ou três pessoas no máximo. Myrdin e o rapaz, e a moça, não sei.. Não há mais nada que possa fazer por vós.

Aurélio respirou fundo e fitou Ambrosinus com olhos brilhantes.

– Talvez o teu amigo esteja certo – disse. – É a única coisa ajuizada a fazer. Não podemos continuar fugindo por toda a eternidade, pois afinal já chegamos aos extremos confins do mundo. Agora chega, precisamos nos separar. Todos juntos só conseguimos atrair toda espécie de inimigos e adversários. E já não temos para onde ir. Parti, tu e o rapaz, e Lívia, eu te peço. Ficai em segurança. Nesta altura, já não há mais espadas capazes de proteger-nos.

Rômulo olhou para ele como se não estivesse acreditando no que acabava de ouvir, os olhos cheios de lágrimas. Mas Ambrosinus rebelou-se:

– Não! – exclamou. – Não pode acabar assim. A profecia não mente, tenho certeza disto. Precisamos ficar, custe o que custar!

Lívia trocou um longo olhar com Aurélio antes de virar-se para Ambrosinus.

– Precisas render-se à evidência dos fatos – disse –, à triste realidade. Se ficarmos aqui vamos morrer todos, inclusive ele.

Virou-se para os demais.

– E tu, Vatreno, o que achas?

– Para mim, o que acabam de dizer parece-me a coisa mais certa. É inútil insistir. Precisamos pensar na segurança do rapaz e do seu mestre. Quanto a nós, de alguma forma daremos um jeito...

– Orósio? Demétrio?

Os dois concordaram.

– Batiato?

O gigante olhou à sua volta com expressão atônita, um tanto perplexo, como se não pudesse acreditar que aquela aventura terrível e maravilhosa estivesse chegando ao fim, que aquela sua grande família, a única que conhecera na vida, estivesse a ponto de se dissolver. Baixou a cabeça para esconder as lágrimas e os outros interpretaram o gesto como um consentimento.

– Acho que então está decidido – concluiu Lívia. – E vamos ver se agora nós descansamos um pouco: amanhã teremos de enfrentar uma jornada difícil, seja qual for o caminho que cada um do nós for seguir.

Kustenin levantou-se para ir embora.

– Lembrai-vos – disse. – No velho dique romano, ao alvorecer. Espero que os sonhos os ajudem a tomar a decisão mais certa. – E segurou o cavalo pelas rédeas.

– Espera – disse Aurélio. Subiu até o passadiço para admirar de perto a insígnia, então desceu, dobrou-a com cuidado e entregou-a a Kustenin. – Fica com ela, pois do contrário acabará sendo destruída.

Kustenin pegou-a, em seguida montou no cavalo e partiu a galope. Ambrosinus assistiu àquele melancólico ritual com rosto de pedra, depois apoiou a mão no ombro de Rômulo e puxou-o contra si como que a protegê-lo contra o gelo interior que lhe apertava o coração.

Aurélio afastou-se totalmente vencido pela comoção, e Lívia foi atrás dele. Aproximou-se no escuro, sob a escada do passadiço, e roçou os seus lábios com um beijo.

– Não se pode lutar contra o inevitável: quem decide por nós é o destino, pois não podemos ir além de certos limites. Que tal voltarmos à Itália? Vamos procurar um navio direto para o Mediterrâneo. Podemos ir a Venetia... – Aurélio observava Rômulo sentado ao lado de Ambrosinus, e o velho que o agasalhava protegendo-o com a sua capa e mordia os lábios.

– Talvez voltemos a vê-los... Nunca se sabe – disse Lívia, partilhando os seus pensamentos. – *Sed primum vivere*, antes de mais nada viver, não achas? – e apertou-o entre os braços. Mas Aurélio afastou-se.

– Tu nunca esqueceste os teus planos, não é? Mas será possível que não entendas que quero bem àquele rapaz como se fosse o filho que nunca tive? Que voltar à laguna seria para mim o mesmo que voltar para um mar de chamas? Deixa-me só, eu te peço... deixa-me só. – Lívia saiu chorando e foi abrigar-se numa das barracas.

Aurélio voltou para o passadiço e postou-se numa das torres de vigia. A noite era tranqüila e estrelada, uma noite típica de primavera, mas no seu coração só havia gelo e desespero. Queria não existir, nunca ter nascido. Ficou assim, perdido em seus pensamentos, quase ausente, durante um bom tempo, enquanto a lua despontava por trás do Monte Badon pincelando de prata o vale. De repente uma mão tirou-o dos seus devaneios fazendo-o estremecer: Ambrosinus estava inesperadamente diante dele. Nenhum chiado se ouvira na escada insegura, nenhum ruído no passadiço de tábuas desconexas. Aurélio arregalou os olhos como se estivesse vendo um fantasma.

– O que queres... Ambrosinus?

– Rápido, vem comigo.

– Para onde?

– À procura da verdade.

Aurélio sacudiu a cabeça.

– Não sairei daqui. Amanhã teremos de enfrentar uma longa viagem.

Ambrosinus segurou-o pelos ombros.

– Tu vais vir comigo. Agora!

Aurélio mexeu-se, conformado.

– Como quiseres, mas depois deixa-me em paz.

Ambrosinus desceu a escada e saiu em campo aberto dirigindo-se rapidamente para a grande pedra circular cercada pelos quatro monolitos que pareciam gigantes silenciosos ao luar. Ao chegar perto da pedra fez um sinal pedindo que Aurélio sentasse, e este obedeceu quase que subjugado por uma vontade invisível. Ambrosinus entregou-lhe uma tigela na qual vertera algum líquido estranho.

– Bebe!

– O que é? – perguntou Aurélio, desconfiado.

– A passagem para o inferno... se estiveres disposto.

Aurélio fitou-o fixamente nos olhos, nas pupilas dilatadas, e sentiu-se sugar num remoinho de trevas. Esticou o braço num gesto mecânico, pegou a taça e tomou o líquido de um só gole.

Ambrosinus segurou a sua cabeça entre as mãos e aqueles dedos pareceram a Aurélio garras afiadas que lhe penetravam na pele, e depois no crânio com fisgadas de dor lancinante, insuportável. E começou a gritar. Mas era como gritar sonhando: escancarava a boca mas nenhum som saía, a dor permanecia lá dentro como um leão enjaulado que o estraçalhava impiedosamente. Os dedos abriram então caminho até o cérebro enquanto a voz do druida ecoava aguda, estrídula.

– Deixa-me entrar – gritava, trovejava, sibilava. – Deixa-me entrar!

E o grito descobriu o caminho, explodiu de chofre na mente de Aurélio como um berro de agonia, e então o legionário desfaleceu rolando na pedra, inerte.

Acordou num lugar estranho, envolvido num espesso nevoeiro, e olhou à sua volta aflito à procura de alguma coisa que o levasse de volta à realidade. Viu a imagem sombria de uma cidade cercada... fogueiras de acampamentos em volta das muralhas. Bolas de fogo riscavam o céu com agudos assobios. Mas os sons, as vozes longínquas e abafadas tinham as vibrações flutuantes e distorcidas de um pesadelo.

– Onde estou? – disse.

A voz do druida ecoou atrás dele:

– No seu passado... em Aquiléia!

– Não pode ser... – respondeu. – Não pode ser.

Agora podia ver ao longe a imagem escura de um aqueduto em ruínas, com uma luz que aparecia e desaparecia entre as pilastras e os arcos. A voz de Myrdin ressoou mais uma vez.

– Olha, há alguém lá em cima.

E ao ouvir isto a sua vista aguçou-se como a de uma ave noturna: isto mesmo, havia alguém se mexendo no aqueduto. Um homem vinha andando com uma lanterna, avançava sobre a segunda ordem dos arcos. De repente virou-se e a lanterna iluminou o seu rosto.

– És tu! – disse a voz atrás dele.

E Aurélio perdeu-se num turbilhão imprevisto, como folha levada pelo vento. Agora era ele próprio, a caminhar sobre o aqueduto arruinado, era ele a segurar a lanterna, e uma voz que conhecia fê-lo estremecer na escuridão.

– Trouxeste o ouro? – E logo a seguir um rosto apareceu nas trevas: Wulfila!

– É tudo que tenho – respondeu. E entregou a bolsa.

O outro avaliou o peso.

– Não é o que tínhamos combinado mas... vai servir assim mesmo.

– Os meus pais? Onde estão eles? O nosso trato era...

Wulfila encarou-o impassível, o seu rosto de pedra não demonstrava emoção alguma.

– Irás encontrá-los na entrada da necrópole ocidental. Estão muito fracos, nunca conseguiriam chegar até aqui. – Deu-lhe as costas e desapareceu na noite.

– Espera! – gritou.

Mas não obteve resposta. Estava sozinho. Atormentado pelas dúvidas. A luz da lanterna tremeu. A voz do seu guia ecoou mais uma vez no escuro.

– Tu não tiveste escolha...

Agora estava em outro lugar, no sopé das muralhas, diante de uma portinhola que dava para os campos. Conseguiu abri-la com muito esforço, vencendo a ferrugem e o emaranhado de plantas trepadeiras que a mantinham secreta e oculta sabia lá há quanto tempo. E viu-se lá fora, de lanterna na mão. Diante dele havia a necrópole, antigos túmulos gastos pelo tempo, cobertos de abrolhos e ervas daninhas. Olhou à sua volta, circunspecto: o terreno mostrava-se aparentemente deserto e baldio. Chamou baixinho, com todo o cuidado:

– Pai... Mãe!

Um estertor de agonia respondeu-lhe no escuro: a voz dos pais! Avançou então correndo, ofegante, com o coração a bater-lhe furiosamente no peito, e de repente a lanterna iluminou uma cena aterradora: cada um dos seus pais estava pendurado numa estaca, agonizante. Nos corpos deles, os sinais das mais cruéis torturas. O pai levantou a cabeça mostrando o rosto coberto de sangue.

– Volta, meu filho! – tentou avisar com um derradeiro grito. Mas não teve tempo de acabar a frase porque Wulfila trespassou-o saindo de trás de um túmulo.

Aurélio viu mais bárbaros aparecerem do nada e cercá-lo. Sentiu uma faca dilacerar-lhe a carne na base do pescoço, em seguida um golpe na nuca derrubou-o e a última coisa que viu foi a espada de Wulfila que penetrava no corpo da mãe. Mas continuava a perceber as vozes: o bárbaro que incitava os seus homens.

– A portinhola está aberta, entrai rápido, a cidade é nossa!

E o tropel de muitos guerreiros que se lançavam através daquela abertura, e mais gritos aflitos dentro das muralhas, lamentações de morte, clangores de armas, e o rugir das chamas que devoravam Aquiléia!

Gritou com toda a força que tinha, gritou de horror, de ódio, de desespero. Então ouviu de novo a voz que o guiara através daquele inferno e voltou à realidade, deitado sobre a grande pedra redonda, molhado de suor, com a cabeça que parecia estar a ponto de estourar. Ambrosinus estava diante dele e exortava:

– Continua... continua antes que a passagem para o teu passado se feche. Lembra, Aureliano Ambrósio Ventídio, lembra!

Aurélio respirou fundo, lentamente, e ficou sentado segurando com as mãos as têmporas latejantes. Cada palavra custava-lhe um esforço tremendo.

– Não sei quanto tempo se havia passado quando recuperei os sentidos. Devem ter pensado que estava morto...

Aurélio voltara a respirar normalmente. Levou a mão à cicatriz que tinha no peito.

– A lâmina que deveria ter cortado a carótida só tinha rasgado a pele embaixo da clavícula... mas a dor de cabeça era insuportável: fisgadas lancinantes... Não me lembrava de nada... Andei sem rumo até encontrar uma coluna de fugitivos que procuravam afastar-se com barcos para a laguna, instintivamente decidi ajudar. Muitos outros iam chegando, de todos os lados, tentando subir e quase emborcando-os. Tentei auxiliá-los: havia velhos, mulheres, crianças que afundavam na lama, numa confusão de choro, pragas, súplicas, chamados de quem perdera os filhos, os irmãos, os pais...

Não satisfeitos com a chacina em Aquiléia os bárbaros vinham agora chegando das portas da cidade, de tochas na mão, e corriam a galope desenfreado para a praia, a fim de massacrar também os sobreviventes. O último daqueles barcos, totalmente sobrecarregado, já ia se afastando e o barqueiro guardara um lugar para mim. Esticou a mão gritando: "Sobe, rápido!". Mas naquela mesma hora ouvimos a invocação de uma mulher: "Esperai!" gritava. "Esperai, pelo amor de Deus!" Avançava afundando na água lamacenta quase até a cintura, arrastando consigo uma garotinha que chorava apavorada. Ajudei-a a subir e peguei-a no colo para que a mãe pudesse segurar o braço do barqueiro. E logo que tomou o seu lugar devolvi-lhe a criança. A menina, com medo daquela água escura, esticou o braço para a mãe, mas com o outro não queria largar o meu pescoço. E foi assim que arrancou o medalhão que eu usava... o medalhão com a águia... a insígnia da minha unidade e da cidade destruída. Aquela menina era Lívia!

Ambrosinus ajudou-o a levantar-se e segurou-o nos primeiros passos como se fosse um convalescente. Os dois homens voltaram lentamente para o acampamento.

– Fui capturado – continuou Aurélio – e tornei-me um escravo, até que certo dia fui libertado por um ataque da Nova Invicta que a partir daí tornou-se o meu novo lar, a minha família, a minha vida.

Ambrosinus apertou o braço em volta dos seus ombros como que a transmitir-lhe algum calor.

– Abriste a porta só porque querias salvar os teus pais de uma morte horrenda – disse. – Tu foste o herói de Aquiléia, aquele que a defendeu por meses a fio, e mais ninguém. Wulfila foi o algoz da tua cidade e dos teus pais.

– Ele terá de pagar por isto – disse Aurélio –, até a última gota de sangue. – E os seus olhos eram de gelo ao proferir estas palavras.

Estavam de volta ao acampamento e Ambrosinus bateu à porta com o seu bordão. Viram-se diante de Lívia e Rômulo, que decidira ficar acordado com ela.

– Encontrou o que estava procurando? – a jovem perguntou a Aurélio.

– Encontrei. E tu estavas dizendo a verdade.

– O amor não mente jamais. Tu não sabias?

Deu-lhe um abraço apertado e beijou-o na boca, na testa, nos olhos ainda cheios de horror.

Ambrosinus virou-se para Rômulo.

– Vamos, meu rapaz – disse. – Tu também precisas descansar.

A fortaleza estava mergulhada no silêncio. Cada um ficava no seu canto, sozinho, insone naquela tranqüila noite de primavera. Todos esperando que o sol lhes revelasse um novo destino. Talvez o último.

– Não me deixes sozinha, esta noite – disse Lívia. – Eu te peço.

Aurélio apertou-a contra si, em seguida segurou-a pela mão e levou-a ao seu refúgio.

Estavam um diante do outro, e o luar, passando pelas frestas do telhado, iluminava o rosto estupendo de Lívia, acariciava-o com a sua pálida luz, difundindo em cima da sua cabeça um halo mágico, um líquido esplendor prateado. Aurélio desatou-lhe as roupas e ficou a admirá-la, nua, acariciou primeiro com os olhos e depois com as mãos a sua beleza escultural, o seu corpo divino. E ela também despiu-o, devagar, com devoção, com a fremente expectativa de uma noiva. Roçou com leveza no seu corpo de bronze, percorreu aquela paisagem atormentada, a sua carne riscada por tantas cicatrizes, os seus músculos tensos, contraídos pelos inúmeros e sangrentos combates. Então deitou-se no seu pobre estrado de palha, sobre o tosco cobertor de soldado, recebeu-o dentro de si arqueando o corpo como uma potranca ainda selvagem, afundou as unhas nos seus ombros, procurou a sua boca. E amaram-se longamente, vibrando de inesgotável desejo, misturando o fluxo cálido da respiração, a ardente intimidade da carne. E finalmente se entregaram ao abandono da exaustão, e Aurélio deitou-se ao lado dela, perdido no perfume dos seus cabelos.

– Fiquei apaixonada naquela mesma noite – murmurou Lívia –, quando o vi, inerte e sozinho na margem da laguna, imóvel à espera do seu destino: só tinha nove anos...

XXXVII

Aurélio levantou-se quando ainda estava escuro, vestiu a roupa e saiu para a esplanada deserta. Foi só ele aparecer que, num passe de mágica, os demais companheiros surgiram um depois do outro das trevas e se aproximaram, como se estivessem esperando dele a última palavra. Ambrosinus também chegou. Ninguém tinha pregado o olho.

Aurélio foi o primeiro a falar.

– Mudei de idéia – disse. – Vou ficar.

– O quê? – replicou Vatreno. – Ficaste louco?

– Se ele ficar, eu também fico – disse Batiato, prendendo no cinturão a espada e o grande machado.

– Entendo – aprovou Demétrio. – Ficamos para proteger a fuga de Rômulo e Ambrosinus... Muito justo.

– Muito justo – repetiu Orósio. – Dessa forma Lívia também poderá salvar-se.

Lívia chegou naquele instante, vestindo as suas roupas de amazona, com o arco a tiracolo e a aljava na mão.

– Aurélio é o homem que amo. Passarei a minha vida com ele, se Deus assim quiser, mas não tenciono sobreviver-lhe. Esta é a minha palavra final.

Rômulo avançou então para o centro do círculo formado pelos companheiros.

– Se vós ficardes – disse –, nem vos atrevais a pensar que eu fugirei. – E a sua voz soou firme e decidida, e até mesmo mais profunda, como a de um homem. – Enfrentamos juntos todo tipo de perigo, e nesta altura a minha vida perderia qualquer sentido longe de vós. São as únicas pessoas que ainda tenho no mundo, os meus amigos mais queridos. Não me separarei de vós de jeito nenhum, e mesmo que me mandeis embora com a força, voltarei. Tereis de atar minhas mãos e meus pés, pois do contrário pularei na água e voltarei nadando...

Ambrosinus levantou a mão pedindo atenção.

– Amo este rapaz mais do que se fosse meu filho e por ele daria o meu sangue a qualquer momento. Mas já é um homem. A dor, o medo, o sofrimento e as privações tornaram-no maduro. Merece o privilégio de tomar as decisões por si mesmo e temos de acatá-las. A começar por mim. De um jeito ou de outro o nosso destino está a ponto de cumprir-se, e quero compartilhá-lo convosco. O que nos mantém unidos, o que impediu que nos separássemos diante das mais sombrias ameaças é algo tão forte que pode derrotar até o medo da morte. É o que nos manterá juntos até o fim, e não podeis imaginar o que sinto ao ouvir-vos pronunciar essas palavras. Nada tenho a oferecer-vos a não ser a afeição mais profunda e os conselhos que porventura Deus me sugerir. Sinto muito pelo nosso amigo Kustenin, que esperará em vão no velho dique. Mas há encontros aos quais não se pode faltar, como este que nos espera.

Um profundo silêncio carregado de comoção tomou conta de todos, assim como uma inesperada serenidade, a serenidade de quem está prestes a enfrentar o extremo sacrifício por amor, por amizade, por fé, por devoção.

Com seus modos ríspidos Vatreno foi o primeiro a reagir:

– Então é inútil ficarmos aqui parados – disse. – Não tenho a menor intenção de deixar-me matar como uma ovelha. Quero levar para o inferno comigo um bom número daqueles filhos de cadelas.

– Isso mesmo! – exclamou Batiato. – Jamais gostei daqueles bastardos sardentos.

Ambrosinus não conseguiu esconder um sorriso.

– Isto não é segredo, Batiato – disse. – E então talvez tenha alguma coisa para vós, algo que descobri esta noite enquanto não conseguia dormir. Acompanhai-me.

E encaminhou-se para o pretório. Todos foram com ele e entraram na antiga residência do comandante. Ainda havia a cadeira e a mesa de campanha, dobráveis, alguns rolos de pergaminho com os documentos do furriel, e o retrato desbotado de uma linda mulher pendurado na parede. Ambrosinus foi para um ponto específico do chão e levantou uma esteira de palha trançada. Embaixo havia um alçapão que ele levantou convidando os outros a entrarem.

O primeiro a descer foi Aurélio e viu-se diante de uma cena incrível: o arsenal da Legião! Perfeitamente enfileiradas, ainda reluzentes de gordura, havia umas vinte armaduras completas, feitas conforme o costume antigo: lorigas com escamas de metal, elmos e escudos, e feixes de dardos de ponta triangular, como aqueles que já se usavam na época de Trajano e Adriano. E, além disto, desmontadas e perfeitamente eficientes, balistas e catapultas com seus projéteis de ferro maciço, e um grande número de *scorpiones*, mortíferos apetrechos de ferro com três pontas que, espalhados no chão, atrapalhavam bastante o avanço da cavalaria e da infantaria inimigas.

– Com todo o respeito pelas proposições filosóficas, acho que esta é a maior contribuição que tu deste à nossa causa até agora – exclamou Vatreno, dando uma palmada nas costas de Ambrosinus. – Vamos lá rapazes, vamos trabalhar. Demétrio, tu vais ajudar-me a montar as catapultas e as balistas.

– Postai a maioria delas no lado leste – ordenou Aurélio –, aquele por onde podem nos atacar, e também o mais vulnerável.

– Orósio e Batiato – continuou Vatreno –, pegai pás e picaretas e colocai os *scorpiones* onde Aurélio indicar: o estrategista é ele. Lívia, leva para os passadiços os projéteis para a artilharia, e mais os dardos e as setas... e pedras, todas as pedras que conseguires encontrar. Cada um fique com uma armadura completa: elmos, peitorais, escudos, tudo em suma, há de todos os tamanhos. A não ser para Batiato, obviamente.

Batiato olhou à sua volta perplexo.

– Vejai isto, este peitoral para cavalos: é só dar algumas marteladas e vai ficar ótimo em mim.

Todos ficaram rindo ao ver o gigante levantar com uma mão só a pesada couraça de um cavalo de batalha e subir correndo pela escada.

– E quanto a mim? – perguntou Rômulo. – Qual é a minha tarefa?

– Nenhuma – respondeu Vatreno. – Tu és o imperador.

– Então vou ajudar Lívia – disse, e começou a amontoar os dardos como a amiga estava fazendo.

Aurélio demorou a sair pois deteve-se a examinar os papéis que ainda estavam na mesa, cobertos de poeira. Um deles chamou-lhe a atenção em particular, pela elegância da escrita. Havia uns versos: – *Exaudi me regina mundi, inter sidereos Roma recepta polos...** – Era o começo do *De reditu* Rutílio Namaciano, o último comovido hino à grandeza de Roma escrito setenta anos antes, às vésperas do saque de Alarico. Suspirou e guardou aquele pequeno pergaminho sob o corpete, na altura do coração, como um talismã. Ambrosinus estava chegando naquele instante do subterrâneo e Aurélio aproximou-se.

– Quando tudo estiver perdido, esconde-te com o rapaz embaixo daquele alçapão e espera até tudo acabar. Aí, quando já estiver escuro, sai e procura Kustenin: ele ainda poderá ajudá-lo e talvez Rômulo se convença a ficar escondido na Irlanda e, quem sabe, a recomeçar uma nova vida.

---

* "Ouve-me, rainha do mundo, Roma, tu que foste acolhida entre os pólos da abóbada celeste" (Rutílio Namaciano, *De reditu suo*, I, 3). (N. do A.)

– Não será necessário – respondeu tranqüilo Ambrosinus. Aurélio sacudiu a cabeça e foi ajudar os companheiros.

Trabalharam o dia inteiro, ativamente, com incrível entusiasmo, como se estivessem livrando-se de um grande peso que lhes oprimia o coração. Ao entardecer, mortos de cansaço, suados e sujos de terra e poeira, ficaram contemplando o trabalho recém-concluído: as catapultas e as balistas bem postadas em cima das muralhas, feixes de projéteis e dardos estrategicamente colocados ao lado de cada máquina de guerra, parapeitos reforçados, uma grande quantidade de arcos e flechas prontos para o uso ao lado das frestas. E as armaduras, lindas, brilhosas, enfileiradas perto da paliçada e só pedindo para serem usadas. Havia uma até para Batiato, modificada na bigorna a golpe de marreta, polida e lustrosa. Construída para cobrir o peito de um cavalo, protegeria agora na batalha o tronco do hércules negro.

Jantaram em volta da fogueira, todos juntos, e então aprontaram-se para dormir.

– Procurai descansar, todos vós, pois amanhã tereis de lutar – disse Ambrosinus. – Eu ficarei de vigia. Ainda enxergo bem, e escuto melhor.

Todos já estavam dormindo. Batiato com a cabeça apoiada na armadura, perto da forja ainda morna. Lívia entre os braços de Aurélio, nos alojamentos. Demétrio e Orósio na estrebaria, junto dos cavalos. Rômulo sob o seu cobertor de viagem, protegido pelo telheiro. Vatreno nas muralhas, numa torre de vigia.

Ambrosinus estava de vigília perto do portão, perdido em seus pensamentos. Aí, ao dar-se conta de que os companheiros já dormiam, abriu o portão com cuidado e foi andando para a grande pedra redonda. Começou a juntar sobre ela uma grande quantidade de lenha, galhos secos e gravetos que jaziam aos pés dos carvalhos seculares. Depois aproximou-se de um imenso roble e entrou numa fenda no tronco tirando dali um grande objeto redondo e uma maça de madeira: um tambor. Pendurou-o num galho e deu um vigoroso golpe com a maça, suscitando um cavernoso ribombo que ricocheteou nas montanhas como voz de tempestade. Vibrou mais um golpe, e mais outro.

No forte, Aurélio virou-se no catre.

– O que foi? – perguntou. Lívia segurou a sua mão e puxou-o para si. – Foi só a trovoada, dorme.

Mas o trovejar tornava-se cada vez mais insistente e rumoroso, multiplicado pelo eco que ressoava nas encostas do vale, pelos pastos e pelos rochedos. Aurélio voltou a aguçar o ouvido.

– Não – disse. – Não é uma trovoada, parece mais um sinal de alarme... mas para quem?

A voz de Vatreno chamou do posto de vigia.

– Vinde ver, rápido!

Todos pegaram as suas armas e subiram para o passadiço. O círculo megalítico, ao longe, parecia estar em chamas. Uma enorme fogueira ardia dentro dele, entre as grandes colunas de pedra, lançando para o céu um turbilhão de centelhas. Podia-se distinguir uma sombra a mover-se como fantasma no pano de fundo das labaredas.

– É Ambrosinus fazendo as suas bruxarias – disse Aurélio. – E pensar que nós achávamos que estava de vigia. Eu vou voltar para a cama. Fica tu, Vatreno, à espera dele.

Enquanto isto, nas casas espalhadas pelos campos muitos outros viram aquele fogo, lavradores e pastores, ferreiros e artesãos, e acenderam suas próprias fogueiras sob os olhares atônitos das suas mulheres e dos filhos, até as chamas arderem por toda parte, nas montanhas e nos vales, da costa do Oceano até a Muralha do Norte.

O trovejar do tambor também chegou aos ouvidos de Kustenin, que pulou da cama e prestou atenção. Foi à janela, viu as fogueiras e entendeu por que ninguém se apresentara no porto, naquela manhã. Olhou para as camas vazias de Egéria e de Ygraine e pensou no barco que nesta altura navegava em águas tranqüilas, levando-as para um porto seguro. Abriu uma arca e tirou o dragão de prata e púrpura, em seguida acordou um criado e pediu que lhe aprontassem a armadura e o cavalo.

– Para onde estás indo, meu senhor, a esta hora da manhã? – perguntou pasmo.

– Visitar uns amigos.

– E por que estás levando a espada, então?

Naquele instante ouviu-se mais distintamente o trovejar longínquo, trazido pelo vento.

Kustenin suspirou.

– Há momentos – disse –, em que é preciso escolher entre a espada e o arado. – Prendeu a arma no cinturão e desceu para a cavalariça.

Ao alvorecer, Aurélio, Vatreno e os demais companheiros já estavam de vigia nas muralhas, calados, armados da cabeça aos pés, de olhos fixos no horizonte. Rômulo passava de um lado para outro levando uma panela de sopa quente.

– Que tal? – perguntou a Aurélio.

Aurélio tomou uma colherada.

– Muito boa. A melhor que já tomei num acampamento militar.

Rômulo sorriu.

– Talvez tenhamos trabalhado tanto à toa, talvez eles nem apareçam.

– Talvez...

– Sabes o que estava pensando? Até que seria bom fundar aqui mesmo a nossa pequena comunidade. Este forte poderia transformar-se numa aldeia, algum dia. E eu poderia encontrar uma jovem. Já conheci uma, lá na cidade, de cabelos vermelhos.

Aurélio sorriu.

– Isto é muito bom, quer dizer, o fato de tu começares a pensar nas mocinhas. Significa que estás crescendo e significa também que as tuas feridas estão se fechando, que a lembrança dos teus pais deixa de ser uma chaga continuamente dolorida e se transforma numa lembrança suave, um pensamento de amor que ficará contigo a vida inteira.

Rômulo suspirou.

– Pode ser, mas nem tenho quatorze anos, ainda, um rapaz da minha idade precisa de um pai. – Serviu um pouco de sopa a si mesmo e começou a tomá-la devagar, com ar muito digno. E vez por outra lançava olhares enviesados para ver se Aurélio também o observava. – Tu estás certo – disse. – Nada mal, esta sopa: foi Lívia quem fez.

– Foi o que pensei – respondeu Aurélio. – Mas dize-me, o que pediria a teu pai se ele estivesse aqui?

– Nada de especial. Gostaria de estar com ele, de fazermos algumas coisas juntos, como nós dois agora, comendo juntos esta sopa. Coisas simples, nada fora do comum, só para saber que não estou sozinho, estás entendendo?

– Claro – respondeu Aurélio. Eu também sinto muito a falta dos meus pais, embora seja bem mais velho do que tu.

Ficaram mais algum tempo olhando para o horizonte, calados. Então Aurélio quebrou o silêncio.

– Sabes de uma coisa? Eu nunca tive filhos e talvez nunca venha a ter. Isto é... não sei o que pode acontecer, e...

– Entendo – disse Rômulo.

– Estava imaginando...

– O quê?

Aurélio tirou do dedo o anel de bronze com o pequeno camafeu onde estava gravado um monograma.

– Agora sei que é realmente meu, que é o anel da minha família... estava imaginando se tu o aceitarias.

Rômulo fitou-o com olhos úmidos.

– Estás querendo dizer que...

– Pois é. Se tu quiseres, eu ficaria muito feliz em adotar-te como filho.

– Aqui? Agora?

Respondeu Aurélio.

– Se tu quiseres.

Rômulo jogou-se em seus braços.

– De todo coração – disse. – Embora... embora talvez não consiga chamá-lo de "pai". Sempre chamei-o de Aurélio.

– Tudo bem, sem problema.

Rômulo esticou a mão direita e Aurélio enfiou-lhe o anel no polegar, depois de tentar todos os outros dedos, finos demais.

– Então eu te adoto como filho meu, Rômulo Augusto César Aureliano Ambrósio Ventídio... Britânico! E que assim seja enquanto tu viveres.

Rômulo abraçou-o novamente.

– Obrigado – disse. – Saberei honrar-te como bem mereces.

– Mas estou avisando – replicou Aurélio. – Agora terás de pelo menos acatar os meus conselhos, ainda que não precises propriamente obedecer às minhas ordens.

Rômulo já ia dizer alguma coisa quando a voz de Demétrio ressoou da torre mais alta.

– Estão chegando!

– Todos em seus lugares! – gritou Aurélio. – Tu, Rômulo, fica com Ambrosinus, ele sabe o que fazer. Rápido!

Naquele instante ouviram-se os longos mugidos dos cornos, os mesmos que ele já ouvira em Dertona durante o ataque de Mledo, e no topo da colina a Leste apareceu uma longa fileira de cavaleiros couraçados que avançavam a passo. A certa altura abriram-se em leque deixando passar um guerreiro gigantesco, com o rosto coberto por uma máscara de ouro e uma espada reluzente na mão.

Aurélio deu o sinal: Vatreno e Demétrio armaram as catapultas e as balistas.

– Olhai! – gritou Demétrio. – Está chegando alguém.

– Talvez queiram tratar! – disse Vatreno olhando do parapeito.

Um homem a cavalo, ladeado por dois guerreiros armados, avançava segurando um pano branco preso a uma haste transversal: o sinal da trégua. Os três aproximaram-se da paliçada.

– O que queres? – perguntou Vatreno.

– O meu senhor Wortigern está disposto a poupar a vossa vida se lhe forem entregues o jovem usurpador que diz chamar-se Rômulo Augusto e o desertor que o protege conhecido como Aurélio.

– Espera um momento – respondeu Vatreno – precisamos nos consultar. – Então chegou perto de Batiato e cicioulhe alguma coisa no ouvido.

– Então – perguntou o emissário. – Qual é a vossa resposta?

– Aceitamos! – respondeu Vatreno.

– Aqui está o rapaz, para começar! – gritou Batiato.

Debruçou-se do parapeito segurando nos braços uma espécie de embrulho e, antes de o bárbaro ter tempo de perceber, jogou-o em cima dele. Era uma grande pedra envolvida num cobertor que o acertou em cheio esmigalhando-lhe a cabeça. Os outros dois deram meia-volta e saíram correndo enquanto Batiato berrava:

– Esperai, esperai, ainda falta o outro!

– Isto vai deixá-los zangados – disse Aurélio.

– Vai fazer alguma diferença? – gracejou Vatreno.

– Não creio. Ficai prontos, lá vêm eles.

Os cornos soaram mais uma vez e a ampla frente de cavaleiros lançou-se ao ataque. Então, quando chegaram a um quarto de milha do forte, abriram alas e lançaram adiante um aríete sobre rodas puxado por oito homens a cavalo.

– Quer repetir o truque que deu certo em Dertona! – gritou Aurélio. – Prontos com as catapultas!

Os cavaleiros inimigos já estavam avançando a toda velocidade quando chegaram ao terreno armado com os *scorpiones* e os dois cavalos na ponta ruíram ao chão jogando seus cavaleiros longe, sobre as hastes de ferro escondidas na grama. O aríete desequilibrou-se e virou para a esquerda adquirindo cada vez mais velocidade. As rodas não agüentaram a carga e despedaçaram-se, quicando nas pedras até tombar no lago.

As catapultas entraram em ação e mais quatro cavaleiros foram trespassados enquanto tentavam voltar. Um grito de entusiasmo explodiu no forte mas logo a seguir os cornos soaram novamente. Os cavaleiros detiveram-se deixando o lugar para o ataque da infantaria ligeira.

– Cuidado – berrou Demétrio. – Estão usando setas incendiárias.

– Arcos! – ordenou Aurélio. – Detende o maior número possível deles!

A infantaria avançava correndo e logo ficou claro que se tratava de servos sumariamente armados e destinados ao massacre só para abrir caminho à cavalaria pesada. Atrás deles os guerreiros mantinham os arcos prontos para espetar qualquer um que tentasse fugir. Os atacantes deram-se conta dos *scorpiones* logo que viram os primeiros entre eles caírem com os pés trespassados, gritando de dor. Separaram-se, com um grupo indo para a esquerda e outro para a direita do terreno impraticável, e começaram a desfrechar suas setas incendiárias em longas parábolas. Muitos deles tombaram trespassados pelas flechas de Lívia e dos companheiros, mas outros tantos conseguiram abrigar-se atrás das árvores, de onde continuaram a disparar acertando no alvo em vários lugares. A madeira da paliçada, velha e ressequida depois de tantos anos, pegou fogo imediatamente. Mais soldados vieram então correndo com escadas, mas foram pregados ao chão pelos projéteis das balistas e pelos dardos lançados do passadiço.

Os cavaleiros recomeçaram a avançar a passo. Só estavam esperando que a paliçada em chamas ruísse para invadirem a fortaleza.

Aurélio, nesta altura, achou melhor reunir os companheiros:

– Não temos água nem homens para apagar o incêndio e daqui a pouco Wulfila lançará os seus guerreiros através da brecha: Vatreno, tu e Demétrio procurai matar o maior número possível com a artilharia, depois disto só nos resta tentar uma surtida; a passagem livre entre os *scorpiones* fica perto daquele pequeno freixo. Batiato, tu vais ser o nosso aríete. Atropelarás pelo meio e nós seguiremos atrás. Vamos atraí-los para o terreno mais acidentado, onde terão de romper as fileiras e subir a pé. Ainda temos alguma esperança.

Um bom pedaço da paliçada ruiu naquele instante num turbilhão de fumaça e centelhas, e a cavalaria inimiga lançou-se a galope na direção da brecha. As catapultas e as balistas arremessaram seus projéteis acertando uma meia dúzia de cavaleiros que levaram outros tantos ao chão com sua queda. Uma segunda descarga acertou no grupo massacrando os que ainda estavam vivos, em seguida foi a vez dos arcos e, depois, dos dardos: primeiro os mais leves, de longa distância, e depois os mais pesados, de curto alcance. O terreno estava coberto de corpos inanimados mas os inimigos continuavam em seu avanço, certos de que muito em breve poderiam desfechar o seu golpe final.

– Para fora! – gritou então Aurélio –, pela porta meridional. Podemos surpreendê-los pelo flanco! *Ambrosine*, cuida do rapaz!

Lá embaixo, vestindo a couraça, com a cabeça e o rosto cobertos por elmo e celada, Batiato já estava montado em seu gigantesco garanhão armoricano, ele também protegido por placas metálicas, e brandia o machado de combate. Não era um homem a cavalo, era uma máquina de guerra. Não demorou para todos ficarem atrás dele, cada um em sua montaria, em formação de cunha.

– Agora! – gritou Aurélio. – Para fora!

E a porta escancarou-se quando os primeiros cavaleiros inimigos já iam chegando à brecha. Batiato esporeou o animal e, seguido pelos outros, lançou-se a galope em campo aberto, rumo à passagem livre dos *scorpiones*.

Mas Rômulo livrara-se do preceptor e, brandindo um facão como espada, incitava agora o seu potro correndo atrás dos companheiros para lutar ao lado deles.

Ambrosinus tentou detê-lo perseguindo-o a pé e gritando:

– Pára! Pára! – Mas só conseguiu ficar sozinho e sem proteção. Enquanto isto Batiato investia contra as linhas dos cavaleiros inimigos atropelando no impacto tremendo aqueles que se haviam acercado para detê-lo. Os companheiros seguiram atrás travando um combate furibundo, golpeando com a espada e o escudo todos aqueles que encontravam. Wulfila, que ainda estava na parte mais alta da encosta, viu Aurélio e lançou-se ao ataque de arma em punho. Vatreno viu de relance Rômulo que corria à sua direita e gritou:

– Para a colina, Rômulo, para a colina, sai logo daqui!

Ambrosinus, desnorteado e cercado por cavaleiros que corriam a galope em todas as direções, dirigiu-se penosamente para um esporão de rocha que se erguia à sua direita para ver onde estava o rapaz. E o viu correr para o círculo megalítico, levado pelo potro buliçoso e descontrolado.

Wulfila já chegara perto de Aurélio e gritava como um possesso:

– Luta, covarde, luta! Já não podes fugir de mim!

E vibrou o primeiro mortífero golpe com a espada. Batiato levantou o escudo, uma chapa de metal maciço, e livrou-o do golpe. A espada chocou-se com o escudo com grande estrondo, fazendo surgir um enxame de faíscas. Enquanto isto os cavaleiros da primeira leva irrompiam através da brecha, voando entre as chamas da fogueira e invadindo o acampamento. Desabafavam a sua fúria em cima de tudo aquilo que encontravam, ateando fogo aos barracos e às torres de vigia que logo se transformaram em tochas gigantescas.

– Não há mais ninguém aqui! – gritou de repente um deles. – Fugiram, rápido, atrás deles!

Ao chegar ao topo do pequeno rochedo Ambrosinus viu Aurélio lutar com desesperada valentia contra Wulfila enquanto o seu escudo ficava em pedaços e a sua espada se torcia sob os golpes da invencível lâmina do adversário. Mas de repente, acima daquele caos de urros selvagens, acima do clangor das armas, ouviu-se um som agudo, penetrante: uma trompa que dava o sinal de ataque. Na mesma hora, no topo da colina do lado do Oriente, apareceu a cabeça reluzente e aí a cauda purpúrea do dragão, e logo a seguir a formação compacta de guerreiros que avançavam de hastas baixas, atrás de uma muralha de escudos, lançando a cada passo o antigo grito de guerra da infantaria romana. A Legião do Dragão, como se surgida do nada, avançava agora correndo pelo declive, logo apoiada por duas alas de cavaleiros chefiados por Kustenin.

Wulfila teve um momento de hesitação e Batiato investiu em cima dele com todo o seu peso, desequilibrando-o e empurrando-o antes que tivesse tempo de desferir o golpe mortal contra Aurélio, nesta altura já desarmado. Wulfila desabou ao chão, mas enquanto se levantava viu Rômulo cair do cavalo e correr a pé para o círculo de pedras a fim de abrigar-se. Ficou de pé num pulo e lançou-se em perseguição, mas Vatreno, que compreendera as suas intenções, cortou-lhe o caminho. A espada de Wulfila desceu em cima dele com terrível vigor, rasgou-lhe o escudo e a couraça abrindo uma sangrenta ferida no seu peito. Wulfila recomeçou a correr gritando para os seus:

– Dai-me cobertura! – e quatro deles enfrentaram Vatreno, que continuou a lutar como um leão, recuando, completamente coberto de sangue, até apoiar as costas numa árvore. Trespassaram-no uma, duas, três vezes, pregando-o com as lanças no tronco. Vatreno ainda teve a força de rosnar:

– Para o inferno, bastardos! – baixou a cabeça, sem vida.

Os bárbaros formaram uma verdadeira parede em volta do pequeno grupo que continuava a bater-se com fúria selvagem. Aurélio pegou a espada de um adversário morto e recomeçou a lutar: tentava sair do cerco pois tinha visto Wulfila correr para o círculo megalítico no qual Rômulo estava procurando abrigo. Demétrio e Orósio ficaram ao seu lado para protegê-lo e tombaram um depois do outro, dominados pelo grande número de inimigos. A investida de Batiato não conseguiu salvá-los mas abriu uma brecha no paredão de adversários permitindo a saída de Aurélio que precipitou-se para a grande pedra redonda. Cercado por todos os lados o gigante rodava o machado decepando braços e cabeças, rasgando escudos e couraças, empapando de sangue o terreno. Uma lança fincou-se no seu ombro e foi forçado a recuar até uma pedra. Como um urso cercado por uma matilha de cães Batiato continuava a golpear com incrível vigor apesar de o sangue já escorrer farto do lado esquerdo do seu corpo. Lívia percebeu e começou a desfrechar uma seta atrás da outra enquanto se aproximava a cavalo, espetando pelas costas os inimigos que se amontoavam em volta do colosso ferido.

A rinha recomeçava feroz por toda parte, e os novos combatentes que acabavam de chegar continuavam avançando mantendo bem alta a insígnia do dragão, empurrando para trás, para o vale, os inimigos transtornados por aquela inesperada chegada.

Enquanto isto Ambrosinus também reparara nos movimentos de Wulfila e corria o mais rápido que podia pelos flancos do campo de batalha tentando chegar ao círculo de pedra e gritando:

– Abriga-te, Rômulo. Toma cuidado, esconde-te!

Nesta altura o rapaz, que já alcançara o topo da colina, virou-se na tentativa de divisar os amigos na confusão do combate.

E viu-se diante de um guerreiro gigantesco, de longa cabeleira branca, o rosto coberto por uma máscara de ouro. Pavoroso de se ver, todo suado e sangrento, descera do cavalo e avançava para ele brandindo a espada vermelha de chacina. Então, com um gesto repentino, tirou a máscara mostrando o rosto desfigurado: Wulfila! Tomado de terror, Rômulo recuou para uma das grandes pilastras, levantando o seu facão numa fraca tentativa de defesa. Podia ouvir ao longe os gritos aflitos do seu mestre e o fragor confuso da batalha, mas o seu olhar acompanhava quase hipnotizado a ponta mortal que se levantava para dar o golpe. Bastou um toque daquela espada para o seu facão cair aos pés do inimigo. Rômulo tentou recuar mas suas costas se chocaram com a pedra nua da pilastra. A longa perseguição tinha chegado ao fim. Angústia, medo, esperança: aquela lâmina iria acabar com tudo, num piscar de olhos. Mesmo assim o frenesi da fuga e o terror pânico que num primeiro momento haviam tomado conta dele ao ver-se diante do inimigo implacável deixaram repentinamente o lugar para uma misteriosa serenidade enquanto se preparava para morrer como um verdadeiro soldado. E quando a espada faiscou em frente para trespassar-lhe o coração ouviu claramente dentro de si a voz de Ambrosinus que dizia: "Defende-te!" E esquivou-se ao golpe, por milagre, com um súbito movimento do corpo. A espada fincou-se numa fissura da pedra e ficou presa. Sem nem mesmo virar-se, ele apanhou então na grande pedra um punhado de brasas ainda ardentes e jogou-as nos olhos de Wulfila que recuou gritando de dor. E a voz de Ambrosinus ecoou ainda mais clara e pacata dentro dele: "Pega a espada."

E Rômulo obedeceu, segurou-a pelo magnífico cabo de ouro e puxou com força tranqüila. A lâmina seguiu docilmente a jovem mão e quando Wulfila voltou a abrir os olhos viu o rapaz que a empurrava, com ambas as mãos, contra o seu ventre. A boca escancarada num berro mais terrível do que o fragor da batalha, atônito e incrédulo, o bárbaro viu-a entrar na sua carne, mergulhar fundo na sua barriga, num gorgolejo de entranhas dilaceradas. Sentiu-a sair nas costas, cortante como o grito selvagem daquele jovenzinho.

Caiu de joelhos e Rômulo plantou-se ofegante diante dele para apreciar o seu fim. Mas o ódio de Wulfila ainda conseguia alimentar a sua vida, despertava uma energia ainda capaz de vencer e então, segurando o cabo da espada, ele puxou-a lentamente da pavorosa ferida, brandiu-a mais uma vez no punho segurando o ventre com a outra mão, e recomeçou a avançar fitando fixamente a vítima, para imobilizá-la com a terrível força do olhar. Mas quando já estava para desferir o golpe, mais uma lâmina saiu do seu peito, empurrada por trás, trespassando-o pelas costas. Aurélio tinha chegado e estava tão perto que podia murmurar em seus ouvidos, com voz dura e fria como uma sentença de morte.

– Este golpe é por meu pai, Cornélio Aureliano Ventídio, que tu trucidaste em Aquiléia.

Um filete de sangue escorria da sua boca mas Wulfila ainda estava de pé, tentando levantar a espada nesta altura cada vez mais pesada, como se fosse de chumbo. A lâmina de Aurélio trespassou-o mais uma vez, de lado a lado, saindo do esterno.

– E este é por minha mãe, Cecília Aurélia Sílvia.

Wulfila desmoronou ao chão com um último estertor. Diante dos olhos pasmos de Aurélio, Rômulo curvou-se, molhou os dedos no sangue do inimigo e traçou um risco vermelho na própria testa. Em seguida levantou a espada para o céu lançando um grito de triunfo que ecoou, tenso e cortante, agudo como um clarim de guerra, sobre o campo sangrento que se abria aos seus pés.

Enquanto isto a legião, nesta altura vitoriosa em todas as frentes, avançava em ordem unida para o grande círculo de pedra, atrás do glorioso estandarte que a tirara do esquecimento e a levara à vitória. Bem firme na mão de Kustenin, a insígnia reluzia agora no sol já alto no céu. Ao chegar no topo da colina o velho fidalgo desmontou e fincou-a no chão ao lado de Rômulo. Gritou:

– Ave, César! Ave, filho do dragão! Ave, Pendragon!

A um sinal dele quatro guerreiros se aproximaram, cruzaram quatro lanças no chão, apoiaram nelas um grande escudo redondo e mandaram Rômulo ficar de pé em cima dele, levantando-o sobre os ombros segundo o costume celta, para que todos o pudessem ver. Kustenin começou a bater no escudo com a espada, e toda a legião imitou-o: milhares de espadas chocaram-se fragorosamente contra os escudos, milhares de vozes ressoaram ainda mais sonoras do que o clangor ensurdecedor das armas, ritmando sem parar aquele grito: "Ave, César! Ave, Pendragon!"

Com o sangue de Wulfila na testa e a espada reluzente firme em sua mão, Rômulo mostrou-se aos soldados vitoriosos como um ser encantado, como o jovem guerreiro das profecias, e aquele grito incessante que se repetia em mil reverberações pelas montanhas acendia os seus olhos com uma paixão ardente. Mas lá de cima o seu olhar quis chegar mais longe, em busca dos companheiros, e o triunfo logo pareceu uma coisa longínqua, aquela frenética euforia esmoreceu para dar lugar a uma pungente comoção. Pulou ao chão e passou entre as fileiras de guerreiros que se abriam respeitosamente diante dele. O silêncio dominou o vale enquanto ele avançava mudo e atônito pelo campo coberto de cadáveres. Os seus olhos fitavam o espetáculo medonho, os corpos ainda agarrados nos últimos espasmos da agonia, os feridos, os moribundos. Lá estava o gigante Batiato, com a lança fincada em seu ombro, apoiado numa pedra, encharcado de sangue no meio de um monte de inimigos mortos, eis os companheiros tombados na luta desigual: Vatreno, pregado ao tronco de uma árvore por três lanças inimigas, os olhos ainda abertos a perseguir um sonho impossível. Demétrio e Orósio, inseparáveis, unidos até na morte, um ao lado do outro. Os muitos inimigos espalhados em volta haviam pagado muito caro o fim deles.

E Lívia. Viva, mas com uma seta no flanco, apoiada a uma pedra, os traços contraídos de dor.

E Rômulo caiu no choro, férvidas lágrimas escorriam pelas suas faces ao ver os companheiros feridos ou mortos, os amigos com os quais nunca mais voltaria a falar. E continuava a avançar como um fantasma, o olhar ferido por aquela visão aflitiva, até chegar às margens do lago. Ficou de joelhos: pequenas ondas que o vento mal conseguia encrespar roçavam em suas pernas, na espada ainda manchada de sangue, e um infinito desejo de paz encheu a sua alma, como um vento cálido de primavera. Gritou:

– Guerra, nunca mais! Sangue, nunca mais! Em seguida limpou a espada na água até torná-la brilhante como cristal. Levantou-se e começou a rodá-la em círculos cada vez mais amplos até arremessá-la com toda a força que tinha nas águas do lago. A arma voou no ar, refletiu a luz ofuscante do sol e tombou como estrela cadente fincando-se no coração do rochedo que, verde de musgos, emergia no meio do lago.

Naquele instante o vento parou por completo, a superfície da água acalmou-se para revelar, refletida, uma mágica visão, a figura solene do seu mestre, repentinamente reaparecido, e o ramalhete de prata que brilhava em seu peito. Quase não reconheceu a sua voz quando disse:

– Acabou, meu filho, meu senhor, meu rei. Ninguém mais ousará ameaçar-te, pois passaste através do gelo, do fogo e do sangue, assim como aquela espada que se fincou na pedra, filho do dragão, Pendragon!

EPÍLOGO

Foi assim que foi combatida e vencida a batalha do Mons Badonicus, que na nossa língua se chama Monte Badon, por parte de Aureliano Ambrósio, um homem modesto, o último dos romanos. E assim cumpriu-se a profecia que me induzira a enfrentar uma viagem que qualquer um iria considerar impossível, primeiro da minha terra natal para a Itália, e depois da Itália, após tantos anos, de volta novamente à ilha Bretã. E o meu discípulo, só por alguns poucos dias imperador dos romanos, destinado a um cativeiro sem fim, tornou-se o rei dos britânicos com o nome de Pendragon, "o filho do dragão", porque assim o viram e o aclamaram os soldados da última legião no dia da vitória. Aureliano ficou ao seu lado como um pai até dar-se conta de que o nome Pendragon já ofuscara definitivamente o de Rômulo e que o amor por Ygraine iria preencher por completo o coração do filho adotivo. Empreendeu então viagem com Lívia, a única mulher que amou na vida, e deles nada mais se soube. Gostaria de pensar que voltaram à sua pequena pátria na água: Venetia, para poder continuar a viver como romanos sem ter de aceitar os costumes dos bárbaros, e para construir um futuro de paz e liberdade.

E Cornélio Batiato também partiu com eles, no mesmo navio, mas talvez não os tenha acompanhado até o destino final, talvez tenha ficado nas colunas de Hércules onde começa a sua terra natal: a África. Nunca esquecerei que foi o calor do seu peito que devolveu a vida ao meu menino exânime, nos cumes nevados dos Alpes. E queira Deus que ele encontre pessoas igualmente nobres e generosas em seu caminho.

A semente originária de um mundo moribundo criou raízes e produziu seus frutos nesta terra longínqua, nos confins do mundo. Agora que estou a ponto de concluir o meu trabalho, o filho de Pendragon e Ygraine vai completar cinco anos e foi-lhe dado o nome de Artur, de Arcturius, que significa "aquele que nasceu sob as estrelas da Ursa". E só alguém que vinha dos mares quentes podia chamar o filho com um nome desses, para demonstrar que as lembranças mais íntimas de um homem, quaisquer que sejam as vicissitudes da sua vida, nunca irão abandoná-lo até o dia da sua morte.

Os nossos inimigos foram rechaçados e o nosso reino expandiu-se para o sul, compreendendo agora a cidade de Caerleon, que foi uma das primeiras por nós encontradas quando voltamos à ilha Bretã, mas preferi ficar aqui no Norte, a vigiar e meditar nesta torre, perto da Muralha Adriana, ouvindo as vozes abafadas pelo tempo. A espada milagrosa continua fincada no rochedo desde aquele dia de sangue e de glória e só eu conheço a inscrição completa que há nela, pois pude lê-la quando a vi pela primeira vez: Cai.Iul.Caes. EnsisCaliburnus, "a espada calíbica de Júlio César".

Uma parte da inscrição está dentro da pedra, algumas outras letras foram cobertas pelas incrustações e os liquens nestes anos todos em que ficou exposta às intempéries. As únicas letras legíveis são

E S CALIBUR

e é assim que o povo desta terra a chama quando, nas manhãs geladas do inverno, o gelo permite chegar a pé até o rochedo no meio do lago e admirar aquele objeto extraordinário. Dizem que somente a mão do rei poderá tirá-la da pedra quando chegar a hora de lutar mais uma vez contra o mal. Já passou tanto tempo desde os dias longínquos da minha juventude, e até mesmo o meu primeiro nome Myrdin acabou deformando-se na boca de quem o pronuncia, tornando-se agora Merlim. Mas a minha alma permanece imutável e fadada, como a de qualquer homem criado à imagem e semelhança de Deus, à luz imortal.

O sol começa a derreter a neve nas encostas das colinas, e as primeiras flores da primavera abrem suas corolas ao vento morno que chega do Sul. Deus permitiu-me levar a cabo o meu trabalho e eu agradeço. Aqui termina a minha história. Aqui, talvez, comece a lenda.

NOTA DO AUTOR

A queda do Império romano é um dos grandes temas da história do Ocidente e, ao mesmo tempo, um dos mais misteriosos devido à complexidade do problema e à escassez de fontes e testemunhos a respeito da época do seu ocaso definitivo. O fato em si, além disto, tradicionalmente considerado catastrófico, do ponto de vista historiográfico é meramente convencional. Com efeito, naquele fatídico 476 depois de Cristo, ninguém se deu conta de que o mundo romano tinha acabado: nada de mais traumático aconteceu nesta data do que aquilo que vinha acontecendo havia muitos anos. O que houve foi apenas o fato de Odoacro, o chefe hérulo que destronara Rômulo Augusto, enviar as insígnias imperiais a Constantinopla afirmando que um só imperador já bastava para todo o império.

Nesta história, quase toda fruto de pura fantasia, tentei transmitir a enorme importância temporal do evento, assim como salientar o surgimento de novos mundos, de novas culturas e civilizações das raízes ainda vitais do mundo romano. A conclusão "arturiana" da história deve ser vista no seu significado simbólico de verdadeira parábola, mas há algo mais: já é um fato reconhecido pelos estudiosos que os eventos que originaram a lenda de Artur, codificada na Idade Média por Geoffrey de Monmouth, aconteceram na atual Inglaterra no fim do século V e tiveram como uma das suas figuras principais o misterioso e heróico Aureliano Ambrósio, *solus Romanae gentis* ("o último dos Romanos"), vencedor da batalha de Mount Badon contra os saxões e antecessor de Pendragon e de Artur. Em nível popular pensamos naqueles cavaleiros como cavaleiros da Idade Média, mas na verdade eles estavam muito mais perto do mundo romano. E também corresponde à verdade a tradição pela qual os povos romano-britânicos do século V invocaram repetidamente a ajuda do imperador contra os invasores do Norte e do Sul, conseguindo duas vezes do general Aécio o envio de Germano, figura misteriosa com traços de santo e guerreiro. Outros personagens, como o celta Myrdin, o Merlim da lenda, foram por sua vez tirados do *corpus* épico do ciclo arturiano baseado na mítica espada Excalibur, cujo nome foi recentemente interpretado por renomados celtistas como sendo uma espécie de crase das palavras latinas *ensis caliburnus,* isto é, "espada calíbica", expressão que nos leva de volta ao ambiente mediterrâneo. Esta história apresenta-se portanto como uma hipótese mítica e simbólica, baseada em eventos historicamente reconhecíveis que, lá pelo fim do mundo antigo, poderiam perfeitamente ter entrado naquela zona obscura e incerta na qual se originou o mito arturiano.

Na ficção do conto, o ponto de vista é o de um grupo de soldados romanos legalistas, fiéis às tradições, que consideram os bárbaros uma horda feroz e destruidora, uma atitude de fato bastante comum naquela época. A duração efêmera dos reinos romano-bárbaros, com efeito, deveu-se justamente ao insuperável contraste entre os povos romanizados e os invasores. Hoje em dia, mais do que invasões costuma-se falar em *Völkerwanderung,* de migrações, mas o resultado continua sendo o mesmo. Nestes nossos dias tão turbulentos, aliás, o Ocidente, que de alguma forma acredita ser indestrutível e imortal (como o Império romano dos tempos áureos), deveria não esquecer que, mais cedo ou mais tarde, todos os impérios se dissolvem, e que a riqueza de uma parte do mundo não pode sobreviver às custas da miséria dos outros povos. Aqueles que costumamos chamar de "bárbaros" não queriam a destruição do Império, queriam participar dele e, aliás, não foram poucos os que o defenderam derramando o seu próprio sangue, mas mesmo assim provocaram o seu declínio levando o mundo a um longo período de decadência e caos.

Alguns dos personagens do romance deixam entrever, pela sua maneira de expressar-se, a sobrevivência residual de sentimentos pagãos: tais resquícios de paganismo não são facilmente demonstráveis no fim do século V, mas talvez não sejam totalmente improváveis se levarmos em conta algumas fontes posteriores. São sentimentos que precisam ser interpretados no sentido de devoção à tradição, ao *mos maiorum* ainda não totalmente esquecido.

No que diz respeito ao personagem de Rômulo, e à sua idade na época em que foi destronado, bastante controvertida nas fontes, preferi a versão da *Excerpta Valesiana*, 38, que o define claramente como um menino: *"Odoacar... deposuit Augustulum de regno, cuius infantiam misertus concessit ei sanguinem..."* (Odoacro destronou Augústulo, mas levado à compaixão pela sua jovem idade poupou-lhe a vida...)

O leitor especialista poderá reconhecer no tecido do romance uma quantidade de fontes em sua maioria da latinidade mais tardia: as *Histórias*, de Amiano Marcelino; o *De Redito suo*, e Rutílio Namaciano; o *De gubernatione Dei*, de Salviano; a *História da guerra gótica*, de Procópio de Cesaréia; a *História Lausíaca*, de Paládio; o *In Rufinum*, de Claudiano; o *Anônimo Valesiano*, a *Crônica de Cassiodoro* e a *Vita Epiphanii*, além de referências ocasionais a Plutarco, Orósio, santo Ambrósio, santo Agostinho, são Gerólamo; e uma série de fontes da alta Idade Média, que serviram de base para o epílogo "britânico" da nossa história: a *História Eclesiástica dos Anglos*, do Venerável Beda; o *Comitis Chronicon* e o *De exitio Britanniae*, de Gildas.

Desejo agradecer a todos os amigos queridos que me apoiaram e ajudaram com seus conselhos e a sua doutrina: Lorenzo Braccesi e Giovanni Gorini, da Universidade de Pádua; Gianni Brizzi e Ivano Dionigi, da Universidade de Bolonha; Venceslas Kruta, da Sorbonne; Robin Lane Fox, do New College; que ouviu oralmente toda a história numa longa viagem de carro de Luton para Oxford. E também a Giorgio Bonamente e à doutora Angela Amici, da Universidade de Perúgia, e à minha ex-colega e colaboradora Gabriella Amiotti, da Universidade Católica de Milão. É claro que sou o único responsável por eventuais erros ou escolhas impróprias.

Também quero lembrar Franco Mimmi, que me auxiliou da sua residência em Madri; Marco Guidi, com o qual mantenho uma longa e inabalável amizade e ao qual recorri amiúde para os acontecimentos da baixa romanidade britânica; e Giorgio Fornoni, que no respeito de uma tradição já antiga hospedou-me na sua magnífica casa nos Alpes onde, em completo isolamento, pude cuidar da redação final do romance. E não posso deixar de mencionar a minha mulher Christine, a quem se deve o constante controle do texto e a leitura mais crítica e atenta, além de carinhosa, assim como os meus agentes literários Laura Grandi e Stefano Tettamanti, que seguiram passo a passo cada fase do trabalho encorajando-me até nos momentos mais difíceis. Uma lembrança especial vai aqui a Paolo Buonvino, cujas músicas sempre me acompanharam durante a redação do romance, inspirando-me as páginas mais intensas e dramáticas.

Finalmente, *last but not least*, obrigado a Damiano, do Hotel Ardesio, que me sustentou com a sua generosa cozinha durante toda a minha permanência alpina, e à moça do bar "Freccia", a simpática Giancarla que sempre me fez começar bem o dia com o seu inimitável "expresso".

Rocco L&PM POCKET

Akropolis – Valerio Massimo Manfredi
Assédio sexual – Michael Crichton
Como um romance – Daniel Pennac
Devoradores de mortos – Michael Crichton
Emboscada no Forte Bragg – Tom Wolfe
Sob o sol da Toscana – Frances Mayes
Sol nascente – Michael Crichton
A última legião – Valerio Massimo Manfredi
As virgens suicidas – Jeffrey Eugenides